# କାନ୍ଦ, ମୋ ପ୍ରିୟ ଜନ୍ମଭୂମି

(ଉପନ୍ୟାସ)

# କାନ୍ଦ, ମୋ ପ୍ରିୟ ଜନ୍ମଭୂମି

ମୂଳ ରଚନା

## ଆଲାନ୍ ପେଟନ୍

ଅନୁବାଦ

## ସ୍ନେହ ମିଶ୍ର

ବ୍ଲାକ୍ ଇଗଲ୍ ବୁକ୍ସ

ଭୁବନେଶ୍ୱର, ଓଡ଼ିଶା

**BLACK EAGLE BOOKS**

Dublin, USA

କାନ୍ଦ, ମୋ ପ୍ରିୟ ଜନ୍ମଭୂମି / ମୂଳ ରଚନା: ଆଲାନ୍ ପେଟନ୍
ଅନୁବାଦ: ସ୍ନେହ ମିଶ୍ର

ବ୍ଲାକ୍ ଇଗଲ୍ ବୁକ୍ସ : ଭୁବନେଶ୍ୱର, ଓଡ଼ିଶା ● ଡବ୍ଲିନ୍, ଯୁକ୍ତରାଷ୍ଟ୍ର ଆମେରିକା

BLACK EAGLE BOOKS

USA address:
7464 Wisdom Lane
Dublin, OH 43016

India address:
E/312, Trident Galaxy, Kalinga Nagar,
Bhubaneswar-751003, Odisha, India

E-mail: info@blackeaglebooks.org
Website: www.blackeaglebooks.org

First International Edition Published by
BLACK EAGLE BOOKS, 2024

**KANDA, MO PRIYA JANMABHUMI**
**BY ALAN PATON**
Translated by **Sneha Mishra**

Translation Copyright © **Sneha Mishra**



Cover & Interior Design: Ezy's Publication

ISBN- 978-1-64560-304-7 (Paperback)

Printed in the United States of America

ମୋର ଆଦ୍ୟ-ଶିକ୍ଷାର ମୂଳଦୁଆରେ ଯେଉଁ ଦୁଇଜଣଙ୍କର
ଅତୁଳନୀୟ ଅବଦାନ –
ମାତାମହ ✝ ଶ୍ରୀଯୁକ୍ତ ଅରୁଣ ଚନ୍ଦ୍ର ଦାଶ
ଓ
ମାତାମହୀ ✝ ଶ୍ରୀମତୀ ସରସ୍ୱତୀ ଦେବୀଙ୍କ
ପୁଣ୍ୟ ସ୍ମୃତିରେ

# ପ୍ରଥମ ଖଣ୍ଡ

୧

ଇକୋପୋରୁ ପାହାଡ଼କୁ ସୁନ୍ଦର ରାସ୍ତାଟିଏ । ପାହାଡ଼ ମାନ ଘାସରେ ଆଚ୍ଛାଦିତ ଆଉ ଗଡ଼ାଣିଆ । ଦେଖିବାକୁ ଏତେ ସୁନ୍ଦର ଯେ ମୁହଁରେ କହିହେବ ନାହିଁ । କେରିସ୍ବ୍ଲକ୍ ପର୍ଯ୍ୟନ୍ତ ସାତ ମାଇଲ ଯାଏ ସେଠାକୁ ରାସ୍ତା ଯାଇଛି । ଯଦି କୁହୁଡ଼ି ଢାଙ୍କି ନ ଥାଏ, ସେଠୁ ଆଫ୍ରିକାର ଅନ୍ୟତମ ମନୋରମ ଉପତ୍ୟକାଟିଏ ଦୃଶ୍ୟମାନ ହୁଏ । ସେଠି ଘାସ ଆଉ କଅଁଳ ତିରୁକୁଟି ଗଛଲତାର ବହଳ ଶେଜ । ତା ଭିତରେ ନିଃସଙ୍ଗ ଚିଚିଭ ଚଢ଼େଇର ଡାକ କାନରେ ବାଜେ । ଚିଚିଭ ତୃଣଦେଶର ପକ୍ଷୀ । ତାରି ତଳକୁ ଉମ୍ଜିମ୍କୁଲୁ ଉପତ୍ୟକା - ଡ୍ରାକେନ୍ସ୍ବର୍ଗ୍ରୁ ସମୁଦ୍ରକୁ ଯାଇଛି । ସେପଟେ ତଳକୁ ନଦୀ ଆଉ ପାହାଡ଼ ପରେ ପାହାଡ଼ । ତାରି ସେପଟକୁ ଇନ୍‌ଜେଲି ଓ ଗ୍ରୀକୁଆ ପର୍ବତମାଳା ।

ଗହଳ ଅଳରା ବଳରା ଘାସ । ସହଜରେ ମାଟି ଦେଖି ହୁଏ ନାହିଁ । କୁହୁଡ଼ି ଓ ବର୍ଷା ପାଣିକୁ ଧରି ରଖେ, ତାରି ଦେଇ ପ୍ରତି ଚେରକୁ ପାଣି ସିଞ୍ଚି ହୁଏ । ଯନ୍‌ରେ ବଢ଼େ । ବେଶୀ ଗାଈଗୋରୁ ସେଠିକି ଚରିବାକୁ ଆସନ୍ତି ନାହିଁ କିମ୍ବା ଜଙ୍ଗଲୀ ନିଆଁ ଲାଗେ ନାହିଁ । ତେଣୁ ଘାସ ତଳେ ମାଟି ଉଖାରି ହୁଏ ନାହିଁ । ତା ଉପରେ ଖାଲି ପାଦରେ ଠିଆ ହୁଅ । କାରଣ ସେଇଟା ସ୍ୱୟଂ ସ୍ରଷ୍ଟାଙ୍କର ବରଦାନ ସ୍ୱରୂପ ଗୋଟେ ପୁଣ୍ୟଭୂମି ପରି । ତାକୁ ଆବୋରି ରଖ, ତାକୁ ସୁରକ୍ଷିତ ରଖ, ତା'ର ଯନ ନିଅ । କାରଣ ସେ ମଣିଷକୁ ଆବୋରି ରଖେ, ସୁରକ୍ଷିତ ରଖେ, ଆଉ ଯନ୍‌ ନିଏ । ତାକୁ ଧ୍ୱଂସ କରିଦେବା ମାନେ ମଣିଷକୁ ଧ୍ୱଂସ କରିଦେବା ।

ସେଠି ଗହଳ ଘାସଲତା ପରସ୍ପର ଛନ୍ଦାଛନ୍ଦି - ମାଟି ଦେଖି ହୁଏ ନାହିଁ । କିନ୍ତୁ ପାହାଡ଼ର ସବୁଜିମା ଫିକା ପଡ଼େ । ତଳ ଉପତ୍ୟକାରେ ସେମାନେ ୫ରି ପଡ଼ନ୍ତି ।

ସେଇ ଭଙ୍ଗା କଟା ରୂପ ପ୍ରକୃତିକୁ ବଦଳେଇ ଦିଏ । କାରଣ ସେଗୁଡ଼ା ଏକ ଅନାବୃତ ଲାଲିମାରେ ବଢନ୍ତି । ସେମାନେ ବର୍ଷା ଓ କାକର ବିନ୍ଦୁକୁ ଧରି ରଖି ପାରନ୍ତିନି । ତାଙ୍କର ମୂଳ ଦେଶର ଧାର ଶୁଖିଯାଏ । ଗୁଡ଼ାଏ ଗାଈଗୋରୁ ଚରନ୍ତି । ସେଠି ବାରମ୍ବାର ଜଙ୍ଗଲି ନିଆଁ ଲାଗେ । ତା ଉପରେ ଜୋତା ପିନ୍ଧି ଛିଡ଼ାହୁଅ, କାରଣ ସେଇଟା ଆବୁଡା ଖାବୁଡା ଆଉ ପାଦ ତଳେ ମୁନିଆଁ ପଥର । ତାହା ଆବୋରି ରଖା ହୋଇନାହିଁ, ତାହା ସୁରକ୍ଷିତ କିମ୍ବା ସଯନ୍ ବର୍ଦ୍ଧିତ ନୁହେଁ । ସେଇଟା ମଣିଷକୁ ଆଉ ଆବୋରି ରଖୁ ନାହିଁ । ମଣିଷକୁ ସୁରକ୍ଷା ଦଉନାହିଁ କିମ୍ବା ମଣିଷର ଯତ୍ ନେଉନାହିଁ । ଏଠି ଆଉ ଚିଙ୍ଘିଭ ଡାକେ ନାହିଁ ।

ବିରାଟ ନାଲି ପାହାଡ଼ମାନ ଏକାକି ଠିଆ । ଚମ ଉତୁରିଲା ପରି ମାଟି ଉଜୁଡି ଯାଇଛି । ତା ଉପରେ ବିଜୁଳି ଘଡଘଡି ମାରେ, ମେଘ ଅସ୍ତ୍ରାକୁ ଅସ୍ତ୍ରା ପାଣି କୁଟେ । ଶୁଖିଲା ଝର ପୁଣି ଜୀବନ ପାଆନ୍ତି । ନାଲି ମାଟିର ରକ୍ତ ଧାର ଉଛୁଳି ପଡ଼େ । ଉପତ୍ୟକା ତଳେ ସ୍ତ୍ରୀ ଲୋକମାନେ ବାକି ମାଟିକୁ ଖୋଲନ୍ତି । ଭୁତାଗଛ ପୁରୁଷେ ଉଞ୍ଚ ବି ବଢ଼ିପାରେ ନାହିଁ । ସେ ସବୁ ବୁଢ଼ାବୁଢ଼ୀ, ମା ପୁଅଙ୍କର ଉପତ୍ୟକା । ପୁରୁଷମାନେ ଦୂରରେ, ଯୁବକ ଓ ଯୁବତୀମାନେ ଦୂରାନ୍ତରେ । ମାଟି ଆଉ ସେମାନଙ୍କୁ ଧରି ରଖିପାରୁ ନାହିଁ ।

୨

କାଠ ଓ ଲୁହାରେ ତିଆରି ଗୀର୍ଜା ଘରକୁ ଛୋଟ ଝିଅ ପିଲାଟିଏ ହାତରେ ଚିଠି ଖଣ୍ଡିକ ଧରି ଶୀଘ୍ର ଧାଇଁଲା । ଗୀର୍ଜାଘର ପାଖକୁ ଲାଗି ଗୋଟେ ଘର । ସେଇଘର କବାଟରେ ସେ ଡରିଡରି ଠକ୍ ଠକ୍ କଲା । ରେଭରେଣ୍ଡ ଷ୍ଟିଫେନ୍ କୁମାଲୋ । ବସି କ'ଣ ଲେଖୁଥିଲେ । ମୁଣ୍ଡ ଉଠାଇ ସେ କହିଲେ – ଭିତରକୁ ଆସ ।

ଛୋଟ ପିଲାଟା ସନ୍ତର୍ପଣରେ କବାଟ ଖୋଲିଲା । ଯେମିତିକି ଗୋଟେ ବିଶିଷ୍ଟ ଘରର କବାଟ ଖାମ ଖେଆଲି ଭାବରେ ଖୋଲିବା କଥା ନୁହଁ ବୋଲି ସେ ବେଶ୍ ସଚେତନ । ଶଙ୍କିତ ପାଦରେ ଭିତରକୁ ଗଲା ।

– ଗୋଟେ ଚିଠି ଆଣିଛି, ଆଜ୍ଞା ।

– ଚିଠି ଖଣ୍ଡେ, ଏଁ ? କୋଉଠୁ ପାଇଲୁ ରେ ?

– ଷ୍ଟୋର୍‌ରୁ ଆଜ୍ଞା । ଗୋରା ଲୋକ ଜଣେ ଆପଣଙ୍କୁ ଦେବାକୁ କହିଲେ ।

– ଭଲ କଥା । ଆଚ୍ଛା, ତୁ ଏଥର ଯା ଭାରି ।

କିନ୍ତୁ ସେ ସଙ୍ଗେସଙ୍ଗେ ଚାଲିଗଲା ନାହିଁ । ଖାଲି ପାଦଟିକୁ ଆର ପାଦରେ ଘଷିଲା । ଆଜ୍ଞାଙ୍କର ଟେବୁଲ୍ ତଳର ଧାରରେ ଆଙ୍ଗୁଠି ରଗଡିଲା ।

– ତତେ ବହୁତ ଭୋକ ଲାଗୁଛି କିରେ ?

- ସେତେ ବେଶୀ ଭୋକ ହଉନାହିଁ, ଆଜ୍ଞା ।

- ବୋଧହୁଏ ଟିକେ ଟିକେ ଭୋକ ଲାଗୁଛି ।

- ହଁ, ଟିକେ ଭୋକ ଲାଗୁଛି ଆଜ୍ଞା ।

- ତା'ହେଲେ ମା ପାଖକୁ ଯା । ତତେ କିଛି ଖାଇବାକୁ ମିଳିବ ।

- ଧନ୍ୟବାଦ ଆଜ୍ଞା ।

ସେ ଥରୁଥିନା ପାଦ ପକାଇ ଗଲା । ଯେମିତି ତା'ର ପାଦର ଆଘାତରେ ଏଇ ବିଶିଷ୍ଟ ଘରଟାର କ'ଣ କ୍ଷତି ହେଇଯିବ । ଏଇ ଘରେ ଟେବୁଲ୍ ଅଛି, ଚୌକି ଅଛି, ଘଣ୍ଟା ଅଛି, ଗୋଟେ ଗମ୍ଲାରେ ଗଛ ଲଗା ହେଇଛି, ଆଉ ଗୁଡ଼ାଏ ବହି ଅଛି - ଏତେ ବହି ସ୍କୁଲରେ ସୁଦ୍ଧା ନାହିଁ ।

କୁମାଲୋ ଚିଠିଟାକୁ ଦେଖିଲେ । ମଇଲା ଚିଠି ଖଣ୍ଡେ । ନିଶ୍ଚେ ଦୁଇ ଚାରି ହାତ ହେଇ ଆସିଛି । ଚିଠିଟା ଜୋହାନ୍ସବର୍ଗରୁ ଆସିଥିଲା । ଜୋହାନ୍ସବର୍ଗରେ ତାଙ୍କର ଅନେକ ନିଜ ଲୋକ ଅଛନ୍ତି । ବଢ଼େଇ କାମ କରୁଥିବା ତାଙ୍କର ଭାଇ ଜନ୍ ସେଠିକି ଚାଲିଗଲା । ଜୋହାନ୍ସବର୍ଗର ସୋଫିଆ ଟାଉନ୍ଠାରେ ନିଜର ବ୍ୟବସାୟ ବସାଇଲା । ତାଙ୍କର ଭଉଣୀ ଜାଟ୍ତୁଡ଼ ତାଙ୍କ ଠାରୁ ପଚିଶ ବର୍ଷ ସାନ । ସେ ତା'ର ବାପା ବୟସର । ଖଣିରେ କାମ କରୁଥିବା ସ୍ୱାମୀକୁ ଖୋଜିବାକୁ ତାର ଟିକି ପୁଅଟାକୁ ଧରିକି ଗଲା ଯେ ଆଉ ଫେରିଲା ନାହିଁ । ତାଙ୍କର ଗୋଟେ ବୋଲି ପୁଅ ଆବ୍ସାଲେମ ତା'ର ପିଉସୀ ଜାଟ୍ତୁଡ଼କୁ ଖୋଜିବାକୁ ଯାଇ ଆଉ ଫେରିଲା ନାହିଁ । ଏମାନଙ୍କ ପରି ନିଜର ନ ହେଲେ ମଧ୍ୟ ଆହୁରି ଅନେକ ଦୂର ସମ୍ପର୍କୀୟ ବନ୍ଧୁବାନ୍ଧବ ସେଠି ଅଛନ୍ତି । ଚିଠିଟା କାହା ପାଖରୁ ଆସିଥିଲା ତାହା କହିବା ମୁସ୍କିଲ । କାରଣ ଅନେକ ଦିନରୁ ଏମାନଙ୍କ ଭିତରୁ କେହି ଚିଠି ଦେଇ ନ ଥିଲେ । ଏତେଦିନ ପରେ କାହାର ହସ୍ତାକ୍ଷର ଜାଣି ବି ହେବ ନାହିଁ ।

ସେ ଚିଠି ଖଣ୍ଡିକୁ ଓଲଟାଇ ଦେଖିଲେ । କିନ୍ତୁ କାହା ପାଖରୁ ଆସିଛି ଜଣାପଡ଼ୁ ନ ଥିଲା । ଚିଠିଟା ଖୋଲିବାକୁ ସେ କୁଣ୍ଠିତ ହେଲେ । କାରଣ ଥରେ ଖୋଲି ଦେଲେ ଆଉ ପୁଣି ବନ୍ଦ କରିହେବ ନାହିଁ ।

ସେ ତାଙ୍କର ସ୍ତ୍ରୀଙ୍କୁ ଡାକିଲେ, ଛୁଆଟା ଗଲାଣି କି ?

- ସେ ଖାଉଛି ।

- ଆଚ୍ଛା ସେ ଖାଉ । ସେ ଚିଠି ନେଇକି ଆସିଲା । ତମେ ଚିଠି ବିଷୟରେ କିଛି ଜାଣ କି ?

- ମୁଁ କେମିତି ଜାଣିବି, ଷ୍ଟିଫେନ ?

– ନା, ମୁଁ କହିପାରିବିନି। ସେଇଟା ଦେଖ ତାହେଲେ।

ଚିଠି ଖଣ୍ଡିକୁ ନେଇ ସେ ଏପାଖ ସେପାଖ ଦେଖିଲେ। କିନ୍ତୁ ସେଇଟା କାହା ପାଖରୁ ଆସିଛି ଜଣାପଡ଼ିଲାନି। ସେ ସାବଧାନତାର ସହିତ ଧୀରେ ଧୀରେ ଠିକଣାଟା ପଢ଼ିଲେ:

ରେଭରେଣ୍ଡ ଷ୍ଟିଫେନ୍ କୁମାଲୋ

ସେଣ୍ଟ ମାର୍କ ଚର୍ଚ୍ଚ

ଏଣ୍ଡୋସୋନି

ନାଟାଲ

ସେ ସାହସ ଯୁଟାଇ କହିଲେ, ଏଇଟା ଆମ ପୁଅର ଚିଠି ନୁହେଁ।

– ନା, ଏଇଟା ପୁଅର ଚିଠି ନୁହେଁ। ସେ ଦୀର୍ଘଶ୍ୱାସ ଛାଡ଼ିଲେ।

– ବୋଧହୁଏ ତାରି ବିଷୟରେ, ସେ କହିଲେ।

– ହଁ। ସେଇୟା ହେଇପାରେ।

– ଚିଠିଟା ଜାତୁଡ଼ ପାଖରୁ ଆସିନି।

– ବୋଧହୁଏ ମୋ ଭାଇ ଜନ୍ ଲେଖିଛି।

– ନା ଜନ୍ ପାଖରୁ ନୁହେଁ।

ସେମାନେ ଚୁପଚାପ୍ ଥଲେ – ଆମେ ଏମିତି ଚିଠି ଖଣ୍ଡେ ପାଇଁ ଚାହିଁ ବସିଥାଉ। ଅଥଚ ଆସିଗଲେ ଖୋଲିବାକୁ ବି ଡରୁ, ତାଙ୍କର ସ୍ତ୍ରୀ କହିଲେ।

– କିଏ ଡରୁଛି? ଖୋଲ। ଷ୍ଟିଫେନ୍ କହିଲେ।

ସେ ଖୁବ୍ ଯନ୍ତର ସହିତ ଧୀରେ ଧୀରେ ଖୋଲିଲେ। କାରଣ ସାଧାରଣତଃ ସେ ଚିଠିମାନ ଖୋଲନ୍ତି ନାହିଁ। ଚିଠିଟାକୁ ମେଲାଇଲେ ଆଉ ଧୀରେ ଧୀରେ ପଢ଼ିଲେ ଯେମିତିକି ସେ ତାଙ୍କ ପଢ଼ିବାଟା ସବୁ ଶୁଣି ପାରିବେ ନାହିଁ।

– ପାଟି କରି ପଢ଼, ସେ କହିଲେ।

ଜଣେ ଜୁଲୁ ଅଧିବାସୀ ଯେମିତି ଇଂରାଜୀ ପଢେ ସେମିତି ବଡ଼ ପାଟିରେ ସେ ପଢ଼ିଲେ।

ମିଶନହାଉସ୍

ସୋଫିଆ ଟାଉନ୍

ଜୋହାନସ୍‌ବର୍ଗ

ସେପ୍‌ଟେମ୍ବର ୨୫ ୧୯୪୬

ପ୍ରିୟ ବରେଷ୍ଣୁ,

ଏଠି ଜୋହାନସ୍ ବର୍ଗରେ ଜଣେ ଯୁବତୀଙ୍କ ସହିତ ମୋର ଭେଟ ହେଇଥିଲା। ତା'ର ନାଁ ଜାଟୁଡ୍ କୁମାଲୋ। ସେ ଏଣ୍ଡୋସେନି ସେଣ୍ଟମାର୍କ ଚର୍ଚ୍ଚର ରେଭରେଣ୍ଡ ଷ୍ଟିଫେନ୍ କୁମାଲୋଙ୍କ ଭଉଣୀ ବୋଲି ମୁଁ ଜାଣିବାକୁ ପାଇଲି। ସମ୍ପୃକ୍ତ ମହିଲାଙ୍କ ଦେହ ଅସୁସ୍ଥ ଅଛି। ତେଣୁ ଶୀଘ୍ର ଜୋହାନସ୍ବର୍ଗ ଆସିବାକୁ ଅନୁରୋଧ। ଆସିବା ଠିକଣା - ରେଭରେଣ୍ଡସ୍ ଥିଓଫିଲସ୍ ମିସିମାଙ୍ଗୁ, ମିଶନ ହାଉସ୍, ସୋଫିଆ ଟାଉନ୍। ଆସିଲାପରେ କଥାବାର୍ତ୍ତା କରିବା। ଏତେ ଅଳ୍ପ ଦାମ୍‍ରେ ରହିବାର ବନ୍ଦୋବସ୍ତ ମଧ୍ୟ କରିଦେବି। ଏତିକିରେ ରହିଲି–

ଆପଣଙ୍କର ବିଶ୍ୱସ୍ତ<br>ଥିଓଫିଲସ୍ ମିସିମାଙ୍ଗୁ

ସେମାନେ ଦୁହେଁ ନୀରବ ଥିଲେ। ଶେଷରେ ତାଙ୍କର ସ୍ତ୍ରୀ ପାଟି କରି ଖୋଲିଲେ,

– ହଇହୋ ?

– ହଁ କ'ଣ କି ?

– ଏଇ ଚିଠି ଖଣ୍ଡକ, ତମେ ଏବେ ତ ଶୁଣିଲ।

– ହଁ ମୁଁ ଶୁଣିଲି। ଏଇଟା ସାଧାରଣ ଚିଠି ଖଣ୍ଡେ ନୁହେଁ।

– ଏମିତି ସାଦା ଚିଠି ନୁହେଁ।

– ସେ ପିଲାଟା ଖାଇ ସାରିଲାଣି।

ତାଙ୍କର ସ୍ତ୍ରୀ ରୋଷେଇ ଘରକୁ ଗଲେ ଓ ଛୁଆଟାକୁ ନେଇ ଫେରିଲେ।

– ଖାଇ ସାରିଲୁ କିରେ ସୁନା ?

– ହଁ, ଆଜ୍ଞା।

– ତାହେଲେ ଯା ଏଥର। ଚିଠିଟା ଆଣି ଦେବାରୁ ତତେ ବହୁତ ଧନ୍ୟବାଦ। ଆଛା ଷ୍ଟୋରର ସେଇ ଗୋରା ଲୋକକୁ ମୋର କୃତଜ୍ଞତା ଜଣାଇ ପାରିବୁ କି ?

– ହଁ ଆଜ୍ଞା।

– ଆଛା, ଦେଖିକରି ଯିବୁ।

– ହଁ ଆଜ୍ଞା, ଯାଉଛି ମା।

– ହଁ ଯା ସୁନା।

ଛୁଆଟା ଧୀରେ ଦ୍ୱାର ମୁହଁକୁ ଗଲା, ଥରକିନା କବାଟ ଆଉଜାଇ ଦେଇ ଚାଲିଗଲା, ଯେମିତି ଶବ୍ଦ ହେବା ଆଶଙ୍କାରେ ଡରିଯାଉଥିଲା।

ପିଲାଟା ଯାଇ ସାରିଲା ପରେ ସେ ଷ୍ଟିଫେନ୍‌ଙ୍କୁ କହିଲେ ଏଥର କ'ଣ କରିବ ?

– କୋଉ କଥା କି ?

– ଏଇ ଚିଠି କଥା ।

ସେ ଦୀର୍ଘଶ୍ୱାସ ଛାଡ଼ିଲେ । – ସେଣ୍ଟକାଉର ଟଙ୍କାଟା ଆଣ ତ । ସେ କହିଲେ ।

ତାଙ୍କର ସ୍ତ୍ରୀ ଭିତରକୁ ଯାଇ ଟିଣଟିଏ ନେଇ ଆସିଲେ । କଫି ବା କୋକୋ ବିକିଲା ପରି ଟିଣ ଡବାଟିଏ । ତାଙ୍କୁ ଡବାଟା ଦେଲେ । ସେ ତାକୁ ହାତରେ ଧରି ପରଖିଲେ ଯେମିତି ସେଥିରେ କିଛି ସମାଧାନର ସୂତ୍ର ରହିଛି ।

– କାମଟା ହେଇଯାଉ ଷ୍ଟିଫେନ୍ ।

– ମୁଁ କେମିତି ଏଇଟା ଉଠେଇବି ? ଏଥିରେ ଆବ୍‌ସାଲମ୍‌କୁ ସେଣ୍ଟକାଉ ପଠେଇବା କଥା, ସେ କହିଲେ ।

– ଏବେ ଆଉ ଆବ୍‌ସାଲମ୍ କେବେ ସେଣ୍ଟକାଉ ଯିବ ନାହିଁ ।

– କେମିତି ଏକଥା କହିଲ ? ଏତେବଡ଼ କଥାଟିଏ କେମିତି କହିପାରିଲ ?

– ସେ ଜୋହାନସ୍‌ବର୍ଗରେ, ଲୋକେ ଜୋହାନସ୍‌ବର୍ଗକୁ ଥରେ ଗଲେ ଆଉ ଫେରନ୍ତି ନାହିଁ, ସେ ଅବସନ୍ନ ହେଇ କହିଲେ ।

– ତମେ କଥାଟା କହି ଦେଲଣି । ଥରେ କୁହା ସରିଲାମାନେ ଟଙ୍କାଟା ଯୋଉ ଉଦ୍ଦେଶ୍ୟରେ ଜମା ହେଇଥିଲା ସେଇ ଦିଗରେ ଆଉ ଖର୍ଚ୍ଚ ହେବ ନାହିଁ । ତମେ ଗୋଟେ ବାଟ ଫିଟେଇଲ । ବାଟ ଯେହେତୁ ଫିଟେଇଛ, ଆମେ ସେଇ ବାଟ ଦେଇ ଯିବା କଥା । କିନ୍ତୁ କୋଉଠାକୁ ଯିବା ତାହା ଟ'କୋଙ୍କୁ (ଈଷ୍ଟ) ଜଣା ।

– ଚିଠିଟା ମୁଁ ଖୋଲି ନାହିଁ । ଆଗରୁ ଖୋଲା ହୋଇଥିଲା । ତମେ ଦେଖି ପାରୁ ନ ଥିଲ । ସେ ତାଙ୍କୁ ଆକ୍ଷେପ କରିଥିବାରୁ ଟିକେ ବିରକ୍ତ ହେଇ କହିଲେ ।

– ଆମର ଗୋଟେ ବୋଲି ପୁଅ । ଜୁଲୁସ୍‌ର ତ ଗୁଡାଏ ପିଲାପିଲି । କିନ୍ତୁ ଆମର ଗୋଟେ ବୋଲି । ସେ ଜୋହାନସ୍‌ବର୍ଗ ଚାଲିଗଲା ।

ତମେ ତ କହିଥିଲ ଯେ ଥରେ ଜୋହାନସ୍‌ବର୍ଗ ଗଲେ ସେଠୁ ଆଉ ଲୋକେ ଫେରନ୍ତି ନାହିଁ । ସେମାନେ ଆଉ କେବେ ଚିଠି ଖଣ୍ଡେ ବି ଲେଖନ୍ତି ନାହିଁ । ଜ୍ଞାନ ଆହରଣ ପାଇଁ ସେମାନେ ସେଣ୍ଟକାଉକୁ ଯାଆନ୍ତି ନାହିଁ ଯାହାରି ବିନା କୌଣସି କଳା ଲୋକ ତିଷ୍ଠିପାରେ ନାହିଁ । ସେମାନେ ଜୋହାନସ୍‌ବର୍ଗ ଯାଆନ୍ତି ଆଉ ଶେଷରେ ସେଠି ହଜି ଯାଆନ୍ତି, କିଏ ଜାଣେ ନା କିଏ ଶୁଣେ । ଏବେ ଏଇ ଟଙ୍କାଟା... । ସେ ସ୍ତବ୍ଧ ହେଇ କହିଲେ । ତାଙ୍କ ସ୍ତ୍ରୀଙ୍କ ମୁହଁରେ ଆଉ ଭାଷା ନ ଥିଲା ।

ସେ ସେମିତି ପୁଣି କହି ଚାଲିଲେ – ଏବେ ଟଙ୍କାଟା ପୁଣି ମୋରି ପାଖରେ, ଟଙ୍କାଟା ମୋରି ହାତରେ।

– ନିଜ ଉପରେ ଏମିତି ଦାଉ ସାଧ୍ୱ ଲାଭ କ'ଣ ଯେ। ଶେଷରେ ତାଙ୍କର ସ୍ତ୍ରୀ କହିଲେ।

– ମୁଁ ଦାଉ ସାଧୁଛି ମୋ ଉପରେ ? ମୋ ଉପରେ ସାଧୁଛି ? ମୁଁ ମୋର କ୍ଷତି କରୁନାହିଁ, ବରଂ ସେମାନେ ମୋ ଉପରେ ଦାଉ ସାଧୁଛନ୍ତି। ମୋ ନିଜ ପୁଅ, ମୋ ନିଜ ଭଉଣୀ, ମୋ ନିଜ ଭାଇ ଚାଲିଗଲେ ଯେ ଆଉ ଦୁଇ ଧାଡ଼ି ଲେଖି ବି ପାରିଲେନି। ଆମର ଭଲ ମନ୍ଦ କିଛି ଜାଣିଲେନି। ଆମେ ଯାହା ହେଲେ ତାଙ୍କର ବା ଯାଏ ଆସେ କେତେ।

ତାଙ୍କର ବିସ୍ତୁବ୍ଧ କଣ୍ଠସ୍ୱର ଆହୁରି ତେଜିଲା। – ଯାଆ, ଆଉ ଗୋରା ଲୋକଟାକୁ ପଚାରି ଆସ। ବୋଧହୁଏ ସେଠି ଚିଠି ମାନ ପଡ଼ିଥିବ। କାଉଣ୍ଟର ପାଖରେ ପଡ଼ିଥିବ ଅଥବା ସ୍ଟୋର ଘର ଜିନିଷ ଭିତରେ ପଡ଼ିଥିବ। ଗଛକୁ ଅନେଇ ଦେଖ, ନତୁବା ପବନ ଉଡ଼େଇ ଦେଇଥିବ।

ତାଙ୍କ ସ୍ତ୍ରୀ ତାଙ୍କୁ ପାଟିକଲେ। – ତମେ ବି ମତେ ବି ସାଧୁଛ।

ସେ ନିଜ ଭିତରକୁ ଫେରିଆସିଲେ ଓ ନରମି କହିଲେ – ସେଇଆ ମୁଁ କେବେ କରି ପାରିବିନି।

ସେ ଟିଣ ଡବାଟିକୁ ସ୍ତ୍ରୀଙ୍କ ପାଖରେ ଧରି ରଖିଲେ। – ଖୋଲ, ସେ କହିଲେ।

ଥରଥର ହାତରେ ତାଙ୍କ ସ୍ତ୍ରୀ ଟିଣଟାକୁ ଧରିଲେ ଆଉ ଖୋଲିଲେ। ଟେବୁଲ୍ ଉପରେ ଟିଣଟାକୁ ସେ ଅଜାଡ଼ି ଦେଲେ। କେତେଖଣ୍ଡି ପୁରୁଣା ମଇଲା ନୋଟ୍ ଆଉ ରୂପା ଓ ତମ୍ବାର ମେଞ୍ଚାଏ ହେବ ସିକ୍କା।

– ଗଣି ଦିଅ।

ସେ ଗୋଟିଗୋଟି କରି ଯତ୍ନରେ ଗଣିଲେ।

– ବାର ପାଉଣ୍ଡ, ପାଞ୍ଚ ସିଲିଂ ଆଉ ସାତ ପେନ୍ସ।

– ମୁଁ ଏଥରୁ ଆଠ ପାଉଣ୍ଡ ଆଉ ବାକି ସିଲିଂ ଓ ପେନ୍ସ୍ ତକ ନେବି।

– ସବୁତକ ନିଅ ଷ୍ଟିଫେନ୍। ସେଠି ଡାକ୍ତରଙ୍କ ଫିସ୍, ଡାକ୍ତରଖାନା ଖର୍ଚ୍ଚ ଆଉ ଅନ୍ୟାନ୍ୟ ଗୁଡ଼ାଏ ଖର୍ଚ୍ଚ ଅଛି। ସବୁତକ ନେଇଯାଅ। ଡାକଘର ଜମା ଖାତାଟା ନେଇଯାଅ। ସେଥିରେ ଦଶ ପାଉଣ୍ଡ ଅଛି। ସେତକ ବି ନେଇଯାଅ।

– ତମର ଷ୍ଟୋଭ୍ କିଣିବା ପାଇଁ ମୁଁ ସେଇଟା ଜମା କରିଥିଲି।

– ଆଉ କ'ଣ କରାଯାଏ। ଏଇ ଟଙ୍କାଟା ତ ଆମେ ତ ଫେର୍ ସେଣ୍ଟକାଟ୍ ପାଇଁ ରଖିଥିଲେ। ସେଥିରେ ତୁମର କଳା ଲୁଗା, ନୂଆ ଟୋପି ଆଦି କିଣିବାର ଥିଲା।

ସେଇଟା ଆଉ କ'ଣ କରାଯାଏ। ଦେଖାଯାଉ, ମୁଁ ଯାଏଁ ତ ଆଗେ...

– କାଲି କେରିସ୍ବୁକ୍ରୁ।

– ଏବେ ମୁଁ ବିଶପଙ୍କୁ ଚିଠି ଲେଖି ଜଣାଇବି। ସେଠି ମତେ କେତେ ଦିନ ରହିବାକୁ ପଡ଼ିବ କେଜାଣି।

ଭାରି ପାଦ ଉଠାଇ ସେ ପତ୍ନୀଙ୍କ ସାମ୍ନାରେ ଛିଡ଼ା ହେଲେ।

– ତମ ମନରେ କଷ୍ଟ ଦେଇଥିବାରୁ ମୁଁ ସତରେ ଦୁଃଖିତ, ଆଜି ସେଥିପାଇଁ ମୁଁ ଚର୍ଚ୍ଚରେ ପ୍ରାର୍ଥନା କରିବି।

ସେ କବାଟ ପାଖକୁ ଯାଇ ଚୁପ୍‌ଚାପ୍ ଧୀରେ ଧୀରେ ଚର୍ଚ୍ଚ ଆଡ଼କୁ ମୁହାଁଉଥିବାର ତାଙ୍କର ସ୍ତ୍ରୀ ଝରକାରୁ ଦେଖି ପାରିଲେ। ଟେବୁଲ ଉପରେ ହାତରଖି ସେ ନୀରବରେ ବସିପଡ଼ିଲେ। ଭିତରେ ତାଙ୍କର ନିର୍ବାକ୍ ଯନ୍ତ୍ରଣା, କଳା ସ୍ତ୍ରୀ ଲୋକଙ୍କର ଧୈର୍ଯ୍ୟ ଓ ସହିଷ୍ଣୁତାର ଯନ୍ତ୍ରଣା, ମୂକ ଗୋରୁପଲର ଯନ୍ତ୍ରଣା ସବୁ ଉବୁଟୁବୁ ହେଉଥିଲା।

*

ସବୁ ରାସ୍ତା ଜୋହାନସ୍ବର୍ଗଙ୍କୁ ଯାଇଛି। ଲମ୍ବା ରାତିରେ ଜୋହାନସ୍ବର୍ଗଙ୍କୁ ଟ୍ରେନ୍ ଯାଏ। ଦୋହଲୁଥିବା ବଗିରେ ଆଲୁଅ ଦୁଇ କଡ଼ରେ ବିଛୁଡ଼ି ପଡ଼େ। ନିଦ୍ରିତ ଦେଶର ଘାସ ପଥର ଉପରେ ଛାଇ ଯାଏ। ଶୋଇ ପାରିଲେ ସବୁଠୁ ନିସ୍ତାର।

୩

ଉମ୍‌ଜିମ୍‌କୁଲୁରୁ ସରୁ ଧାରଣା ଉପରେ ଛୋଟିଆ ଟ୍ରେନ୍‌ଟା ପାହାଡ଼କୁ ଚଢ଼େ। କେରିସ୍ବୁକ୍ ଯାଏ ଯାଇ ସେଠି ଅଟକେ। ସେଟିକେ ବାହାରି ଆସି ତମେ ଆସିଥିବା ମନୋରମ ଉପତ୍ୟକାକୁ ଘଡ଼ିଏ ଚାହିଁ ପାରିବ। ଟ୍ରେନ୍ ସହଜରେ ଛାଡ଼ି ଦେଇ ଯିବ ନାହିଁ। କାରଣ ଏତିକି କେତେ ଲୋକ ଆସନ୍ତି ଯେଉଁମାନେ ତମକୁ ଚିହ୍ନନ୍ତି, ତମେ କିଏ କଣ ଜାଣିଥାନ୍ତି। ଆଉ ଯଦିବା ଟ୍ରେନ୍ ଛାଡ଼େ, ତା'ହେଲେ କିଛି କଥା ନାହିଁ। ଯଦି ତମେ ପଙ୍ଗୁ କିମ୍ବା ନିହାତି ବୁଢ଼ା ହେଇ ନ ଥାଅ, ତା'ହେଲେ ସହଜରେ ତା ପଛରେ ଦୌଡ଼ି ଧରିପାରିବ।

କୁହୁଡ଼ି ପଡ଼ିଥିଲେ ମନୋରମ ଉପତ୍ୟକାର କିଛି ଦେଖି ପାରିବ ନାହିଁ। ତମର ତଳେ, ଉପରେ, ଚାରିଆଡ଼େ କୁହୁଡ଼ି ଘେରିଯାଏ। ଟ୍ରେନ୍ ଓ ଟ୍ରେନ୍ ଧରିଥିବା ପୁଞ୍ଜାଏ ଜନତାର ଗୋଟେ ଛୋଟିଆ ପୃଥିବୀ ଗଢ଼ି ଉଠେ। କେତେଜଣଙ୍କୁ ସେଇଟା

ଭଲ ଲାଗେ ନାହିଁ। ଟ୍ରେନ୍ ଭିତରଟା ତାଙ୍କୁ ଶୀତଳ ଓ ବିଷର୍ଣ ଲାଗେ। କିନ୍ତୁ ଅନ୍ୟମାନଙ୍କ ପାଇଁ ଟ୍ରେନ୍ ଭିତରଟା ରହସ୍ୟ ରୋମାଞ୍ଚର କ୍ଷେତ୍ର ପାଲଟିଯାଏ। ଅଜଣା ଅଚିହ୍ନା ସହିତ ପରିଚୟ, ଅନ୍ତରଙ୍ଗ ଆଲାପ ଏମିତି ଆଉ କେତେ କଥା। କଞ୍ଚନାର ପୃଥ୍ବୀରେ ଟ୍ରେନ୍ ଗତି କରେ। କୁହୁଡ଼ି ପହରା ଝରକା ଦେଇ ତମେ ଧୀରେ ଧୀରେ ଗହଳ ସବୁଜ ଲତାବୁଦାର ଦୃଶ୍ୟରାଜି ଦେଖ୍ ପାରିବ। ରୁତୁ ଅନୁଯାୟୀ ନାଲି ନେଲି ବଣୁଆ ଫୁଲ ଫୁଟେ। ଏଠି ସେଠି ଗାଉଆ ଥାନରେ ସାରୁ ଓଲୁଆ ବଢ଼ିବା ଦେଖାଯାଏ। ତା'ରି ପଛକୁ କୁହୁଡ଼ି ଭିତରେ ଭୂତ ପରି ନାଲି କୁକୁଡ଼ା ଚୂଳିଆ ଡାଙ୍ଗିଆର ପତଲା ଧାଡ଼ି ଲମ୍ବିଥାଏ।

ଉପତ୍ୟକାରୁ ବାହାରି ଉପରକୁ ଚଢ଼ିଲା ବେଳେ କେରିସ୍ ଛକଠାରେ ଟ୍ରେନ୍ ଟାକିବାକୁ ଭଲ ଲାଗେ। ସେଠାରେ ଜାଣିବା ଲୋକେ ପ୍ରତି ହ୍ୱିସିଲ୍‌ରେ ଟ୍ରେନ୍‌ଟା କୋଉ ଯାଗା, କୋଉ କ୍ଷେତ, କୋଉ ନଦୀ ପାଖରେ ଅଛି କହିଦେଇ ପାରନ୍ତି। ତେବେ ସମୟ ନିର୍ଘ୍ୱର ଘଣ୍ଟାଏ ଆଗରୁ ସେଠି ପହଞ୍ଚିଲେ ସୁଦ୍ଧା। ଷ୍ଟିଫେନ୍ କୁମାଲୋ ସେ ସବୁ କିଛି ଶୁଣୁ ନ ଥିଲେ। ଗୁଡ଼ାଏ ବାଟ ଯିବାକୁ ଅଛି, ଆଉ ଗୁଡ଼ାଏ ଟଙ୍କା ଦେବାର ଅଛି। ତାଙ୍କର ଭଉଣୀ କେତେ ବେଶୀ ବେମାର ଆଉ ସେଠ୍‌ରେ କେତେ ବେଶୀ ଖର୍ଚ୍ଚ ହେବ, ସେ କଥା କିଏ କହିପାରିବ? ଜୋହାନ୍‌ସ୍‌ବର୍ଗ ଗୋଟେ ବିରାଟ ମହାନଗରୀ। ସେଠି ଏତେ ଗଲି ଉପଗଲି ଯେ ଜଣେ ଏଇ ଗଲିରୁ ସେଇ ଗଲି ହେଇ ଦିନ କାଟିଦେବ। ଗୋଟେ ରାସ୍ତାରେ ଦୁଇଥର ଯିବାକୁ ପଡ଼େ ନାହିଁ। ବସ୍ ଧରିବାକୁ ହେବ। କିନ୍ତୁ ଏଠିକାର ପରି ନୁହେଁ। ଏଠି ଗୋଟିଏ ମାତ୍ର ବସ୍ ଆସେ, ସେଇଟୋ ଠିକଣା ବସ୍। ସେଠି ଅସଂଖ୍ୟ ବସ୍। ଦଶ କି କୋଡ଼ିଏଟା ବସ୍ ଭିତରେ ନିଜ ଠିକଣା ବସ୍ ଗୋଟେ ବାହାରିବ। ଭୁଲରେ ଅଲଗା ବସ୍ ଧରିଥିଲେ ସିଧା ଯାଇ ଅଲଗା ଜାଗାରେ ଯାଇ ପହଞ୍ଚିବ। ଆଉ ବି କହନ୍ତି ଯେ ରାସ୍ତା ପାରି ହେବାଟା ଭାରି ବିପଦଜନକ। ତେବେ ଯାହା ହେଲେବି ପାରି ହେବାକୁ ପଡ଼ିବ। ଏଣ୍ଡୋସୋନିର ମାପାଣ୍ଟା ସେଠି ବେମାର ପଡ଼ିଥିଲା। ତା ସ୍ତ୍ରୀ ତାକୁ ଦେଖ୍‌ଯିବାକୁ ଯାଇଥିଲା। ଆଉ ସେଠି ଆଖ୍ ସାମ୍ନାରେ ତା'ର ପୁଅ ମାଇକେଲ ରାସ୍ତାରେ ମରିଗଲା। ବାର ବର୍ଷ ଏଣେତେଣେ ଅସ୍ଥିରତାରେ କଟିଲା ପରେ ମାଇକେଲ ବାହାରିଥିଲା। ତା'ର ମା କୁଣ୍ଠିତ ହେଇ ଫୁଟ୍‌ପାଥ କଡ଼ରେ ରହିଲା। ତାରି ଆଖ୍ ସାମ୍ନାରେ ଗୋଟେ ବିରାଟକାୟ ଲରି ତା'ର ପୁଅକୁ ମାଡ଼ି ଦେଇଗଲା।

ଆହୁରି ଡର ବି ରହିଛି – ଅକୁହା ଭୟଟିଏ, ଗହୀରିଆ ଅବ୍ୟକ୍ତ ଭୟଟିଏ। ତାଙ୍କର ପୁଅ କେଉଁଠି? ଏତେଦିନ ଧରି ଚିଠିପତ୍ର କାହିଁକି ଦେଲା ନାହିଁ?

ହ୍ୱିସିଲ୍ ବାଜିଲା । ଟ୍ରେନ୍ ପାଖେଇଲା । ପାଦ୍ରୀ ଜଣେ ତାଙ୍କର ଜିନିଷପତ୍ର ଧରି ସାଙ୍ଗରେ ଉଠିଲେ ।

— ତୁମର ସାହାଯ୍ୟ ପାଇଁ ଅନେକ ଧନ୍ୟବାଦ ।

— ଆଜ୍ଞା, ସେଟା ମୋ ପାଇଁ ଖୁସିର କାମ । ଆପଣ ଏକୁଟିଆ ଉଠାଇ ପାରି ନ ଥାନ୍ତେ । ଏଇ ବେଗ୍‌ଟା ଭାରି ଓଜନ ।

ଟ୍ରେନ୍ ପାଖେଇ ଆସିଲାଣି, ଏଇକ୍ଷଣି ପହଞ୍ଚିଯିବ ।

— ଆଜ୍ଞା ।

— ଯା ହେଉ ସାଙ୍ଗ ଜୁଟିଲ ।

— ଆଜ୍ଞା ଗୋଟେ କଥା ବୁଝିବାର ଅଛି ।

— କ'ଣ ପଚାର ।

— ଆପଣ ସିବେକୋକୁ ଜାଣନ୍ତି ?

— ହଁ ।

— ଏଠି ଇକୋପୋରେ ଜଣେ ଗୋରା ଲୋକ ସ୍ମିଥ୍ ଘରେ ସିବେକୋର ଝିଅ କାମ କରୁଥିଲା । ସ୍ମିଥ୍‌ର ଝିଅ ବାହା ହେଇ ଜୋହାନ୍‌ସବର୍ଗ ଚାଲିଗଲା । ସିବେକୋର ଝିଅ ମଧ୍ୟ କାମ ପାଇଁ ତାଙ୍କ ସହିତ ସେଠିକି ଚାଲିଗଲା ।

ଏଇଟା ସେଇ ସ୍ତ୍ରୀ ଲୋକର ବାହା ହେଲା ପରର ଠିକଣା । ସିବେକୋ ତା'ର ଝିଅର କିଛି ଖୋଜ ଖବର ସେ ଦିନଠୁ ଦଶ ବାର ମାସ ହେଲା ପାଇ ନାହିଁ । ସେ କଥା ଟିକେ ବୁଝିବା ପାଇଁ ସେ ଆପଣଙ୍କୁ କହିଛି ।

କୁମାଲୋ ସେଇ ମଇଳା ମୋଡାମୋଡି କାଗଜ ଖଣ୍ଡିକୁ ନେଇ ଦେଖିଲେ ଆଉ କହିଲେ: ସ୍ବିଙ୍ଗ୍‌ସ୍ । ମୁଁ ଜାଗାଟାର ନାଁ ଶୁଣିଛି । କିନ୍ତୁ ଏଟା ଜୋହାନ୍‌ସବର୍ଗରେ ନାହିଁ । ସେଇ ପାଖରେ ଅଛି ବୋଲି କହନ୍ତି । ଆଜ୍ଞା ଭାଇ, ଟ୍ରେନ୍ ଆସିଲାଣି । ମୁଁ ଯେତିକି ପାରିବି ନିଶ୍ଚେ ଚେଷ୍ଟା କରିବି ।

ସେ କାଗଜ ଖଣ୍ଡିକ ନିଜ ମୁଣିରେ ରଖିଲେ । ଦୁହେଁ ଟ୍ରେନ୍‌କୁ ଆସିବାର ଦେଖିଲେ । ଦକ୍ଷିଣ ଆଫ୍ରିକାର ଗ୍ରାମାଞ୍ଚଳରେ ଯାଉଥିବା ସବୁ ରେଲଗାଡ଼ି ପରି ଏଇଟା ବି କଳା ଯାତ୍ରୀରେ ଭରପୂର ଥିଲା । ସେମାନେ ପ୍ରାୟ ଆଉ ଟ୍ରେନ୍‌ରେ ଯିବା ଆସିବା କରୁ ନ ଥିଲେ ।

ଅଣ ୟୁରୋପୀୟ ବଗିକୁ କୁମାଲୋ ଚଢ଼ିଲେ । ସେଠି ନିଜ ଜାତିଆ ସରଳ ମଣିଷଙ୍କର ଭିଡ଼ । ତାଙ୍କ ଭିତରୁ କେତେ ଜଣ ଅବାରିଆ ୟୁରୋପୀୟ ଲୁଗା ପିଛିଥିଲେ ଆଉ କେତେ ଜଣ ଲୁଗାର ଅଧା ମେଲା ଜାଗାକୁ ଘୋଡିବା ପାଇଁ କମ୍ବଳ

ବେଢ଼ିଥିଲେ । ଅବଶ୍ୟ ଏମାନେ ସବୁ ସ୍ତ୍ରୀଲୋକ ଥିଲେ । ପୁରୁଷମାନେ ଆଉ ଦେଶିଆ ଲୁଗା ପିନ୍ଧୁ ନ ଥିଲେ ।

ଦିନଟା ଉଷ୍ମ ଲାଗୁଥିଲା । ବଗି ଭିତରେ ନାନା ପ୍ରକାରର ଗନ୍ଧ । କିନ୍ତୁ କୁମାଲୋ ନମ୍ର ସ୍ୱଭାବର । ସେ ଏସବୁ ପ୍ରତି ଦୃଷ୍ଟି ଦେଲେ ନାହିଁ । ତାଙ୍କର ଶିକ୍ଷିତ ପାଦ୍ରୀ ପୋଷାକ ଦେଖ଼ ଲୋକେ ଘୁଞ୍ଜିଯାଇ ବସିବାକୁ ଜାଗା କରିଦେଲେ । କଥାବାର୍ତ୍ତା ହେବା ପାଇଁ ସେ ଚାରିଆଡ଼େ ଅନାଇଲେ । କିନ୍ତୁ ତାଙ୍କ ଶ୍ରେଣୀର କେହି ନ ଥିଲେ । ସେ ଝରକା ଆଡ଼କୁ ମୁହାଁଇଲେ ଓ ପାଦ୍ରୀ ବନ୍ଧୁଙ୍କୁ ବିଦାୟ ଜଣାଇଲେ ।

– ସିବେକୋ ନିଜେ କାହିଁକି ମୋ ପାଖକୁ ଆସିଲାନି ? ସେ କହିଲେ ।

– ସେ ଡରିଲା ଆଜ୍ଞା । ସେ ଆମ ଚର୍ଚ୍ଚର ନୁହଁ ।

– ସେ କ'ଣ ଆମ ଲୋକ ନୁହଁ ? ଅସୁବିଧାରେ ପଡ଼ିଲେ ଲୋକ କ'ଣ ଖାଲି ନିଜ ଚର୍ଚ୍ଚ – ଲୋକଙ୍କ ପାଖକୁ ଯାଏ ?

– ମୁଁ ତାକୁ କହିବି ଆଜ୍ଞା ।

କୁମାଲୋ ପିଲାଙ୍କ ପରି ବଡ଼ ପାଟି କଲେ । ନା, ବରଂ ଅନ୍ୟମାନେ ଶୁଣିପାରିବା ଭଲି ବୟସ୍କ ପାଟିରେ କହିଲେ:

– ତାକୁ କହିଦେବ ଯେ ଜୋହାନସ୍ବର୍ଗରେ ପହଞ୍ଚି ମୁଁ ସ୍ୱିଙ୍ଗସ୍କୁ ଯିବି । ପକେଟ୍ ଭିତରେ ମୁଣିରେ କାଗଜ ଖଣ୍ଡିକ ଠିକ୍ ଅଛି କି ନାଇଁ ଦେଖ଼ଲେ । ପୁଣି କହିଲେ – ତା ଝିଅ କଥା ମୁଁ ପଚାରି ବୁଝିବି, ତାକୁ କହିଦେବ । ତେବେ ମୁଁ ବହୁତ ବ୍ୟସ୍ତ ରହିବି । ଜୋହାନସ୍ବର୍ଗରେ ମୋର ଗୁଡ଼ାଏ କାମ ଅଛି । ତାକୁ ଜଣାଇଦେବ ।

ସେ ଝରକାରୁ ମୁହଁ ଫେରାଇଲେ । କଥାଟା ନିଜକୁ ନିଜେ କହୁଥିଲା ପରି ଶୁଭୁଥିଲେ ହେଁ ସେ ପ୍ରକୃତରେ ଲୋକମାନଙ୍କୁ କହୁଥିଲେ ।

– ତା ତରଫରୁ ଆପଣଙ୍କୁ ଧନ୍ୟବାଦ ଆଜ୍ଞା ।

– ଆଚ୍ଛା, ଏଥରକ ଯାଆ ।

– ଆପଣଙ୍କ ଯାତ୍ରା ଶୁଭ ହେଉ ।

ହ୍ୱିସିଲ ବଜାଇ ଟ୍ରେନ୍ ଧକ୍କା ମାରିଲା । କୁମାଲୋଙ୍କ ପାଦ ଖସିଯିବା ଉପରେ ଥିଲା । ବସିଯିବାଟା ଭଲ ହେବ ।

ସେ ତାଙ୍କ ବସିବା ଜାଗାକୁ ଗଲେ । ଲୋକେ ଆଗ୍ରହ ଓ ସମ୍ମାନର ସହିତ ତାଙ୍କୁ ଚାହିଁଲେ । ବାରମ୍ବାର ଜୋହାନସ୍ବର୍ଗ ଯାଇ ପାରୁଥିବା ଏଇ ବ୍ୟକ୍ତି ଜଣକୁ ଉତ୍ସୁକତାରେ ସେମାନେ ଚାହିଁ ରହିଲେ । ଦୁଇ ପଟର ପାହାଡ଼, ନଦୀ ଓ ଉପତ୍ୟକା, ଆଦିବନ୍ଧ, ସବୁଜ ଲତା ଗୁଳ୍ମ, କୁକୁଡ଼ା ଚୂଲିଆ ଡାଙ୍ଗିଆର ଛାଇ

ଅନ୍ଧାର ଭିତରେ ଟ୍ରେନ୍ ବାଟ କାଟିଲା। ଷ୍ଟେସନ୍‌ଟିନ୍ ପାରିହେଲା, ଠିକ୍ ଇକୋପୋର ତଳକୁ।

ଯାତ୍ରା ସେଇମାତ୍ର ଆରମ୍ଭ ହେଇଥିଲା। ଭୟଟା ପୁଣି ମାଡ଼ିବସିଲା। ରାସ୍ତା ପାରି ହେଲାବେଳେ ପିଲାମାନେ ମରି ଯାଉଥିବାର ଅଜଣା ମହାନଗରୀର ଭୟ। ଜାର୍ତ୍ତୁଦ୍‌ର ଅସୁସ୍ଥତାର ଭୟ। ମନ ଗହୀରରେ ପୁଅର ଭୟ। ଆହୁରି ତଳକୁ ଜଣେ ମଣିଷର ଭୟ – ଯିଏ ତାରି ପାଇଁ ଉଦ୍ଦିଷ୍ଟ ହେଇ ନ ଥିବା ପୃଥିବୀରେ ରହେ, ଯାର ନିଜର ପୃଥିବୀଟା ତା'ର ହାତ ପାହାନ୍ତରୁ ଖସିଯାଉଛି – ନିଷ୍ଠୁର ହେଇଯାଉଛି, ଧ୍ୱଂସ ପାଇଯାଉଛି, ସ୍ମୃତିର ବାହାରକୁ ଚାଲିଯାଉଛି।

ଆଷ୍ଟୁଟା ହଲିଗଲାଣି, ଟିକିଏ ଆଗରୁ ଏଇ ସରଳ ମର୍ଯ୍ୟାଦାବନ୍ତ ଲୋକଙ୍କ ଆଗରେ ଛୋଟିଆ ମିଛ କଥାଟିଏ କେଡ଼େ ଫୁଟାଣିରେ ସେ କହିପକାଇଲେ।

ପକେଟରେ ଧରିଥିବା ଧର୍ମଗ୍ରନ୍ଥ ଉପରେ ଭଦ୍ର ବ୍ୟକ୍ତି ଜଣକ ହାତ ମାରିଲେ। କାଢ଼ି ଆଣି ପଢ଼ିବାକୁ ଲାଗିଲେ। କେବଳ ଏଇ ପୃଥିବୀଟା ତାଙ୍କୁ ସ୍ଥିର ନିଶ୍ଚିତ ଲାଗୁଥିଲା।


୪

ଇକୋପୋରୁ ଛୋଟିଆ ଟ୍ରେନ୍‌ଟା ଲୁପାଫା ଈଷ୍ଟ ଓଲଡ଼୍‌ସ ଓ ଡୋନିବ୍ରୁକ୍ ଆଦି ସବୁଜ ଗଡ଼ାଣିଆ ପାହାଡ଼ିଆ ଉମ୍‌କୋମାର ମନୋରମ ଉପତ୍ୟକାକୁ ଯାଇଛି। ଏଠି ଉପଜାତି ରହନ୍ତି। ମାଟି ନିରସ, ଆଉ ବାଗେଇବା ଭଳି ନାହିଁ। ଉପତ୍ୟକାରୁ ବାହାରି ଏହା ହେମୁ-ହେମୁ ଦେଇ ଇଲାଣ୍ଡସ୍କୋପ୍ ପାରି ହୁଏ। ପୁଣି ଉମ୍‌ସିମ୍ ଦୁସିର ସୁଦୀର୍ଘ ଉପତ୍ୟକା ଓ ଇଡେନଡଲ ଅତିକ୍ରମ କରି ମନୋରମ ନଗରୀ ପିଚର୍‌ପେରିବର୍ଗ୍‌ର କଳା ବସ୍ତି ଦେଇଯାଏ। ଏଠି କରିତ୍‌କର୍ମା ଗୋରାଙ୍କର ବିସ୍ମୟ ସୃଷ୍ଟି ରହିଛି – ବିନା ଇଞ୍ଜିନରେ ଗୋଟେ ରେଲ ଗାଡ଼ି ଚାଲେ। ଖାଲି ମୁଣ୍ଡ ଉପରେ ଗୋଟେ ଲୁହାର ପିଞ୍ଜରା ଟେକି ରହିଥାଏ ଯାହା କି ଉପରେ ଟଣା ଧାତବ ତାରର ଶକ୍ତି ଟାଣେ।

ହିଲଟନ୍ ଓ ଲାୟନ୍‌ର ନଦୀକୁ ଯାଇ ବାଲଗୋଆଁ, ରୋସେଟା ଓ ମୁଇ ନଦୀ ଆଡ଼େ ଆଖି ପକାଇଲେ ଚାରିଆଡ଼େ ମନୋରମ ଗିରିମାଳା ମୁଣ୍ଡ ଟେକି ଥିବାର ତମେ ଦେଖ ପାରିବ। ଦିନେ କେଉଁ ଲମ୍ବ ଅତୀତର ରଣକ୍ଷେତ୍ର ଥିବା ଭୂଇଁକୁ ବିଦାରି ରାତିରେ ଆଗେଇ ଚାଲ। ଡ୍ରାକେନ୍‌ସବର୍ଗଙ୍କୁ ଚଢ଼ି ପୁଣି ସମତଳ ଅଞ୍ଚଳକୁ ଯାଅ।

ପାହାନ୍ତି ପହରର ଫିକା ଆଲୁଅରେ ଦୋଲାୟିତ ବଗିରେ ଉଠିପଡ଼। ଇଞ୍ଜିନଟା ବାଷ୍ପ ଛାଡ଼ୁଥାଏ। ମୁଣ୍ଡ ଉପରେ ଆଉ ତାର ନାହିଁ। ଏଇଟା ଏକ ନୂଆ ଦେଶ। ଅଚିହ୍ନା

ଦେଶ । ଆଖି ପଡ଼ିବାଯାଏ ଖାଲି ଗଡ଼ିପଡ଼ିକା ଯାଉଥାଏ । ଏଠି ସବୁ ନୂଆଁ ନାଁ ।
ଇଂରାଜୀରେ ସ୍କୁଲ ଯାଏଁ ପଢ଼ିଥିବା ଜଣେ ଜୁଲୁ ପାଇଁ ବେଶ୍ ଦୁର୍ବୋଧ ନାଁ । କାରଣ
ତାଙ୍କ ଭାଷା ଆଫ୍ରିକାନି । ଏଯାଏଁ ଏଇ ଭାଷା କାହାକୁ କହିବାର ସେ ଶୁଣି ନାହାନ୍ତି ।

    – ହେଇ ଖଣି, ଖଣି, ସେମାନେ ପାଟି କରନ୍ତି । କାରଣ ତାଙ୍କ ଭିତରୁ ଅନେକ
ଖଣିରେ କାମ କରିବାକୁ ଯାଉଛନ୍ତି ।

    – ଖଣିଟା କଣ ସେଇ ଧଳା ଚଟକା ପାହାଡ଼ ପାଖରେ ? ସେ ନିର୍ଭୟରେ
ପଚାରନ୍ତି । କାରଣ ତାଙ୍କୁ ଜାଣିଥିବା ଲୋକେ ଏଠି କେହି ନାହାନ୍ତି ।

    – ଆଜ୍ଞା, ସେଇଟା ଖଣି ଭିତରୁ କଢ଼ା ପଥର ଗଦା । ସେଥିରୁ ସୁନା କଢ଼ା
ହେଇ ନିଆଯାଇଛି ।

    – ପଥର କେମିତି କଢ଼ା ହୁଏ ?

    – ଆଜ୍ଞା, ଆମେ ତଳକୁ ଯାଇ ଖୋଲୁ । ଚାଣ ପଥରମାନ ଖୋଲିହୁଏ ନାହିଁ,
ସେଇଠୁ ଆମେ ଚାଲିଆସୁ । ଗୋରାମାନେ ବାରୁଦ ରଢ଼ ଲଗାଇ ତାକୁ ଫଂଟାଇ
ଦିଅନ୍ତି । ଆମେ ପୁଣି ଯାଇ ସେ ସବୁ ଖାଲି କରି ଟ୍ରକ୍‌ରେ ବୋଝେଇ କରିଦେଉ ।
ଗୋଟେ ଲମ୍ବ ଚିମିନି ଥିବା ପିଞ୍ଜରାରେ ସେଇଟା ବହୁତ ଉପରକୁ ଉଠେ । ଏତେ ଦୂର
ଯେ ଆଖିପାଏ ନାହିଁ ।

    – କେମିତି ଉଠେ ?

    – ସେଇଟା ଗୋଟେ ଚକରେ ବନ୍ଧା ହୁଏ । ରୁହନ୍ତୁ, ମୁଁ ଗୋଟେ ଆପଣଙ୍କୁ
ଦେଖାଇ ଦେବି ।

    ସେ ଚୁପ୍‌ରୟ୍‌ ଥିଲେ । ଭୟ ଓ ଉତ୍ତେଜନାରେ ତାଙ୍କର ହୃତ୍‌ସ୍ପନ୍ଦନ ବଢ଼ିଗଲା ।
    – ହେଇ, ସେଠି ଗୋଟେ ଚକ, ଆଜ୍ଞା, ସେଇଟି ସେଠି ଅଛି ।

    ଗୋଟେ ବିରାଟ ଲୁହାର ଛାଞ୍ଚ ପବନରେ ଗଢ଼ୁଥାଏ । ତା ଉପରେ ଗୋଟେ
ବିରାଟ ଚକ ଏତେ ଜୋରରେ ଘୁରୁଥାଏ ଯେ ତା’ର କିଲାମାନ ଆଖିକୁ ଦେଖାଯାଉ
ନ ଥାଏ । ବିରାଟ କୋଠା । ନଳରୁ ଧୂଆଁ ବାହାରୁଥାଏ । ଲୋକେ ତରତର ହେଇ ଯା
ଆସ ହେଉଥାନ୍ତି । ବିରାଟ ଧଳା ପାହାଡ଼ ପାଖରେ ଉପରକୁ ଉଠୁଥିବା ଟ୍ରକ୍‌ର ଅସରନ୍ତି
ଶୋଭାଯାତ୍ରା ଚାଲିଥାଏ । ତଳେ ମୋଟର ଗାଡ଼ି, ଲରି, ବସ୍ – ଗୁଡ଼ାଏ ହଇଚଇ ।

    – ସେଇଟା କ’ଣ ଜୋହାନ୍‌ସବର୍ଗ୍ ?

    ସେମାନେ ଜାଣିଲା ପରି ହସିଲେ । ତାଙ୍କ ଭିତରୁ କେତେ ଜଣ ପୁରୁଖା
ଲୋକ ।

– ଏଇଟା କିଛି ନୁହେଁ। ଜୋହାନ୍‌ସବର୍ଗରେ ଏତେ ବିରାଟ କୋଠାଘର ଯେ ପାଟିରେ କହିହେବ ନାହିଁ। ସେମାନେ କହିଲେ।

– ଆରେ ଭାଇ, ମୋ ବାପାଙ୍କର ଗୋରୁ ଖୁଆଡ ପଛକୁ ସେଇ ପାହାଡଟି ଦେଖୁଛ ତ। ସିଧା ସେଇ ଉଚ୍ଚର କୋଠାଘର।

ଅନ୍ୟମାନେ ମୁଣ୍ଡ ଟୁଙ୍ଗାରିଲେ। କିନ୍ତୁ କୁମାଲୋ ତ ସେଇ ପାହାଡ ଦେଖି ନାହାନ୍ତି।

ଏଥରକ ଅସରନ୍ତି କୋଠା, ଖାଲି କୋଠାଘର, ଆଉ ଧଳା ପାହାଡ, ବିରାଟକାୟ ଚକ, ନମ୍ବର ବିହୀନ ରାସ୍ତା, କାର, ଲରି ଓ ବସ୍‌।

– ଏଇଟା ନିଶ୍ଚେ ଜୋହାନ୍‌ସବର୍ଗ ? ସେ କହିଲେ ସେମାନେ ପୁଣି ହସିଲେ। ସେମାନେ ଟିକେ ବିରକ୍ତ ହେଲେ ବୋଧହୁଏ।

– ଏଇଟା କିଛି ନୁହଁ, ସେମାନେ କହିଲେ। ରେଲ ଧାରଣା। ଇଏ ବି ଗୋଟେ ବିସ୍ମୟ। ବାଁ ପଟକୁ, ଡାହାଣକୁ, ଏତେ ଗୁଡାଏ ରେଲ ଲାଇନ୍‌ ଲମ୍ବିଥିଲା ଯେ ଗଣିହେବ ନାହିଁ। ହଠାତ୍‌ ଟ୍ରେନ୍‌ଟିଏ ତାଙ୍କୁ ଅତିକ୍ରମ କରି ଚାଲିଗଲା। ସେଇ ଶବ୍ଦରେ ତାଙ୍କୁ ବସିଲା ଜାଗାରେ ଝଟକା ମାରିଲା ପରି ଲାଗିଲା। ତାଙ୍କ ସେପଟେ, ତାଙ୍କରି ପଛରେ ଅନ୍ୟ ଜାତିର ଯାତ୍ରୀ ଖୁବ୍‌ ଧୀରେ ଓହ୍ଲାନ୍ତି। ଷ୍ଟେସନ, ରାସ୍ତା ସାରା ଏତେ ଷ୍ଟେସନ ଯେ ଭାବି ହେବ ନାହିଁ। ଶହଶହ ଲୋକ ଟ୍ରେନ୍‌କୁ ଅପେକ୍ଷା କରିଥାନ୍ତି। କିନ୍ତୁ ତାକୁ ହତାଶ କରିଦେଇ ଟ୍ରେନ୍‌ଟା ଧାଏଁକିନା ଚାଲିଯାଏ।

କୋଠାମାନ ଆହୁରି ଉଚ୍ଚରେ ଦିଶେ, ରାସ୍ତା ଗଣିହୁଏ ନାହିଁ। ଏତେ ହାଉଚାଉ ଭିତରେ ଜଣେ ରାସ୍ତା କେମିତି ପାଇବ ? ସନ୍ଧ୍ୟା ହେଲା। ରାସ୍ତାରେ ଆଲୁଅ ଜଳିଲା।

ତାଙ୍କ ଭିତରୁ ଜଣେ ତାଙ୍କୁ ଦେଖାଇଲା।

– ଜୋହାନ୍‌ସବର୍ଗ, ଆଜ୍ଞା।

ବିରାଟକାୟ ଆକାଶଛୁଆଁ କୋଠାଘର। ସେଠି ଲାଗିଥିବା କାହିଁ କେତେ ଉଚ୍ଚରେ ନାଲି ସାଗୁଆ ବତୀ। ଦପ୍‌ଦପ୍‌ ହେଉଥାଏ। ଗ୍ଲାସ ଭର୍ତ୍ତି ହେବାୟାଏ ବୋତଲରୁ ପାଣି ଢଳାହୁଏ। ତା’ପରେ ଆଲୁଅ ଚାଲିଯାଏ। ପୁଣି ଆଲୁଅ ଆସିଲା ବେଳକୁ ଦେଖ, ବୋତଲ ଭର୍ତ୍ତି ଆଉ ଗ୍ଲାସଟା ଖାଲି। ପୁଣି ବୋତଲ ଆସେ। କଳା, ଧଳା କହିଲେ ବି ସେଇଟା ପ୍ରକୃତରେ ନାଲି ଆଉ ସାଗୁଆ। ଏତେ କଥା ବୁଝିହୁଏ ନାହିଁ।

ସେ ଚୁପ୍‌ରହି ଥିଲେ। ତାଙ୍କର ମୁଣ୍ଡ ବିନ୍ଧିଲା, ଭୟ ଲାଗିଲା। ଷ୍ଟେସନ ଆସିଲା। କେତେ ବଡ ଜାଗା, ତା ତଳେ ଜାଲ ବୁଣିଲା ପରି ସୁଡ଼ଙ୍ଗ ବାଟ। ବଡ

ଛାତ ତଳେ ଟ୍ରେନ୍ ଅଟକିଲା । ସେଠି ହଜାର ହଜାର ଲୋକ । ତଳକୁ ପାହାଚ ମାନ । ସେଠି ତଳକୁ ସୁଡ଼ଙ୍ଗ । କଳା ଲୋକ, ଗୋରା ଲୋକ, କେତେ ଯାଉଛନ୍ତି, କେତେ ଆସୁଛନ୍ତି । ଏତେ ଲୋକ ଭିଡ଼ରେ ସୁଡ଼ଙ୍ଗ ବାଟ ଭର୍ତ୍ତି । କାଲେ କାହା ଦେହରେ ହାମୁଡ଼ିଯିବେ ଭାବି ବେଗ୍‌ଟାକୁ ଜାବୁଡ଼ି ଧରି ଖୁବ୍ ସନ୍ତର୍ପଣରେ ସେ ଗଲେ । ଗୋଟେ ବଡ ହଲ୍ ଭିତରକୁ ବାହାରି ଆସିଲେ । ଏଣେ ମଣିଷ ସୁଅ ପାହାଚ ଉଠିଲେ । ସେ ରାସ୍ତା ଉପରକୁ ଆସିଲେ । ହୋ ହାଲ୍ଲା । ଗୋଟିଏ ପଛରେ ଗୋଟିଏ କାର, ବସର ଧାଡ଼ି । ସେ କଳ୍ପନା କରିପାରୁ ନ ଥିଲେ । ମଣିଷ ସୁଅ ରାସ୍ତା ଉପରକୁ ଉଠିଲେ । କିନ୍ତୁ ମାପାଞ୍ଚାର ପୁଅ କଥା ମନେ ପକାଇ ସେ ତାଙ୍କ ପଛରେ ଯିବାକୁ ଡରିଲେ । ସବୁଜରୁ ନାଲି, ପୁଣି ନାଲିରୁ ସବୁଜ ରଙ୍ଗକୁ ବଦଲି ବତୀ ଜଳୁଥିଲା । ସବୁଜ ବତୀ ଜଳିଲେ ସେ ଶୁଣିଥିଲେ ଯିବା କଥା, କିନ୍ତୁ ପାରି ହେବାକୁ ଠିକ୍ ଗଲା ବେଳକୁ ଭାରି ବସ୍‌ଟାଏ ଧାଁଏଁକିନା ରାସ୍ତା ଉପରେ ଚାଲିଗଲା । ସେଇଟା କି ପ୍ରକାର ନୀତି ନିୟମ ସେ ବୁଝି ପାରିଲେନି । ସେ କାନ୍ଥକୁ ଆଉଜି ଗଲେ । କାହାକୁ ସେ ଅପେକ୍ଷା କରୁଥିବା ପରି ଜଣାପଡ଼ୁଥିଲେ । ପିଲାଙ୍କ ପରି ତାଙ୍କ ଛାତି ଧଡ଼ପଡ଼ ହେଲା, ଏଇଟାକୁ ବନ୍ଦ କରିବାର ବାଟ ନାହିଁ । ଟିକୋ ! (ପ୍ରଭୁ), ମତେ ଟିକେ କୃପା ଦୃଷ୍ଟି ଦିଅ । ସେ ମନକୁ ମନ କହିଲେ, ଟିକୋ ! ମୋ ଉପରେ ଦୃଷ୍ଟି ରଖିଥାଅ ।

*

ଯୁବକ ଜଣେ ତାଙ୍କ ପାଖକୁ ଆସି କଥା ହେଲା । ତା'ର ଭାଷା କିଛି ବୁଝିପାରିଲେ ନାହିଁ ।

– ମୁଁ ତମ ଭାଷା କିଛି ବୁଝି ପାରୁନି । ସେ କହିଲେ ।

– ଆଜ୍ଞା, ଆପଣ ତାହେଲେ କୋସା ?

– ଜୁଲୁ । ସେ କହିଲେ ।

– କୋଉଠିକି ଯିବେ, ଆଜ୍ଞା ?

– ସୋଫିଆ ଟାଉନ୍‌କୁ ।

– ମୋ ସହିତ ଆସନ୍ତୁ, ମୁଁ ଦେଖାଇ ଦେବି ।

ଯୁବକଟି ପ୍ରତି କୃତଜ୍ଞତା ଆସିଲେ ମଧ୍ୟ ମନଟା ତାଙ୍କର ଭୟରେ ଦବି ଯାଉଥାଏ । ଯା ହେଉ, ଯୁବକଟି ତାଙ୍କର ବେଗ ବୋହିବାକୁ ମାଗି ନାହିଁ । ତେବେ ଅବାଗିଆ ଜୁଲୁ ଭାଷାରେ ବେଶ୍ ଭଦ୍ରତାର ସହିତ କଥାବାର୍ତ୍ତା କରୁଥାଏ ।

ସାଗୁଆ ବତୀ ଜଳିଲା । ତାଙ୍କର ଗାଇଡ୍ ଜଣକ ରାସ୍ତା ପାରି ହେବାକୁ

ବସିଲେ । ଆଉ ଗୋଟିଏ କାର ମାଡ଼ି ଆସିଲା । ହେଲେ ଗାଇଡ୍ ଜଣକ ଟିକିଏ ସୁଦ୍ଧା ହଡ଼ବଡ଼େଇ ଗଲେ ନାହିଁ । କାର୍‌ଟା ଅଟକିଲା । ଏଥିରେ ଟିକେ ଦମ୍ ଆସିଲା ।

ବଡ଼ବଡ଼ କୋଠାଘର ତଳେ ଥିବା ବାଙ୍କ ମୋଡ଼ରେ ଚାଲି ହଉ ନ ଥିଲା । ଓଜନିଆ ବେଗ୍‌ଟା ବୋହି ବୋହି ହାତ ଦରଜ ଲାଗିଲା । ଶେଷରେ ସେମାନେ ଗୁଡ଼ାଏ ବସ୍ ଥିବା ଜାଗାଟାରେ ପହଞ୍ଚିଲେ ।

– ଧାଡ଼ିରେ ଠିଆ ହେବେ, ଆଜ୍ଞା । ଟିକଟ ପାଇଁ ପଇସା ଅଛି ? ବ୍ୟସ୍ତ ହେଇ ତରତରରେ ସେ ନିଜ ପଇସା କାଢ଼ିଲେ, ଯେମିତିକି ସେ ଯୁବକ ଜଣକୁ ନିଜର କୃତଜ୍ଞତା ପ୍ରଦର୍ଶନ କରୁଥିଲେ । ନିକଟରେ ଦାମ୍ ପଚାରିବାକୁ କୁଣ୍ଠାବୋଧ କରି ସେ ଗୋଟେ ପାଉଣ୍ଡ କାଢ଼ି ପକାଇ ଧରାଇଦେଲେ ।

– ଆଜ୍ଞା ଆପଣଙ୍କ ଟିକେଟ୍ ନେଇ ଆସିବି କି ? ତେବେ ମୁଁ ଟିକଟ ଅଫିସ୍‌କୁ ଗଲାବେଲେ ଆପଣ ଧାଡ଼ିରୁ ବାହାର ହେବେ ନାହିଁ ।

ଧନ୍ୟବାଦ । ସେ କହିଲେ ।

ଯୁବକଟି ପାଉଣ୍ଡଟା ନେଇ ଟିକିଏ ଦୂର କଣକୁ ଚାଲିଗଲା । କଣରୁ ବୁଲିଯିବାର ଦେଖି କୁମାଲୋ ଡରିଗଲେ । ଧାଡ଼ି ଆଗକୁ ବଢ଼ୁଥିଲା ଆଉ ସେ ତାଙ୍କର ବେଗ୍‌ଟାକୁ ଜାକିଧରି ଠିଆ ହୋଇଥିଲେ । ଧାଡ଼ି ଅଗରୁ ଜଣକ ପରେ ଜଣେ ବସ୍‌କୁ ଚଢ଼ିଲେ । ଆଉ ଟିକେ ପରେ ସେ ବସ୍‌କୁ ଉଠିବେ । ଅଥଚ ତାଙ୍କ ପାଖରେ ଟିକଟ ନାହିଁ । କିଛି ଗୋଟେ ମନେ ପକାଇଲା ପରି ସେ ଧାଡ଼ି ଭାଙ୍ଗି ସେଇ କଣକୁ ଚାଲିଗଲେ । ସେଠି ଯୁବକଟିର ଚିହ୍ନବର୍ଣ୍ଣ ନ ଥିଲା । ସାହସ କରି ସେ ଜଣେ ଭଲ ବେଶ ପୋଷାକ ପିନ୍ଧିଥିବା ଭଦ୍ରବ୍ୟକ୍ତିଙ୍କୁ ପଚ଼ରିଲେ ।

– ଆଛା ଭାଇ ଟିକଟ ଅଫିସଟା କୋଉଠି ?

– କେଉଁ ଟିକଟ ଅଫିସ ଆଜ୍ଞା ?

– ବସ୍ ଟିକଟ ପାଇଁ ?

– ବସ୍ ଭିତରେ ଟିକଟ ମିଳିବ । ସେଥିପାଇଁ ଟିକଟ ଅଫିସ ନାହିଁ ।

ଲୋକଟାର ଭଦ୍ର ଓ ମାର୍ଜିତ ଭାବ ଦେଖି ପାଦ୍ରୀ ଜଣକ ପୁଣି କହିଲେ – ମୁଁ ଜଣେ ଯୁବକକୁ ଟିକଟ ଆଣିବାକୁ ଗୋଟେ ପାଉଣ୍ଡ ଦେଇଥିଲି । ସେ ଟିକଟ ଅଫିସରୁ ମୋ ପାଇଁ ଟିକଟ ଆଣି ଦେବାକୁ କହିଲା ।

– ଆପଣ ଠକି ଯାଇଛନ୍ତି ଆଜ୍ଞା, ସେଇ ପିଲାଟାକୁ ଦେଖିଲେ କି ? ନା, ତାକୁ ଆଉ କେବେ ଦେଖିବେ ନାହିଁ । ଆଛା ମୋ ସାଙ୍ଗରେ ଆସନ୍ତୁ । କୋଉଠିକି ଯାଉଛନ୍ତି, ସୋଫିଆ ଟାଉନ୍ ?

– ହଁ, ସୋଫିଆ ଟାଉନ୍। ମିଶନ୍ ହାଉସକୁ।

– ଆଚ୍ଛା ହଉ। ମୁଁ ମଧ୍ୟ ଇଂଲଣ୍ଡୀୟ ଚର୍ଚ୍ଚର ଜଣେ। ମୁଁ ଜଣକୁ ଅପେକ୍ଷା କରିଛି। କିନ୍ତୁ ଆଉ କରିବିନି ଭାବୁଛି। ମୁଁ ଆପଣଙ୍କ ସହିତ ଯିବି। ଆପଣଙ୍କ ରେଭରେଣ୍ଡ ମିସିମାଙ୍କୁ ଜାଣିଛନ୍ତି ?

– ମୁଁ ତ ତାଙ୍କ ପାଖରୁ ହିଁ ଚିଠି ପାଇ ଯାଉଛି।

ସେମାନେ ଧାଡ଼ିର ଶେଷରେ ବସ୍‌କୁ ଉଠିଲେ ଓ ବସ୍‌ର ସିଟ୍‌ରେ ବସିଲେ। ବସ୍‌ଟି ନିଜ ପାଲି ଆସିବାରୁ ରାସ୍ତାର ଗହଳି ଓ ହୋ ହାଲ୍ଲା ଭିତରେ ବାଟ କାଟିଲା। ଏ ପ୍ରକାର ସାହସକୁ ପ୍ରଶଂସା ନ କରି ରହିହେବ ନାହିଁ। ରାସ୍ତା ପରେ ରାସ୍ତା, ବତୀ ପରେ ବତୀ, ଯେମିତି ଏସବୁ ସରିବାର ନୁହେଁ। ମଝି ମଝିରେ ବସ୍ ଭାରି ଜୋରରେ ଝଟକା ମାରି ଦୋହଲିଯାଏ। ଗାଡ଼ିର ଇଞ୍ଜିନ ଶବ୍ଦରେ କାନ ଅତଡ଼ା ପଡ଼େ।

ଗୋଟେ ଛୋଟିଆ ରାସ୍ତାକୁ ସେମାନେ ଆସିଲେ। ସେଠି ପ୍ରାୟ ହଜାରେ ଲୋକ ଥିଲେ। ଲୋକ ଗହଳି ଭିତରେ ସେମାନେ ବେଶ୍ କିଛି ଦୂର ଚାଲିଲେ। ତାଙ୍କର ନୂଆଁ ବନ୍ଧୁ ଜଣକ ବେଗ୍‌ଟାକୁ ଧରିଲେ। ହେଲେ ତାଙ୍କ ଉପରେ ବିଶ୍ୱାସ ଆସି ଯାଇଥିଲା। ଶେଷରେ ସେମାନେ ଗୋଟେ ଘରେ ପହଞ୍ଚି କବାଟରେ ଠକ୍‌ଠକ୍ କଲେ। ଘର ଭିତରେ ଆଲୁଅ ଜଳୁଥିଲା।

କବାଟ ଖୋଲିଗଲା। ପାଦ୍ରୀ ପରିଧାନରେ ଜଣେ ଯୁବକ ତାଙ୍କ ସାମ୍ନାରେ ଠିଆ ହୋଇଥିଲେ।

– ମି: ମିସିମାଙ୍କୁ, ମୁଁ ଆପଣଙ୍କର ଜଣେ ବନ୍ଧୁଙ୍କୁ ନେଇକି ଆସିଛି। ଈଏ ଏଣ୍ଡୋସେନିର ରେଭରେଣ୍ଡ କୁମାଲୋ।

– ଆସନ୍ତୁ, ଆସନ୍ତୁ। ମି: କୁମାଲୋ, ଯାହେଉ ଆପଣ ଆସିଲେ। ମୁଁ ଭାରି ଖୁସି। ଜୋହାନ୍‌ସବର୍ଗକୁ ଏଇଟା ପହିଲା କରି ଆସିଛନ୍ତି କି ?

କୁମାଲୋ ଆଉ ବାହାଦୁରି ମାରି ପାରିଲେ ନାହିଁ। ସେ ସୁରକ୍ଷିତ ଆଉ ସୁବିଧାରେ ଠିକଣା ଜାଗାରେ ପହଞ୍ଚି ଯାଇଥିଲେ। ନରମି ଯାଇ ସେ କହିଲେ, ମୁଁ ତ ଘାବରେଇ ଯାଇଥିଲି। ଏ ବନ୍ଧୁକ ଯୋଗୁ ସୁବିଧାରେ ଆସି ପାରିଲି।

– ଯାହେଉ ଆପଣ ଭଲ ଲୋକ ହାବୁଡ଼ରେ ପଡ଼ିଲେ। ଈଏ ମି: ମାଫୋଲୋ, ଜଣେ ବଡ଼ ବ୍ୟବସାୟୀ ଆଉ ଆମ ଚର୍ଚ୍ଚର ଶୁଭାକାଂକ୍ଷୀ।

– ତେବେ ଠକିଯିବା ପରେ ହିଁ ମତେ ଭେଟିଲେ। ବ୍ୟବସାୟୀ ଜଣକ କହିଲେ।

ଘଟଣାଟି କହିବାକୁ ପଡ଼ିଲା। ସେମାନେ ସହାନୁଭୂତି ଜଣାଇବା ସଙ୍ଗେ ସଙ୍ଗେ ସାବଧାନ ରହିବା ପାଇଁ ମଧ୍ୟ କହିଲେ।

– ନିଷ୍ଚେ ଭୋକ ଲାଗୁଥିବ ମି: କୁମାଲୋ। ମି: ମାଫୋଲୋ ଆପଣ ଖାଇକି ଯିବେ ତ ?

କିନ୍ତୁ ମାଫୋଲୋ ଅପେକ୍ଷା କଲେ ନାହିଁ। ସେ ଯିବା ପରେ ପରେ କବାଟ ବନ୍ଦ ହେଲା। କୁମାଲୋ ଗୋଟେ ବଡ଼ ଚୌକିରେ ବସିଲେ। ପିଇବାର ନିୟମ ନ ଥିଲେ ମଧ୍ୟ ସେ ଖଣ୍ଡେ ସିଗାରେଟ୍ ଧରାଇଲେ। କୋଠରୀଟା ହାଲୁକା ଲାଗୁଥିଲା। ଭୟସଙ୍କୁଲ ମହାନଗରୀଟା ବାହାରେ ରହିଲା। ସେ ପିଲାଙ୍କ ପରି ଧୂଆଁ ଛାଡ଼ିଲେ ଓ ମନେ ମନେ କୃତଜ୍ଞ ହେଉଥିଲେ। ଜୋହାନ୍ ସବର୍ଗକୁ ତାଙ୍କର ଲମ୍ବା ଯାତ୍ରା ଏଥରକ ସରିଲା। ଏଇ ବିଶ୍ୱାସୀ ଯୁବକଟି ପ୍ରତି ତାଙ୍କର ଶ୍ରଦ୍ଧା ଜାତ ହେଲା। ପରେ ଏଇ ଯାତ୍ରାର କାରଣ ବିଷୟରେ ସେମାନେ ଆଲୋଚନା କରିବେ। ଏବେ ଟିକେ ପ୍ରଥମେ ସାଷ୍ଟମ ହେବା ଦରକାର।

୫

ତମର ଶୋଇବା ପାଇଁ ମୁଁ ଗୋଟେ ଜାଗାର ବ୍ୟବସ୍ଥା କରିଛି। ଜଣେ ବୟସ୍କା ସ୍ତ୍ରୀ ଲୋକ ଶ୍ରୀମତୀ ଲିଥେବେଙ୍କ ଘରେ। ସେ ଆମର ଚର୍ଚ୍ଚର ଜଣେ ସକ୍ରିୟ ସଭ୍ୟ। ସେ ମୁସୁଟୁ ହୋଇଥିଲେ ହେଁ ଜୁଲୁ ଭଲ କହିପାରନ୍ତି। ତାଙ୍କ ଘରେ ଜଣେ ପାଦ୍ରୀ ରହିଲେ ସେ ଭାରି ଖୁସି ହେବେ। ରହିବା ଖର୍ଚ୍ଚ ବି ବେଶୀ ପଡ଼ିବନି। ସପ୍ତାହକୁ ମାତ୍ର ତିନି ଶିଲିଂ ପଡ଼ିବ। ଆଉ ଖାଇବାତା ସେଠି ମିଶନ ଲୋକଙ୍କ ସହିତ ଖାଇନେବ। ବେଲ୍ ବାଜିଲାଣି। ହାତ ଗୋଡ଼ ଧୋଇବ କି ?

ଧଳା ବେସିନ୍ ଲାଗି ଥଣ୍ଡା ଓ ଉଷ୍ଣମ ପାଣିରେ ବ୍ୟବସ୍ଥା ଥିବା ଗୋଟେ ଆଧୁନିକ ଜାଗାରେ ସେମାନେ ହାତ ଧୋଇଲେ। ସେଠି ଖଣ୍ଡେ ପୁରୁଣା କିନ୍ତୁ ସଫା ଧଳା ଗାମୁଛା ହାତ ପୋଛିବା ପାଇଁ ଥୁଆ ହୋଇଥିଲା। ପାଇଖାନା ମଧ୍ୟ ଆଧୁନିକ। କାମ ସରିଗଲେ ଗୋଟେ ଛୋଟିଆ ନାଡ଼କୁ ଦାବି ଦେଲେ କଣ ଗୋଟେ ଭାଙ୍ଗିଗଲା ପରି ଆବାଜ ଆସୁଥିଲା ଓ ସଙ୍ଗେ ସଙ୍ଗେ ଭୁଷଭାଷ ପାଣି ବାହାରି ସବୁ ସଫା ହୋଇଯାଉଥିଲା। ଆଗରୁ କିଛି ଜାଣି ନ ଥିଲେ ଏମିତି ଆବାଜରେ ଡରିଯିବା କଥା।

ସେମାନେ ଗୋଟେ କୋଠରୀକୁ ଗଲେ। ସେଠି ଟେବୁଲ୍ ପଡ଼ିଥିଲା। ଚାରି କଡେ କଳା ଓ ଗୋରା ପାଦ୍ରୀମାନେ ବସିଥିଲେ। ଔପଚାରିକତା ସରିଗଲା ପରେ ସେମାନେ ଏକାଠି ବସି ଖାଇଲେ। ଟେବୁଲ୍ ଉପରେ ଗୁଡ଼ାଏ ଛୁରୀ, କଣ୍ଟା ଚାମଚ,

ପ୍ଲେଟ୍ ଦେଖ୍ ସେ ଟିକେ ସଂକୋଚ ବୋଧ କଲେ। କିନ୍ତୁ ଅନ୍ୟମାନଙ୍କୁ ଦେଖ୍ ସେମାନେ ଯାହା କଲେ, ସିଏ ମଧ୍ୟ ତାହା କଲେ।

ଇଂଲଣ୍ଡର ଜଣେ ନାଲି ମୁହାଁ ପାଦ୍ରିଙ୍କ ପାଖରେ ସେ ବସିଥିଲେ। ସେ କେଉଁଠୁ ଆସିଛନ୍ତି ଓ ଆଉ ସେଠିକାର କଥା ସବୁ ପଚାରିଲେ। ଆଉ ଜଣେ ପାଦ୍ରୀ ପାଟିକଲେ ମୁଁ ମଧ୍ୟ ଇକୋପୋରା। ସେଠି ଲୁଫାଫାରେ ଏବେ ବି ମୋର ବାପା ମାଁ ଅଛନ୍ତି। ଆଉ ସେଠିକା ଖବର କ'ଣ ?

ସେ ତାଙ୍କୁ ସେଇ ଦୂର ଦେଶର ପାହାଡ଼, ଉପତ୍ୟକା, ନଦୀ, ବଣ କଥା କହିଲେ। କହିବା ବେଳେ ତାଙ୍କ ସ୍ୱରରେ ଆନ୍ତରିକତା ଫୁଟି ଉଠୁଥିଲା। କାରଣ ସେମାନେ ରୂପରଥ୍ୟ ତାଙ୍କର କଥା ଶୁଣୁଥିଲେ। ସେଇ ଜାଗାର ଦୁରାବସ୍ଥା ବିଷୟରେ ମଧ୍ୟ କହିଲେ କେମିତି ସେଠି ଘାସ ଲତା ଶୁଖୁ ଗଲାଣି। ଦିଗହରା ମଣିଷ ପାହାଡ଼ରୁ ଉପତ୍ୟକାକୁ ପୁଣି ସେଇଠୁ ପାହାଡ଼କୁ ଘୁରିବୁଲୁଛି। ସେଠି ଖାଲି ବୁଢ଼ାବୁଢ଼ୀ ଆଉ ଛୁଆ। ଭୁଖ୍ୟା ତ ପୁରୁଷେ ଉଝରେ ବି ବଢ଼ୁନାହିଁ ଇତ୍ୟାଦି। ପୁଣି ସେଠି କେମିତି ଜାତି ଭାଙ୍ଗିଲା, ଗୋଷ୍ଠୀ ଭାଙ୍ଗିଲା, ଘର ଭାଙ୍ଗିଲା, ମଣିଷ ଭାଙ୍ଗିଲା : ଯେମିତି ସେମାନେ ଋଲିଗଲେ ଯେ ଆଉ ଫେରିଲେ ନାହିଁ। କାହାରି ଖୋଜ ଖବର ମିଳେ ନାହିଁ ଇତ୍ୟାଦି ଇତ୍ୟାଦି। କଥାଟା ଖାଲି ଏଣ୍ଡୋସେନିର ନୁହେଁ, ଲୁଫାଫା, ଇଙ୍ଗ୍ୱାଭିନି, ଉମ୍‌କୋମା, ଉମ୍‌ଜିମ୍‌କୁଲୁରେ ମଧ୍ୟ ସେଇ ଏକା କଥା। ସବୁ ବଖାଣିଲେ। କିନ୍ତୁ ଜାଟୁଡ୍ ଓ ଆବ୍‌ସାଲମ୍ ବିଷୟରେ କିଛି କହିଲେ ନାହିଁ।

ସେମାନେ ସେଇ ଜାଗାର ଦୁର୍ଦ୍ଦିନ ବିଷୟରେ କଥାବାର୍ତ୍ତା ହେଲେ। ସେଠାରେ ଭଙ୍ଗା ଉଜୁଡ଼ା ପରିବାର, ନିଜର ଜାତି କୁଳ ଭୁଲି ଘରୁ ପଳାଇଥିବା ଯୁବକ ଯୁବତୀ ଓ ବାହାରେ ସେମାନଙ୍କ ଉଶୃଙ୍ଖଳ ଜୀବନ, ଯୁବ ସଂପ୍ରଦାୟ ଭିତରେ ବର୍ଦ୍ଧିଷ୍ଣୁ ଭୟଙ୍କର ଅପରାଧ ପ୍ରବଣତା, ବାଲ ଅପରାଧ, ଗୋରା ଅଧ୍ୟୁଷିତ ଜୋହାନ୍ସବର୍ଗରେ କେମିତି କଳା-ଅପରାଧ ପାଇଁ ଭୟଭୀତ ଇତ୍ୟାଦି ବିଷୟରେ ଗପିଲେ। ତାଙ୍କ ଭିତରୁ ଜଣେ ଉଠିଯାଇ ଗୋଟେ ଖବରକାଗଜ ଆଣିଲେ ତାଙ୍କୁ ଦେଖାଇଲେ ଜୋହାନ୍‌ସବର୍ଗ ମେଲ୍‌ର ପ୍ରଥମ ପୃଷ୍ଠାରେ ବଡ଼ ବଡ଼ କଳା ଅକ୍ଷରରେ ଲେଖା ହୋଇଥିଲା –

OLD COUPLE ROBBED AND BEATEN IN LONELY HOUSE, FOUR NATIVES ARRESTED.

ଏଇଟା ନିତିଦିନିଆ ଘଟଣା। ଏଥରେ କେବଳ ୟୁରୋପୀୟ ମାନେ ଭୟଭୀତ ନୁହଁନ୍ତି। ଏଠି ସୋଫିଆ ଟାଉନ୍‌ରେ ଆମେ ମଧ୍ୟ ସମସ୍ତେ ଡରିଯାଉଛୁ। ଏହି

ଅଳ୍ପ କିଛି ଦିନ ତଳେ ଏମିତି ଦଳେ ଗୁଣ୍ଡା ଆମ ନିଜ ଆଫ୍ରିକୀୟ ଝିଅ ଉପରେ ଆକ୍ରମଣ କରି ତାର ବେଗ୍‌ପତ୍ର ଓ ପଇସା ଲୁଟି ନେଲେ । ତାକୁ ବଳାତ୍କାର କରି ପକାଇଥାନ୍ତେ । କିନ୍ତୁ ସେତବେଳେ ସେଠିକି ଲୋକେ ଦୌଡ଼ି ଆସିଲେ ।

— ଜୋହାନ୍‌ସବର୍ଗ୍‌ରେ ଏମିତିରେ ଆପଣ ଗୁଡ଼ାଏ ଶୁଣିବାକୁ ପାଇବେ । ଧ୍ୱଂସଲୀଳା ଖାଲି ଆପଣଙ୍କ ଜାଗାରେ ଚାଲୁ ନାହିଁ । ସବୁଆଡେ ସେୟା । ଆମେ ସେ ବିଷୟରେ ପୁଣି କେବେ କଥା ହେବା । ଆପଣଙ୍କ ଜାଗା ବିଷୟରେ ଶୁଣିବାରେ ମୋର ଆଗ୍ରହ ହେଉଛି । କିନ୍ତୁ ମୋର ଏବେ ଯିବା ଦରକାର । ନାଲି ମୁହଁ ପାଦ୍ରୀ ଜଣକ କହିଲେ ।

ସେମାନେ ସମସ୍ତେ ଉଠିଲେ । ମିସିମାଙ୍କୁ କହିଲେ ଯେ ସେ ତାଙ୍କ ଅତିଥିକୁ ନିଜ କୋଠରୀ ନେଇଯିବେ ।

— ଆମର ଗୁଡ଼ାଏ କଥାବାର୍ତ୍ତା ଅଛି । ସେ କହିଲେ ।

ସେମାନେ କୋଠରୀ ଭିତରକୁ ଗଲେ । ମିସିମାଙ୍କୁ ଦରଜା ବନ୍ଦ କରି ଦେଲା ପରେ ସେମାନେ ବସି ପଡ଼ିଲେ । କୁମାଲୋ ତାଙ୍କୁ କହିଲେ ମୁଁ ତରବର ହେଉଛି ବୋଲି ଭାବିବେ ନାହିଁ । କିନ୍ତୁ ମୋ ଭଉଣୀର ଖବର ଜାଣିବାକୁ ମତେ ଭାରି ବ୍ୟସ୍ତ ଲାଗୁଛି ।

— ହଁ, ହଁ, ମୁଁ ତୁମର ବ୍ୟସ୍ତତା ବୁଝି ପାରୁଛି । ମୁଁ ତମ ଭଉଣୀ ବିଷୟରେ ଗୋଟେ ପ୍ରଶ୍ନ ପଚାରିବି । ପ୍ରଶ୍ନ ଶୁଣି ତମେ ମୋର ବିଚାର ଆଉ ନାହିଁ ବୋଲି ଭାବିବନି । ମୁଁ ପ୍ରଥମେ ଜାଣିବାକୁ ଚାହୁଁଛି ସେ କ'ଣ ପାଇଁ ଜୋହାନ୍‌ସବର୍ଗ ଆସିଥିଲା ?

ପ୍ରଶ୍ନଟା ଶୁଣି କୁମାଲୋ ଘାବରେଇ ଗଲେ । ତଥାପି ଆଜ୍ଞାଧୀନ ପରି ଉତ୍ତର ଦେଲେ – ତାର ସ୍ୱାମୀ ଖଣିରେ କାମ କରିବାକୁ ଆସିଥିଲା । ବହୁ ଦିନ ଯାଏ ଘରକୁ ଫେରିଲା ନାହିଁ କିମ୍ୱା ଚିଠି ପତ୍ର କିଛି ମଧ ଲେଖିଲା ନାହିଁ । ସେ ମରିଛି କି ବଞ୍ଚିଛି ସେକଥା ମଧ ଜଣା ପଡ଼ିଲା ନାହିଁ । ତାର ଖୋଜ ଖବର ନେବାକୁ ସେ ତାର ଛୋଟ ଛୁଆଙ୍କୁ ଧରି ଚାଲି ଆସିଥିଲା । ମିସିମାଙ୍କୁଙ୍କୁ କିଛି ନ କହିବାର ଦେଖି ସେ ପୁଣି କହିଲେ, ସେ କ'ଣ ବେଶୀ ବେମାର ଅଛି କି ?

ମିସିମାଙ୍କୁ ଗମ୍ଭୀର ହୋଇ କହିଲେ, – ହଁ, ସେ ବହୁତ ବେମାର ଅଛି । ତେବେ ସେ ସାଧାରଣ ରୋଗରେ ପଡ଼ି ନାହିଁ । ଅଲଗା ପ୍ରକାରର ରୋଗ । ମୁଁ ତମକୁ ଡକେଇବାର କାରଣ ହେଲା ପ୍ରଥମେ ସେ ଜଣେ ସ୍ତ୍ରୀ ଲୋକ, ସେଥିରେ ପୁଣି

ଏକୁଟିଆ ରହୁଛି । ଦ୍ୱିତୀୟତଃ ତ'ର ଭାଇ ଜଣେ ପାଦ୍ରୀ । ସେ ତାର ସ୍ୱାମୀକୁ ଖୋଜି ପାଇଲା କି ନା ମୁଁ ଜାଣିନି । କିନ୍ତୁ ଏବେ ଥାର ସ୍ୱାମୀ ନାହିଁ ।

ସେ କୁମାଲୋଙ୍କୁ ଅନେଇଲେ ଆଉ ପୁଣି କହିଲେ, ସତ କଥା କହିଲେ ତାର ଏବେ ଅନେକ ସ୍ୱାମୀ ।

କୁମାଲୋ କହିଲେ, ଟୀକୋ, ଟୀକୋ, (ପ୍ରଭୁ! ପ୍ରଭୁ!)

– ସେ କ୍ଲେୟାରମେଣ୍ଟରେ ରହେ । ଏଠୁ ବେଶୀ ଦୂର ନୁହେଁ । ଜୋହାନ୍ସବର୍ଗର ସବୁଠୁ କୁଖ୍ୟାତ ଅଞ୍ଚଳ । ପୋଲିସ୍ ଥାଇ ସୁଦ୍ଧା ସେଠି ରାସ୍ତାରେ ମଦ ବୋହି ଯାଉଥିବାର ଦେଖି ପାରିବ । ସେଇ ଗନ୍ଧ ଜାଣି ପାରିବ । ସେଇ ଅଞ୍ଚଳରେ ଯୁଆଡେ ଗଲେ ମଦ ଗନ୍ଧ ଛଡ଼ା ଆଉ କିଛି ପାଇବ ନାହିଁ ।

ସେ କୁମାଲୋ ଆଡ଼କୁ ଝୁଙ୍କି ପଡ଼ିଲେ । – ମୁଁ ବି ମଦ ପିଉଥିଲି । କିନ୍ତୁ ସେଇଟା ଆମର ବାପା ଅଜା ଅମଳର ତିଆରି ମଦ । କିନ୍ତୁ ଏବେ ମଦ ସ୍ପର୍ଶ ନ କରିବାକୁ ପ୍ରତିଜ୍ଞା କରିଛି । ଏଠିକା ସବୁ ବାଜେ ମଦ । ନିହାତି ଆଜେ ବାଜେ ଜିନିଷ ମିଶାଇ ତିଆରି ହୁଏ । ଆଗ ଲୋକମାନେ ସେ ସବୁ ଜିନିଷର ନାଁ ମଧ ଜାଣି ନ ଥିବେ । ଆଉ ସେଇଟା ତାର କାମ । ସେ ସେଇ ମଦ ତିଆରି କରି ବିକେ । ଏ ସବୁ କହିବାକୁ ମତେ ଖରାପ ଲାଗିଲେ ସୁଦ୍ଧା ମୁଁ ତୁମ ଠାରୁ କିଛି ଲୁଚାଇବି ନାହିଁ । ପଇସା ପାଇଁ ସେ ଯେକୌଣସି ପୁରୁଷ ସହ ସମ୍ପର୍କ ରଖେ । ତାରି ଜାଗାରେ ଗୋଟେ ଲୋକର ହତ୍ୟାକାଣ୍ଡ ଘଟିଯାଇଛି । ସେଠି ଜୁଆ ଆଡ଼ଡା ସାଙ୍କୁ ମଦ, ମାଇକିନା ଆଉ ମର୍ଡରଟା ନିତିଦିନିଆ ବ୍ୟାପାର ହୋଇଗଲାଣି । ସେ ଅନେକ ଥର ଜେଲ୍ ମଧ ଭୋଗି ସାରିଲାଣି ।

ଚୌକି ଉପରେ ଝୁଙ୍କି ପଡ଼ି ଖଣ୍ଡେ ବହିକୁ ଟେବୁଲର ଆଗକୁ ପଛକୁ କଲେ ।
– ଏଇଟା ତମ ପାଇଁ ଗୋଟେ ଭୟଙ୍କର ଦୁଃସମ୍ବାଦ ।

କୁମାଲୋ ଚୁପ୍‍ଚପ୍ ମୁଣ୍ଡ ଟୁଙ୍ଗ ରିଲେ । ମିସିମାଙ୍ଗୁ ସିଗାରେଟ୍ ବାହାର କଲେ ।
– ପ୍ରକୃତରେ ମୁଁ ସିଗାରେଟ୍ ପିଏ ନାହିଁ ।

– ବେଳେବେଳେ, ଧୂମ୍ରପାନ ଅଶାନ୍ତ ମନକୁ ସ୍ଥିରତା ଦିଏ । ତେବେ ଆଉ ଗୋଟେ ପ୍ରକାର ସ୍ଥିରତା ରହିଛି ଯେତେବେଲେ ମଣିଷ ମନ ଖୁସିରେ ଧୂମ୍ରପାନ କରେ । ଜୋହାନ୍ସବର୍ଗରେ ସେଇ ପ୍ରକାରର ମାନସିକ ସ୍ଥିରତା ପାଇବାଟା ଦୁଷ୍କର ।

– ଜୋହାନ୍ସବର୍ଗରେ ? ସବୁଠି ସେଇୟା । ବିଭୁଦଉ ଶାନ୍ତି ଆମ ହାତ ପାହାନ୍ତାରୁ ଖସି ଯାଇଛି ।

ସେମାନେ ଦୁହେଁ ଚୁପ୍‍ଚପ୍ ଥିଲେ । ସତେ ଯେମିତି ଏମିତି ପଦଟିଏ

କୁହାଯାଇଛି ଯା ପରେ କି ଆଉ କଥା କହିବାଟା କଷ୍ଟକର । ଶେଷରେ କୁମାଲୋ କହିଲେ, – ଛୁଆଟା କୋଉଠି ଅଛି ?

– ଛୁଆଟା ସେଠି ଅଛି କିନ୍ତୁ ଛୁଆଟି ରହିବା ଭଲି ଜାଗା ସେଇଟା ନୁହେଁ । ଆଉ ସେଥିପାଇଁ ମୁଁ ତମକୁ ଡକେଇଲି । ମାଆକୁ ରକ୍ଷା ନ କରି ପାରିଲେ ବି ତମେ ବୋଧହୁଏ ଛୁଆଟାକୁ ରକ୍ଷା କରିପାରିବ ।

– ଜାଗାଟା କୋଉଠି ?

– ଏଠୁ ବେଶୀ ଦୂର ନୁହେଁ । କାଲି ମୁଁ ତୁମକୁ ଦେଖାଇଦେବି ।

– ମୋର ଆଉ ଗୋଟେ ସମସ୍ୟା ଅଛି ।

– କୁହ ।

– ତମକୁ ହିଁ ଖାଲି କହିବି ।

କିନ୍ତୁ ତାପରେ ନୀରବ ରହିଲେ । କଥାଟି କହିବାକୁ ଚାହିଁଲେ ସୁଦ୍ଧା କହିପାରୁ ନ ଥିଲେ । ମିସିମାଙ୍ଗୁ କହିଲେ ଠିକ୍ ଅଛି । ତମେ ଯେତେବେଳେ ଇଚ୍ଛା ସେତେବେଳେ କହିବ ।

– କହିବାଟା ଏତେ ସହଜ ନୁହେଁ । ଏଇଟା ଆମର ସବୁଠୁ ଦୁଃଖଦ ଘଟଣା ।

– ପୁଅ ବୋଧହୁଏ ? ନା ଝିଅ ?

– ପୁଅ ।

– ମୁଁ ଶୁଣିଛି, କୁହ ।

– ତା ନାଁ ଆବସାଲମ୍ । ସେ ମଧ୍ୟ ମୋର ଭଉଣୀକୁ ଖୋଜିବା ପାଇଁ ଘଲି ଆସିଲା । ଆଉ ଫେରିଲା ନାହିଁ । ଚିଠି ଖଣ୍ଡେ ମଧ୍ୟ ଦେଲା ନାହିଁ । ଆମ ଚିଠି, ମାନେ ମୋର ଓ ତାର ମାଁର ଚିଠି ଆମ ପାଖକୁ ଫେରି ଆସିଲା । ତମଠୁ ଏଇ ସବୁ ଶୁଣିଲା ପରେ ମତେ ଆହୁରି ଭୟ ଲାଗୁଛି ।

– ଆମେ ତାକୁ ଖୋଜିବା, ବୋଧହୁଏ ତମ ଭଉଣୀ ଜାଣିଥିବ । ତମେ ଥକି ଗଲଣି । ଘଲ ମୁଁ ତମକୁ ନେଇ ଠିକଣା ଜାଗାରେ ଛାଡ଼ିଦେଇ ଆସିବି ।

– ସେଇଟା ଭଲ ହେବ ।

– ସେମାନେ ଉଠିଲେ । କୁମାଲୋ କହିଲେ, – ଚର୍ଚ୍ଚରେ ପ୍ରାର୍ଥନା କରିବାଟା ମୋର ଅଭ୍ୟାସ । ଚର୍ଚ୍ଚଟା କେଉଁଠି ଅଛି ଦେଖାଇ ଦେଲେ ଭଲ ହୁଅନ୍ତା ।

– ବାଟରେ ପଡ଼ିବ ।

କୁମାଲୋ ନମ୍ର ଭାବେ କହିଲେ, – ମୋ ପାଇଁ ତୁମେ ପ୍ରଭୁଙ୍କୁ ଟିକେ ଡାକିବ ଭାଇ ।

– ଖୁସିରେ ତାହା କରିବି । ମୋର ଅବଶ୍ୟ ଅନ୍ୟ କେତେ କାମ ଅଛି, କିନ୍ତୁ ତୁମେ ଏଠି ଥିବା ଯାଏଁ ମୋର ସମୟ ତକ ତମରି ଭାବ ।

– ତମେ ବହୁତ ଉଦାର ।

ସେହି ନମ୍ର କଣ୍ଠ ସ୍ୱରଟା ମିସିମାଙ୍କୁ ଅଭିଭୂତ କରିଦେଲା ବୋଧହୁଏ । କାରଣ ସେ କହିଲେ, ମୁଁ ଉଦାର ନୁହେଁ । ମୁଁ ଜଣେ ପାପୀ ଓ ସ୍ୱାର୍ଥପର ମଣିଷ । କିନ୍ତୁ ପ୍ରଭୁଙ୍କର ଆଶୀର୍ବାଦ ପାଇଛି, ସେତିକି ମାତ୍ର ।

ସେ କୁମାଲୋଙ୍କ ବେଗ୍ ଉଠେଇଲେ । କିନ୍ତୁ ଦୁଆର ମୁଁହକୁ ଯିବା ଆଗରୁ କୁମାଲୋ ତାଙ୍କୁ ଅଟକାଇଲେ ।

– ମୋର ଆଉ ଗୋଟେ କଥା କହିବାର ଅଛି ।

– ହଉ, କୁହ ।

– ମୋର ଜଣେ ଭାଇ ମଧ୍ୟ ଏଠି ଜୋହାନ୍‌ସବର୍ଗ୍‌ରେ ଅଛି । ତାର ମଧ୍ୟ ଚିଠି ପତ୍ର କିଛି ନାହିଁ । ଜନ୍ କୁମାଲୋ, ବଢ଼େଇ କାମ କରେ ।

ମିସିମାଙ୍କୁ ହସିଲେ । କହିଲେ, ମୁଁ ତାଙ୍କୁ ଜାଣେ । ଚିଠି ଲେଖିବାକୁ ତାଙ୍କର ଫୁରୁସତ ନାହିଁ । ସେ ଏଠି ଆମର ଜଣେ ରାଜନୈତିକ ନେତା ।

– ମୋ ଭାଇ ରାଜନୀତିଜ୍ଞ ।

– ହଁ, ରାଜନୀତିରେ ସେ ଜଣେ ତୁଙ୍ଗ ବ୍ୟକ୍ତି ।

ମିସିମାଙ୍କୁ ଟିକେ ରହିଗଲେ ଆଉ କହିଲେ ଆଉ କହିଲେ, – ଏମିତି କହୁଛି ବୋଲି ତମେ ଖରାପ ଭାବିବ ନାହିଁ । ତମ ଭାଇ ଏଣିକି ଚର୍ଚ୍ଚର କିଛି କାମରେ ନୁହନ୍ତି । ସେ କହନ୍ତି ଯେ ଦକ୍ଷିଣ ଆଫ୍ରିକା ପାଇଁ ଭଗବାନ୍ ଯାହା କରିନାହାନ୍ତି, ତାହା ମଣିଷ କରିବା ଦରକାର । ସେ ଏଇୟା କହନ୍ତି ।

– ଏସବୁ ଗୋଟେ ତିକ୍ତ ଅନୁଭୂତି ।

– ମୁଁ ତମ କଥା ବିଶ୍ୱାସ କରି ପାରୁଛି ।

– ମୋତେ ଭୟ ଲାଗୁଛି ଯେ, ବିଶପ୍ ଏକଥା ଶୁଣିଲେ କ'ଣ କହିବେ ? ଆମର ପାଦ୍ରୀଙ୍କ ଭିତରୁ ଜଣେ......

– ଜଣେ ବିଶପ୍ କ'ଣ କରିପାରେ ? ଯାହା ଘଟିଯାଉଛି ତାକୁ କୌଣସି ବିଶପ୍ ରୋକିପାରିବେ ନାହିଁ । କିଏ ଘଟଣା ମାନଙ୍କୁ ଅଟକାଇ ପାରିବ । ସେଇସବୁ ସେମିତି ରହିବ ।

– ତୁମେ କେମିତି କହିପାରୁଛ ? କେମିତି କହୁଛ ଯେ ସେମିତି ରହିବ ?

– ସେଇ ସବୁ ସେମିତି ଘଟି ରହିବ, ମିସିମାଙ୍କୁ ଗମ୍ଭୀର ହୋଇ

କହିଲେ । ପୃଥିବୀର ଗତିକୁ ତମେ ରୋକି ପାରିବ ନାହିଁ । ବୁଟ୍ଲ ଭାଇ, ମୁଁ ଜଣେ ଖ୍ରୀଷ୍ଟିଆନ । ମନ ଭିତରୁ ଗୋରା ଲୋକଙ୍କୁ ମୁଁ ଘୃଣା କରିପାରେ ନାହିଁ । ଜଣେ ଗୋରା ହିଁ ମୋ ବାପାଙ୍କୁ ଅନ୍ଧାରରୁ ଆଲୁଅକୁ ଆଣିଥିଲା । କିନ୍ତୁ ସତ କଥା କହିବାକୁ ଗଲେ ଆମର ଦୁଃଖ ସବୁକିଛି ଉଜୁଡ଼ିଗଲା ବୋଲି ନୁହେଁ, ବରଂ ଉଜୁଡ଼ି ଯାଇଥିବା ସବୁକିଛିକୁ ପୁଣି ସଜଡ଼ା ହେଲା ନାହିଁ, ସେଇଠି ଆମର ଦୁଃଖ । ଗୋରାମାନେ ହିଁ ସବୁ ଉପଜାତି ଗୋଷ୍ଠୀକୁ ଭାଙ୍ଗି ରୁଜି ଦେଲେ । ଆଉ ମୋର ବିଶ୍ୱାସ ଯେ ସେଇ ସବୁ ଆଉ ସଜାଡ଼ି ହେବ ନାହିଁ । ଘରଟା ଉଜୁଡ଼ିଗଲା ପରେ ଗୃହକର୍ତ୍ତା ଭାଙ୍ଗି ପଡ଼ିଛି, ଏଇ ଭଗ୍ନ ମାନସିକତା ଆଉ ତାର ଖଣ୍ଡ ବିଖଣ୍ଡିତ ସ୍ମୃତି ସବୁଠୁ ଦୁଃଖଦ ଘଟଣା । ସେଥିପାଇଁ ପିଲାମାନେ ଆଇନ ବିରୁଦ୍ଧ ଆଚରଣ କରୁଛନ୍ତି । ବୟସ୍କ ବୃଦ୍ଧ ଗୋରାମାନେ ଡକାୟତି ଓ ମାଡ଼ପିଟର ଶିକାର ହେଉଛନ୍ତି ।

ସେ କପାଳରେ ହାତ ବୁଲାଇଲେ ଓ ଗମ୍ଭୀର ଭାବରେ କହି ଚାଲିଲେ ।

– ଭଙ୍ଗା ଉଜୁଡ଼ାଟି ଗୋରାଙ୍କୁ ସୁହାଇଲା । କିନ୍ତୁ ତାରି ଜାଗାରେ କିଛି ନୂଆଁ ଗଢ଼ିବାଟା ତାଙ୍କୁ ସୁହାଇଲା ନାହିଁ । ମୁଁ ଯଃ ବିଷୟରେ ଅନେକ ଚିନ୍ତା କରିଛି ଆଉ ଏଇ ସତ୍ୟରେ ଉପନୀତ ହୋଇଛି । ଅବଶ୍ୟ ସେମାନେ ସମସ୍ତେ ସେମିତି ନୁହଁନ୍ତି । ତାଙ୍କ ଭିତରୁ ଏମିତି କେତେ ଜଣ ଗୋରା ଅଛନ୍ତି ଯେଉଁମାନେ କି ଭଙ୍ଗା ଉଜୁଡ଼ାକୁ ସଜାଡ଼ିବା ପାଇଁ ନିଜର ଜୀବନ ଦେଇଯାନ୍ତି ।

ସେ ସେମିତି କହି ଚାଲିଲେ ।

– କିନ୍ତୁ ତାହା ଯଥେଷ୍ଟ ନୁହେଁ । ପ୍ରକୃତରେ ସେମାନେ ଡରିଯାଆନ୍ତି । ଏବେ ଏଠି ଖାଲି ଭୟର ରାଜୁତି ।

ସେ ଅନୁନୟ ଭଙ୍ଗୀରେ ହସିଲେ । ପୁଣି କହିଲେ,

– ଏତେ ଗୁଢ଼ାଏ କଥା ଯେ ଏକା ଥରକେ କହି ହେବନାହିଁ । ପରେ କେତେବେଳେ ଧୀରସ୍ଥିର ମନରେ କଥା ହେବା । ତମେ ଫାଦର ଭିନ୍‌ସେଣ୍ଟଙ୍କ ସହିତ ଏ ବିଷୟରେ କଥା ହେବା ଦରକାର । ସେ ଜଣେ ଗୋରା ଲୋକ । ଯାହା କହିବା କଥା ସେ କହିପାରିବେ । ସେ ଏମିତି ଜଣେ ଲୋକ ଯିଏ ତମ ଜାଗା ବିଷୟରେ ଆହୁରି ଆହୁରି ଶୁଣିବାକୁ ଚାହିଁବେ ।

– ତାଙ୍କୁ ମୋର ମନେ ଅଛି ।

– ସେମାନେ ଆମକୁ ଖୁବ୍ ଅଛ ଦେଲେ, କିଛି ମଧ ଦେଲେ ନାହିଁ କହିଲେ ଚଲେ । ଆସ, ଚର୍ଚ୍ଚକୁ ଯିବା । ମିସିମାଙ୍ଗୁ ଉଦାସ ହୋଇ କହିଲେ ।

– ମିସେସ ଲିଥେବେ, ମୁଁ ମୋର ବନ୍ଧୁ ରେଭରେଣ୍ଡ ଷ୍ଟିଫେନ୍ କୁମାଲୋଙ୍କୁ ନେଇ ଆସିଛି।

– ଆସନ୍ତୁ ଆଜ୍ଞା, କୋଠରୀଟି ଛୋଟ ହେଲେ ମଧ୍ୟ ପରିଷ୍କାର ଅଛି।

– ମୁଁ ଜାଣେ ଯେ।

– ଆଚ୍ଛା ଭାଇ, ଶୁଭ ରାତ୍ରୀ। କାଲି ସାତଟାରେ ଚର୍ଚ୍ଚରେ ଭେଟ ହେବା ତ ?

– ନିଶ୍ଚେ।

– ତାପରେ ମୁଁ ତୁମକୁ ଖାଇବା ପାଇଁ ଡାକିନେବି। ଆଚ୍ଛା, ଶୁଭରାତ୍ରି ଭାଇ। ଶୁଭ ରାତ୍ରୀ ମିସେସ୍ ଲିଥେବେ।

– ଶୁଭ ବିଦାୟ ଭାଇ।

– ଶୁଭ ବିଦାୟ, ଆଜ୍ଞା।

ମିସେସ୍ ଲିଥେବେ ତାଙ୍କୁ ଛୋଟିଆ କୋଠରୀକୁ ନେଇଗଲେ ଓ ମହମବତୀଟିଏ ଜଳାଇଦେଲେ।

– ଆଉ କ'ଣ ଦରକାର ପଡିଲେ କହିବେ ଆଜ୍ଞା।

– ହଉ, ଧନ୍ୟବାଦ।

– ଶୁଭରାତ୍ରୀ, ଆଜ୍ଞା।

– ଶୁଭରାତ୍ରୀ, ମାଁ।

କୋଠରୀ ଭିତରେ ସେ ଗଡ଼ିଏ ଛିଡ଼ା ହେଲେ। ଅଠଚ୍ଚାଳିଶ ଘଣ୍ଟା ଆଗରୁ ଏଣ୍ଡୋସେନିରେ ସେ ଓ ତାଙ୍କର ସ୍ତ୍ରୀ ଜିନିଷ ପତ୍ର ସଜାଡ଼ୁ ଥିଲେ। ଚବିଶ ଘଣ୍ଟା ଆଗରୁ ସେ ଟ୍ରେନ ଭିତରେ ଏଇ ଅଜଣା ନଗରୀକୁ ଖେପି ଆସୁଥିଲେ। ଆଉ ଏବେ ସେ ଏଠି ! ବାହାରେ ଲୋକଙ୍କ ଗତି ବିଧିରେ, ତାଙ୍କ ପଛରେ, ତାଙ୍କରି ଭିତରେ ଜଣେ ଏଇ ମହାନଗରୀର ଗର୍ଜନ ଶୁଣିପାରିବ। ଜୋହାନ୍‌ସବର୍ଗ, ଜୋହନ୍‌ସବର୍ଗ।

କିଏ ଏଇଟା ବିଶ୍ୱାସ କରିବ ?


୭

କ୍ଲେଆରମେଣ୍ଟକୁ ବେଶୀ ଦୂର ନୁହେଁ। ସୋଫିଆ ଟାଉନ୍ ଆଉ କ୍ଲେଆରମେଣ୍ଟ ଗୋଟେ ଜାଗାରେ। ସୋଫିଆ ଟାଉନରେ ଯିଏ ପାରେ ସିଏ କୋଠାବାଡ଼ି ଧନସଂପତ୍ତି କରି ରହିଯାଇପାରେ। ସେଠି ପାଶ୍ଚାତ୍ୟ ଅଧିବାସୀଙ୍କ ସହର ଇଲାକା, ଯୋଉଟା କି ଜୋହନ୍‌ସବର୍ଗ ମ୍ୟୁନିସିପାଲିଟି ଅଧୀନରେ। ଆଉ କ୍ଲେଆରମେଣ୍ଟ ହେଉଛି ଏଇ ଉଦ୍ଧତ ମହାନଗରୀର ଆବର୍ଜନା କୁଢ଼। ଏଇ

ତିନୋଟିଯାକ ପଣ୍ଠିମରେ ନ୍ୟୁଲେଣ୍ଡସ୍ର ୟୁରୋପୀୟ ବିଭାଗ ବିଶେଷ ଓ ପୂର୍ବରେ ଓ୍ୟେଷ୍ଟ୍ରିନର ୟୁରୋପୀୟ ବିଭାଗ ବିଶେଷ ଦ୍ୱାରା ସଂଯୋଜିତ ।

– ଏଇଟା ତ ଦୁଃଖର ବିଷୟ । ମିସିମାଙ୍କୁ କହିଲେ । – ମୁଁ ବିଭାଜନର ସପକ୍ଷରେ ନୁହେଁ । ହେଲେ ସୁଦ୍ଧା ଆମେ ଅଲଗା ନ ହେବାଟା ଦୁଃଖର ବିଷୟ । ସହରର କେନ୍ଦ୍ର ଜାଗାରୁ ଟ୍ରାମ ଚଲୁଛି, ଗୋଟେ ପାଖ ୟୁରୋପୀୟଙ୍କ ପାଇଁ ଆଉ ଆର ପାଖଟା ଆମ ପାଇଁ । ବସ୍ ଟ୍ରାମରୁ ଗୁଣ୍ଡାମାନେ ଆମକୁ ବାହାର କରି ଦଉଛନ୍ତି । ଆମର ଗୁଣ୍ଡାମାନେ ମଧ୍ୟ ହଙ୍ଗାମା ପାଇଁ ଆଗଭର ।

– କିନ୍ତୁ କର୍ତ୍ତୃପକ୍ଷ କ'ଣ ସେଇୟ୍ୟା କରିବାକୁ ଅନୁମତି ଦିଅନ୍ତି ?

– ସେମାନେ ସେୟା କରନ୍ତି ନାହିଁ । ହେଲେ ସେମାନେ ତ ସବୁ ଟ୍ରାମ ବୁଲିବୁଲି ତଦାରଖ କରି ପାରିବେ ନାହିଁ । ଆଉ ଯଦି କିଛି ଗଣ୍ଡଗୋଳ ହେଲା ତେବେ ତାହା କେମିତି ଆରମ୍ଭ ହେଲା ସେଇଟା କିଏ ବାହାର କରିବ ? ସତ କଥାଟା କହିବ କିଏ ? ଆମେ ଅଲଗା ନ ହେବାଟା ପରିତାପର ବିଷୟ । ଦେଖ, ସେଇ ବଡ଼ କୋଠାଘରଟାକୁ ଦେଖୁଛ ନା ?

– ହଁ ଦେଖୁଛି ।

– ସେଇଟା ଆମର ସମ୍ବାଦପତ୍ର ବାଣ୍ଟ ପ୍ରେସର କୋଠାଘର । ଅବଶ୍ୟ ସେଠି ମଧ୍ୟ ୟୁରୋପୀୟମାନେ ରହିଛନ୍ତି । ଖବର କାଗଜଟା ଭାରି ଉଦାରପନ୍ଥୀ । ଯାହା କହିବା କଥା କହେ ନାହିଁ । ତମ ଭାଇ ତ ବାଣ୍ଟ ପ୍ରେସ ବିଷୟରେ ଖାତିର କରନ୍ତି ନାହିଁ । ସେ ଓ ତାଙ୍କର ସହଯୋଗୀ ମାନେ 'ବାଣ୍ଟପ୍ରେସ' କୁ 'ବାଣ୍ଟୁରି ପ୍ରେସ' କହନ୍ତି ।

କ୍ଲୋଆରମେଣ୍ଟ ଯାଏଁ ସେମାନେ ଚଲିକି ଗଲେ । ଲାଗାଲଗି ଘର । ରାସ୍ତା ଉପରେ କୁଡ଼ କୁଡ଼ ମଇଳା ଓ ଜାଗାଟିର ଅପରିଚ୍ଛନ୍ନତା ଦେଖି କୁମାଲୋ ସ୍ତମ୍ଭିତ ହୋଇଗଲେ ।

– ସେଇ ସ୍ତ୍ରୀ ଲୋକକୁ ଦେଖୁଛ ?

– ହଁ ଦେଖୁଛି ।

– ସେ ଏଠିକାର ରାଣୀ ମହୁମାଛି ଭିତରୁ ଜଣେ, ମଦ ବିକେ । ଜୋହାନ୍ସବର୍ଗର ପଇସାବାଲାଙ୍କ ଭିତରୁ ସେ କୁଆଡ଼େ ଜଣେ ।

– ଆଉ ଏଇ ପିଲାମାନେ ? ସ୍କୁଲକୁ କ'ଣ ପାଇଁ ଯାଉନାହାନ୍ତି ?

– କେତେ ଜଣ ନିଜେ ପାଠ ପଢ଼ିବାକୁ ଚୁହାନ୍ତି ନାହିଁ । ଆଉ କେତେଜଣଙ୍କର ବାପା ମାଁ ରୁହାନ୍ତି ନାହିଁ । ତେବେ ଅନେକଙ୍କ ପାଇଁ ସ୍କୁଲରେ ଦାଖଲ ହେବା ପାଇଁ ଜାଗା ନାହିଁ ।

ଲିଲି ଷ୍ଟ୍ରିଟରେ ଯାଉଯାଉ ସେମାନେ ହାଇସିନ୍ଥ ଷ୍ଟ୍ରିଟକୁ ବୁଲି ପଡ଼ିଲେ । ଏଠିକାର ନାଁ ଗୁଡ଼ା ଭାରି ସୁନ୍ଦର ।

– ଏଇଠି ଭାଇ, ଏଗାର ନମ୍ବର । ଏକୁଟିଆ ଯିବ ତ ?

– ହଁ ସେଇଟା ଠିକ୍ ହେବ ।

– ମୁଁ ତେର ନମ୍ବରରେ ଥିବି । କାମ ସରିଗଲେ ସେଠିକି ଆସିବ । ସେଠି ଆମ ଚର୍ଚ୍ଚର ଜଣେ ସ୍ତ୍ରୀ ଲୋକ ରହେ । ଭାରି ଭଲ ସ୍ତ୍ରୀ ଲୋକ ଜଣେ । ନିଜ ସ୍ୱାମୀ ଓ ପିଲାମାନଙ୍କୁ ଭଲ ସଂସ୍କାର ଦେବା ପାଇଁ ପାରୁ ପର୍ଯ୍ୟନ୍ତ ଲଢ଼େଇ କରୁଛି । ହେଲେ ଏଇଟା ଭାରି ଦୁଷ୍କର । ତାର ବଡ଼ ଝିଅଟାକୁ ରଖିରୀରେ ଲଗେଇ ଦେବାକୁ ମୁଁ ଚେଷ୍ଟା କରୁଥିଲି । ସେ ଗୋଟେ ଲଫଙ୍ଗା ଟୋକା ସାଙ୍ଗରେ ପଲେଇଗଲା । ଏବେ ତା ସାଙ୍ଗରେ ମିସ୍ଭିଲେରେ ରହୁଛି । ଆଚ୍ଛା, ମତେ ସେଇଠି ଡାକିବ, ବୁଝିଲ ତ ।

ଘର ଭିତରୁ ଜୋରରେ ହସ ଶୁଭୁଥିଲା, ଯୋଉଁ ହସରେ ମଣିଷ ଡରିଯାଏ । ସେ ୟା ଭିତରେ ଡରିଯାଇଥିଲେ । ବୋଧହୁଏ ସେଇଟା କଦର୍ଯ୍ୟ ହସ । ଗୋଟେ ସ୍ତ୍ରୀ ଲୋକର ସ୍ୱର, ତା ସାଙ୍ଗକୁ ଅନେକ ପୁରୁଷ କଣ୍ଠସ୍ୱର, କ୍ରମାଲୋ କବାଟରେ ଠକ୍ ଠକ୍ କଲେ । ସେ ଖୋଲିଲା ।

– ମୁଁ ଆସିଛି, ଭଉଣୀ ।

ତାର ଆଖିରେ ଭୟ ଜମିଥିଲା, ସେଥିରେ ସନ୍ଦେହ ନାହିଁ । ସେ ପାଦେ ପଛକୁ ଫେରିଗଲା । ତାଙ୍କ ଆଡ଼କୁ ଆଗେଇଲା ନାହିଁ । ସେ ବୁଲିପଡ଼ି କ'ଣ ପଦେ କହିଲା ଯାହା ସେ ଶୁଣିପାରିଲେ ନାହିଁ । ଚୌକିଗୁଡ଼ା ଘୁଞ୍ଚାହେଲା, ଅଲଗା ଜିନିଷମାନ ସେଠୁ ଉଠାଇ ନିଆଗଲା । ତାପରେ ସେ ତାଙ୍କ ଆଡ଼କୁ ବୁଲି ପଡ଼ିଲା ।

– ମୁଁ ଟିକେ ସଜାଡ଼ି ଦଉଛି ଭାଇ ।

ସେମାନେ ଛିଡ଼ା ହୋଇ ପରସ୍ପରକୁ ଚାହିଁଲେ । ଜଣେ ଉଦ୍‌ବିଗ୍ନ, ଆଉ ଜଣେ ଭୟଭୀତ । ସେ ମୁହଁ ବୁଲାଇ ରୁମ୍ ଭିତରକୁ ରହିଁଲା । ଗୋଟେ କବାଟ ପଡ଼ିଗଲା । ସେ କହିଲା, ଭାଇ ଭିତରକୁ ଆସ ।

ତା'ପରେ ଯାଇ ସେ ତାଙ୍କ ଆଡ଼କୁ ହାତ ବଢ଼ାଇଲା । ଥଣ୍ଡା ଶୀତଳ ହାତ । ସେଥିରେ ଜୀବନ ନ ଥିଲା ।

ସେମାନେ ବସିଲେ । ସେ ଚୌକିରେ ଚୁପଚାପ୍ ବସିଥାଏ ।

– ମୁଁ ଆସିଛି, ସେ କହିଲେ ।

– ଭଲ କଲ ।

– ତୁ ଚିଠି ଖଣ୍ଡେ ବି ଦେଲୁନାହିଁ ।

– ହଁ, ଚିଠି ଦେଇନି ।

– ତୋର ସ୍ୱାମୀ କୋଉଠି ?

– ତାଙ୍କୁ ଖୋଜି ପାଇଲିନି ଭାଇ ?

– କିନ୍ତୁ ତୁ ଲେଖ୍ ଜଣାଇଲୁ ନାହିଁ ।

– ତା ସତ, ମୁଁ ଜଣାଇନି ।

– ଆମେ କେତେ ବ୍ୟସ୍ତ ତୁ ଜାଣୁ ?

– ଲେଖ୍ବା ପାଇଁ ମୋ ପାଖରେ ପଇସା ନ ଥିଲା ।

– ଟିକେଟ୍ ପାଇଁ ଦୁଇ ପେନି ମଧ୍ୟ ନ ଥିଲା ?

ସେ ଉତ୍ତର ଦେଲା ନାହିଁ, ତାଙ୍କୁ ଦେଖ୍ଲା ନାହିଁ ।

– ମୁଁ ଶୁଣିଛି ଯେ ତୁ କୁଆଡେ ବେଶ୍ ଧନୀ ।

– ନା, ମୁଁ ଧନୀ ନୁହେଁ ।

– ତୁ ଜେଲ୍ ଯାଇଥିଲୁ ଶୁଣିଲି ।

– ସେଇଟା ସତକଥା ।

– କ'ଣ ମଦ ବେପାର ପାଇଁ ?

ତା ଭିତରେ ଗୋଟେ ଚମକ ଖେଳିଗଲା । ତାଙ୍କୁ କିଛି କହିବାକୁ ପଡ଼ିବ । ସେ ଏମିତି ଚୁପ୍ ରହି ପାରିବ ନାହିଁ । ସେଥିରେ ତା'ର ଦୋଷ ନାହିଁ, ସେ ତାଙ୍କୁ କହିଲା । ସେଥିରେ ଆଉ ଜଣେ ସ୍ତ୍ରୀ ଲୋକ ଲିପ୍ତ ଥିଲା ।

– ତୁ ସେଇ ସ୍ତ୍ରୀ ଲୋକ ସହିତ ରହୁଥିଲୁ ?

– ହଁ ।

– ସେ ରକମର ସ୍ତ୍ରୀ ଲୋକ ସହିତ କାହିଁକି ରହୁଥିଲୁ ?

– ମୋର ଆଉ ଅନ୍ୟ ଜାଗା ନ ଥିଲା ।

– ତୁ ତାକୁ ସେଇ କାରବାରରେ ସାହାଯ୍ୟ କଲୁ ?

– ମୋ ଛୁଆ ପାଇଁ ଯେମିତି ହେଉ ପଇସା ରୋଜଗାର କରିବାକୁ ପଡ଼ିଲା ।

– ତୋ ଛୁଆଟା କୋଉଠି ?

ସେ ଚାରିଆଡକୁ ଫାଙ୍କା ଦୃଷ୍ଟିରେ ଅନେଇଲା । ଉଠିପଡ଼ି ଅଗଣାକୁ ଚାଲିଗଲା । ଛୁଆକୁ ଡାକିଲା । ଦିନେ ତାର କଣ୍ଠସ୍ୱର କେତେ ମଧୁର ଶୁଭୁଥିଲା । ଏବେ ଅଲଗା ଶୁଭୁଛି । ଘର ଭିତରୁ ସେ ଶୁଣିଥିବା ହସର ଛିଟା ବାଜିଲା ପରି ତା ସ୍ୱରଟା ଶୁଭୁଛି । ଧୀରେ ଧୀରେ ସେ ତାଙ୍କ ସାମ୍ନାରେ ନିଜକୁ ଖୋଲି ଦଉଥିଲା ।

– ମୁଁ ପିଲାଟାକୁ ଡକାଇ ପଠାଇଛି ।

– ସେ ଅଛି କୋଉଠି ?

– ତାକୁ ଆଣିବାକୁ ପଠାଇଛି । ଆସିବ ଯେ ।

ତା ଆଖିରେ ଅପ୍ରସ୍ତୁତ ଭାବ ଥିଲା । ଛିଡ଼ା ହୋଇ ସେ କାନ୍ଥରେ ଗାର ଟାଣୁଥିଲା । ସେ ରାଗରେ ପାଟି ଯାଉଥିଲେ ।

– ମୁଁ ଶୋଇବି କୋଉଠି ? ସେ ପଚାରିଲେ ।

ତା'ର ଆଖିରେ ଭୟ ସ୍ପଷ୍ଟ । ଏଥରକ ସେ ଖୋଲି କହିଦେବ । କିନ୍ତୁ ରାଗଟା ତାଙ୍କୁ କାବୁ କରିଦେଇଥିଲା । ସେ ଆଉ ଅପେକ୍ଷା କରି ପାରିଲେ ନାହିଁ ।

– ତୁ ଆମର ମାନ ମହତ ସବୁ ସାରିଦେଲୁ । କାଲେ କେହି ଶୁଣିଦେବ ଭାବି ସେ ନୀରବ ପାଟିରେ କହିଲେ । – ମଦ ବିକିଲୁ, ବେଶ୍ୟା ପାଲଟିଲୁ, ଛୁଆଟାକୁ କୋଉଠି ରଖିଛୁ ତା'ର ଇୟତ୍ତା ନାହିଁ । ତୋର ଭାଇ ଜଣେ ପାଦ୍ରୀ, ତୁ କେମିତି ଏସବୁ କରିପାରିଲୁ ?

ସେ ତାଙ୍କୁ ଗୁମୁରି ଚାହିଁଲା, ଠିକ୍ ପଶୁଟିଏ ନିର୍ଯ୍ୟାତିତ ହେଲେ ଯେମିତି ରୁହେଁ ।

– ମୁଁ ତତେ ନେଇଯିବାକୁ ଆସିଛି । ସେ ତଳେ ପଡ଼ିଗଲା ଓ କାନ୍ଦିଲା । ବେଳକୁ ବେଳ ଆହୁରି ବଡ଼ ପାଟିରେ କାନ୍ଦି ବସିଲା । କାନ୍ଦଣା ଯେମିତି ବନ୍ଦ ହେବାର ନୁହେଁ । କେହି ଶୁଣିବ ବୋଲି ତାକୁ ଲାଜ ଲାଗୁ ନ ଥିଲା ।

– ସେମାନେ ଆମ କଥା ଶୁଣି ପକାଇବେ ।

ସେ ତା'ର କାନ୍ଦ ରୋକିବାକୁ ଚେଷ୍ଟା କଲା ।

– ତୁ ଫେରିଯିବାକୁ ଚାହୁଁ ?

ସେ ମୁଣ୍ଡ ଟୁଙ୍ଗାରିଲା । କହିଲା, ଜୋହାନ୍‌ସବର୍ଗ ମତେ ଭଲ ଲାଗୁନାହିଁ । ଏଠି ମୁଁ ବେମାର, ମୋ ଛୁଆ ବି ବେମାର ।

– ତୁ ତୋ ମନ ଭିତରୁ ଯିବାକୁ ଚାହୁଁଛୁ ତ ?

ସେ ପୁଣି ଥରେ ମୁଣ୍ଡ ଟୁଙ୍ଗାରିଲା । ସେ ସୁଁ ସୁଁ ହୋଇ କାନ୍ଦୁଥିଲା । ମତେ ଜୋହାନ୍‌ସବର୍ଗ ଭଲ ଲାଗୁନାହିଁ, ସେ କହିଲା । ହତାଶ ଆଖିରେ ତାଙ୍କୁ ଚାହିଁଲା । କୁମାଲୋଙ୍କ ଛାତି ଭିତରେ ଆଶାର ସଞ୍ଚାର ହେଲା ।

– ମୁଁ ଜଣେ ଖରାପ ସ୍ତ୍ରୀଲୋକ ଭାଇ, କୋଉ ମୁହଁରେ ଭଲା ମୁଁ ଫେରିବି ।

ତାଙ୍କ ଆଖିରେ ଲୁହ ଜକେଇଲା । ଗୋଟେ ଗଭୀର ଆର୍ଦ୍ର କୋମଳତା ତାଙ୍କୁ ଛାଇଗଲା । ସେ ତାକୁ ତଳୁ ଉଠାଇ ଚୌକି ଉପରେ ବସାଇଦେଲେ । କିଛି ନ କହି ତା'ର ମୁଣ୍ଡ ବାଲକୁ ଆଉଁସିଲେ ।

– ପ୍ରଭୁ ଆମକୁ କ୍ଷମା କରିଦିଅନ୍ତୁ । କ୍ଷମା କରିବାକୁ ମୁଁ କିଏ ? ଚାଲ ଆମେ ପ୍ରାର୍ଥନା କରିବା ।

ସେ ଆଣ୍ଠେଇ ପଡ଼ିଲେ । ସାଇ ପଡ଼ିଶା ଯେମିତି ଶୁଣି ନ ପାରିବେ, ସେ ଖୁବ୍ ଧୀରେ ଧୀରେ ପ୍ରାର୍ଥନା କଲେ । ମଝିରେ ମଝିରେ ଜାଟ୍ଟୁଡ୍ ଏମେନ୍ କହୁଥିଲା । କୁମାଲୋଙ୍କ ପ୍ରାର୍ଥନା ସରିଗଲା ପରେ ସେ ପ୍ରାର୍ଥନାର ଭାବାବେଗରେ ଗଦ୍‌ଗଦ୍ ହୋଇଗଲା । ଆମ୍ୟଦହନର ପ୍ରାର୍ଥନାରେ ଉଦ୍‌ବେଳିତ ହୋଇଉଠିଲା । ଶାନ୍ତ ପଡ଼ିଗଲା ପରେ ଦୁହେଁ ହାତ ଛନ୍ଦି ବସିଲେ ।

– ଏଥର ତୁ ଟିକେ ମତେ ସାହାଯ୍ୟ କର ।

– କ'ଣ ଭାଇ ?

– ଆମ ପୁଅ, ତା ବିଷୟରେ ଜାଣିନାହୁଁ ?

– ଜାଣିଥିଲି ଭାଇ । ଜୋହାନ୍‌ସବର୍ଗର ଗୋଟେ ବଡ଼ ଜାଗାରେ ସେ କାମ କରୁଥିବାର ଶୁଣିଥିଲି । ସେ ସୋଫିଆ ଟାଉନ୍‌ରେ ରହୁଥିବାରୁ ମଧ ଶୁଣିଛି । କିନ୍ତୁ ସଠିକ୍ ଜାଗାଟା ଜାଣିନାହିଁ । କିନ୍ତୁ ଆଉ ଜଣେ ଜାଣିଥିବ, ମୁଁ ଜାଣେ । ଆମ ଭାଇ ଜନ୍‌ର ପୁଅ ଓ ତମର ପୁଅ ଦୁହେଁ ପ୍ରାୟ ଏକାଠି ଥିଲେ । ସେ ଜାଣିଥିବ ।

– ମୁଁ ସେଠିକି ଯିବି । ଏବେ ତୋର ରହିବା ପାଇଁ ଜାଗା ଦରକାର । ମୁଁ ମିସେସ୍ ଲିଥେବେଙ୍କୁ ପଚାରି ଦେଖେ । ତାଙ୍କର ରୁମ୍ ଖାଲି ଥାଇପାରେ । ତୋର ବେଶୀ ଗୁଡ଼ାଏ ଜିନିଷ ପତ୍ର ଅଛି କି ?

– ନା ବେଶୀ ନାହିଁ । ଏଇ ଟେବୁଲଟା, କେତେ ଖଣ୍ଡ ଚୌକି, ଖଟ ଖଣ୍ଡିକ, ଆଉ ବାସନକୁସନ କେତେ ଖଣ୍ଡ । ବାସ୍ ସେତିକି ।

– ମୁଁ କାହାକୁ ପଠାଇ ସେସବୁ ନେବାର ବ୍ୟବସ୍ଥା କରିବି । ତୁ ଏଥର ବାହାରି ପଡ଼ ।

– ଭାଇ ମୋ ପୁଅ ଆସିଲାଣି ।

ଗୋଟେ ବଡ ଝିଅର ପଛେ ପଛେ ତାଙ୍କର ଛୋଟ ଭଣଜାଟି ରୁମ୍ ଭିତରକୁ ଆସିଲା । ଦେହରେ ମଇଳା ଲୁଗା । ନାକରୁ ସିଙ୍ଘାଣି ବହୁଥାଏ । ପାଟିରେ ଆଙ୍ଗୁଠି ପୁରାଇ ସେ ତା'ର ଡ଼ବଡ଼ବ ଆଖିରେ ମାମୁଁକୁ ଚାହୁଁଥାଏ ।

କୁମାଲୋ ତାଙ୍କୁ ଉଠାଇନେଲେ । ନାକ ପୋଛି ଦେଲେ ଆଉ ରୁମା ଦେଇ ଗେଲ କଲେ ।

– ଛୁଆଟି ପାଇଁ ଭଲ ହେବ । ଖୋଲା ପାଣି ପବନରେ ବଢ଼ିବ । ସେଠି ସ୍କୁଲ ମଧ ଯିବ ।

- ହଁ ତା ପାଇଁ ଭଲ ହେବ ।

- ଏଥର ମୁଁ ଯାଏ, ତେଣେ ଗୁଡ଼ାଏ କାମ ଅଛି ।

ସେ ରାସ୍ତାକୁ ବାହାରିଲେ । ଉସ୍ସୁକ ସାଇ ପଡ଼ିଶା ତାଙ୍କୁ ଚାହିଁଲେ, ଏଠି ଜଣେ ପାଦ୍ରୀଙ୍କୁ ଦେଖି ଆଶ୍ଚର୍ଯ୍ୟ ହେଲେ । ସେ ତାଙ୍କୁ ଡାକିଲେ ଓ ସବୁ କଥା କହିଲେ । ତାଙ୍କର ଭଉଣୀ, ତା'ର ପୁଅ ଓ ତା'ର ଜିନିଷପତ୍ର ନେଇଯିବାକୁ ଜଣେ ଲୋକ ଯୋଗାଡ଼ କରିବାକୁ କହିଲେ ।

- ଆମେ ଏବେ ଯିବା । ତମ କାମ ହୋଇଗଲା ମୁଁ ସେଥିରେ ଭାରି ଖୁସି । ମିସିମାଙ୍କୁ କହିଲେ ।

- ମୋ ଉପରେ ଗୋଟେ ଭାରି ବୋଝ ଅଛି । ପ୍ରଭୁ, ସେଇ କାମଟା ମଧ ହୋଇଯାଉ ।

ଅପରାହ୍ନରେ ଗୋଟେ ଲରୀ ପଠାଇ ସେ ତାକୁ ନେଇ ଆସିଲେ । ଆସିଲାବେଳେ ଉସ୍ସୁକ ପଡୋଶୀମାନେ ତାକୁ ଚାହିଁ ଚୁପଟାପ୍ ହେଲେ । କେତେଜଣ ବେଶ୍ ବଡ଼ ପାଟିରେ ଆଲୋଚନା କଲେ । କେତେଜଣ ତା'ର ଯିବାଟାକୁ ପସନ୍ଦ କଲେ । ଆଉ କେତେଜଣ ନାପସନ୍ଦ କରି ଅଭୁତ ସହରୀ ହସ ହସିଲେ । ଯାହାବି ହେଉ ଜିନିଷପତ୍ର ବୋଝେଇ ହୋଇଗଲା ଆଉ ସେମାନେ ସେଠୁ ଖଳିଆସିଲେ ।

ମିସେସ୍ ଲିଥେବେ ସେମାନଙ୍କୁ ତାଙ୍କର ରୁମ୍ ଦେଖାଇ ଦେଲେ । ମାଁ ଓ ଛୁଆକୁ ସେ ଖାଇବାକୁ ଦେଲେ । କୁମାଲୋ ଖାଇବା ପାଇଁ ମିଶନକୁ ଗଲେ । ସେଦିନ ରାତିରେ ଖାଇବା ଜାଗାରେ ସେମାନେ ପ୍ରାର୍ଥନା କଲେ । କୁମାଲୋଙ୍କ ମନଟା ହାଲୁକା ଲାଗିଲା । ଅନେକ ବର୍ଷ ପରେ ତାଙ୍କୁ ପିଲାଙ୍କ ପରି ଖୁସି ଲାଗିଲା । ଜୋହାନ୍ସବର୍ଗରେ ସେଦିନ ଉପଜାତିଟା ସଂଗଠିତ ହେଲା, ଭଙ୍ଗା ଘର ସଜଡ଼ା ହେଲା, ଆମ୍ୱ ଫେରିଆସିଲା ।


୧

ଜାଡ଼ୁଉଡ଼ର ଲୁଗାଟା ଦାମିକା ହେଲେ ହେଁ ବହୁତ ମଇଲା ଥିଲା । ମୁଣ୍ଡରେ ହାତବୁଣା କଳା ତେଲ ଚିକିଟା ଟୋପି ପିନ୍ଧିଥିଲା । ତା'ର ବେଶପଟା ଦେଖି ତାଙ୍କୁ ବହୁତ ଖରାପ ଲାଗିଲା । ପାଖରେ କମ୍ ପଇସା ଥିଲେ ସୁଦ୍ଧା ସେ ତା ପାଇଁ ଲାଲ ରଙ୍ଗର ଜାମା ଓ ଧଲା ରଙ୍ଗର ମୁଣ୍ଡ ଓଢ଼ଣି କିଣିଦେଲେ । ତା ଛଡ଼ା ତା ପୁଅ ପାଇଁ ହଲେ ସାର୍ଟପେଣ୍ଟ ଓ ନାକ ପୋଛିବା ପାଇଁ ହଲେ ରୁମାଲ ମଧ କିଣିଦେଲେ । ଏବେ ତାଙ୍କର ପେଟରେ ଡାକଘରର ଜମାଖାତାଟା ଥିଲା । ସେଥିରେ ମାତ୍ର ଦଶ ପାଉଣ୍ଡ ଥିଲା । ସେ

ଓ ତାଙ୍କର ସ୍ତ୍ରୀ ଗୋଟେ କ୍ଷୋଭ କିଣିବା ପାଇଁ ସଞ୍ଚୟ କରି ରଖିଥିଲେ। ଅନ୍ୟ ଯେକୌଣସି ସ୍ତ୍ରୀଲୋକ ପରି ସେ ଅନେକ ଦିନରୁ ସେଥିପାଇଁ ଚାହିଁ ବସିଥିଲେ। ମାସକୁ ଆଠ ପାଉଣ୍ଡର ଦରମାରୁ ଦଶ ପାଉଣ୍ଡ ସଞ୍ଚୟ କରିବାଟା ଏତେ ସହଜ କଥା ନୁହେଁ, ଏତିକି ଜମା କରିବା ପାଇଁ ବହୁତ ସମୟ ଲାଗିଥିଲା। ତାଙ୍କର ପାଦ୍ରୀ ପୋଷାକ ଏ ଭିତରେ ରଙ୍ଗ ଛାଡ଼ି ପୁରୁଣା ଦେଖାଯାଉଥିଲା। ତେବେ ସେଇଟା ପରେ ତିଆରି କଲେ ଚଳିବ। ଟ୍ରେନ୍‌ଟା ତ ମାଗଣାରେ ଜିନିଷପତ୍ର ଲଦିଦେବ ନାହିଁ। ଜିନିଷପତ୍ର ଭଡ଼ା ବାବଦକୁ ଗୋଟେ କିମ୍ବା ଦୁଇ ପାଉଣ୍ଡ ଦେବାକୁ ପଡ଼ିବ। ଯେମିତି ହେଲେ ଦଶ ପାଉଣ୍ଡ ଭଙ୍ଗାଇବାକୁ ପଡ଼ିବ। ଆଶ୍ଚର୍ଯ୍ୟର କଥା ଏତେଦିନ ଧରି ସେଇ ବେପାରରେ ଏତେ ପଇସା କମାଣି କରିଥିଲେ ସୁଦ୍ଧା ଜାଟ୍‌ଉ୍ ପାଖରେ ଗୋଟେ ପଇସା ସୁଦ୍ଧା ନ ଥିଲା।

ମିସେସ୍ ଲିଥେବେକୁ ଜାଟ୍‌ଉ୍ ଘରକାମରେ ସାହାଯ୍ୟ କରୁଥିଲା। ତାକୁ ଗୁଣୁଗୁଣୁ ହୋଇ ଗାଉଥିବାର ସେ ଶୁଣିଲେ। କୋଉ ମିସ୍ତ୍ରୀଟାଏ ଛାଡ଼ିଯାଇଥିବା ଭଙ୍ଗା କାଠ ଓ ଭଙ୍ଗା ଇଟା ନେଇ ପିଲାଟା ଅଗଣାରେ ଖେଳୁଥାଏ। ଝଲମଲ୍ ସୂର୍ଯ୍ୟକିରଣ ବିଛୁଡ଼ି ପଡ଼ୁଥାଏ। ଏଇ ମହାନଗରୀରେ ବି ଯା ହେଉ ପକ୍ଷୀ ଉଡ଼ୁଥିଲେ। ଅଗଣାରେ ଘର ଚଟିଆ କେତେଟା କିଚିରିମିଚିରି ହେଉଥିଲେ। ରାସ୍ତାରେ ମିସିମାଙ୍କୁ ତାଙ୍କ ପାଖକୁ ଆସୁଥିବାର ସେ ଦେଖି ପାରିଲେ। ଜୋହାନ୍‌ସ୍‌ବର୍ଗ ରହଣି ବିଷୟରେ ସେ ତାଙ୍କ ସ୍ତ୍ରୀଙ୍କ ପାଖକୁ ଚିଠି ଲେଖୁଥିଲେ। କେମିତି ଜଣେ ଯୁବକ ତାଙ୍କ ଠାରୁ ଗୋଟେ ପାଉଣ୍ଡ ଠକି ନେଲା, କେମିତି ଜାଟ୍‌ଉ୍‌କୁ ଶୀଘ୍ର ଖୋଜି ପାଇଲେ, ତାର ପୁଅଟା କେମିତି ଗୁଲୁଗୁଲିଆ ହୋଇଛି, ତାପରେ ସେଦିନ ତାଙ୍କର ପୁଅକୁ ଖୋଜିବା ପାଇଁ ସେ ବାହାରିବେ ଇତ୍ୟାଦି ଖବର ସେ ଲେଖୁଥିଲେ।

– ପୁରା ପ୍ରସ୍ତୁତ ହୋଇ ସାରିଲଣି ତ ?

– ହଁ ଭାଇ, ମୁଁ ପ୍ରସ୍ତୁତ ଅଛି। ଏଇ ଖାଲି ମୋ ସ୍ତ୍ରୀ ପାଖକୁ ଚିଠି ଖଣ୍ଡେ ଲେଖୁଥିଲି।

– ଯଦିଓ ମୁଁ ତାଙ୍କୁ ଜାଣେନି, ତାଙ୍କୁ ମୋର ଶୁଭେଚ୍ଛା ଜଣାଇଦେବ।

ସେମାନେ ରାସ୍ତା ଉପରକୁ ଉଠିଲେ। ଗୋଟିକ ପରେ ଗୋଟିଏ ରାସ୍ତା ପାରିହେଲେ। ସେମାନେ ସତ କଥା କହିଥିଲେ, ଏଇ ଥରେ ଗୋଟେ ରାସ୍ତାରେ ଗଲେ ଫେରିଲା ବେଳକୁ ଦିନ ସରି ଯାଇଥିବ।

– ଏଇଟା ତମର ଭାଇର ଦୋକାନ। ତାଙ୍କର ନାଁ ଦେଖ।

– ହଁ ଦେଖୁଛି।

– ମୁଁ ତମ ସହିତ ଯିବି କି ?

– ହଁ, ଆସିଲେ ଭଲ ହେବ ଭାବୁଛି ।

ତାଙ୍କ ଭାଇ ଜନ୍ ଗୋଟିଏ ଚୌକିରେ ବସି ଅନ୍ୟ ଦୁଇ ଜଣଙ୍କ ସହିତ କଥାବାର୍ତ୍ତା ହେଉଥିଲେ । ଯାହା ଭିତରେ ସେ ମୋଟା ହୋଇ ଯାଇଥିଲେ । ଚୌକିରେ ଠିକ୍ ମୁଖିଆ ପରି ଆଣ୍ଠୁରେ ହାତ ଦେଇ ବସିଥିଲେ । ସେମାନଙ୍କ ଦେହରେ ରାସ୍ତାର ଲାଇଟ ପଡ଼ୁଥିବାରୁ ସେ ତାଙ୍କୁ ଚିହ୍ନି ପାରିଲେ ନାହିଁ ।

– ଗୁଡ୍ ମର୍ଣ୍ଟିଂ ସାର୍ ।

– ଗୁଡ୍ ମର୍ଣ୍ଟିଂ ସାର୍ ।

– ଗୁଡ୍ ମର୍ଣ୍ଟିଂ ଭାଇ ମୋର ।

ଜନ୍ କୁମାଲୋ ତାଙ୍କୁ ପାଖରୁ ନିରେଖି ରହିଁଲେ । ଆଉ ଆନ୍ତରିକତାର ଖୋଲାହସ ହସି ଦେଇ ସେ ବସିବା ଜାଗାରୁ ଉଠି ପଡ଼ିଲେ ।

ଆରେ ମୋ ଭାଇ! ଆଛା, ଆଛା, କିଏ ଭଲୋ ବିଶ୍ୱାସ କରିବ ! ଜୋହାନ୍ସବର୍ଗରେ ତମେ କରୁଛ କଣ ?

କୁମାଲୋ ଅନ୍ୟ ଦୁଇ ଜଣ ଆଗନ୍ତୁକଙ୍କୁ ଦେଖିଲେ । – ମୁଁ ଏଇ ବ୍ୟବସାୟ କାମରେ ଆସେ, ସେ କହିଲେ ।

– ଆଛା, ତମେମାନେ କିଛି ଭାବିବନି । ପରେ କେବେ କଥାବାର୍ତ୍ତା ହେବା । ମୋ ନିଜ ଭାଇ ଆସିଛନ୍ତି ତ ।

ସେ ଦୁଇଜଣ ଲୋକ ବିଦାୟ ଜଣାଇ ସେଠୁ ଉଠି ଚାଲିଗଲେ ।

– ରେଭରେଣ୍ଡ ମିସିମାଙ୍ଗୁକୁ ତୁ ଜାଣିଛୁ କି ?

– ହଁ, ହଁ, ତାଙ୍କୁ କିଏ ନ ଜାଣେ ଭଲୋ । ରେଭରେଣ୍ଡ ମିସିମାଙ୍ଗୁକୁ ସମସ୍ତେ ଜାଣନ୍ତି । ଆଛା, ତମେମାନେ ବସ । ମୁଁ ଟିକେ ଚା'ର ଆୟୋଜନ କରେ ।

ସେ କବାଟ ପାଖକୁ ଯାଇ ଚା ବରାଦ କଲେ ଓ ପୁଣି ଫେରି ଆସିଲେ ।

– ତୋର ସ୍ତ୍ରୀ ଇସ୍ତର କେମିତି ଅଛି ?

ଜନ୍ କୁମାଲୋ ତାଙ୍କର ସବୁଦିନିଆ ବେପରୁଆ ଭଙ୍ଗୀରେ ହସି କହିଲା ।

– ମୋ ସ୍ତ୍ରୀ ଆଜିକୁ ଦଶ ବର୍ଷ ହେଲା ମତେ ଛାଡ଼ିକି ଚାଲିଗଲାଣି ।

– ହଁ ଯେ, ଚର୍ଚ୍ଚର ନୀତି ଅନୁସାରେ ସେଇଟା ବିବାହ ନୁହେଁ । ତେବେ ସେ ଭଲ ସ୍ତ୍ରୀ ଲୋକଟିଏ ।

– ତୁ ଏ ବିଷୟରେ କିଛି ଲେଖୁଲୁ ନାହିଁ ।

– ନା ଲେଖୁଥାନ୍ତି କେମିତି ? ଏଣ୍ଟୋସେନିରେ ତମେମାନେ

ଜୋହାନ୍ସବର୍ଗର ଜୀବନଧାରା ବୁଝି ପାରିବନି । ତେଣୁ ଆଉ ଲେଖେ ଜଣାଇବା ଉଚିତ ମନେ କଲିନାହିଁ ।

— ସେଥିପାଇଁ ତୁ ଚିଠି ଲେଖିବା ବନ୍ଦ କରିଦେଲୁ ?

— ହଉ, ହଉ, ସେଇଟା ମୋର ଚିଠି ନ ଲେଖିବାର କାରଣ ହୋଇ ଥାଇପାରେ । ହେଲେ, ଏଠି ଗୁଡାଏ ଝାମେଲା, ଭାଇ, ନାନା ପ୍ରକାର ଅଦରକାରୀ ଝମେଲା ।

— କିନ୍ତୁ ମୁଁ ବୁଝିପାରୁନି, ଜୋହାନ୍ସବର୍ଗରେ ଜୀବନଧାରା ଭିନ୍ନ କେମିତି ?

— ସେକଥା ବୁଝିବା କଷ୍ଟ । ଆଚ୍ଛା, ମୁଁ ଇଂରାଜୀ କହିଲେ କଣ ଭାବିବ କି ? ଇଂରାଜୀରେ ମୁଁ କଥାଟାକୁ ଭଲକରି ବୁଝାଇପାରିବି ।

— ଆଚ୍ଛା, ତା ହେଲେ ଇଂଲିଶ୍‌ରେ କହ, ଭାଇ ।

— ଦେଖ, ଜୋହାନ୍ସବର୍ଗରେ ମୋର ଗୋଟେ ଅନୁଭୂତି ହୋଇଗଲାଣି । ସେଇଟା ଏଣ୍ଟୋସେନି ପରି ନୁହେଁ । ତାହା ବୁଝିବାକୁ ହେଲେ ଏଠି ରହିବାକୁ ପଡିବ । ସେ ତାଙ୍କ ଭାଇଙ୍କୁ ରହିଁଲେ । ଏଠି ନୂଆଁ କିଛି ଗୋଟେ ହେବାକୁ ଯାଉଛି, ସେ କହିଲେ ।

ସେ ବସିଲେ ନାହିଁ । ଏକ ଅଭୁତ ସ୍ୱରରେ କହିବା ଆରମ୍ଭ କଲେ । ଆଗ ପଛ ଟହଲ ମାରି କହି ଚହଲିଲେ । ଝରକା ଦେଇ ରାସ୍ତାକୁ ରହିଁଲେ ଓ ପୁଣି ଛାତ ଉପରକୁ ରହିଁଲେ । ଆଉ କେତେବେଲେ ରୁମ୍‌ର ଏ କଣରୁ ସେ କଣକୁ ଆଖି ବୁଲାଇଲେ । ସତେ ଯେମିତି ସେଠି କିଛି ଗୋଟେ ଚହଲିଛି ଆଉ ତାକୁ ବାହାର କରିବାକୁ ପଡିବ ।

— ଏଣ୍ଟୋସେନିରେ ମୁଁ କେହି ନୁହେଁ । ଏପରିକି ତମେ ମଧ ସେଠି କେହି ନୁହଁ, ଭାଇ । ସେଠି ମତେ ଜଣେ ମୁଖିଆର ଅଧୀନରେ ଚହଲିବାକୁ ପଡ଼େ । ସେଇ ଅଶିକ୍ଷିତ ମୂର୍ଖ ମୁଖିଆକୁ ମତେ ଦଣ୍ଡବତ କରିବାକୁ ପଡ଼େ । ଏଠି ଜୋହାନ୍ସବର୍ଗରେ ମୋର ନିଜର ବ୍ୟବସାୟ ଅଛି । ଯଦି ବେପାର ଭଲ ଚଲେ, ତାହେଲେ ସପ୍ତାହକୁ ଦଶ ବାର ପାଉଣ୍ଡ ରୋଜଗାର ହୋଇଯାଏ ।

ସେ ଏଣେତେଣେ ଟହଲିବାରେ ଲାଗିଲେ । ଲାଗୁଥାଏ, ସେ ଯେମିତି ସେମାନଙ୍କ ସହିତ କଥାବାର୍ତ୍ତା କରୁ ନ ଥିଲେ । ଯେମିତି କେଉଁ ଅଦୃଶ୍ୟ ଶ୍ରୋତାମାନଙ୍କ ଉଦ୍ଦେଶ୍ୟରେ ସେ କହି ଚହଲିଥିଲେ ।

— ଏଠି ଆମେ ସ୍ୱାଧୀନ ବୋଲି ମୁଁ କହୁ ନାହିଁ । ମଣିଷ ଭାବରେ ଯେତିକି ସ୍ୱାଧୀନ ହେବା କଥା ଆମେ ସେତିକି ଏଠି ସ୍ୱାଧୀନ ବୋଲି ମୁଁ କହୁ ନାହିଁ । ଅନ୍ତତଃ

ମୁଁ ଜଣେ ମୂର୍ଖ ଅଶିକ୍ଷିତ ଲୋକର ଅଧୀନରୁ ମୁକ୍ତ ଯିଏ କି ଗୋରାଙ୍କର ପାଳିତ କୁକୁରଟିଏ ମାତ୍ର । ସେ ଗୋଟେ ଦଲାଲ । ଗୋରାମାନେ ଯାହା ଧରି ରଖିବାକୁ ଚୁହାନ୍ତି ତାହା କରିବାର ସେ ଗୋଟେ ମାଧ୍ୟମ ମାତ୍ର, ଗୋଟେ ପ୍ରକାର କୌଶଳ ।

୦୦ କଣରେ ତାଙ୍କର ଚତୁର ଓ ଖାମ୍ଖ୍ୟାଲି ହସ ଦେଖାଗଲା । କ୍ଷଣିକ ପାଇଁ ସେ ନିଜର ଓ ନିଜ ସାମ୍ନାରେ ବସିଥିବା ଦୁଇ ଜଣଙ୍କ ଭିତରକୁ ଫେରି ଆସିଲେ ।

– କିନ୍ତୁ ଏଇଟା ଧରି ରଖିବା ନୁହେଁ । ଏଇଟା ହେଉଛି ତମର ଆଦିବାସୀ ସମାଜକୁ ଭାଙ୍ଗି ଉଜାଡ଼ି ଦେବା । ଏବେ ଜୋହାନ୍ସବର୍ଗରେ ହିଁ ଗୋଟେ ନୂଆ ସମାଜ ତିଆରି ହେଉଛି । କିଛି ଗୋଟେ ଝୁଲିଛି, ଭାଇ ।

ସେ କିଛି ସମୟ ରହିଗଲେ । ତାପରେ କହିଲେ – ମୁଁ ତମମାନଙ୍କୁ ଅପମାନିତ କରିବାକୁ ଝୁହୁଁନାହିଁ । ହେଲେ ସୁଦ୍ଧା ବାଧ୍ୟହୋଇ କହିବାକୁ ପଡ଼ୁଛି ଯେ ଚର୍ଚ୍ଚ ମଧ୍ୟ ସେଇ ମୁଖ୍ୟ ପରି । ସେଠ୍ରେ ଏଇଟା କର, ସେଇଟା କର । ତମର ନିଜସ୍ୱ ଅନୁଭୂତି କହିଲେ କିଛି ନାହିଁ । ଜଣେ ଲୋକ ଗୋଟା ପଣେ ଅନୁଗତ, ବିଶ୍ୱସ୍ତ ଓ ଆଜ୍ଞାବହ ହେବା ଆବଶ୍ୟକ । ନୀତି ନିୟମ ଆଇନ କାନୁନ ଯାହା ବି ପଛେ ହୋଇଥାଉ ତାକୁ ମାନିବାକୁ ପଡ଼ିବ । ଏକଥା ସତ ଯେ ବିଶପ୍ ମାନେ ମଧ୍ୟ ଆଇନ କାନୁନ ବିରୋଧରେ କହନ୍ତି, ପୁଣି ଚର୍ଚ୍ଚର କହିବା ଶୈଳୀ ବେଶ୍ ମାର୍ଜିତ । କିନ୍ତୁ ଗତ ପଚାଶ ବର୍ଷ ଧରି ସେମାନେ ଏଇୟା କହି ଆସୁଛନ୍ତି, ଆଉ ପରିସ୍ଥିତି ଦିନକୁ ଦିନ ଆହୁରି ଖରାପ ହେଉଛି, କିଛି ସୁଧୁରିବାକୁ ନାହିଁ ।

କ୍ରମଶଃ ସେ ବଡ଼ ପାଟିରେ କହିବାକୁ ଲାଗିଲେ । ପୁଣି ଥରେ ସେ ସେଠି ଉପସ୍ଥିତ ନ ଥିବା ଅଦୃଶ୍ୟ ଶ୍ରୋତାମଣ୍ଡଳୀକୁ ସମ୍ବୋଧନ କଲାପରି ଲାଗିଲା – ଏଠି ଜୋହାନ୍ସବର୍ଗରେ ଖଣି ହିଁ ସବୁକିଛି । ଏଇ ବଡ଼ ବଡ଼ କୋଠାଘର, ବିରାଟକାୟ ସିଟି ହଲ୍, ଏତେ ସୁନ୍ଦର ପାର୍କ ଟାଉନ୍ ସବୁଯାକ ଖଣିର ସୁନାରେ ତିଆରି । ଦକ୍ଷିଣ ମଣ୍ଡଳର ସବୁଠୁ ବଡ଼ ଡାକ୍ତରଖାନା ସେଇ ଖଣିର ସୁନାରେ ତିଆରି । ସେଇଟା ଖାସ୍ ୟୁରୋପୀୟଙ୍କ ପାଇଁ ।

ତାଙ୍କର ସ୍ୱର ବଦଳିଗଲା । ଏଥର ସେ ସ୍ୱରଟା ସିଂହ ଓ ଷଣ୍ଢ ପରି କର୍କଶ ଶୁଣାଗଲା ।

– ଯାଅ ଆମ ଡାକ୍ତରଖାନାକୁ ଦେଖ । ଜାଗା ଅଭାବରୁ ଆମ ଲୋକେ ତଳେ ଚଟାଣ ଉପରେ ଗଡୁଛନ୍ତି । ମଣିଷ ଉପରେ ମଣିଷ ଏମିତି ଗଦା ହେଉଛନ୍ତି ଯେ ସେଠି ପାଦ ପକେଇବାକୁ ଜାଗା ନାହିଁ । ସେମାନେ ହିଁ ଖଣିରୁ ସୁନା ଖୋଲନ୍ତି । ସେଇଟା ବି ଦିନକୁ ତିନି ସିଲିଂ ପାଉଣାରେ । ଟ୍ରାନସ୍କେଲ, ବାସୁତୋଲେଣ୍ଡ, ବିଚୁଆନାଲେଣ୍ଡ,

ସ୍ୱାଜିଲେଣ୍ଡ ଆଉ ଜୁଲୁଲେଣ୍ଡରୁ ଲୋକ ଏଠିକି ଆସନ୍ତି । ଏଣ୍ଟେସେନିରୁ ବି ଆସନ୍ତି । ଆମେ ହତାବାଡ଼ ତଳେ ରହୁ । ସ୍ତ୍ରୀ, ପିଲା, ପରିବାରକୁ ଛାଡ଼ିକି ଆସିବାକୁ ହେବ । ଆଉ ଖଣିରୁ ସୁନା ବାହାରିଲେ ସେଥିରେ ଆମର ଲାଭ ନ ଥାଏ । ସେଥିରେ ଗୋରାଙ୍କର ବଢ଼ନ୍ତି ଲାଭଧନ ବିଷୟରେ ସବୁ ଖବରକାଗଜରୁ ତମେମାନେ ପଢ଼ୁଥିବ । ନୂଆଁ ସୁନା ପାଇଗଲା ପରେ ସେମାନେ ପାଗଳ ହୋଇଯାନ୍ତି । ହତା ବାଡ଼ ତଳେ ରଖାଇ ଦିନକୁ ଦିନ ସିଲିଂ ପାଉଣାରେ ଖଣି ତଳେ ଖୋଲିବାକୁ ସେମାନେ ଆହୁରି ବେଶୀ ସଂଖ୍ୟାରେ ଆମକୁ ନେଇ ଆସନ୍ତି । ଆମର ହାଡ଼ଭଙ୍ଗା ଖଟଣୀର ମୂଲ୍ୟ ଦେବାକୁ ତାଙ୍କର ମନେ ପଡ଼େ ନାହିଁ । ସୁନା ଦେଖିଦେଲା ମାତ୍ରେ ତାଙ୍କର ଖାଲି ଆହୁରି ଗୋଟେ ବଡ଼ କୋଠା, ଆହୁରି ଗୋଟେ ବଡ଼ କାର୍ କଥା ମନେ ପଡ଼େ । ସୁନା କାଢ଼ିବା ନିହାତି ଦରକାର, ସେମାନେ କହନ୍ତି । କାରଣ ଦକ୍ଷିଣ ଆଫ୍ରିକା ଖଣି ଉପରେ ତିଆରି ।

ସେ ହାଉଲି ଖାଇଲା ପରି ହେଲେ । ସ୍ୱର ଆହୁରି ଗହୀଡ଼ା ଶୁଭିଲା, ଯେମିତି ମାଡ଼ି ଆସୁଥିବା ଘଡ଼ଘଡ଼ି ପରି । ସେ ସେମିତି କହି ଚାଲିଲେ ।

– କିନ୍ତୁ ପ୍ରକୃତରେ ସେଇଟା ଖଣିରେ ତିଆରି ହୋଇନାହିଁ । ଆମରି ପିଠିର ବୋଝରେ, ଆମରି ଝାଳରେ, ଆମର ହାଡ଼ଭଙ୍ଗା ପରିଶ୍ରମରେ ତିଆରି । ପ୍ରତ୍ୟେକ କାରଖାନା, ପ୍ରେକ୍ଷାଳୟ, ସୁନ୍ଦର କୋଠାବାଡ଼ି ସବୁଯାକ ଆମରି ହାତରେ ତିଆରି । ଆଉ ମୁଖ୍ୟଆଟା ଏ ବିଷୟରେ କ'ଣ ଜାଣେ ? କିନ୍ତୁ ଏଠି ଜୋହାନସବର୍ଗରେ ସେମାନେ ସବୁ ଜାଣନ୍ତି ।

ସେ ଅଟକି ଗଲେ । ନିରବ ରହିଗଲେ । ଆଗନ୍ତୁକମାନେ ମଧ୍ୟ ନିରବିଗଲେ । ତାଙ୍କର ସ୍ୱରରେ ଏମିତି କିଛି ଗୋଟେ ଥିଲା ଯାହା ସେମାନଙ୍କୁ ବାଧ କରି ଚୁପ୍ କରିଦେଲା । ଷ୍ଟିଫେନ୍ କୁମାଲୋ ନୀରବ ହୋଇଗଲେ । ତାଙ୍କ ଭାଇର ନୂଆଁ ରୂପରେ ସେ ଥମ୍ ହୋଇଯାଇଥିଲେ ଯେମିତି ।

ଜନ୍ କୁମାଲୋ ତାଙ୍କୁ ଚାହିଁଲେ ଆଉ କହିଲେ, ବିଶପ୍ ଏସବୁ ଠିକ୍ ନୁହେଁ କହନ୍ତି । ସେ ନିଜେ ଗୋଟେ ବଡ଼ ଘରଟାରେ ରହନ୍ତି, ଆଉ ତାଙ୍କର ଗୋରା ପାଦ୍ରୀମାନେ ତମମାନଙ୍କ ଅପେକ୍ଷା ଚାରି, ପାଞ୍ଚ, ଛଅ ଗୁଣ ଅଧିକା ପ୍ରାପ୍ୟ ପାଆନ୍ତି ।

ସେ ବସି ପଡ଼ିଲେ । ଆଉ ଗୋଟେ ଲାଲ୍ ରଙ୍ଗର ବଡ଼ ରୁମାଲ ଖଣ୍ଡେ କାଢ଼ି ମୁହଁ ପୋଛିଲେ ।

– ଏଇଟା ମୋର ଅନୁଭୂତି । ସେଥିପାଇଁ ମୁଁ ଏଣିକି ଚର୍ଚ୍ଚ ଯାଉନାହିଁ । ସେ କହିଲେ ।

– ଆଉ ସେଥିପାଇଁ ତୁ ଏଣିକି ଆଉ ଚିଠି ଲେଖୁ ନାହୁଁ କି ?

– ହଁ, ହଁ, ସେଇଟା କାରଣ ହେଇଥାଇପାରେ ।

– ସେଇଟା, ଆଉ ତୋର ସ୍ତ୍ରୀ ଇସ୍ତର ?

– ହଁ, ଦୁଇଟାଯାକ ବୋଧହୁଏ । ଚିଠିରେ ଏତେକଥା ଲେଖ ବୁଝାଇବା ସମ୍ଭବ ନୁହେଁ । ଏଠିକାର ରୀତିନୀତି ଅଲଗା ।

ମିସିମାଙ୍କୁ କହିଲେ, ଏଠି କିଛି ରୀତିନୀତି ଅଛି ?

ଜନ୍ କୁମାଲୋ ତାଙ୍କୁ ରୁହିଁଲେ । – ଏଠି ଗୋଟେ ନୂଆଁ ଜିନିଷ ହେବାକୁ ଯାଉଛି ଯୋଉଟାକି କୌଣସି ଚର୍ଚର ମୁଖ୍ୟ ଓ ମୁଖ୍ୟଆଠାରୁ ବହୁତ ଶକ୍ତିଶାଳୀ । ତମେ ଦିନେ ଦେଖିବ । ସେ କହିଲେ ।

– ଆଉ ତୋର ସ୍ତ୍ରୀ ? ସେ କ'ଣ ପାଇଁ ଚାଲିଗଲା ?

– ଆଛା, ଆଛା, ସେ ମୋର ଏଇ ଅଭିଜ୍ଞତାକୁ ବୁଝିପାରିଲା ନାହିଁ ।

– ତା ମାନେ ସେ କଣ ଆନୁଗତ୍ୟରେ ବିଶ୍ଵାସ କରୁଥିଲା ? ମିସିମାଙ୍କୁ ନିର୍ବିକାର ହୋଇ କହିଲେ ।

ଜନ ତାଙ୍କୁ ସନ୍ଦିଗ୍ଧ ଦୃଷ୍ଟିରେ ରୁହିଁଲେ । – ଆନୁଗତ୍ୟ, ସେ କହିଲେ । ତେବେ ସେ ଯେ ବୁଝିପାରି ନାହିଁ ଏ କଥା ମିସିମାଙ୍କୁ ଚଟାପଟ ଧରି ପକାଇଲେ ।

– ଆମେ ଏଥର ଜୁଲୁରେ କଥା ହେଲେ ଭଲ ହେବ, ସେ କହିଲେ ।

ଷଣ୍ଢ ବେକର ଶିରା ପ୍ରଶିରା ଟଣକେଇ ଉଠିଲା । ରାଗ ମାଡ଼ରେ କେତେ କଣ ବାକ୍ୟ ବିନିମୟ ହୋଇଥାନ୍ତା କେଜାଣି । କିନ୍ତୁ ଷ୍ଟିଫେନ୍ କୁମାଲୋ ପରିସ୍ଥିତିକୁ ଆୟତ୍ତ କରିନେଲେ ।

– ଏଇ ରୁ' ନିଅ, ଭାଇ ।

ସ୍ତ୍ରୀ ଲୋକଟିର ପରିଚୟ ଦିଆହେଲା ନାହିଁ । ରୁ' ପରିବେଷଣ କରିଦେଇ ସେ ଚୁପ୍‌ଚାପ୍ ଚାଲିଗଲା । ସେ ଗଲାପରେ ଷ୍ଟିଫେନ୍ କୁମାଲୋ ତାଙ୍କ ଭାଇଙ୍କ ସହିତ କଥାହେଲେ ।

– ମୁଁ ତୋର ସବୁ କଥା ଶୁଣିଲି ଭାଇ । ତୋର କଥା ଶୁଣି ଭାରି ଦୁଃଖ ଲାଗୁଛି । ତାର ଦୁଇଟା କାରଣ । ପ୍ରଥମଟି ଯେ କଥାଗୁଡ଼ା ତୁ ଯେମିତି କହୁଛୁ ସେଇଟା ଶୁଣିଲେ ମନ ଦୁଃଖ ହେବ । ଦ୍ଵିତୀୟଟି, କଥାଗୁଡ଼ା ଅଧିକାଂଶ ସତ ବୋଲି ଖରାପ ଲାଗୁଛି । ଏବେ ତତେ ଗୋଟେ କଥା କହିବାର ଅଛି । ଜାଟୁଡ଼୍ ଏଇନେ ମୋ ସହିତ ଏଠି ଅଛି । ସେ ଏଣ୍ଡୋସେନି ଫେରିଯାଉଛି ।

– ଆଛା, ଆଛା, ଖୁବ୍ ଭଲ କଥା । ଜୋହାନ୍‌ସବର୍ଗରେ ଜଣେ ସ୍ତ୍ରୀ ଲୋକ

ଏକୁଟିଆ ରହିବାଟା ବିପଜ୍ଜନକ । ମୁଁ ତାକୁ ନିଜେ ଅନେକଥର ବୁଝାଇବାକୁ ଚେଷ୍ଟା କଲି । ସେ ବୁଝିଲାନି । ତେଣୁ ଆମର ତା ପରଠୁ ଆଉ ଭେଟଘାଟ ହେଉନାହିଁ ।

– ଏଥର କୁହ, ମୋ ପୁଅ କେଉଁଠି ?

ଜନ ଟିକିଏ ଇତଃସ୍ତତଃ ହେବାର ସେ ଲକ୍ଷ୍ୟ କଲେ । ସେ ପୁଣି ତାଙ୍କର ରୁମାଲଟା କାଢ଼ିଲେ ।

– ଅବଶ୍ୟ ସେ ମୋ ପୁଅ ସହିତ ସାଙ୍ଗ ହେଉଥିବାଟା ତମେ ଶୁଣିଥିବ ।

– ହଁ ମୁଁ ଶୁଣିଛି ।

– ଆଛା ତମେ ଜାଣ ଯେ ଏମାନେ ସବୁ ଭେଣ୍ଡା ପିଲାଗୁଡ଼ା । ମୁଁ ସେମାନଙ୍କୁ ଦୋଷ ଦେଉନାହିଁ । ଦେଖନ୍ତୁ, ଏଇ କେମିତି ମୋର ପୁଅର ତାର ସାବତ ମା ସହିତ ପଡ଼ିଲା ନାହିଁ । କଥାଟା କ'ଣ ଏଯାଏଁ ଜାଣି ପାରିଲିନି । ସାବତ ଭାଇ ଭଉଣୀ ସହିତ ବି ତାର ପଡ଼ିଲାନି । ଅନେକ ଥର ତାଙ୍କ ଭିତରେ ମିଳାମିଶା କରାଇ ଦେବାକୁ ମୁଁ ଚେଷ୍ଟା କରିଛି, ହେଲେ ପାରିଲି ନାହିଁ । ସେ ଘର ଛାଡ଼ି ଚାଲିଯିବ କହିଲା । ତାର ଭଲ ଦୁଇ ପଇସା ରୋଜଗାର ଥିଲା । ତେଣୁ ମୁଁ ତାକୁ ଅଟକାଇ ରଖିଲି ନାହିଁ । ତମ ପୁଅ ତା ସହିତ ଗଲା ।

– କୋଉଠିକି ଗଲା ?

– ମୁଁ ଠିକ୍‌ରେ ଜାଣିନି । କିନ୍ତୁ ଆଲେକଜାଣ୍ଡ୍ରାରେ ସେମାନଙ୍କର ଗୋଟେ ରୁମ ଥିବାର ଜାଣିଛି । ଗୋଟେ ମିନିଟ ରହ, ସେମାନେ ଗୋଟେ କାରଖାନାରେ କାମ କରୁଥିବାର ମୋର ମନେ ପଡୁଛି । ଆଛା ରହ, ମୁଁ ଟେଲିଫୋନ୍‌ ବହିଟା ଦେଖେ ।

ସେ ଗୋଟେ ଟେବୁଲ ପାଖକୁ ଗଲେ । ସେଠି କୁମାଲୋ ଟେଲିଫୋନ ଥିବାର ଦେଖିଲେ । ସେ ଏମିତି ଜଣକର ଭାଇ ଯା ପାଖରେ ଟେଲିଫୋନ ଅଛି ଭାବି ମନେମନେ କୁମାଲୋ ଗର୍ବ ଅନୁଭବ କଲେ ।

– ଏଠି ଅଛି । ଡୁର୍ନ୍‌ଫର୍ଣ୍ଟେନ ଟେକସ୍‌ଟାଇଲ କଂପାନୀ, ୧୪ କ୍ରାଉନ୍‌ ଷ୍ଟ୍ରିଟ୍‌ । ମୁଁ ତମକୁ ଲେଖିକରି ଦେଇଦେବି, ଭାଇ ।

– ଆମେ ତାଙ୍କୁ ଟେଲିଫୋନ କରିପାରିବାନି ? କୁମାଲୋ କୁଣ୍ଠିତ ହୋଇ ପଚାରିଲେ ।

ତାଙ୍କର ଭାଇ ହସିଲେ । – କଣ ପାଇଁ ? ସେ ପଚାରିଲେ ।

– ଆବାସାଲମ୍‌ କୁମାଲୋ ସେଠି କାମ କରୁଛି କି ନା ସେ କଥା ପଚାରିବାକୁ ? ନା ଟେଲିଫୋନ୍‌ରେ ତାକୁ ଡାକିଦେବାକୁ ? କିମ୍ବା ତାଙ୍କର ଠିକଣା

ପଠଇବାକୁ ? ବୁଝିଲ ଭାଇ, କଳା ଲୋକ ପାଇଁ ସେମାନେ ସେସବୁ କାମ କରନ୍ତିନି ।

— କିଛି କଥା ନାଇଁ ଆଜ୍ଞା, ମୁଁ ଯଥା ଶକ୍ତି ତମ କାମ ପାଇଁ ଚେଷ୍ଟା କରିବି, ମିସିମାଙ୍କୁ କହିଲେ ।

ସେମାନେ ସେଠୁ ବିଦାୟ ନେଇ ଘରୁ ଆସିଲେ ।

— ଯାହା ହେଉ ତ ମିଲିଛି ।

— ଆମେ କିଛି ତ ପାଇ ଯାଇଛେ ।

— ଏଠି ତମ ଭାଇ ଜଣେ ନାମଜାଦା ଲୋକ । ତାଙ୍କର ଦୋକାନରେ ସବୁବେଳେ ଲୋକ ଭର୍ତ୍ତି । ଆଉ କଥା ତ ଏବେ ଯେମିତି ତମେ ଶୁଣିଲ, ସେମିତି ଅନର୍ଗଳ କଥା କହି ଘଲିଥାନ୍ତି । ତେବେ ଲୋକେ କହନ୍ତି ସଭାରେ ତାଙ୍କର କଥା ଶୁଣିବା ଭଲି । ସେ ଓ ଡୁବୁଲା ଆଉ ଟମଲିନ୍‌ସନ୍ ନାମକ ଜଣେ ପିଙ୍ଗଳ ଲୋକ କୁଆଡ଼େ ସଭାରେ ସିଂହ ପରି ଗର୍ଜନ ଛାଡ଼ନ୍ତି । ତମ ଭାଇ ତ ଘହିଁଲେ ଭାଷଣର ପ୍ରଭାବରେ ଜଣକୁ ପାଗଳ କରିଦେଇ ପାରିବେ । କିନ୍ତୁ ସେଥିପାଇଁ ବହୁତ ସାହସ ଦରକାର । ସେମିତିରେ ସିଧା ଜେଲ ଯିବାକୁ ପଡ଼ିବ ।

— ତେବେ ମୁଁ ଗୋଟେ କଥା କହିବି, ସେ ଯାହା ସବୁ କହିଲେ ସବୁ ସତ କଥା ।

ରାସ୍ତା ଉପରେ ଅଟକି ଯାଇ ବେଶ୍ ତତ୍ପରତାର ସହିତ ସେ ତାଙ୍କର ବନ୍ଧୁଙ୍କୁ ସବୁ ବୁଝାଇ କହିଲେ । ଗୋରାଙ୍କର ଯେମିତି କ୍ଷମତା, ଆମର ମଧ୍ୟ ସେମିତି କ୍ଷମତା ରହିବା ଦରକାର । କିନ୍ତୁ ଯଦି ଜଣେ କଳା ଲୋକ କ୍ଷମତାକୁ ଆସେ, ଟଙ୍କା ପଇସା ଅର୍ଜନ କରେ ଆଉ ଯଦି ଭ୍ରଷ୍ଟାଚାରୀ ନ ହୁଏ, ତାହେଲେ ସେ ଜଣେ ମହାନ ବ୍ୟକ୍ତି ହୁଏ । ମୁଁ ପ୍ରାୟ ଏକଥା ଦେଖିଛି । ସେ କ୍ଷମତା ଘହେଁ । ସବୁ ଭୁଲକୁ ସଂଶୋଧନ କରି ଠିକ୍ କରିବାକୁ ଅର୍ଥ ଦରକାର କରେ । କିନ୍ତୁ ଅର୍ଥ ଓ କ୍ଷମତା ପାଇଗଲେ ସେ ବେଶ୍ ଉପଭୋଗ କରେ । ଏଥରକ ସେ ତାର କାମନା ସବୁ ଚରିତାର୍ଥ କରିଘଲେ । ନାନା ଉପାୟରେ ଗୋରାମାନେ ପିଉଥିବା ମଦ ଯୋଗାଡ଼ କରେ, ହଜାର ଲୋକଙ୍କୁ କଥା କହେ, ତାଙ୍କଠୁ ତାଲିମାଡ଼ ଶୁଣେ । ଆମେମାନେ କେତେ ଜଣ ଭାବୁ ଯେ ଆମ ହାତକୁ କ୍ଷମତା ଆସିଗଲେ ଆମେ ଗୋରାଙ୍କ ଉପରେ ପ୍ରତିଶୋଧ ନେବୁ । ଆଉ ଯେହେତୁ ଆମ ବିଚରତା କଲୁଷିତ, ଆମେ ଭ୍ରଷ୍ଟାଚାରୀ ହୋଇଯାଉ । ସେଥିରେ କ୍ଷମତାର କିଛି ହାତ ନ ଥାଏ । କ୍ଷମତାର ଏଇ ସତ୍ୟଟାକୁ ଅନେକ ଗୋରା ଜାଣନ୍ତି ନାହିଁ । ତେଣୁ କାଲେ ଆମ ହାତରୁ କ୍ଷମତା ଘଲିଯିବ ଭାବି ସେମାନେ ଡରନ୍ତି ।

ତାଙ୍କର ଏ ସତ୍ୟ ପ୍ରକାଶର ପରୀକ୍ଷା ନୀରିକ୍ଷା କଲା ପରି ସେ ଛିଡ଼ା ହୋଇଥିଲେ। – ହଁ, କ୍ଷମତାର ସେଇଟା ଅସଲ କଥା। ସେ କହିଲେ, ତେବେ ଗୋଟେ ଜିନିଷର ଏକ ସଂପୂର୍ଣ୍ଣ କ୍ଷମତା ରହିଛି। ସେଇଟା ପ୍ରେମ। କାରଣ ଜଣେ ଭଲ ପାଇଲେ ଆଉ କ୍ଷମତା ରହେଁ ନାହିଁ। ଆଉ କ୍ଷମତା ରହେ ନାହିଁ ବୋଲି ତାର କ୍ଷମତା ରହେ। ମୁଁ ଆମ ଦେଶରେ କେବଳ ଗୋଟିଏ ଆଶାର ଆଲୋକ ଦେଖୁଛି ଯେତେବେଳେ କି ଉଭୟ ଗୋରା ଓ କଳା କେହି କ୍ଷମତା ଓ ଅର୍ଥ ରହିଁବେ ନାହିଁ। କେବଳ ଦେଶର ହିତ ରହିଁବେ ଓ ସେଥିଲାଗି ଏକାଠି କାମ କରିବାକୁ ଆଗେଇ ଆସିବେ।

ସେ ଗମ୍ଭୀର ଓ ନିରବ ହେଲେ। ତାପରେ ଧୀର ଭାବରେ କହିଲେ – ମୋ ଭିତରେ ଗୋଟେ ବଡ଼ ଭୟ ରହିଛି ଯେ ଦିନେ ସେମାନେ ଯେତେବେଳେ ଭଲପାଇବା ପ୍ରତି ଢଳିଯିବାକୁ ଆରମ୍ଭ କରିବେ ସେତେବେଳେ ଆମେ ଘୃଣା ପ୍ରତି ଢଳି ଯାଇଥିବା।

– ଏଇଟା ଡୁର୍ସଫଣ୍ଟେନ୍‌କୁ ଯିବା ରାସ୍ତା ନୁହେଁ। ଆସ, ଟିକେ ଜଲ୍‌ଦି ଯିବା।

କୁମାଲୋ ଏଇ ଗମ୍ଭୀର ଧୀର ପଦ କେଇଟାରେ ଦବିଯାଇ ଚୁପ୍‌ଚ‌ାପ୍‌ ତାଙ୍କ ପଛେ ପଛେ ଚାଲିଲେ।

*

ଡୁର୍ସଫଣ୍ଟେନ୍‌ରେ ସେମାନେ ତାଙ୍କର କାମ ହାସଲ କରିପାରିଲେ ନାହିଁ। ଯଦିଓ ଗୋରାମାନେ ତାଙ୍କୁ ଭଲ ବ୍ୟବହାର ଦେଖାଇଲେ। ଗୋରାଙ୍କ ସହିତ କେମିତି କାରବାର କରିବାକୁ ହୁଏ ମିସିମାଙ୍କୁ ଜାଣିଥିଲେ। ଗୁଡ଼ାଏ ଝାମେଲା ପରେ ସେ ଜାଣିବାକୁ ପାଇଲେ ଯେ ପ୍ରାୟ ବାର ମାସ ହେବ ଆବ୍‌ସାଲମ୍‌ କୁମାଲୋ ସେ ଜାଗା ଛାଡ଼ି ଯାଇଛି। ତାଙ୍କ ଭିତରେ ଜଣେ ମନେ ପକାଇ ସେଠି ଡ଼ାଲମିନି ନାଁରେ ଜଣକ ସାଙ୍ଗରେ ଆବାସାଲମ୍‌ର ଘନିଷ୍ଟତା ଥିବା କଥା କହିଲା। ଡ଼ାଲମିନିକୁ ତା କାମରୁ ଡକାହେଲା। ସୋଫିଆ ଟାଉନ୍‌ର ଏଣ୍ଡ ଷ୍ଟିଟ୍‌ରେ ଜଣେ କେହି ମିସେସ୍‌ ଏଣ୍ଟେଲାଙ୍କ ସହିତ ଆବ୍‌ସାଲମ୍‌ ରହୁଥିବା କଥା ସେ କହିଲା। ଅବଶ୍ୟ ତାର ଏବକାର ଖବର ସେ କିଛି ଜାଣି ନ ଥିବାର କହିଲା। ଓୟ୍‌ଷ୍ଟଡେନ୍‌ର ୟୁରୋପୀୟ ବସତି ଆଉ ସୋଫିଆ ଟାଉନ୍‌ ମଝିରେ ସେଇ ରାସ୍ତାଟା ଗୋଟେ ବିଭାଜନ ରେଖା ପରି। ଘର ନଃଟା ବୋଧହୁଏ ୧୦୫, ତେବେ ସେ ବିଷୟରେ ସେ ନିଶ୍ଚିତ ହୋଇ କହିପାରିଲାନି।

ସେମାନେ ସୋଫିଆ ଟାଉନ୍‌କୁ ଫେରିଆସିଲେ। ଏଣ୍ଡ ଷ୍ଟିଟର ୧୦୫ ନଃ ଘର ମିସେସ୍‌ ଏଣ୍ଟେଲାଙ୍କୁ ଖୋଜି ପାଇଲେ। ଗୋଟେ ପ୍ରକାର ନୀରବ ସମ୍ଭାଷଣରେ

ସେ ସେମାନଙ୍କୁ ସ୍ୱାଗତ କଲେ । ପିଲାମାନେ ତାଙ୍କ ପଛରେ ପିନ୍ଧା ଲୁଗାରେ ମୁହଁ ଲୁଚାଇ ଆଗନ୍ତୁକ ମାନଙ୍କୁ ଉଙ୍କି ମାରି ରହୁଁଥାନ୍ତି । ଆବ୍‌ସାଲମ୍ ସେଠି ନ ଥିଲା । ତେବେ ସେଠି ନିଜର ଜିନିଷପତ୍ର ନେଇଯିବାକୁ ଆବ୍‌ସାଲମ୍ ତାଙ୍କ ପାଖକୁ ଖଣ୍ଡେ ଚିଠି ଲେଖିଥିବା କଥା କହିଲେ । କୁମାଲୋ ପିଲାମାନଙ୍କ ସହିତ ଖେଳୁଥିଲା ବେଳେ ସେ କାଗଜପତ୍ର ଭର୍ତ୍ତିଥିବା ଗୋଟେ ବଡ ବାକ୍‌ସ ଆଣି ଆବ୍‌ସାଲମ୍‌ର ଚିଠିକୁ ଦରାଣ୍ଡି ଖୋଜିଲେ । ମିସିମାଙ୍ଗୁ ତାଙ୍କର ସ୍ୱାମୀ ସହିତ କଥାବାର୍ତ୍ତା ହେଉଥାନ୍ତି । ଚିଠି ଖୋଜିଲାବେଲେ ମିସେସ୍ ଏଣ୍ଟେଲା ଅବଶ, ସ୍ନେହସିକ୍ତ ଓ ଦୟାର୍ଦ୍ର କୁମାଲୋଙ୍କୁ ମଝିରେ ମଝିରେ ଦେଖୁଥାନ୍ତି । ମିସିମାଙ୍ଗୁ ତାହା ଲକ୍ଷ୍ୟ କଲେ । ଶେଷରେ, ଚିଠି ଖଣ୍ଡିକ ସେ ପାଇଲେ ଆଉ ଠିକଣା ଦେଖାଇଲେ, ମାର୍ଫତ ମିସେସ୍ ମିକିଜେ, ୭୯ ତେଇଶ ଏଭେନ୍ୟୁ, ଆଲେକ୍‌ଜାଣ୍ଡ୍ରା ।

ରଁ ପିଇ ଉଠିଲାବେଲକୁ ସନ୍ଧ୍ୟା ହୋଇଯାଇଥିଲା । ତାଙ୍କର ସ୍ୱାମୀ କୁମାଲୋଙ୍କୁ ବଲେଇ ଦେବାକୁ ରାସ୍ତା ଯାଏଁ ଗଲେ ।

– ମୋ ବନ୍ଧୁଙ୍କ ଆଡ଼କୁ ଏମିତି ବିକଳ ଦୃଷ୍ଟିରେ ତମେ କାହିଁକି ଦେଖୁଥିଲ ? ମିସିମାଙ୍ଗୁ ସ୍ତ୍ରୀ ଲୋକଟିକୁ ପରଖିଲେ ।

ସେ ମୁହଁ ତଲକୁ କଲେ; ତାପରେ ଆଖି ଉଠାଇ କହିଲେ, ଇଏ ତ ଜଣେ ଭଦ୍ରଲୋକ, ଜଣେ ପାଦ୍ରୀ ।

– ହଁ ।

– ମତେ ତାଙ୍କ ପୁଅର ସାଙ୍ଗସାଥିକୁ ଭଲ ଲାଗିଲା ନାହିଁ । ମୋ ସ୍ୱାମୀ ମଧ୍ୟ ବିରକ୍ତ ହେଲେ । ସେଥିପାଇଁ ସେ ଏଠୁ ଚାଲିଗଲା ।

– ମୁଁ ବୁଝିଲି । ଯ଼ା ଠାରୁ ଆଉ କିଛି ଖରାପ କଥା ?

– ନା, ମୁଁ ସେମିତି କିଛି ଦେଖିନି । କିନ୍ତୁ ତାର ସାଙ୍ଗମେଲ ଆମକୁ ଭଲ ଲାଗିଲାନି ।

ତାଙ୍କର ମୁହଁରେ ଛଲନା ନ ଥିଲା । ଏଥର ସେ ଆଉ ମୁହଁ ତଲକୁ କଲେ ନାହିଁ ।

– ଆଚ୍ଛା, ମୁଁ ଏଥର ଯାଏ ।

– ହଉ ଠିକ୍ ଅଛି ଆଜ୍ଞା ।

ରାସ୍ତାରେ ସେମାନେ ତାଙ୍କର ସ୍ୱାମୀକୁ ବିଦାୟ ଜଣାଇ ସିଧା ମିଶନ୍ ହାଉସ ଆଡକୁ ଗଲେ ।

– ଆଲେକ୍‌ଜାଣ୍ଡ୍ରା ଯିବା, ମିସିମାଙ୍ଗୁ କହିଲେ । କୁମାଲୋ ତାଙ୍କ ବନ୍ଧୁଙ୍କ

କାନ୍ଧରେ ହାତ ରଖି କହିଲେ, – ଅପ୍ରୀତିକର କଥା ନେଇ ମୁଁ ଜୋହାନ୍ସବର୍ଗ ଆସିଲି, କିନ୍ତୁ ତମର ସାନ୍ନିଧ୍ୟରେ ମତେ ଯାତ୍ରାଟା ବେଶ୍ ପ୍ରୀତିକର ମନେ ହେଉଛି ।

– ହଉ, ହଉ, ଖାଇବା ସମୟ ହୋଇଗଲାଣି, ଆମେ ଜଲଦି ଯିବା ଦରକାର । ମିସିମାଙ୍କୁ କହିଲେ ।

୮

ତା ପରଦିନ ମିଶନ ହାଉସ୍‌ରେ ଖାଇ ସାରି ମିସିମାଙ୍କୁ ଓ କୁମାଲୋ ନିଜର ଗନ୍ତବ୍ୟ ସ୍ଥାନକୁ ଯିବା ପାଇଁ ବସ୍ ଧରିବାକୁ ବାହାରିଲେ ।

– ଏଠି ସବୁଯାକ ଠିକଣା ବସ୍, ମିସିମାଙ୍କୁ କହିଲେ ।

କୁମାଲୋ ହସିଲେ । କାଲେ ଭୁଲ୍ ବସ୍ ଧରି ପକାଇବେ ବୋଲି କୁମାଲୋ ଡରୁଥିବାରୁ ସେ ଠଠା କଲେ ।

– ଏଇ ବସ୍ ସବୁ ଜୋହାନ୍ସବର୍ଗକୁ ଯାଏ । ତେଣୁ ଭୁଲ୍ ବସ୍ ଧରିବା କଥା ଭାବ ନାହିଁ ।

ସେପଟୁ ଆସୁଥିବା ଗୋଟେ ବସ୍‌ରେ ସେମାନେ ଉଠିଲେ । ଯୋଉଠି ଓହ୍ଲାଇଲେ ସେଇଠି ହିଁ କୁମାଲୋ ଗୋଟେ ପାଉଣ୍ଡ ଠକାମିରେ ହରାଇଥିଲେ । ଗାଡ଼ି ମଟର ଲୋକ ଗହଳିରେ ଭରପୂର ରାସ୍ତାମାନ ପାରି ହୋଇ ଆଲେକ୍‌ଜାଣ୍ଡ୍ରାକୁ ଥିବା ବସ୍ ଲାଇନ ଧରିଲେ । କିନ୍ତୁ ସେଠି ଗୋଟେ ଅସୁବିଧାରେ ପଡ଼ିଗଲେ । ଜଣେ ଲୋକ ତାଙ୍କ ପାଖକୁ ଆସି ମିସିମାଙ୍କୁକୁ କହିଲା । ତମେ କ'ଣ ଆଲେକ୍‌ଜାଣ୍ଡ୍ର ଯାଉଛ କି ଆଜ୍ଞା ?

– ହଁ ।

– ତାହେଲେ ଏଠି ଅଟକି ଯାଅ । ଜୋର ଜବରଦସ୍ତି ମୁଁ କରୁନି । ହେଲେ ସେଇ ଦେଖ, ସେଠି ପୋଲିସ ତମକୁ ରୋକିବ । ତେଣୁ ମୁଁ ବୁଝାଇ କହୁଛି । ଏଇ ବସ୍‌ରେ ଯିବା ମାନେ କଳା ଲୋକଙ୍କ ସ୍ୱାର୍ଥକୁ ବଲିଦେବା ସଙ୍ଗେ ସମାନ । ବସ୍ ଭଡ଼ା ୪ ପେନ୍‌ସକୁ ନ ଖସିବା ଯାଏ ଆମେ ବସ୍ ଚଢ଼ିବାଟା ବନ୍ଦ କରିବାର ନିଷ୍ପତ୍ତି ନେଇଛୁ ।

– ହଁ ସତରେ, ମୁଁ ଏ ବିଷୟରେ ଶୁଣିଥିଲି ।

ସେ କୁମାଲୋ ଆଡ଼କୁ ବୁଲିପଡ଼ିଲେ ।

– ମୁଁ କେତେ ମୂର୍ଖାମୀ କଲି ଦେଖ । ବସ୍ ଧର୍ମଘଟ କଥା ପୁରାପୁରି ଭୁଲିଯାଇଥିଲି ।

– ଆମର ଜରୁରୀ କାମ ଅଛି, କୁମାଲୋ ନମ୍ର ଭାବରେ କହିଲେ ।

– ଏଇ ଧର୍ମଘଟ ମଧ ଅତି ଜରୁରୀ । ଲୋକଟା ଭଦ୍ର ଭାବରେ କହିଲା । ସେମାନେ ଆମକୁ ଛଅ ପେନ୍‌ସ ଦେବାକୁ କହୁଛନ୍ତି, ଅର୍ଥାତ୍‌ ଦିନକୁ ଗୋଟେ ସିଲିଂ ଓ ହପ୍ତାକୁ ଛଅ ସିଲିଂ । ଆମ ଭିତରୁ ଅନେକଙ୍କ ରୋଜଗାର ପଇଁତିରିଶ କିମ୍ବା ଚଳିଶ ସିଲିଂ ।

– ଚଳିବାକୁ ବେଶୀ ବାଟ ? କୁମାଲୋ ପଚାରିଲେ ।

– ବହୁତ ବାଟ ଆଜ୍ଞା । ଏଗାର ମାଇଲ ।

– ବୁଢ଼ା ଲୋକ ପାଇଁ ବହୁତ ବାଟ ହେବ ।

– ତମ ବୟସର ଲୋକ ସବୁ ଦିନ ଯା ଆସ କରୁଛନ୍ତି ଆଜ୍ଞା । ଏପରିକି ସ୍ତ୍ରୀଲୋକ, ଛୋଟ ପିଲା, ରୋଗୀ ଆଉ ପଙ୍ଗୁମାନେ ବି ଚଳିକି ଯାଉଛନ୍ତି, ସକାଳ ଚଳିଟାରୁ ବାହାରି ଆସନ୍ତି ଯେ ରାତି ଆଠଟା ଆଗକୁ ଫେରିପାରନ୍ତି ନାହିଁ । କଣ ଟିକେ ଖାଇ ବିଛଣାରେ ଟିକେ ଗଡ଼ିଥିବେ କି ନାଇଁ ପୁଣି ପାହାନ୍ତିଆରୁ ବାହାରିବାକୁ ପଡ଼େ । ବେଳେବେଳେ ଖାଲି ପାଣି ମନ୍ଦେ ପିଇ ବାହାରନ୍ତି । ମୁଁ ତମକୁ ବସ୍‌ ଧରିବାରେ ରୋକିପାରିବି ନାହିଁ । ଆଜ୍ଞା, କିନ୍ତୁ ଏଇଟା ଆମର ସଂଗ୍ରାମର ପ୍ରଶ୍ନ । ଆମେ ଏଠାରେ ହାରିଗଲେ ସୋଫିଆ ଟାଉନ, କ୍ଲେଆରମେଣ୍ଟ, କ୍ଲିପ୍‌ଟାଉନ୍‌ ଓ ପିସିଭିଲେରେ ଲୋକଙ୍କୁ ବେଶୀ ପଇସା ଦେବାକୁ ପଡ଼ିବ ।

– ମୁଁ ତମ କଥା ବୁଝିପାରୁଛି । ଆମେ ବସ୍‌ ଧରିବୁ ନାହିଁ ।

ଲୋକଟା ତାକୁ ଧନ୍ୟବାଦ ଜଣାଇ ଆଉଜଣେ ଅପେକ୍ଷାରତ ପାଦ୍ରୀ ପାଖକୁ ଗଲା ।

– ଲୋକଟା ଭଲ କହି ପାରୁଛି, କୁମାଲୋ କହିଲେ ।

– ସେଇ ଜଣକ ହିଁ ପ୍ରଖ୍ୟାତ ଡ଼ୁବୁଲା, ମିସିମାଙ୍ଗୁ ଚୁପିଚୁପି ପୁଣି କହିଲେ । ତମର ଭାଇର ଜଣେ ବନ୍ଧୁ । ତେବେ ଲୋକେ କହନ୍ତି ଯେ, ଟମ୍‌ଲିନ୍‌ସନର ପ୍ରଖର ବୁଦ୍ଧି ଥିବାବେଳେ ତମ ଭାଇର ଦୃପ୍ତ କଣ୍ଠସ୍ୱର ଅଛି ଆଉ ଏଇ ଲୋକଟାର ହୃଦୟବତ୍ତା ରହିଛି । ଏଇ ଜଣକୁ ଏକା ସରକାର ଭୟ କରେ । କାରଣ ଲୋକଟା ନିଜେ ନିର୍ଭୟ । ସେ ତାର ନିଜ ପାଇଁ କିଛି ଲୋଡ଼େ ନାହିଁ । ଏଇ ବସ୍‌ ପିକେଟିଂ କାମ ପାଇଁ ସେ କୁଆଡ଼େ ତାର କାମ ଛାଡ଼ି ଦେଇଛି । ତାର ସ୍ତ୍ରୀ ମଧ ଆଲେକ୍‌ଜାଣ୍ଟ୍ରାର ଅନ୍ୟ ବସ୍‌ ଲାଇନରେ ପିକେଟିଂ କରେ ।

– ଏ ତ ଖୁବ୍‌ ଗର୍ବର ବିଷୟ । ଜୋହାନ୍‌ସବର୍ଗଟା ଗୋଟେ ବିସ୍ମୟ ଭରା ଜାଗା ।

– ସେମାନେ ଚର୍ଚର ଲୋକ ଥିଲେ । ମିସିମାଙ୍ଗୁ ମନ ଦୁଃଖରେ କହିଲେ ।

କିନ୍ତୁ ଏବେ ଚର୍ଚ୍ଚରୁ ବାହାରି ଗଲେଣି । ତମ ଭାଇ ପରି ତାଙ୍କ ଦୃଷ୍ଟିରେ ଚର୍ଚ୍ଚ ଖାଲି ମାଜି ଘଷି କଥା କହେ ସିନା କିଛି କାମର ନୁହେଁ । ଆଚ୍ଛା, ଆମେ ଏବେ କରିବା କ'ଣ ?

– ମୁଁ ରେଳିକି ଯିବାକୁ ରଖୁଁଛି ।

– ଏଗାର ମାଇଲ ଯିବା ଆଉ ଏଗାର ମାଇଲ ଆସିବା । ବହୁତ ବାଟ ।

– ହେଲେ ବି ମୁଁ ରଖୁଁଛି । ମୋର ବ୍ୟସ୍ତତା ତମେ ବୁଝି ପାରୁଥିବ । ଏଇଟା ଜୋହାନ୍‌ସବର୍ଗ – ଗୋଟେ ପିଲା ଏକୁଟିଆ ରହିବାର ଜାଗା ଏଇଟା ନୁହେଁ ।

– ଠିକ୍ ଅଛି, ଏଥର ରେଳ ଯିବା ।

ସେମାନେ ରେଳିବା ଆରମ୍ଭ କଲେ । ବ୍ରିଷ୍ଟ ଷ୍ଟିଟରୁ ବ୍ଲୋୟାରଡନ୍ ସର୍କଲ ପୁଣି ଲୁଇସ ଓ ବୋଥାରୁ ଅରେଞ୍ଜ ଗ୍ରୋଭ୍ ଗଲେ । ଗାଡ଼ି ମଟର ସେମିତି ଯିବା ଆସିବା ରେଳିଥାଏ । ଅନେକ ବାଟ ରେଳିବା ପରେ ଗୋଟେ କାର୍ ଅଟକିଲା । କାର୍ ଭିତରୁ ଜଣେ ଗୋରା ଲୋକ ପଚାରିଲା,

– ତମେ ଦୁଇ ଜଣ କୁଆଡ଼େ ଯାଉଛ ?

– ସାର୍, ଆଲେକଜାଣ୍ଡ୍ରାକୁ । ମିସିମାଙ୍ଗୁ ଟୋପି କାଢ଼ି କହିଲେ ।

– ମୁଁ ବି ସେଇୟା ଭାବୁଥିଲି । ଭିତରେ ବସ ।

ସେମାନଙ୍କୁ ବଡ଼ ସାହାଯ୍ୟ ମିଲିଗଲା । ଆଲେକ୍‌ଜାଣ୍ଡ୍ରାରେ ପହଞ୍ଚି ସେମାନେ ତାଙ୍କୁ ଧନ୍ୟବାଦ ଜଣାଇଲେ ।

– ଏଟା ବହୁତ ଦୂର ବାଟ । ତମର ବସ୍ ନ ଥିବା ମୁଁ ଜାଣିଥିଲି, ଗୋରା ଜଣକ କହିଲା ।

ସେମାନେ ସେଠି ଛିଡ଼ା ହୋଇ ତାର ଯିବାଟାକୁ ଅପେକ୍ଷା କଲେ । କିନ୍ତୁ ସେ ଗଲା ନାହିଁ । ପୁଣି ଫେରନ୍ତା ରାସ୍ତା ଧରିଲା ।

– କି ଆଶ୍ଚର୍ଯ୍ୟ କଥା ସତରେ, ମିସିମାଙ୍ଗୁ କହିଲେ ।

ତେଇଶ ନମ୍ବର ଏଭେନ୍ୟୁକୁ ବେଶ୍ ବାଟ । ସେମାନେ ଗୋଟେ ପରେ ଗୋଟେ ଏଭେନ୍ୟୁ ପାରି ହେଲେ । ମିସିମାଙ୍ଗୁ ବୁଝେଇଦେଲେ ଯେ ପ୍ରକୃତରେ ଆଲେକ୍‌ଜାଣ୍ଡ୍ରାଟା ଜୋହାନ୍‌ସବର୍ଗ ବାହାରେ ସେଠି ଜମି କିଣି କଳାମାନେ ଘରଦ୍ୱାର କରିପାରନ୍ତି । ହେଲେ ସେଠି ଭାରି ଖରାପ ରାସ୍ତା, ରାସ୍ତା ଉପରେ କୋଉଠି ଆଲୁଅ ନାହିଁ । ସେଠି ରହିବା ପାଇଁ ଜାଗାର ଭିଡ଼ ଏତେ ଯେ ଘର ଅଗଣାରେ ଯାହିତାହି କରି ଗୋଟେ ବଖରା ତିଆରି କରିଦେଲେ ସେଇଟା ବି ସଂଗେ ସଂଗେ ଭଡ଼ା ଲାଗି ଯାଉଥିଲା । ଗୁଡ଼ାଏ ଘର ଚେର ଡକାୟତଙ୍କର ଆଡ୍ଡ଼ା ଥିଲା । ବେଶ୍ୟାବୃତ୍ତି ଓ ବେଆଇନ୍ ମଦ କାରବାର ଅବାଧରେ ରେଳିଥିଲା ।

– ପରିସ୍ଥିତି ଏତେ ଖରାପ ହେଲା ଯେ ଅରେଞ୍ଜ ଗ୍ରୋଭ, ନରଉଡ଼ ଆଉ ହାଇଲେଣ୍ଡ ନର୍ଥ ଆଦି ଜାଗା ପୁରା ଛାଡ଼ି ଚଲିଯିବାକୁ ସେମାନେ ପିଟିସନ୍ ଦାୟର କଲେ । ଆମ ଜାତିର ପିଲାଟିଏ ଜଣେ ଗୋରା ବୁଢ଼ୀଲୋକଠାରୁ ବେଗ୍ ଲୁଟି ନେଲା । ବୁଢ଼ୀଟା ତଳେ ପଡ଼ିଗଲା ଆଉ ଆକସ୍ମିକ ଭୟରେ ସେଇଠି ମରିଗଲା । ଏଠୁ ଟିକେ ଦୂରରେ ସେମିତି ଭୟଙ୍କର କାଣ୍ଡଟିଏ ଘଟିଥିଲା । ଗୋରା ସ୍ତ୍ରୀ ଲୋକ ଜଣେ ଏକୁଟିଆ ରହୁଥିଲା । କବାଟ ଭାଙ୍ଗି ଆମର କେତେ ଜଣ ପିଲା ତା ଘର ଭିତରକୁ ପଶିବାକୁ ଗଲେ । ସ୍ତ୍ରୀ ଲୋକଟା ପ୍ରତିରୋଧ କରିବାକୁ ତାକୁ ସେମାନେ ମାରିଦେଲେ । ପ୍ରିଟୋରିଆ ରୋଡ଼ରେ ଗଛ ତଳେ ଅନ୍ଧାରୁଆ ଜାଗାରେ କାର ଭିତରେ ବସିଥିବା ଗୋରାମାନଙ୍କ ଉପରେ ଆମ ଲୋକେ ଆକ୍ରମଣ କରି ଲୁଟତରାଜ କରନ୍ତି । ବେଲେବେଲେ ସ୍ତ୍ରୀ ଲୋକମାନେ ମଧ ଏମିତି ଲୁଟ ତରାଜରେ ସାମିଲ ଥାନ୍ତି । ଅବଶ୍ୟ ସେମାନେ ସବୁ ନଷ୍ଟ ଚରିତ୍ର ସ୍ତ୍ରୀ ଲୋକ । ତାଙ୍କ କାରବାର ତ କହି ହେବନି । ମିସିମାଙ୍କୁ କହି ଚଲିଲେ ।

– ଜୋହାନ୍ସବର୍ଗରେ ଆଉ ଗୋଟେ ଏମିତି ଘଟଣା ମୋର ମନେ ପଡୁଛି । ପୋଷ୍ଟେସ୍ତ୍ରମ ରୋଡ଼ରେ ଥିବା ଘରଟାରେ ମୋର ଜଣେ ବନ୍ଧୁ ରହନ୍ତି । ଦିନେ ଶୀତଦିନ ରାତି ଅଧରେ କବାଟରେ ଠକ୍ଠକ୍ ଆବାଜ ହେଲା । ଦେଖିଲା ବେଳକୁ ଗୋରା ସ୍ତ୍ରୀଲୋକଟିଏ କବାଟ ବାଡ଼ଉଥିଲା । ଦେହରେ ଛିଣ୍ଡା ଲୁଗା ଖଣ୍ଡେ, ସେଥରେ ପୁରା ଦେହଟାକୁ ଢାଙ୍କି ହେଉ ନ ଥିଲା । ଛିଣ୍ଡି ଯାଇଥିବା ଲୁଗାକୁ ହାତରେ ଏଠି ସେଠି ଜାକି ଧରି ନିଜର ନଗ୍ନତାକୁ ଲୁଚଉଥିଲା । ଶୀତରେ ଗୋଟାପଣେ ନୀଳ ପଡ଼ିଯାଇଥିଲା । ଜଣେ ଗୋରା ଲୋକ ତାର ଏମିତି ଦଶା କରିଥିଲା । ଗାଡ଼ିରେ ବସାଇ ନେଇ ବୋଧହୁଏ ତାକୁ ବଳାତ୍କାର କରିଥିଲା । ଆଉ ତାପରେ ଏମିତି ଅବସ୍ଥାରେ ରାସ୍ତା କଡ଼ରେ ଫୋପାଡ଼ି ଦେଇ ଜୋହାନ୍ସବର୍ଗ ଚଲିଯାଇଥିଲା । ମୋର ବନ୍ଧୁ ଓ ତାଙ୍କର ସ୍ତ୍ରୀ ତାକୁ ପିନ୍ଧିବା ପାଇ ପୁରୁଣା ଲୁଗା ଓ ଖଣ୍ଡେ କୋଟ ଦେଲେ । ଘୋଡ଼ି ହେବା ପାଇଁ କମ୍ବଲ ଦେଲେ । ଚ' ଜଲଖିଆ ଦେଇ ତାକୁ ସାନ୍ତ୍ଵନା କଲେ । ପିଲାମାନେ ଉଠି ପଡ଼ି ନାନା ପ୍ରଶ୍ନ ପଚାରିଲେ । ସେମାନେ ତାକୁ କୌଣସି ମତେ ରୂପ କରି ଶୁଆଇ ଦେଲେ । ସେଇ ଅବସ୍ଥାରେ ଗୋରା ସ୍ତ୍ରୀ ଲୋକକୁ ପିଲାମାନଙ୍କୁ ଦେଖ୍ବାକୁ ଦେଲେ ନାହିଁ । ତାପରେ ସେଇ ଅନ୍ଧାରରେ ବନ୍ଧୁ ଜଣକ ପାଖରେ ରହୁଥିବା ଜଣେ ଗୋରା ଚକ୍ଷୀ ଘରକୁ ଯାଇ ଘଟଣାଟା କହିଲେ । କଥାଟାକୁ ଭିତରେ ଭିତରେ ରଖି ସ୍ତ୍ରୀ ଲୋକଟିର ବାବ୍ୟସ୍ଥା କରି ଦେବାକୁ କହିଲେ । ଆଛା, ମୁଁ ଯିବି, ଗୋରା ଚକ୍ଷୀ ଜଣକ କହିଲା । ଘରୁ ତାର କାର ଖଣ୍ଡିକ ବାହାର କଲା । ଦୁହେଁଯାକ

ସେଠାରେ ବନ୍ଧୁଙ୍କ ଘରକୁ ଆସିଲେ । ଗଲାବେଳେ ଗୋରା ସ୍ତ୍ରୀଲୋକ କିଛି ପଇସା ଦେଇ କୃତଜ୍ଞତା ପ୍ରକାଶ କରିବାକୁ ଚାହିଁଲା । କିନ୍ତୁ ତା ପାଖରେ ପଇସା ନ ଥିଲା । ଏଥିରେ ପଇସା ଦେବାର କିଛି ନାହିଁ, ମୋର ବନ୍ଧୁ ଓ ତାଙ୍କ ସ୍ତ୍ରୀ ତାକୁ ବୁଝାଇଲେ । ଗଲାବେଳେ ଗୋରା ଲୋକଟା ବାରମ୍ବାର ଦୁଇ ଥର କରି ମୋ ବନ୍ଧୁଙ୍କୁ କହିଲା, "ତୁମେ ଜଣେ ଭଲ କାଫେର" । ସେ କିଛି ଗୋଟେରେ ଅଭିଭୂତ ହୋଇଗଲା । ତେଣୁ ତା ପାଖରେ ଯୋଉ ଶବ୍ଦ ଥିଲା ସେଇ ଭାଷାରେ ସେ ତାର ଭାବକୁ ପ୍ରକାଶ କଲା ।

– ମୁଁ ବି ଅଭିଭୂତ ।

– ଆଛା, ମୁଁ ସେଇ ପିଟିସନ୍ କଥା କହୁଥିଲି । ଆମ ଗୋରା ବନ୍ଧୁମାନେ ସେଇ ପିଟିସନ ବିରୋଧରେ ଲଢ଼ିଲେ । ଆଲେକ୍‌ଜାଣ୍ଟ୍ରାର ଗୁଡ଼ାଏ ଖରାପ କଥା ରହିଛି । ହେଲେ ତା'ଠୁ ଭଲ ଜିନିଷର ମାତ୍ରା ଅଧିକ, ସେମାନେ କହିଲେ । ନିଜର ବୋଲି ଜମି ଖଣ୍ଡେ, ତା ଉପରେ ଘର ଖଣ୍ଡେ, ଯା ଭିତରେ ନିଜର ପାଟି ଫିଟାଇ ହେବା, ନିଜର ପିଲାପିଲି ପାଲି ହେବ, ଏ କଣ ସହଜ କଥା ହୋଇଛି । ପ୍ରଫେସର ହୋର୍ଷ୍ଟେ ଆଜି ନାହାନ୍ତି । ପ୍ରଭୁ ସେଇ ଦିବଂଗତ ଆମ୍ଭାକୁ ଶାନ୍ତିରେ ରଖନ୍ତୁ । ସେ ଆମ ପାଇଁ ବହୁତ ଲଢ଼ିଛନ୍ତି । ତୁମେ ତାଙ୍କର ଭାଷଣ ଶୁଣି ନ ପାରିବାଟା ଦୁର୍ଭାଗ୍ୟର କଥା । ତାଙ୍କ ପାଖରେ ଏକାଧାରରେ ଟମ୍‌ଲିନ୍‌ସନର ବୁଦ୍ଧିମତ୍ତା, ତମ ଭାଇ ପରି କହିବା ଶୈଲୀ ଆଉ ଡୁବୁଲାର ହୃଦୟବତ୍ତା ରହିଥିଲା । ତାଙ୍କ କଥା ଉପରେ କୌଣସି ଗୋରା କଥା କହିପାରୁ ନ ଥିଲେ । ଏବେ ସୁଦ୍ଧା ମୋର ସେ ସବୁ ମନେ ଅଛି । ବୁଝିଲ, ଥରେ ଯଦି ସେ କହିଦେଲେ ଏଇଟା ଏଇଠି ଆଉ ସେଇଟା ସେଠି ରହିବ, ତାହେଲେ ତାକୁ ଆଉ କେହି ଏପଟ ସେପଟ କରିପାରୁ ନ ଥିଲେ । ଗୋରା ଲୋକ ହେଉ କି ଆଫ୍ରିକାନୀ ହେଉ କେହି ତାକୁ ବଦଲାଇ ପାରୁ ନ ଥିଲେ ।

ରୁମାଲ୍ କାଢ଼ି ସେ ମୁହଁ ପୋଛିଲେ । କହିଲେ ମୁଁ ଗୁଡ଼ାଏ ଗପିଲିଣି । ତମେ ଖୋଜୁଥିବା ଘରଟା ହେଇ ଆସିଗଲା ।

ଜଣେ ସ୍ତ୍ରୀ ଲୋକ ଦ୍ୱାର ଖୋଲିଲା । ଭିତରକୁ ଡାକିଲା ନାହିଁ । ସେମାନେ ଆସିବାର କାରଣ କହିଲା ପରେ ସେ କୁଣ୍ଠିତ ହୋଇ ଭିତରକୁ ଯିବାକୁ ଦେଲା ।

– ପିଲାଟା ରଳିୟାଇଛି କହିଲ କି, ମିସେସ୍ ମିକିଜେ ?

– ହଁ, କିନ୍ତୁ କୋଉଠିକି ଯାଇଛି ମୁଁ ଜାଣିନି ।

– କେବେ ଗଲା ?

– କେତେ ମାସ ହୋଇଗଲାଣି । ପାଖାପାଖି ବର୍ଷେ ହେବ ।

– ତା ସାଙ୍ଗରେ କେହି ସାଙ୍ଗ ସାଥୀ ଥିଲେ ?

– ହଁ, ଆଉ ଜଣେ କେହି କୁମାଲୋ । ତା କାକା ପୁଅ ଭାଇ । ହଁ, ହଁ ଏକା ସାଙ୍ଗରେ ଚାଲିଗଲେ ।

– କୋଉଠିକି ଗଲେ ତମେ ଜାଣିନ ?

– ସେମାନେ ତ ଗୁଡ଼ାଏ ଜାଗାର ନାଁ ଧରୁଥିଲେ । ହେଲେ ଏଇ ପିଲାଙ୍କ କଥାବାର୍ତ୍ତା ତ ଜାଣିଛ ।

– ଆବ୍‌ସାଲମ୍‌ର ଚାଲିଚଳନ କେମିତି ଥିଲା ?

ସ୍ତ୍ରୀ ଲୋକଟା ମନରେ ଭୟ ମାଡିଲା । କୁମାଲୋଙ୍କ ଭିତରେ ବି ଭୟ ଉକ୍‌ମାରିଲା । ଘରଟା ଭିତରେ ଭୟର ରାଜୁତି ।

– ମୁଁ କିଛି ଖରାପ ଲକ୍ଷ୍ୟ କରି ନାହିଁ ।

– ତମ ଅନୁମାନରେ କିଛି ତ ବିଗିଡ଼ିଥିଲା ।

– ନା କିଛି ବି ବିଗିଡ଼ି ନ ଥିଲା ।

– ତା ହେଲେ ତମେ ଡରୁଛ କାହିଁକି ?

– ମୁଁ ଡରୁନି ତ ।

– ତାହେଲେ ଏମିତି ଥରୁଛ କାହିଁକି ? ମିସିମାଙ୍ଗୁ ପରୁରିଲେ ।

– ମତେ ଶୀତ ଲାଗୁଛି ।

ସେ ସେମାନଙ୍କୁ ମୁହଁ ଗମ୍ଭୀର କରି ରହିଲା ।

– ଆଛା ଧନ୍ୟବାଦ । କହିଲେ ମିସିମାଙ୍ଗୁ ।

– ଆଛା ହେଉ ।

ରାସ୍ତା ଉପରକୁ ଉଠିଉଠି କୁମାଲୋ କହିଲେ,

– କିଛି ଗୋଟେ ଗଡ଼ବଡ଼ ପରିକା ଲାଗୁଛି ।

– ମୁଁ ତ ମନା କରୁନି । ଆଛା ଆମେ ଦୁଇ ଜଣ ସବୁ ଜାଗାକୁ ଆଉ କେତେବେଳ ଏକାଠି ଯିବା ଭଲା । ଏଥର ଗୋଟେ କାମ କର; ବାଁ ପଟକୁ ଥିବା ବଡ଼ ରାସ୍ତାକୁ ବୁଲିଯାଇ ପାହାଡ଼ ଉପରକୁ ଉଠିପଡ଼ । ସେଠି ଖିଆପିଆ ପାଇଁ ଗୋଟେ ଛୋଟ ହୋଟେଲ ଅଛି । ସେଠି ମତେ ଅପେକ୍ଷା କରିଥିବ । ମୁଁ ଟିକିଏ ଛାଡ଼ି ଯିବି ।

ଭାରି ମନରେ କୁମାଲୋ ସେଇଆଡ଼େ ଚାଲିଲେ । ମିସିମାଙ୍ଗୁ ଧୀରେ ଧୀରେ ତାଙ୍କ ପଛେ ପଛେ କିଛି ଦୂର ଗଲେ । କୁମାଲୋ ବାଙ୍କ ମୁଁହାଣୀରେ ପହଞ୍ଚିଲା ପରେ ସେ ପଛକୁ ଫେରିଲେ ପୁଣି ସେଇ ଘରକୁ ଗଲେ ।

ଆଗ ପରି ମୁହଁ ଗମ୍ଭୀର କରି ସ୍ତ୍ରୀଲୋକଟା କବାଟ ଖୋଲିଲା । ଏଥର ଭୟର ମାତ୍ରା କମିଯାଇ ତା ମୁହଁରେ ବେଶୀ ମାତ୍ରାରେ ଗମ୍ଭୀରପଣ ଥିଲା ।

– ମୁଁ ପୋଲିସ ଲୋକ ନୁହେଁ । ପୋଲିସ ସହିତ ମୋର କିଛି କରିବାର ନାହିଁ । ସେମିତି କିଛି କାମ ବି ନାହିଁ । କିନ୍ତୁ ସେଇ ବୁଢ଼ା ଲୋକଟା ପୁଅ ପାଇଁ ଦହଗଞ୍ଜି ହେଉଛି ।

– ସେଇଟା ଭାରି ଦୁଃଖର କଥା । ସେ କହିଲା । ଯଦେ ଖାଲି ସେମିତି କହିବା ଦରକାର ବୋଲି ସେ କହିଲା ।

– ହଁ, ତା ଦୁଃଖର କଥା । ତେବେ ତୁମେ ଯାହା କହିବାକୁ ରହୁଁନ ତା ନ କହିବା ଯାଏଁ ଏଠୁ ମୁଁ ଯିବିନି ।

– ମୋର କିଛି କହିବାର ନାହିଁ । ସେ କହିଲା ।

– ତମେ ଭୟରେ କିଛି କହିବାକୁ ରହୁଁନ । ତମେ ତ ଆଉ ଶୀତ ଯୋଗୁଁ ଥରୁ ନାହିଁ ।

– ମୁଁ ଥରିବି କାହିଁକି ?

– ମୁଁ ତା ଜାଣେନି । ତେବେ ତାର କାରଣ ନ ବାହାର କରିବା ଯାଏଁ ମୁଁ ଏଠୁ ଯିବିନି । ଆଉ ଯଦି ଦରକାର ପଡ଼େ ମୁଁ ବାଧ୍ୟ ହୋଇ ପୋଲିସ ପାଖକୁ ଯିବି । କାରଣ ମୋର ଆଉ ଅନ୍ୟ ଉପାୟ ନାହିଁ ।

– ମୁଁ ଏକୁଟିଆ ସ୍ତ୍ରୀଲୋକ, ଏତେ ଝମେଲା ସମ୍ଭାଳିବାଟା କେତେ କଷ୍ଟ । ସେ ବିରକ୍ତ ହୋଇ କହିଲା ।

– ବୁଢ଼ା ଲୋକଟା ପୁଅକୁ ଖୋଜି ବୁଲିବାଟା ବି ସେମିତି କଷ୍ଟକର ।

– ମତେ ଡ଼ର ଲାଗୁଛି ।

– ସେ ବି ଡ଼ରୁଛନ୍ତି । ତାଙ୍କର ଭୟଟା ତମେ କ'ଣ ଦେଖିପାରିନ ?

– ମୁଁ ଦେଖିଛି ଆଜ୍ଞା ।

– ତାହେଲେ ମତେ କହ ସେ ପିଲାଟାର ଚଳିଚଲନ କେମିତି ଥିଲା ? କିନ୍ତୁ ସେ ତୁନି ରହିଲା । ସେ ଭାରି ଜୋର ଡରି ଯାଇଥିଲା । ଭୟରେ କାନ୍ଦିବା ଉପରେ ଥିଲା । ସେ ଦେଖିଲେ ସ୍ତ୍ରୀଲୋକଟାକୁ ସହଜରେ ମନାଇ ହେବ ନାହିଁ ।

– ମୁଁ ଜଣେ ପାଦ୍ରୀ । ମୋ କଥାରେ ତମର ବିଶ୍ୱାସ ହେଉନାହିଁ ? ତଥାପି ସେ ତୁନି ପଡ଼ିଲା ।

– ତମର ବାଇବେଲ୍ ଅଛି ?

– ହଁ, ମୋ ପାଖରେ ବାଇବେଲ୍ ଅଛି ।

– ତା ହେଲେ ମୁଁ ବାଇବେଲ୍ ଛୁଇଁ ତମ ପାଖରେ ଶପଥ କରିବି ।

ତାଙ୍କୁ ପୁଣି ଚୁପ୍ ରହିବାର ଦେଖି ସେ ପୁଣି କହିଲେ, – ମୁଁ ବାଇବେଲ୍ ଛୁଇଁ ଶପଥ କରିବି । ତାଙ୍କୁ ନଛୋଡ଼ବନ୍ଧା ଦେଖି ସ୍ତ୍ରୀଲୋକ ଉଠି ଯାଇ ଘର ଭିତରୁ ବାଇବେଲ ନେଇ ଆସିଲା ।

– ମୁଁ ଜଣେ ପାଦ୍ରୀ । ମୋର ହଁ ମାନେ ହଁ ଆଉ ନାହିଁ ମାନେ ନାହିଁ । ତଥାପି ତମେ ରହୁଁଥିବାରୁ ଆଉ ଜଣେ ବୁଢ଼ା ଲୋକର ଆଶଙ୍କା ଯୋଗୁଁ ମୁଁ ବାଇବେଲ୍ ଉପରେ ହାତ ରଖି ଶପଥ କରି କହୁଛି ଯେ ତମ ଉପରେ କୌଣସି ବିପଦ ଆସିବ ନାହିଁ । ଆମେ ଖାଲି ପିଲାଟାକୁ ଖୋଜିବାକୁ ଯିବାକୁ ଚାହୁଁଛୁ । ଧର୍ମାତ୍ମା ହୋଇ ଆମକୁ ସାହାଯ୍ୟ କର ।

– ଏଠି ତାର ଚଲିଚଳନ କିପରି ଥିଲା ? ସେ ପୁଣି ପଚାରିଲେ ।

– ଆଜ୍ଞା, ସେମାନେ ଏଠିକି ଗୁଡ଼ାଏ ଜିନିଷ ଆଣୁଥିଲେ । ରାତିରେ ଡେରିରେ ଫେରୁଥିଲେ । ଲୁଗାପଟା, ଘଣ୍ଟା, ଟଙ୍କାପଇସା ଆଉ ଅନେକ ଗୁଡ଼ାଏ ଜିନିଷ ଥିଲା ।

– ତାଙ୍କ ଦେହରେ ରକ୍ତ ଛିଟା ଲାଗିବାର ଦେଖିଛ କି ?

– ମୁଁ କେବେ ରକ୍ତ ଲାଗିବାର, ଦେଖିନି ଆଜ୍ଞା ।

– ଯତ୍‍କିଞ୍ଚିତ ଖବର ମିଳିଲା, ଆଉ କଣ କରାଯାଏ ।

– ସେମାନେ ଜାଗା ଛାଡ଼ିଲେ କାହିଁକି ? ସେ ପଚାରିଲେ ।

– ମୁଁ ଜାଣିନି ଆଜ୍ଞା । ତେବେ ସେମାନେ କାଲେ ଧରା ପଡ଼ିଯିବେ ସେଥିପାଇଁ ଡରୁଥିଲେ ।

– କେବେ ଗଲେ ?

– ପ୍ରାୟ ବର୍ଷେ ହେବ ଆଜ୍ଞା । ମୁଁ ତମକୁ ଯାହା କହିଥିଲି ।

– ଆଛା ଏଥର ବହି ଛୁଇଁ କହ ଯେ ସେ କୋଉଠିକି ଯିବାର ତମେ ଜାଣିନ ।

ସେ ବହିକୁ ହାତ ବଢ଼େଇଲା । ଆଉ କିଛି ଦରକାର ନାହିଁ, ସେ କହିଲେ । ତାଠୁ ବିଦାୟ ନେଇ ମିସିମାଙ୍ଗୁ ଚଲିଆସିଲେ । ଦୁଇ ପାହୁଣ୍ଡ ଚଲିଛନ୍ତି କି ନା ସ୍ତ୍ରୀ ଲୋକଟା ତାଙ୍କୁ ପଛରୁ ଡାକିଲା ।

– ଜଣେ ଟେକ୍ସି ଡ୍ରାଇଭର ସହିତ ସେମାନଙ୍କର ଭଲ ବନ୍ଧୁତା ଥିଲା । ତା ନାଁ ହାଲବେନି । ବସ୍‍ଷ୍ଟାଣ୍ଡ ପାଖରେ ରହେ । ତାକୁ ସମସ୍ତେ ଜାଣନ୍ତି ।

– ସେଥିପାଇଁ ଧନ୍ୟବାଦ୍ ମିସେସ୍ ମିକିଜେ ।

ଜଳଖିଆ ଦୋକାନରେ ସେ ବନ୍ଧୁ କୁମାଲୋଙ୍କୁ ଭେଟିଲେ ।

– ଆଉ କିଛି ମିଳିଲା ? ବୃଦ୍ଧ କୁମାଲୋ ବ୍ୟସ୍ତ ହୋଇ ପଚାରିଲେ ।

– ଶୁଣିଲି ଯେ ହାଲ୍‌ବେନି ନାଁରେ ତାର ଜଣେ କେହି ଟେକ୍‌ସି ଡ୍ରାଇଭର ବନ୍ଧୁ ଅଛି । ମୁଁ ଆଗ ଖାଇ ସାରେ ତାପରେ ତାକୁ ଖୋଜିବି ।

ଖାଇ ସାରିଲା ପରେ ମିସିମାଙ୍କୁ ଜଣେ ଲୋକକୁ ହାଲ୍‌ବେନି ବିଷୟରେ ପଚାରିଲେ । "ସେଇ କଣରେ ତା ଟେକ୍‌ସିରେ ବସିଛି ।" ଲୋକଟା କହିଲା । ମିସିମାଙ୍କୁ ଟେକ୍‌ସି ପାଖକୁ ଗଲେ ଓ ତାକୁ ସମ୍ଭାଷଣ ଜଣାଇବା ପୂର୍ବକ ପଚାରିଲେ ।

– ଆଚ୍ଛା ମୋର ଗୋଟେ ଟେକ୍‌ସି ଦରକାର । ଆମେ ଦୁଇ ଜଣ ଯିବୁ । ଜୋହାନ୍‌ସବର୍ଗକୁ କେତେ ଭଡ଼ା ନେବ ?

– ତମକୁ ଦାମ୍ ଟିକେ କମ୍ କରିଦେବି ଆଖ୍ଖା । ଏଗାର ସିଲିଂ ।

– ଏତେ ଗୁଡ଼ାଏ ପଇସା ।

– ଅନ୍ୟ ଟେକ୍‌ସି ପନ୍ଦର କିମ୍ବା କୋଡ଼ିଏ ସିଲିଂ ନେବେ ।

– ଠିକ୍ ଅଛି, ଦେବି । ମୋର ବନ୍ଧୁଜଣକ ବୁଢ଼ାଲୋକ । ସେଥିରେ ପୁଣି ସେ ଚଲିଚଲି ହାଲିଆ ହୋଇପଡ଼ିଲେଣି ।

ଲୋକଟା ଗାଡ଼ି ଇଞ୍ଜିନ ଷ୍ଟାର୍ଟ କଲା । କିନ୍ତୁ ମିସିମାଙ୍କୁ ତାକୁ ଅଟକାଇଲେ । କହିଲେ "ଆବ୍‌ସାଲମ୍ କୁମାଲୋ ନାଁରେ ଜଣେ ଯୁବକକୁ ଖୋଜିବାରେ ତମେ ମତେ ସାହାଯ୍ୟ କରି ପାରିବ ବୋଲି ଜଣେ କହିଲେ ।"

ଲୋକଟା ଡରିଗଲା । ଏଥିରେ ସନ୍ଦେହ ନାହିଁ । ତେବେ ମିସିମାଙ୍କୁ ସଂଗେ ସଂଗେ ତାକୁ ଆଶ୍ୱାସନା ଦେଇ କହିଲେ, ତମକୁ ହଇରାଣ କରିବାର ମୋର ଉଦ୍ଦେଶ୍ୟ ନୁହେଁ । ମୁଁ କଥା ଦେଉଛି ମୁଁ ତୁମକୁ କୌଣସି ପ୍ରକାର ଅସୁବିଧାରେ ପକାଇବି ନାହିଁ କିମ୍ବା ମୁଁ ନିଜ ପାଇଁ ମଧ କୌଣସି ଝାମେଲା କରିବି ନାହିଁ । ମୋର ବନ୍ଧୁଜଣକ ସେଇ ପିଲାର ବାପା । ପୁଅକୁ ଖୋଜିବାକୁ କାହିଁ ନାଟାଲରୁ ଆସିଛନ୍ତି । ଗୋଟେ ଜାଗାକୁ ଗଲେ ସେଠୁ ଆଉ ଗୋଟେ ଜାଗାକୁ ଯିବାକୁ ପଡ଼ୁଛି । ଏଠି ସେଠି ଖୋଜି ଆମେ ନ୍ୟୁଜାନ୍ତ ହୋଇଗଲୁଣି ।

– ହଁ, ମୁଁ ଏଇ ପିଲାକୁ ଜାଣେ ।

– ସେ ଏବେ କୋଉଠି ରହୁଛି ?

– ସେ ଅର୍‌ଲାଣ୍ଡୋକୁ ଚଲିଯିବାର ମୁଁ ଶୁଣିଥିଲି । ସେଠି ଶାନ୍ତି ଟାଉନରେ ବେଆଇନ୍ ଜମି ଦଖଲକାରୀଙ୍କ ମେଳରେ ରହୁଥିଲା । ତାପର କଥା ଆଉ ମୁଁ କିଛି ଜାଣିନି ।

– ଅର୍‌ଲାଣ୍ଡୋ ତ ଭାରି ବଡ ଜାଗା । ମିସିମାଙ୍କୁ କହିଲେ ।

– ଯୋଉଠି ବେଆଇନ୍ ଦଖଲକାରୀମାନେ ରହୁଛନ୍ତି ସେଇ ଜାଗାଟା ବିଶେଷ

ବଡ଼ ନୁହେଁ, ଆଖ୍ଖା । ତାଙ୍କ ଭିତରେ ଅନେକ ଲୋକ ମ୍ୟୁନିସିପାଲିଟିରେ କାମ କରନ୍ତି । ଆଉ ସେମାନେ ପ୍ରାୟ ସମସ୍ତଙ୍କୁ ଜାଣିଥାନ୍ତି । ତାଙ୍କ ଭିତରୁ କାହାକୁ ପଚରୁନାହାନ୍ତି ?

— ଭଲ କଥାଟେ କହିଲ ତ । ମୁଁ ତାଙ୍କ ଭିତରୁ କେତେ ଜଣଙ୍କୁ ଜାଣିଛି । ଆମେ ତମ ଗାଡ଼ିରେ ହିଁ ଯିବୁ ।

ସେ କୁମାଲୋକୁ ଡାକି ଟେକ୍ସିରେ ଫେରିବା କଥା କହିଲେ ।

ସେମାନେ ଗାଡ଼ି ଭିତରକୁ ଚଢ଼ିଲେ । ଗାଡ଼ିଟା ସଶବ୍ଦରେ ପ୍ରିଟୋରିଆରୁ ଜୋହାନ୍ସବର୍ଗକୁ ଯାଇଥିବା ରାସ୍ତରେ ଚାଲିଲା । ଅପରାହ୍ନ ଗଡ଼ି ଯାଇଥିଲା । ରାସ୍ତାରେ ଟ୍ରାଫିକ୍ ଭିଡ଼ । ଏଇ ସମୟରେ ହିଁ ଲୋକେ ଜୋହାନସବର୍ଗରୁ ଯାନ୍ତି ଆଉ ପୁଣି ବାହାରୁ ଲୋକେ ଜୋହାନସବର୍ଗ ଭିତରକୁ ଆସନ୍ତି । ସେଥିପାଇଁ ଏତେ ଲୋକ ଗହଲି ।

— ଏଇ ଯେ ସାଇକେଲ ମାନ ଦେଖୁଛ, ଏମାନେ ଏମିତି ହଜାର ହଜାର ସଂଖ୍ୟାରେ ଆଲେକ୍ଜାଣ୍ଟ୍ରାର ଲୋକ କାମରୁ ଫେରୁଛନ୍ତି । ଏବେ ବସ ବନ୍ଦ ଥିବାରୁ ଆହୁରି ଥୋକେ ଚାଲି ଚାଲି ଯିବେ ।

ସତକୁ ସତ ପଦଚାରୀଙ୍କ ଭିଡ଼ରେ ରାସ୍ତାଘାଟ ଭରିଗଲା । ଭିଡ଼ରେ ସତର୍କତାର ସହିତ ଗାଡ଼ି ନେବାକୁ ପଡ଼ିଲା । ତାଙ୍କ ଭିତରୁ ଅନେକ ବୁଢ଼ାବୁଢ଼ୀ ଥିଲେ । ଆଉ କେତେ ଅପାହିଜ ଥିଲେ । ସମସ୍ତେ କ୍ଲାନ୍ତ ଦିଶୁଥିଲେ ହେଁ ବେଶ ଦମ୍ରେ ଚାଲୁଥିଲେ । ଯେମିତି କେତେ ସପ୍ତାହ ଧରି ଏମାନେ ଚାଲୁଛନ୍ତି । କେତେ ଜଣ ଗାଡ଼ି ଅଟକାଇବାକୁ ଚେଷ୍ଟା କଲେ । ଗାଡ଼ି ଭିତରେ କଳା ଲୋକ ଦେଖି ଆଲେକ୍ଜାଣ୍ଟ୍ରାକୁ ବସିକି ଯିବାକୁ ଚାହୁଁଥିଲେ । ଗୋଟେ ଜାଗାରେ ସେମାନେ ଗାଡ଼ି ଅଟକାଇଲେ । ଟ୍ରାଫିକ୍ ଅଫିସର ଜଣକ ଜଣେ ଚୋରା ସହିତ କଥାବାର୍ତ୍ତା ହେଲା । କଳା ଲୋକକୁ ବସାଇ ନେବା ପାଇଁ ଗୋରାଙ୍କର ଲାଇସେନ୍ସ ଅଛି କି ନା ସେ କଥା ପଚରିଲା । — ମୁଁ ପଇସା ନଉ ନାହିଁ, ଗୋରା ଲୋକଟା କହିଲା ।

— ତେବେ ତମେ ତ ବସ୍ ରାସ୍ତାରେ ଯାତ୍ରୀ ନେଇ ଯାଉଛ, ଅଫିସର ଜଣକ କହିଲା ।

— ତାହେଲେ ମତେ କୋର୍ଟକୁ ନେଇଯାଅ, ଗୋରା ଲୋକଟା କହିଲା । ତାପରେ ସେମାନେ ଆଉ କିଛି ଶୁଣିଲ ନାହିଁ । କାରଣ ତା ଭିତରେ ସାଗୁଆ ବତୀ ଜଳିବାରୁ ସେମାନେ ଆଗକୁ ବଢ଼ିଲେ ।

— ମୁଁ ସେ ବିଷୟରେ ଶୁଣିଛି । ସେମାନେ କୁଆଡ଼େ କଳା ମାନଙ୍କୁ କାର୍‌ରେ

ବସାଇବା ପାଇଁ ଗୋରାଙ୍କୁ ବାରଣ କରୁଥିବାର ମୁଁ ଶୁଣିଛି । ଯଦି କିଏ ନ ମାନେ ତାହେଲେ ସେମାନେ ତାକୁ କୋର୍ଟ କଚେରୀକୁ ଟାଣି ନିଅନ୍ତି । ମିସିମାଙ୍ଗୁ କହିଲେ ।

ସେତେବେଳକୁ ଅନ୍ଧାର ହୋଇଯାଇଥିଲା । ତଥାପି ରାସ୍ତାରେ ଆଲେକ୍‌ଜାନ୍ଦ୍ରାରୁ ଘରକୁ ଫେରୁଥିବା ଲୋକଙ୍କ ଗହଳି ଜମି ଥିଲା । ବୃଦ୍ଧ, ସ୍ତ୍ରୀଲୋକ, ଛୋଟ ପିଲା ଓ ଅପାହିଜ ମାନଙ୍କୁ ବସାଇ ନେଇଯିବା ପାଇଁ ତଥାପି କାର୍‌ମାନେ ରାସ୍ତାରେ ଅଟକୁଥିଲେ । କୁମାଲୋକଙ୍କ ମୁହଁରେ ବିଚିତ୍ର ହସ କେରାଟିଏ ଲାଖିଥିଲା । ଅନ୍ୟ ଦେଶ ବିଦେଶରେ ଏ ହସ ବିରଳ । ଗୋରା ଲୋକଟିଏ ନିଜ ଜାତିଆଙ୍କ ଭିତରୁ କାହାକୁ ସର୍ବ ସାଧାରଣରେ ସାହାଯ୍ୟ କରିବାର ଦେଖିଲେ କଳା ଲୋକ ମୁହଁରେ ଯେଉ ହସ ଫୁଟେ, ଇଏ ସେଇ ହସ । ଏଇ ସାହାଯ୍ୟଟା ଦେଖିବାକୁ କ୍ବଚିତ ମିଳେ । ସେଇ ଦୃଶ୍ୟରେ କୁମାଲୋ ଏତେ ନିମଗ୍ନ ଥିଲେ ଯେ ମିସିମାଙ୍ଗୁଙ୍କ ଚିକ୍‌ଚାର ଶୁଣି ହତବାକ୍ ହୋଇଗଲେ ।

– ମତେ ଏଇଟା ବାଧୁଛି, ଛାତି କୋରି ଦଉଛି ।

– କଣ ବାଧୁଛି, ଏଇ ସହାନୁଭୂତି ?

– ନା', ନା । ସତ କହିଲେ ମୁଁ ସେ କଥା ଭାବୁ ନ ଥିଲି ।

ଟେକ୍‌ସି ଭିତରେ ଅଣ୍ଟା ସଲଖି ମିସିମାଙ୍ଗୁ ବସି ପଡ଼ିଲେ ଓ ଛାତିକୁ ଜୋରରେ ବାଡ଼େଇଲେ । କହିଲେ:

– ମତେ କୋର୍ଟକୁ ନେଇଯାଅ । ସେ କୁମାଲୋଙ୍କ ଆଡ଼କୁ ଉତ୍‌କ୍ଷିପ୍ତ ଦୃଷ୍ଟିରେ ଅନାଇଲେ । ପୁଣିଥରେ ଛାତି ପିଟି କହିଲେ, ମତେ କୋର୍ଟକୁ ନିଅ ।

କୁମାଲୋ ଡ଼ରିଯାଇ ତାଙ୍କୁ ରୁହିଁଲେ ।

– ସେଇଟା ମତେ ବାଧୁଛି, ମିସିମାଙ୍ଗୁ କହିଲେ ।


୯

ସବୁ ରାସ୍ତା ଜୋହାନ୍‌ସବର୍ଗକୁ । କଳା ହୁଅ କି ଗୋରା ହୁଅ ସବୁ ରାସ୍ତା ତମକୁ ଜୋହାନ୍‌ସବର୍ଗକୁ ନେଇଯିବ । ଫସଲ ହାନି ହେଲେ ଜୋହାନ୍‌ସବର୍ଗରେ କାମ ଥାଏ । ଯଦି ଖଜଣା ଦେବାକୁ ଥାଏ, ତାହେଲେ ଜୋହାନ୍‌ସବର୍ଗରେ କାମ ଥାଏ । ଜମି ଭାଗ ବଣ୍ଟାରେ ସମସ୍ୟା ହେଲେ, କେତେ ଲୋକଙ୍କୁ ଜୋହାନ୍‌ସବର୍ଗ ଯିବାକୁ ପଡ଼େ । ଛୁଆ ଜନ୍ମ ହେବାର ଥିଲେ ଜୋହାନ୍‌ସବର୍ଗ ଯିବାକୁ ପଡ଼େ, କାରଣ ଛୁଆ ଜନ୍ମଟା ଗୁପ୍ତରେ ଅଲକ୍ଷ୍ୟରେ ହେବା ଦରକାର ।

କୃଷ୍ଣକାୟମାନେ ଆଲେକ୍‌ଜାନ୍ଦ୍ରା, କିମ୍ବା ସୋଫିଆ ଟାଉନ୍ କିମ୍ବା ଅର୍ଲାଣ୍ଡୋ ଯାଇ ଭଡ଼ାରେ ରହନ୍ତି, ନଚେତ୍ ବଖୁରିଏ ଦି ବଖରା କିଣନ୍ତି ।

– ଭଡ଼ା ପାଇଁ ବଖରା ଖାଲି ଅଛି କି ?

– ନା ଖାଲି ନାହିଁ ।

– ଭଡ଼ା ପାଇଁ ବଖରାଏ ଘର ଅଛି କି ?

– ନା ଘର ଭଡ଼ା ଲାଗିଗଲାଣି ।

– ଭଡ଼ା ଘର ଖାଲି ଅଛି ତ ?

– ହଁ, ବଖରାଏ ଖାଲି ଅଛି । କିନ୍ତୁ ମୁଁ ଭଡ଼ା ଲଗାଇବି ନାହିଁ । ଆମର ମାତ୍ର ଦୁଇ ବଖରା ଘର । ସେଥିରେ ଛଅ ପ୍ରାଣୀ କୁଟୁମ୍ବ । ପୁଅ ଝିଅ ମାନେ ବି ବଡ଼ ବଡ଼ ହେଲେଣି । ହେଲେ ପିଲାଙ୍କ ବହିପତ୍ର ପାଇଁ ପଇସା ଦରକାର । ଏଣେ ମୋ ସ୍ୱାମୀ ବେମାର । ଭଲ ଥିଲେ ବି ତାଙ୍କ ରୋଜଗାର ଓ ହପ୍ତାକୁ ମାତ୍ର ପଇଁତିରିଶ ସିଲିଂ । ସେଥିରେ ଛଅ ସିଲିଂ ଭଡ଼ା ବାବଦକୁ ଯାଏ, ତିନି ସିଲିଂ ଯିବାଆସିବା ଖର୍ଚ୍ଚ, ଗୋଟେ ସିଲିଂରେ ଆମର ୟାଡୁସ୍ୟାଡୁ ଚଳଣି । ଗୋଟେ ସିଲିଂ ବହିପତ୍ର ଖର୍ଚ୍ଚ, ତିନି ସିଲିଂ ଲୁଗାପଟାରେ, ଅବଶ୍ୟ ଲୁଗାପଟା ଖର୍ଚ୍ଚଟା ଟିକେ ଅଧିକା, ଗୋଟେ ସିଲିଂରେ ମୋ ସ୍ୱାମୀଙ୍କ ବିଅର କିଣାରେ ଯାଏ । ଆଉ ଗୋଟେ ସିଲିଂ ତାଙ୍କ ତମାଖୁରେ ଯାଏ, ସେଥିପାଇଁ ମୁଁ ତାଙ୍କୁ ବିରକ୍ତ ହୁଏ ନାହିଁ, କାରଣ ମୋ ସ୍ୱାମୀଟା ନିହାତି ଭଲ, ସେତ ଜୁଆ ଖେଳୁନାହାନ୍ତି କିମ୍ବା ବାର ମାଇକିନା ପିଛା ପଇସା ସାରୁ ନାହାନ୍ତି, ଗୋଟେ ସିଲିଂ ଯାଏ ଚର୍ଚ୍ଚକୁ, ଆଉ ଗୋଟେ ସିଲିଂ ରୋଗ ବଇରାଗରେ ଖର୍ଚ୍ଚ ହୁଏ । ବାକି ସତର ସିଲିଂରେ ଆମେ ଖାଇବାକୁ ଛଅ ପ୍ରାଣୀ । ତହିଁରେ ଆମର ଦିନ ରାତି ପେଟ ଜଳୁଛି । ହଁ, ଗୋଟେ ବଖରା ଅଛିଏ, ମୁଁ ଭଡ଼ା ଲଗେଇବାକୁ ଚାହୁଁନି । କେତେ ଭଡ଼ା ଦେବ ?

– ବଖରାଟି ପାଇଁ ହପ୍ତାକୁ ତିନି ସିଲିଂ ।

– ସେଇଟା ମତେ ପୋଷାଇବ ନାହିଁ ।

– ତିନି ସିଲିଂ ଛଅ ପେନ୍ସ ?

– ତିନି ସିଲିଂ ଛଅ ପେନ୍ସ । ଏକାନ୍ତରେ ଦୁଇ ମୁଠା ଖାଇ ବି ହେବନି । ପିଲାମାନେ ବଡ଼ ହୋଇଗଲା ପରେ ନିଜ ପାଇଁ ଏକାନ୍ତ ଜାଗା ଚାଖଣ୍ଡେ ଦରକାର । ହେଲେ ସେଥିରେ ତ ପେଟ ପୁରିବନି । ହଉ ତିନି ସିଲିଂ ଛଅ ପେନ୍ସ ଚଳିବ ।

ଘରଟା ଭଙ୍ଗା ନୁହେଁ, ହେଲେ ଭାରି ଗହଳି । ଦୁଇ ବଖରାରେ ଦଶ ଜଣ । ଯିବା ଆସିବା ପାଇଁ ଗୋଟେ ବାଟ । ଶୋଇଥିଲା ବେଳେ ତମକୁ ଡେଇଁ ଅନ୍ୟମାନେ ଯିବା ଆସିବା କରିବେ । ହେଲେ ପିଲାଙ୍କୁ ଟିକେ ଖାଇବାକୁ ମିଳିବ କିମ୍ବା ମାସକରେ ଥରେ ଅତତଃ ସିନେମା ଯାଇହେବ ।

ମତେ ଏଇ ସ୍ତ୍ରୀ ଲୋକଟାକୁ ଭଲ ଲାଗେ ନାହିଁ। ମୋ ସ୍ୱାମୀଙ୍କୁ ଡାହାଣ ଆଖିରେ ଅନାଏ। ସେଇ ପିଲାଟାକୁ ମତେ ଜମାରୁ ଭଲ ଲାଗେ ନାଇଁ। ସେ ମୋ ଝିଅକୁ ଡାହାଲ ପରି ଅନାଏ। ସେଇ ଲୋକଟାକୁ ବି ଭଲ ଲାଗେ ନାଇଁ। ସେ ମତେ ଓ ମୋ ଝିଅକୁ କେମିତି ଖାଇଗଲା ପରି ଅନାଏ।

— ନା, ତମେ ବରଂ ଯାଅ।

— ଯିବାକୁ ଆମର ଜାଗା ନାହିଁ। ଯିବୁ କୋଉଠିକି ଭଲା।

— ହେଲେ ଘରେ ଆଉ ଜାଗା ନାହିଁ, ଏତେ ଗହଳି ଆଉ ଧରିବ ନାହିଁ।

— ଆମେ ଆଉ ଗୋଟେ ଘର ଖୋଜୁଛୁ। ଘରଟା ମିଳିବା ଯାଏ ଟିକେ ଅପେକ୍ଷା କରି ପାରିବନି ?

— ଅର୍ଲାଣ୍ଡୋରେ ପାଞ୍ଚ ବର୍ଷ ହେଲା ଲୋକେ ଘର ପାଇଁ ଟାକିଥିବାର ମୁଁ ଜାଣିଛି।

— ମୋର ଜଣେ ବନ୍ଧୁ ତ ଗୋଟେ ମାସରେ ଘର ପାଇଗଲେ।

— ମୁଁ ସେମିତି ଜାଣିଛି। ଲାଞ୍ଚ ବି ଦେଇଥାଇ ପାରନ୍ତି।

— ଲାଞ୍ଚ ଦେବାକୁ ଆମର ପଇସା ନାହିଁ।

— ହଁ ଯେ, ମୁଁ ଆଉ କ'ଣ କରିପାରିବି, ଘରେ ତ ଜାଗା ନାହିଁ।

ହଁ, ଏଇ ଘର ଭର୍ତ୍ତି, ସେଇ ଘର ବି ଭର୍ତ୍ତି। କାରଣ ସମସ୍ତେ ତ ଜୋହାନ୍‌ସବର୍ଗକୁ ମୁହାଁଇଛନ୍ତି। ଟ୍ରାନ୍‌ସ୍କେଇ, ଫ୍ରୀ ସ୍ଟେଟ, ଜୁଲୁଲେଣ୍ଡ, ସେକୁକୁନିଲେଣ୍ଡ ସବୁ ଆଡୁ ଲୋକ ଏଠିକି ଧାଉଁଛନ୍ତି। ଜୁଲୁ, ସ୍ୱାଜି, ସାନ୍‌ଗାନା, ବାଭେଣ୍ଡା, ବାପେଡି, ବାସୁଟୋ, ଖୋସା, ଟେମ୍ବୁ, ପୋଣ୍ଡୋ, ପିଙ୍ଗୋ ଆଦି ସବୁ ପ୍ରକାରର ଲୋକ ଜୋହାନ୍‌ସବର୍ଗ ଆସନ୍ତି।

ମତେ ଏଇ ସ୍ତ୍ରୀ ଲୋକଟାକୁ ଭଲ ଲାଗୁନି। ଏଇ ପିଲାଟାକୁ ଭଲ ଲାଗୁନି। ନା, ତମେମାନେ ଏଥର ଯାଅ।

— ଆଉ ଗୋଟେ ସପ୍ତାହ ମାତ୍ର ରହିବାକୁ ଦିଅ।

— ଠିକ୍ ଅଛି ଆଉ ଗୋଟେ ସପ୍ତାହ ରୁହ।

*

— ଭଡ଼ା ଘର ଖାଲି ଅଛି ?

— ନା, ଖାଲି ନାହିଁ।

— ଏଇଟା ଭଡ଼ା ଲାଗିଗଲାଣି।

— ଭଡ଼ା ଘର ଖାଲି ଅଛି କି ?

– ହଁ, ଗୋଟେ ବଖରା ଖାଲି ଅଛି। ହେଲେ ମୁଁ ଭଡ଼ା ଦେବାକୁ ଚାହୁଁନି। କାରଣ ଭଡ଼ାଟିଆ ମାନେ ସ୍ୱାମୀ ପାଖରୁ ସ୍ତ୍ରୀକୁ ଛଡ଼େଇ ନିଅନ୍ତି। ଭଡ଼ାଟିଆ ଟୋକା ଘରର ଝିଅ ମାନଙ୍କୁ ବରବାଦ କରିଦେବାର ମୁଁ ଦେଖିଛି। ଠିକ୍ ସେମିତି ପୁଅମାନେ ଝିଅଙ୍କ ଫାନ୍ଦରେ ପଡ଼ିଯାନ୍ତି। ତେବେ ମୋ ସ୍ୱାମୀ ହପ୍ତାକୁ ମାତ୍ର ଚଉତିରିଶ ସିଲିଂ ପାଆନ୍ତି।

*

– ତେବେ ଆମେ କ'ଣ କରିବୁ? ଆମର ଘର ଖଣ୍ଡେ ନାଇଁ।

– ଘର ପାଇଁ ତୁମେ ପାଞ୍ଚ ବର୍ଷ ଟାକ। ଆଗ ପରି ଏଠି ଆଉ ଘର ଶୀଘ୍ର ମିଳୁ ନାହିଁ।

– ସେମାନେ କହନ୍ତି ଯେ ଖାଲି ଅର୍ଲାଣ୍ଡୋରେ ଦଶ ହଜାରରୁ ଆହୁରି ଅଧିକା ଆମ ଲୋକ କୁଆଡେ ଭଡ଼ାରେ ରହନ୍ତି।

– ଡୁବୁଲା କଥା ଶୁଣିଛ ନା? ଅର୍ଲାଣ୍ଡୋରେ ଆମର ସବୁ ନିଜ ଘର କରିବା ଦରକାର।

– କୋଉଠି ଘର କରିବା?

– ରେଲ ଲାଇନ୍ କଡ଼ରେ ଥିବା ଖୋଲା ପଡ଼ିଆରେ। ଡୁବୁଲା ତ ସେଇୟା କହେ।

– କୋଉଥିରେ ଘର ତୋଳିବା?

– ଯାହା ପାଇବ ସେଥିରେ। ଘାସକୁଟା, ନଡ଼ା, ଛପର, ପାଲ ଅଖା, ବଗିଚା କି କ୍ଷେତରେ ଘେରା ଖୁମ୍ଭ ଯାହା ମିଳିବ –।

– ଆଉ ବର୍ଷା ହେଲେ?

– ଖତମ୍, ଆମେ ମରିବା, ଆଉ କ'ଣ।

– ନା, ବର୍ଷା ହେଲେ ସେମାନେ ଆମ ପାଇଁ ଘରର ବ୍ୟବସ୍ଥା କରିବା କଥା।

– ଏଟା ନିହାତି ମୂର୍ଖାମୀ। ଶୀତରେ କ'ଣ କରିବା?

ଘର ପାଇଁ ଛଅ ବର୍ଷ ଅପେକ୍ଷା। ଘର ମାନଙ୍କରେ ଭିଡ଼, ଦିନକୁ ଦିନ ବଢ଼େ। କାରଣ ଜୋହାନ୍‌ସବର୍ଗକୁ ଲୋକଙ୍କ ସୁଅ ଛୁଟେ। ୟୁରୋପ ଓ ଉତ୍ତର ଆଫ୍ରିକାରେ ଯୁଦ୍ଧର ଛାଇ। ତେଣୁ ଆଉ ଘର ତୋଳା ହୋଇ ପାରୁନାହିଁ।

– ଘର ଖାଲି ହେଲା?

– ନା, ଏ‌ଯାଏଁ ହୋଇନି।

– ମୋ ନାଁଟା ଭଡ଼ାଟିଆ ତାଲିକାରେ ଅଛିଟି।

- ହଁ ନାଁଟା ଅଛି ।

- କେତେ ନମ୍ବରରେ ଅଛି ?

- ମୁଁ କହି ପାରିବିନି । ତେବେ ଛଅ ହଜାର ତଳକୁ ନୁହେଁ ।

ତାଲିକାରେ ଛଅ ହଜାର ନମ୍ବର । ତା ମାନେ ମୁଁ ଆଉ ଘର କେବେ ପାଇବିନି । ଏଠି ଆଉ ବେଶୀ ଦିନ ରହି ହେବ ନାହିଁ । ଏଠି ଚୁଲି ପାଇଁ ଝଗଡ଼ା, ପିଲାଙ୍କୁ ନେଇ ଝଗଡ଼ା, ଲୋକଟାର ଚାହାଣୀ ମତେ ଭଲ ଲାଗୁନାହିଁ । ରେଲ ଷ୍ଟେସନ ପାଖରେ ଖୋଲା ଜାଗା ଅଛି । ହେଲେ ବର୍ଷା ଆଉ ଶୀତରେ କ'ଣ ହେବ ? ସେମାନେ କହୁଛନ୍ତି ଯେ ଆଜିଠୁ ଚଉଦ ଦିନ ପରେ ଆମେ ସମସ୍ତେ ଏକାଠି ଏକା ସାଙ୍ଗରେ ସେଠିକି ଯିବା ଦରକାର । ଝାଟିମାଟି, ନଡ଼ା, ଛପର, ଛିଣ୍ଡା ଅଖା ଆଦି ଯୋଗାଡ଼ କରି କୌଣସି ମତେ ସେଠିକି ସମସ୍ତେ ଉଠିଯିବା ଦରକାର । ହପ୍ତାକୁ କମିଟୀକୁ ଗୋଟେ ସିଲିଂ ଚାନ୍ଦା ଦେବା ଦରକାର । ସେଥିରେ ସେମାନେ ତାଙ୍କର ମଇଳା ଆବର୍ଜନା ସଫା କରାଇବେ ଆଉ ଆମପାଇଁ ପାଇଖାନା ବସାଇବେ । ରୋଗବାଗର ଭୟ ଆଉ ରହିବ ନାହିଁ । କିନ୍ତୁ ଶୀତ ଆଉ ବର୍ଷାରେ କ'ଣ ହେବ ?

- ଘର ମିଳିଲା ?

- ନା ଏଯାଏଁ ମିଳିନି ।

- ମୋର ପାଇବାରେ ଆଉ ଦୁଇ ବର୍ଷ ଲାଗିବ ।

- ତାଲିକାରେ ତମ ନାଁଟା ଏବେ ଏନ୍ତୁଡ଼ିଶାଳରେ ଅଛି ।

- ସତରେ ଲାଞ୍ଚ ଦେଲେ କ'ଣ - ?

କିନ୍ତୁ ଲୋକଟା ମୋ କଥା ଶୁଣିଲାନି । ସେ ଆଉ କାହା ସହିତ କଥାବାର୍ତ୍ତାରେ ମାତିଗଲା । ତା'ପରେ କୋଉଠୁ କେଜାଣି ଆଉ ଜଣେ ଲୋକ ଆସିଲା । ତା'ର କଥା ଶୁଣି ମୁଁ ଡରିଗଲି ।

- ମତେ ସତରେ ଭାରି ଖରାପ ଲାଗୁଛି; ମିସେସ୍ ସେମେ, ସେମାନଙ୍କର ଘର ଖାଲି ନାହିଁ । ତେବେ ଆଜି ସଂଧ୍ୟା ସାତଟାରେ ମୋ ସ୍ତ୍ରୀ ତମ ସହିତ କମିଟୀର କାର୍ଯ୍ୟକଳାପ ବିଷୟରେ କଥାବାର୍ତ୍ତା କରିବାକୁ ଚାହେଁ । ଆମର ଘର ନଂ ଜାଣିଛ ତ - ୧୭୮୫୨, ଦର୍ ରୋଡ ପାଖରେ । ଆଛା ତମକୁ ମୁଁ ଘର ନମ୍ବରଟା ଲେଖିକି ଦଉଛି ।

କିନ୍ତୁ ମୁଁ ପ୍ରତି ଉତ୍ତର ଦେବାକୁ ଆରମ୍ଭ କଲାବେଳେ ଲୋକଟା ଚାଲି ଯାଇଥିଲା ।

- ଆରେ ଲୋକଟା ତ ଉରେଇ ଦେଲା । ତା ସ୍ତ୍ରୀ କିଏ ? ମୁଁ ତାକୁ ଜାଣେନି । ଆଉ ଏଇ କମିଟୀ ଫେର କ'ଣ ? ମୁଁ କୋଉ କମିଟୀ କିଛି ଜାଣେନି ।

– ତମେ ଏକୁଟିଆ ସ୍ତ୍ରୀ ଲୋକ। ତମେ ଭଡ଼ା ବାବଦକୁ କେତେ ଦେଇ ପାରିବ, ସେଇକଥା ଆଲୋଚନା କରିବାକୁ ସେ ଚାହେଁ।

– ଆଛା, ଠିକ୍ ଅଛି ତାହେଲେ, ମୁଁ ସେଇଠିକି ଯିବି। ସେ ବେଶୀ ପଇସା କଷିବ ପରିକା ଲାଗୁଛି ତ। ହପ୍ତାକୁ ପଇଁତିରିଶ ସିଲିଂ ରୋଜଗାରରେ ବେଶୀ ଘରଭଡ଼ା ଜଣେ ଦେଇ ପାରିବନି। କିନ୍ତୁ ଆମର ଘର ଖଣ୍ଡେ ନିହାତି ଦରକାର। ଏବେ ଆମେ ରହୁଥିବା ଜାଗାଟା ନିହାତି ଅସହ୍ୟ। ସବୁବେଳେ ଯିବା ଆସିବା ଲାଗିଛି। ଶୋଇଥିବା ଅବସ୍ଥାରେ ଲୋକ ଡେଇଁ ଡେଇଁ ତମ ଉପରେ ଯାଉଥିଲେ। ଦିନରାତି ସେଠି ଟୋକା ଟାକଲିଆଙ୍କ ଭିଡ଼, ଯେମିତି ତାଙ୍କର କାମଧନ୍ଦା କି ଶୁଆ ବସା ବି ନାହିଁ। ବୋଝ ବୋଝ ଲୁଗାପଟା, ସବୁଯାକ ଭଲ ଲୁଗା, ସେ ସବୁ ଗୋରାଙ୍କର। ଦିନେ ନା ଦିନେ ଝାମେଲା ବାହାରିବ। ଆମେ ସ୍ୱାମୀ, ସ୍ତ୍ରୀ କେବେ କୌଣସି ଝାମେଲାରେ ପଡ଼ିନୁ। ଆମ ପାଇଁ ନିହାତି ଅଲଗା ଘର ଖଣ୍ଡେ ଦରକାର।

*

– ପାଞ୍ଚ ପାଉଣ୍ଡ ବହୁତ ହୋଇ ଯାଉଛି। ଏତେ ଟଙ୍କା ମୋ ପାଖରେ ନାହିଁ।

– ବୁଝିଲେ ମିସେସ୍ ସେମେ; ପାଞ୍ଚ ପାଉଣ୍ଡ ସେମିତି କିଛି ନୁହେଁ।

– କ'ଣ? ଖାଲି ତାଲିକାରେ ନାଁଟା ରଖିବାକୁ?

– କିନ୍ତୁ ଏଇଟା ଭାରି ବିପଜ୍ଜନକ କାମ। ଗୋରା ମେନେଜର ଜଣକ ଶୁଣାଇ ଦେଇଛି ଯେ ତାଲିକାରେ କେହି ଏପଟ ସେପଟ କରିବାର ଧରା ପଡ଼ିଲେ ସେ କଠୋର ଦଣ୍ଡ ଦେବ।

– ହେଲେ ଏତେ ଟଙ୍କା ମୁଁ ଦେଇ ପାରିବିନି।

ମୁଁ ଉଠି ଆସିବା ଆଗରୁ ତାର ସ୍ତ୍ରୀ ଆଉ ଜଣେ ସ୍ତ୍ରୀ ଲୋକ ସହିତ ଭିତରକୁ ଆସିଲା।

– ଏଇ ଶୁଣିଲ, ଆମର ଗୋଟେ ଭୁଲ୍ ହୋଇଯାଇଛି। ମୁଁ ଏଇ ସ୍ତ୍ରୀ ଲୋକକୁ ଜାଣିନି। ଯ଼ା ନାଁ କମିଟୀରେ ନାହିଁ।

– ଆରେ, ଆରେ, ମୁଁ ଭାରି ଦୁଃଖିତ, ମିସେସ୍ ସେମେ। ମୁଁ କମିଟୀରେ ତମେ ଅଛ ବୋଲି ଭାବିନେଲି। ଆଛା ଏଥର ଯାଅ। ମୁଁ ତମର ମଙ୍ଗଳ କାମନା କରୁଛି।

– କିନ୍ତୁ ମୋର କିଛି ବି ମଙ୍ଗଳମୟ ନୁହେଁ। ଅନ୍ୟମାନଙ୍କର ମଙ୍ଗଳ ବା ଅମଙ୍ଗଳ ବିଷୟରେ ମୁଁ ଚିନ୍ତା କରେନି। ମୋର କିଛି ବି ଭଲ ହେଉନି। ମୁଁ ଥକି ଗଲିଣି। ଭାରି ଏକା। ଏକା ଲାଗୁଛି। ଏଇ ଶୁଣଛ, ଆମେ ଆମର ଭିଟାମାଟି ଭଲା କିଆଁ ଛାଡ଼ି ଆସିଲା? ସେଠି ବେଶୀ ଜମି ଜାଗା ନ ଥିଲା, କିନ୍ତୁ ଯାରି ଅପେକ୍ଷା ତ

ଭଲ ଥିଲା । ସେଠି ଖାଇବାଟା ବେଶୀ ଜୁରୁ ନ ଥିଲା । କିନ୍ତୁ ଯାହାବି ମିଳୁଥିଲା, ତାକୁ ତ ଭାଗ ବଣ୍ଟା କରି ଖାଇ ହେଉଥିଲା । ସେ ଗରିବଙ୍କ ଭିତରେ ଗରିବ ଜଣେ ହୋଇ ରହିବାରେ କିଛି ଲାଗେ ନାହିଁ । ନଦୀର ତୁଠ ପଥର ଉପରେ ଲୁଗା ଧୋଇ ଧୋଇ ନଈ କୂଳିଆ ଧୀର ପବନ ଦେହକୁ ଶୀତଲେଇ ଦିଏ । ସେଠିକି ଯିବା ଦିନକୁ ଆଉ ଦୁଇ ସପ୍ତାହ ବାକି ରହିଲା । ହଇଗୋ, ତମେ ମୋର ବୁଝିବା ଭଳି ସ୍ୱାମୀଟିଏ । ଏଥର ଚାଲ କାଠ କୁଟା, ଅଖା ପାଲ, ଯୋଗାଡ଼ କରି ସେଠିକି ଚାଲିଯିବା । ଏଠି ମନଟା ପିତେଇ ଗଲାଣି ।

ବାରାଗଣ୍ଡାନାଥ ହସ୍ପିଟାଲରେ ଖୁମ୍ୟ କେତେଟା ଅଛି । କୋଠା ତିଆରି କରୁଥିବା ମିସ୍ତ୍ରୀମାନେ ଛାଡ଼ି ଯାଇଛନ୍ତି । ଚାଲ ଆଜି ରାତିରେ ସେଇଟା ନେଇ ଆସିବା । ଅପରାଧୀଙ୍କ ଚରିତ୍ର ସୁଧାର ଗୃହରେ ପୋଡ଼ା ଲୁହାର ଚଦର ଅଛି । ସେଥିରେ ଇଟା ଗଦାକୁ ସେମାନେ ଢାଙ୍କି ରଖନ୍ତି । ଚଲ ଆଜି ରାତିରେ ସେଇଟା ବୋହି ଆଣିବା । ନାନ୍‌ସିଫିଲ୍‌ଡ ଷ୍ଟେସନରେ ଅଖା ବୋଝ ବନ୍ଧା ହୋଇ ରହିଛି । ଚଲ, ସେଇଟା ନେଇ ଆସିବା । କ୍ରାଉନ ଖଣି ପାଖରେ ଗଛ ଅଛି । ଚଲ, ଆଜି ରାତିରେ ଯାଇ ଚୁପ୍‌ଚୁପ୍ କେତେଟା କାଟି ଆଣିବା ।

*

ଆଜି ରାତିରେ ସେମାନେ ଅର୍ଲାଣ୍ଡୋରେ ବ୍ୟସ୍ତ । ଗୋଟିକ ପରେ ଗୋଟେ ଘରେ ଆଲୁଅ ଜଳୁଛି । ମୁଁ ଲୁହା ପାତ ବୋହିବି । ପୁଅ, ତୁ ଦୁଇଟା ଖମ୍ୟ ବୋହିବୁ, ତୋ ମାଁ ବି କିଛି ବୋହିବ । ତୁ ତ ସବୁଠୁ ସାନ । ଯେତେ ପାରିବୁ ଅଖା ବୋହିବୁ । ଆମେ ସବୁ ରେଲ ଷ୍ଟେସନ ପଡ଼ିଆକୁ ଚାଲିଯିବା । ଗୁଡ଼ାଏ ଲୋକ ସେଠିକି ଯାଉଛନ୍ତି । ଗାତ ଖୋଲା, ମାଟି ହଣା, ହାତୁଡ଼ି ପାହାର ଶବ୍ଦ ତୁମେ ଶୁଣିପାରୁଥିବ । ଯା ହେଉ ଆଜି ରାତିରେ ଭଲ ପାଗ କରିଛି । ବର୍ଷା ନାହିଁ । ଡୁବୁଲା, ତମକୁ ଅଶେଷ ଧନ୍ୟବାଦ । ଆମେ ଏଇ ଜାଗା ଖଣ୍ଡିକ ପାଇଁ ଭାରି ଖୁସି । କମିଟୀ ପାଇଁ ଏଇ ଗୋଟେ ସିଲିଂ ନିଅ ।

ସାଣ୍ଡ ଟାଉନ୍ ରାତି ସାରା ଚେଇଁଥିଲା । ସକାଳେ ନିଦରୁ ଉଠିଲା ବେଳକୁ ଲୋକେ ଯେମିତି ଭେଲିକି ଦେଖିଲେ । ଅଖା ସନ୍ଧିରୁ ଧୂଆଁ ଉଠୁଥିଲା । ଘରେ ଦି ଘର ଚିମ୍‌ନି କରିଥିଲେ । କ୍ଲିଫ୍ ଟାଉନ୍ ପୋଲିସ ଷ୍ଟେସନ ପାଖରେ ଗୋଟେ ବଡ଼ିଆ ଚିମିନି ନଲା ପଡ଼ିଥିଲା, ହେଲେ ମୁଁ କେଡ଼େ ବୋକା ଯେ ସେଇଟାକୁ ଆଣିଲି ନାଇଁ ।

ସାଣ୍ଡ ଟାଉନ୍ ସାରା ରାତି ଉଜାଗର ରହିଥିଲା । ବଡ଼ ବଡ଼ କଳା କଳା ଅକ୍ଷର ଆଉ ଛବି । ଦେଖ, ସେଇଠି ମୋ ସ୍ୱାମୀ ପାଖରେ ଠିଆ ହୋଇଛନ୍ତି । ଓହୋ, ସିନେମା

ହଲ୍‌କୁ ଯାଉଯାଉ ମୋର ଡେରି ହୋଇଗଲା । ସେମାନେ ଆମକୁ ବେଆଇନ ଦଖଲକାରୀ କହନ୍ତି । ଆମେ ସବୁ ବେଆଇନ୍ ଦଖଲକାରୀ – ଝାଟିମାଟି, ପାଲ ଅଖାର ଏତେ ବଡ଼ ଗାଁଟିଏ, ଘର ଭଡ଼ା ଦେବାକୁ ପଡ଼ୁନି । ଖାଲି ଗୋଟେ ସିଲିଂ କମିଟୀକୁ ଦେବାକୁ ପଡ଼ୁଛି ।

ସାନ୍ତି ଟାଉନ୍ ସାରା ରାତି ଟେଇଛି । ଛୁଆଟା କାଇଲା ହୋଇ କାଶୁଛି । କପାଳରେ ଖଇଫୁଟା ତାତି । ତାକୁ ଉଠାଇ ନେବାକୁ ମତେ ଭାରି ଡର ଲାଗୁଛି । ହେଲେ ଆଜି ରାତିରେ ଏଠୁ ଉଠିଯିବା କଥା । ଅଖା ସନ୍ଧିରୁ ଥଣ୍ଡା ପବନ ପିଟୁଛି । ଶୀତ ଆଉ ବର୍ଷାରେ ଆମେ କ'ଣ କରିବା ? ତୁନି ପଡ଼ ମୋ ସୁନା । ଏଇ ଯେ ତୋର ମାଁ ତୋରି ପାଖରେ ଅଛି । ତୁନି ପଡ଼ ମୋ ସୁନା । ଆଉ କାଶ ନାହିଁ । ତୋ ମାଁ ତୋ ପାଖରେ ଅଛି ।

*

ଛୁଆଟା କାଶରେ କାଇଲା । କପାଳରେ ଖଇଫୁଟା ତାତି । ଥର୍ କିନା ତୁନି ପଡ଼ ଧନ । ତୋ ମାଁ ତୋରି ପାଖେ ପାଖେ ଅଛି । ବାହାରେ ହସଖୁସି, ଠଟ୍ଟା ମଜା, ମାତିହସା, ଖୋଲା ପୋତା ଆଉ ଅଜଣା ଭାଷାରେ ଡକାହକାର ହୁରି ପଡ଼ୁଛି । ଥର ହୋଇ ରହ ମୋ ସୁନା । ଜାଣିଛୁ, ତୁ ଯୋଉଠି ଜନ୍ମ ହୋଇଥିଲୁ, ସେଟା ଭାରି ସୁନ୍ଦର ଉପତ୍ୟକାଟିଏ, ସେଠି ଶୀତଳ ବାଆ ବହେ । ତୁ଼ ପଥର ଉପରେ ପାଣି ଗୁଣୁଗୁଣେଇ ବୋହିଯାଏ । ନଇ ପଟକୁ ଗୋରୁପଲ ଓହ୍ଲେଇ ଆସନ୍ତି, ଗଛ ଛାଇରେ ଗୋଠ ବାନ୍ଧନ୍ତି । ତୁନି ହ ମୋ ଧନ, ପ୍ରଭୁ ହେ ମୋ ଛୁଆକୁ ଭଲ କରିଦିଅ । ଆମକୁ ଦୟାକର ପ୍ରଭୁ । ଖ୍ରୀଷ୍ଟ ହେ, ଆମକୁ କରୁଣା କର । ଗୋରା ମଣିଷ ଆମକୁ ଦୟାକର ।

*

– ମିଃ ଡୁବ୍‌ଲା, ଡାକ୍ତର କୋଉଠି ?

– ଆମେ ସକାଳେ ଡ଼ାକ୍ତର ପାଖକୁ ଯିବା । ତମର ଡରିବାର କିଛି ନାହିଁ । କମିଟୀ ସେଇ ଫିସ୍ ଦେବ ।

– କିନ୍ତୁ ଛୁଆଟା ମରିବା ଉପରେ । କେତେ ରକ୍ତ ଦେଖ ।

– ସକାଳ ହେବାକୁ ଆଉ ବେଶୀ ଡେରି ନାହିଁ ।

– ଛୁଆର ମୁମୁର୍ଷୁ ଅବସ୍ଥା ହେଲେ ସକାଳଟା ଡେରିରେ ଆସେ । ଛାତି ଭିତରଟା ଧଡ଼ପଡ଼ ହେଉଛି । ମିଃ ଡୁବ୍‌ଲା, ଡାକ୍ତର କ'ଣ ଏବେ ଆସି ପାରିବେନି ?

– ହଉ ମାଁ, ମୁଁ ଚେଷ୍ଟା କରିବି । ମୁଁ ଏବେ ଯାଇ ଦେଖୁଛି ।

– ମୁଁ ତମ ପାଖରେ କୃତଜ୍ଞ, ମିଃ ଡୁବ୍‌ଲା ।

*

ବାହାରେ ଶୀତର ଆସର । ନିଆଁ ଧୁନି ଚାରିପଟେ ବୁଲି ବୁଲିକା ଗାଉଥିଲେ:
ଏନ୍‌କୋସି ସିକେଲେଇ ଆଫ୍ରିକା - ପ୍ରଭୁ ଆଫ୍ରିକାକୁ ରକ୍ଷା କର । ପ୍ରଭୁ, ଆଫ୍ରିକାର
ମୋର ନିଜର ମାଟି ଚାଖଣ୍ଡକ ସମ୍ଭାଲି ରଖ – କଠିଣ ପ୍ରସବ ବେଦନା ଭୋଗି ଜନ୍ମ
ଦେଇଛି, ମୋ ଛାତିରୁ ଖୁଆଇଛି, ମୋ ହୃଦୟ ଦେଇ ଭଲ ପାଇଛି । କାରଣ ଏଇୟାହିଁ
ସ୍ତ୍ରୀ ଲୋକର ପ୍ରକୃତି । ମୋ ଟିକି ଛୁଆଟା ଚୁପ୍‌ଚାପ୍ ଶୋଇପଡ଼ । ଡାକ୍ତର ତମେ କ'ଣ
ଆସିପାରିବନି ?

— ମୁଁ ଡାକ୍ତର ଡକାଇଛି, ମାଁ । ଡାକ୍ତର ପାଖକୁ କମିଟି ଗୋଟେ କାର୍
ପଠାଇଛି । ଆମ ଭିତରୁ ଜଣେ କଳା ଡାକ୍ତର ଆସିବ ।

— ମୁଁ ତମ ପାଖରେ ରଣୀ, ମି: ଡୁବୁଲା ।

— ସେମାନଙ୍କୁ ମୁଁ ଚୁପ୍ ରହିବାକୁ କହିବି କି, ମା ?

— ସେଥିରେ କିଛି ଯାଏ ଆସେ ନାହିଁ, ସେ ଏକଥା ଜାଣେନି ।

ବୋଧହୁଏ ଗୋରା ଡାକ୍ତର ଜଣେ ଆସିଥିଲେ ଭଲ ହୋଇଥାନ୍ତା ।

ଯୋଉ ଡାକ୍ତର ହେଉ ସେ ଆଗ ଆସିଯାଉ ତ । ସେମାନେ ଚୁପ୍ ରହିଲେ
କଣଟା ହୋଇଯିବ ଭଲା ? ଏଇ ଅପରିଚିତ ଭୂଇଁର ଶଢ ନ ଶୁଭିଲେ କଣଟା ଆଉ
ହେବ ? ଏଇ ଶୁଣିଲ, ମତେ ଭାରି ଡର ଲାଗୁଛି । ତା'ର ଦେହର ତାତିରେ ମୋ ହାତ
ନିଆଁ ପରି ଜଳୁଛି ।

*

ଆମର ଆଉ ଡାକ୍ତର ଦରକାର ନାହିଁ । ନା ଗୋରା ଡାକ୍ତର ନା କଳା ଡାକ୍ତର
କେହି ତା'ର ଆଉ କାମରେ ଆସିବେ ନାହିଁ । ତତେ ମୁଁ ଅନ୍ତ ଫାଡ଼ି ଜନ୍ମ ଦେଇଥିଲି ।
ତୁ ମୋର ସବୁ କାମନାର ଫଳନ୍ତି ସ୍ୱରୂପ । ତୋର କୁନି ଆଙ୍ଗୁଠି ପବର ସ୍ପର୍ଶରେ ମୋ
ଭିତରଟା ପୁଲକିତ ହୋଇ ଉଠୁଥିଲା । ତୋଅର କଅଁଳ ଚିବୁକଟା ଛୁଇଁବାକୁ କେତେ
ଖୁସି ଲାଗୁଥିଲା । ମୋ ସ୍ତନରେ ତୋର କୁନି କୁନି ଓଠର ଚୁଟୁମାରେ ମୁଁ ଖୁସିରେ
ଉଲ୍ଲସି ଉଠୁଥିଲି । ସତରେ ଏଇ ତ ସ୍ତ୍ରୀ ଲୋକର ପ୍ରକୃତି । ଏଇୟା ହିଁ ସ୍ତ୍ରୀ ଲୋକ
ମାନଙ୍କର ଭାଗ୍ୟ; ଗର୍ଭରେ ଧାରଣ କରିବା, ପାଳିବା, ଜଗିବା ଓ ହରାଇବା ।

*

ସାନ୍ତି ଟାଉନକୁ ଗୋରାମାନେ ଆସିଲେ । ସେମାନେ ଆମର ଫଟୋ
ଉଠାଇଲେ । ଛବି ପାଇଁ ଆମର ଚଳନ୍ତି ଫଟୋ ଉଠାଇଲେ । ସେମାନେ ଆସନ୍ତି: ଆଉ
ଆମ ପାଇଁ କ'ଣ କରିପାରିବେ ଭାବନ୍ତି । ଆମେ ଏଠି ଏତେ ଗୁଡ଼ାଏ ଲୋକ ।

ଶୀତରେ ଗରୀବ ବାପୁଡ଼ା କରେ କ'ଣ? ଲୋକ ଆସନ୍ତି, ମେସିନ୍ ଆସେ ସେମାନେ ଆମ ପାଇଁ କଚା ଘର ତିଆରି କଲେ। ଡୁବୁଲାଟା ଭାରି ବୁଦ୍ଧିଆ। ସେମାନେ ଏଇୟା କରିବେ ବୋଲି ଆଗରୁ କହିଥିଲା। ସେମାନେ ଆମ ପାଇଁ ଘର ତିଆରି ଆରମ୍ଭ କଲାକ୍ଷଣି ସେଇ ରାତିରେ ଅନ୍ୟାନ୍ୟ କୃଷ୍ଣକାୟ ମାନେ ସେଠିକି ଚାଲି ଆସିଲେ। ପିସ୍ ଭିଲେ, ଆଲେକ୍‌ଜାଣ୍ଡ୍ରା ଓ ସୋଫିଆ ଟାଉନରୁ ଲୋକେ ମାଡ଼ି ଆସିଲେ। ଆଉ ଝାଟି, ମାଟି, ପାଲ, ଅଖା, ଭଙ୍ଗା ଟିଣ, ଖୁମ୍ବର ଘର ଠିଆ କରାଇଦେଲେ। ଗୋରାମାନେ ପୁଣି ଆସିଲେ। କିନ୍ତୁ ଏଥରକ ଆଉ ସହାନୁଭୂତି ଦେଖାଇଲେ ନାହିଁ। ରାଗି ଯାଇଥିଲେ। ପୋଲିସ ଆସି ଲୋକଙ୍କୁ ଘଉଡ଼ାଇ ଦେଲା। ତାଙ୍କ ଭିତରୁ କେତେ ଜଣ ଖୋଦ୍ ଅର ଲାଣ୍ଡୋର। ସେମାନେ ପୁଣି ସେଇ ଘରକୁ ଫେରିଗଲେ। ହେଲେ ଗଲା ବେଳକୁ ସେଥିରୁ କେତେଟା ଘର ଅକ୍ତିଆର ହୋଇ ସାରିଥିଲା। କେତେ ଜଣ ଆଦୌ ଘର ଆଉ ଫେରି ପାଇଲେ ନାହିଁ।

ସାଣ୍ଟି ଟାଉନ୍‌ରେ ରହୁଛ ବୋଲି ତମେ ଲଜ୍ଜିତ ହେବା କଥା ନୁହଁ। ବାଟ ମୁହଁରେ ମୋ ସ୍ୱାମୀ ଛିଡ଼ା ହୋଇଛନ୍ତି, ଖବରକାଗଜରେ ସେମିତି ଫଟୋ ବାହାରିଛି। ଜଣେ ଲୋକ ଡର୍ବାନରୁ ଖବରକାଗଜ ଆଣିଛି। ହେଇ ଦେଖ, ସେଠି ସେଇ ଫଟୋରେ ଏଥର ସାଣ୍ଟି ଟାଉନ୍ ଲେଖ୍ ପାରିବ। ଖାଲି ସାଣ୍ଟି ଟାଉନ୍ ଲେଖ୍ ଦେଲେ ସମସ୍ତେ ଜାଣିଯିବେ। ଆଉ କମିଟୀ ଦେଇଥିବା ନମ୍ବରଟା ବି ସେଥିରେ ଦେଇଦେବ।

ବର୍ଷାରେ ଆମେ କ'ଣ କରିବୁ? ଆଉ ଶୀତରେ? ଆମ ଭିତରୁ କେତେ କହିଲେ, ହେଇ ସେ ପାହାଡ଼ ଉପର ଘର ସବୁକୁ ଦେଖ। ସେଗୁଡ଼ା ଆହୁରି ତିଆରି ସରିନି, ହେଲେ ଖାଲି ଛାତଟା ଟେକା ହୋଇଛି। ଦିନେ ରାତିରେ ଆମେ ସେଠିକି ଉଠିଯିବା। ବର୍ଷା ଓ ଶୀତ ଦାଉରୁ ଆମକୁ ରକ୍ଷା ମିଳିଯିବ।

୧୦

ସାଣ୍ଟି ଟାଉନ୍ ଯିବା ପାଇଁ କୁମାଲୋ ମିସିମାଙ୍ଗୁଙ୍କୁ ଅପେକ୍ଷା କରୁଥିଲେ। ସେଇ ସମୟଟା ସେ ଜାଟୁଡ୍ ଓ ତା'ର ଛୁଆଟା ସହିତ ଗପସପ କରି କଟାଇଲେ। ହେଲେ ଜାଟୁଡ୍ ଅପେକ୍ଷା ତା'ର ଛୁଆଟା ସହିତ କଥାବାର୍ତ୍ତା କରି ସେ ବେଶୀ ଖୁସି ହେଉଥିଲେ। ତାଙ୍କର ଭଉଣୀ ଜନ୍ମ ହେଲା ବେଳକୁ ତାଙ୍କୁ କୋଡ଼ିଏ ଉପର ବୟସ ହୋଇଥିଲା। ଦୁହିଁଙ୍କ ଭିତରେ ଗୋଟେ ପ୍ରକାର ଦୂରତ୍ବ ରହିଥିବାରୁ ସେତେଟା ଘନିଷ୍ଠତା ନ ଥିଲା। ତା ଛଡ଼ା ସେ ଜଣେ ପାଦ୍ରୀ, ଅମାୟିକ ସ୍ୱଭାବର, ବରଂ ଗୋଟେ ପ୍ରକାର ମାଦା ସ୍ୱଭାବର କହିଲେ ହେବ। ତାଙ୍କର ବାଳ ପାଚିବାକୁ ବସିଲାଣି।

ହେଲେ ତାଙ୍କର ଭଉଣୀ ଏବେ ବି ଅଳ୍ପ ବୟସର। ତେଣୁ ଜୋହାନ୍‌ସବର୍ଗର ଗୁଢ଼ ରହସ୍ୟ କଥା ମାନ ସେ ତାଙ୍କ ସହିତ ଭଲା କେମିତି କଥା ହୋଇ ପାରିବ। ଯେଉଁ କଥା ତାକୁ ଗୋଲକ ଧନ୍ଧାରେ ପକାଇ ବ୍ୟଥିତ କରୁଛି, ସେଇ କଥାରେ ହିଁ ସେ ତା'ର ଜୀବନ ଓ ଜୀବିକା ଖୋଜି ପାଇଥିଲା।

ଗାଁ ସ୍କୁଲରେ ପଞ୍ଚମ ଶ୍ରେଣୀ ଉପରକୁ ଉଠି ପାରି ନ ଥିବା ଜଣେ ସ୍ତ୍ରୀ ଲୋକ ପାଇଁ ଏସବୁ ପ୍ରକୃତରେ ଭାରି ଗହନ କଥା। ବଡ଼ ଭାଇ ହିସାବରେ ଆଉ ପାଦ୍ରୀ ହୋଇଥିବା ଦୃଷ୍ଟିରୁ ସେ ତାଙ୍କୁ ବହୁତ ମାନୁଥିଲା। ଭାଇ ଭଉଣୀ ହିସାବରେ ଯେତିକି କଥାବାର୍ତ୍ତା ହେବା କଥା, ସେତିକି ସେମାନେ କରୁଥିଲେ। ଯୋଉଥିପାଇଁ ସେ ସେଦିନ ତଳେ ପଡ଼ି କନ୍ଦାକଟା କଲା, ସେଇ ପ୍ରସଙ୍ଗ ଆଉ ସେ ପୁନର୍ବାର ଉଠାଇଲେ ନାହିଁ।

ଯା'ହେଉ, ସେଠି ମିସେସ୍ ଲିଥେବେ ଥିଲେ। ସେ ଓ କାଟ୍‌ଉ ଦୁହେଁ ମିଶି ଗୀତ ଗାଇ ଗାଇ ଓ ମାଇକିନିଆ ଗପ କରି କରି ନିତିଦିନିଆ କାମ କରୁଥିଲେ।

ହଁ, ସେଇ ଛୋଟିଆ ପିଲାଟା ସହିତ ସେ ମନ ହାଲୁକା କରୁଥିଲେ। ତା ପାଇଁ କାଠରେ ତିଆରି ଶସ୍ତା ଛାଞ୍ଚ କେଇଟା ଆଣି ଦେଇଥିଲେ। ସେଥିରେ ସେ ଦିନ ରାତି ଗୋଟାପଣେ ମଜ୍ଜି ଯାଇଥିଲା। ତା'ର ସେଇ ଆମ୍ୟ ନିମଗ୍ନ ହେବାର ଉଦ୍ଦେଶ୍ୟଟା କୌଣସି ବୟସ୍କ ମନକୁ ବୁଝାପଡ଼ୁ ନ ଥିଲା। କୁମାଲୋ ଛୁଆଟିକୁ ଉଠାଇ ଧରନ୍ତି। ତା'ର ଗମ୍ଭୀର ମୁହଁଟା ହସି ହସି ବେଦମ୍ ହେବା ଯାଏଁ ସେ ତା'ର କାଖ ତଳେ କୁତୁକୁତୁ କରନ୍ତି। ବେଳେବେଳେ ସେ ମନୋରମ ଉପତ୍ୟକାର କାହାଣୀ ତାକୁ ଶୁଣାନ୍ତି ଯୋଉଠି ସେ ଜନ୍ମ ହୋଇଥିଲା। ସେଠାରେ ବଣ, ପାହାଡ଼, ପର୍ବତ ଓ ନଦୀର ନାଁ, କୁହୁଡ଼ି ଢଙ୍କା ଇଣ୍ଡୋସନି ପାହାଡ଼, ପୁଣି ସେ ସେଠି କୋଉ ସ୍କୁଲକୁ ଯିବ ଇତ୍ୟାଦି କେତେ କଥା ତାହା ସହିତ ଗପୁଥାନ୍ତି। ପିଲାଟି କିଛି ବୁଝୁ ନ ଥାଏ। ହେଲେ ମାମୁଁର ପାଟିରୁ ବାହାରୁଥିବା ଲଲିତ ନାଁ ସବୁରେ କି କୁହୁକ ଥିଲା କେଜାଣି ସେ ତବତବ ଆଖିରେ ମନ ଦେଇ ଶୁଣୁଥାଏ। ସେଥିରେ ତା'ର ମାମୁଁକୁ ବେଶୀ ଖୁସି ମିଳୁଥିଲା। କାରଣ ଏତେବଡ଼ ମହାନଗରୀ ଭିତରେ ରହି ତାଙ୍କର ଘର କଥା ବହୁତ ମନେ ପଡ଼ୁଥିଲା। ଏସବୁ ନାଁର ବାରମ୍ବାର ଉଚ୍ଚାରଣରେ ତାଙ୍କୁ ଏକ ପ୍ରକାର ଅବ୍ୟକ୍ତ ଶାନ୍ତି ମିଳୁଥିଲା। ବେଳେବେଳେ ଜାଟ୍‌ଉ କବାଟ କଣରେ ଲାଜେଇ ଛିଡ଼ା ହୁଏ ଆଉ ତା'ର ଜନ୍ମମାଟିର ମନଲୋଭା କାହାଣୀ ଶୁଣୁଥାଏ। ଜାଟ୍‌ଉ ତାଙ୍କ କଥା ଆଗ୍ରହରେ ଶୁଣିବା ଦେଖି ସେ ଆହୁରି ଖୁସି ହୋଇ ଯାଆନ୍ତି। ମଝିରେ ମଝିରେ ପଚାରନ୍ତି, ତୋର

ଏଇଟୋ ମନେ ଅଛି ନା, ସେଇ କଥାଟି ମନେ ଅଛିଟି ଇତ୍ୟାଦି । ତାଙ୍କର ପ୍ରଶ୍ନରେ ଜାଜ୍ବଡ୍ ହୁଁଟି ମାରେ । ଭାଇ ତାକୁ କିଛି ପରିରୁ ଥିବାରୁ ସେ ବି ଖୁସି ହୋଇଯାଏ ।

ତେବେ ଏଇ ଆମ୍ ସନ୍ତୋଷର ମୁହୂର୍ତ ମଝିରେ ତାଙ୍କ ପୁଅର ଚିନ୍ତା ତା ଭିତରକୁ ପଶିଆସେ । ତାପରେ କ୍ଷଣିକ ପାଇଁ ସୁଲଲିତ ମନ ମୁଗ୍ଧକର ପାହାଡମାନ ତାଙ୍କ ଆଖିକୁ ନିଷ୍ଠୁର ଖରାତାତିର ଟାଙ୍ଗରା ଭୁଇଁଟିଏ ପରି ଦିଶେ । ଝରଣା ଶୁଖିଯାଏ । ନାଲିଆ ରୁଖା ଶୁଖା ଭୁଇଁରେ ଏଠି ସେଠି ଗୋରୁପଲ କାଁ, ଭାଁ ବୁଲନ୍ତି । ସେଠା ଖାଲି ବୁଢ଼ା ବୁଢ଼ୀ ଓ ପିଲାଛୁଆଙ୍କର ଜାଗା ହୋଇଯାଏ । ପ୍ରତ୍ୟେକ ଘରୁ କିଛି ନା କିଛି ହଜି ଯାଇଥାଏ । ତାଙ୍କର ସ୍ବରଟା ଏଥର ଥଙ୍ଗିଲ ହୋଇ ମଉଳି ଯାଏ । ସେ ନିରବି ଯାଇ ମନେ ମନେ ଭାଲି ହୁଅନ୍ତି । ବୋଧହୁଏ ସେଥିପାଇଁ ସେ ଟିକି ଛୁଆଟିକୁ ଜାବୁଡ଼ି ଧରନ୍ତି । କୁହୁକ ଗପ ଶୁଣୁଥିବା ହଠାତ୍ କୁନି ଛୁଆଟା ତାଙ୍କୁ ସେଇ ପୃଥିବୀରୁ ଫେରେଇ ଆଣେ । ତାଙ୍କ କାଖରୁ ଓହ୍ଲାଇ ଆସି ପୁଣି ତଳେ ଖେଳିବାରେ ମାତିଯାଏ । ସତେ ଯେମିତି ସେ ଏମିତି କିଛି ଗୋଟେ ପାଇଁ ଦରାଣ୍ଡି ହେଉଥିଲେ ଯାହା ତାଙ୍କୁ ଏଇ ଆକସ୍ମିକ ଅଯାଚିତ ଯନ୍ତ୍ରଣାକୁ ଶେଷ କରିଦେବ । ତାଙ୍କ ସ୍ତ୍ରୀଙ୍କ ଛବି ମନ ଭିତରେ ଭାସି ଉଠେ, ସେମିତି ଆହୁରି ଅନେକ ସାଇ ପଡ଼ିଶା ସାଙ୍ଗସାଥୀ ସଭିଙ୍କ କଥା ମନେ ପଡ଼େ । ଆଖି ସାମ୍ନାରେ ପାହାଡ ଉପରୁ ଛୋଟ ଛୋଟ ପିଲାମାନେ ଓହ୍ଲାଇ ଆସନ୍ତି, କୁହୁଡ଼ି ଭିତରୁ ଥପ ଥପ ନିଥରି ପଡୁଥିବା କୁନି କୁନି ମୁହଁଟା ମାନ ସ୍କୁଲ ମୁହାଁ ଯାଉଥାନ୍ତି । ଏଇଥରେ ମନଟା ଏମିତି ଲାଖିଯାଏ ଯେ ଯନ୍ତ୍ରଣା ଆଉ ଜଣାପଡ଼େନି । ନୀରବରେ ସେଇ ସ୍ମୃତିକୁ ମନ୍ତୁ ମନ୍ତୁ ମନଟା ଶୀତଳେଇ ଯାଏ ।

ଏ ଜାଗତିକ ତୀର୍ଥଯାତ୍ରାର ରହସ୍ୟ ଅବା କିଏ ଜାଣେ ? ଏ ନିର୍ଜନ ଉକୁଡ଼ା ପୃଥିବୀରେ ବି କାହିଁକି ସାନ୍ତ୍ବନା ଥାଏ, ସେକଥା ସତରେ କିଏ ଜାଣେ ? ପ୍ରଭୁଙ୍କ କରୁଣାର ଅଭାବ ନାହିଁ, ଏଥିପାଇଁ ଯେ ଯନ୍ତ୍ରଣାର ଉପଶମ ପାଇଁ ତାଙ୍କ ପାଖରେ ପ୍ରିୟଜନଟିଏ ଅଛି । ଏମିତି ଏକ ଦୁର୍ଦଶା ମଝିରେ ଛୋଟ ପିଲାଟିଏ ସହିତ ଜଣେ ଖେଳି ତ ପାରୁଛି । ପ୍ରଭୁଙ୍କ କରୁଣାର ଅଭାବ ନାହିଁ ଏଥିପାଇଁ ଯେ ଗୋଟେ ପାହାଡର ନାଁରେ, ନଈଟିଏର ନାଁରେ ସଙ୍ଗୀତର ମୂର୍ଚ୍ଛନା ଭରିଥାଏ । ସେଇ ପୁଣି ଏମିତି ନଦୀର ନାଁ ଯୋଉଟା ଆଉ ବହୁନାହିଁ, ଶୁଖିଗଲାଣି ।

ଏ ଜାଗତିକ ତୀର୍ଥଯାତ୍ରାର ଉଦ୍ଦେଶ୍ୟ ଅବା କିଏ ଜାଣେ ? ଆମେ କୋଉଥିପାଇଁ ବଞ୍ଚିରହୁ, ଖଟିଖଟି ସଂଘର୍ଷ କରୁ ଆଉ ପୁଣି ମରିଯାଉ ସେ କଥା କିଏ ଜାଣେ ? ଆମର ସବୁକିଛି ଉକୁଡ଼ି ଗଲାପରେ ଆମକୁ କୋଉଟା ବଞ୍ଚେଇ ରଖେ, ଆମର ସଂଘର୍ଷ ଜାରି ରଖେ । ସେ କଥା କିଏ ଜାଣେ ? ନିଜର ହଜିଲା ପିଲାଟା

ଆଉ ଫେରିବାର ସମ୍ଭାବନା ନ ଥାଇ ଗୋଟେ କୁନି ଛୁଆର ଦେହର ଉଷ୍ମ ସ୍ପର୍ଶରେ କାହିଁକି ଆଶ୍ୱାସ ମିଳେ, ସେ କଥା କିଏ ଜାଣେ ? ବିଜ୍ଞ ଲୋକେ ଅନେକ ବହି ଲେଖନ୍ତି, ଶବ୍ଦରେ ଏ କଥା ବୁଝିବା କଷ୍ଟ ସାପେକ୍ଷ । କିନ୍ତୁ ଆମ ଜୀବନର ଉଦ୍ଦେଶ୍ୟ, ଆମ ସବୁ ସଂଘର୍ଷର ଲକ୍ଷ୍ୟ ସବୁ ଜ୍ଞାନର ଊର୍ଦ୍ଧ୍ୱରେ । ହେ ପ୍ରଭୁ, ହେ ମୋର ପ୍ରଭୁ, ମତେ ଛାଡ଼ିଯାଅ ନାହିଁ । ହଁ, ଯଦିଓ ମୃତ୍ୟୁର ଛାଇଘେରା ଉପତ୍ୟକା ମଝିରେ ମୁଁ ବାଟ ଚାଲୁଛି, ତଥାପି ତମେ ଯଦି ମୋର ପାଖେ ପାଖେ ଥିବ ତାହେଲେ ମୋର କୌଠିକି ଭୟ ନାହିଁ...

କିନ୍ତୁ ସେ ଉଠିପଡ଼ିଲେ । ଦ୍ୱାର ମୁହଁରେ ମିସିମାଙ୍କୁ କ'ଣ କରୁଥିଲେ । ଏଥର ଖୋଜିବାର ସମୟ ହୋଇଗଲାଣି ।

*

ଏଇଟା ହେଉଛି ସାଣ୍ଟି ଟାଉନ, ବୁଝିଲ ବନ୍ଧୁ ।

ଦୁରାବସ୍ଥାର ଏଇ ବସତି ମଝିରେ ଯାଇଥିବା ସଂକୀର୍ଣ୍ଣ ଗଲି ଉପଗଲିରେ ଏଠି ବି ପିଲାମାନେ ହସନ୍ତି । କଳଙ୍କି ଲଗା ପତଳା ଟିଣ ଚଦର, ପୁରୁଣା ଖୁମ୍ଭ, କେରପାଲ, ନଡ଼ା, କୋଉ ପରିତ୍ୟକ୍ତ ଘରଟିର ପୁରୁଣା କବାଟ । ଧୂଆଁର କୁଣ୍ଡଳୀ ବେଶ୍ ମପାଚୁପା ଢଙ୍ଗରେ ଉଠୁଛି, ରୋଷେଇଶାଳର ବାସ୍ନା ଉଠୁଛି, ଭିତରୁ କଥାବାର୍ତ୍ତା ଶୁଭୁଛି, ସେଥିରେ ରାଗ କିମ୍ବା ଯନ୍ତ୍ରଣାର ଉତ୍ତେଜନା ନାହିଁ, ଖାଲି ତେଲ ଲୁଣର ସଂସାରୀ କଥା: କାହା ଘରେ ଛୁଆ ଜନ୍ମ ହେଲା, କାହା ଘରେ କିଏ ମଲା, କାହା ପିଲା ଭଲ ପଢ଼ିଲା, ଆଉ କିଏ ଜେଲ୍ ଗଲା ଇତ୍ୟାଦି । ଜମି ଉପରେ ମରୁଡ଼ିର ଚିହ୍ନ, ଉପରେ ମେଘହୀନ ଆକାଶରୁ ସୂର୍ଯ୍ୟ ଭାଉ ଭାଉ ହୋଇ ଜଳୁଛି, କିନ୍ତୁ ବର୍ଷା ହେଲେ ଏମାନେ କରିବେ କ'ଣ ? ଶୀତରେ କ'ଣ କରିବେ ?

– ଏ ସବୁ ଦେଖିଲେ ଦୁଃଖ ଲାଗୁଛି ।

– ତେବେ ବି ପିଲା ଖଣ୍ଡେ ଲେଖାଏଁ ମାରିଛନ୍ତି । ଏତେ ବର୍ଷ ହେଲା ତାହା ବି କରିପାରି ନ ଥିଲେ । ଯା ହେଉ କିଛି ତ ହେଲା । ଏଇଟା ବି ଡ଼ୁବୁଲାର କାମ ।

– ଯାହା ଜଣାପଡୁଛି ସେ ସବୁଥିରେ ଅଛି ।

– ସେଠି ଆମର ଜଣେ ନର୍ସକୁ ଦେଖ । ଲାଲ୍, ଧଳା ଡ୍ରେସ୍ ଓ ମୁଣ୍ଡରେ ଟୋପି ପିନ୍ଧି କେତେ ଭଲ ଦେଖାଯାଉନି ?

– ସତରେ ଭାରି ଭଲ ଦେଖାଯାଉଛି ।

– ଗୋରାମାନେ ଆହୁରି ଅନେକ ଝିଅଙ୍କୁ ଏମିତି ଟ୍ରେନିଂ ଦେଉଛନ୍ତି । କେତେ ଜିନିଷରେ ଆମେ ବେଶ୍ ଆଗେଇଥିବା ବେଳେ ଆଉ କେତେ ବିଷୟରେ

ଯୋଉଠି ଥିଲୁ ସେଇଠି ଅଛୁ, ପୁଣି ଆଉ କେତୋଟି କଥାରେ ପଛକୁ ଫେରିଯାଇଛୁ, ଭାବିଲେ ଆଶ୍ଚର୍ଯ୍ୟ ଲାଗେ । ତେବେ ସେବା କ୍ଷେତ୍ରରେ ଆମର ଅନେକ ଙଗାରା ଶୁଭାକାଂକ୍ଷୀ ଅଛନ୍ତି । ଉତ୍ତୋଉତରସ୍ୱରେଣ୍ଡ ୟୁରୋପୀୟ ବିଶ୍ୱବିଦ୍ୟାଳୟରେ ଆମ ଭିତରୁ କେତେ ଜଣଙ୍କୁ ଡାକ୍ତରୀ ଶିକ୍ଷା ପାଇଁ ଅନୁମତି ଦେବା ପାଇଁ ନିଷ୍ପତ୍ତି ହେଲା ପରେ ଗୁଡ଼ାଏ ହୋ ହଲ୍ଲା ହେଲା । ହେଲେ ଆମର ହିତୈଷୀ ବନ୍ଧୁମାନେ ତାଙ୍କ ନିଷ୍ପତ୍ତିରେ ଅଟଳ ରହିଲେ । ଆମର ନିଜର ଗୋଟେ ସ୍ଥିତି ଆସିବା ଯାଏଁ ସେମାନେ ଆମକୁ ଶିକ୍ଷା ଦେବେ । ଗୁଡ୍ ମର୍ଣ୍ଟିଂ, ନର୍ସ ।

- ଗୁଡ୍ ମର୍ଣ୍ଟିଂ, ଆଜ୍ଞା ।

- ଆଛା ନର୍ସ, ତମେ ଏଠି ଗୁଡ଼ାଏ ଦିନରୁ କାମ କଲଣି କି ?

- ହଁ, ଏଇ ଜାଗା ହେଲା ଦିନ ଠାରୁ ।

- ଆବାସାଲମ୍ କୁମାଲୋ ନାଁରେ ଜଣେ ଯୁବକକୁ ତମେ ଜାଣିଛ କି ?

- ହଁ ମୁଁ ଜାଣିଥିଲି, କିନ୍ତୁ ସେ ଏଠି ଆଉ ନାହିଁ । ସେ କୋଉଠି ରହୁଥିଲା ମୁଁ ବତେଇ ଦେଇ ପାରିବି । ସେ ହାଟସ୍ୱାଡ଼େଯୋ ମାନଙ୍କ ସହିତ ରହୁଥିଲା । ସେମାନେ ଏବେ ମଧ ଏଠି ଅଛନ୍ତି । ସେଇଠି ଗୁଡ଼ାଏ ପଥର ଗଦା ହୋଇଛି ଦେଖୁଛନ୍ତି ନା । ସେଠି ଛୋଟ ପିଲାଟିଏ ଛିଡ଼ା ହୋଇଛି, ଦେଖିଲ ତ ?

- ହଁ, ଦେଖିପାରୁଛି ।

- ତା ସେପଟକୁ ଯୋଉ ଘରେ ପାଇପ୍ ମୁହଁରୁ ଧୂଆଁ ବାହାରୁଛି ?

- ହଁ, ଦେଖୁଛି ।

- ଗଲି ପଟେ ଯାଅ । ଡାହାଣ ପଟରେ ଦୁଇ ତିନିଟା ଘର ଛାଡ଼ି ହାଟସ୍ୱାଡ଼େଯୋଙ୍କ ଘର ପଡ଼ିବ ।

- ଆଛା, ବହୁତ ଧନ୍ୟବାଦ ତମକୁ ।

ସେ ଏତେ ସ୍ୱସ୍ଥ ଭାବରେ ଟିକିନିଖି ବତେଇଥିଲା ଯେ ଘରଟା ପାଇବାରେ ସେମାନଙ୍କୁ ବିଶେଷ ଅସୁବିଧା ହେଲା ନାହିଁ ।

- ଗୁଡ୍ ମର୍ଣ୍ଟିଂ ମା ।

ସ୍ତ୍ରୀ ଲୋକ ଜଣକ ପରିଚ୍ଛନ୍ନ ପରିପାଟୀରେ ସୁନ୍ଦର ଦିଶୁଥିଲେ । ଅମାୟିକ ଭାବରେ ବସି ସେ ତାଙ୍କ ଆଡ଼କୁ ରୁହିଁଲେ ।

- ଗୁଡ୍ ମର୍ଣ୍ଟିଂ, ଆଜ୍ଞା ।

- ମାଁ, ଆମେ ଜଣେ ପିଲାକୁ ଖୋଜୁଛୁ, ଆବ୍ସାଲମ୍ କୁମାଲୋ ।

- ସେ ମୋ ସହିତ ରହୁଥିଲା ଆଜ୍ଞା, ରହିବାକୁ ତାର ଜାଗା ଖଣ୍ଡିଏ ନ ଥିବାର

ଦେଖ ଆମେ ତାକୁ ଆହା କଲୁ । କିନ୍ତୁ କଥାଟା କହିବାକୁ ମତେ ଦୁଃଖୀ ଲାଗୁଛି, ସେମାନେ ତାକୁ ଧରି ନେଇଗଲେ । ତେବେ ମୋ ଶୁଣିବାରେ ମାଜିଷ୍ଟେଟ ତାକୁ ଚରିତ୍ର ସୁଧାର ଗୃହକୁ ପଠାଇ ଦେଇଛନ୍ତି ।

— ଚରିତ୍ର ସୁଧାର ଗୃହ ?

— ହଁ, ସୈନିକମାନଙ୍କ ଡାକ୍ତରଖାନା ସେପଟେ ଗୋଟେ ବଡ଼ ସ୍କୁଲ ଅଛି । ସେଇଟା ଏଠୁ ବେଶୀ ଦୂର ନୁହେଁ । ଝଲି କରି ଯାଇପାରିବ ।

— ବହୁତ ଧନ୍ୟବାଦ, ମା । ପ୍ରଭୁ ତମର ମଙ୍ଗଳ କରନ୍ତୁ । ଆସ, ଭାଇ ଆମେ ଏଥର ଯିବା ।

ଦୁହେଁ ନୀରବରେ ଝଲିବାରେ ଲାଗିଲେ । କାହାରି ମୁହଁରେ ଭାଷା ନ ଥିଲା । ରାସ୍ତାଟି ସିଧା ଓ ସମତଳ ଥିଲେ ବି କୁମାଲୋ ଝୁଣ୍ଟି ପଡ଼ିଥାନ୍ତେ । ତେଣୁ ମିସିମାଙ୍ଗୁ ତାଙ୍କର ହାତ ଧରି ଝଲିଲେ ।

— ଧୈର୍ଯ୍ୟ ରଖ, ଭାଇ ।

— ସେ ତାଙ୍କର ବନ୍ଧୁଙ୍କର ଆଖିକୁ ଅନାଇଲେ । କିନ୍ତୁ କୁମାଲୋଙ୍କ ଦୃଷ୍ଟି ତଳକୁ ଥିଲା । ତାଙ୍କର ମୁହଁକୁ ଦେଖିପାରୁ ନ ଥିଲେ ହେଁ ମିସିମାଙ୍ଗୁ ତଳେ ଲୁହ ବୁନ୍ଦାମାନ ଖସିବାର ଦେଖିପାରିଲେ । ଆଉ ସେ ତାଙ୍କ ହାତଟାକୁ ଆହୁରି ଜୋରରେ ଭିଡ଼ି ଧରିଲେ ।

— ଧୈର୍ଯ୍ୟ ଧର, ଭାଇ ।

— ବେଲେବେଲେ ଲାଗୁଛି ମୋର ଆଉ ଟିକିଏ ବି ଧୈର୍ଯ୍ୟ ନାହିଁ ।

— ମୁଁ ଏଇ ସୁଧାର ଗୃହ ବିଷୟରେ ଶୁଣିଛି । ଇଂଲଣ୍ଡରୁ ଆସିଥିବା ଆମର ପାଦ୍ରୀ ବନ୍ଧୁ ଜଣକ ଏ ବିଷୟରେ କହୁଥିଲେ । ଯଦି କେହି ବିପଥଗାମୀ ଯୁବକ ନିଜକୁ ସୁଧୁରେଇବାକୁ ଝହେଁ, ତାହେଲେ ତାକୁ ଏଠି ଏଇ ସୁଯୋଗ ଦିଆଯାଏ । ତେଣୁ ଧୈର୍ଯ୍ୟ ରଖ ।

— ମତେ ଏ ସବୁକୁ ଭାରି ଡର ।

— ହଁ, ମତେ ବି ଡର ଲାଗୁଥିଲା ।

— ହଁ, ପ୍ରଥମ ଥର ପାଇଁ ମୁଁ ଡରିବାର ଜାଣିପାରିଲି ଯୋଉଦିନ ମତେ ପଠେଇଦେଇ ତମେ ପୁଣି ସେଇ ସ୍ତ୍ରୀଲୋକ ପାଖକୁ ପଚରିବାକୁ ଫେରିଗଲ ।

— ଦେଖୁଛି, ତମଠାରୁ କିଛି ଲୁଚାଇ ହେବ ନାହିଁ ।

— ତା'ମାନେ ନୁହେଁ ଯେ ମୁଁ ବେଶୀ ବୁଦ୍ଧିମାନ । ଖାଲି ଏଇଟା ମୋର ପୁଥ କଥା ବୋଲି ।

ତାପରେ, ସେମାନେ ସାଣ୍ଡି ଟାଉନ୍‌ରୁ ବାହାରି ଅର୍‌ଲାଣ୍ଡୋ ଆଡ଼କୁ ଚାଲିଲେ । ଜୋହାନ୍‌ସବର୍ଗ୍‌କୁ ଯାଇଥିବା ପିରୁ ରାସ୍ତାରେ ପାଦ ଦେଲେ । ଅର୍‌ଲାଣ୍ଡୋର ବାଟ ମୁହଁରେ ଗୋରା ମାନଙ୍କର ବଡ଼ ବଡ଼ ପେଟ୍ରୋଲ ପମ୍ପ । ଅର୍‌ଲାଣ୍ଡୋରେ ପେଟ୍ରୋଲ ଷ୍ଟେସନ ଖୋଲିବାକୁ କଳାମାନଙ୍କୁ ଅନୁମତି ନାହିଁ । ପିରୁ ରାସ୍ତାଟି ସେଇଠିକି ଯାଇଛି ।

– ଆଚ୍ଛା ଭାଇ, ସେଦିନ ସ୍ତ୍ରୀ ଲୋକଟି କଣ କହିଲା ?

– କହିଲା ଯେ, ଦୁଇ ଜଣ ପିଲା କିଛି ଗୋଟେ କାରସାଦିରେ ମାତିଥିଲେ । ଘରକୁ ଗୁଡ଼ାଏ ଜିନିଷ ଆଣୁଥିଲେ । ସବୁ ଗୋରାଙ୍କର ଜିନିଷ ।

– ଏଇ ସୁଧାର ଗୃହ, ଏଠି କଣ ସେମାନେ ବଦଳି ଯିବେ ?

– ମୁଁ ଠିକ୍‌ରେ ଜାଣେନି । ଥୋକେ ଗୋଟେ ପ୍ରକାର କହୁଛନ୍ତି ତ ଆଉ ଥୋକେ ଆଉ ଗୋଟେ ପ୍ରକାର କହୁଛନ୍ତି ।

ଅନେକ ସମୟ ପରେ ମିସିମାଙ୍କୁ ଅନ୍ୟ କିଛି ଚିନ୍ତା କରୁଥିଲାବେଲେ କୁମାଲୋ ପୁଣି କହିଲେ, ସେଠି ତାଙ୍କୁ ଠିକ୍‌ କରିପାରିବେ ବୋଲି ମତେ ଆଶା ଲାଗୁଛି ।

– ମୋର ବି ସେଇ ଆଶା, ବୁଝିଲ ଭାଇ ।

ଘଣ୍ଟାଏ ଚାଲିବା ପରେ ସେମାନେ ସୁଧାର ଗୃହକୁ ଯାଇଥିବା ରାସ୍ତାରେ ପହଞ୍ଚିଲେ । ସେଠି ପହଞ୍ଚିବା ପରେ ମଧ୍ୟାହ୍ନ ହୋଇଗଲା । ସୁଧାର ଗୃହର ଫାଟକଯାଏଁ ଚାରିପଟୁ ପିଲାମାନେ ମାଡ଼ି ଆସିଲେ । ସେଇ ଜାଗାର କୋଣ ଅନୁକୋଣରୁ ପିଲାମାନେ ବାହାରିଆସିଲେ । ଯେମିତି ପିଲାଙ୍କର ଧାଡ଼ିଟା ଆଉ ସରିବାର ନାହିଁ ।

– ଏଠି ତ, ବହୁତ ଗୁଡ଼ାଏ ପିଲା ଅଛନ୍ତି, ଭାଇ ।

– ହଁ, ଏତେ ବେଶୀ ଥିବେ ବୋଲି ମୋର ଧାରଣା ନ ଥିଲା ।

ତାଙ୍କ ଜାତିଆ ଜଣେ ଲୋକ ହସ ହସ ମୁହଁରେ ତାଙ୍କ ପାଖକୁକ ଆସିଲା ଓ ତାଙ୍କର ସେଠିକି ଆସିବାର କାରଣ ପଚାରିଲା । ସେମାନେ ଆବ୍‌ସାଲମ୍‌ କୁମାଲୋକୁ ଖୋଜୁଥିବାର କହିଲେ । ଲୋକଟା ଦୁଇଜଣଙ୍କୁ ଅଫିସକୁ ନେଇଗଲା । ସେଠି ଜଣେ ଗୋରା ଆଫ୍ରିକାନି ଭାଷାରେ ସେମାନଙ୍କର ଆସିବାର କାରଣ ପଚାରିଲେ ।

– ସାର, ଆମେ ମୋର ବନ୍ଧୁଙ୍କର ପୁଅଟିକୁ ଖୋଜୁଛୁ । ତା ନା ଆବ୍‌ସାଲମ୍‌ କୁମାଲୋ । ମିସିମାଙ୍କୁ ସେଇ ଭାଷାରେ କହିଲେ ।

– ଆବ୍‌ସାଲମ୍‌ କୁମାଲୋ । ମୁଁ ଭଲକରି ଜାଣେ । କି ଆଶ୍ଚର୍ଯ୍ୟ, ସେ ତ ମତେ କହିଥିଲା ଯେ ତାର କେହି ନାହାନ୍ତି ।

– ବୁଝିଲ ଭାଇ, ଖୋଦ୍ ତୁମରି ପୁଅ କହିଛି ତାର କୁଆଡ଼େ କେହି ପରିବାର ବର୍ଗ ନାହାନ୍ତି । ମିସିମାଙ୍କୁ ଜୁଲୁ ଭାଷାରେ କହିଲେ ।

– ତାକୁ ଲାଜରେ ମୁହଁ ପୋଡ଼ିଗଲା ପରି ଲାଗୁଥିବ, ଜୁଲୁ ଭାଷାରେ କହିଲେ କୁମାଲୋ । ମୁଁ ଆଫ୍ରିକାନୀ କହି ପାରୁ ନ ଥିବାରୁ ମତେ ସତରେ ଭାରି ଖରାପ ଲାଗୁଛି । ସେ ମିସିମାଙ୍କୁ ଜୁଲୁରେ କହିଲେ । କାରଣ ସେ ଶୁଣିଥିଲେ ଯେ ଆଫ୍ରିକାନୀ କହୁ ନ ଥିବା କଳା ଲୋକମାନଙ୍କୁ ସେ କୁଆଡ଼େ ପସନ୍ଦ କରନ୍ତିନି ।

– ତମେ ଯୋଉଥିରେ ପାରୁଛ ସେଇ ଭାଷାରେ କୁହ । ତମ ପୁଅ ଏଠି ଭଲ କରୁଥିଲା । ସେ ଆମର ଶ୍ରେଷ୍ଠ ଧରାଯାଉଥିବା ପିଲାଙ୍କ ଭିତରୁ ଜଣେ ଥିଲା । ତାର ଉଜ୍ଜ୍ୱଳ ଭବିଷ୍ୟତ ନେଇ ମୁଁ ବେଶ୍ ଆଶାବାଦୀ । ଯୁବକ ଜଣକ କହିଲେ ।

– ତା ମାନେ, ସାର୍, ସେ ଏଠି ନାହିଁ ?

– ହଁ ନାହିଁ, ମାସେ ଆଗରୁ ସେ ଚାଲିଯାଇଛି । ତାର ବୟସ ଦୃଷ୍ଟିରୁ ତଥା ତାର ଭଲ ଆଚରଣ ଯୋଗୁଁ ଆମେ ତା ପ୍ରତି ବହୁତ କୋହଲ ଥିଲୁ । ହେଲେ ଅସଲ ସମସ୍ୟା ହେଲା ସେ ଜଣେ ଯୁବତୀକୁ ଗର୍ଭବତୀ କରିଥିଲା । ସେ ଏଠିକି ତାକୁ ଦେଖା କରିବାକୁ ଆସେ । ଇଏ ବି ତାକୁ ଭଲ ପାଉଥିଲା । ମାଁ ଓ ଛୁଆଙ୍କର ଭବିଷ୍ୟତକୁ ଗଢ଼ିବା ଉଦ୍ଦେଶ୍ୟରେ ସେ ମନଯୋଗ ଦେଇ କାମ କଲା । ତେଣୁ ତାକୁ ଛାଡ଼ି ଦେବା ପାଇଁ ଆମେ ମନ୍ତ୍ରୀଙ୍କୁ ଅନୁରୋଧ କଲୁ । ଅବଶ୍ୟ ଏ ପ୍ରକାର କେଶ୍‌ରେ ଆମେ ସବୁବେଳେ ସଫଳ ହୋଇ ନ ଥାଉ । ତେବେ ଉଭୟ ପକ୍ଷର ସ୍ନେହ ସଦ୍ଭାବ ଦେଖି ସଫଳ ଆଶାରେ ଏମିତି ପଦକ୍ଷେପ ନେଇଥାଉ । ଆଉ ଗୋଟେ କଥା ନିଶ୍ଚିତ ଯେ ଯଦି ଏଇ କେସ୍‌ଟା ବିଫଳ ହୁଏ, ତାହେଲେ ଆଉ କୋଉଟା ସଫଳ ହେବ ନାହିଁ ।

– ଏବେ ସେ କଣ ବାହା ହୋଇଗଲାଣି, ସାର୍ ?

– ନାଇଁ ଆଜ୍ଞା, ସେ ହୋଇନାହିଁ । ତେବେ ବାହାଘରର ସବୁ ବ୍ୟବସ୍ଥା କରାହୋଇଛି । ଝିଅଟାର କେହି ଲୋକବାକ ନାହାନ୍ତି । ଆଉ ତମର ପୁଅ ବି ତାର କେହି ନ ଥିବାର କହିଥିଲା । ତେଣୁ ମୁଁ ଆର ମୋର ଦେଶୀୟ ସହକାରୀ ବିବାହର ସବୁ ଯୋଗାଡ଼ ଯନ୍ତ କରିଛୁ ।

– ସେଇଟା ଆପଣଙ୍କର ବଦାନ୍ୟତା ସାର, ସେଥିପାଇଁ ଆପଣଙ୍କୁ ଅନେକ ଧନ୍ୟବାଦ ।

– ସେଇଟା ଆମର କାମ । ଏଥିପାଇଁ ତମେମାନେ ଏତେ ବ୍ୟସ୍ତ ହେବାର କିଛି ନାହିଁ । କିନ୍ତୁ ଯେହେତୁ ସେମାନେ ବିବାହ କରି ନାହାନ୍ତି, ଏବେ ପ୍ରଶ୍ନ ଉଠୁଛି

ଯେ ସେ ପ୍ରକୃତରେ ମା' ଛୁଆର ଦାୟିତ୍ଵ ନେଇ ଗୋଟେ ସୁସ୍ଥ ଜୀବନ ଯାପନ କରିବାକୁ ଆଗଭର ହେବ ନା ନାହିଁ । ଯୁବକ ଜଣକ ସହୃଦୟତାର ସହିତ କହିଲେ ।

– ହଁ, ମୁଁ ବି ସେଇୟା ଭାବୁଛି, ଯଦିଓ ଘଟଣାଟା ମତେ ବେଶ୍‌ ଧକ୍‌କା ଦେଇଛି ।

– ମୁଁ ତାହା ବୁଝ୍ ପାରୁଛି । ଏବେ ଏଇ ଦିଗରେ ମୁଁ ତୁମକୁ କିଞ୍ଚିତା ସାହାଯ୍ୟ କରିପାରିବି । ମୋର କାମ ସରିବା ଯାଏଁ ତମେ ଟିକେ ବାହାରେ ବସ । ମୁଁ ତମମାନଙ୍କୁ ପିସ୍‌ଭିଲେ ନେଇଯିବି । ସେଠି ଆବ୍‌ସାଲମ୍ ଓ ସେଇ ଝିଅଟା ରହୁଛନ୍ତି । ସେ ଘରେ ନ ଥିବ । କାରଣ ମୁଁ ସହର ଭିତରେ ତା ପାଇଁ ଖଣ୍ଡେ କାମ ଯୋଗାଡ଼ କରିଦେଇଛି । ସେ ସେଠି ଭଲ କାମ ଦାମ କରୁଥିବାର ଖବର ମତେ ମିଲିଛି । ଡାକ ଘରେ ଖଣ୍ଡେ ଜମା ଖାତା ଖୋଲିବାକୁ ମୁଁ ତାକୁ କହିଲି । ସେ ସେଥିରେ ତିନି ଘରି ପାଉଣ୍ଡ ରଖି ସାରିଲାଣି ।

– ଆପଣଙ୍କୁ କୃତଜ୍ଞତା ଜଣାଇବାକୁ ମୋ ପାଖରେ ଭାଷା ନାହିଁ, ସାର୍ ।

– ଏଇଟା ତ ଆମର କାମ । ଆଚ୍ଛା, ତମେ ଏବେ ଯାଅ, ମୁଁ ମୋର କାମ ସାରିଦିଏ । ତାପରେ ମୁଁ ତମକୁ ପିସ୍‌ଭିଲେ ନେଇଯିବି ।

ବାହାରେ ସେଇ ହସଖୁସିଆ ଲୋକଟା ଆସି ତାଙ୍କ ସହିତ ଗପସପ କଲା । ତାଙ୍କର ଯୋଜନା ଶୁଣିସାରିଲା ପରେ ନିଜ ଘରକୁ ଡାକିଲା । ସେଠି ତାର ଓ ତାର ସ୍ତ୍ରୀ ଦାୟିତ୍ଵରେ ଗୁଡ଼ାଏ ପିଲା ଥିଲେ । ସୁଧାର ଗୃହ ଛାଡ଼ିଲା ପରେ ଏମିତି ଘରେ ମାଗଣାରେ ରହୁଥିଲେ । ସେ ତାଙ୍କୁ କିଛି ଜଲଖିଆ ଓ ରୁ ଖାଇବାକୁ ଦେଲା । ଆବ୍‌ସାଲମ୍ କୁଆଡ଼େ ପିଲାଙ୍କର ମୁଖିଆ ଥିଲା, ଆଉ ତାର ଚଲିଚଲନ ଖୁବ୍‌ ଭଦ୍ରୋଚିତ ଥିବାର ସେ କହିଲା । ସେମାନେ ସୁଧାର ଗୃହ, ଜୋହାନ୍‌ସବର୍ଗରେ ଅପାଠୁଆ, ବାସହୀନ, ପରମ୍ପରା ବିହୀନ ହୋଇ ବଢ଼ୁଥିବା ପିଲାଙ୍କ ବିଷୟରେ ତଥା ଧ୍ଵସ୍ତବିଧ୍ଵସ୍ତ ଗୋଷ୍ଠୀ ଜୀବନ ଓ ଦେଶର ଦୁର୍ଦ୍ଦିନ ବିଷୟରେ ଗପସପ କଲେ । ସେତିକିବେଲେ ଗୋରାଯୁବକ ଜଣକ ଯିବାପାଇଁ ପ୍ରସ୍ତୁତ ହୋଇଥିବା ଖବର ଜଣେ ଆସି ଦେଇଗଲା ।

ଅତି ଅଳ୍ପ ସମୟ ଭିତରେ ମୋଟର ଗାଡ଼ି ପିସ୍‌ଭିଲେରେ ପହଞ୍ଚିଗଲା । ଗାଁଟା ଖଣ୍ଡିଆ ଚାଙ୍କିରେ ସଜଡ଼ା ଘରର ବସତି । ଅନେକ ବର୍ଷ ତଲେ ଜରୁରୀକାଳୀନ ପରିସ୍ଥିତି ବେଲେ ରଖାହୋଇଥିବା ଚାଙ୍କିମାନ ସେଇଦିନଠୁ ବ୍ୟବହାର ହୋଇଆସୁଛି । କାରଣ ଜୋହାନ୍‌ସବର୍ଗକୁ ଆସୁଥିବା ଏତେଗୁଡ଼ାଏ ଲୋକଙ୍କ ପାଇଁ ରହିବାକୁ ଘର ନ ଥିଲା । ଫାଟକ ପାଖରେ ଭିତରକୁ ଯିବା ପାଇଁ ସେମାନେ ଅନୁମତି

ମାଗିଲେ । କାରଣ ବିନା ଅନୁମତିରେ କେହି ଗୋରା ଲୋକ ତା' ଭିତରକୁ ଯାଇପାରେ ନାହିଁ ।

ଏମିତି ଖଣ୍ଡିଆ ଟାଙ୍କିର ଘରଟା ପାଖରେ ସେମାନେ ଅଟକି ଗଲେ । ଗୋରା ଯୁବକ ଜଣକ ତାଙ୍କୁ ଭିତରକୁ ନେଲେ । ସେଠି ଝିଅଟାଏ ତାଙ୍କୁ ଅଭିବାଦନ ଜଣାଇଲା । ଝିଅଟା ଛୋଟ ପିଲାଟିଏ ପରି ଦେଖା ଯାଉଥାଏ ।

– ଆମେ ଆବ୍‌ସାଲମ୍‌ ବିଷୟରେ ଖବର ନେବାକୁ ଆସିଛୁ । ଏଇ ଆଜ୍ଞା ହେଉଛନ୍ତି ତାର ବାପା । ଗୋରା ଯୁବକ ଜଣକ କହିଲେ ।

– ଶନିବାର ଦିନ ସେ ସ୍ଥିଙ୍ଗସ୍‌ ଗଲେ, ଏ ଯାଏଁ ଫେରିନାହାନ୍ତି ।

ଗୋରା ଯୁବକଟି ଟିକେ ଚୁପ୍‌ ରହିଲେ । ବିରକ୍ତି ଓ ଅସନ୍ତୋଷରେ ସେ ଭୁ-କୁଞ୍ଚେଇଲେ ।

– କିନ୍ତୁ ଆଜି ତ ମଙ୍ଗଳବାର ହେଲାଣି । ତା' ପାଖରୁ କିଛି ଖବର ପାଇନ ?

– ନା, କିଛି ନାହିଁ । ସେ କହିଲା ।

– ସେ କେବେ ଫେରିବ ? ସେ ପଚରିଲେ ।

– ମୁଁ ଜାଣିନି । ସେ କହିଲା ।

– ସେ ଆଉ କେବେ ଫେରିବ କି ନା ? ସେ ସ୍ତବ୍‌ଧ ହୋଇ ପଚରିଲେ ।

– ମୁଁ ଜାଣିନି । ସେ କହିଲା । ଏଭଳି ସ୍ୱରରେ କହିଲା ଯୋଉଥରେ ନିରାଶା ଛଡ଼ା ଆଉ କିଛି ଆଭାସ ନ ଥିଲା । ସତେ ଯେମିତି ସେଇ ସ୍ୱରଟା ଏମିତି ଅପେକ୍ଷା କରି ରହିବାରେ, ପରିତ୍ୟକ୍ତା ହୋଇ ରହିବାରେ ଅଭ୍ୟସ୍ତ, ଏଇ ମାଟିରେ କାଟିବାକୁ ଥିବା ସତୁରୀ ବର୍ଷ ଜୀବନରୁ ଯେମିତି ସେ ଆଉ କିଛି ଆଶା କରେ ନାହିଁ । ତା' ଭିତରୁ କେବେ ବିଦ୍ରୋହ ଉଠିବ ନାହିଁ । ଜୀବନରେ ତାର କିଛି ବାକି ନାହିଁ । ସେଇ ନିରାଶାରୁ କେବେ ବ୍ୟଗ୍ରତା ଉଠିବ ନାହିଁ । ତା' ଭିତରୁ କିଛି ବାହାରିବ ନାହିଁ । ତାକୁ ବ୍ୟବହାର କରୁଥିବା ତାପରେ ଭୁଲିଯାଉଥିବା ଓ ତାପରେ ତାକୁ ଛାଡ଼ି ଚଲି ଯାଉଥିବା ପୁରୁଷ ମାନଙ୍କର ପିଲାଛୁଆ ହିଁ କେବଳ ତାରି ଭିତରୁ ବାହାରିବ । ଏତେ ଅଳ୍ପ ବୟସର ତାର ଦୁର୍ବଳ ଦେହକୁ ଦେଖି କୁମାଲୋ ବିଚଳିତ ହୋଇପଡ଼ିଲେ ।

– ତୁ କ'ଣ କରିବୁ ? ସେ ପଚରିଲେ ।

– ମୁଁ ଜାଣିନି, ସେ କହିଲା ।

– ବୋଧହୁଏ ଆଉ ଗୋଟେ ଲୋକ ଖୋଜି ରହିଯିବୁ, ମିସିମାଙ୍ଗୁ ବିରକ୍ତିରେ କହିଲେ । କୁମାଲୋ କିଛି କହିବା ଆଗରୁ ମିସିମାଙ୍ଗୁଙ୍କର ବିରକ୍ତିକୁ ନିଜେ ଲୁଟ୍‌ଚେଇ ରଖି ସେମିତି ନିର୍ବିକାର ହୋଇ ଝିଅଟା କହିଲା, – ମୁଁ ଜାଣିନି ।

ଆଉ କୁମାଲୋ ପୁଣି କିଛି କହିବା ଆଗରୁ ମିସିମାଙ୍କୁ ଝିଅଟା ଆଡ଼କୁ ପିଠି କରି କରି ତାଙ୍କୁ ଚୁପି ଚୁପି କଣ କହିଲେ ।

– ତମେ ଏଠି କିଛି କରି ପାରିବନି । ଚାଲ, ଯିବା ଏଠୁ । ସେ କହିଲେ ।

– ହେଲେ ଭାଇ...

– କହିଲି ନା, ତମେ ଏଠି କିଛି କରି ପାରିବନି । ତମର କ’ଣ ସମସ୍ୟାର କମି ଅଛି କି ? ମୁଁ କହୁଛି ଜୋହାନ୍ସବର୍ଗରେ ଏମିତିଟା ହଜାର ହଜାର ସଂଖ୍ୟାରେ ଥିବେ । ଆଉ ଯଦି ତମର ପିଠି ଖଣ୍ଡିକ ସ୍ୱର୍ଗରାଜ୍ୟ ପରି ପ୍ରଶସ୍ତ ଥାଏ, ତମର ଥଳିଟା ଖାଲି ସୁନାରେ ଭରିଥାଏ ଆଉ ତମର ସହାନୁଭୂତିର ସ୍ରୋତ ଏଠୁ ସିଧା ନର୍କପୁରୀ ଯାଏ ବୋହିଯାଏ ତାହେଲେ ମଧ୍ୟ ତମେ କିଛି କରିପାରିବ ନାହିଁ ।

ସେମାନେ ଚୁପ୍‌ଚାପ୍‌ ବାହାରି ଗଲେ । ସମସ୍ତେ ଚୁପ୍‌ଚାପ୍‌ ।

ଗୋରା ଯୁବକ ଜଣକ ବିଫଳତାର ଗ୍ଲାନିରେ ଚୁପ୍‌ ଥିଲେ । ବୃଦ୍ଧ ଜଣକ ଦୁଃଖରେ ଚୁପ୍‌ ଥିଲେ । ମିସିମାଙ୍କୁ ବିରକ୍ତିରେ ଚୁପ୍‌ ଥିଲେ । ଅନ୍ୟମାନେ କାର୍‌ ଭିତରେ ବସି ସାରିଥିଲେ ହେଁ କୁମାଲୋ କାର୍‌ ଦରଜା ପାଖରେ ଛିଡ଼ା ହୋଇ ରହିଲେ ।

– ତମେ ବୁଝି ପାରୁନ, ସେଇ ଛୁଆଟା ମୋର ନାତି କି ନାତୁଣୀ ହେବ । ସେ କହିଲେ ।

– ଏମିତି କି ତା ବି ତମେ ଜାଣିନ । ମିସିମାଙ୍କୁ ବିରକ୍ତିରେ କହିଲେ । ଏଥରକ ବିରକ୍ତି ତାଙ୍କୁ କାବୁ କରିଦେଲା ପରି ସେ ପୁଣି କହିଲେ, ଏମିତି କେତେ ଆଉ ତମର ଅଛନ୍ତି କହ ? ଆମେ କଣ ଦିନ ଦିନ ଧରି ଘଣ୍ଟା ଘଣ୍ଟା ଧରି ଖୋଜୁଥିବା ? ୟାର କ’ଣ ଶେଷ ନାହିଁ ।

କୁମାଲୋ ମାଟିରେ ଲାଖିଗଲା ପରି ଧୂଳି ଉପରେ ଛିଡ଼ା ହୋଇଥିଲେ । ତାପରେ କାହାକୁ କିଛି ନ କହି ଗାଡ଼ି ଭିତରେ ବସିଲେ ।

ସେମାନେ ପୁଣି ଗୋଟେ ଫାଟକ ପାଖରେ ଅଟକି ଗଲେ । ଗୋରା ଯୁବକ ଜଣକ ୟୁରୋପୀୟ ଅଧୀକ୍ଷକ ଅଫିସକୁ ପଶିଗଲେ । ସେଠୁ ଫେରିଲାବେଲେ ତାଙ୍କର ମୁହଁଟା ଅସନ୍ତୁଷ୍ଟ ଦେଖାଯାଉଥାଏ ।

– ମୁଁ ଫେକ୍‌ଟ୍ରିକୁ ଫୋନ କଲି । କଥାଟା ସତ । ସେ ଏଇ ସପ୍ତାହରେ କାମକୁ ଯାଇନି ।

ଅରଲାଣ୍ଡୋର ଗେଟ୍‌ ପାଖରେ, ସେଇ ବଡ଼ ବଡ଼ ପେଟ୍ରୋଲ୍‌ ଷ୍ଟେସନ ପାଖରେ ଗାଡ଼ି ପୁଣି ରହିଲା ।

– ତମେମାନେ ଏଠି ଓହ୍ଲାଇବ କି ? ଯୁବକଟି ପଚାରିଲେ । ତା'ପରେ କୁମାଲୋଙ୍କୁ ଚାହିଁ କହିଲେ ।

– ମୁଁ ଏଥିପାଇଁ ଭାରି ଦୁଃଖିତ ।

– ହଁ, କଥାଟା ନିହାତି ଦୁଃଖଦ । ତାଙ୍କର ନିଜ ଭାଷା ଇଂରାଜୀ ତାଙ୍କୁ ଛାଡ଼ି ଚାଲିଗଲା ପରି ସେ ମିସିମାଙ୍ଗୁଙ୍କୁ ଜୁଲୁରେ କହିଲେ ।

– ତା'ର ଏତେ ଦୂର ଯାଏଁ କାମ ପାଇଁ ମତେ ଖରାପ ଲାଗୁଛି । ସେ କହିଲେ ।

– ସେ ବି ତୁମର ? ଏତେ ଦୂର କାମ ପାଇଁ ଦୁଃଖିତ । ମିସିମାଙ୍ଗୁ ଆଫ୍ରିକାନିରେ କହିଲେ ।

– ହଁ ଏଇଟା ମୋର କାମ । ହେଲେ ସେ ତାଙ୍କର ପୁଅ । ସେ କୁମାଲୋଙ୍କ ଆଡ଼କୁ ବୁଲିପଡ଼ି ଇଂରାଜୀରେ କହିଲେ, କେବେ ବି ଆମେ ଆଶା ଛାଡ଼ିବା କଥା ନୁହେଁ । ଏମିତି ବି ବେଳେବେଳେ ହୁଏ ଯେ ପିଲାଟିଏ ଗିରଫ ହୋଇ ବା ଖଣ୍ଡିଆ ଖାବରା ହୋଇ ହସପିଟାଲକୁ ନିଆଯାଏ, ଆଉ ଆମେ ତା'ର ଖବର ପାଉନା । ଆଶା ହରାନ୍ତୁନି ଆଜ୍ଞା । ମୁଁ ଖୋଜିବାଟା ଜାରି ରଖିବି ।

ସେ ଗାଡ଼ି ନେଇ ଚାଲିଗଲେ । – ଭାରି ଭଲ ଲୋକ ଜଣେ । ଏଥର ଯିବା ଥିଲା । କୁମାଲୋ କହିଲେ ।

କିନ୍ତୁ ମିସିମାଙ୍ଗୁ ହଲିଲେ ନାହିଁ । – ମତେ ତମ ସହିତ ଯିବାକୁ ଲାଜ ଲାଗୁଛି । ତାଙ୍କର ମୁହଁଟା ବିଷାଦରେ ତଳକୁ ପଡ଼ି ଯାଇଥିଲା ।

କୁମାଲୋ ତାଙ୍କୁ ଆଶ୍ଚର୍ଯ୍ୟ ହୋଇ ଚାହିଁଲେ ।

– ମୁଁ କେତେ କଡ଼ା କଥା ତମକୁ କହିଲି । ମତେ କ୍ଷମା କରିବ ଭାଇ । ମିସିମାଙ୍ଗୁ କହିଲେ ।

– ତାମାନେ ସେଇ ଖୋଜିବା କଥା ?

– ତାହେଲେ ତମେ ବୁଝି ପାରିଲ ?

– ହଁ, ମୁଁ ବୁଝିଗଲି ।

– ତମେ ଭାରି ଜଲଦି ବୁଝିଯାଅ ।

– ବୟସ ହେଲାଣି, ୟା ଭିତରେ ଗୁଡ଼ାଏ ଶିଖିବାର ଅନୁଭୂତି ହେଲାଣି, ତମକୁ ମୁଁ କ୍ଷମା କରିଦେଇଛି ।

– ବେଳେବେଳେ ମୁଁ ଭାବେ ଯେ ମୁଁ ସତରେ ଜଣେ ପାଦ୍ରୀ ହେବା ପାଇଁ ଆଦୌ ଉପଯୁକ୍ତ ନୁହେଁ । ମୁଁ ତମକୁ କହୁଛି...

– ସେ କିଛି କଥା ନୁହେଁ । ତମେ କୁହ ଯେ, ତୁମେ ଜଣେ ଦୁର୍ବଳମନା ଓ ସ୍ୱାର୍ଥପର ଲୋକ । ହେଲେ ପ୍ରଭୁଙ୍କର ବରଦ ହସ୍ତ ତମରି ମଥାରେ ରହିଛି ।

– ଓଃ ତମରି କଥାରୁ ମତେ ଯା ହେଉ ବୋଧ ମିଳିଗଲା ।

– କିନ୍ତୁ ମୁଁ ତୁମକୁ ଗୋଟେ ଜିନିଷ ମାଗିବି ।

ମିସିମାଙ୍କୁ ତାଙ୍କ ମୁହଁରେ କିଛି ଖୋଜିଲା ପରି ଚାହିଁଲେ ଆଉ ତାପରେ କହିଲେ, ଠିକ୍ ଅଛି, ଏଥରେ ରାଜି ।

– କୋଉଥିରେ ରାଜି ?

– ଏଇ ଯେ, ମୁଁ ତମକୁ ପୁଣି ଥରେ ସେଇ ଝିଅ ପାଖକୁ ଦେଖା କରିବାକୁ ନେଇଯିବି ।

– ତମେ ତ ଭାରି ଝଲାଝ, ଦେଖୁଛି ।

– ଆଉ ଝଲାକିଟା । ଖାଲି ଜଣକର ହେଲେ କ'ଣ ଭଲ ।

ଏମିତି ହାଲୁକା କଥାବାର୍ତ୍ତା କରୁଥିଲେ ବି ସେମାନେ ଠଟ୍ଟାମଜା କରିବାର ମୁଡ୍‌ରେ ନ ଥିଲେ । ଅରଲାଣ୍ଡୋକୁ ଲମ୍ବିଥିବା ରାସ୍ତାରେ ସେମାନେ ଚୁପ୍‌ଚୁପ୍ ଚାଲିଲେ । ଦୁହିଁଙ୍କ ମନରେ ଗୁଡ଼ାଏ କଥା, ଗୁଡ଼ାଏ ଚିନ୍ତା ।


୧୧

ସୋଫିଆ ଟାଉନ୍‌କୁ ଫେରିବା ବାଟରେ ଟ୍ରେନ୍‌ରେ ବସୁବସୁ ମିସିମାଙ୍କୁ କହିଲେ, ମୁଁ ଭାବୁଛି ତମେ ଏଥର ବିଶ୍ରାମ ନେବା ଦରକାର ।

କୁମାଲୋ ତାଙ୍କୁ ଚାହିଁଲେ । ମୁଁ କେମିତି ବିଶ୍ରାମ ନେଇ ପାରିବି ? ସେ କହିଲେ ।

– ମୁଁ ତମ କଥାର ଅର୍ଥ ବୁଝି ପାରୁଛି । ତମେ କେତେ ବ୍ୟସ୍ତ ଆଉ ବିବ୍ରତ ତା ବି ଜାଣି ପାରୁଛି । ତେବେ ବି ମୋ ଅପେକ୍ଷା ସୁଧାର ଗୃହ ଯୁବକଟି ଏଇ ଖୋଜାଖୋଜି କାମଟା ବେଶୀ ଭଲରେ କରି ପାରିବ । ଆଜି ହେଲା ମଙ୍ଗଳବାର, ପଅରଦିନ ଇଜେନ୍‌ଜିଲେନି ଯିବି । ସେଠି ଆମ ଜାତିର ଅନ୍ଧ ମାନେ ରହନ୍ତି । ତାଙ୍କ ପାଇଁ ପ୍ରାର୍ଥନା ସଭାର ଆୟୋଜନ କରିବି ଆଉ ନିଜ ଲୋକବାକୁ ଟିକେ ଭେଟ ପଡ଼ିବି । ରାତିଟା ସେଇଠି ଶୋଇ ତା ପରଦିନ ଫେରି ଆସିବି । ସୁପରିନ୍‌ଟେଣ୍ଡେନ୍‌ଙ୍କ ଅଫିସକୁ ଫୋନ୍ କରି ତମେ ମୋ ସହିତ ଯାଇପାରିବ କି ବୁଝିଦେବି । ମୁଁ ମୋର କାମ କରୁଥିବା ବେଳେ ତମେ ବିଶ୍ରାମ ନେଇଯିବ । ଭାରି ଭଲ ଜାଗାଟେ । ସେଠି ଛୋଟିଆ ଗୀର୍ଜାଟେ ଅଛି, ଠିକ୍ ତାରି ତଳକୁ ଉପତ୍ୟକା । ଗୋରାମାନେ ଆମ

ଅନ୍ୟମାନଙ୍କ ପାଇଁ ଯାହା କରୁଛନ୍ତି ସେଇଟା ଦେଖିଲେ ତମ ସ୍ଫୂର୍ତ୍ତି ଆସିଯିବ। ସେଇ ଦମ୍ଭ ନେଇ ଆମେ ପୁଣି ଆମର କାମରେ ଲାଗିଥିବା।

– ଆଉ ତମର କାମଦାମ କ'ଣ ହେବ ?

– ମୁଁ ମୋର ଉପରିସ୍ଥ ମାନଙ୍କ ସହିତ ସେ ବିଷୟରେ କଥା ହୋଇଛି ତମର ପୁଅକୁ ଖୋଜି ବାହାର କରିବା ଯାଏଁ ତମକୁ ମୁଁ ସାହାଯ୍ୟ କରିବାକୁ ସେମାନେ ରାଜି ହୋଇଛନ୍ତି।

– ସେମାନେ ପ୍ରକୃତରେ ଦୟାବାନ୍। ଭଲ କଥା, ଆମେ ଯିବା ତାହେଲେ।

ମିଶନର ହାଉସରେ ସନ୍ଧ୍ୟାଟା ବେଶ୍ ଖୁସିରେ କଟିଲା। ଫାଦର ଭିନ୍‌ସେଣ୍ଟ ଆଉ ସେଇ ଗୋଲାପୀ ଚିବୁକବାଲା ପାଦ୍ରୀଟା ସେଠି ଥିଲେ। ସେମାନେ କୁମାଲୋ କେଉଁଠି ରହିଲେ, କ'ଣ କଲେ ଇତ୍ୟାଦି ବିଷୟ କଥାବାର୍ତ୍ତା କଲେ। ଗୋରା ଜଣକ ନିଜ ଦେଶ ବିଷୟରେ ଗପିଲେ। ସେଠାକାର କ୍ଷେତ, ବଣ, ୱେଷ୍ଟମିନିଷ୍ଟର ଏବେ, ପାହାଡ଼ ଉପରେ ପୁଣି ତାଲୁ ଭୂଇଁରେ ଥିବା ବିରାଟକାୟ ଗୀର୍ଜା ବିଷୟରେ ବର୍ଣ୍ଣନା କଲେ। ତେବେ ସନ୍ଧ୍ୟାଟା ଯେ ଖୁସିର ଗପରେ ଭରପୂର ଥିଲା ତା ନୁହେଁ। ସହରରୁ ଆସିଥିବା ଗୋରା ପାଦ୍ରୀ ମାନଙ୍କ ଭିତରୁ ଜଣେ ପାଦ୍ରୀ Evening Star ଖବରକାଗଜ ଖଣ୍ଡିଏ ଆଣିଥିଲେ। ସେଥିରେ ବଡ଼ ବଡ଼ କଳା ଅକ୍ଷରର ଲେଖାଟିକୁ ସେମାନଙ୍କୁ ଦେଖାଇଲେ: [MURDER IN PARKWOLD WELL-KNOWN CITY ENGINEER SHOT DEAD. ASSAILANTS THOUGHT TO BE NATIVE] ପାର୍କ ଓଲ୍‌ଡରେ ହତ୍ୟାକାଣ୍ଡ। ସହରର ପ୍ରଖ୍ୟାତ ଇଞ୍ଜିନିୟରଙ୍କୁ ଗୁଲି କରି ହତ୍ୟା। ଏଥିରେ ସଂପୃକ୍ତ ଆସାମୀ ଦେଶୀୟ ହେଇଥିବାର ସନ୍ଦେହ।

– ଦକ୍ଷିଣ ଆଫ୍ରିକା ପାଇଁ ଏହା ଏକ ଅପୂରଣୀୟ କ୍ଷତି। କାରଣ ଏଇ ଆର୍ଥର ଜାରଭିସ୍ ଜଣେ ସାହସୀ ଯୁବକ ଥିଲେ ଓ ନ୍ୟାୟ ପାଇଁ ଲଢ଼େଇ କରୁଥିଲେ। ଚର୍ଚ୍ଚ ପାଇଁ ମଧ୍ୟ ଏହା ଏକ ଅପୂରଣୀୟ କ୍ଷତି। ଆମର ଯୁବ ଗୋଷ୍ଠୀ ଭିତରୁ ସେ ସବୁଠୁ ମାର୍ଜିତ ଓ ଭଦ୍ର ଥିଲେ। ଗୋରା ପାଦ୍ରୀ ଜଣକ କହିଲେ।

– ଜାରଭିସ୍ ? ପ୍ରକୃତରେ ଅତିଶୟ ଦୁଃଖଦ ଘଟଣା। ଏଠି କ୍ଲେୟାରମେଣ୍ଟରେ ଗ୍ରାଡିଆସ ଷ୍ଟିଟରେ ଥିବା ଆଫ୍ରିକୀୟ ଯୁବକ ସଂଘର ସେ ସଭାପତି ଥିଲେ। ମିସିମାଙ୍ଗୁ କହିଲେ।

– ବୋଧହୁଏ ତମେ ତାଙ୍କୁ ଜାଣିଥିବ। କେରିସବ୍ରୁକ୍ ଅନ୍ତର୍ଗତ ହାଇଫ୍ଲେସର ମି. ଜେମସ ଜାର୍ଭିସ୍‌ଙ୍କର ସେ ଏକମାତ୍ର ପୁଅ। ଫାଦର ଭିନ୍‌ସେଣ୍ଟ କୁମାଲୋଙ୍କୁ କହିଲେ।

– ଆପଣ ବୋଧହୁଏ ତାଙ୍କୁ ଜାଣିଥାଇ ପାରନ୍ତି।

- ମୁଁ ପିଲାଟାର ବାପାଙ୍କୁ ଜାଣିଛି। ଜାଣିଛି କହିଲେ, କେବେ ତାଙ୍କ ସହିତ କଥାବାର୍ତ୍ତା କରିନାହିଁ। ସେମିତି ଖାଲି ଦେଖିଛି ଓ ନାଁଟା ଖାଲି ଜାଣିଛି। ଏଣ୍ଡେସେନ୍ ଉତ୍ତର ପଟ ପାହାଡ଼ରେ ତାଙ୍କର ଜମି ଅଛି। ବେଳେ ବେଳେ ସେ ଆମ ଚର୍ଚ୍ଚ ବାଟ ଦେଇ ଘୋଡ଼ା ଚଢ଼ି ଯିବାର ଦେଖିଛି। ତେବେ ପିଲାଟାକୁ ମୁଁ ଜାଣିନି। କୁମାଲୋ ଦୁଃଖରେ କହିଲେ।

ସେ କିଛି ସମୟ ନିରବ ରହିଲେ, ତା'ପରେ କହିଲେ, ତଥାପି ମୋର ଯାହା ମନେଅଛି, ଗୋଟେ ଛୋଟ ପିଲା ତାଙ୍କ ସହିତ ଥାଏ। ସେ ମଧ୍ୟ ଆମ ଚର୍ଚ୍ଚ ବାଟ ଦେଇ ଘୋଡ଼ାରେ ଚଢ଼ି ଯିବାର ଦେଖିଛି। ଛୋଟ ପିଲାଟିଏ ଦେଖିବାକୁ ଖୁବ୍ ସୁନ୍ଦର। ଅବଶ୍ୟ ସ୍ୱଷ୍ଟ ଭାବରେ ମୋର ତା'ର ଚେହେରା ମନେ ନାହିଁ।

ସେ ପୁଣି ଥରେ ତୁନି ପଡ଼ିଲେ। ଜଣେ କେହି ମରିଗଲେ ଭଲା କିଏ ଚୁପ୍ ନ ହେବ। ତେବେ ସେଇ ଛୋଟ ଅର୍ଥାତ୍ ପ୍ରଖ୍ୟାତ ବୁଦ୍ଧିମାନ ପିଲାଟା କିଏ ଥିଲା ?

- ମୁଁ ଏଇଟା ପଢ଼ି ଶୁଣାଇବି ? ଫାଦର ଭିନ୍‌ସେଣ୍ଟ କହିଲେ। ଆଜି ୧.୩୦ ସମୟରେ ପାର୍କ ଓଲଡ଼ର ପ୍ଲାନଟେସନ ରୋଡ ସ୍ଥିତ ନିଜ ବାସଭବନରେ ଆର୍ଥର ଜାର୍ଭିସ୍‌ଙ୍କୁ ଜଣେ କେହି ଅଜଣା ଆତତାୟୀ ଗୁଳି କରି ହତ୍ୟା କରିଛି। ସନ୍ଦିଗ୍ଧ ଆସାମୀ ଜଣେ ଦେଶୀୟ ହୋଇଥିବାର ଅନୁମାନ କରାଯାଉଛି। ଖବରରୁ ଜଣାପଡ଼ିଛି ଯେ ତାଙ୍କର ସ୍ତ୍ରୀ ଓ ପିଲା ଦୁଇଟା ଅଳ୍ପ ଦିନ ପାଇଁ ଛୁଟି କାଟିବାକୁ ବାହାରକୁ ଯାଇଥିଲେ। ଟିକେ ଥଣ୍ଡା ଧରିଥିବା ଯୋଗୁଁ ମି: ଜାର୍ଭିସ୍ ଘରେ ରହିବେ ବୋଲି ତାଙ୍କର ସହଯୋଗୀ ମାନଙ୍କୁ ଫୋନ୍‌ରେ ଜଣାଇଥିଲେ। ଯାହା ଜଣାପଡ଼ୁଛି, ଦେଶୀୟ ଆସାମୀ ଜଣକ ଓ ତା'ର ଦୁଇ ଜଣ ସାଥୀ ସହାୟକ ସେହି ଘରେ କେହି ନ ଥିବାର ଅନୁମାନ କରି ରୋଷେଇ ଘର ଦେଇ ଭିତରକୁ ଅନୁପ୍ରବେଶ କରିଛନ୍ତି। ରୋଷେଇ ଘରେ ଥିବା ଦେଶୀୟ ଚାକରକୁ ମୁଥ ମାରି ଅଚେତ କରି ଦିଆଯାଇଛି। ଧସ୍ତାଧସ୍ତି ଆବାଜ ଶୁଣି ବୋଧହୁଏ ମି: ଜାର୍ଭିସ୍ ଘଟଣା କ'ଣ ଦେଖିବା ପାଇଁ ତଳକୁ ଓହ୍ଲେଇ ଆସିଛନ୍ତି। ଆଉ ସେତେ କମ୍ ଦୂରତାରେ ତାଙ୍କୁ ଗୁଳି କରାଯାଇଛି। ଆତତାୟୀ ମାନଙ୍କ ସହିତ ତାଙ୍କର ଧସ୍ତାଧସ୍ତି ହେବାର ସୂଚନା ମିଳିନାହିଁ।

ଏଇ ମର୍ମନ୍ତୁଦ ଘଟଣାର କିଛି ସମୟ ପୂର୍ବରୁ ତିନି ଜଣ ଦେଶୀୟ ଯୁବକ ପ୍ଲାଣ୍ଟେସନ୍ ରୋଡରେ ଟହଲ ମାରୁଥିବାର ଦେଖା ଯାଇଥିଲା। ଏକ ଶକ୍ତିଶାଳୀ ଅନୁସନ୍ଧାନକାରୀ ଦଳ ଘଟଣାସ୍ଥଳକୁ ସଙ୍ଗେ ସଙ୍ଗେ ପଠାଯାଇଛି। ଘଟଣା ସଂପର୍କରେ ପୁଙ୍ଖାନୁପୁଙ୍ଖ ତଦନ୍ତ କରାଯିବା ସହିତ ପାର୍କଓଲ୍ଡ ଆଡ଼ି ବଙ୍କର ଯେତକି ଚାଷ ଜାଗାକୁ ପୁରାପୁରି ଛାନ୍‌ଭିନ୍ କରାଯାଇଛି। ଅଣ-ୟୁରୋପୀୟ ଡାକ୍ତରଖାନାରେ ଦେଶୀୟ

ଚାକର ରିଚାର୍ଡ ଏମ୍ଫିରିଙ୍ଗ୍ ଏଯାଏଁ ଅଚେତ୍ ଅବସ୍ଥାରେ ପଡ଼ିଛି। ତା'ର ଚେତା ଫେରିଆସିଲା ପରେ ସେ ପୋଲିସକୁ କିଛି ଗୁରୁତ୍ୱପୂର୍ଣ୍ଣ ତଥ୍ୟ ଯୋଗାଇ ପାରିବ ବୋଲି ଆଶା କରାଯାଉଛି। ତେବେ ତା'ର ଅବସ୍ଥା ସଂକଟାପନ୍ନ ରହିଛି।

ଜଣେ ପଡ଼ୋଶୀ ମି: ମାଇକେଲ କ୍ଲାର୍କ ଗୁଲି ଶବ୍ଦ ଶୁଣି ସାରି ସଙ୍ଗେ ସଙ୍ଗେ ଧାଇଁ ଆସିଲେ ଓ ଦୁର୍ଘଟଣା ସଂପର୍କରେ ଜାଣି ପାରିଲେ। ଆଉ କେତେ ମିନିଟ୍ ଭିତରେ ପୋଲିସ ଆସି ଘଟଣା ସ୍ଥଲରେ ପହଞ୍ଚି ଗଲା। ନିହତ ବ୍ୟକ୍ତିର ଖଟ ପାଖରେ ଥିବା ଟେବୁଲ ଉପରେ "The Truth About Native Crime" (ଦେଶୀୟ ଅପରାଧର ପ୍ରକୃତ ସତ୍ୟ) ଶୀର୍ଷକ ଏକ ଅସଂପୂର୍ଣ୍ଣ ପାଣ୍ଡୁଲିପି ଥିଲା। ବୋଧହୁଏ ମୃତ୍ୟୁର ଅବ୍ୟବହିତ ପୂର୍ବରୁ ସେ ସେଠି ଟେବୁଲରେ ଲେଖାଲେଖି କରୁଥିଲେ। ଟେବୁଲ ଉପରେ ଥିବା ପାଇପ୍ ପିକାଟା ସେ ଯାଏଁ ଉଷ୍ମ ଥିଲା।

ମି: ଜାରଭିସ୍ ତାଙ୍କର ବିଧବା ପତ୍ନୀ, ଏକ ନଅ ବର୍ଷର ପୁଅ ଓ ପାଞ୍ଚ ବର୍ଷର ଝିଅଟିଏକୁ ଛାଡ଼ି ଯାଇଛନ୍ତି। ନାଟାଲ ଅନ୍ତର୍ଗତ କେରିସବୁକ୍‌ରେ ଥିବା ହାଇଫ୍ଲେସ ଫାର୍ମର ମି: ଜେମସ୍ ଜାରଭିସ୍‌ଙ୍କର ସେ ଏକମାତ୍ର ପୁତ୍ର ଥିଲେ। ସହରର ଅନ୍ୟତମ ଇଞ୍ଜିନିୟରିଂ ଫାର୍ମ Davis wonder Wale and Jarvis ର ସେ ସହଯୋଗୀ ଥିଲେ। ବିଭିନ୍ନ ସାମାଜିକ ସମସ୍ୟାରେ ତାଙ୍କର ବିଶେଷ ଆଗ୍ରହ ଥିଲା। ଅଣ-ୟୁରୋପୀୟ ଗୋଷ୍ଠୀ ମାନଙ୍କ ମଙ୍ଗଲ ପାଇଁ ସେ ଉଦ୍ୟମ କରିଥିଲେ।

ଏବେ କାହାରି ପାଟିରୁ ଆଉ କଥା ବାହାରିଲା ନାହିଁ। ନୀରବତା ତାଙ୍କ ଭିତରେ ଛାଇଗଲା। ବାଡ଼ି ବଗିଚା ଓ କୋଉ ଗାଁ ଚହଲର ସୌନ୍ଦର୍ଯ୍ୟ ବିଷୟରେ କଥାବାର୍ତ୍ତା ହେବାକୁ ଆଉ ସମୟ ନାହିଁ। ସର୍ବନାଶର ଏହି ବାହକ ମାନଙ୍କର ପୃଷ୍ଠା ଓଲଟାଇଲା ମାତ୍ରେ ମନ ଓ ହୃଦୟ ଭିତରେ ବିଷାଦ, ଭୟ ଓ ଘୃଣା କେମିତି ନେସି ହେଇଯାଏ। ଖଣ୍ଡ ବିଖଣ୍ଡିତ ଗୋଷ୍ଠୀ ଜୀବନ ପାଇଁ କାନ୍ଦ। ଲୁପ୍ତ ଜୀବନଧାରା, ନୀତି ନିୟମ ଓ ସାମାଜିକ ଆଚାର ବିଚାର ପାଇଁ କାନ୍ଦ। ହଁ, ଆସ ନିହତ ଲୋକଟା ପାଇଁ ତଣ୍ଟି ଫଟାଇ କାନ୍ଦ। ତା'ର ଶୋକାକୁଲ ସ୍ତ୍ରୀ ପିଲାଙ୍କ ପାଇଁ କାନ୍ଦ। କାନ୍ଦ, ପ୍ରିୟ ଜନ୍ମଭୂମି, ଏ ସବୁର ଆହୁରି ଶେଷ ହୋଇ ନାହିଁ। ସୂର୍ଯ୍ୟ ମାଟି ଉପରେ କିରଣ ଢାଲେ, ଏମିତି ସୁନ୍ଦର ଭୂଇଁ ଉପରେ ଢାଲେ ଯାହା ମଣିଷ ଉପଭୋଗ କରିପାରେ ନାଇଁ ସେ ଖାଲି ତା'ର ଛାତି ତଲର ଭୟକୁ ଜାଣିପାରେ।

*

କୁମାଲୋ ଉଠିଲେ। ମୁଁ ଯାଏ ଏଥର। ସମସ୍ତଙ୍କୁ ଶୁଭ ରାତ୍ରୀ।
– ମୁଁ ବି ତମ ସହିତ ଯିବି।

ମିସେସ୍ ଲିଥେବେଙ୍କ ଛୋଟିଆ ଘରଟାର ଫାଟକ ଯାଏଁ ଦୁହେଁ ଗଲେ। କୁମାଲୋ ମୁହଁ ଉଠାଇ ତାଙ୍କ ବନ୍ଧୁଙ୍କୁ ଚାହିଁଲେ। ମୁହଁରେ ବେଦନା ଛାଇ ଯାଇଥିଲା।

— ଏଇ କଥା, ସେ କହିଲେ। ଏଇ କଥା। ଏଠି ମୋ ଭିତରେ ଖାଲି ଭୟ ଛଡ଼ା ଆଉ କିଛି ନାଇଁ। ଖାଲି ଭୟ, ଭୟ ଆଉ ଭୟ।

— ମୁଁ ବୁଝୁଛି। ତେବେ ଏତେ ବଡ଼ ମହାନଗରୀରେ ହଜାର ହଜାର ଲୋକ ଭିତରେ ଗୋଟେ କଥାକୁ ଖାଲି ଡରିବାଟା ଗୋଟେ ପ୍ରକାର ନିର୍ବୋଧତା।

— ଏଇଟା ଜ୍ଞାନ କିମ୍ବା ନିର୍ବୋଧତାର ପ୍ରଶ୍ନ ନୁହେଁ। ଏଇଟା କେବଳ ମାତ୍ର ଭୟ।

— ପଅର ଦିନ ଇଭେନ୍‌ଜେଲେନି ଯିବା। ସେଠି କିଛି ତମକୁ ମିଳିପାରେ।

— ଏଥିରେ ସନ୍ଦେହ ନାହିଁ, ଏଥିରେ ସନ୍ଦେହ ନାଇଁ। ମୋର ମନ ସେଇଆ ମାତ୍ର ଚାହେଁ।

— ଆସ ପ୍ରାର୍ଥନା କର।

— ମୋ ଭିତରେ ଆଉ ପ୍ରାର୍ଥନା ବାକି ନାହିଁ। ମୁଁ ଭିତରେ ଭିତରେ ମୂକ ପାଲଟି ଗଲିଣି। ମୋ ପାଖରେ କିଛି ଭାଷା ନାହିଁ।

— ଶୁଭ ରାତ୍ରୀ, ଭାଇ।

— ଶୁଭ ରାତ୍ରୀ।

ମିସିମାଙ୍ଗୁ ତାଙ୍କ ଯିବା ବାଟକୁ ଚାହିଁ ରହିଲେ। ସେ କେମିତି ଭାରି ବୁଢ଼ା ଦିଶୁଥିଲେ। ତା'ପରେ ନିଜେ ବୁଲିପଡ଼ି ମିଶନ୍ ଆଡ଼କୁ ମୁହାଁଇଲେ। ବେଲେବେଲେ ଏମିତି ସମୟ ଆସେ ଯେତେବେଲେ ମନେହୁଏ ଭଗବାନ ବୋଧହୁଏ ଆଉ ଏ ପୃଥିବୀରେ ନାହାନ୍ତି।

୧୨

ଦେଶଟା ଭିତରେ ଖାଲି ଯେ ଭୟ ଏଥିରେ ସନ୍ଦେହ ନାହିଁ। ଚାରିଆଡ଼େ ଲୋକେ ଏମିତି ଆଇନ ଶୃଙ୍ଖଲା ବାହାରେ ରହିଲେ ମଣିଷ ଭଲା କ'ଣ କରିବ? ଏ ମନୋରମ ଦେଶଟାକୁ କିଏ ବା ଭୋଗ କରିବ? ଏମିତି ଛିପିଲା ଭୟରେ କିଏ ବା ଏ ମାଟିରେ ଢାଳୁଥିବା ସୁନେଲି କିରଣର ଧାରା ଆଉ ସତୁରି ବର୍ଷ ଆୟୁ ଭୋଗ କରିବ? ଭୟ ବିଜଡ଼ିତ ହୋଇ ବଢ଼ିଥିବା କୃଷ୍ଣଚୂଡ଼ା ଗଛର ଗହଳ ଛାଇରେ କିଏ ବେଧଡକ ଚାଲିପାରିବ? ଚାରିପଟର ଅନ୍ଧାର ଭିତରେ ଅଜଣା ଆତଙ୍କ ଲୁଚି ରହିଥିବା ବେଲେ କିଏ ଖଟରେ ଶାନ୍ତିରେ ଶୋଇପାରିବ? ନିଜର ନିଭୃତ ଏକାନ୍ତତା ସହିତ ତାଳ ଦେଇ ଚାଲିଥିବା ବର୍ଦ୍ଧିଷ୍ଣୁ ଦୌରାମ୍ୟରେ କୋଉ ପ୍ରେମୀ ଯୁଗଲ ଅବା ଏ ନକ୍ଷତ୍ର ଖଚିତ

ଆକାଶକୁ ଅନେଇ ପାରିବେ ? କ'ଣ କରାଯିବ – ଏମିତି ଶହ ଶହ ହଜାର ହଜାର ସଂଖ୍ୟାରେ ବିକଳ ପ୍ରତିବାଦର ସ୍ୱର ଗୁଞ୍ଜରିତ ଉଠୁଥିଲା। ତେବେ ଯଦି ଜଣେ ଏଥିପାଇଁ ବିକଳ ତ ଆଉ ଜଣେ ସେଥିପାଇଁ ବିକଳ, ଏ କ୍ଷେତ୍ରରେ ସେମାନେ କ'ଣ କରିପାରିବେ ଭଲା।

*

ଭଦ୍ରବ୍ୟକ୍ତି ଓ ଭଦ୍ରମହିଲାଗଣ, ଆମେ ଏତେ ଅଳ୍ପ ସଂଖ୍ୟକ ପୋଲିସ ପାଇବାଟା ଗୋଟେ ଦୁର୍ନାମ। ଜୋହାନ୍‌ସବର୍ଗ ସହର ତଳି ଅପେକ୍ଷା ଏହି ସହର ତଳି ଅଞ୍ଚଳରୁ ବେଶୀ ଟିକସ ଆଦାୟ ହୁଏ। ଆଉ ଆମେ ପାଉ କ'ଣ ? ଗୋଟେ ଟେଲିଫୋନ ଆଉ ଜଣେ ଲୋକ ଥିବା ଗୋଟେ ତୃତୀୟ ଶ୍ରେଣୀର ପୋଲିସ ଷ୍ଟେସନ ଆମକୁ ମିଲେ। ଛଅ ମାସ ଭିତରେ ଏଇ ପ୍ରକାରର ଏହା ଦ୍ୱିତୀୟ ଘଟଣା। ଆମର ଅଧିକ ସୁରକ୍ଷା ପାଇଁ ଆମେ ନିଷ୍କେ ଦାବି କରିବା।

(ତାଲିମାଡ)

ମିଃ ମେକ୍ ଲରେନ୍, ଆପଣଙ୍କର ପ୍ରସ୍ତାବ ପଢ଼ି ଶୁଣାଇବେ କି ? ମୁଁ କହି ରଖିଛି ଯେ, ଯେତେଦିନ ପର୍ଯ୍ୟନ୍ତ ଏକ ମହତ୍ତ୍ୱପୂର୍ଣ୍ଣ ଉଦ୍ଦେଶ୍ୟ ପାଇଁ ଏଇ ଦେଶର ସ୍ୱଦେଶୀ ଲୋକଙ୍କ ଭିତରେ ଉପଯୁକ୍ତ କର୍ମ ପ୍ରବଣତାକୁ ପ୍ରୋତ୍ସାହିତ କରା ନ ଯିବ ସେତେଦିନ ଯାଏ ଆମେ ଦେଶୀୟ ଅପରାଧର ଦାଉ ଭୋଗ କରୁଥିବା। ଯେହେତୁ ତାଙ୍କ ଜୀବନରେ କୌଣସି ମହତ୍ ଉଦ୍ଦେଶ୍ୟ ବା ଲକ୍ଷ୍ୟ ନାହିଁ, ସେମାନେ ମଦ୍ୟପାନ ଓ ବେଶ୍ୟାବୃତ୍ତି ଆଦି ଅପରାଧକୁ ଆଦରି ନଉଛନ୍ତି। ଆମେ କେଉଁଟା ଚାହିଁବା – ଏକ ଶୃଙ୍ଖଳିତ ପରିଶ୍ରମୀ ସ୍ୱଦେଶୀ ଜାତି ନା ଗୋଟେ ବିଶୃଙ୍ଖଳିତ ଅଳସୁଆ ଓ ଲକ୍ଷ୍ୟହୀନ ଜାତି ? କିନ୍ତୁ ସତ କଥା ହେଲା ଯେ ଆମେ ତାହା ଜାଣୁନା। କାରଣ ଆମେ ଦୁଇଟା ଯାକକୁ ଭୟ କରୁ। ଆଉ ଆମେ ଯେତେଦିନ ଦୋଦୁଲ୍ୟମାନ ହୋଇ ରହିଥିବା, ସେତେଦିନ ପର୍ଯ୍ୟନ୍ତ ନିଜର ନିଷ୍ପତ୍ତି ନେଇ ନ ପାରିବାର ମୂଲ୍ୟ ଦେଉଥିବା। ଅଧିକା ପୋଲିସ ମୁତୟନ ବା ଅଧିକ ସୁରକ୍ଷା ଦାବୀଟାର ଅଳ୍ପ କିଛି ସମୟ ପାଇଁ ବିଶେଷତ୍ୱ ରହିଥିଲେ ହେଁ ସମସ୍ୟା ସମାଧାନର ଅସଲ ପନ୍ଥା ନୁହଁ।

(ତାଲିମାଡ)

*

ମିଃ ଡି. ଭିଲିଅରସ, ଆପଣ କ'ଣ ଭାବୁଛନ୍ତି ଯେ ଦେଶୀୟ ପିଲାମାନଙ୍କୁ ଅଧିକ ମାତ୍ରାରେ ଶିକ୍ଷା ନାଁରେ ସେବା ଯୋଗାଇ ପାରିଲେ ତାଙ୍କ ଭିତରେ ବାଲ ଅପରାଧୀଙ୍କ ସଂଖ୍ୟା କମିଯିବ ?

– ଚେୟାରମେନ୍ ସାର, ମୁଁ ଏଥରେ ପୁରା ନିର୍ଣ୍ଣିତ ।

– ମି: ଡି. ଭିଲିଅର୍ସ, ସ୍କୁଲରେ ପିଲାଙ୍କର ହାର କେତେ ଆପଣ ଜାଣନ୍ତି କି ?

– ଚେୟାରମେନ୍ ସାର, ଜୋହାନ୍‍ସବର୍ଗରେ ପ୍ରତି ଦଶ ଜଣଙ୍କ ଭିତରୁ ଚାରି ଜଣ ସ୍କୁଲ ଯାଆନ୍ତି । କିନ୍ତୁ ସେଇ ଚାରି ଜଣଙ୍କ ଭିତରୁ ଜଣେ ମଧ୍ୟ ଷଷ୍ଠ ଶ୍ରେଣୀ ଯାଏଁ ପହଞ୍ଚି ପାରେ ନାହିଁ । ଛଅ ଜଣ ରାସ୍ତା କଡ଼ରେ ଶିକ୍ଷା ପାଆନ୍ତି ।

– ଚେୟାରମେନ୍ ସାର, ମୁଁ ମି: ଭିଲିଅର୍ସଙ୍କୁ ଗୋଟେ ପ୍ରଶ୍ନ ପଚାରି ପାରିବି କି ?

– ହଁ, ହଁ ଆପଣ ଖୁସିରେ ପଚାରନ୍ତୁ, ମି: ସ୍କଟ ?

– ମି: ଡି. ଭିଲିଅର୍ସ, ଏଇ ପାଠପଢ଼ା କିଏ ଖର୍ଚ୍ଚ କରିବା କଥା ଆପଣ ଭାବୁଛନ୍ତି ?

– ଆମେମାନେ କରିବା କଥା, ଯଦି ଏଇ ଦେଶୀୟ ପିଲାମାନଙ୍କର ବାପା ମାଙ୍କର ଖର୍ଚ୍ଚକୁ ଆମେ ଅପେକ୍ଷା କରି ବସୁ ତାହେଲେ ଆମର ଦେୟଟା ଆଉ କୋଉ ବାଟରୁ ହେଇଯିବ ।

– ମି: ଡି. ଭିଲିଅର୍ସ, ଆପଣ କ'ଣ ଭାବୁ ନାହାନ୍ତି ଯେ ଏମାନଙ୍କୁ ଶିକ୍ଷିତ କରିବା ମାନେ ଆହୁରି ଚାଲାକ୍ ଚତୁର ଅପରାଧୀ ବାହାର କରିବା ?

– ସେଇଟା ସତ ନୁହେଁ, ମୁଁ ଏଥରେ ଜୋର ଦେଇ କହିପାରେ ।

– ମୁଁ ଆପଣଙ୍କୁ ଗୋଟେ ଉଦାହରଣ ଦଉଛି । ମୋର ପାଖରେ ଜଣେ ପିଲା କାମ କରୁଥିଲା । ସେ ଷଷ୍ଠ ଶ୍ରେଣୀ ଯାଏଁ ପାଠ ପଢ଼ିଥିଲା । ଦେଖିବାକୁ ବେଶ୍ ଭଦ୍ର – ଲୁଗାପଟା, ଜୋତା, ମୋଜା ସବୁଥରେ । ମୁଁ ତାକୁ ଭଲ ଦରମା ଦେବା ସହିତ ଭଲ ବ୍ୟବହାର ମଧ୍ୟ ଦେଖାଇଲି । କିନ୍ତୁ ଜାଣନ୍ତି ମି: ଡି. ଭିଲିଅର୍ସ୍ ସେଇ ଏକା ବଦ୍‍ଜାତ୍....

*

– ଜେକ୍‍ସନ, ସେମାନେ ଆଇନ ପ୍ରୟୋଗ କରିବା ଦରକାର ।

– କିନ୍ତୁ ମୁଁ କହୁଛି, ଆଇନ କାନୁନ କିଛି କାମ ଦିଏ ନାହିଁ ।

– ଜୋର୍ ଜବରଦସ୍ତିଆ ହେଲେ ସେଗୁଡା କାମ ଦିଏ ନାହିଁ ।

– କିନ୍ତୁ ମୁଁ କହୁଛି, ସେସବୁ ଆଦୌ ପ୍ରୟୋଗ ସାଧ୍ୟ ନୁହେଁ । ପ୍ରତି ବର୍ଷ ଆମେ ଲକ୍ଷଲକ୍ଷ ଦେଶୀଆଙ୍କୁ ଜେଲରେ ଠୁଙ୍କି ଦେଉ । ସେଠି ସେମାନେ ଅସଲ ଅପରାଧୀ ମାନଙ୍କ ସହିତ ମିଳାମିଶା କରନ୍ତି, ତମେ ଜାଣ ଏକଥା ?

– ଜେକ୍‍ସନ, ସେଇଟା ସତ ନୁହେଁ । ମୁଁ ଜାଣେ ସେମାନେ ବିଚର ଅପେକ୍ଷାରେ ଥିବା କୃଷି ଶ୍ରମିକ ଓ ରୋଡ୍ କେମ୍ପର ଲୋକ ।

– ତମେ ତା ଜାଣି ଥାଇପାର । ହେଲେ ମୋର ମତ ବଦଳିବାର ନୁହେଁ । କ୍ଷେତକୁ, ରୋଡ୍ କେମ୍ପକୁ ବା ଆଉ ଯୋଉଠିକି ଇଚ୍ଛା ସେଇ ସେମାନଙ୍କୁ ତମେ ପଠେଇ ଦେଇପାର । ତେବେ ଲକ୍ଷ ଲକ୍ଷ ଲୋକଙ୍କୁ କଇଦୀ କରିବାରେ କେଉ ଭଲ କଥାଟା କହୁଛ ଭଲା ।

– ତାହେଲେ ତମେ କରିବ କ'ଣ ?

– ପଚରୁଛ ଯେତେବେଳେ କହୁଛି, ଆଚ୍ଛା, ମୁଁ କ'ଣ କରିବି ତାହା ମୁଁ ଜାଣେନି । ତେବେ ଏତିକି ଜାଣେ ଯେ ଯେଉଁ ଆଇନ୍ ପ୍ରଣୟନ କରାଯାଇଛି ତା କାମ ଦିଏ ନାଇଁ ।

*

– ବୁଝିଲ ନା, ଆମେ ଜୁ ଲେକ୍କୁ ଗଲୁ । ସେଠି ଗୋଟେ ପ୍ରକାର ଅସମ୍ଭାଳ ଅବସ୍ଥା । ଦେଶୀଆଙ୍କ ପାଇଁ ଅଲଗା ଦିନଟିଏ କଣ ପାଇଁ ରଖା ହେଉନି, ମୁଁ ବୁଝିପାରୁନି ।

– ମୁଁ ଆଉ ସେଠିକି ରବିବାର ଦିନ ଯାଉନି । ଜନ୍ ଆଉ ପେନେଲପ୍‌କୁ ଅନ୍ୟ କୋଉ ଦିନ ବୁଲେଇ ନେଉ । ଏଇ ବିଧିରାମାନେ ଆଉ କୋଉଠିକି ହେଲେ ଯିବେ କହିଲ ?

– ସେମାନଙ୍କ ପାଇଁ ବୁଲାବୁଲି କରିବାକୁ ସେମିତି କିଛି ବ୍ୟବସ୍ଥା କରା ଯାଉନି କାହିଁକି ?

– ହିଲ୍‌ସାଇଡ୍, ଗଲଫ୍ କୋର୍ସର ଗୋଟେ ପାଖରେ ପ୍ରମୋଦ ଉଦ୍ୟାନ ପରି ମନୋରଞ୍ଜନ କ୍ଷେତ୍ର ତିଆରି କରିବାକୁ ସେମାନେ ରଖୁଁଥିଲେ । ହେଲେ ତାକୁ ନେଇ ଏମିତି ହଇଚଇ ହେଲା ଯେ ଶେଷକୁ ସେଇଟା ବି ବନ୍ଦ ହୋଇଗଲା ।

– କିନ୍ତୁ ସେଇଟା ତ ମୁସ୍କିଲ ହେଇଥାନ୍ତା । ସେଠି ତ ଭାରି ଜୋର ପାଟିଗୋଲ ଅସମ୍ଭାଳ ହୋଇଥାନ୍ତା ।

– ତେଣୁ ଏଇନେ ସେମାନେ ରାସ୍ତାଘାଟରେ ଏକଣ ସେକଣ ହେଇ ଘୁରୁଛନ୍ତି । ବିଶ୍ୱାସ କର, ସେଠି ବି ସେମିତି ଅସମ୍ଭାଳ ପାଟିଗୋଲ । ସେଥିରେ ତ ଫେର ତମେ ସେଠି ରହି ପାରୁଛ ।

– ଏମିତି ଆଉ କଥା ଧରନା, ବୁଝିଲ, ସେମାନେ ଅନ୍ୟ କୋଉଠି ବଡ଼ ବଡ଼ ମନୋରଞ୍ଜନ କେନ୍ଦ୍ର କାହିଁକି ଖୋଲୁ ନାହାନ୍ତି । ସେଠିକି ବସ୍‌ରେ ସେମାନଙ୍କୁ ମାଗଣାରେ ଯିବାକୁ ଦଉ ନାହାନ୍ତି କଣ ପାଇଁ ?

– ଉଦାହରଣ ସ୍ୱରୂପ କୋଉଠି ଖୋଲିବେ ?

– ସେମିତି ପିଛା ଧରି ପଛର ନାଇଁ, କାହିଁକି, ସହର ଭିତରେ ?

– ସେଠିକି ଯିବା ପାଇଁ କେତେ ସମୟ ଲାଗିବ ? ପୁଣି ଫେରିବାକୁ କେତେ ସମୟ ? ରବିବାର ଦିନ ତମ ଝିକରବାକରକୁ ତମେ କେତେ ସମୟ ଛୁଟି ଦିଅ ?

– ଏମିତି ଯୁକ୍ତିତର୍କରେ କି ଲାଭ କହିଲ । ତମେ ରାକେଟ ଧରି ଝଲା । ସେମାନେ ଆମକୁ ଡାକିଲେଣି । ଦେଖ, ସେଠି ମିସେସ୍ ହାର୍ଭେ ଓ ଥେଲମା । ଆଜି ତମକୁ ପୁରା ଷଣ୍ଡ ପରି ଖେଳିବାକୁ ପଡ଼ିବ, କଣ ଶୁଣୁଛଟି ?

*

ଅତି ଶୀଘ୍ର ଦକ୍ଷିଣ ଆଫ୍ରିକାକୁ ଭାଗ ଭାଗ କରି ବିଭାଜିତ କରି ଦେବା ପାଇଁ କେତେ ଲୋକ ପାଟି କରୁଥିଲେ । ସେଠି ଗୋଟେ ଜାଗାରେ କଳାମାନଙ୍କୁ ଛାଡ଼ି ଖାଲି ଗୋରା ରହିବେ, ଆଉ ଗୋଟେ ଜାଗାରେ ଗୋରାମାନଙ୍କୁ ଛାଡ଼ି ଖାଲି କଳାମାନେ ରହିବେ । ସେଠି କଳାମାନେ ନିଜର ଜମି ନିଜେ ଝଷ କରିପାରିବେ, ନିଜର ଖଣିରୁ ନିଜେ ଖଣିଜ କାଢ଼ିବେ ଆଉ ନିଜ ଜାଗାରେ ନିଜ ପାଇଁ ନିଜେ ନୀତି ନିୟମ, ଆଇନ କାନୁନ ତିଆରି କରିବେ । ଆଉ ଥୋକେ ମିଶ୍ରିତ ଶାସନ ବ୍ୟବସ୍ଥା ପାଇଁ ପାଟି କରୁଥିଲେ, ଯୋଉ ବ୍ୟବସ୍ଥା ମଣିଷକୁ ତାର ସ୍ତ୍ରୀ ପିଲାଛୁଆ ଛାଡ଼ି ସହରକୁ ଟାଣି ଆଣେ, ଗୋଷ୍ଠୀ ଭାଙ୍ଗେ, ଘର ଭାଙ୍ଗେ ଆଉ ମଣିଷ ଭାଙ୍ଗେ । ସେମାନେ ଶିଳ୍ପାଞ୍ଚଳ ଓ ଖଣିରେ ଶ୍ରମିକ ବସ୍ତି ବସାଇବାକୁ ଦାବୀ କରୁଥିଲେ ।

ଚର୍ଚ୍ଚ ଗୁଡ଼ିକ ମଧ୍ୟ ଚିତ୍କାର କରୁଥିଲେ । ଇଂରାଜୀ କହୁଥିବା ଚର୍ଚ୍ଚମାନେ ଆହୁରି ଅଧିକ ଶିକ୍ଷା ଓ ସୁଯୋଗର ଦାବୀ ସହିତ ଦେଶୀୟ ଶ୍ରମ ଓ ଉଦ୍ୟୋଗ ଉପରେ ଥିବା ପ୍ରତିବନ୍ଧକକୁ ଉଠାଇ ଦେବାକୁ ଦାବୀ କରୁଥିଲେ । ଆଉ ଆଫ୍ରିକାନୀ କହୁଥିବା ଚର୍ଚ୍ଚମାନେ ଝହୁଁଥିଲେ ଯେ ଦେଶିଆଙ୍କୁ ବିକାଶ ପାଇଁ ସମାନ ଅଧିକାର ଦିଆଯାଉ । ସେମାନେ ଦେଶିଆଙ୍କୁ ତାଙ୍କର କ୍ଷୟିଷ୍ଣୁ ପାରିବାରିକ ଧର୍ମନୈତିକ ମୂଲ୍ୟବୋଧ ବିଷୟରେ ସଚେତନ କରାଉଥିଲେ । ଯେଉଁ ମୂଲ୍ୟବୋଧରେ ଘରର ଝିକର ପାରିବାରିକ, ଧାର୍ମିକ ରୀତିନୀତିର ଅଙ୍ଗ ଥିଲା । ସେଇଟା ଏବେ ଧୀରେ ଧୀରେ ଲୋପ ପାଇବା ସଙ୍ଗେ ସଙ୍ଗେ ଦେଶିଆଙ୍କ ନୈତିକତା ମଧ୍ୟ କ୍ଷୟ ହେଇଗଲାଣି । କିନ୍ତୁ ଚର୍ଚ୍ଚରେ କିୟ ଶାସନ ବ୍ୟବସ୍ଥାରେ ସାମ୍ୟତା ହେବାକୁ ନାହିଁ ।

*

ହଁ ଶହ ଶହ, ହଜାର ହଜାର କଣ୍ଠସ୍ୱରରୁ ଆବାଜ ଉଠୁଥିଲା । କିନ୍ତୁ ସେଥିକୁ କିଏ କଣ କରିପାରିବ ? ଜଣେ ଏଥିପାଇଁ ପାଟି କରୁଛି । କଳା ଲୋକ ଗୋରାଙ୍କୁ ଟପିଯିବା ଭଳି ଏକ ଦେଶର ଢାଞ୍ଚା ଆମେ କେମିତି ଗଢ଼ିବା କିଏ ଜାଣେ ? କେତେ

ଜଣ କହନ୍ତି ଯେ ଦେଶରେ ଆମ ପାଇଁ ପ୍ରଚୁର ଐଶ୍ୱର୍ଯ୍ୟ ଭରିଛି, ଆର ଜଣକ ପାଇଁ ବହୁତ ଅଛି ମାନେ ନୁହେଁ ଯେ ଅନ୍ୟ କାହା ପାଇଁ କମ୍ ହେବ, ସେମିତି କିଛି ମାନେ ନାହିଁ। ଜଣକର ଉତ୍ଥାନ ମାନେ ଆଉ ଜଣକର ପତନ ନୁହେଁ। ସେମାନେ କହିବା ଅନୁସାରେ ଶ୍ରମର ମୂଲ୍ୟ ଯେତିକି କମ୍ ହେବ ଦେଶର ଦାରିଦ୍ର୍ୟ ସେତିକି ବଢ଼ିବ। ଦାମ୍ ବଢ଼ିଲେ ବଜାରର ସୁଯୋଗ ବଢ଼ିବ ତଥା ଶିଳ୍ପ ଓ ଉତ୍ପାଦନର ମଧ ସୁଯୋଗ ବଢ଼ିବ। ଅନ୍ୟମାନେ ଯାର ବିରୋଧ କରି କହନ୍ତି ଯେ ଏଇଟା ବିପଜ୍ଜନକ। କାରଣ ବେଶୀ ମଜୁରୀ ଦେଲେ ଲୋକେ ଯେ ଖାଲି କିଣାବିକା କରିବେ ସେମିତି କିଛି ଅର୍ଥ ନାହିଁ। ବରଂ ତା ସହିତ ବେଶୀ ପଢ଼ିବେ, ବେଶୀ ଭାବିବେ, ବେଶୀ ମାଗିବେ ଆଉ ସବୁ ଦିନ ପାଇଁ ହୀନମନ୍ୟତାରେ ଜାକିରହି ଚୁପ୍ ରହିବେ ନାହିଁ।

ଆମେ ଏପରି ଏକ ଦେଶକୁ କେଉଁ ଢାଞ୍ଚାରେ ଗଢ଼ିବା ତା କିଏ ଜାଣେ? କାରଣ ଆମର ଭୟ ରହିଛି। ଏଇ ଭୟ କେବଳ ଜିନିଷପତ୍ର ହରାଇବାର ଭୟ ନୁହେଁ, ଏଇ ଭୟ ଆମର ଅଧୀନମନ୍ୟତା ହରେଇବାର ଭୟ, ଆମର ଗୋରା ପଣିଆ ହରେଇବାର ଭୟ। କେତେକ କହନ୍ତି ଯେ ଅପରାଧଟା ନିର୍ଦ୍ଦିଷ୍ଟ ଭାବରେ ଖରାପ, କିନ୍ତୁ ଏଇଟା କ'ଣ ଆହୁରି ଖରାପ ନୁହେଁ କି? ଆମର ଯାହା ଅଛି ତାକୁ ସମ୍ଭାଳି ରଖିବା ଓ ଆମେ ଭୟରେ ତାର ମୂଲ୍ୟ ଦେବାଟା ଭଲ ହେବ ନାଇଁ କି? ଅନ୍ୟମାନେ କହନ୍ତି, ଏଇ ଭୟ କଣ ଟାଳି ହେବ? କାରଣ ଇଏ କଣ ସେଇ ଭୟ ନୁହେଁ, ଯାହା ମଣିଷକୁ ଏସବୁ କଥା ଅନୁଧାନ କରିବାକୁ ଏକରକମ ବାଧ କରେ?

*

ଆମେ ଜାଣୁନା, ଆମେ ଜାଣୁନା। ଏମିତି ଦିନ ପରେ ଦିନ ଆମେ ଗଡ଼େଇ ଯିବା। କବାଟରେ ଆହୁରି ତାଲା ଝୁଲିବ। ପଡ଼ିଶା ଘର ଦୁର୍ଦ୍ଧାନ୍ତ ମାଈ କୁକୁରର ଛୁଆ ପଲ ଭିତରୁ ଗୋଟେ ହେଣ୍ଡାଳ କୁକୁର ଛୁଆ ଆଣି ଘର ମୁହଁରେ ଜଗେଇ ଦେବା, କାଖତଳେ ବେଗପତ୍ର ଜାକିଧରି ବାହାରି ଯିବା। ରାତି ଅନ୍ଧାରରେ ଗଛପତ୍ର ଛିପିଲା ସୌନ୍ଦର୍ଯ୍ୟକୁ ଆଉ ତାରା ଭର୍ତ୍ତି ଆକାଶକୁ ରୁହଁ ରହିଥିବା ପ୍ରେମୀ ଯୁଗଳ ମାନଙ୍କ ଆମେ ଆଡ଼େଇ ଚଳିଯିବା। ତାରା ଧାସରେ ଉଜ୍ଜ୍ୱଲ କ୍ଷେତ ପଡ଼ିଆରେ ଆମର ସାନ୍ଧ୍ୟ ଭ୍ରମଣ ଆଉ ରାସ୍ତାରେ ମଦ ନିଶାରେ ଟଳିଟଳି ଆମର ରାତି ଅଧୁଆ ଘର ବାହୁଡ଼ାକୁ ଏଡ଼େଇ ଚଳିଯିବା। ବେଶ୍ ସାବଧାନତାର ସହିତ ଆମେ ଏଇଟାକୁ ଖାଡ଼ିଖୁଡ଼ି ଦେବା, ପୁଣି ସେଇଟାକୁ ଖାଡ଼ିଖୁଡ଼ି ଦେବା ଆଉ ସୁରକ୍ଷା ଓ ସତର୍କତାର ବାଡ଼ ଭିତରେ ଜାକିଜୁକି ହୋଇ ରହିଯିବା। ଆମର ଜୀବନ ସାଙ୍କୁରି ଯିବ। ତେବେ ଏଇ ଜୀବନ ଏବେ ଅପେକ୍ଷାକୃତ ବଡ଼ ଲୋକର ଜୀବନ ପାଲଟି ଯିବ। ସେଠି ଭୟ ଭିତରେ

ବଞ୍ଚିବା । କିନ୍ତୁ ସେଇଟା ଅନ୍ତତଃ ଅଜଣା ଆତଙ୍କର ଭୟ ହେଇ ନ ଥିବ । ବିବେକ ମାଡ଼ି ବସିବ । ଜୀବନ ଦୀପ ଲିଭିଯିବ ନାହିଁ । କୌଣସି ମତେ ଗୋଡ଼େଇ ରଖାଯିବ । ଆଗାମୀ ପିଢ଼ି ପାଇଁ ତାକୁ ସଂରକ୍ଷିତ ରଖାଯିବ । ଆଗାମୀ ପିଢ଼ି ପୁଣି ସେଇ ଜୀବନ ଜିଙ୍କବେ । ସେଦିନ ଆସିବାକୁ ଆହୁରି ବାକି ଅଛି । ସେଇ ଦିନ କେମିତି ଆସିବ ଓ କିପରି ଆସିବ ସେଇ ବିଷୟରେ ଆଦୌ ଭାବିବା ନାହିଁ ।

✳

ପାର୍କଓଲ୍ଡ଼ଠାରେ ଆଜି ରାତିରେ ସେମାନେ ଗୋଟେ ମିଟିଂ କରୁଛନ୍ତି । ଗତ ରାତିରେ ଟରଫନ୍‌ଟେନ୍ ଠାରେ ସେମିତି ଏକ ମିଟିଂ କରିଥିଲେ ଆଉ ଆସନ୍ତାକାଲି ରାତିରେ ମେ ଫେୟାର ଠାରେ ଗୋଟେ ମିଟିଂ କରିବେ । ଲୋକେ ଆହୁରି ପୋଲିସ ମୁତୟନ ପାଇଁ ଦାବୀ କରିବେ । ତା ଛଡ଼ା ମାରଣାସ୍ତ୍ର ଧରି ଘର ଭିତରକୁ ଅନୁପ୍ରବେଶ କରୁଥିବା ଦେଶୀଆଙ୍କୁ ମୃତ୍ୟୁ ଦଣ୍ଡ ଦେବାପାଇଁ ଓ ଘରେ ପଶି ରେହରୀ କରୁଥିବା ଦେଶୀଆଙ୍କୁ ଆହୁରି କଠୋର ଦଣ୍ଡ ବିଧାନ ପାଇଁ ଦାବୀ କରିବେ । ଅନ୍ୟ କେତେ ଜଣ ନୂତନ ଦେଶୀୟ ନୀତି ପ୍ରଣୟନ ପାଇଁ ଦାବୀ କରିବେ । ସେଇ ନୀତି ଦେଶୀଆଙ୍କୁ ଜଣେଇ ଦେବ ଯେ ଏଠିକାର କର୍ତ୍ତା କିଏ । ଦୋ ନମ୍ବରୀ ଆଉ କମ୍ୟୁନିଷ୍ଟ ମାନଙ୍କର କ୍ରିୟାକଲାପ ମଧ ଦମନ ହୋଇଯିବ ।

“ଦେଶୀୟ ଅପରାଧ ପାଇଁ ଏକ ଦୀର୍ଘସୂତ୍ରୀ ଯୋଜନା” ଶୀର୍ଷକ ବିଷୟ ଉପରେ ଲେଫ୍‌ଟ କ୍ଲବ୍ ମଧ ମିଟିଂ ଡାକିଛି । ସେଥିରେ ଉଭୟ ୟୁରୋପୀୟ ଓ ଅଣ ୟୁରୋପୀୟ ବକ୍ତାମାନଙ୍କୁ ତାଙ୍କର ବକ୍ତବ୍ୟ ଉପସ୍ଥାପନ କରିବାକୁ ନିମନ୍ତ୍ରଣ କରାଯାଇଛି । ‘ଦେଶୀୟ ଅପରାଧର ପ୍ରକୃତ କାରଣ’ ଶୀର୍ଷକ ଉପରେ ଗାର୍ଜୀ ସଂଘ ମଧ ଗୋଟେ ମିଟିଂ ଡାକିଛି । ତେବେ ସେଠି ବିଷାଦର ଛାଇ ଘେରି ରହିବ । କାରଣ ସେହି ସନ୍ଧ୍ୟାର ବକ୍ତା ମି: ଆର୍ଥର ଜାରଭିସ୍ ପାର୍କଓଲ୍ଡ଼ ସ୍ଥିତ ବାସ ଭବନରେ ଗୁଲି ମାଡ଼ରେ ଏଇ ମାତ୍ର ନିହତ ।

✳

କାନ୍ଦ, ପ୍ରିୟ ଜନ୍ମଭୂମି କାନ୍ଦ । ଆମ ଭୟର ଉତ୍ତରାଧିକାରୀ ସେଇ ଅଜାତ ଶିଶୁ ପାଇଁ କାନ୍ଦ । ତାକୁ ମାଟିକୁ ନିବିଡ଼ ଭାବରେ ଭଲ ପାଇବାକୁ ଦିଅ ନାହିଁ । ତାର ଆଙ୍ଗୁଳି ସନ୍ଧିରେ କୁଲୁକୁଲୁ ପାଣି ବହିଗଲା ବେଳେ ତାକୁ ମନ ଖୋଲା ହସିବାକୁ ଦିଅ ନାହିଁ । କ୍ଷେତ ପଡ଼ିଆକୁ ନିଆଁ ରଙ୍ଗରେ ଆଉଟି ଦଉଥିବା ଅସ୍ତଗାମୀ ସୂର୍ଯ୍ୟକୁ ଚୁପ୍‌ଚୁପ୍ ଛିଡ଼ା ହୋଇ ଦେଖିବାକୁ ଦିଅ ନାହିଁ । ତା ମାଟିର ପକ୍ଷୀ କିଚିରି ମିଚିରି ଗୀତ ଗାଉଥିବାବେଳେ ତାକୁ ବିହ୍ୱଲ ହେବାକୁ ଦିଅ ନାହିଁ । ଅଥବା କୋଉ ପାହାଡ଼ଟିଏରେ

କି ଉପତ୍ୟକାରେ ତାର ହୃଦୟ ଲାଖ୍ ଯିବାକୁ ଦିଅନାହିଁ । କାରଣ ସେଠି ବେଶୀ ହୃଦୟ ଢ଼ାଲିଦେଲେ ଭୟ ତା ଠାରୁ ସବୁ ଲୁଟିନେବ ।

*

– ମି: ମିସିମାଙ୍କୁ ?

– ଆରେ, ଏଣ୍ଡ ସ୍ଵିଟର ମିସେସ୍ ଏଣ୍ଟେଲା କି ।

– ମି: ମିସିମାଙ୍କୁ, ମୋ ପାଖକୁ ପୋଲିସ ଆସିଥିଲେ ।

– ପୋଲିସ ?

– ସେମାନେ ସେଇ ବୃଦ୍ଧ ପାଦ୍ରୀ ଆଜ୍ଞାଙ୍କର ପୁଅ ବିଷୟରେ ଜାଣିବାକୁ ରୁହାନ୍ତି । ସେମାନେ ତାକୁ ଖୋଜୁଛନ୍ତି ।

– କ'ଣ ପାଇଁ, ମାଆ ?

– ସେମାନେ ତା କହିଲେ ନାହିଁ, ମି: ମିସିମାଙ୍କୁ ।

– ଏଇଟା ଭାରି ଖରାପ ସୂଚନା ।

– ମତେ ବି ସେଇୟା ଲାଗିଲା ।

– ଆଉ ତାପରେ, ମାଆ ?

– ମୁଁ ଡରିଗଲି ଆଜ୍ଞା । ତେଣୁ ମୁଁ ସେମାନଙ୍କୁ ଠିକଣାଟା ବଢ଼େଇ ଦେଲି । ମିସେସ୍ ମିକିଜେ, ୭ ୯ ବ୍ରେଣ୍ଡି-ଥାର୍ଡ ଏଭେନ୍ୟୁ, ଆଲେକ୍ଜାଣ୍ଡ୍ରା । ଆଉ ହଁ, ଜଣେ କହିଲା ଏଇ ସ୍ତ୍ରୀଲୋକ କୁଆଡ଼େ ଭାରି ବଡ଼ ବଡ଼ କଥା ବୁଝାସୁଝା କରେ ।

– ତମେ ସେମାନଙ୍କୁ ଠିକଣା ଦେଇଦେଲ ?

ସେ ଚୁପ୍ଚୁପ୍ ଦ୍ୱାର ପାଖରେ ଛିଡ଼ା ହେଲେ ।

– କଣ ଭୁଲ୍ ହେଲା କି ଆଜ୍ଞା ?

– ତମେ କିଛି ଭୁଲ କରିନ, ମାଆ ।

– ମୁଁ ଡରିଗଲି ।

– ବୁଝିଲ ମାଁ, ଏଇଟା ନିୟମ । ଆମକୁ ତ ନିୟମ ମାନି ଚଳିବାକୁ ପଡ଼ିବ ।

– ଯ଼ା ହେଉ ମତେ ହାଲୁକା ଲାଗିଲା, ଆଜ୍ଞା ।

ସେଇ ସାଧାସିଧା ସ୍ତ୍ରୀଲୋକଟିକୁ ଧନ୍ୟବାଦ ଜଣାଇବା ପୂର୍ବକ ସେ ବିଦାୟ ନେଲେ । ତାପରେ ହଠାତ୍ ଧାର୍ଏକିନା ବୁଲିପଡ଼ି ତାଙ୍କ ରୁମ୍ ଭିତରକୁ ଚାଲିଗଲେ । ତ୍ର ଭିତରୁ ଖଣ୍ଡେ ଲଫାପା କାଢ଼ିଲେ । ତା ଭିତରୁ କେତେଖଣ୍ଡ ନୋଟ୍ ବାହାର କଲେ ଓ ତାକୁ ମନ ଦୁଃଖରେ ରୁହିଁଲେ । ତାପରେ କିଛି ଭାବି ତାକୁ ପକେଟ ଭିତରେ ରଖିଦେଲେ । ପୁଣି କିଛି ଭାବି ଟୋପ୍ୟୀଟାକୁ କାଢ଼ିଲେ, ତାପରେ ଲୁଗାପଟା ପିନ୍ଧିଲେ ।

ତାପରେ ଝରକାରୁ ମିସେସ୍ ଲିଥେବେଙ୍କ ଘର ଆଡ଼କୁ ରୁହିଁ କିଛି ଭାବିଲେ ଓ ମୁଣ୍ଡ ହଲାଇଲେ । କିନ୍ତୁ ସେତେବେଳକୁ ଡ଼େରି ହୋଇଯାଇଥିଲା । କାରଣ ସେ କବାଟ ଖୋଲୁଖୋଲୁ କୁମାଲୋ ତାଙ୍କ ସାମ୍ନାରେ ଠିଆ ।

– ତମେ କୁଆଡ଼େ ବାହାରକୁ ଯାଉଛ କି ଭାଇ ?

ମିସିମାଙ୍ଗୁ ନିରବ ରହିଲେ । – ହଁ ଟିକେ ବାହାରିଥିଲି, ଶେଷରେ ସେ କହିଲେ ।

– କିନ୍ତୁ ତମେ ତ କହିଥିଲ ଯେ ଆଜି ଘରେ ବସି କାମ କରିବ । ମିସିମାଙ୍ଗୁ କହି ଦେଇଥାନ୍ତେ ଯେ ସେ ରୁହିଁଲେ କଣ କାମଟା ଏବେ କରି ପାରିବେନି । କିନ୍ତୁ ତାଙ୍କୁ କଣଟାଏ ରୋକିଦେଲା । ଖାଲି କହିଲେ, ଭିତରକୁ ଆସ ।

– କିନ୍ତୁ ମୁଁ ତମ କାମରେ ଡିଷ୍ଟର୍ବ୍ କରିବିନି, ଭାଇ ।

– ଭିତରକୁ ଆସ, କହିଲେ ମିସିମାଙ୍ଗୁ, ଆଉ କବାଟ ବନ୍ଦ କରିଦେଲେ । – ବୁଝିଲ ଭାଇ, ଏଇ ଟିକିଏ ଆଗରୁ ମିସେସ୍ ଏଙ୍ଗେଲା ଆସିଥିଲେ, ଏଠି ସୋଫିଆ ଟାଉନ୍ର ଏଣ୍ଡ ସ୍ଟିଟରେ ଯାହା ଘରକୁ ଆମେ ଯାଇଥିଲେ ।

କୁମାଲୋ ଆମ୍ମୀୟତାର ସେଇ ସ୍ୱରକୁ ଶୁଣିଲେ । କଣ ଖବର ? ସେ ପଚରିଲେ । କିନ୍ତୁ ତାଙ୍କ ନିଜ ସ୍ୱରରେ ଉସ୍ସୁକତା ଅପେକ୍ଷା ବେଶୀ ଭୟ ଛାଇ ରହିଥିଲା ।

– ଖାଲି ଏତିକି ଯେ, ପିଲାଟାକୁ ଖୋଜିବା ପାଇଁ ପୋଲିସ ତାଙ୍କ ଘରକୁ ଆସିଥିଲା, ସେ ତାଙ୍କୁ ଠିକଣାଟା ଦେଇଦେଲେ; ମାର୍ଫତ / ମିସେସ ମିକିଜେ, ୭୯ ଟ୍ୱେଣ୍ଟି–ଥାର୍ଡ଼ ଏଭେନ୍ୟୁ, ଆଲେକଜାଣ୍ଡ୍ରା ।

– ତାକୁ କାହିଁକି ସେମାନେ ଖୋଜୁଛନ୍ତି ? କୁମାଲୋ ନିମ୍ନ ଓ ଥରଥର ସ୍ୱରରେ ପଚରିଲେ ।

– ସେଇଟା ତ ଆମେ ଜାଣୁନା । ମୁଁ ଯିବାକୁ ବାହାରିଥିଲି ଆଉ ତମେ ଆସି ପହଞ୍ଚିଲ ।

କୃତଜ୍ଞ ଅଥଚ୍ ଉଦାର ଦୃଷ୍ଟିରେ କୁମାଲୋ ତାଙ୍କୁ ରୁହିଁଲେ ଯେମିତି ଆର ଜଣକ ପ୍ରତି ବିରକ୍ତିଟା ତାଙ୍କ ଭିତରେ ମରି ଯାଇଥିଲା । ତମେ ଏକୁଟିଆ ଯାଉଥିଲ ? ବୃଦ୍ଧ ଜଣକ ପଚରିଲେ ।

– ମୁଁ ଏକୁଟିଆ ଯାଉଥିଲି । ହେଲେ ଏବେ ଯେହେତୁ କଥାଟା ତମକୁ କହିସାରିଲିଣି, ତମେ ବି ମୋ ସାଙ୍ଗରେ ଆସ ।

– ତମେ କେମିତି ଯାଉଥିଲ ଭାଇ ? କିଛି ବସ୍ ନାହିଁ ।

– ମୁଁ ଟେକ୍‌ସିରେ ଯିବା ପାଇଁ ବାହାରିଥିଲି । ମୋ ପାଖରେ ପଇସା ଅଛି ।

– ମୋ ପାଖରେ ବି ପଇସା ଅଛି । ମୋ ଛଡ଼ା ଆଉ କେହି ଟଙ୍କା ଦେବା କଥା ନୁହଁ ।

– ଏଥିରେ ଗୁଡ଼ାଏ ଟଙ୍କା ଲାଗିବ ।

କୁମାଲୋ ତାଙ୍କ କୋଟ୍ ଖୋଲିଲେ ଓ ଉସ୍ତୁକତାର ସହିତ ପର୍ସ ଖଣ୍ଡିକ କାଢ଼ିଲେ । – ଏଇ ଏତିକି ପଇସା ଅଛି, ସେ କହିଲେ ।

– ଆମେ ଏଇଟାକୁ କାମରେ ଲଗାଇବା । ଆସ, ଏଥର ଟେକ୍‌ସି ଖଣ୍ଡେ ଖୋଜିବା ।

*

– ମିସେସ୍ ମିକିଜେ !

ସ୍ତ୍ରୀ ଲୋକ ଜଣକ ବିରୋଧ କଲା ପରି ପଛକୁ ହଟିଗଲା ।

– ଏତିକି ପୋଲିସ ଆସିଥିଲା କି ?

– ହଁ ଆସିଥିଲା, ବେଶୀଦିନ ହେଇ ନାହିଁ ।

– ସେମାନେ କଣ ଚୁହିଁଲେ ?

– ପିଲାଟାକୁ ସେମାନେ ଖୋଜୁଥିଲେ ।

– ଆଉ ତମେ କଣ କହିଲ ?

– ମୁଁ କହିଲି, ସେ ବର୍ଷେ ହେଲା ଏଠୁ ଛାଡ଼ିକି ଗଲାଣି ।

– ସେମାନେ ଫେର ଗଲେ କୋଉଠିକି ?

– ସାଣ୍ଡି ଟାଉନ୍‌କୁ । କଣ ମନେ ପକାଇଲା ପରି ସେ ପୁଣି ପଛକୁ ହଟିଗଲା ।

– ଠିକଣାଟା ତମେ ଜାଣି ନ ଥିବ । ସେ ନିର୍ବିକାର ହେଇ କହିଲେ ।

ସ୍ତ୍ରୀଲୋକ ମୁହଁ ଫୁଲାଇ ତାଙ୍କୁ ଚୁହିଁଲା । – ମୁଁ ଆଉ କଣ କରିଥାନ୍ତି । ସେ ସବୁ ପୋଲିସ ଲୋକ ।

– କିଛି କଥା ନାହିଁ । ଠିକଣାଟା କଣ ?

– ମୁଁ ଠିକଣା ଜାଣି ନାହିଁ । ସାଣ୍ଡି ଟାଉନ, ତାଙ୍କୁ ସେତିକି କହିଲି । ସେ ଟିକିଏ ଉତ୍‌କ୍ଷିପ୍ତ ହେଲା ପରି ଲାଗିଲା । – ମୁଁ କହିଲି ନା, ଯେ ମୁଁ ଠିକଣା ଜାଣିନାହିଁ, ସେ କହିଲା ।

*

– ମିସେସ୍ ହାଟାସଡ୍‌ୱାୟୋ !

ପ୍ରସନ୍ନଭାବ ସମ୍ପନ୍ନା ସ୍ତ୍ରୀ ଲୋକଟି ତାଙ୍କୁ ଦେଖ୍‌ଲା ମାତ୍ରେ ହସିଲେ । ବାଟ ମୁହଁରେ କଡ଼କୁ ଆଡ଼େଇ ଯାଇ ଭିତରକୁ ଡାକିଲେ ।

– ଆମେ ଭିତରକୁ ଯିବୁ ନାହିଁ । ପୋଲିସ ଏଠିକି ଆସିଥିଲେ କି ?

– ହଁ ଆଜ୍ଞା, ଆସିଥିଲେ ।

– କଣ ପଚାରିଲେ ?

– ସେମାନେ ପିଲାଟାକୁ ଖୋଜୁଥିଲେ ଆଜ୍ଞା ।

– କଣ ପାଇଁ, ମା ?

– ମୁଁ ଜାଣିନି ଆଜ୍ଞା ।

– ସେମାନେ ଏଠୁ କୋଉଠିକି ଗଲେ ?

– ସ୍କୁଲକୁ, ଆଜ୍ଞା ।

– ଆଛା, ମତେ କହିଲ, କଥାଟା କଣ ଗୁରୁତର ? ସେ ଥରୁଥିବା ପରି ମୋ ଆଡ଼କୁ ଚାହିଁ ଥରକିନା ପଚାରିଲେ ।

– ମୁଁ କହିପାରିବିନି, ଆଜ୍ଞା ।

– ଆଛା ଠିକ୍ ଅଛି ତାହେଲେ ।

– ହଉ, ଆଜ୍ଞା ।

*

– ଗୁଡ଼ ମର୍ଷ, ଭାଇ ।

– ଗୁଡ଼ ମର୍ଷ, ଆଜ୍ଞା । ଦେଶୀୟ ସହକାରୀ ଜଣକ କହିଲା ।

– ସେଇ ଗୋରା ଯୁବକ କୁଆଡ଼େ ଗଲେ ?

– ସେ ସହରକୁ ଏଇନେ ଗଲେ । ଏଇ ଟିକେ ଆଗରୁ ।

– ଏଠିକି ପୋଲିସ ଆସିଥିଲେ କି ?

– ହଁ ସେମାନେ ଆସିଥିଲେ, ଏଇ ଟିକେ ଆଗରୁ ଗଲେ, ଏଇ ଟିକେ ଆଗରୁ ।

– କଣ ପଚାରିଲେ ?

– ସେଠି ଟେକ୍‌ସିରେ ବସିଥିବା ସେଇ ବୁଢ଼ା ପାଦ୍ରୀ ଆଜ୍ଞାଙ୍କର ପୁଅ ଆବ୍‌ସାଲମ୍ କୁମାଲୋକୁ ସେମାନେ ଖୋଜୁଥିଲେ ।

– କଣ ପାଇଁ ଖୋଜୁଥିଲେ ?

– ମୁଁ ଜାଣିନି । ଗୋରା ଲୋକ ସହିତ ଏଠିକି ଆସିଲାବେଲେ ମୁଁ ବାହାରକୁ ଯାଇଥିଲି, ମୋର ଅନ୍ୟ କାମ ଥିଲା ।

– ଆଉ ସେମାନେ କଣ ଖୋଜୁଥିଲେ ତମେ ଜାଣିନ ?

– ମୁଁ ପ୍ରକୃତରେ ଜାଣିନି, ଆଜ୍ଞା ।

ମିସିମାଙ୍କୁ ନୀରବ ରହିଲେ । କଥାଟା କଣ ଗୁରୁତର ? ଶେଷରେ ସେ ପରଖିଲେ ।

– ମୁଁ ଜାଣିନି । ମୁଁ ପ୍ରକୃତରେ କହି ପାରିବିନି ।

– ଗୋରା ଯୁବକ ଜଣକ କଣ ଚିନ୍ତିତ ଥିଲେ ?

– ସେ ଚିନ୍ତିତ ଥିଲେ ।

– ତମେ କେମିତି ଜାଣିଲ ?

ସହକାରୀ ଜଣକ ହସିଲେ । ମୁଁ ତାଙ୍କୁ ଭଲ କରି ଜାଣେ, ସେ କହିଲେ ।

– ସେମାନେ କୁଆଡ଼େ ଗଲେ ?

– ପିମ୍ଭିଲେ ଗଲେ ଆଜ୍ଞା । ସେଇ ଝିଅଟାର ଘରକୁ ।

– ଏଇ ଏବେଏବେ ଗଲେ କହିଲ ।

– ଏଇ ଏବେଏବେ ଗଲେ କହିଲ ।

– ପ୍ରକୃତରେ ଏଇ ଏବେ ଗଲେ ।

– ତାହେଲେ ଆମେ ଯିବା । ଧନ୍ୟବାଦ । ଗୋରା ଯୁବକଟିକୁ ଆମେ ଆସିଥିବା କଥା କହିଦେବ ।

– ହଁ ଆଜ୍ଞା, ମୁଁ ତାଙ୍କୁ କହିଦେବି ।

– ଆରେ ଝିଅ !

– ଆଜ୍ଞା ।

– ଏଠିକି ପୋଲିସ ଆସିଥିଲେ କି ?

– ଏଇଠି ଥିଲେ, ଏଇ ଟିକିଏ ଆଗରୁ ଏଠି ଥିଲେ ।

– ସେମାନେ କାହାକୁ ଖୋଜୁଥିଲେ ?

– ଆଜ୍ଞା ସେମାନେ ଆବ୍‌ସାଲମ କୁମାଲୋକୁ ଖୋଜୁଥିଲେ ।

– ଆଉ ସେମାନଙ୍କୁ କ'ଣ କହିଲୁ ?

– ଆଜ୍ଞା ଗତ ଶନିବାର ଦିନଠାରୁ ତାକୁ ଦେଖ ନ ଥିବାର କହିଲି ।

– ସେମାନେ ତାକୁ କାହିଁକି ଖୋଜୁଥିଲେ ? କାତର ଯନ୍ତ୍ରଣାରେ କୁମାଲୋ ଚିକ୍ରାର କଲା ପରି ପଚାରିଲେ ।

ଝିଅଟା ଡରିଯାଇ ଟିକେ ପଛକୁ ଘୁଞ୍ଚିଗଲା । – ମୁଁ ଜାଣିନି, ସେ କହିଲା ।

– ତୁ କାହିଁକି ପଚାରିଲୁ ନାହିଁ ? ସେ ଚିକ୍ରାର କଲେ ।

ଝିଅଟାର ଆଖିରେ ଲୁହ ଭରିଗଲା । – ମୁଁ ଡରି ଯାଇଥିଲି, ସେ କହିଲା ।

– କେହି ବି କ'ଣ ପଚାରିଲେନି ?

– ମାଇକିନା ମାନେ ପଚାରିବା ଉପରେ ଥିଲେ । ବୋଧହୁଏ ଜଣେ ପଚାରିଲା ।

– କୋଉ ମାଇକିନା ? ଆମକୁ ଟିକେ ଦେଖା । ମିସିମାଙ୍କୁ କହିଲେ । ସେ ସେଇ ସ୍ତ୍ରୀ ଲୋକମାନଙ୍କୁ ଦେଖାଇ ଦେଲା । କିନ୍ତୁ ସେମାନେ ମଧ୍ୟ କିଛି ଜାଣି ନ ଥିଲେ ।

– ସେମାନେ ମତେ କିଛି କହିଲେନି । ଜଣେ ସ୍ତ୍ରୀ ଲୋକ କହିଲା ।

ମିସିମାଙ୍କୁ ତାକୁ ଚୁପିଚୁପି ଏକାନ୍ତରେ ପଚାରିଲେ, – କଥାଟା କ'ଣ ଗୁରୁତର ?

– ହଁ, କଥାଟା ଗମ୍ଭୀର ଜଣାପଡୁଥିଲା ଆଜ୍ଞା ।

ଅସୁବିଧାଟା କ'ଣ ? ସେ ପଚାରିଲେ ।

– ଆମେ ଜାଣିନୁ ।

ସାରା ଦୁନିଆଟା ଏମିତି ଅସୁବିଧା ଭିତରେ ଝମେଲାରେ ଭରପୂର । ସ୍ତ୍ରୀ ଲୋକଟି କହିଲା ।

ମିସିମାଙ୍କୁ ଟେକ୍ସି ଆଡ଼କୁ ଗଲେ । କୁମାଲୋ ତାଙ୍କ ପଛେ ପଛେ ଗଲେ । ଝିଅଟା ପିଲାଙ୍କ ପରି ତାଙ୍କ ପଛରେ ଧାଇଁଲା ।

– ସେ ଆସିଲେ ତାଙ୍କୁ ଜଣାଇବା ପାଇଁ ସେମାନେ ମତେ କହିଲେ ।

ତା'ର ଆଖିରେ ବ୍ୟଥାର ଚିହ୍ନ ସ୍ପଷ୍ଟ । ମୁଁ କ'ଣ କରିବି ? ସେ ପଚାରିଲା ।

– ତୁ ସେଇୟା କରିବା କଥା । ଆମକୁ ବି ଖବର କରିବୁ । ଶୁଣ, ସୁପରିଟେଣ୍ଡେଣ୍ଟଙ୍କ ଅଫିସକୁ ଯାଇ ସୋଫିଆ ଟାଉନ୍‌ର ମିଶନ ହାଉସକୁ ଫୋନ କରିବାକୁ କହିବୁ । ନମ୍ବରଟା ଲେଖ ଦଉଛି । ୪୯–୭୦୪୧ ।

– ମୁଁ ସେଇୟା କରିବି, ଆଜ୍ଞା ।

– ଆଛା କହିଲୁ, ଏଠୁ ପୁଲିସ‌ବାଲା କୋଉଠିକି ଯିବେ, ତତେ କହିଲେ କି ?

– ସେମାନେ କହି ନାହାନ୍ତି, ଆଜ୍ଞା । ତେବେ କିଛି ଖୋଜ ଖବର ମିଳୁନାହିଁ ବୋଲି ସେମାନେ କଥା ହେଉଥିଲେ ।

– ଆଛା, ଆମେ ଏଥର ଯାଉଛୁ ।

– ହଁ ଆଜ୍ଞା । ବିଦାୟ ଜଣାଇବାକୁ ସେ ଅନ୍ୟ ଜଣକ ଆଡ଼କୁ ମୁହଁ ବୁଲାଇଲା ବେଳକୁ ସେ ଜଣକ ନିଜର ଆଶାବାଡ଼ିଟା ଉପରେ ଭରାଦେଇ ଟେକ୍ସି ଭିତରେ ବସି ସାରିଥିଲେ ।

– କେତେ ଭଡ଼ା ନେବ ଭାଇ । ମିସିମାଙ୍କୁ ପଚାରିଲେ ।

କୁମାଲୋ ଥରଥର ହାତରେ ତାଙ୍କର ପର୍ସ ଅଣ୍ଟାଲି ନେଲେ ।

– ମୁଁ କିଛି ମୋ ଖୁସିରେ ତୁମକୁ ସାହାଯ୍ୟ କରିବି, ଭାଇ।

– ତମେ ଭାରି ଦୟାଲୁ। ହେଲେ ଏଇଟା ମୋର ଦେୟ।

– ମୋ ପାଇଁ ଆଉ କେହି ଦେବା କଥା ନୁହେଁ। କୁମାଲୋ ଥରଥର ଗଲାରେ କହିଲେ ଓ ଥରିଲା ହାତରେ ନୋଟ୍ କେଇ ଖଣ୍ଡ କାଢ଼ିଲେ।

– ତମେ ଥରୁଛ ଭାଇ।

– ମତେ ଭାରି ଥଣ୍ଡା ଲାଗୁଛି, ପ୍ରବଳ ଶୀତ।

ମିସିମାଙ୍ଗୁ ଉପରର ମେଘମୁକ୍ତ ଆକାଶକୁ ଚାହିଁଲେ। ସେଇଠୁ ଆଫ୍ରିକାର ଆକାଶର ସୂର୍ଯ୍ୟ ମାଟି ଉପରେ କିରଣ ଢାଳେ।

– ମୋ କୋଠରୀକୁ ଆସ। ଆମେ ସେଠି ନିଆଁ ଜାଳି ଶୋଇବା। ତମକୁ ଟିକିଏ ଉଷ୍ମ ଲାଗିବ। ମିସିମାଙ୍ଗୁ କହିଲେ।


୧୩

ଏଜେନ୍‌ଜେଲେନିକୁ    ଯାତ୍ରାଟା    ନୀରବରେ    କଟିଗଲା।    ଷ୍ଟେସନରୁ ନେତ୍ରହୀନଙ୍କ ଆଶ୍ରମକୁ ଗଲା ବାଟରେ ମିସିମାଙ୍ଗୁ ନିଜ ଆଡୁ ଗୁଡ଼ାଏ କଥାବାର୍ତ୍ତା ଆରମ୍ଭ କଲେ। କିନ୍ତୁ ତାଙ୍କର ବୃଦ୍ଧ ବନ୍ଧୁ ଜଣକଙ୍କର କୌଣସି ପ୍ରସଙ୍ଗରେ ଆଗ୍ରହ ଜଣା ପଡୁ ନ ଥିଲା। ସେ ପୁରା ରୂପ ପାଲଟି ଯାଇଥିଲେ ଯେମିତି।

– ଆଚ୍ଛା, ତମର ଏଠିକାର ରହଣି ଭିତରେ ତମେ କ’ଣ କରିବ ? ମିସିମାଙ୍ଗୁ ପଚାରିଲେ।

– ତମେ ଯୋଉଠି କହିବ ସେଠି ରହିବି। ତମର କାମ ସରିଗଲା ପରେ ମତେ ଏଇ ଏଜେନ୍‌ଜେଲେନି ଜାଗା ଖଣ୍ଡିକ ବୁଲେଇ ଆଣିବ।

– ତମର ଯାହା ଖୁସି ସେଇୟା କର।

– ତମେ ମୋ ଉପରେ ନିରାଶ ହୁଅ ନାଇଁ।

– ମୁଁ ସବୁକିଛି ବୁଝି ପାରୁଛି। ସେସବୁ କଥା ଏବେ ଉଠାଇ କିଛି ଲାଭ ନାହିଁ।

ସେ ୟୁରୋପୀୟ ସୁପରିନ୍‌ଟେଣ୍ଡେଣ୍ଟ ସହିତ କୁମାଲୋଙ୍କ ପରିଚୟ କରାଇଦେଲେ ଯିଏ କି ତାଙ୍କୁ ମିଃ କୁମାଲୋ ବୋଲି ସମ୍ବୋଧନ କଲେ। ଏପରି କରିବାଟା ସାମାଜିକ ପ୍ରଥାର ନିୟମ ନ ଥିଲା। ବୋଧହୁଏ ମିସିମାଙ୍ଗୁ ସୁପରିଟେଣ୍ଡେଣ୍ଟ ମହାଶୟଙ୍କୁ ଏକାନ୍ତରେ ନିଶ୍ଚୟ କିଛି କହିଥିବେ। ସେମାନେ ଦୁହେଁ ତାଙ୍କ ସହିତ ଆସିଲେ ନାହିଁ। ବରଂ ସୁପରିଟେଣ୍ଡେଣ୍ଟ ଜଣକ ତାଙ୍କୁ ରହିବା ଜାଗାର ବାଟ ଦେଖାଇ ଦେଲେ। ଖାଇବା ସମୟ ହେଲେ ସେମାନେ ତାଙ୍କୁ ଡାକିବେ କହିଲେ।

କେତେ ଘଣ୍ଟା ଧରି ସେ ସେଇଠି ଖରାରେ ବସି ରହିଲେ। ସୂର୍ଯ୍ୟର ଉଷ୍ମ ସ୍ପର୍ଶ ହେଉ ଅଥବା ଦୂର ନୀଳ ପାହାଡ଼କୁ ଲମ୍ବିଯାଇଥିବା ସବୁଜିମାର ଦୃଶ୍ୟପଟ ହେଉ, ଖାଲି ସମୟ କାଟିବା ପାଇଁ ହେଉ ଅଥବା ଏକ ନିର୍ଯ୍ୟାତିତ ଅବସାଦଗ୍ରସ୍ତ ଆମ୍ଭ ଉପରେ ଐଶ୍ୱରିକ ପ୍ରଲେପ ହେଉ, ତାହା ସେ କହିପାରିବେନି। କିନ୍ତୁ କ'ଣ ପାଇଁ କେଜାଣି ସେ ଗୋଟେ ସ୍ଫୂର୍ତ୍ତି ଅନୁଭବ କରୁଥିଲେ। ଭୟପଣଟା କିଛି କିଛି କଟି ଯାଉଥିଲା।

ହଁ, ମିସିମାଙ୍କୁ ଯାହା କହିଥିଲେ ତାହା ଅକ୍ଷରେ ଅକ୍ଷରେ ସତ। ହଜାର ହଜାର ଲୋକଥିବା ମହାନଗରୀରେ ଗୋଟେ କଥା ପାଇଁ ସେ କାହିଁକି ଭୟ କରିବେ ? ଏଇ ମହାନଗରୀରେ ତାଙ୍କର ପୁଅ ନଷ୍ଟ ହୋଇଗଲା। ତା ଆଗରେ ଏମିତି ଆହୁରି ଅନେକ ନଷ୍ଟ ହେଇ ଯାଇଥିଲେ ଆଉ ଯା ପରେ ବି ଏମିତି ଆହୁରି ନଷ୍ଟ ହେବେ। ତା'ର କିଛି ଗୋଟେ ଗୁପ୍ତ ରହସ୍ୟଟା ଭେଦ କରିବା ଯାଏଁ ଏମିତି ଚାଲିଥିବ। ସେଇ ରହସ୍ୟଟାକୁ କେହି ଆଜି ପର୍ଯ୍ୟନ୍ତ ଖୋଜି ପାଇ ନାହାନ୍ତି। ତା ବୋଲି ସେ ଯେ ଜଣେ ଗୋରା ଲୋକକୁ ମାରି ଦେବ ! ସେ କିଛି ମନେ ପକାଇ ପାରୁ ନ ଥିଲେ।

ସେ ଢିଆଁଟା କଥା ଭାବିଲେ। ସେ ଅଜାତ ଶିଶୁଟିର କଥା ଭାବିଲେ ଯିଏ କି ତାଙ୍କର ନାତି କି ନାତୁଣୀ ହେବ। ଭାଗ୍ୟର କି ବିଡ଼ମ୍ବନା ! ସେ ନିଜେ ଜଣେ ପୁରୋହିତ, ଅଥଚ ବାହାବୃଡ଼ାର ରୀତିନୀତି ବାହାରେ ତାଙ୍କର ନାତି କି ନାତୁଣୀ ଜନ୍ମ ହେବ। ତଥାପି କଥାଟିକୁ ବାଗେଇ ହେବ। ସେମାନେ ବାହା ହେଇଗଲା ପରେ ସେ ଯେତେକ ଭଙ୍ଗା ଉକ୍ତୁଡାକୁ ସୁଧୁରାଇ ଦେବେ। ବାହାଘର ପରେ ପୁଅ ବୋହୁ ତାଙ୍କ ସାଙ୍ଗରେ ଏଣ୍ଡୋସୋନିକୁ ଫେରି ଯାଇପାରନ୍ତି। ସେ ଓ ତାଙ୍କର ସ୍ତ୍ରୀ ନିଜ ନିଜ ଛୁଆକୁ ଯାହା ଦେଇପାରି ନ ଥିଲେ ସେଇଟା ନାତିକୁ ଦେବେ। ତେବେ ତାଙ୍କର କୋଉଠି ଥିବା ଭୁଲ୍ ରହିଗଲା ? ସେମାନେ କଣଟା କଲେ ଆଉ କଣଟା କରି ନ ପାରିଲେ ଯେ ଶେଷରେ ତାଙ୍କର ପୁଅଟା ଚୋର ହୋଇଗଲା। ଲଫଙ୍ଗା ହେଇ ଏଠି ସେଠି ଘୂରି ବୁଲିଲା। ଏତେ ଅଳ୍ପ ବୟସର ଢିଅ ଛୁଆଟା ସହିତ ସମ୍ପର୍କ ତ ରଖ୍ଖିଲା ଆଉ ତାରି ଛୁଆର ବାପା ହେଲା ଯାହାକୁ ସେ ବାପା ବୋଲି ଡାକି ସୁଦ୍ଧା ପାରିବ ନାହିଁ। ଶେଷକୁ ଏଇୟା ହେଲା ? ତେବେ ସୁଦ୍ଧା ସେ ମନକୁ ବୋଧ ଦେଲେ। ଏଇଟା ଜୋହାନ୍ ସବର୍ଗ ବୋଲି ସିନା ? ଏତେ କଥା ହେଇଗଲା। ତଥାପି ତାଙ୍କ ଭିତରେ ଆଗ ପରି ଭୟଟା ଆହୁରି ଗହୀରରେ ତାଙ୍କୁ ମୋଡ଼ି ମାଡ଼ି ଦେଲା - ଢିଅଟାକୁ ଆଉ ତା'ର ଜନ୍ମ ହେବାକୁ ଥିବା ଛୁଆଟାକୁ ତାଙ୍କ ପୁଅ ଛାଡ଼ି ଯିବାର ଦୁଃଖରେ, ଗୋରା ଯୁବକଟି ଠିକଣା କରି ଦେଇଥିବା ଚାକିରୀଟାକୁ ତାଙ୍କ ପୁଅ ଛାଡ଼ିଦେଇ ପୁଣି ଥରେ ଲଫଙ୍ଗା

ହେଇ ବୁଲିବାର ଦୁଃଖରେ ଭୟଟା ତାଙ୍କୁ ମକଟି ଦେଇଗଲା। ଏଇ ଲଫଙ୍ଗା ଗୁଣ୍ଡା କରନ୍ତି କ'ଣ? ଏମାନେ କ'ଣ ନୀତି ନିୟମ ଆଇନ୍ କାନୁନ୍ ମାନି ଚଳନ୍ତି ନାଇଁ? ଏମିତି ଧର୍ମଛଡ଼ା ହେଇ, ଲକ୍ଷ୍ୟହୀନ ହେଇ ବୁଲୁଥାନ୍ତି? ତାଙ୍କର ଏଇ ଲୁଟ୍ ପାଟିଆ କମାଣିକୁ ରୋକୁଥିବା ଲୋକଟା ଉପରେ ସେମାନେ କ'ଣ ହାତ ଉଠାଇ ନ ଥିବେ?

ଏମିତି କ'ଣଟା ଫାଟିପଡ଼େ ନିଜ ଭିତରେ ଯୋଡ଼ଥିପାଇଁ ଆଉ ଜଣେ ମଣିଷକୁ ସେ ମାରି ପକାଏ? ମଣିଷର ତାଜା ଉଷ୍ଣୁମ ମାଂସପେଶୀରେ ଛୁରୀ ଭୁଷି ଦେଇପାରେ? ଜିଅନ୍ତା ମଣିଷର ମୁଣ୍ଡରେ କୁରାଢ଼ି ଚୋଟ ପକେଇ ଦିଏ? ଦପ୍‍ଦପ୍ ଦେଖୁଥିବା ଦୁଇ ଆଖି ମଝିରେ ଆଉ ଧକ୍‍ଧକ୍ ହେଉଥିବା ହୃତପିଣ୍ଡରେ ଗୁଳି ଚଲାଇ ଦିଏ?

ଏଇ ଭୟଙ୍କର ଭାବନାରେ ସେ ଶିହରୀ ଉଠିଲେ। ତଥାପି ଏଇ ଭାବନା ତାଙ୍କ ଭିତରେ ବିଶ୍ୱାସ ଆଣି ଦେଲା। କାରଣ ଏତେ ବର୍ଷ ଭିତରେ ଏଣ୍ଡୋସେନିରେ ଏମିତି କିଛି ହେଇ ନ ଥିଲା। କିଛି ନାଇଁ ମାନେ କିଛି ହେଇ ନ ଥିଲା। ପିଲାଦିନେ ତାଙ୍କର ପୁଅର ଏମିତି କିଛି ଘଟି ନ ଥିଲା ଯଦ୍ଦ୍ୱାରା କି ସେ ଏପରି ଭୟାନକ କାଣ୍ଡ ଘଟାଇ ପାରିବ। ହଁ, ମିସିମାଙ୍ଗୁଙ୍କ କଥା ସତ। ଏତେ ବଡ଼ ମହାନଗରୀରେ ଏମିତି ଲୋକଙ୍କ ଭିତରେ କିଛି ଜାଣି ନ ପାରିବାର ସନ୍ଦିଗ୍ଧ ଚିନ୍ତା ହିଁ ତାଙ୍କୁ ଡରାଉଥିଲା।

ତେବେ ମଧ ପୁଣି ଥରେ ଘରଟାକୁ ସଜାଡ଼ିବାର ଭାବନାରେ ତାଙ୍କ ମନକୁ ଦର୍ପ ଆସିଲା। ଜୀବନର ସାୟଂକାଲରେ ସେ ଓ ତାଙ୍କର ସ୍ତ୍ରୀ ପୁଣି ଥରେ ସବୁଟାକୁ ନିଜ ଢଙ୍ଗରେ ଗଢ଼ିବେ। ଜାଟୁଡ୍ ଓ ତା'ର ପୁଅ ପାଇଁ, ତାଙ୍କର ପୁଅ ପାଇଁ ଆଉ ଝିଅଟା ଓ ତା'ର ପୁଅଟା ପାଇଁ ପୁଣି ଥରେ ସବୁ କରିବାକୁ ପଡ଼ିବ। ଜୋହାନ୍‍ସବର୍ଗ ଦେଖି ସାରିଲା ପରେ ସେ ଏକ ଗଭୀର ଅବବୋଧ ନେଇ ଏଣ୍ଡୋସେନି ଫେରିଯିବେ। ସେ ଅପେକ୍ଷାକୃତ ଆହୁରି ବିନମ୍ର ଓ ବିନୀତ ହେଇ ଫେରିବେ। ତାଙ୍କ ନିଜ ଭଉଣୀ ଯଦି ବେଶ୍ୟା ହେଇ ନ ଥାନ୍ତା, ଆଉ ତାଙ୍କର ପୁଅ ଚୋର ହୋଇ ନ ଥାନ୍ତା, ନାମହୀନ ଛୁଆଟିର ସେ ଅଜା ହେଇ ନ ଥାନ୍ତେ? ତାଙ୍କୁ ଏ କଥାରେ ଆଉ ବିରକ୍ତି ବୋଧ ଆସୁ ନ ଥିଲା। ଅବଶ୍ୟ ଦୁଃଖ ଲାଗୁଥିଲା। ଜଣେ ନିଜେ ହାଡେହାଡେ ଯୁଝିଥିବା ଅନୁଭୂତିରୁ ବୁଝିଯିବା କଥା ଆଉ କ'ଣ ସବୁ କରିବା ନିହାତି ଆବଶ୍ୟକ, ସେସବୁ ଭଲରୂପେ ଜାଣିଯିବା ଦରକାର। ସ୍କୁଲ ସଂପର୍କରେ ଏକ ପ୍ରକାର ନୂଆଁ ଓ ସକ୍ରିୟ ଉସ୍ତାହ ନେଇ ସେ ନିଜ ଗାଁ ମାଟିକୁ ଫେରିବେ। ସ୍କୁଲଟା ଏମିତି ଜାଗା ଖଣ୍ଡେ ଖାଲି ନୁହେଁ, ଯେଉଁଠିକି ପିଲାମାନେ ଲେଖିବା, ପଢ଼ିବା ଆଉ ସଂଖ୍ୟା ଗଣିବାଟା ଶିଖିବେ। ବରଂ ସ୍କୁଲଟା ଏମିତି ଏକ ଜାଗା ଯୋଉଟି ସେମାନେ ଜୀବନ-ଯାତ୍ରା ପାଇଁ

ନିଜକୁ ସବୁ ଦୃଷ୍ଟିରୁ ପ୍ରସ୍ତୁତ କରିବେ। ତାଙ୍କ ନିଜ ଲୋକଙ୍କର ଶିକ୍ଷା ପାଇଁ, ନିଜର ପାହାଡି ଆଉ ଗାଁ ଭିତରେ ଥିବା ସ୍କୁଲ ପାଇଁ କିଛି ଗୋଟେ କରିବାକୁ ହେବ ଯୋଉଟା କି ପିଲାମାନେ ଏଇ ଜାଗା ଛାଡ଼ି ସହରକୁ ଗଲାବେଳେ ତାଙ୍କ କାମରେ ଆସିବ। ତାହା ତାଙ୍କର ଆଦିବାସୀ ରୀତିନୀତି ଆଇନ୍ କାନୁନ୍‌ରେ ଗୋଟେ ବିକଳ୍ପ ହୋଇପାରିବ। ଧ୍ୱଂସର ପାଉଁଶ ଗଦାରେ ବସି ମଧ୍ୟ ସେ କ୍ଷଣିକ ପାଇଁ ଏଇ କଳ୍ପନାରେ ହଜିଗଲେ।

ହଁ – ତାହେଲେ ଏଇଟା ସତ। ସେ ମନେ ମନେ ଏଇଟା ମାନିନେଲେ। ଗୋଷ୍ଠୀ ଭାଙ୍ଗିଗଲା। ଆଉ କେବେ ସେଇଟା ଯୋଡ଼ି ହେବ ନାଇଁ। ସେ ମୁଣ୍ଡ ନୁଆଁଇଲେ। ଯେମିତି ଉପରେ ଶୂନ୍ୟ ପବନରେ ଜନ୍ମ ଦେଇଥିବା ଲୋକଟାର ଅଲୌକିକ ଡେଣାଟା ହଠାତ୍ ତା ଦେହରୁ ଛିଣ୍ଡି ତଳେ ପଡ଼ିଯାଇଥିଲା। ଆଉ ସେ ଆଶଙ୍କାରେ ଜଡ଼ସଡ଼ ହେଇ ତଳମୁହାଁ ହେଇ ପୃଥିବୀକୁ ଦେଖୁଥିଲା। ଜାତି ଉପଜାତି ସବୁ ଭାଙ୍ଗିଗଲା। ସେଇଟା ଆଉ କେବେ ଯୋଡ଼ି ହେବ ନାହିଁ। ଯେଉଁ ଜାତିରେ ସେ ବଢ଼ିଥିଲେ, ତାଙ୍କର ବାପା, ଗୋସବାପାଙ୍କ ଜାତି ଭାଙ୍ଗିଗଲା। କାରଣ ପୁରୁଷ ମାନେ ଦୂରାନ୍ତରେ, ଯୁବକ ଯୁବତୀ ଦୂରାନ୍ତରେ। ପୁଣି ଭଙ୍ଗା ଗଛ ପୁରୁଷେ ଉଂକରେ ଆଉ ବଢ଼ୁ ନ ଥିଲା।

– ଆମ ପାଇଁ ଖାଇବାଟା ଅଛି, ଭାଇ ?

– ଖାଇବାଟା ହେଇ ଗଲାଣି ?

– ତମେ ଏଠି ଗୁଡ଼ାଏ ବେଳ ହେବ ବସିଲଣି।

– ମୁଁ ଜାଣି ପାରିଲିନି।

– ଆଉ କ'ଣ ସବୁ ପାଇଲ ?

– କିଛି ନାଇଁ।

– କିଛି ନାଇଁ !

– ନା, କିଛି ନାଇଁ। ଖାଲି ଭୟ ଓ ଯନ୍ତ୍ରଣା। ଦୁନିଆଁରେ ଆଉ କିଛି ନାଇଁ। ଅଛି ଖାଲି ଭୟ ଓ ବ୍ୟଥା।

– ଭାଇ ମୋର ....

– କ'ଣ ହେଲା ?

– କଥାଟା କହିବାକୁ କୁଣ୍ଠାବୋଧ ଲାଗୁଛି।

– ତମର କହିବାର ଅଧିକାର ଅଛି। ଅନ୍ୟ କୋହାରି ଅପେକ୍ଷା ତମର ବେଶୀ ଅଧିକାର ରହିଛି।

– ତାହେଲେ ଏବେ ଫେରିବାର ସମୟ। ଏଇଟା ପାଗଲାମୀ, ଏଇଟା ଭଲ କଥା ନୁହେଁ। ଏଇଟା ବି ଗୋଟେ ପାପ। ଯାହାକି ଆହୁରି ଖରାପ। ଜଣେ ପାଦ୍ରୀ ହିସାବରେ ମୁଁ ତମକୁ କହୁଛି।

କୁମାଲୋ ମୁଣ୍ଡ ନୁଆଁଇଲେ। – ତମେ ଠିକ୍ କହୁଛ, ପୂଜକ। ମୁଁ ଆଉ ଏଠି ବସିବାଟା ଠିକ୍ ନୁହେଁ। ସେ କହିଲେ।

*

ଏଇ ଏଜେନ୍‌ଜେଲେନିଟା ଗୋଟେ ବିସ୍ମୟକର ଜାଗା। କାରଣ ନେତ୍ରହୀନମାନେ ଏମିତି ଗୋଟେ ପୃଥିବୀରେ ଦିନ କାଟନ୍ତି ଯାହାକୁ ସେମାନେ ଦେଖି ପାରନ୍ତି ନାହିଁ। ଏଠି ସେମାନଙ୍କୁ ଦୃଷ୍ଟି ଦିଆଯାଇଛି। ଏଠି ଏମାନେ ଏମିତି ଜିନିଷ ତିଆରି କରନ୍ତି ଯୋଉଟା ଜଣଙ୍କର ସବୁ ଦୃଷ୍ଟିଶକ୍ତି ସଙ୍ଗେ ତିଆରି କରିପାରିବ ନାହିଁ। ଭଳିକି ଭଲି ମଜବୁତ୍ ଝୁଡିମାନ। ନାଲି ନେଲି ରଙ୍ଗର ବେତ ଛନ୍ଦାଛନ୍ଦି ହେଇ କେତେ ସୁନ୍ଦର ବୁଣା ହେଇଥାଏ। ଦୃଷ୍ଟିହୀନ ହାତରେ ଅପୂର୍ବ କର୍ମ କୌଶଳର ଝେଲିକି। ତାଙ୍କ ସହିତ କଥା ହେଲାବେଳେ ଦୃଷ୍ଟିହୀନ ଆଖିରେ ଅପୂର୍ବ ଜ୍ୟୋତିର ଝଲକ ଝଟକୁ ଥାଏ। ସେ ଜ୍ୟୋତି କେବଳ ଆମ୍ବାର ଅଗ୍ନିରୁ ବାହାରି ପାରେ। ଏଇ ସହାନୁଭୂତିର କାମଟା ଗୋରାଲୋକେ ହିଁ କରିଥିଲେ। ତାଙ୍କ ଭିତରୁ କେତେ ଜଣ ଇଂଲିଶ କହୁଥିଲେ। ଆଉ କେତେ ଜଣ ଆଫ୍ରିକାନୀ କହୁଥିଲେ। ହଁ, ଇଂରାଜୀ କହୁଥିବା ଗୋରାଲୋକ ଓ ଆଫ୍ରିକାନୀ କହୁଥିବା ଗୋରାଲୋକ ଏକାଠି ମିଳିତ ହେଇ ନେତ୍ରହୀନ କୃଷ୍ଣକାୟଙ୍କର ଆଖି ଖୋଲିଦେଲେ।

ତାଙ୍କର ବନ୍ଧୁ ମିସିମାଙ୍ଗୁ ଆଜି ଗୀର୍ଜାରେ ପ୍ରବଚନ ଦେବେ। ସେଇ ଗୀର୍ଜାଟା ସେ ଦେଖିଛନ୍ତି। ସମସ୍ତେ ଗୋଟିଏ ଗୀର୍ଜାର ଅନ୍ତର୍ଭୁକ୍ତ ହେଇ ନ ଥିବାରୁ କ୍ରୁଶ ଚିହ୍ନ ଥିବା ମଣ୍ଡପ ନ ଥିଲା। ବରଂ କ୍ରୁଶଟା କାନ୍ଥରେ ଖଳପିଟା ହେଇ ଲଟକା ହେଇଛି। ଖଳପିଟା ଜାଗାରେ ଯୋଡେଇଟାକୁ ଟିକେ ଖସେଇ ଦିଆଯାଇଛି। ସୋଫିଆ ଟାଉନ୍‌ରେ ପିନ୍ଧିଥିବା ପୋଷାକ ମିସିମାଙ୍ଗୁ ଏଠି ପିନ୍ଧିବେ ନାଇଁ। ସେ ତା ପରଦିନ ସକାଳପିନ୍ଧା ଲୁଗାରେ ହିଁ ତାଙ୍କର ନିଜ ଲୋକଙ୍କୁ ପ୍ରବଚନ ଦେବେ।

*

ମିସିମାଙ୍ଗୁ ବହି ଖୋଲିଲେ ତ ପ୍ରଥମ ଖଣ୍ଡରୁ ପଢ଼ି ଶୁଣାଇଲେ। ତାଙ୍କର ବନ୍ଧୁଙ୍କର ଏମିତି କଣ୍ଠସ୍ୱରଟିଏ ଥିବାର ସେ ଜାଣି ନ ଥିଲେ। ସେଇ କଣ୍ଠସ୍ୱରରୁ ସୁନା ଝରୁଥିଲା, ପଢ଼ୁଥିବା ପ୍ରତିଟି ଶବ୍ଦରେ ସ୍ନେହ ଭରିଥିଲା। ସ୍ୱରଟା ସ୍ପନ୍ଦନ, କମ୍ପନରେ ଥରୁଥିଲା। ତେବେ ଜଣେ ବୁଢ଼ାଲୋକର ସ୍ୱର ଯେପରି କଣ୍ଠେ ଆଉ ଥରେ, ସେପରି

ନୁହେଁ କିୟା। ପତ୍ରଟିଏ ଯେମିତି ହଲେ, କମ୍ପିଯାଏ ଓ ଥରେ, ସେପରି ବି ନୁହେଁ। ଗୋଟେ ଘଣ୍ଟି ବାଜିବାର ଗହିରିଆ ଶବ୍ଦ, ସ୍ପନ୍ଦନ ଓ କମ୍ପନ ପରି ଲାଗୁଥାଏ। ସେଇ ସ୍ଵରରେ କେବଳ ସୁନା ଛାଇ ନ ଥିଲା, ଏଇ ସ୍ଵର ଏମିତି ଜଣକର ଯାର ହୃଦୟଟା ବି ଗୋଟାପଣେ ସୁନାର। ଶୁଦ୍ଧ ସୁବର୍ଣ୍ଣ ଶବ୍ଦମାନଙ୍କୁ ସେଇ ସ୍ଵର ଉଚ୍ଚାରଣ କରୁଥାଏ। ଲୋକେ ନୀରବରେ ଶୁଣୁଥାନ୍ତି। କୁମାଲୋ ନୀରବ ଥିଲେ। କାରଣର ସୁନାରେ ଆଉଟା ସ୍ଵର, ଶବ୍ଦ ଓ ହୃଦୟ – ଏଇ ତିନୋଟିର ସମାହାର ମିଳେ କାହିଁ ?

    ମୁଁ ଈଶ୍ଵର ତମକୁ ଡାକିଛି ନ୍ୟାୟନିଷ୍ଠତାରେ

    ତମର ହାତ ଧରି ବାଟ କଢ଼ାଇବି

    ତମକୁ ପାଳିବି ପୋଷିବି

    ଜନତାର ଅଙ୍ଗୀକାର ପାଇଁ ତମକୁ ତୋଲିଦେବି

    ବିଧର୍ମୀ ପୌରୋଲିକର ଆଲୋକ ପାଇଁ

    ଖୋଲିବାକୁ ଦୃଷ୍ଟିହୀନ ଆଖି

    ବନ୍ଦୀଶାଳାରୁ ବନ୍ଦୀମାନଙ୍କୁ ଆଣିବାକୁ

    ଅନ୍ଧାରେ ସଢ଼ୁଥିବା ଲୋକଙ୍କୁ

    କାରାଗାର ବାହାରକୁ ନେଇ ଆସିବାକୁ....

ସ୍ଵରଟା ଉପରକୁ ଉଠିଲା। ଜୁଲୁ ଭାଷାଟା ଏମିତି ଊର୍ଦ୍ଧ୍ଵ ଗତିରେ ରୂପାନ୍ତରିତ ହେଇଗଲା। ସେଇ ମଣିଷ ଜଣକ ମଧ୍ୟ ଉପରକୁ ଉଠିଗଲା – ଯେମିତି ଆଉ ସାଧାରଣ ଲୋକଠାରୁ ସେ ଟିକେ ଉଚ୍ଚରେ। ଲୋକେ ନୀରବ ରହିଥିଲେ। ସେମାନେ କଣ ନେତ୍ରହୀନଙ୍କର ଲୋକ ନ ଥିଲେ ? କୁମାଲୋ ନୀରବ ଥିଲେ, କାରଣ ଯେଉଁ ନେତ୍ରହୀନଙ୍କୁ ମିସିମାଙ୍ଗୁ ପଢ଼ି ଶୁଣାଉଥିଲେ ତାଙ୍କୁ ସେ ଜାଣିଥିଲେ;

    ଅନ୍ଧମାନଙ୍କୁ ମୁଁ ସେମାନେ ଜାଣି ନ ଥିବା ଗୋଟେ ବାଟରେ ନେଇଆସିବି

    ସେମାନେ ଜାଣି ନ ଥିବା ମାର୍ଗରେ ମୁଁ ସେମାନଙ୍କୁ ଆଗେଇ ନେବି

    ତାଙ୍କରି ସାମ୍ନାରେ

    ମୁଁ ଅନ୍ଧାରକୁ ଉଜୁଲାଇ ଦେବି

    ବଙ୍କା ତେଢ଼ାକୁ ସିଧା କରିଦେବି

    ଏସବୁ କରି ଚାଲିଥିବି ତାଙ୍କରି ପାଇଁ

    ଆଉ ତାଙ୍କୁ କେବେ ଛାଡ଼ି ଚାଲିଯିବି ନାହିଁ।

ହଁ, ସେ ମୋତେ କହିଲେ, ଏଥିରେ ସନ୍ଦେହ ନାହିଁ। ସେ କହିଲେ କି ଯେ

ଆମେ ପରିତ୍ୟକ୍ତ ନୋହୁଁ। ବେଲେବେଲେ ମୁଁ ନିଜକୁ ପଚାରେ ଆମେ କ'ଣ ପାଇଁ ଭଲା ବଞ୍ଚୁ, ବଞ୍ଚିବା ପାଇଁ ଯୁଝି ଚାଲୁ ଆଉ ମରୁ, ପୁଣି କେତେବେଲେ ପଚାରେ – ଆମେ କୋଉଥ ପାଇଁ ବଞ୍ଚି ରହିପାରୁ ଆଉ ସଂଘର୍ଷ କରିପାରୁ। ଅନ୍ୟମାନଙ୍କୁ ପ୍ରବଚନ ଦେବାପାଇଁ ଲୋକ ପଠାହୁଏ। ଏବେ ଏଇକ୍ଷଣି ମୋ ସାମ୍ନାରେ ଅନ୍ଧାରକୁ ଉଜ୍ଜ୍ୱଳାଇ ଦେବାପାଇଁ କିଏ ବନ୍ଧୁ ଜଣେ ପଠେଇ ଦେଲା ? ଏତେ ବୁଢ଼ା ଲୋକଟିକୁ ସାନ୍ତ୍ୱନା ଦେବାପାଇଁ ଜଣେ ଯୁବକକୁ ଏଇକ୍ଷଣି ଏତେ ଜ୍ଞାନ କିଏ ଦେଲା ? ମୋ ପୁଅ ଛାଡ଼ିକି ଚାଲିଯାଇଥିବା ଝିଅଟିଏ ପାଇଁ ମତେ ଏବେ ଏତେ ଅନୁକମ୍ପା କିଏ ଦେଲା ?

ହଁ, ସେ ମତେ ହିଁ କହିଲେ, ଏକବାର ସାଧାରଣ ଓ ସହଜ ଭାଷାରେ ଧୀରେ ଧୀରେ କହିଲେ, ଆମେ ସାଧୁ ସନ୍ତ ପାଖରେ ସର୍ବଦା ରଣୀ। ସେମାନେ ହିଁ ଆମକୁ ଦୈନ ଓ ଦୁର୍ଦ୍ଦିନରୁ ଊର୍ଦ୍ଧ୍ୱରୁ ନେଇଥାନ୍ତି। ଆମେ କ'ଣ କରୁ ? ଯେହେତୁ ଆମେ ସେତେ କିଛି କରୁନା, ଆମକୁ ପତନରୁ ଉଠାଇବା ପାଇଁ ଆଉ କେହି ସନ୍ତ ନାହାନ୍ତି। ଯଦି ଯୀଶୁଖ୍ରୀଷ୍ଟ ଯୀଶୁଖ୍ରୀଷ୍ଟ ହୋଇପାରନ୍ତି, ସ୍ୱର୍ଗରାଜ୍ୟର ପ୍ରକୃତ ପ୍ରଭୁ ହେଇ ପାରନ୍ତି, ମଣିଷର ପ୍ରଭୁ ହେଇ ପାରନ୍ତି, ତାହେଲେ ଆମର ଦୁଃଖ କଷ୍ଟ ସତ୍ତ୍ୱେ ଆମେ କାହିଁକି କିଛି କରି ନ ପାରିବା ?

ମୁଁ ଶୁଣୁଛି ଭାଇ, ସବୁ ଶୁଣୁଛି। ପ୍ରତିଟି ଶବ୍ଦ ଶୁଣୁଛି।

ସେ ଶେଷ କରି ଆସୁଥାନ୍ତି। ତାଙ୍କ କଣ୍ଠସ୍ୱରରୁ ମୁଁ ଏଇଟା ଜାଣି ପାରୁଥାଏ। ସେ ଯାହାକିଛି କହିଲେ, ଯାହାକିଛି ପ୍ରବଚନ ଦେଲେ ଓ ବୁଝାଇଲେ ତା'ର ପୂର୍ଣ୍ଣାହୁତି ଦଉଛନ୍ତି। ଏଇଯ଼ା ହିଁ ଉତ୍କର୍ଷତା। ସେ ବହି ଖୋଲି ପୁଣି ପଢ଼ିଲେ। ପଢ଼ି ମତେ ହିଁ ଶୁଣାଇଲେ:

ତମେ କ'ଣ ଜାଣି ନାହଁ, ତମେ କ'ଣ ଶୁଣି ନାହଁ ?
ଶାଶ୍ୱତ ବିଭୁ, ଚିରନ୍ତନ ପ୍ରଭୁ
ପୃଥିବୀର ସ୍ରଷ୍ଟା
କେବେ ନୁହନ୍ତି କ୍ଲାନ୍ତ ଶ୍ରାନ୍ତ
ଅବା ଶୂନ୍ୟଚେତ

କଣ୍ଠସ୍ୱର ପୁଣି ଉଚ୍ଚରିତ ହେଲା। ଜୁଲୁ ଭାଷା ଉଚ୍ଚରିତ ହେଇ ରୂପାନ୍ତରିତ ହେଲା। ସେଇ ମଣିଷର ମଧ ଉଚ୍ଚରଣ ହେଲା....

ଏପରିକି ଯୁବକ ବି କ୍ଲାନ୍ତଶ୍ରାନ୍ତ ହେଇଯିବେ
ଯୁଝି ଯୁଝି ତଲେ ପଡ଼ିଥିବେ।
କିନ୍ତୁ ସେମାନେ ପ୍ରଭୁଙ୍କୁ ଅନେଇ

ଦ୍ୱିଗୁଣିତ ଉସ୍ସାହରେ ଚାଲନ୍ତି

ଇଗଲ୍ ପରି ଡେଣା ଝାଡ଼ି

ଊର୍ଦ୍ଧ୍ୱକୁ ଉଠନ୍ତି

ବେଗରେ ଚାଲନ୍ତି

ଥକି ଯାନ୍ତି ନାହିଁ

ସେମାନେ ଖାଲି ଚାଲୁଥାନ୍ତି

ଶ୍ରାନ୍ତିରେ

ଦୁର୍ବଳତାରେ

ଆଉ ମୂର୍ଚ୍ଛା ଯାନ୍ତି ନାହିଁ ।

ଲୋକେ ଦୀର୍ଘଶ୍ୱାସ ଛାଡ଼ିଲେ । କୁମାଲୋ ମଧ୍ୟ ଦୀର୍ଘଶ୍ୱାସ ଛାଡ଼ିଲେ, ଯେମିତି ମହାନ୍ ବାଣୀଟିଏ କୁହାଗଲା । ପ୍ରକୃତରେ ମିସିମାଙ୍ଗୁ ଜଣେ ପ୍ରବଚକ ଭାବରେ ବେଶ୍ ଜଣାଶୁଣା । ସରକାର ପାଇଁ ଏଇଟା କୁଆଡେ ଭଲ, ଜୋହାନ୍ସବର୍ଗରେ ଲୋକେ କହନ୍ତି । ମିସିମାଙ୍ଗୁ ବାସ୍ତବ ଦୁନିଆ ବିଷୟରେ ପ୍ରବଚନ ଦିଅନ୍ତି ନାହିଁ, କହିବାର ଅପୂର୍ବ ଶୈଳୀରେ ସେ ମଣିଷର ହୃଦୟକୁ ଛୁଇଁଯାନ୍ତି । ଲୋକମାନଙ୍କୁ ପ୍ରିଟୋରିଆ ନ ପଠାଇ ସେ ସିଧା ସ୍ୱର୍ଗ ରାଜ୍ୟର ଦ୍ୱାର ଦେଖାଇ ଦିଅନ୍ତି । ସେଠି ଥିବା ଗୋରା ଲୋକେ ସ୍ତବ୍ଧ ଚକିତ ହେଇ କହନ୍ତି, ଏଇ ଅସଭ୍ୟ ବର୍ବର ଜାତିର ଲୋକଟାର ମୁହଁରୁ କି ମାର୍ଜିତ କଥା ବାହାରୁଛି ସତରେ ! ଜଣେ ଦୁର୍ଦ୍ଦାନ୍ତ ସର୍ଦ୍ଦାରର ଅନୁଗତ ହେଇ ଏଇ ଲୋକଟା ହଜାର ହଜାର ହାଣକାଟ, ଲୁଟ ତରାଜ କରିବାର ବେଶୀ ଦିନ ହେଇ ନାହିଁ ।

କେତେ ଜଣ ତାଙ୍କୁ ନାପସନ୍ଦ କରନ୍ତି । ତାଙ୍କର ସୁନାଝରା କଣ୍ଠସ୍ୱରରେ ସେ ଗୋଟେ ଜାତିକୁ ଉଠେଇ ଦେବେ, ସେଇଟା ହିଁ ତାର କାରଣ । ଯାତନା ଓ ଯନ୍ତ୍ରଣାରେ ଜର୍ଜରିତ ଏଇ ଜାଗାଟାରେ ଯଦି ଏମିତି କେତୋଟି କଣ୍ଠସ୍ୱର ଏକତ୍ର ମିଳିତ ହେଇ ଉଠନ୍ତି ତାହେଲେ ଲୋକେ ଏ ନାହିଁ ନ ଥିବା ଦୁଃଖ କ୍ଲେଶରୁ ନିସ୍ତାର ପାଇଯିବେ । ତାଙ୍କ ପାଇଁ ଏଇଟା ସହରୀ ଭାଷା ନୁହଁ । ସେ କୁଆଡ଼େ ସାଧାରଣ ଧୂଳି ମାଟି ପୃଥିବୀର କଥା ପ୍ରବଚନରେ କହନ୍ତି ନାହିଁ । ଲୋକେ ଏଣେ ରାସ୍ତାରେ ଦୁଃଖ କ୍ଲେଶରେ ଯୁଝିଯୁଝି ମରନ୍ତି । ସେମାନେ ପଚରନ୍ତି – ଲୋକଟାକୁ ଏମିତି କି ରକମ ନିର୍ବୋଧତା କେମିତି ମାଡ଼ି ବସେ ? ଏମିତି ନିର୍ବୋଧପଣିଆ ତାଙ୍କରି ଲୋକଙ୍କ ଉପରେ କିଆଁ ମାଡ଼ିବସେ ? ଭୋକିଲା, ରୋଗୀ, ଦୁଃଖୀ ଓ ମୁମୁର୍ଷୁକୁ ଶାନ୍ତ କରେ ? ନିର୍ବୋଧ ମାନେ କେମିତି କେଜାଣି ତାଙ୍କରି କଥାକୁ ମନଧ୍ୟାନ ଦେଇ ଟୁପୁଟୁପ

ଶୁଣୁଥାନ୍ତି । ତାଙ୍କର କଥା ସରିଗଲେ ସେମାନେ ଦୀର୍ଘଶ୍ୱାସ ଛାଡ଼ନ୍ତି । ତାଙ୍କରି ଫମ୍ପା ଶିଢ଼ରେ ସେମାନେ ନିଜର ଫମ୍ପା ପେଟ ଭରନ୍ତି ।

କୁମାଲୋ ତାଙ୍କ ପାଖକୁ ଗଲେ ।

– ଭାଇ, ମୁଁ ଏବେ ନିର୍ଭୟ ।

ମିସିମାଙ୍ଗୁଙ୍କର ମୁହଁ ଉଜ୍ଜଳିଗଲା । ସେ ଖୁବ୍ ନମ୍ର ଓ ବିନୀତ ଭାବରେ କଥାବାର୍ତ୍ତା କଲେ । ସେଥିରେ ଗର୍ବ କିମ୍ବା ଅହଙ୍କାରର ବା ଭେକର ଲେଶ ମାତ୍ର ଚିହ୍ନ ନ ଥିଲା ।

– ମୁଁ ତମ ସହିତ ପାଖେଇ ଆସିବାକୁ ସବୁ ପ୍ରକାର ଚେଷ୍ଟା କରିଛି । କିନ୍ତୁ ତମ ପାଖରେ ପହଞ୍ଚ ପାରିନାହିଁ । ତେଣୁ ଧନ୍ୟବାଦ ଅର୍ପଣ ପୂର୍ବକ ସନ୍ତୁଷ୍ଟ ରହିଛି ।

୧୪

ଏଜେନ୍‌ଜେଲେନିରୁ ଫେରିବା ଦିନ କୁମାଲୋ ମିଶନରେ ତାଙ୍କର ମଧ୍ୟାହ୍ନ ଭୋଜନ କଲେ । ତାପରେ ଜାର୍ଭିସ୍‌ର ପୁଅ ସାଙ୍ଗରେ ଖେଳିବା ପାଇଁ ମିସେସ୍ ଲିଥେବେଙ୍କ ଘରକୁ ଫେରି ଆସିଲେ । ସେଠି ଭାରି ଦମ୍‌ରେ ଦର ଛିଣ୍ଡାଛିଣ୍ଟ ଝଳିଥିଲା । କାରଣ ଜାର୍ଭିସ୍‌ର ଟେବୁଲ ଚୌକି ଓ ଡେକ‌ଚି କଡ଼େଇ ବିକ୍ରୀ ପାଇଁ ମିସେସ୍ ଲିଥେବେ ଜଣେ ଗିରାଖ ଜୁଟେଇଥିଲେ । ସବୁଯାକ ତିନି ପାଉଣ୍ଡରେ ବିକ୍ରୀ ହେଲା । କିଛି କମ୍ ନୁହେଁ । ଟେବୁଲଟା ରଙ୍ଗଛଡ଼ା ହେଇ ଯାଇଥିଲା । ଚୌକିଟା ଏମିତି ନଡ଼ବଡ଼ ହେଇ ହଲୁଥିଲା ଯେ ସାବଧାନରେ ନ ବସିଲେ ଜଣେ ତଳେ ପଡ଼ିଯିବ । ଗିଲ୍‌ଟି ବାସନକୁସନ ଦୁଇ ଖଣ୍ଡର ଯାହା ଦାମ୍ ହେଲା । ଆଜିକାଲି କଳା ଲୋକେ ଏମିତି ବାସନକୁସନ କିଣୁ ନାହାନ୍ତି । ହେଲେ ତାଙ୍କ ଭଉଣୀ ସେସବୁ ତାର ଜଣେ ବନ୍ଧୁ ତାକୁ ଉପହାର ଦେଇଥିବାର କହିଲା । ସେ ବନ୍ଧୁ ଜଣକ କିଏ ସେ ବିଷୟରେ ସେ ପଚରିଲେ ନାହିଁ ।

ସେଇ ଟଙ୍କାରେ ସେ ହଲେ ଜୋତା ଓ କୋଟ୍ ଖଣ୍ଡିଏ କିଣିବାକୁ ରୁହିଁଲା । ବର୍ଷା ମୁଣ୍ଡ ଉପରେ । ତେଣୁ କୋଟ୍ ଖଣ୍ଡେ ନିହାତି ଦରକାର । କୁମାଲୋ ହଁ ଭରିଲେ । କାରଣ ସେ କିଣି ଦେଇଥିବା ଧଳା ଟୋପୀ ଓ ନାଲି ଜାମା ସାଙ୍ଗରେ ତାର ପୁରୁଣା କୋଟ୍ ଓ ଜୋତା ଭାରି ବେଖାପ ଲାଗୁଥିଲା ।

ସବୁଯାକ ଜିନିଷ ଲଦା ହେଇଗଲା । ଟଙ୍କା ଦିଆ ସରିଲା । ଲରିଟା ଝଳିଗଲା ପରେ ସେ ଛୁଆଟା ସହିତ ଖେଳିଥାନ୍ତେ । କିନ୍ତୁ ହଠାତ୍ ତାଙ୍କୁ ଭୟଟା ଏକପ୍ରକାର ଶାରିରୀକ ଯନ୍ତ୍ରଣା ସହ ମାଡ଼ି ବସିଲା । ମିସିମାଙ୍ଗୁ ଓ ଗୋରା ଯୁବକ ଜଣକ ଘର

ଆଡ଼େ ମୁହାଁଇ ଆସୁଥିଲେ । ଅନୁଭୂତିରେ ଅଭ୍ୟସ୍ତ ହେଇ ସେ ନିଜକୁ ଟାଣି ନେଲା ପରି ଫାଟକ ପାଖକୁ ଗଲେ ଓ ଭୟ ବିଜଡ଼ିତ ମନରେ ସେମାନଙ୍କର ନିଷ୍ଫଳ ମୁହାଁ ଓ ନିମ୍ନ ସ୍ୱରର କଥାବାର୍ତ୍ତାକୁ ଲକ୍ଷ୍ୟ କଲେ ।

— ଗୁଡ୍ ଆଫ୍‍ଟର ନୁନ୍, ଆଖା । ଆମେ ଟିକେ କୋଉଠି ଏକାନ୍ତରେ କଥାବାର୍ତ୍ତା ହେବା କି ? ଯୁବକ ଜଣକ ପଚାରିଲେ ।

— ମୋ ରୁମ୍‍କୁ ଆସନ୍ତୁ । ନିଜ କଣ୍ଠସ୍ୱରକୁ ସେ ନିଜେ ବିଶ୍ୱାସ କରି ପାରୁ ନ ଥିଲେ ।

ରୁମ୍‍ରେ ସେ କବାଟ ବନ୍ଦ କରିଦେଲେ । ତାଙ୍କ ଆଡ଼କୁ ନ ରୁହିଁ ସେ ଛିଡ଼ା ହେଇ ରହିଲେ ।

— ତମେ ଯୋଉ କଥାକୁ ଡରୁଛ ମୁଁ ତା ଜାଣେ । କଥାଟା ସତ ।

କୁମାଲୋ ମୁହାଁ ପୋତି ଛିଡ଼ା ହେଇଥିଲେ । ତାଙ୍କୁ ସେ ସିଧା ରୁହିଁ ପାରୁ ନ ଥିଲେ । ଚୌକିଟାରେ ବସି ପଡ଼ି ସେ ଚଟାଣକୁ ସ୍ଥିର ଦୃଷ୍ଟିରେ ରୁହିଁ ରହିଲେ ।

ଏବେ କିଏ ଜଣେ ତାଙ୍କୁ କଣ କହିଲା ନା କଣ ? କେହି ଜଣେ କାନ୍ଧ ଉପରେ ହାତ ପକେଇଲା କି ? ନା କେହି ହାତକୁ ଛୁଇଁଲା ? ନିଜ ଅଜାଣତରେ ମିସିମାଙ୍ଗୁ ଓ ଯୁବକଟି ପରସ୍ପର ଖୁବ୍ ନିମ୍ନ ସ୍ୱରରେ କଥା ହେଉଥିଲେ । ଘରଟା ଭିତରେ କେହି ଜଣେ ମରିଯାଇଥିଲେ ଯେମିତି ଲୋକେ କଥାଭାଷା କୁହନ୍ତି, ଠିକ୍ ସେମିତି ।

ଯୁବକ ଜଣକ ଗୋଟେ ପ୍ରକାର ନିର୍ବିକାର ଭାବରେ କାନ୍ଧ କୁଞ୍ଚେଇଲେ । ଅପେକ୍ଷାକୃତ ଉଚ୍ଚ ସ୍ୱରରେ କହିଲେ – ସୁଧାର ଗୃହ ପାଇଁ କଥାଟା ଆଦୌ ଶୁଭଙ୍କର ନୁହେଁ ।

କୁମାଲୋ ମୁଣ୍ଡ ଟୁଙ୍ଗାରିଲେ । ଥରେ କିୟା ଦୁଇ ଥର ନୁହେଁ, ତିନି ଚରି ଥର । ସତେ ଯେମିତି ସେ ମଧ୍ୟ ନୀରବରେ କହୁଥିଲେ ଯେ କଥାଟା ସୁଧାର ଗୃହ ପାଇଁ ଆଦୌ ଶୁଭଙ୍କର ନୁହେଁ ।

— ହଁ, କଥାଟା ଆମ ପାଇଁ ବି ତ ଖରାପ ହେବ । ସେମାନେ ଆମକୁ ଦୋଷ ଦେବେ । ତାଙ୍କୁ ଶୀଘ୍ର ଛାଡ଼ିଦେଲୁ ବୋଲି କହିବେ । ଅବଶ୍ୟ ଆଉ ଗୋଟେ କଥା । ଅନ୍ୟ ଦୁଇ ଜଣ ପିଲା ସୁଧାର ଗୃହର ନୁହଁନ୍ତି । ହେଲେ କଣ ହେବ, ଇଏ ତ ଗୁଲି ମାରିଛି । ଯୁବକ ଜଣକ କହିଲେ ।

ପାରୁପର୍ଯ୍ୟନ୍ତ ସହଜ ଗଲାରେ ମିସିମାଙ୍ଗୁ କହିଲେ, – ବୁଝିଲ ଭାଇ, ସେଇ ଦୁଇ ଜଣଙ୍କ ଭିତରୁ ଜଣେ ହେଉଛି ତମ ଭାଇର ପୁଅ ।

କୁମାଲୋ ପୁଣି ମୁଣ୍ଡ ଟୁଙ୍ଗାରିଲେ । ଥରେ, ଦୁଇ ଥର, ତିନି ଥର, ଚରି ଥର । ଯେମିତି ସେ ବି କହୁଥିଲେ ଯେ ସେଇ ଦୁଇ ଜଣଙ୍କ ଭିତରୁ ଜଣେ ମୋ ଭାଇର ପୁଅ ।

ତାପରେ ସେ ଛିଡ଼ା ହେଲେ । ରୁମ୍‌ର ଚରିଆଡ଼େ ଅନେଇଲେ । ସେମାନେ ତାଙ୍କୁ ଚହିଁ ରହିଥିଲେ । ଅଲଗୁଣୀରୁ ସେ କୋଟ୍ ଖଣ୍ଡିକ କାଢ଼ି ପିନ୍ଧିଲେ । ମୁଣ୍ଡରେ ଟୋପୀ ପିନ୍ଧିଲେ ଓ ହାତରେ ବାଡ଼ି ଖଣ୍ଡିକ ଧରି ସେମାନଙ୍କ ଆଡ଼କୁ ମୁହଁ ବୁଲାଇଲେ ଆଉ ପୁଣି ସେମିତି ମୁଣ୍ଡ ଟୁଙ୍ଗାରିଲେ । କିନ୍ତୁ ଏଥରକ ସେ ଯାହା କହିଲେ ସେମାନେ ବୁଝି ପାରିଲେନି ।

– ତମେ ଯାଉଛ କି ଭାଇ ?

– ଜେଲ୍‌କୁ ଦେଖା କରିବାକୁ ଯିବ କି ଆଜ୍ଞା ? ମୁଁ ତମ ପାଇଁ ସେଇ ବ୍ୟବସ୍ଥା କରି ଦେଇଛି ।

କୁମାଲୋ ମୁଣ୍ଡ ଟୁଙ୍ଗାରିଲେ । ସେ ପୁଣି ଥରେ ରୁମ୍‌ର ଚରିଆଡ଼େ ଆଖି ବୁଲାଇଲେ । କୋଟ୍, ଟୋପୀ ଓ ବାଡ଼ି ଖଣ୍ଡିକ ଠିକ୍‌ଠାକ୍ ଅଛି କି ନାଇଁ ପରଖିଲେ । ଟୋପୀ ଓ କୋଟ୍ ଉପରେ ହାତ ମାରିଲେ । ବାଡ଼ିଟାକୁ ଆଉ ଥରେ ଦେଖିଲେ ।

– ଭାଇ, ଖାଲି ମତେ ଯଦି ତମେ ରାସ୍ତା ଟିକେ ଦେଖାଇ ଦିଅନ୍ତ, ସେ କହିଲେ ।

– ହଁ, ହଁ, ମୁଁ ଦେଖାଇ ଦେବି ।

– ମୁଁ ତାହେଲେ ମିଶନ୍ ହାଉସ୍‌ରେ ଅପେକ୍ଷା କରିଥିବି – ଯୁବକ ଜଣକ କହିଲେ ।

ମିସିମାଙ୍ଗୁ କବାଟ ଖୋଲିବାକୁ ଗଲାବେଳେ କୁମାଲୋ ତାଙ୍କୁ ରୋକିଲେ । – ମୁଁ ରାସ୍ତା ଯାଏଁ ଚଲି କରି ଯିବି । ତମେ ସେମାନଙ୍କୁ କହିଦେବ । ସେ ହାତ ଠାରି କହିଲେ ।

– ହଁ ଭାଇ, ମୁଁ ତାଙ୍କୁ କହିଦେବି ।

ସେ ଯାଇ ସେମାନଙ୍କୁ କଥାଟା କହିଦେଲେ । କହି ସାରିଲା ପରେ ସାମ୍ନା କବାଟ ବନ୍ଦ କରିଦେଲେ । ସ୍ତ୍ରୀ ଲୋକଙ୍କ କାନ୍ଦଣାରେ ଏମିତି କରିବାଟା ତାଙ୍କର ପ୍ରଥା । ରାସ୍ତାରେ ଜଣକୁ ଧୀରେ ଧୀରେ ନଇଁ ନଇଁକି ଯାଉଥିବାର ଦେଖିଲେ । ସେମିତି ମୁଣ୍ଡ ଟୁଙ୍ଗାରି ଚଲିଥିଲେ । ତାଙ୍କ ପଛରେ ମିସିମାଙ୍ଗୁ । ଲୋକେ ବୃଦ୍ଧ ଜଣକୁ ଅନେଇଥିଲେ । ବୟସଟା ଏଥର ତାଙ୍କ ଉପରେ ଚଟ୍‌କିନା ମାଡ଼ି ବସିବ ନା କଣ ? ଜୀବନର ବାକି ଦିନମାନରେ ତାଙ୍କର ଏମିତି ମୁଣ୍ଡ ହଲାଇବାର ଦୁର୍ବିସହ ପ୍ରକ୍ରିୟା

ରଖିଥିବ ? ତାଙ୍କର ରୁରିପଟେ ଥିବା ଲୋକେ ତାଙ୍କୁ ଦେଖି କହିବେ, ସେ କିଛି ନୁହଁ, ବୁଢ଼ା ହେଇଗଲେଣି ତ, ଆଉ କିଛି ମନେ ରହୁ ନାହିଁ – ନୁହଁ କି ? ସେଇ କଥାରେ ସେ ବି ପୁଣି ମୁଣ୍ଡ ଟୁଙ୍ଗାରି କହିବେ – ହଁ, ଏଇଟା କିଛି ନୁହଁ। ମୁଁ ବୁଢ଼ା ହେଇଗଲିଣି। ମୁଁ ଖାଲି ସବୁ କଥା ଭୁଲିଯାଉଛି। ହେଲେ କିଏ ଜାଣେ, ସେ ବି ମନେ ମନେ କହୁଥିବ, ମୁଁ ସବୁ ମନେ ରଖିପାରେ। ଆଉ କିଛି କରିପାରେ ନାହିଁ ତି ?

ମିସିମାଙ୍କୁ ତାଙ୍କୁ ପାହାଡ଼ ଉପରେ ଭେଟିଲେ। ତାଙ୍କ ହାତ ଧରି ରୁଲିଲେ। ଜଣେ ଛୋଟ ପିଲା ଅଥବା ରୋଗୀ ଜଣେ ସହିତ ରୁଲୁଥିବାର ପରି ତାଙ୍କୁ ଲାଗିଲା। ରାସ୍ତା ପାଖ ଦୋକାନରେ ପହଞ୍ଚିଲେ। ଦୋକାନରେ ପହଞ୍ଚିଲାକ୍ଷଣି କୁମାଲୋ ବୁଲିପଡ଼ି ଆଖି ବନ୍ଦ କରିଦେଲେ। ତାଙ୍କ ଓଠ ଦୁଇଟି ଥରୁଥିଲା। ତାପରେ ସେ ଆଖି ଖୋଲି ମିସିମାଙ୍କୁ ଆଡ଼କୁ ବୁଲିପଡ଼ିଲେ।

– ତମେ ଆଉ ଆସ ନାହିଁ। ଏଇ କାମଟା ମୁଁ ହିଁ କରିବା କଥା – ଆଉ ତାପରେ ସେ ଦୋକାନ ଭିତରକୁ ପଶିଗଲେ।

ସେଠି ଷଣ୍ଢ ରଡ଼ି ପରି ଦମ୍ଭିଲା ସ୍ୱର ଶୁଭିଲା। ସେଠି ଗୋଟେ ଚୌକିରେ ତାଙ୍କ ଭାଇ ଜନ୍ ବସିଥିଲେ। ମୁଖ୍ୟଆ ପରି ବସି ଆଉ ଦୁଇ ଜଣ ଲୋକ ସହିତ କଥା ହେଉଥିଲେ।

ତାଙ୍କ ଭାଇ ତାଙ୍କୁ ଚିହ୍ନି ପାରିଲେ ନାହିଁ। କାରଣ ରାସ୍ତାର ଆଲୁଅଟା ତାଙ୍କ ପିଠିପଟେ ପଡ଼ୁଥିଲା।

– ଗୁଡ୍ ଆଫ୍‌ଟର ନୁନ୍, ଭାଇ।

– ଗୁଡ୍ ଆଫ୍‌ଟର ନୁନ୍, ସାର।

– ଗୁଡ୍ ଆଫ୍‌ଟର ନୁନ୍, ଭାଇ ମୋର। ଆମେ ଗୋଟେ ମାଁ ପେଟର ପୁଅଟି।

– ଆରେ ଭାଇ, ତମେ କି। ତମକୁ ଭେଟି ସତରେ ଭାରି ଖୁସି ଲାଗୁଛି। ତମେ ଆମ ସହିତ ଯୋଗ ଦେବ କି ?

କୁମାଲୋ ସେଠାର ଗରାଖମାନଙ୍କୁ ରୁହିଁଲେ।

– ନା ଥାଉ, ମୁଁ ଗୋଟେ କାମରେ ଆସିଛି। ଭାରି ଜରୁରୀ କଥା।

– ଏମାନେ ସବୁ ମୋର ସାଙ୍ଗ, ସେମାନେ ଅବଶ୍ୟ କିଛି ଭାବିବେ ନାଇଁ ଯେ।

ସେମାନଙ୍କଠୁ ସୌଜନ୍ୟମୂଳକ ବିଦାୟ ନେଇ ସେଇ ଲୋକ ଦୁଇ ଜଣ ରୁଲିଗଲେ।

– ଆଜ୍ଞା, ତତେ ଦେଖ ଭାରି ଖୁସି ଲାଗିଲାରେ ଭାଇ । ଆଉ ତୋର ବ୍ୟବସାୟ ଭଲ ଚଳୁଛି ଟି ? ଆଉ ସେ ବଦ୍‌ଖର୍ଜିକୁ ପାଇଲୁ କି ? ଦେଖୁଛୁ ନା ମୁଁ ମୋର ରଜହାଳୀ ପାଠ ଏ ଯାଏଁ ଭୁଲିନି ।

କିନ୍ତୁ ଏଇ କଥାଟିକୁ ସେ ହସିଦେଲେ, ତା ବି ବେଶ୍ ବଡ଼ ପାଟିରେ ।

– ଆଗେ ଟିକେ ରଜ ପିଇବା । କବାଟ ପାଖକୁ ଯାଇ ସେ ରଜ ପାଇଁ ବରାଦ ଦେଲେ ।

– ଏବେ ବି ସେଇ ସ୍ତ୍ରୀଲୋକଟା ଅଛି ଯେ । ଦେଖ, ମୋର ବି ଏମିତି ନିଜର ଆଇଡ଼ିଆ – ଇଂରାଜୀରେ ତାକୁ କଣ କୁହନ୍ତି କି ? ସେ ଜୋରରେ ଗଲା ଫଟାଇଲା ପରି ପୁଣି ହସିଲେ । କାରଣ ସେ ବଡ଼ ଭାଇ ସହିତ କଉତୁକ କରୁଥିଲେ । – ଫିଡେଲିଟି, ହଁ ସେଇ ଶବ୍ଦଟିକୁ ଖୋଜୁଥିଲି । ଭଲ ଶବ୍ଦଟିଏ ସତରେ । ଆଉ ସହଜରେ ଭୁଲିବି ନାହିଁ । ଏଇ ଆମର ମି: ମିସିମାଙ୍କୁ ଭାରି ବୁଦ୍ଧିଆ । ଆଉ ସେ ବଦ୍‌ଖର୍ଜୀକୁ ତମେ ପାଇଲଣି ନା ?

– ତାକୁ ପାଇଛିରେ ଭାଇ । ତେବେ ପହିଲି ପାଠପଢ଼ା ବେଳର ସେଇ ପିଲା ଭାବରେ ନୁହେଁ । ସେ ଏବେ ଜେଲ୍‌ରେ । ଜଣେ ଗୋରା ଲୋକର ମର୍ଡର କେସରେ ଗିରଫ ହେଇଯାଇଛି ।

– ମର୍ଡର ? ଲୋକଟା ଆଉ ଠଟ୍ଟା ପରିହାସ କଲା ନାହିଁ । ମର୍ଡରକୁ ନେଇ କେହି କେବେ ଠଟ୍ଟା କଉତୁକ କରେ ନାଇଁ । ସେଇଟା ବି ଖୋଦ୍ ଜଣେ ଗୋରା ଲୋକର ମର୍ଡର ।

– ହଁ ମର୍ଡର । ପାର୍କଓଲଡ୍ ବୋଲି ଗୋଟେ କୋଉ ଜାଗାରେ ଘର ଭାଙ୍ଗି ପଶୁଥିଲାବେଳେ ତାକୁ ବାଧା ଦେଇଥିବା ଗୋରା ଲୋକଟାକୁ ଗୁଲି ମାରିଛି ।

– କଣ ? ମୋର ମନେ ପଡ଼ୁଛି । ଦିନେ କି ଦୁଇ ଦିନ ତଳର କଥା କି ? କଣ ମଙ୍ଗଳବାର ଦିନ କି ?

– ହଁ ।

– ହଁ, ମୋର ମନେ ପଡ଼ୁଛି ।

ହଁ, ସେ ମନେ ପକାଇଲେ । ତାଙ୍କର ଠିକ୍ ମନେ ପଡ଼ୁଛି ଯେ ତାଙ୍କ ନିଜ ପୁଅ ଓ ତାଙ୍କ ଭାଇର ପୁଅ ଦୁଇ ଜଣ ଭଲ ସାଙ୍ଗ । ତାଙ୍କର ବିଶାଳ ବେକ ମୂଳରେ ଶିରା ପ୍ରଶିରା ଟଣକି ଉଠିଲା । ଭୁଲତା ଉପରେ ବିନ୍ଦୁ ବିନ୍ଦୁ ଝାଲ ଫିଟିଲା । ଆଖରେ ଭୟ ସ୍ପଷ୍ଟ ହେଇ ଫୁଟି ବାହାରିଲା । ରୁମାଲରେ ସେ ମୁହଁର ଝାଲ ପୋଛିଲେ । ଗୁଡ଼ାଏ

ପ୍ରଶ୍ନ ଉଠୁଛି । ପଇରିବାକୁ ଚେହିଁଲେ ବି ପଇରି ହେଉନି । ଖାଲି ଏତିକି କହିଲେ – ହଁ,
ସତରେ ମୋର ମନେ ପଡୁଛି ।

କୁମାଲୋଙ୍କ ମନ ଭାଇ ପ୍ରତି ସହାନୁଭୂତିରେ ଆର୍ଦ୍ର ହେଇଗଲା । ସେ ଧୀରେ
ଧୀରେ ଧୈର୍ଯ୍ୟର ସହିତ ପ୍ରସଙ୍ଗଟିକୁ ତାଙ୍କ ପାଖରେ ଉଠାଇବେ ।

– ମତେ ଭାରି ଦୁଃଖ ଲାଗୁଛିରେ ଭାଇ ।

କିଏ ଜଣେ କିଛି କହିଲା କି ? କହିଲା କି ଯେ ତମେ ପ୍ରକୃତରେ ଦୁଃଖୀ ।
କେହି କହିଲା ଯେ ଅବଶ୍ୟ ସେ ତମରି ପୁଅ । ଏମତି ଭଲା କେହି ଜଣେ କାଁ
କହିବ ? ଯାର ଅର୍ଥ କିଛି ନ ବୁଝି କେମିତି ଜଣେ କହିଦେବ ? ଚୁପ୍ ରହିଥିବା
କଥା । ତେବେ ଆଖି ତ ଖୋଲା ଅଛି । ତାର ଅର୍ଥ ସଭିଙ୍କୁ ଜଣା ।

– ତା ମାନେ... ? ସେ ପଇରିଲେ ।

– ହଁ । ସେ ବି ସେଇଠି ଥିଲା ।

ପ୍ରଭୁ ! ପ୍ରଭୁ ! ଜନ୍ କୁମାଲୋ ଫିସ୍ ଫିସ୍ ହେଇ କହିଲେ । ପୁଣି ଥରେ ସେ
ତାର ପୁନରାବୃତ୍ତି କରି ତାଙ୍କ କାନ୍ଧରେ ହାତ ରଖିଲେ ।

– ଏମତି ଗୁଡ଼ାଏ କଥା କହିବାର ଅଛି, ସେ କହିଲେ ।

– ହଁ, ଗୁଡ଼ାଏ ଏମତି କଥା ।

– ତେବେ ସେ ସବୁ ମୁଁ ଏବେ କହୁ ନାଇଁ, ତୋର ମନର ଅବସ୍ଥା ମୁଁ ବୁଝି
ପାରୁଛି ।

– ହଁ ଭାଇ, ତମଠାରୁ ଆଉ କିଏ ଅଧିକା ବୁଝିପାରିବ ?

– ହଁ, ତେବେ ଗୋଟେ କଥା । ମିଶନ୍ ହାଉସ୍‌ରେ ଜଣେ ଲୋକ ମତେ
ଅପେକ୍ଷା କରିଛନ୍ତି । ସେ ମତେ ଜେଲ୍ ପର୍ଯ୍ୟନ୍ତ ପହଞ୍ଚାଇ ଦେବେ । ତୁ ବି ଆମ
ସାଥିରେ ଯାଇପାରୁ ।

– ତା ହେଲେ ମୋର କୋଟ୍ ଖଣ୍ଡିକ ଓ ଟୋପିଟା ମୁଁ ନେଇ ଆସେ ।

ସେମାନେ ରଇ ପାଇଁ ଅପେକ୍ଷା କଲେ ନାହିଁ । ସଙ୍ଗେସଙ୍ଗେ ମିଶନ ହାଉସ
ରାସ୍ତାକୁ ବାହାରି ଗଲେ । ସେମାନଙ୍କ ଫେରନ୍ତା ବାଟକୁ ଉସ୍ତୁକ ହେଇ ଚେହିଁ ରହିଥିବା
ମିସିମାଙ୍ଗୁ ସେମାନଙ୍କୁ ଆସୁଥିବାର ଦେଖି ପାରିଲେ । ଏଥରକ ବୃଦ୍ଧ ଜଣକ ବେଶ୍
ସଲଖ୍ୟ ଚେହିଁଲୁଥିଲେ । ବରଂ ଅନ୍ୟ ଜଣକ ଭାଙ୍ଗିପଡ଼ି ନଭଙ୍ଗିଲା ପରି ଜଣା ପଡୁଥିଲେ ।

ଇଂଲଣ୍ଡର ସେଇ ଗୋଲାପୀ ଚିବୁକ ଥିବା ଫାଦର ଭିନ୍‌ସେଣ୍ଟ କୁମାଲୋଙ୍କୁ
ଦୁଇ ହାତରେ ଧରିନେଲେ । – ଯେ କୌଣସି ବିଷୟ ହେଉ, ଖାଲି ତମେ କହ,

କୌଣସି ପ୍ରକାର ସାହାଯ୍ୟ ମୁଁ କରିବା ପାଇଁ ରାଜି। ଯେ କୌଣସି କାମ ମୁଁ କରିଦେବି, ସେ କହିଲେ।

*

ବିକଟ ରୁକ୍ଷ ଉଚ୍ଚ କାନ୍ଥ ଘେରା ଫାଟକଟି ସେମାନେ ପାରି ହେଲେ। ଯୁବକ ଜଣକ ତାଙ୍କ ପାଇଁ କଥାବାର୍ତ୍ତା କରିବେ, ସେମିତି ବ୍ୟବସ୍ଥା କରାହୋଇଛି। ଜନ୍ କୁମାଲୋଙ୍କୁ ଗୋଟେ ରୁମ୍‌କୁ ନିଆଗଲା। ତାଙ୍କ ଭାଇ ଷ୍ଟିଫେନ୍ କୁମାଲୋ ଯୁବକ ଜଣକ ସହିତ ଆଉ ଗୋଟେ ରୁମ୍‌କୁ ଗଲେ। ତାଙ୍କ ପୁଅମାନଙ୍କୁ ସେଠିକି ଡକାଗଲା।

– ପୁଅ ମୋର, ମୋ ପୁଅ।

– ହଁ, ବାପା।

– ଯା ହେଉ ତତେ ମୁଁ ଶେଷରେ ପାଇଲି।

– ହଁ, ବାପା।

– ତେବେ ଖୁବ୍ ଡେରିରେ।

ପିଲାଟା ଆଉ କିଛି ଉତ୍ତର ଦେଲା ନାହିଁ। ଯେମିତି ତାର ନୀରବତାରେ କିଛି ଆଶା ଛପି ରହିଥିଲା। ବାପା ତାଙ୍କୁ ଜଡ଼େଇ ଧରିଲେ। ବହୁତ ଡେରି ହୋଇଗଲା, ନୁହେଁ କି ? ସେ ପରଷ୍ଠରିଲେ। କିନ୍ତୁ କିଛି ବି ଉତ୍ତର ଆସିଲା ନାହିଁ। ବ୍ୟସ୍ତ ହୋଇ ସେ ଲାଗଲାଗ ସେଇ ପ୍ରଶ୍ନକୁ ଦୋହରାଇଲେ, ବହୁତ ଡେରି ହୋଇଗଲା ନା ? ପିଲାଟା ମୁଣ୍ଡକୁ ଖାଲି ଏକଡ଼ ସେକଡ଼ କରୁଥାଏ। ଗୋରା ଯୁବକଟିର ଆଖିରେ ତାର ଆଖି ମିଶିଯିବାରୁ ସେ ଦୃଷ୍ଟି ଫେରାଇ ଆଣିଲା। ସେଇ ଦୃଷ୍ଟିରେ ଯେମିତି କହୁଥିଲା, ମୋ ବାପା, ମୋ ବାପା ହିଁ ଏଯୟ କହୁଛନ୍ତି।

– ତତେ ମୁଁ ଜାଗା ଜାଗା ଖୋଜି ବୁଲିଛି ରେ ପୁଅ।

ତଥାପି କୌଣସି ଉତ୍ତର ନାହିଁ। ବୃଦ୍ଧ ଜଣକ ହାତ ଢିଲା କଲେ, ପୁଅର ହାତ ନିର୍ଜୀବ ପରି ତାଙ୍କ ହାତମୁଠାରୁ ଖସିଗଲା। ବାଧାଟା ଏଠି। ଦୁହିଁଙ୍କ ଭିତରେ ବିଚ୍ଛିନ୍ନତାର ଗୋଟେ କାନ୍ଥ ପଡ଼ିଗଲା।

– ଏମିତି ବିଭତ୍ସ କାଣ୍ଡ ତୁ କଲୁ କାହିଁକିରେ ପୁଅ ?

ଗୋରା ଯୁବକ ଜଣକ ସତର୍କତାର ସହିତ ଏପଟ ସେପଟ ହେଉଥାନ୍ତି। ଗୋରା ଓ୍ଵାର୍ଡରର ଭାବଭଙ୍ଗୀରୁ କିଛି ଜଣା ପଡୁ ନ ଥାଏ। ବୋଧହୁଏ ସେ ଏଇ ଭାଷା ଜାଣି ନ ଥିଲା। ପିଲାଟାର ଆଖିରେ ପାଣି ଜମି ଆସିଲା। ସେ ମୁହଁ ବୁଲାଇଲା। ଆଗ ପରି ଚୁପ୍‌ଚୁପ୍। କିଛି ଉତ୍ତର ନାଇଁ।

– ମୋ କଥାର ଉତ୍ତର ଦେ ରେ ପୁଅ।

– ମୁଁ ଜାଣିନି ।

– ବନ୍ଧୁକଟା ଭଲା ତୁ କିଆଁ ଧରିଥିଲୁ ?

ଗୋରା ୱାର୍ଡର୍ ଜଣକ ଉସ୍ସୁକ ହେଇ ଚ'ହଲ ମାରିଲା, କାରଣ ସେଇ ଶବ୍ଦଟା ଜୁଲୁରେ ଯାହା, ଇଂଲିଶ୍ ଆଉ ଆଫ୍ରିକାନ୍ରେ ବି ତାହା ପିଲାଟା ଭିତରେ ଟିକିଏ ଜୀବନର ଆଭାସ ମିଳିଲା ।

– ସୁରକ୍ଷା ପାଇଁ । ଜୋହାନ୍ସ୍ବର୍ଗଟା ଗୋଟେ ବିପଜ୍ଜନକ ଜାଗା । ମଣିଷ କେତେବେଳେ କାହା ହାବୁଡ଼ରେ ପଡ଼ିବ ସେ କଥା କିଏ ଜାଣେ ।

– ହେଲେ ତମେ ଏଇ ଘରଟା ଉପରେ କାଇଁ ଚଡ଼ଉ କଲ ?

ପୁଣି ତାର ଉତ୍ତର ମିଳିଲା ନାହିଁ ।

– ସେମାନେ ସେଇଟା ପାଇଗଲେ କିରେ ପୁଅ ।

– ହଁ ବାପା ।

– ତୁ ତାଙ୍କୁ କଣ କହିଲୁ ?

– ମୁଁ କହିଦେଲି ଯେ ଗୋରା ଲୋକଟାକୁ ହଠାତ୍ ଆସିଯିବାର ଦେଖି ମୁଁ ଘାବରେଇ ଗଲି । ଡରିଯାଇ ମୁଁ ତା ଉପରେ ଗୁଲି ଫୁଟାଇ ଦେଲି । ନ ହେଲେ ତାକୁ ମାରିବାର ମୋର ଉଦ୍ଦେଶ୍ୟ ନ ଥିଲା ।

– ଆଉ ତୋର ଭାଇ ? ଅନ୍ୟମାନେ ?

– ହଁ, ମୁଁ ତାଙ୍କୁ କହିଲି, ସେମାନେ ମୋ ସାଙ୍ଗରେ ଆସିଥିଲେ । କିନ୍ତୁ ମୁଁ ହିଁ ସେଇ ଗୋରା ଲୋକଟାକୁ ଗୁଲି କରିଛି ।

– ସେଠିକି କଣ ତୁ ଚୋରି କରିବା ପାଇଁ ଯାଇଥିଲୁ ?

ୟାର ବି ଉତ୍ତର ନ ଥିଲା ।

– ତୁ ତ ସୁଧାର ଗୃହରେ ଥିଲୁ ନା ପୁଅ ?

ପିଲାଟା ନିଜର ଜୋତାକୁ ଚହିଁଲା ଆଉ ଟିକିଏ ଆଗପଟକୁ ଗୋଡ଼ରେ ଆଡ଼େଇ ଦେଲା ।

– ହଁ ସେଠି ଥିଲି ।

– ସେଠି ତତେ ଭଲ ବ୍ୟବହାର କରୁଥିଲେ ?

ପିଲାଟାର ଆଖିରେ ପୁଣି ପାଣି ଜମି ଆସିଲା । ସେ ପୁଣି ମୁହଁ ବୁଲାଇ ନେଲା । ଆଖି ତଳକୁ କରି ସେ ଜୋତା ହଲକୁ ଆଗକୁ ପଛକୁ ଠେଲୁଥାଏ ।

– ହଁ, ଭଲ ବ୍ୟବହାର କରୁଥିଲେ ।

– ଆଉ ତାରି ପ୍ରତିଦାନରେ ତୁ ଏଇୟା ଦେଲୁ ପୁଅ ?

ପୁଣି ତାର ଉତ୍ତର ନ ଥିଲା । ଗୋରା ଯୁବକ ଜଣକ କଥା ମଝିରେ ପଶିଲେ । କାରଣ ସେ ଜାଣନ୍ତି ଯେ ଏଇ କଥାର କିଛି ମାନେ ନାହିଁ । ଦୁଇ ଜଣ ପରସ୍ପରକୁ ଏମିତି ଯନ୍ତ୍ରଣା କାତର କରିବାର ଦେଖି ତାଙ୍କୁ ବୋଧହୁଏ ଭଲ ଲାଗିଲା ନାହିଁ ।

– ଆଚ୍ଛା ଆବ୍‌ସାଲମ୍ ?

– ସାର୍ ?

– ମୁଁ ତୋ ପାଇଁ ଠିକଣା କରିଦେଇଥିବା କାମଟା ତୁ କଣ ପାଇଁ ଛାଡ଼ିଦେଲୁ ?

ଗୋରା ଯୁବକକୁ ମଧ୍ୟ କିଛି ଜବାବ ମିଳିଲା ନାହିଁ । ଏପରି କଥାର କିଛି ଉତ୍ତର ନ ଥାଏ ।

– କାମଟା କାହିଁକି ଛାଡ଼ିଦେଲୁ ଆବ୍‌ସାଲମ୍ ?

ଏଇ କଥାର ଉତ୍ତର ନାହିଁ ।

– ଆଉ ତୋର ସେଇ ଝିଅ ସାଙ୍ଗଟା ? ତାର ଦୁରାବସ୍ଥା ଦେଖି ଆମେ ଦୟା ପରବଶ ହେଇ ତତେ ଛାଡ଼ିଦେଲୁ ।

ତାର ଆଖିରେ ପୁଣି ଲୁହ ଭରିଗଲା । ସେ ଛାଡ଼ି ଆସିଥିବା ଝିଅଟା ପାଇଁ କାନ୍ଦୁଛି ନା କଣ କିଏ ଜାଣେ । ଦେଇଥିବା କଥାଟା ସେ ଭାଙ୍ଗି ଦେଇଥିବାରୁ କାନ୍ଦୁଛି ନା କଣ ? ନା ସେ ତାର ଭାଙ୍ଗିରୁଜି ଯାଇଥିବା ଆଉ ଗୋଟେ ସତ୍ତା ପାଇଁ ବିଳପି ଉଠୁଛି ? ଯେଉଁ ସତ୍ତା ସ୍ତ୍ରୀ ଛୁଆ ପରିବାର ପାଇଁ ଖଟେ, କମାଣି କରେ, ତାଙ୍କୁ ଆଦରି ରଖେ, ପୁଣି ଆବୋରି ରଖେ, ନୀତି ନିୟମ ମାନି ଚଳେ, କର ଖଜଣା ଦିଏ ସେଇ ସତ୍ତାଟା ତାର ହାରିଯାଇଛି ? ନା ଖାଲି ନିଜ ପାଇଁ କାନ୍ଦୁଛି ? ତୁହାକୁ ତୁହା ଏଇ କାହିଁକି, କାହିଁକି ଆଉ କାହିଁକିର ପ୍ରଶ୍ନ ବାଣରେ ଜର୍ଜରିତ ହେଇ ଏଥିରୁ ସେ ମୁକ୍ତି ଚାହୁଁଛି କି ? ପ୍ରଶ୍ନର ଭିଡ଼ ଭିତରୁ ଖସି ଯାଇ ଏକାନ୍ତରେ ରହିବାକୁ ଚାହେଁ ନା କଣ ? ଏ 'କାହିଁକି'ର ମାନେ ସେ ଜାଣେନା କାହିଁକି ଯେ ? ଏମାନେ କେହି ତା ସାଙ୍ଗରେ କଥାବାର୍ତ୍ତା କରୁ ନାହାନ୍ତି, ଥଟ୍ଟାମଜା କରୁ ନାହାନ୍ତି, ସହଜ ଢଙ୍ଗରେ ତା ପାଖରେ କେହି ବସୁ ନାହାନ୍ତି । ଏମାନେ ଖାଲି ପ୍ରଶ୍ନ ଉପରେ ପ୍ରଶ୍ନ ପଚାରି ଚାଲିଛନ୍ତି । କେବଳ କାହିଁକି, କାହିଁକି ଆଉ କାହିଁକି ? ତାର ବାପା, ଗୋରା ଯୁବକ, ଜେଲ୍ ଅଫିସର, ପୋଲିସ, ମାଜିଷ୍ଟେଟ୍ ସମସ୍ତେ – କାହିଁକି, କାହିଁକି ? କାହିଁକି ?

ଗୋରା ଯୁବକ ଜଣକ କାନ୍ଧ କୁଞ୍ଚାଇଲେ, ଗୋଟେ ପ୍ରକାର ନିର୍ବିକାର ହେଇ ହସିଲେ । ତେବେ ଠିକ୍ ଅର୍ଥରେ ସେ ନିର୍ବିକାର ହେଇ ଯାଇ ନ ଥିଲେ । ଦୁଇ ଆଖିରେ ତାଙ୍କର ବ୍ୟଥାର ଚିହ୍ନ ସ୍ପଷ୍ଟ ।

– ଦୁନିଆଁର ଗତି ଏଇୟା, ସେ କହିଲେ ।

– ମତେ ଗୋଟେ କଥାର ଉତ୍ତର ଦେ ରେ ପୁଅ । ଦେବୁ ତ ?

– ହଁ ବାପା, ଦେବି ।

– ତୁ ଚିଠି ଖଣ୍ଡେ ସୁଦ୍ଧା ଲେଖିଲୁ ନାହିଁ, କିଛି ଖବର ଦେଲୁ ନାହିଁ । କୁସଙ୍ଗରେ ପଡ଼ିଲୁ । ଘର ଭାଙ୍ଗି ଚୋରି ଡକାୟତି କଲୁ ଆଉ ଶେଷରେ – ହଁ, ଏଡ଼େ କାଣ୍ଡ କଲୁ ? କିନ୍ତୁ କାହିଁକି ?

ତା ଉପରେ ଫିଙ୍ଗା ହେଉଥିବା "ସେଇ" ଶବ୍ଦଟିକୁ ପିଲାଟା ଜାବୁଡ଼ି ଧରିଲା ।

– କୁସଙ୍ଗରେ ପଡ଼ିଗଲି ।

– ଏଇଟା ତାର ଉତ୍ତର ନୁହଁ, ତୁ ଠିକ୍ ଜାଣୁ ।

କିନ୍ତୁ ତାର ଆଉ ମୁକୁଳିବାର ବାଟ ନାହିଁ । ସେ ପୁଣି କହିଲା ।

– ହଁ, କୁସଙ୍ଗରେ ପଡ଼ିଗଲି ।

– ହଁ ବୁଝୁଛି ଯେ । ହେଲେ ତୁ ନିଜେ କେମିତି ଏକଥା କରି ପାରିଲୁ?

ସେମାନେ ପୁଣି ପରସ୍ପରକୁ ଯନ୍ତ୍ରଣାକ୍ତ କରିବାରେ ଲାଗିଲେ । ବେଦନାକ୍ତ ପିଲାଟା ମୁହଁରେ ପୁଣି ଟିକେ ଜୀବନ ସଞ୍ଚରିଲା ।

– ଏଇଟା ସୈତାନର କାମ ।

ଆରେ ବାଇଆ ପିଲାଟା ତୁ କିଆଁ କହୁନୁ ଯେ ସୈତାନ୍ ସହିତ ଦିନ ରାତି ଯୁଝି ଯୁଝି ତୁ କ୍ଲାନ୍ତ ଶ୍ରାନ୍ତ ହେଇଯାଇଛୁ? କହିଦଅନୁ କିଆଁ ଯେ ତୋର ଆଉ ଲଢ଼ିବାକୁ ଦେହରେ ବଳ ନାଇଁ । ତୋର ପାପ କର୍ମ ପାଇଁ ତୁ କେତେ ଅନୁତପ୍ତ – ସେଇ ପାପର ପୁନରାବୃତ୍ତି ନ କରିବା ପାଇଁ ତୁ କେତେ ଥର ପ୍ରତିଜ୍ଞା କରିଛୁ, ଆଉ ପୁଣି ସେଇ ପ୍ରତିଜ୍ଞା କେମିତି ବାର ବାର ଭୁଷୁଡ଼ି ପଡିଛି, ସେ କଥା ତୁ କହୁନୁ କାହିଁକି ? ଯେତେ ଥର ସେଥରୁ ଓହରି ଆସି ସିଧା ହେଇ ଛିଡ଼ା ହେଇଛୁ, ସେତେ ଥର ପୁଣି ହାମୁଡ଼ି ପଡ଼ି ଙୁଣ୍ଠିଛୁ ଆଉ ଶେଷରେ ପୁଣି ପଡି ଯାଇଛୁ, ସେ କଥା କହିଦେଲେ ଏଇ ଯନ୍ତ୍ରଣା କାତର ବୃଦ୍ଧ ଜଣକୁ ଅନ୍ତତଃ କିଛି ମାତ୍ରାରେ ସାନ୍ତ୍ୱନା ମିଳିଯାଆନ୍ତା । ଲୋକଟା ଏତେ ନେହୁରା ହେଲା ପରି ପଚାରୁଛି । ତା ସାଙ୍ଗରେ ତୁ ଯୁଝି ପାରୁନୁ କାହିଁକି ?

ପିଲାଟା ସେମିତି ତଳକୁ ପୋଟି, ନିଜ ପାଦକୁ ଚାହିଁ କହିଲା, – ମୁଁ ଜାଣିନି ।

ବୃଦ୍ଧ ଜଣକ ଥକିଗଲେ । ପିଲାଟା ଥକିଗଲା । ସମୟ ସରିବା ଉପରେ । ଗୋରା ଯୁବକ ଜଣକ ପୁଣି ତାଙ୍କ ପାଖକୁ ଆସିଲେ ।

– ଝିଏ କ'ଣ ଏବେ ବି ସେଇ ଝିଅଟାକୁ ବାହା ହେବାକୁ ଚାହେଁ ? ଗୋରା ଯୁବକ ଜଣକ କୁମାଲୋଙ୍କୁ ପଚାରିଲେ ।

– ସେଇ ଝିଅଟାକୁ ବାହା ହେବୁ କି ପୁଅ ?

– ହଁ, ବାପା ।

– ହଉ ଦେଖିବା, ମୋ ଦ୍ୱାରା ଯାହା ସମ୍ଭବ ମୁଁ କରିବି । ଏବେ ଯିବା ସମୟ ହେଇ ଗଲାଣି । ଗୋରା ଯୁବକ କହିଲେ ।

– ଆମେ ପୁଣି ଆସି ପାରିବା ତ ?

– ହଁ, ତମେ ଆସି ପାରିବ । ଦେଖା କରିବା ସମୟଟା ଆମେ ଗେଟ୍‌ରୁ ବୁଝି ନେବା ।

– ଆଛା, ଜଗିକି ରହିବୁ ପୁଅ ।

– ହଁ ବାପା, ତମେ ଦେଖ୍ କରି ଯିବ ।

– ପୁଅରେ, ତୁ ଏଠି ଚିଠି ଲେଖ ପାରିବୁ ପରିକା ଲାଗୁଛି । କିଂତୁ ପୁଣି ଥରେ ଆମର ସାକ୍ଷାତ ନ ହେବା ଯାଏଁ ତୁ ତୋର ମାଁକୁ ଚିଠି ଲେଖବୁ ନାହିଁ । ପ୍ରଥମେ ମୁଁ ତା ପାଖକୁ ଲେଖେ ।

– ଠିକ୍ ଅଛି, ବାପା ।

ସେଠୁ ବାହାରି ଆସି ଗେଟ୍ ବାହାରେ ସେମାନେ ଜନ୍ କୁମାଲୋଙ୍କୁ ଭେଟିଲେ । ସେ ଏବେ ଟିକେ ସାକ୍ଷାମ ଥବାର ଜଣାପଡୁଥିଲେ ।

– ଏଥର ଆମେ ଜଲଦି ଗୋଟେ ଓକିଲ ଠିକଣା କରିବା, ସେ କହିଲେ ।

– କଣ ଭାଇ, ଓକିଲ ? କଣ ପାଇଁ ଆମେ ଏତେ ଟଙ୍କା ଖର୍ଚ୍ଚ କରିବା ? କଥାଟା ପୁରା ସିଧା, ଏଥିରେ ସଂଦେହ ନାହିଁ ।

– କଥା କଣ ? ଜନ୍ କୁମାଲୋ ପଚରିଲେ ।

– କଥାଟା ? ଏଇ ତିନି ଜଣ ପିଲା ଗୋଟେ ଘରକୁ ଖାଲି ଅଛି ଭାବି ପଶିଗଲେ । ଚିକରଟାକୁ ତଲେ ଗଡ଼େଇ ଦେଲେ । ଶବ୍ଦ ଶୁଣି ଗୋରା ଲୋକଟା କଣ ହେଉଛି ଦେଖବାକୁ ଚାଲି ଆସିଲା । ଆଉ ତାପରେ.... ମୋ ପୁଅ... ମୋରି... ତୋର ନୁହେଁ... ତାକୁ ଗୁଲି ମାରିଦେଲା । ସେ କହୁଛି ଯେ ସେ କୁଆଡ଼େ ଖୁବ୍ ଡରିଗଲା ।

– ଆଛା, ଆଛା, କଥାଟା ତାହେଲେ ଏଇୟା, ଜନ୍ କୁମାଲୋ କହିଲେ । ସେ ଆଶ୍ୱସ୍ତ ହେଲା ପରି ଜଣାପଡ଼ିଲେ । ପୁଣି କହିଲେ, – ଓହୋ, ଘଟଣାଟି ତା ହେଲେ ଏମିତି । ସେ କଣ ସମସ୍ତଙ୍କ ସାମ୍ନାରେ ତମକୁ କହିଲା ?

– କଥାଟା ଯଦି ସତ ତାହେଲେ କାହିଁକି କହିବନି ?

ବଡ଼ ଭାଇଙ୍କ କଥାରେ ଜନ୍ କୁମାଲୋ ହସିଲେ । କହିଲେ, – ଯାହା ଜଣା ପଡ଼ୁଛି ମୋ ପୁଅ ପାଇଁ ଜଣେ ଓକିଲ ଦରକାର । କାରଣ ଓକିଲ ହିଁ ତା ସହିତ ଏକାନ୍ତରେ କଥାବାର୍ତ୍ତା କରିପାରିବ ।

କିଛି କ୍ଷଣ ଭାବିଲା ପରେ ସେ ତାଙ୍କ ଭାଇଙ୍କୁ କହିଲେ, – ଆଛା ଭାଇ, ସେଠି ମୋ ପୁଅ ଓ ଅନ୍ୟମାନେ ଥିବାର ତ ସେମିତି କିଛି ପ୍ରମାଣ ନାହିଁ ।

ହଁ, ଏଥର ଜନ୍ କୁମାଲୋ ହସିଲେ । ସେ ଏଥିରୁ ଉଦ୍ଧାର ପାଇଗଲା ପରି ଜଣାପଡ଼ିଲେ ।

– ସେଠି ଆଦୌ ନ ଥିଲେ ? କିନ୍ତୁ ମୋ ପୁଅ ତ...

– ହଁ, ହଁ, ତମ ପୁଅ କଥା ଭଲା ଆଉ କିଏ ବିଶ୍ୱାସ କରିବ । ଜନ୍ କୁମାଲୋ ଟିକିଏ ହସି କଥା ମଝିରେ କହିଲେ ।

ସେ ବେଶ୍ ଅର୍ଥ ରଖି କଥାଟା କହିଲେ – ନିଷ୍ଠୁରୁଣ ନିର୍ଦୟ ଅର୍ଥ । କୁମାଲୋ ଅସହାୟ ହେଇ ଛିଡ଼ା ହେଇଥାନ୍ତି । ଗୋରା ଯୁବକ ଜଣକ କାର୍ ଭିତରକୁ ଯାଇ ବସି ପଡ଼ିଲେ । କୁମାଲୋ ତାଙ୍କୁ ପଛରିଲା ଆଖିରେ ରହିଁଲେ । କିନ୍ତୁ ଯୁବକ ଜଣକ କାନ୍ଧଟାକୁ କୁଞ୍ଚେଇ ଗୋଟେ ପ୍ରକାର ନିସ୍ପୃହ ହେଇ କହିଲେ, – ତମକୁ ଯାହା ଭଲ ଦିଶୁଛି ସେଇଯା କର । ତମ ପାଇଁ ମୁଁ ବି ଓକିଲ ଯୋଗାଡ଼ କରି ପାରିବି ନାହିଁ । ତେବେ ତମେ ଯଦି ସୋଫିଆ ଟାଉନ୍ ଫେରିବାକୁ ରହଁ, ତାହେଲେ ମୁଁ ତମକୁ ସାଙ୍ଗରେ ନେଇଯିବି ।

ଏଇ ନିସ୍ପୃହତାରେ କୁମାଲୋ ଆହୁରି ବିବ୍ରତ ହେଇପଡ଼ିଲେ । କିଂକର୍ତ୍ତବ୍ୟ ବିମୂଢ଼ ହେଇ ଛିଡ଼ା ହେଇ ରହିଲେ । ତାଙ୍କର ଏମିତି ଅବ୍ୟବସ୍ଥିତ ଚିତ୍ତ ଦେଖି ଗୋରା ଯୁବକ ଜଣକ ଟିକେ ରାଗିଗଲେ । ଗାଡ଼ିର କାଚ ବାହାରକୁ ମୁହଁ ଠୁଙ୍କାଇ ବଡ଼ ପାଟିରେ କହିଲେ:

– ତମ ପାଇଁ ଓକିଲ ଯୋଗାଡ଼ କରିବା ମୋର କାମ ନୁହଁ । ଲୋକଙ୍କୁ ସୁଧାରିବା, ସାହାଯ୍ୟ କରିବା ଓ ଉପରକୁ ଉଠାଇବାଟା ମୋର କାମ ।

କହୁକହୁ ସେ ରାଗର ମୁଖମୁଦ୍ରା ଦେଖାଇ କାର୍ ଭିତରକୁ ଭୁଷ୍କିନା ମୁହଁଟାକୁ ଗଳାଇ ଦେଲେ ଆଉ କାର୍ ଚଲାଇବା ଆରମ୍ଭ କଲା ପରି ହେଲେ । ତାପରେ ମନ ବଦଲାଇଲେ ନା କଣ ପୁଣି କାର୍ ବାହାରକୁ ମୁହଁ ଠୁଙ୍କାଇଲେ ।

– ଏଇଟା ଭାରି ଭଲ କାମଟିଏ, ଭାରି ମହତ୍ କାମ ସତରେ, ସେ କହିଲେ ।

ସେ କାର୍ ଭିତରକୁ ପୁଣି ମୁହଁ ଫେରାଇଲେ । ତାପରେ ପୁଣି ଥରେ ବାହାରକୁ ମୁହଁ କାଢ଼ି କୁମାଲୋଙ୍କ ସହିତ କଥାବାର୍ତ୍ତା କଲେ ।

– ଜଣେ ପାଦ୍ରୀର କାମକୁ ମହତ୍‌ ବୋଲି ତମେ ଭାବିବା କଥା ନୁହେଁ, ସେ କହିଲେ ।

ବୋଧହୁଏ ନିଜେ ବଡ଼ ପାଟିରେ କହୁଥିବାର ଜାଣି ପାରିଲେ ନା କଣ ଟିକେ ସ୍ବରକୁ ଧୀମେଇ ଆଉ ରାଗରେ ଓ‌ଠ ଚିପି କହିଲେ,

– ତମେ ଆମ୍ଭାର ଅନ୍ତଃଶୁଦ୍ଧି କର, ସେ କହିଲେ (ଯେମିତି ଏଇ ଅନ୍ତଃଶୁଦ୍ଧିକରଣଟା ଏକ୍‌ବାର୍‌ ଠିଆମଜାର ଖେଳଟାଏ) । – ମୁଁ ବି ସେଇୟା କରେ । ତମରି ସାମ୍ନାରେ ପୃଥିବୀକୁ ମଣିଷ ଜନ୍ମ ନେଇ ଆସନ୍ତି, ପୁଣି ଏ‌ଠୁ ବିଦାୟ ନେଇ ଚାଲି ଯାଆନ୍ତି । ମୁଁ ବି ସେଇୟା ଦେଖେ । ଏଇ ଆବ୍‌ସାଲମକୁ ମୁଁ ନୂଆଁ ପୃଥିବୀରେ ଜନ୍ମ ହେବାର ଦେଖିଥିଲି ଆଉ ଏବେ ତାକୁ ସେଠୁ ଚାଲିଯିବାର ଦେଖିବି ।

ସେ କୁମାଲୋଙ୍କୁ ତୀକ୍ଷଣ ଦୃଷ୍ଟିରେ ଚାହିଁଲେ । କହିଲେ, ଆମେ ତାକୁ ଚାଲିଯିବାର ହିଁ ଦେଖିବା । ଏତିକି କହି ସାରି ସେ ପୁଣି ଥରେ ମୁହଁ ଫେରାଇ ଷ୍ଟିଅରିଂକୁ ଜୋରରେ ଚାପି ଧରିଲେ । ଯେମିତି ତା'କୁ ସେଇକ୍ଷଣି ମାଡ଼ି ମକଟି ଭାଙ୍ଗିଦେବେ । ପଚାରିଲେ, ସୋଫିଆ ଟାଉନ୍‌ ଫେରିବ ତ ?

କୁମାଲୋ ମୁଣ୍ଡ ହଲାଇ ମନା କଲେ । ସେ ଏ‌ଥର ଏଇ ଅଜଣା ଲୋକଟା ସାଙ୍ଗରେ କାର୍‌ରେ ବସିବେ କେମିତି ? ଜନ୍‌ କୁମାଲୋଙ୍କୁ ଚାହିଁ ଯୁବକଟି ମୁହଁ କାଡ଼ି କହିଲେ – ତମେ ଭାରି ଚାଲାଖ୍‌ ଲୋକ । ହେଲେ ପ୍ରଭୁଙ୍କୁ ଅଶେଷ ଧନ୍ୟବାଦ ଯେ ତମେ ମୋର ଭାଇ ନୁହଁ । ଏତକ କହି ସାରି ସେ ବେଶ୍‌ ଜୋର୍‌ରେ ଗାଡ଼ି ଷ୍ଟାର୍ଟ କଲେ । ରାଗରେ ନିଜେ ଭଡ଼ଭଡ଼ ହେଇ ଗାଡ଼ିଟାକୁ ସଶ‌ବ୍ଦେ ଚଲାଇନେଲେ ।

କୁମାଲୋ ତାଙ୍କ ଭାଇଙ୍କୁ ଚାହିଁଲେ । କିଂତୁ ତାଙ୍କର ଭାଇ ତାଙ୍କୁ ଚାହିଁଲେ ନାହିଁ । ସେ ଚାଲିବାକୁ ଲାଗିଲେ । କ୍ଲାନ୍ତଶ୍ରାନ୍ତ ହେଇ ବଡ଼ ଫାଟକର ବେଡ଼ା କାନ୍ଥରୁ ଯାଇ ରାସ୍ତା ଉପରକୁ ଉଠିଲେ । ହେ ପ୍ରଭୁ ! ହେ ପ୍ରଭୁ ! ମତେ ଏମିତି ଛାଡ଼ିଦିଅ ନାହିଁ, ସେ କହିଲେ । ଫାଦର୍‌ ଭିନ୍‌ସେ‌ଣ୍ଟଙ୍କ କଥା ତାଙ୍କର ମନେ ପଡ଼ିଲା । ଯେତେବେଳେ ଯାହା କହିବ ମୁଁ ସାହାଯ୍ୟ କରିବି, ଫାଦର୍‌ ଭିନ୍‌ସେଣ୍ଟ ଏଇୟା କହିଥିଲେ । ହଁ, ୟା'ପରେ ସେ ଫାଦର୍‌ ଭିନ୍‌ସେଣ୍ଟଙ୍କ ପାଖକୁ ଯିବେ ।


୧୫

ଭଗ୍ନ ମନୋରଥ ହେଇ କୁମାଲୋ ମିସେସ୍‌ ଲିଥେବେକଙ୍କ ଘରକୁ ଫେରିଲେ । ସ୍ତ୍ରୀଲୋକ ଦୁଇଜଣ ଚୁପ୍‌ଚାପ୍‌ ଥିଲେ । ତାଙ୍କ ସହିତ କଥା ହେବାକୁ କି ଭଣଜା ସହ ଖେଳିବାକୁ ମଧ୍ୟ କୁମାଲୋଙ୍କ ଇଚ୍ଛା ହେଲା ନାହିଁ । ନିଜ କୋଠରୀ ଭିତରେ

ନୀରବରେ ବସି ରହିଲେ। ପୁଣିଥରେ ମିଶନ ହାଉସକୁ ଯିବାପାଇଁ ସେ ଶକ୍ତି ଠୁଳ କରୁଥିଲେ ଅବା। ସେଠି ବସିଥିବାବେଲେ କବାଟରେ ଠକ୍‌ଠକ୍ ହେଲା। କବାଟ ଖୋଲି ଦେଖିଲାବେଲକୁ ମିସେସ୍ ଲିଥେବେ ଗୋରା ଯୁବକଟି ସହିତ ବାଟ ମୁହଁରେ ଛିଡ଼ା ହେଇଛନ୍ତି। କିଛିକ୍ଷଣ ଆଗରୁ ଏମିତି ମୁକାବିଲାରେ ଆହତ ମନ ନେଇ ଆସିଥିବାରୁ କୁମାଲୋ ତାଙ୍କ ପାଖରୁ ଟିକିଏ ପଛକୁ ଘୁଞ୍ଚିଗଲେ। ତାହା ଦେଖ ଯୁବକ ଜଣକ ମିସେସ୍ ଲିଥେବେଙ୍କୁ ସେଠୁ ଚଲିଯିବାକୁ ସେସୁଟୋ ଭାଷାରେ କହିଲେ।

କୁମାଲୋ ଛିଡ଼ା ହେଲେ। ବୁଢ଼ା ଲୋକ। ଆଗକୁ ନଇଁ ପଡ଼ିଲେଣି। କେଇପଦ ଭଦ୍ରୋଚିତ କଥା ସେ ଚାହାଁନ୍ତି। ହେଲେ ମିଲୁ ନାଇଁ। ଗୋରା ଯୁବକଟି ସିଧା ରୁହିଁ ନ ପାରି ସେ ତଲକୁ ମୁହଁ ପୋତି ଛିଡ଼ା ହେଲେ।

– ପାଦ୍ରୀ ଆଜ୍ଞା।

– ସାର୍?

ଯୁବକଟି ଆଗ ଅପେକ୍ଷା ଆହୁରି ରାଗିଗଲା ପରି ଜଣା ପଡ଼ୁଥିଲେ।

– ମୁଁ ପ୍ରକୃତରେ ଦୁଃଖିତ ଆଜ୍ଞା, ରାଗିଯାଇ ଯାଉସ୍ୟାଡୁ କହିଦେଲି। ଓକିଲ ଠିକଣା କରିବା ବିଷୟରେ ମୁଁ ତମ ସହିତ କଥାବାର୍ତ୍ତା କରିବା ପାଇଁ ଆସିଛି।

– ସାର୍?

ଏମିତି ଛିଡ଼ା ହେଇଥିବା ଲୋକଟା ସହିତ କଥାବାର୍ତ୍ତା କରିବାଟା ପ୍ରକୃତରେ କାଠିକର ପାଠ। – ମୋ ସାଙ୍ଗରେ କଥା ହେବ ତ?

କୁମାଲୋ ଦ୍ୱିଧା ଭିତରେ ଟାଣି ଓଟାରି ହେଲେ। କଲା ଲୋକର ଅବସ୍ଥା ଏଇୟା। ଅଧସ୍ତନ ପରି ବ୍ୟବହାରରେ ସେ ମୂଲରୁ ଅଭ୍ୟସ୍ତ ହେଲାବେଲକୁ ଜଣେ ନିଜକୁ ଜାହିର କରିବାରେ ବି ତାହାର ମନ ହୁଏ।

– ସାର୍, ସେ ପୁଣି କହିଲେ।

– ବୁଝିଲ ପାଦ୍ରୀ, କ'ଣ କରିବାକୁ ହେବ ମତେ ଜଣା। ତମେ ବସିବ ନାଇଁକି? ଯୁବକଟି ବେଶ୍ ଧୈର୍ଯ୍ୟର ସହିତ କହିଲେ।

ଏଥର କୁମାଲୋ ହସିଲେ। ଗୋରା ଯୁବକଟା ସେମିତି ମୁହଁ ଛିଣ୍ଡାଡ଼ି ଛିଡ଼ାହେଇ କଥାବାର୍ତ୍ତା କଲେ।

– ମୁଁ ସେମିତି ରାଗିକରି କହିଦେଲି। ମୋର ମନ ବହୁତ ଖରାପ ଥିଲା। କାରଣ କାମଟା ମୁଁ ମନପ୍ରାଣ ଦେଇ କରେ। କାମଟା ବିଗିଡ଼ି ଗଲେ ମତେ ଖୁବ୍ ବାଧେ ଆଉ ମୁଁ ବି ଯାହିତାହି ଦି ପଦ ଶୁଣାଇଦିଏ। ପରେ ମତେ ଖରାପ ଲଗିଲାରୁ ଏଠିକି ଚଲି ଆସିଲି।

କୁମାଲୋ ତଥାପି ନୀରବ ରହିଥିବାର ଦେଖି ପଚାରିଲେ, ତମେ ବୁଝୁଛ ତ ?

କୁମାଲୋ କହିଲେ, ହଁ, ମୁଁ ବୁଝୁଛି । ସେ ମୁହଁ ବୁଲାଇଲେ । ଯେମିତିକି ଯୁବକଟି ତାଙ୍କ ମୁହଁରୁ ବ୍ୟଥାର ଚିହ୍ନ ଝଲିଯାଇଥିବାର ଦେଖି ପାରିବ । ମୁଁ ପୁରାପୁରି ବୁଝି ପାରୁଛି, ସେ କହିଲେ ।

ଯୁବକ ଜଣକ ଆଉ ମୁହଁ ଛିଞ୍ଚାଡ଼ିଲେ ନାହିଁ । କହିଲେ, – ମୁଁ ଭାବୁଛି, ଏ କ୍ଷେତ୍ରରେ ତମର ଓକିଲ ଜଣେ ନିହାତି ଦରକାର । ତାର କାରଣ ନୁହେଁ ଯେ ସତ କଥାଟିକୁ ଲୁଚାଇ ଦିଆଯିବ । କିନ୍ତୁ ତମର ଭାଇ ଉପରେ ମୋର ବିଶ୍ୱାସ ନାହିଁ । ସେଇ କାରଣରୁ ମୁଁ ଓକିଲ ଦରକାର ଭାବୁଛି । ତମ ଭାଇଙ୍କର ମନ କଥା ତମେ ଠିକ୍ ଜାଣି ପାରୁଥିବ । ତମ ପୁଅ ସହିତ ତାଙ୍କରି ପୁଅ ଓ ତୃତୀୟ ଜଣକ ନ ଥିଲେ ବୋଲି କହିବାଟା ତାଙ୍କର ଯୋଜନା । ତଦ୍ଦ୍ୱାରା ପରିସ୍ଥିତି ଆହୁରି ଜଟିଳ କି ନାଇଁ ତାହା ତମେ କିମ୍ବା ମୁଁ କହି ପାରିବା ନାହିଁ । ସେଇଟା ଜଣେ ଓକିଲ କେବଳ କହି ପାରିବ । ଆଉ ଗୋଟେ କଥା ହେଉଛି ଆବ୍‌ସାଲମ୍ କହିବା ଅନୁସାରେ ଗୋରା ଲୋକଟିକୁ ମାରିବାର ତାର ଉଦ୍ଦେଶ୍ୟ ନ ଥିଲା । ଭୀଷଣ ଡରିଯାଇ ସେ ଗୁଳି ଫୁଟାଇ ଦେଲା । କୋର୍ଟରେ ଏ କଥା ଯୁକ୍ତିଯୁକ୍ତ ବୋଲି କହିବାକୁ ଜଣେ ଓକିଲ ନିହାତି ଦରକାର ।

– ହଁ ସେଇୟା ।

– ତମେ କୋଉ ଓକିଲକୁ ଜାଣିଛ କି ? ତମ ଚର୍ଚ୍ଚର ହେଲେ ବି ଚଳିବ ।

– ନାଇଁ ସାର୍ ମୁଁ ଜାଣେନି । ତେବେ ଟିକେ ସମୟ ବିଶ୍ରାମ ନେଇ ସାରିଲା ପରେ ମୁଁ ଫାଦର ଭିନ୍‌ସେଣ୍ଟଙ୍କ ପାଖକୁ ଯିବାକୁ ଭାବିଥିଲି ।

– ତମେ ବିଶ୍ରାମ ନେଇ ସାରିଲଣି ?

– ଆପଣଙ୍କ ଆସିବାଟା ମୋ ଭିତରେ ପୁଣି ସଦ୍ୟ ଆଶାଟିଏ ସଞ୍ଚାରି ଦେଲା ପରି ମତେ ଲାଗୁଛି, ସାର୍ ।

– ହଁ ମୁଁ ଜାଣେ ।

ଭ୍ରୁକୁଞ୍ଚନ କରି ଯୁବକ ଜଣକ ନିଜକୁ ନିଜେ କହିଲା ପରି କହିଲେ, ଏଇଟା ମୋର ଦୋଷ । ଆମେ ତା ହେଲେ ଯିବା ?

ସେମାନେ ମିଶନ୍ ହାଉସ୍ ଆଡ଼େ ଝଲିଲେ । ଫାଦର ଭିନ୍‌ସେଣ୍ଟଙ୍କ ରୁମକୁ ଗଲେ । ସେଠି ଇଂଲଣ୍ଡରୁ ଆସିଥିବା ସେଇ ନାଲିମୁହାଁ ପାଦ୍ରୀ ଜଣକ ସହିତ ଅନେକ ସମୟ ଧରି କଥାବାର୍ତ୍ତା ହେଲେ ।

– ଏଇ କେସ୍‌ଟିକୁ ହାତକୁ ନେବାପାଇଁ ମୁଁ ଜଣେ ଭଲ ଓକିଲ ଯୋଗାଡ଼ କରିବି ଭାବୁଛି, ଫାଦର ଭିନ୍‌ସେଣ୍ଟ କହିଲେ । ଆମେ ସମସ୍ତେ ଏକମତ ଯେ ସତ

କଥାଟା କୁହାଯିବ । ମାରିବା ଉଦ୍ଦେଶ୍ୟରେ ଗୁଳି ଚଳନା କରାଯାଇ ନ ଥିଲା । ଭୟରେ ସେ ଗୁଳି ଚଳନା କରିଥିବା କଥାଟା ବି କୁହାଯିବ । ଏ ସଂକ୍ରାନ୍ତରେ କଣ କରିବାକୁ ହେବ ଆମକୁ ଓକିଲ ହିଁ ବତେଇ ଦେବେ । ବୁଝିଲ ଭାଇ, ସମ୍ଭବତଃ ତମର ପୁତୁରା ଆଉ ଅନ୍ୟ ପିଲାଟା ଘଟଣା ସ୍ଥଳରେ ଉପସ୍ଥିତ ନ ଥିବାର କହିପାରନ୍ତି । କାରଣ ଯାହା ଜଣା ପଡୁଛି ସେମାନେ ସେଠି ଥିବାର ଏକମାତ୍ର ସାକ୍ଷୀ ହେଉଛି ତମର ପୁଅ । ଆମ ପକ୍ଷରେ ସତ କଥାଟା କହିଦେବାଟା ସବୁଠୁ ଭଲ । ସତ ନ କହିଲେ ମୁଁ ଭାବିଥିବା ଓକିଲ ଜଣକ କେସ୍‌ଟି ହାତକୁ ନେବେ ନାହିଁ । ଯେତେ ଶୀଘ୍ର ହେବ ମୁଁ ତାଙ୍କ ସହିତ ଦେଖା କରିବି ।

— ବାହାଘର କଥା କଣ ହେବ ? ଯୁବକଟି ପଚାରିଲେ ।

— ମୁଁ ତାଙ୍କୁ ସେଇ କଥା ମଧ୍ୟ ପଚାରିବି । ସେଇଟା ହେଇ ପାରିବ କି ନା ମୁଁ ଜାଣିନି । କିନ୍ତୁ ଯଦି ସମ୍ଭବ ହୁଏ, ତାପରେ ମୁଁ ଖୁସିରେ ଦୁଇ ଜଣଙ୍କର ବାହାଘରଟା କରିଦେବି ।

ସେମାନେ ଯିବାପାଇଁ ଉଠିଲେ । ଫାଦର୍ ଭିନ୍‌ସେଣ୍ଟ ବୃଦ୍ଧ ଜଣକର କାନ୍ଧରେ ହାତ ରଖି କହିଲେ, ସାହସ ରଖ । ଯାହା ଘଟିଯାଇଛି, ସେଥିପାଇଁ ତମ ପୁଅ କଠୋର ଦଣ୍ଡ ପାଇବ ନିଶ୍ଚୟ । ତେବେ ତାର ନିଜ ସପକ୍ଷରେ ଯୁକ୍ତିଟା ଗ୍ରହଣ ହେଇ ପାରିଲେ ଦଣ୍ଡଟା ଟିକେ କୋହଳ ହେଇଯିବ । ଜୀବନ ଥିବା ଯାଏଁ ଜୀବନକୁ ସୁଧାରିବାର ଆଶା ରହିଛି ।

— ମୁଁ ବି ସେଇୟା ଭାବୁଛି । ହେଲେ ମୋର ଆଶା ବହୁତ କ୍ଷୀଣ, କୁମାଲୋ କହିଲେ ।

— ଏଠି ମୋ ସାଙ୍ଗରେ ଗପସପ କରି ରହିଯାଅ, ଫାଦର୍ ଭିନ୍‌ସେଣ୍ଟ କହିଲେ ।

— ମୋର ଏବେ ଯିବା ଦରକାର । ତେବେ ପାଦ୍ରୀ ଆଜ୍ଞା ମୋର ସାହାଯ୍ୟ ଦରକାର ହେଲେ କହିବେ । ଯେତେ ସମ୍ଭବ ମୁଁ କରିବି, ଗୋରା ଯୁବକଟି କହିଲେ ।

ଯୁବକଟି ଚାଲିଗଲା ପରେ ଫାଦର ଭିନ୍‌ସେଣ୍ଟ ବସି ପଡ଼ିଲେ । କୁମାଲୋ ତାଙ୍କୁ କହିଲେ, — ମୋର ଏଠିକି ଆସିବାର ଦୁରାବସ୍ଥା ତ ଆପଣ ହୃଦୟଙ୍ଗମ କରିପାରୁଥିବେ ।

— ହଁ, ମୁଁ ବୁଝି ପାରୁଛି ।

— ପ୍ରଥମେ ଆସିଲା ପରେ ମୁଁ ଖୋଜାଖୋଜି କଲି । ପହିଲେ ପହିଲେ ଭାରି ବ୍ୟସ୍ତ ଲାଗୁଥାଏ । ହେଲେ ପରେ ପରେ ବ୍ୟସ୍ତତାଟା ଭୟ ପାଲଟିଗଲା । ଆଉ ଏଇ

ଭୟଟା ଦିନକୁ ଦିନ ଆହୁରି ଗହୀରକୁ ମାଡ଼ିଗଲା । ଆଲେକ୍‍ଜାଣ୍ଟାରେ ହିଁ ମୁଁ ପ୍ରଥମେ ଡରିଗଲି । ହେଲେ ଏଇ ଘରେ ହତ୍ୟାକାଣ୍ଡଟି ଶୁଣିଲା ପରେ ଭୟଟା ମୋ ପାଇଁ ଅସହ୍ୟ ହେଇଗଲା ।

ବୃଦ୍ଧ ଜଣକ ଟିକିଏ ରହିଯାଇ ଚଟାଣକୁ ଅନେଇ ରହିଲେ । କଣ ଗୋଟାଏ ମନେ ପକାଇଲେ । ସେଇ ସ୍ମୃତିଝରଣରେ ସେ ହଜିଗଲେ । ଅନେକ ସମୟ ସେମିତି ଏକ ଲୟରେ ତଳକୁ ରୁହିଁଲା ପରେ କହିଲେ, – ମିସିମାଙ୍କୁ ମତେ କହିଲେ, ସହରରେ ଆହୁରି ହଜାର ହଜାର ସଂଖ୍ୟାରେ ଲୋକ ଥିବା ସ୍ଥଳେ ଏଇ କଥାଟିକୁ ଏତେ ଡରୁଛ କଣ ପାଇଁ ? ମୁଁ ସେଥିରେ ଟିକେ ସାନ୍ତ୍ୱନା ପାଇଲି ।

ତେବେ ଯେଭଳି ଭାବରେ ସାନ୍ତ୍ୱନା ପାଇଛି ବୋଲି କହିଲେ ଫାଦର ଭିନ୍‍ସେଣ୍ଟଙ୍କୁ ତାହା ଅସହ୍ୟ ବୋଧ ହେଲା । ସେ ସେମିତି ନିଷ୍ପଳ ହେଇ ବସିଥାନ୍ତି । ଯେମିତି ରୁଦ୍ଧଶ୍ୱାସ ହେଇ ସେ ଏ କଥାର ଶେଷ ଧାଡ଼ିଟିକୁ ଅପେକ୍ଷା କରୁଥାନ୍ତି ।

– ସେଥିରେ ଆଶ୍ୱାସନା ପାଇଲି ସତ, କିନ୍ତୁ ଆଶ୍ୱସ୍ତ ହେଲି ନାହିଁ । ମୋର ଏବେ ବି ବିଶ୍ୱାସ ହଉ ନାଇଁ ଯେ ହଜାରରେ ଏମିତି ଗୋଟେ ଘଟୁଥିବାବେଳେ ସେଇଟା ଯେ ମୋରି କ୍ଷେତ୍ରରେ ଘଟିଯିବ, ତାହା ମୁଁ ଗ୍ରହଣ କରିପାରୁ ନାହିଁ । ବେଲେବେଲେ ଘଟଣାଟି ଆଦୌ ଘଟି ନାହିଁ ପରିକା ଲାଗୁଛି । ସକାଳୁ ଉଠିଲା ବେଳକୁ ଲାଗୁଛି ଯେମିତି କିଛି ବି ହେଇ ନାହିଁ । ହେଲେ ଘଡ଼ିକ ପରେ ସବୁ ଧାରଣା ଫାଟି ଯାଉଛି । କୁମାଲୋ କହିଲେ ।

– ଏଣ୍ଡୋସେନିରେ ମୁଁ ଓ ମୋ ସ୍ତ୍ରୀ କେତେ ସରଲ ବିଶ୍ୱାସରେ ଆମର ସମୟ କାଟୁଥିଲୁ । ଅଥଚ ଆମରି ଅଲକ୍ଷ୍ୟରେ ଧୀରେ ଧୀରେ ଏମିତି ଦୁର୍ଯୋଗ ଆମ ଉପରେ ମାଡ଼ି ଆସୁଥିଲା କେମିତି କେଜାଣି । କୁମାଲୋ କହି ରୁଲିଥାନ୍ତି ।

– କେହି ଜଣେ ଭଲା ଏମିତି ଘଟୁଥିବାର ବା ଘଟିବାର ସମ୍ଭାବନା ଥିବାର କହି ଦେଇଥାନ୍ତା । କୁମାଲୋ ସେମିତି କହି ରୁଲିଥାନ୍ତି ।

– ହେଲେ ଆମକୁ କେହି କିଛି କହିଲେ ନାଇଁ । ସେତେବେଲେ କଣ ହଉଛି କିଛି ଦେଖ଼ି ପାରୁ ନ ଥିଲୁ । ଏବେ ସବୁ ଦେଖ଼ି ଜାଣିଲୁ । ଅନ୍ୟମାନେ ବି ଜାଣିଲେ । ଯେଉଁମାନଙ୍କର ଏଥିରେ କିଛି ଯାଏ ଆସେ ନାହିଁ ସେମାନେ ବି ସବୁ କଥା ଜାଣିଗଲେ । ଗୋଟେ ପରେ ଗୋଟେ ସବୁ ଘଟଣା ସମସ୍ତେ ଜାଣିଲେ । ଲୋକେ କହିଲେ, ଏଇଟା ଜୋହାନ୍‍ସବର୍ଗ । ଅନ୍ୟ ପିଲାଙ୍କ ପରି ଏଇ ପିଲାଟା ବି ଜୋହାନ୍‍ସବର୍ଗରେ ନଷ୍ଟ ହେଇଗଲା । କିନ୍ତୁ ଆମ ପାଇଁ ତ ଏ କଥା ଜୀବନ-ମୃତ୍ୟୁର ସନ୍ଧିକ୍ଷଣଟେ, ଏ କଥା ବାହାରକୁ ଜଣାଗଲା ନାହିଁ ।

ଫାଦର ଭିନ୍‌ସେଣ୍ଟ ନିଜ ଆଖ୍ ଦୁଇଟାକୁ ଆଲୁଅରୁ ଆଉ ଏ ସବୁ କହି ରଖିଥିବା ଲୋକଟାର ଦୃଷ୍ଟିରୁ ଲୁଚେଇବାକୁ ଯାଇ ମୁହଁରେ ହାତ ଢାଙ୍କିଲା ପରି ରଖିଲେ । ତାଙ୍କ ଋରିପଟେ ଘେରି ରହିଥିବା ଯନ୍ତ୍ରଣାକ୍ଲ ବାତାବରଣର ନିଥରତାକୁ ଭାଙ୍ଗିଦେବା ପାଇଁ ସେ ନିଜେ ବି ଦି ପଦ କହିଥାନ୍ତେ, କିନ୍ତୁ ତାଙ୍କୁ ଭିତରୁ ଯେମିତି କେହି ବାରଣ କଲା । ତା ଛଡ଼ା, କହିବା ପାଇଁ ତାଙ୍କ ପାଖରେ ଶବ୍ଦ ବି ନ ଥିଲା ।

– ସେଠି ଘାସ ଉପରେ ଲୋକଟେ ଶୋଇଛି, ଆଉ ତାରି ଉପରେ ତାରି ଜୀବନର ସବୁଠୁ ଭୟଙ୍କର ଝଡ଼ ଉଠିଛି । କାହିଁ କେବେ କୋଉଠି ଦେଖା ନ ଥିବା ବିଜୁଳି ଘଡ଼ଘଡ଼ି ଯେତେକ ଧ୍ୱଂସ ଆଉ ସଂହାର ଲୀଳା ନେଇ ମାଡ଼ି ଆସିବ । ଲୋକେ ତାକୁ ଆଡ଼େଇ ଦେଇ ଏଇ ବିପଦରୁ ରକ୍ଷା ପାଇବା ପାଇଁ ଘରମୁହାଁ ହେଇ ସେଇ ବାଟରେ ଚଲିଯିବେ । ଘାସ ଭିତରେ ତାକୁ ଦେଖ୍ ନ ପାରିଲା ପରି ହେଉ କିମ୍ବ । ଭୟରେ ଘଡ଼ିକ ପାଇଁ ଅଟକି ନ ପାରି ହେଉ ସେମାନେ ତାକୁ ନ ଉଠାଇ ସେମିତି ଚଲିଯିବେ । କୁମାଲୋ କହିଲେ ।

କୁମାଲୋ ଏତକ କହି ସାରିଲା ପରେ ପୁଣି ସମସ୍ତେ ଚୁପ୍‌ଚ୍ୟପ୍ । କେତେ ସମୟ ଚଲିଗଲା । ଫାଦର ଭିନ୍‌ସେଣ୍ଟ ଦଶ ବାରଟି ବାକ୍ୟ କହିବାକୁ ଚେଷ୍ଟା କଲେ । କିନ୍ତୁ କୌଣସିଟି ପରିସ୍ଥିତିକୁ ସୁହାଇଲା ପରି ହେଲା ନାହିଁ । ତଥାପି ସେ ଆରମ୍ଭ କଲେ– ବନ୍ଧୁ ମୋର । ହେଲେ ସେତିକିରେ ପୁଣି ରହିଗଲେ । ସେ ଭାବୁଥିଲେ ଯେ ସେଇଠୁ ବାକି କଥାମାନ କୁମାଲେ ପୁଣି ପୂରଣ କରିବାର ସମ୍ଭାବନାକୁ ବୁଝିନେବେ । ଆଉ ନିଜେ କିଛି କହିବେ ନାହିଁ ।

ତେଣୁ ସେ ପୁଣି ଥରେ ଆରମ୍ଭ କଲେ – ବନ୍ଧୁ ମୋର ।

– କଣ ଫାଦର୍ ?

– ବୁଝିଲ ବନ୍ଧୁ, ତମର ଉଦ୍‌ବେଗଟା ଭୟ ପାଲଟି ଗଲା, ପୁଣି ଭୟଟା ଦୁଃଖରେ ପରିଣତ ହୋଇଗଲା । ତେବେ ଭୟ ଅପେକ୍ଷା ଦୁଃଖଟା ଗୋଟେ ପ୍ରକାର ଭଲ । କାରଣ ଭୟଟା ସବୁବେଳେ ନିଃସ୍ୱ କରିଦିଏ, ଦୁଃଖଟା ବରଂ କିଛିଟା ବୃଦ୍ଧି କରେ ।

କୁମାଲୋ ତାଙ୍କୁ ଚୁହିଁଲେ । ତାଙ୍କ ପରି ନମ୍ର ସ୍ୱଭାବର ଲୋକଟିଏ ପାଖରେ ସେଇ ସ୍ଥିର ଦୃଷ୍ଟିର ଗଭୀରତା ଗୋଟେ ପ୍ରକାର ଅସ୍ୱାଭାବିକ ଲାଗିଲା । ସେଇ ଦୃଷ୍ଟିକୁ ସାମ୍ନାସାମ୍ନି କରିବା କଷ୍ଟକର ମନେ ହେଉଥିଲା ।

– ମୋର ବା କେଉଁଥିରେ ବୃଦ୍ଧି ଘଟିଲା, ମୁଁ ତ ଜାଣେନା, କୁମାଲୋ କହିଲେ ।

– ଭୟ ଠାରୁ ଦୁଃଖଟା ଭଲ । ଭୟଟା ଖାଲି ଗୋଟେ ଯାତ୍ରା, ଭୟଙ୍କର ଯାତ୍ରା ମାତ୍ର । କିନ୍ତୁ ଯାତ୍ରା ଶେଷରେ ପହଞ୍ଚିବାଟା ହିଁ ଦୁଃଖ । ଫାଦର୍ ଭିନ୍‌ସେଣ୍ଟ ଜୋର ଦେଇ କହିଲେ ।

– ଆଉ ମୁଁ କୋଉଠି ପହଞ୍ଚିଗଲି ? ପଚାରିଲେ କୁମାଲୋ ।

– ଝଡ଼ ଉଠିଲେ ମଣିଷ ତାର ବସା ପାଇଁ ଭୟ କରେ । କିନ୍ତୁ ଯେତେବେଳେ ବସାଟା ଭାଙ୍ଗିଯାଏ, ତାକୁ କିଛି କରିବାକୁ ପଡ଼େ । ଝଡ଼ଟାକୁ ସେ ଆକଟ କରି ପାରିବନି, ହେଲେ ବସାଟାକୁ ତ ସେ ସଜାଡ଼ି ପାରିବ । ଫାଦର୍ ଭିନ୍‌ସେଣ୍ଟ ଜୁଲୁ ବୋଲିରେ ଅର୍ଥପୂର୍ଣ୍ଣ ଭାଷାରେ କହିଲେ ।

– ମୋର ଏଇ ବୟସରେ ? ବଳ ବୟସ ଥିଲାବେଳେ ମୁଁ ଯେଉଁ ବସା ଖଣ୍ଡିକ ତିଆରି କରିଥିଲି, ତାର ଅବସ୍ଥା କଣ ହେଲା ଦେଖିଲେ ତ । ଏଇ ବୟସରେ ମୁଁ ଆଉ କୋଉ ଘର ସଜାଡ଼ିବି ? କୁମାଲୋ ପଚାରିଲେ ।

– ପ୍ରଭୁଙ୍କର ଲୀଳା କେହି ବୁଝି ପାରିବେନି । ଫାଦର୍ ଭିନ୍‌ସେଣ୍ଟ ଅଟିଷ୍ଟ ହେଇ କହିଲେ ।

କୁମାଲୋ ତାଙ୍କୁ ଚହିଁଲେ । ସେଇ ଦୃଷ୍ଟିରେ ତିକ୍ତତା କିମ୍ବା ଦୋଷାରୋପ ଅଥବା ଘୃଣା କିଛି ବି ନ ଥିଲା ।

– ଯାହା ଲାଗୁଛି ପ୍ରଭୁ ମତେ ଦୂରକୁ ଠେଲି ଦେଇଛନ୍ତି । କୁମାଲୋ କହିଲେ ।

– ସେଇଯା ହେଇ ଥାଇପାରେ ଲାଗୁଛି । କିନ୍ତୁ ସେମିତି କେବେ ହୁଏନା, ନା, ନା, କେବେ ସେମିତି ହୁଏ ନାଇଁ । ଫାଦର୍ ଭିନ୍‌ସେଣ୍ଟ କହିଲେ ।

– ଏମିତି ଶୁଣିବାକୁ ଭଲ ଲାଗୁଛି ଆଜ୍ଞା, କୁମାଲୋ ବିନୀତ ଭାବରେ କହିଲେ ।

– ଆମେ ଜୀବନର ସଂସ୍କାର ବିଷୟରେ କଥାବାର୍ତା କରୁଥିଲୁ, ଗୋରା ପାଦ୍ରୀ ଜଣକ କହିଲେ । ଏଇ ତମ ପୁଅର ଜୀବନରେ ସୁଧାର ଆଣିବାର ବିଷୟ । ଆଉ ତମେ ଯେହେତୁ ଜଣେ ଧର୍ମଯାଜକ, ଏକଥା ଅନ୍ୟ କାହାରି ଅପେକ୍ଷା ତମ ପାଇଁ ସବୁଠୁ ବେଶୀ ଗୁରୁତ୍ୱପୂର୍ଣ୍ଣ ହେବା କଥା । ତମର ନିଜର ଯନ୍ତ୍ରଣା ତ ତମର ସ୍ତ୍ରୀର ବେଦନା ଠାରୁ ବି ସେଇଟା ବଡ଼ ।

– ସେଇଟା ସତ । କେବେ ସେଇ ରକମ ଜୀବନଟା ପୁଣି କେମିତି ସୁଧୁରିବ, ସେ କଥା ଭାବି ପାରୁନି ।

– ତମେ ସେଥିରେ ସନ୍ଦେହ ରଖ ନାଇଁ । ତମେ ଜଣେ ଖ୍ରୀଷ୍ଟିଆନ୍ । ପ୍ରଭୁଙ୍କର ସୃଷ୍ଟିରେ ସେ ଗୋଟେ ଶ୍ରେଷ୍ଠ ହେଇ ଆସିଥିଲା ଭାବ ।

– ମୋ ପୁଅ କେବେ ଖେର ନ ଥିଲା, କୁମାଲୋ ରୁଷ ହେଇ କହିଲେ । ଜଣେ ଗୋରା ଭଦ୍ରଲୋକ ଥିଲେ । ସ୍ତ୍ରୀ ପିଲାଛୁଆ ନେଇ ସଂସାରୀ ଭଦ୍ରଲୋକ ଜଣେ । ଆମ ଲୋକ ପ୍ରତି ବେଶ୍ ଦରଦୀ ଥିଲେ । ମୋରି ପୁଅ ଯୋଗୁଁ ଆଜି ତାଙ୍କର ପିଲାକୁଟୁମ୍ବ ଅନାଥ ହେଇଗଲେ । ମୋ ଜାଣିବାରେ ୟାଠୁ ବଳି ଘୃଣ୍ୟ ଅପରାଧ ଆଉ କିଛି ନାହିଁ ।

– ଜଣେ ମଣିଷ ତାର ଯେ କୌଣସି ଦୁଷ୍କର୍ମ ପାଇଁ ଅନୁତାପ କରିପାରେ ।

– ସେ ଅନୁତାପ କରିବ । ଯଦି ମୁଁ ତାକୁ କହେ, ତୁ ଅନୁତାପ କରୁକି ? ତାହେଲେ ସେ କହିବ, ତମେ ଯେମିତି କହିବ ବାପା, ସେଇୟା କରିବି । ଯଦି ମୁଁ ତାକୁ କହେ, ଏଇଟା କଣ ପାପ ନୁହେଁ ? ତାହେଲେ ସେ କହିବ, ହଁ ଏଇଟା ପାପ । ତା ପାଟିରେ ଶଢ଼ମାନ ଏମିତି ନ ଗିଲେଇ ଯଦି ଅନ୍ୟ ପ୍ରକାରେ ମୁଁ ତାକୁ ପଚରେ, ଏବେ ତୁ କଣ କରିବୁ ? ସେ କହିବ, ମୁଁ ଜାଣେ ନାହିଁ, କିମ୍ବା କହିବ, ତମେ ଯେମିତି କହିବ ବାପା, ସେଇୟା କରିବି – କୁମାଲୋ କ୍ଷୁବ୍ଧ ହେଇ କହିଲେ ।

କୁମାଲୋଙ୍କ କଣ୍ଠସ୍ୱର ଉପରକୁ ଉଠୁଥିଲା । କେଉଁ ଏକ ଦୁଃସହ ବେଦନା ତାଙ୍କୁ ମାଡ଼ି ବସିଥିଲା ଯେମିତି ।

– ସେ ଏବେ ଜଣେ ଅପରିଚିତ, ସେ କହିଲେ, ମୁଁ ତା ଭିତରକୁ ଛୁଇଁ ପାରିବିନି, ତା ପାଖରେ ପହଞ୍ଚ ପାରିବିନି । ତାକୁ ଲଜ୍ଜିତ ହେବାର ମୁଁ ଦେଖିନି । ଯେଉଁ ମାନଙ୍କର ସେ ଏତେ କ୍ଷତି କରିଛି ତାଙ୍କ ପାଇଁ ତାର ଦରଦ ନାହିଁ । ତାର ଆଖିରୁ ଲୁହ ଝରୁଛି ସତ, କିନ୍ତୁ ମୁଁ ଜାଣେ, ସେଇଟା ତାର ନିଜ ପାଇଁ, ଆଉ କାହା ପାଇଁ ନୁହେଁ । ତାର ଦୁଷ୍କର୍ମ ପାଇଁ ଯେ ସେ ଲୁହ ଝରାଉଛି ତା ନୁହେଁ, ତାର ଆସନ୍ନ ବିପଦ ପାଇଁ ସେ କାନ୍ଦୁଛି ।

ଏଥର ସେ ଚିକ୍କାର କରି କହିଲେ, ଜଣେ ମଣିଷର କଣ ଟିକେ ବି ଗ୍ଲାନିବୋଧ ରହିବନି ? ପୁଣି ତା ପରି ପିଲା ଯାହାକୁ ସେ ଏଭଳି ସଂସ୍କାରରେ ବଢ଼େଇ ଥିଲେ ? ତା ପାଇଁ ଦୁଃଖ କରିବା ଛଡ଼ା ଆଉ କିଛି ନାହିଁ । ଦୁଇ ଦୁଇଟା ଛୁଆକୁ ସେ ବାପଛେଉଣ୍ଡ କରିଦେଲା । ମୁଁ କହି ଦଉଛି, କେହି ବି ଯଦି ଏ ପିଲା ଦିଟାଙ୍କ ଉପରେ କିଛି କରେ, ତା ହେଲେ....

– ବନ୍ଦ କର ଏଥର, ଫାଦର ଭିନ୍ସେଣ୍ଟ ଚିକ୍କାର କଲେ । ତମେ ନିଜେ ଆଗ ସମ୍ଭାଳି ରହ । ଯାଅ, ପ୍ରାର୍ଥନା କରି ବିଶ୍ରାମ ନିଅ । ଆଉ ପୁଅ କଥାରେ ଏତେ ଶୀଘ୍ର ଠିକ୍ ଭୁଲ୍ ମତ ଦିଅ ନାହିଁ । ସେ ବି ଡରିଯାଇ ହତବମ୍ଭ ହେଇଯାଇଛି । ସେଥିପାଇଁ ସେ ବାପା କଥାରେ ହଁ ମାରି ମୁଣ୍ଡ ଟୁଙ୍ଗାରୁଛି । ମୁଁ ସେଇୟା ଭାବୁଛି । ଅସଲରେ କଣ ହେଇଛି ମୁଁ ବି ଜାଣେନି ।

ତାଙ୍କ କଣ୍ଠସ୍ୱରରେ କୃତିମତା କି ଉପହାସର ଚିହ୍ନ ନ ଥିଲା । ଏଇ ମଣିଷଟା ସେଇ ସ୍ୱଭାବର ନୁହଁ, ଫାଦର ଭିନ୍‌ସେଣ୍ଟ ଏକଥା ଜାଣିଥିଲେ । କିନ୍ତୁ ତାଙ୍କର ଶଦ୍ଧମାନରେ ଏତେ ବ୍ୟଙ୍ଗ ଭରିଥିଲା ଯେ ଗୋରା ପାଦ୍ରୀଜଣକ ତାଙ୍କର ବାହୁ ଟାଣି ବସାଇଲେ ଓ କହିଲେ, ବସ, ଜଣେ ପାଦ୍ରୀ ହିସାବରେ ତମ ସହିତ ମୋର ଜରୁରୀ କଥା ଅଛି ।

କୁମାଲୋ ବସି ପଡ଼ିଲା ପରେ ଫାଦର ଭିନ୍‌ସେଣ୍ଟ କହିଲେ, ହଁ, ମୁଁ ତମକୁ ପ୍ରାର୍ଥନା କରି ବିଶ୍ରାମ ନେବାକୁ କହିଲି, ଯଦିଓ ମୁଁ ଜାଣେ ଯେ ତମେ ଖାଲି ଶଦ୍ଧ କେଇଟା ଭିତରେ ପ୍ରାର୍ଥନା କରିବ ଆଉ ବିଶ୍ରାମ ମାନେ ବିଛଣାରେ ଖାଲି ପଡ଼ି ରହିବ । ତମ ପାଇଁ ପ୍ରାର୍ଥନା କର ନାହିଁ । ପ୍ରଭୁଙ୍କର ବିଚିତ୍ର ଲୀଳା ବୁଝିବାକୁ ଆକୁଳ ହେଇ ତାଙ୍କୁ ଡାକ ନାହିଁ । କାରଣ ସେଇଟା ଗୋଟେ ଗୂଢ଼ ରହସ୍ୟ । ଜୀବନର ରହସ୍ୟ କିଏ ଭେଦ କରିପାରେ ? କାରଣ ଜୀବନଟା ହିଁ ଗୋଟେ ସ୍ୱୟଂ ସମ୍ପୂର୍ଣ୍ଣ ରହସ୍ୟ । ତମର ନିଜର ପରିସ୍ଥିତି ଏତେ ଦୟନୀୟ ହେଇ ବି ତମେ କାହିଁକି ସେଇ ଝିଅଟା ପାଇଁ ଏତେ ସହାନୁଭୂତି ରଖୁଛ ? ସେଇଟା ଗୋଟେ ରହସ୍ୟ । ଯଦିଚ ତମ ପାଇଁ ମରିଯିବାଟା ଶ୍ରେୟସ୍କର ତେବେ ବି ତମେ ଜିଉଁଛ ? ସେଇଟା ଗୋଟେ ରହସ୍ୟ । ଏବେ ଏସବୁ କଥା ପ୍ରାର୍ଥନା କର ନାହିଁ । ସେଥିପାଇଁ ସମୟ ଅଛି । ଏବେ ଜାଟ୍‌ଫୁଡ୍ ଓ ତାର ପିଲା ପାଇଁ ଓ ତମର ପୁଅର ଭାବୀ ପତ୍ନୀ ସେଇ ଝିଅଟା ଆଉ ତାର ଭାବୀ ସନ୍ତାନଟି ପାଇଁ ପ୍ରଭୁଙ୍କୁ ଡାକ । ତମର ସ୍ତ୍ରୀ ପାଇଁ ତଥା ଏଣ୍ଡୋସେନିରେ ଥିବା ସମସ୍ତ ପ୍ରାଣୀଙ୍କ ପାଇଁ ପ୍ରଭୁଙ୍କୁ ଡାକ । ଏଇ ଦୁର୍ଘଟଣାରେ ଶୋକସନ୍ତପ୍ତ ସ୍ତ୍ରୀଲୋକ ଓ ପିଲାମାନଙ୍କ ପାଇଁ ପ୍ରାର୍ଥନା କର । ନିହତ ଲୋକଟାର ପରଲୋକଗତ ଆତ୍ମା ସକାଶେ ପ୍ରାର୍ଥନା କର । ମିଶନ୍ ହାଉସରେ ଆମ ପାଇଁ ତଥା ଏଜେନ୍‌ଜେଲେନିରେ ଧ୍ୱଂସାବଶେଷ ଭିତରୁ ପୁଣି ଥରେ ସର୍ଜନାରେ ଲାଗିପଡ଼ିଥିବା ମଣିଷମାନଙ୍କ ପାଇଁ ପ୍ରାର୍ଥନା କର । ତମର ପୁଣିଥରେ ସଜାଡ଼ିବାର ଶକ୍ତି ପାଇଁ ପ୍ରାର୍ଥନା କର । ନ୍ୟାୟ ପାଇଁ ଲଢୁଥିବା ଗୋରାମାନଙ୍କ ପାଇଁ ତଥା ଭୟଶୂନ୍ୟ ହେଇ ପାରିଲେ ଏକଦା ନ୍ୟାୟ ଦେବାର ଆଶା ରଖୁଥିବା ଗୋରାମାନଙ୍କ ପାଇଁ ପ୍ରାର୍ଥନା କର । ଆଉ ତମର ପୁଅ ପାଇଁ ବି ପ୍ରଭୁଙ୍କୁ ଡାକିବାକୁ ଡର ନାହିଁ । ତାର ଉଜୁଡ଼ା ଜୀବନକୁ ପୁଣି ଥରେ ସଜାଡ଼ିବାକୁ ପ୍ରାର୍ଥନା କର ।

– ମୁଁ ବୁଝି ପାରୁଛି, କୁମାଲୋ ବିନୀତ ସ୍ୱରରେ କହିଲେ ।

– ଯାହା ପାଖରେ କୃତଜ୍ଞତା ଜଣାଇବାର ଅଛି ସେଥିରେ ହେଲା କର ନାହିଁ । ତାଠୁ ଆଉ କିଛି ଭଲ ନାହିଁ । ସେଠି କଣ ତମର ସ୍ତ୍ରୀ, ମିସେସ୍ ଲିଥେବେ, ମିସିମାଙ୍ଗୁ

ଆଉ ସୁଧାର ଗୃହର ଗୋରା ଯୁବକଟା ନାହାନ୍ତି ? ଏଥର ତମର ପୁଅ ଆଉ ତାକୁ ସୁଧୁରାଇବାର ଦାୟିତ୍ୱ ମୋର ଓ ମିସିମାଙ୍କୁ ଉପରେ ଛାଡ଼ିଦିଅ । କାରଣ ପ୍ରଭୁଙ୍କର ଲୀଳା ଦେଖିବା ଅବସ୍ଥାରେ ତମେ ଏବେ ନାହଁ । ଏବେ ଯାଅ, ପ୍ରାର୍ଥନା କର ଆଉ ବିଶ୍ରାମ ନିଅ ।

ସେ ବୃଦ୍ଧ ଜଣକୁ ହାତ ଧରି ଉଠାଇ ଦେଲେ ଓ ତାଙ୍କର ଟୋପୀଟା ଧରାଇଦେଲେ । କୁମାଲୋ ତାଙ୍କୁ ଧନ୍ୟବାଦ ଜଣାଇବାକୁ ଗଲାବେଳେ ସେ କହିଲେ- ଆମ ଭିତରେ ଯାହା ଅଛି, ତାହା ବି ଗୋଟେ ରହସ୍ୟ । ପ୍ରଭୁ ଯୀଶୁ ନିଜେ ସମ୍ପୂର୍ଣ୍ଣ ପରିତ୍ୟକ୍ତ ଅବସ୍ଥାରେ ଥିଲେ ମଧ୍ୟ ମଣିଷର ତ୍ରୁଟି ମାର୍ଜନା କରି ତାର ଉଦ୍ଧାର ପାଇଁ ଆମ ଭିତରେ ସଦା ବ୍ୟାକୁଳ ।

ସେ କୁମାଲୋଙ୍କୁ ମିଶନ୍ ଦ୍ୱାର ପର୍ଯ୍ୟନ୍ତ ବାଟେଇ ଦେଇ ଫେରି ଆସିଲେ ।

– ମୁଁ ତମ ପାଇଁ ପ୍ରାର୍ଥନା କରିବି । ଦିନ ରାତି ପ୍ରଭୁଙ୍କୁ ଡାକିବି । ତାଛଡ଼ା ଆଉ ଯଦି କିଛି କରିବାକୁ କୁହ ତା ହେଲେ ସେଇଟା ବି କରିବି, ସେ କହିଲେ ।

୧୬

ତା ପରଦିନ କୁମାଲୋ ମହାନଗରୀରେ ବାଟ ଖୋଜିବା ଶିଖୁ ଶିଖୁ ପିମ୍ଭିଲେରେ ଥିବା ଆସନ୍ନ ପ୍ରସବା ତାଙ୍କର ଭାବୀ ପୁତ୍ରବଧୂଟିକୁ ଦେଖିବା ପାଇଁ ଟ୍ରେନ୍ ଧରିଲେ । ସେ ଜାଣିଶୁଣି ଏମିତି ଯିବା ସମୟଟେ ବାଛିଲେ ଯେମିତିକି ମିସିମାଙ୍କୁ ତାଙ୍କ ସହିତ ଯାଇ ପାରିବେ ନାହଁ । ତା'ର ଅର୍ଥ ନୁହେଁ ଯେ ତାଙ୍କ ସହିତ ଯିବାରେ ତାଙ୍କୁ ଅପମାନ ଲାଗୁଛି । ତେବେ ଏକୁଟିଆ ଯିବାଟା ଭଲ, ସେ ଭାବିଲେ । ସେ ଖୁବ୍ ଧୀର ସ୍ଥିର ହେଇ ଭାବିଚିନ୍ତି ସେମିତି ଧୀରେ ସୁସ୍ତେ କାମ କରୁଥିଲେ, ଏଥିରେ ସନ୍ଦେହ ନାହଁ । କାରଣ ଏଇଟା ତାଙ୍କର ଆଦିବାସୀ ଜୀବନର ନିଜସ୍ୱ ଛନ୍ଦ । ଏଇ ସୁସ୍ଥିପଣଟା ତାଙ୍କ ସାଙ୍ଗରେ ଥିବା ଲୋକଙ୍କୁ ବିରକ୍ତ ଲାଗି ପାରେ । ତା ଛଡ଼ା ସେ ଏକୁଟିଆ ବି ଠିକଣା ଜାଗାରେ ପହଞ୍ଚି ଯାଇ ପାରିବେ ଏକଥା ତାଙ୍କର ହୃଦବୋଧ ହେଇ ସାରିଥିଲା ।

ଘରଟା ପାଇବାକୁ ବିଶେଷ ଅସୁବିଧା ହେଲା ନାହଁ । ସେ କବାଟ ବାଡେଇଲେ । ଝିଅଟା କବାଟ ଖୋଲିଲା । କିଛିଟା ଭୟ, କିଛିଟା ଅନିଶ୍ଚିତତା, କିଛି ଶିଶୁ ସୁଲଭତା ଆଉ କିଛିଟା ସାଦର ସ୍ୱାଗତର ମିଶ୍ରିତ ଭାବ ନେଇ ଝିଅଟା ଅଳ୍ପ ହସିଲା ।

– ଆଉ ତୁ କେମିତି ଅଛୁ ରେ ସୁନା ?

– ମୁଁ ଭଲ ଅଛି, ଆଜ୍ଞା ।

ଘର ଭିତରେ ପଡ଼ିଥିବା ଗୋଟେ ମାତ୍ର ଚୌକିରେ ସେ ସତର୍ପଣରେ ବସିଲେ ଓ କପାଳରୁ ଝାଳ ପୋଛିଲେ।

– ତୋ ସ୍ୱାମୀ ବିଷୟରେ କିଛି ଖବର ପାଇଲୁଣି ? ସେ ପଚାରିଲେ। ଖାଲି ସ୍ୱାମୀ ଅର୍ଥରେ ଶବ୍ଦଟା ଠିକ୍ ବୁଝା ପଡ଼ିଲାନି।

ତା ମୁହଁରୁ ହସ ଲିଭିଗଲା। – ମୁଁ କିଛି ଜାଣିନି, ସେ କହିଲା।

– କଥାଟା ଭାରି ଗୁରୁତର। ସେ ଏବେ ଜେଲ୍‍ରେ।

– ଜେଲ୍‍ରେ ?

– ହଁ, ସେ ଏବେ ଜେଲ୍‍ରେ। ମଣିଷର ସବୁଠୁ ଘୃଣିତ ଦୁଷ୍କର୍ମ ପାଇଁ ସେ ଜେଲ୍ ଭୋଗୁଛି।

ଝିଅଟା ତାଙ୍କ କଥା ବୁଝି ପାରିଲାନି। ତାଙ୍କର କହିବାଟାକୁ ସେ ଧୈର୍ଯ୍ୟର ସହିତ ଅପେକ୍ଷା କଲା। ଝିଅଟା ନିହାତି ଭାବରେ ପିଲାଳିଆ।

– ସେ ଜଣେ ଗୋରା ଲୋକର ଖୁନ୍ କରିଛି।

– ଓଃ ! ଝିଅଟା ଚମକି ପଡ଼ି ଦୁଇ ହାତରେ ତା’ର ମୁହଁ ଘୋଡ଼େଇଲା। କୁମାଲୋ ଆଉ କିଛି କହି ପାରିଲେନି। କଥାଗୁଡ଼ା ଦାଢ଼ୁଆ ଛୁରୀଟିଏ ପରି ସଦ୍ୟ ହେଇଥିବା ମେଲା କ୍ଷତକୁ ଉଖାରୁ ଥିଲା। ସେ ବାକ୍ସଟି ଉପରେ ତଳକୁ ମୁହଁ ପୋତି ବସି ପଡ଼ିଲା। ତା’ର ଗାଲ ଉପରେ ଧାର ଧାର ହେଇ ଲୁହ ଗଡ଼ୁଥାଏ।

– ମୁଁ ଏକଥା କହିବାକୁ ଚାହୁଁ ନ ଥିଲି ରେ ମାଁ। ତୁ ପଢ଼ି ପାରୁ ? ଗୋରାଙ୍କର ଖବରକାଗଜ ?

– ଟିକେ ଟିକେ।

– ତା ହେଲେ ମୁଁ ଏ ଖଣ୍ଡିକ ତୋ ପାଖରେ ଛାଡ଼ି ଦେଇଯିବି। କିନ୍ତୁ କାହାକୁ ତୁ ଏଇଟା ଦେଖାଇବୁ ନାହିଁ।

– ହଁ, ମୁଁ କାହାକୁ ଦେଖେଇବି ନାଇଁ, ଆଜ୍ଞା।

– ଏ ବିଷୟରେ ଆଉ କିଛି କହିବାକୁ ମୋର ମନ ବଳୁ ନାଇଁ। ମୁଁ ତୋ ସହିତ ଅନ୍ୟ ଗୋଟେ ବିଷୟରେ କଥାବାର୍ତ୍ତା ହେବାକୁ ଆସିଛି। ତୁ ମୋ ପୁଅକୁ ବାହା ହେବାକୁ ରହୁଁ କି ?

– ଆପଣ ଯାହା ରହିଁବେ, ଆଜ୍ଞା।

– ମୁଁ ତତେ ପଚରୁଛି ରେ ମା।

– ହଁ, ମୁଁ ରହିଁପାରେ।

– ତୁ ରହିଁପାରୁ କାହିଁକି ?

ସେ ତାଙ୍କୁ ଚାହିଁଲା । ଏମିତିଆ ପ୍ରଶ୍ନଟିକୁ ସେ ବୁଝି ପାରିଲାନି ।

— ତୁ ତାକୁ କାହିଁକି ବାହା ହେବାକୁ ଚାହୁଁଛୁ ? ସେ ଜୋର୍ ଦେଇ ପଚରିଲେ ।

ବାକ୍‌ସରୁ ସରୁ କାଠ ପାଟିଟିକୁ ଉଠାଇ ଉଠାଇ ସେ ଗୋଟେ ପ୍ରକାର ଘାବରେଇ ଗଲା ।

— ସେ ମୋର ସ୍ୱାମୀ । ସେ କହିଲା । ସ୍ୱାମୀକୁ ବୁଝାଉଥିବା ଠିକଣା ଶବ୍ଦଟା ସେ ଉଚ୍ଚାରଣ କଲା ନାହିଁ ।

— କିଂତୁ ତୁ ତ ଆଗରୁ ତାକୁ ବାହା ହେବାକୁ ଚାହିଁ ନ ଥିଲୁ ?

ପ୍ରଶ୍ନଗୁଡ଼ା ତାକୁ ହଡ଼ବଡ଼େଇ ଦେଲା । ସେ ଉଠି ପଡ଼ିଲା । ତେବେ ଆଉ କିଛି କହିବାକୁ ନ ଥିବାରୁ ସେ ପୁଣି ବସି ପଡ଼ିଲା ଆଉ ପୁଣି ସେମିତି ବାକ୍‌ସ ଉପରୁ କାଠ ପାତି ଓପାଡ଼ିବାରେ ଲାଗିଲା ।

— କହ ମୋ ସୁନା ।

— କଣ କହିବାକୁ ହେବ ମୁଁ ଜାଣିନି, ଆଜ୍ଞା ।

— ତୁ ପ୍ରକୃତରେ ତାକୁ ବାହା ହେବାକୁ ଚାହୁଁଛୁ ?

— ହଁ, ସତରେ ଚାହୁଁଛି ଆଜ୍ଞା ।

— ଏ କଥାରେ ତୁ ନିଶ୍ଚିତ ହେବାର କଥା । କାରଣ ତୋର ଇଚ୍ଛା ବିରୁଦ୍ଧରେ ମୁଁ ତତେ ମୋ ପରିବାର ଭିତରକୁ ଟାଣି ନେବାକୁ ଚାହୁଁ ନାହିଁ ।

ଏ କଥା ଶୁଣି ସେ ଉସ୍ତୁକ ହେଇ ତାଙ୍କୁ ଚାହିଁଲା ।

— ମୋର ଇଚ୍ଛା ଅଛି । ସେ କହିଲା ।

— ଆମ ଘର ଏଠୁ ବହୁତ ଦୂର । ସେଠି ରାସ୍ତାଘାଟ ଗାଡ଼ି ମଟର କି ଆଲୁଅ କିଛି ସୁବିଧା ନାହିଁ । ସେଠି ମୁଁ ଆଉ ମୋର ସ୍ତ୍ରୀ ଖାଲି ରହୁ । ନିରୋଳା ଜାଗାଟେ । ତୁ କଣ ଜୁଲୁ ?

— ହଁ ଆଜ୍ଞା । ।

— ତୋର ଜନ୍ମ କେଉଁଠ ?

— ଆଲେକ୍‌ଜାଣ୍ଡାରେ ।

— ଆଉ ତୋର ବାପା ମା ?

— ମୋ ବାପା ମୋ ମାଁକୁ ଛାଡ଼ିଗଲେ, ଆଜ୍ଞା । ଆଉ ମୋର ସାବତ ବାପାକୁ ମତେ ଭଲ ଲାଗେ ନାହିଁ ।

— ତୋ ବାପା କାହିଁକି ଛାଡ଼ିଦେଲେ ?

– ସେମାନଙ୍କର ଝଗଡ଼ା ହେଲା, ଆଖ୍ଖା । କାରଣ ମୋ ମାଁ ବେଳେବେଳେ ଗୁଡ଼ାଏ ପିଉଥିଲା ।

– ସେଥ୍ୟପାଇଁ ତୋ ବାପା ଛାଡ଼ି ଚାଲିଗଲେ । ଆଉ ସେ ତତେ ବି ଛାଡ଼ିଦେଲେ ।

– ସେ ଆମକୁ ମାନେ ମତେ ଓ ମୋର ଦୁଇ ଭାଇଙ୍କୁ ଛାଡ଼ି ଚାଲିଗଲେ ।

– ତୋର ଭାଇମାନେ ଏବେ କୋଉଠି ?

– ଜଣେ ସ୍କୁଲରେ ଆଖ୍ଖା, ଯୋଉଠିକି ଆବ୍ସାଲମ୍‍କୁ ପଠା ହେଇଥିଲା । ଆଉ ଜଣେ ଆଲେକ୍‍ଜାଣ୍ଡ୍ରାରେ । କିନ୍ତୁ ସେ ଭାରି ଅମାନିଆ । ମୁଁ ଶୁଣୁଛି ସେ ବି କୁଆଡ଼େ ସ୍କୁଲ ଯିବ ।

– କିନ୍ତୁ ତୋ ବାପା ତମମାନଙ୍କୁ କେମିତି ଛାଡ଼ି ଯାଇ ପାରିଲେ ?

ଏକ ଆଶ୍ଚର୍ଯ୍ୟ ଚକିତ ସରଳତାରେ ସେ ତାଙ୍କୁ ଚହିଁ ରହିଲା ।

– ମୁଁ ଜାଣିନି । ସେ କହିଲା ।

– ତୋର ସାବତ ବାପାଙ୍କୁ ତତେ ଭଲ ଲାଗେ ନାଇଁ ପରା ? ତାପରେ ତୁ କଣ କଲୁ ?

– ମୁଁ ସେଠୁ ଚାଲି ଆସିଲି ।

– ଆଉ କଣ କଲୁ ?

– ସୋଫିଆ ଟାଉନ୍‍ରେ ରହିଲି ।

– ଏକୁଟିଆ ?

– ନା, ଏକୁଟିଆ ନାଇଁ ।

– ତୋର ପ୍ରଥମ ସ୍ୱାମୀ ସହିତ ? ସେ ନିର୍ବିକାର ହେଇ ପଚାରିଲେ ।

– ହଁ ମୋର ପ୍ରଥମ ସ୍ୱାମୀ ସହିତ । ତାଙ୍କର ନିର୍ବିକାର ଭାବକୁ ଲକ୍ଷ୍ୟ ନ କରି ସେ କହିଲା ।

– ୟା ଭିତରେ କେତେଟା ହେଲେଣି ?

ସେ ହଡ଼ବଡ଼େଇ ଯାଇ ହସି ପକାଇଲା । ବାକ୍ସରୁ କାଠ ପାଟି ଓପାଡୁଥିବା ତାର ହାତଟାକୁ ସେ ଅନେଇଲା । ପୁଣି ଉପରକୁ ମୁହଁ ଉଠାଇଲା । ତାକୁ ସେ ସ୍ଥିର ଦୃଷ୍ଟିରେ ଦେଖୁଥିବାର ଦେଖି ପୁଣି ଘାବରେଇ ଗଲା ।

– ମାତ୍ର ତିନିଟା । ସେ କହିଲା ।

– ପ୍ରଥମଟାର କଣ ହେଲା ?

– ସେ ଧରା ହେଇ ଗଲା, ଆଖ୍ଖା ।

– ଆଉ ଦ୍ୱିତୀୟଟା ?

– ସେ ବି ଧରା ହେଇ ଗଲା ।

– ଆଉ ଏବେ ତୃତୀୟଟା ବି ଧରା ହେଇ ଗଲା ।

ସେ ଉଠି ପଡ଼ିଲେ । ଝିଅଟାକୁ ବେଶ୍‌ ଜୋରରେ ଆଘାତ କରିବାକୁ ଇଚ୍ଛାଟିଏ ତାଙ୍କ ଭିତରକୁ ମାଡ଼ି ଆସିଲା । ସେମିତି ହେବା କଥା ନୁହେଁ ଜାଣି ସୁଦ୍ଧା ସେ ସେଇ ଇଚ୍ଛାରେ କାବୁ ହେଇଗଲେ ଆଉ ତାକୁ କହିଲେ – ହଁ, ତୋର ତୃତୀୟଟା ମଧ୍ୟ ଧରାହେଲା । କିଂତୁ ଏଥରଟା ମର୍ଡର କେସ୍‌ରେ । ଆଗରୁ କେବେ ମର୍ଡର ନାଁ ଶୁଣିଥିଲୁ ?

ସେ ଗୋଟେ ପାଦ ତାରି ଆଡ଼କୁ ବଢ଼ିଲେ । ସେ ବାକ୍ସ ଉପରେ ସାଙ୍କୁରି ଯାଇ ପାଟି କଲା – ନା, ନା, ନା । କାଲେ ବାହାରେ କେହି ଶୁଣି ପକାଇବ ଭାବି ତାକୁ ଟିକେ ଧୀର ସ୍ୱରରେ ନ ଡରିବା ପାଇଁ କହିଲେ ଆଉ ଗୋଟେ ପାଦ ପଛକୁ ଫେରି ଆସିଲେ । କିଂତୁ ଝିଅଟା ଟିକେ ସ୍ୱାଭାବିକ ହେଲା ପରେ ପରେ ପୁଣି ସେଇ ଇଚ୍ଛାଟା ଜାଗି ଉଠିଲା । ସେ ତାକୁ କହିଲେ – ଏବେ କଣ ଝରି ନମ୍ବର ସ୍ୱାମୀ ସାଙ୍ଗରେ ରହିବୁ ? ଝିଅଟା ଅତିଷ୍ଠ ହେଇ କହିଲା – ନା, ନା, ମୋର ଆଉ ସ୍ୱାମୀ ଦରକାର ନାହିଁ ।

ଏପରି ହିଂସ୍ର ମାନସିକତା ଭିତରେ କୁମାଲୋ ଭିତରକୁ ଏକ ହିଂସ୍ର ଭାବନା ପଶି ଆସିଲା ।

– ଏପରିକି ମୁଁ ରହିଁଲେ ବି ସୁଦ୍ଧା ବି ନୁହେଁ ? ସେ ପଚରିଲେ ।

– ତମେ, କହି ସେ ଫେର ଟିକେ ଘୁଷ୍ଟିଗଲା ।

– ହଁ, ମୁଁ, ସେ କହିଲେ ।

ସେ ତାର ଝରିଆଡ଼କୁ ଥରେ ଓ ନିଜକୁ ଥରେ ଅନାଇଲା ଯେମିତିକି ସେ କୋଉ ଗାତରେ ଫସି ଯାଇଛି । – ନା, ନା, ଏଇଟା ଠିକ୍‌ କଥା ନୁହେଁ, ଝିଅଟା କହିଲା ।

– ଆଗରୁ କଣ କଥାଟା ଠିକ୍‌ ଥିଲା ?

– ନା, ଠିକ୍‌ ନ ଥିଲା ।

– ତା ହେଲେ ତୁ ରହୁଁଥିବୁ ।

ସେ ହତବମ୍ୟ ହେଇ ହସି ପକାଇଲା । ନିଜକୁ ଥରେ ରହିଁ ଦେଇ ବାକ୍ସରୁ କାଠ ପାଟି ଓପାଡ଼ିଲା । ତେବେ ଝିଅଟା ନିଜ ଉପରେ ତାଙ୍କର ଦୃଷ୍ଟି ଜାଣି ପାରି କହିଲା– ହଁ, ରହୁଁଥିବି ।

ସେ ବସି ପଡ଼ି ଦୁଇ ହାତରେ ମୁହଁ ଘୋଡ଼ାଇଲେ । ତାଙ୍କୁ ଏପରି ଦେଖି ଝିଅଟା ଲଜ୍ଜା ଓ ପୀଡ଼ନର ଦାଉରେ ସୁଁସୁଁ ହେଇ କାନ୍ଦିବାରେ ଲାଗିଲା । ସେ ମଧ୍ୟ ଝିଅଟାକୁ ଓ ତାର ଦୁର୍ବଳ ଦେହକୁ ଦେଖି ଲଜ୍ଜିତ ହେଲେ । ତେବେ ଝିଅଟାର ପରିସ୍ଥିତି ସହିତ ସାଲିସ୍ କରିବା ଯୋଗୁଁ ନୁହେଁ ବରଂ ସେ ନିଜର ନିର୍ଦ୍ଦୟତା ପାଇଁ ଲଜ୍ଜିତ ହେଲେ ।

ତା ପାଖକୁ ଯାଇ ତାକୁ ପଚାରିଲେ – ତୋର ବୟସ କେତେ ରେ ମା ?

– ମୁଁ ଜାଣିନି । ହେଲେ ମତେ ଲାଗୁଛି ଷୋହଳ ବର୍ଷ ହେଇଥିବ । ସେ ସୁଁ ସୁଁ ହେଇ କହିଲା ।

ଅନୁକମ୍ପାର ଆର୍ଦ୍ରତାରେ ତାଙ୍କ ଭିତରଟା ଭିଜିଗଲା । ସେ ଝିଅଟାର ମଥାରେ ହାତ ରଖିଲେ । ସେଇଟା ଜଣେ ପାଦ୍ରୀର ସ୍ପର୍ଶ ଥିଲା ବୋଲି ଅବା ସେଇ ପାପୁଲି ଆଉ ଆଙ୍ଗୁଳିରୁ ସହାନୁଭୂତିର ଧାରା ବହୁଥିଲା ବୋଲି ଅଥବା ଅନ୍ୟ କେଉଁ କାରଣରୁ ହେଉ ତାର କାନ୍ଦିବାଟା ଥମିଗଲା । ସେ ତାଙ୍କ ହାତ ପାପୁଲିରେ ଝିଅର ମଥାର ସ୍ପର୍ଶ ଅନୁଭବ କରି ପାରିଲେ । ଆର ହାତରେ ଝିଅଟାର ହାତ ଦୁଇଟାକୁ ଉଠାଇଲେ ଆଉ ଏଇ ପରିତ୍ୟକ୍ତ ଏକଣା ଘରଟା ପ୍ରତି ତାର ଅର୍ଥଶୂନ୍ୟ କର୍ତ୍ତବ୍ୟର ଦାଗକୁ ଅନୁଭବ କରି ପାରିଲେ ।

– ମୁଁ ଦୁଃଖିତ, ତତେ ଏପରି ପ୍ରଶ୍ନ ପଚାରି ଥିବାରୁ ମୁଁ ଲଜ୍ଜିତ ।

– କଣ କହିବାକୁ ହେବ ମୁଁ ଜାଣି ପାରିଲିନି, ସେ କହିଲା ।

– ତୁ କହି ପାରିବୁନି, ସେ କଥା ମୁଁ ଜାଣିଥିଲି । ସେଥିପାଇଁ ମତେ ବେଶୀ ଖରାପ ଲାଗୁଛି । ଏଥର କହ, ତୁ କଣ ସତରେ ମୋ ପୁଅକୁ ବାହା ହେବାକୁ ରହୁଁଛୁ ?

ସେ ତାଙ୍କର ହାତକୁ ମୁଠେଇ ଧରି କହିଲା – ମୁଁ ସେଇୟା ରହେଁ ।

– ଆଉ ସେଇ ଦୂର ଜାଗାଟାରେ ଆମ ଝିଅ ହେଇ ରହିବୁ ତ ?

ତାର ସ୍ୱରରେ ଉକୁଟି ଉଠୁଥିବା ଖୁସିର ଝଲକ ପୂରା ସ୍ପଷ୍ଟ ଜଣାପଡୁଥାଏ ।

– ମୁଁ ସେଇୟା ରହେଁ, ସେ କହିଲା ।

– ଭଲ କଥା ।

– ହଁ, ଭଲ କଥା ।

– ଝିଅରେ ?

– ଆଜ୍ଞା ।

– ତତେ ମୁଁ ଆଉ ଗୋଟେ ରୋକ୍‍ଠୋକ୍ କଥା କହିବି ।

– ହଁ, ଶୁଣୁଛି ଆଜ୍ଞା ।

– ତୋର ସେଇ ଇଚ୍ଛାଟା ଯଦି ତତେ କାବୁ କରି ବସେ, ତାହେଲେ ଏଇ ନିଛାଟିଆ ଜାଗାରେ ତୁ କରିବୁ କଣ ? ମୁଁ ଜଣେ ପାଦ୍ରୀ । ଚର୍ଚରେ ରହେ । ଆମର ଜୀବନଧାରାଟା ଶୃଙ୍ଖଳିତ । ତୁ ଯାହା କରି ପାରିବୁନି ସେଇଟା ତତେ ମୁଁ ପରଢ଼ିବାକୁ ରୁହେଁନା ।

– ମୁଁ ବୁଝି ପାରୁଛି ଆଜ୍ଞା । ମୁଁ ପୁରାପୁରି ବୁଝି ପାରୁଛି । ସେ ତାଙ୍କୁ ଲୁହ ଭର୍ତ୍ତି ଆଖିରେ ରହିଁଲା । ମୁଁ ତମ ଉପରେ କିଛି ବଦନାମ ଆଣିବି ନାଇଁ । ମତେ ନେଇ କିଛି ଡରିବାର ନାଇଁ । ଏ ଜାଗାଟା ନିଛାଟିଆ ବୋଲି ତମେ ଡର ନାଇଁ । ନିରୋଳାରେ ରହିବାକୁ ମୁଁ ବି ରୁହୁଛି ।

ଆଉ ସେଇ 'ଇଚ୍ଛା' ଶବ୍ଦଟା ତାକୁ ବୁଝି ଜୁଟେଇଲା । – ସେଇଟା ମୋର ଇଚ୍ଛା ହେଇ ରହିବ । ସେଇ ଇଚ୍ଛାଟା ହିଁ ମୋ ଉପରେ ଥିବ, ସେ କହିଲା । କୁମାଲୋ ଆଶ୍ଚର୍ଯ୍ୟ ହେଲେ ।

– ମୁଁ ତୋ କଥା ବୁଝି ପାରୁଛି । ମୁଁ ଯେତିକି ଭାବୁଥିଲି ତୁ ତା ଠାରୁ ଆହୁରି ବୁଦ୍ଧିମତୀ ।

– ମୁଁ ସ୍କୁଲରେ ପଢ଼ିଲାବେଳେ ବି ବୁଦ୍ଧିଆ ଥିଲି, ସେ ଉତ୍ସାହିତ ହେଲା ପରି କହିଲା ।

ସେ ହଠାତ୍ ଜୋରରେ ହସି ପକାଇଲେ । ପୁଣି ନିଜ ହସର ଅଭୁତ ଆବାଜରେ ସେ ନିଜେ ଚମକି ପଡ଼ିଲେ ।

– ତୁ କେଉଁ ଚର୍ଚର ?

– ମୁଁ ବି ଇଂଲଣ୍ଡ – ଚର୍ଚର ଆଜ୍ଞା....

ତାର ସରଳତାରେ ସେ ପୁଣିଥରେ ହସିଲେ ଆଉ ତାପରେ ହଠାତ୍ ଗମ୍ଭୀର ହେଇଗଲେ । – ମୁଁ ତୋ ପାଖରେ ଗୋଟେ ପ୍ରତିଶ୍ରୁତି ରୁହେଁ । ଗୋଟେ ବଡ଼ ପ୍ରତିଶ୍ରୁତିଟାଏ ।

ଝିଅଟା ବି ଗମ୍ଭୀର ଥିଲା । – ହଁ, ଆଜ୍ଞା ।

– ଏଠି ହେଉ କିମ୍ବା ଆମ ଘରେ ହେଉ ତୁ ଯଦି କେବେ ତୋର ଏଇ ନିଷ୍ପତ୍ତି ପାଇଁ ପଶ୍ଚାତାପ କରୁ, ତାହେଲେ ତୁ ସେ କଥା ନିଜ ଭିତରେ ଗୋପନ ରଖ୍ବୁ ନାହିଁ କିମ୍ବା ତୋର ମାଁ ପାଖରୁ ଯେମିତି ରୁଲି ଆସିଲୁ ସେପରି କରିବୁ ନାହିଁ । ତୁ ମତେ କଥା ଦେ ଯେ ତୁ ପଶ୍ଚାତାପ କଲେ ମତେ କହିବୁ ।

– ମୁଁ କଥା ଦଉଛି, ସେ ଗମ୍ଭୀର ହେଇ କହିଲା, ଆଉ ତାପରେ ଉତ୍ସୁକ ହେଇ ପୁଣି କହିଲା । – ମୁଁ କେବେ ପଶ୍ଚାତାପ କରିବି ନାହିଁ ।

ସେ ପୁଣି ହସିଲେ ଆଉ ତାର ହାତ ଦିଓଟିକୁ ଖସାଇ ଦେଇ ଟୋପୀ ଖଣ୍ଡକ ଉଠାଇଲେ । – ବାହାଘର ପାଇଁ ସବୁ ଠିକଣା ହେଇ ସାରିଲା ପରେ ମୁଁ ତତେ ନେବାକୁ ଆସିବି । ତୋର ଲୁଗାପଟା ଅଛି କି ?

– ମୋ ପାଖରେ ଅଢ କେତେ ଖଣ୍ଡ ଅଛି ଆଖା, ସେଥରେ ମୁଁ ତିଆରି କରିବି ।

– ତୁ ଏଠି ରହିବା ଉଚିତ ନୁହେଁ । ମୋ ପାଖରେ ତୋ ପାଇଁ ଘରଟେ ଦେଖବି କି ?

– ହଁ ମୁଁ ବି ସେଇୟା ରୁହେଁ, ଆଖା । ସେ ପିଲାଙ୍କ ପରି ତାଲି ମାରିଲା । ଯେତେ ଶୀଘ୍ର ହେବ ଏଇ ଘରେ ମୁଁ ମୋର କୋଠିଟା ଛାଡ଼ିଦେବି ।

– ତାହେଲେ ତୁ ରହ, ଏଥର ମୁଁ ଯାଏ ।

– ଦେଖକି ଯିବେ ଆଖା ।

ସେ ଘରୁ ବାହାରିଲେ । ଝିଅଟା ଛୋଟିଆ ଗେଟ୍ ପର୍ଯ୍ୟନ୍ତ ତାଙ୍କୁ ବଳେଇ ନେଲା । ସେ ପଛକୁ ଫେରି ରୁହିଁଲାବେଲେ ଝିଅଟାକୁ ହସୁଥବାର ଦେଖଲେ । ଏଥର ସେ ଟିକେ ସଳଖ ରୁଲିଲେ, ଯେମିତି ପୁରାପୁରି ନ ହେଲେ ବି ଅନ୍ତତଃ ଅଢ ଟିକେ ବ୍ୟଥାର ବୋଝ କମିଯାଇଥଲା । ତାଙ୍କର ନିଜର ସଶଙ୍କ ହସଟା ଦିହକୁ ବାଧୁ ଥିବାର ସେ ମନେ ପକାଇଲେ । ରୋଗୀଣା ଦିହରେ ଯେମିତି ହସଟା ବି କାଟେ, ତାଙ୍କୁ ଠିକ୍ ସେମିତି ଲାଗୁଥିଲା । ହଠାତ୍ ସେ ଚମକି ପଡ଼ି ଆଉ ଗୋଟେ କଥା ମନେ ପକାଇଲେ । ଫାଦର୍ ଭିନ୍‌ସେଣ୍ଟ କହିଥିଲେ – ମୁଁ ଦିନ ରାତି ପ୍ରାର୍ଥନା କରିବି । ବାଙ୍କ ମୁହାଁଣୀରେ ସେ ପଛକୁ ଫେରି ରୁହିଁଲେ । ଝିଅଟା ତଥାପି ତାଙ୍କର ଯିବା ବାଟକୁ ରୁହିଁ ରହିଥାଏ ।


୧୧

ବହୁତ କମ୍ ଲୋକ ଅଛନ୍ତି ଯେଉଁମାନେ କି ତାଙ୍କ ଘର ଭଡ଼ାରେ ଦିଅନ୍ତି ନାହିଁ । ମିସେସ ଲିଥେବେ ତାଙ୍କ ଭିତରୁ ଜଣେ । ତାଙ୍କର ସ୍ୱାମୀ ଥିଲେ ଜଣେ ସଛୋଟ ରାଜମିସ୍ତ୍ରୀ । ସ୍ୱଭାବରେ ମଧ୍ୟ ଭଲ । କିନ୍ତୁ ସେମାନଙ୍କୁ ପ୍ରଭୁ କୌଣସି ସନ୍ତାନ ସନ୍ତତି ଦେଇ ନ ଥିଲେ । ସେ ନିଜେ ଏତେ ବଡ଼ ସୁରମ୍ୟ ଘରଟାକୁ ତିଆରି କରିଥିଲେ । ଘରଟାରେ ଖାଇବା ଓ ବସାଉଠା କରିବା ପାଇଁ ଅଲଗା କୋଠରୀ

ବ୍ୟତୀତ ତିନିଟା ଶୋଇବା କୋଠରୀ ଥିଲା । ଗୋଟିକରେ ସେ ନିଜେ ରହୁଥିଲେ । ଆଉ ଗୋଟେ ପାଦ୍ରୀ ଜଣକୁ ଖୁସିରେ ରହିବାକୁ ଦେଇଥିଲେ । ଘରେ ଜଣେ ପାଦ୍ରୀ ରହିବାଟା ଭଲ । ଘରେ ନିୟମିତ ପ୍ରାର୍ଥନା ସଭା ହେବାଟା ମଙ୍ଗଳକର । ଆଉ ଗୋଟିକ ସେ ଜାଟ୍ୱେଡ୍ ଓ ତାର ଛୁଆକୁ ଦେଇଥିଲେ । ସେମାନେ ତ ଫେର ପାଦ୍ରୀଙ୍କର ଲୋକ ? କିନ୍ତୁ ଅଜଣା ଅଚିହ୍ନା ଲୋକଙ୍କୁ ସେ ଆଦୌ ପୁରାନ୍ତିନି । ତାଙ୍କର ଚଳିବା ପାଇଁ ଯଥେଷ୍ଟ ଟଙ୍କା ବି ଅଛି ।

ପାଦ୍ରୀ ଜଣଙ୍କର କଥା ଭାରି ଦୁଃଖଦାୟକ, ଏଇ ଜାଟ୍ୱେଡ୍ ଆଉ ତାର ପିଲାଟା କଥା ବି ସେତିକି ଦୁଃଖଦାୟକ । ଆଉ ସବୁଠୁ ବେଶୀ ଦୁଃଖଦାୟକ ବିଷୟ ହେଲା ତାଙ୍କ ପୁଅର । ତେବେ ତାଙ୍କର ସଦ୍‌ଗୁଣକୁ ନେଇ ମିସେସ୍ ଲିଥେବେଙ୍କର କିଛି ବି ସନ୍ଦେହ ନ ଥିଲା । ସେ ଯେତିକି ଭଦ୍ର, ସେତିକି ଦୟାଳୁ ମଧ୍ୟ । ତାଙ୍କ ସହିତ ସେ ବେଶ୍ ସମ୍ମାନ ଓ ଶିଷ୍ଟାଚାରରେ କଥାବାର୍ତ୍ତା କରନ୍ତି । ଘରଟାକୁ ବି ନିଜ ଘର ପରି ବ୍ୟବହାର କରନ୍ତି । ଜାଟ୍ୱେଡ୍ ଓ ତାର ଛୁଆଟାକୁ ଯେଭଳି ଭାବରେ ଗୋଟେ ପ୍ରକାର ଦୁର୍ଗତିରୁ ରକ୍ଷା କରିଛନ୍ତି ସେଥିରେ ତାଙ୍କୁ ପ୍ରଶଂସା ନ କରି ରହିହେବ ନାହିଁ । ତାଛଡ଼ା ଜାଟ୍ୱେଡ୍ ପାଇଁ ଲୁଗାପଟା, ମୁଣ୍ଡର ଓଢ଼ଣୀ ଠୁ ଆରମ୍ଭ କରି ଛୋଟ ପିଲାଟା ପାଇଁ ଜାମାପଟା, ଜାକେଟ୍ ଆଣିବାକୁ ଭୁଲି ନାହାନ୍ତି । ରୀତି ଅନୁସାରେ ଏସବୁ ଜିନିଷ ପାଇଁ ଜାଟ୍ୱେଡ୍ ତାଙ୍କୁ କୃତଜ୍ଞତା ଜଣେଇଛି ।

ଘରେ ଏଇ ମା ଛୁଆ ଦି ଜଣ ଥିବାରୁ ଭଲ ଲାଗୁଛି । ଝିଅଟା ବେଶ୍ ସଫାସୁତୁରା ଆଉ ତାର ସାହାଯ୍ୟ କରିବାର ମନୋବୃତ୍ତି ମଧ୍ୟ ରହିଛି । ଅବଶ୍ୟ ଝିଅଟା ଟିକେ ସଙ୍ଖଣା ଜାଣେନି । ଅଚିହ୍ନା ଅଜଣା ଲୋକ ସହିତ ହଠାତ୍ ଗପସପ ଜମେଇଥିବ, ବିଶେଷତଃ ଅପରିଚିତ ପୁରୁଷଙ୍କ ସହିତ ତାର ବେଶୀ ଗପ । ତେବେ ମିସେସ୍ ଲିଥେବେ ଜାଣନ୍ତି ଯେ ସେ ଜଣେ ବିବାହିତା ସ୍ତ୍ରୀଲୋକ ଆଉ ଜାଟ୍ୱେଡ୍ ବି ଜାଣେ ଯେ ଏଇ ବୟସ୍କା ମହିଳା ଜଣକ ତାଙ୍କ ଘରଟା ବିଷୟରେ ବେଶ୍ କଡ଼ା । ତେଣୁ ସବୁ କଥା ସେ ମାନି ଚଳେ ।

ତାଙ୍କର ପୁଅର ଚିନ୍ତା ହିଁ ସବୁଠୁ ଦୁଃଖଦାୟକ । ରୀତି ଅନୁସାରେ ସେମାନେ ତା ପାଇଁ କନ୍ଦାକଟା କଲେ । ସେ ଓ ଜାଟ୍ୱେଡ୍ ସେଇ ବିଷୟରେ ଢେର ଗପନ୍ତି । କହିବାକୁ ଗଲେ ଏବେ ଦୁହେଁ ସେଇ କଥା ହିଁ ଗପୁଛନ୍ତି । ବୃଦ୍ଧ ଜଣକ ଚୁପ୍‌ଚାପ୍ ଥାନ୍ତି । ତାଙ୍କର ମୁହଁଟା ଯନ୍ତ୍ରଧାର ଛାୟାରେ ଲଟକି ରହିଥାଏ ଯେମିତି । ତେବେ ପ୍ରାର୍ଥନା କଲାବେଳେ ସେ ତାଙ୍କର ଛାତି ଭିତରର ବ୍ୟଥା ସବୁ ଶୁଣି ପାରନ୍ତି । ବୃଦ୍ଧ ଜଣକ ପାଇଁ ସହାନୁଭୂତିରେ ତାଙ୍କର ମନଟା ଆର୍ଦ୍ର ହେଇ ଉଠେ । ଦୀର୍ଘ ସମୟ ଧରି

ସେ ଚୌକିଟାରେ ବସିବସି କରୁଣ ଆଖି ଦିଓଟିରେ ସାମ୍ନାର ଶୂନ୍ୟତାକୁ ରୁହିଁ
ରହିଥାନ୍ତି । ତେବେ ବି ତାଙ୍କୁ ଦି ପଦ କଥା କହି ଦେଲେ ଧାରେ ହସ ସେଇ ଯନ୍ତ୍ରଣାକ୍ତ
ଛାଞ୍ଚ ଭିତରୁ ତାଙ୍କ ମୁହଁଟାକୁ ଉଠେଇ ଆଣେ । କୌଣସି ବି ପରିସ୍ଥିତିରେ ବୃଦ୍ଧ ଜଣକ
ତାଙ୍କ ପ୍ରତି ଅଶାଳୀନ ବ୍ୟବହାର ଦେଖାଇ ନାହାନ୍ତି । ସବୁବେଳେ ଭଦ୍ର, ସ୍ଥିର ଓ
ଶାନ୍ତ । ପିଲାଟା ସହିତ ଖେଳିଲାବେଳେ ତାଙ୍କର ଭିନ୍ନ ରୂପଟିଏ ବାହାରି ଆସେ,
କେତେ ବଦଳି ଯାନ୍ତି । ଅଥଚ ଚୁପ୍‌ଚାପ୍ ବସିଥିଲାବେଳେ ଛୁଆଚାର କେତେ ପ୍ରଶ୍ନର
ଉତ୍ତର ବି ଦିଅନ୍ତିନି । ସେମିତି ଅନ୍ୟମନସ୍କ ହେଇ ବସି ରହନ୍ତି । ଖାଲି ନିଜ ଚିନ୍ତା
ଭିତରେ ଡୁବି ଯାନ୍ତି । ତାଙ୍କର ମୁହଁଟା ସେମିତି ଯନ୍ତ୍ରଣାକ୍ତ ଛାଞ୍ଚ ଭିତରେ ଲଟକି ଥାଏ ।

*

– ମିସେସ୍ ଲିଥେବେ ।

– ହଁ, ଆଜ୍ଞା ।

– ମିସେସ୍ ଲିଥେବେ, ତମେ ମତେ ବହୁତ ସାହାଯ୍ୟ କରିଛ ମା, ହେଲେ ମୁଁ
ଆଉ ଗୋଟେ ସାହାଯ୍ୟ ଚାହୁଁଛି ।

– ସେଇଟା ବି ହେଇ ପାରିବ ପରିକା ଲାଗୁଛି ।

– ସେଇ ଝିଅଟା ବିଷୟରେ ତ ଶୁଣିଥିବ ଯିଏ ପେଟରେ ମୋ ପୁଅର ପିଲା
ଧରିଛି ।

– ହଁ, ତା ବିଷୟରେ ଶୁଣିଛି ।

– ସେ ପିମ୍‌ଭିଲେରେ ଜଣକର ଘରେ ଗୋଟେ କୋଠରୀରେ ରୁହେ । ମୋର
ପୁଅକୁ ବାହା ହେବାକୁ ତାର ଇଚ୍ଛା । ମୁଁ ଭାବୁଛି ସେଇଟା ହେଇ ପାରିବ । ତାପରେ
ଯାହା ବି ହେଉ ସେ ମୋ ସାଙ୍ଗରେ ଏଣ୍ଟୋସେନି ଚୁଲିଯିବ । ସେଠି ଅନ୍ତତଃ
ପରିଷ୍କାର ପରିଚ୍ଛନ୍ନ ଘରେ ଆଉ ଭଲ ପରିବେଶରେ ତାର ଛୁଆକୁ ଜନ୍ମ ଦେବ । ସେଠୁ
ତାକୁ କେମିତି ନେଇ ଆସିବି, ସେଥିପାଇଁ ବ୍ୟସ୍ତ ଲାଗୁଛି... ତମକୁ ମୁଁ ହଇରାଣ
କରିବାକୁ ଚାହୁଁ ନାହିଁ ମା, ହେଲେ....

– ତାକୁ ଏଠିକି ଆଣିବାକୁ ଚାହୁଁଛନ୍ତି କି ଆଜ୍ଞା ?

– ସତରେ ସେଇଟା ଭାରି ଦୟା ହେବ ।

– ଠିକ୍ ଅଛି, ତାକୁ ନେଇ ଆସନ୍ତୁ । ଆମର ଖାଇବା ଜାଗାରେ ସେ ଶୋଇ
ପଡ଼ିବ । ହେଲେ ତା ପାଇଁ ଆଉ ଖଟିଆ ନାହିଁ ।

– ସେଥରେ କିଛି ନାହିଁ । ଗୋଟେ ଭଲ ପରିବେଶରେ ତଳେ ଶୋଇବା
ବରଂ ଭଲ, ଯା ଅପେକ୍ଷା ସେଠି...

– ସତ, ସତ ।

– ତମ ପ୍ରତି ପ୍ରକୃତରେ ମୁଁ ବହୁତ କୃତଜ୍ଞରେ ମା । ତମେ ସତରେ ମୋ ମାଁ ।

– ଆଉ କୋଉଥି ପାଇଁ ଆମେ ବଞ୍ଚୁଛୁ ?

ତାପରେ ସେ ଉଲ୍ଲସିତ ହେଇଗଲେ । ପିଲାଟାକୁ ଡାକି ଆଣ୍ଠୁ ଉପରେ ବସାଇ ତଳ ଉପର କଲେ, ଯେମିତି ଘୋଡ଼ାଟା ଉପରେ ବସିଲେ ହୁଏ । ତେବେ ଜଣେ ବୁଢ଼ା ଲୋକ ପାଇଁ ଏଇଟା ସହଜ ଖେଳ ନୁହେଁ । ଏଥିରେ ଛୁଆ ତ କେବେ ହାଲିଆ ହୁଏ ନାହିଁ, ହେଲେ ବୁଢ଼ା ଲୋକଟା ଶୀଘ୍ର ଥକି ଯାଏ । ତେଣୁ ସେମାନେ ଖେଳନା ଛାଞ୍ଚ ଆଣିଲେ ଆଉ ସେଥିରେ ଜୋହାନ୍‌ସବର୍ଗରେ ଥିବା ବଡ଼ବଡ଼ କୋଠା ପରି ଘର ତିଆରି କଲେ । ପୁଣି ହୋ ହଲ୍ଲା ହସ ଖେଳ ଭିତରେ ତାକୁ ଭାଙ୍ଗି ଦେଲେ ।

– ଏଥର ମୁଁ ଯାଏ । ମୁଁ ତୋ ପାଇଁ ନୂଆଁ ଭଉଣୀଟେ ଆଣି ଦେବି, କୁମାଲୋ କହିଲେ ।

ପାଖରେ କେତେ ପଇସା ଅଛି ସେ ଗଣିଲେ । ମାତ୍ର ଖଣ୍ଡେ କି ଦୁଇ ଖଣ୍ଡ ନୋଟ୍ ଥିଲା । ଏଥର ପୋଷ୍ଟ ଅଫିସ୍ ଜମା ଖାତାରୁ କାଢ଼ିବାକୁ ପଡ଼ିବ । ସେ ଟିକେ ଦୀର୍ଘଶ୍ୱାସ ଛାଡ଼ିଲେ । ସ୍କୋଭ‌ଟିଏ ପାଇଁ ତାଙ୍କର ସ୍ତ୍ରୀଙ୍କୁ ଆହୁରି ବହୁତ ଦିନ ଅପେକ୍ଷା କରିବାକୁ ପଡ଼ିବ, ଆଉ ତାଙ୍କୁ ତାଙ୍କର ପାଦ୍ରୀ ପୋଷାକ ପାଇଁ ।

*

ଝିଅଟା ଜାଣ୍ଟ‌ଡ୍ ପରି ନୁହଁ । ଏଇ ଘରେ ରହିବାକୁ ସେ ବେଶ୍ ଖୁସିରେ ହଁ ଭରିଲା । ତାର ଲୁଗାପଟା ଅଳ୍ପ ଥିଲେ ବି ବେଶ୍ ପରିଷ୍କାର ଥିଲା । କାରଣ ବେଶ୍ ଯତ୍ନର ସହିତ ସିଏ ସେଗୁଡ଼ା ତିଆରି କରିଥିଲା । ଜିନିଷପତ୍ର କହିଲେ ସେମିତି କିଛି ନ ଥିଲା କହିଲେ ଚଳେ । କବାଟ ଖୋଲି ଘରଟା ଉପରେ ଆଖି ବୁଲାଇ ନେଉନେଉ ସେ ଖୁସି ହେଇଗଲା । କାରଣ ଆଗରୁ ଏମିତି ଘରଟାରେ ସେ କେବେ ରହି ନ ଥିଲା । ମିସେସ୍ ଲିଥେବେଙ୍କୁ ଝିଅଟା ମାଁ ଡାକିବାରୁ ସେ ଭାରି ଖୁସି ହେଲେ । ଖଣ୍ଡିଆ ହେଲେ ବି ଝିଅଟା ସେସୁଟୋ ବୋଲି କହି ପାରୁଥିବାରୁ ସେ ଆହୁରି ଖୁସି ହେଲେ । ଜାଣ୍ଟ‌ଡ୍ ମଧ ତାକୁ ପାଞ୍ଚୋଟି ନେଲା । କାରଣ ଯାହା ହେଲେ ବି ଜାଗାଟା ତାକୁ ନୀରସ ଲାଗୁଥିଲା । ଏଥର ଦୁହେଁ ଗପସପ କରିବେ ।

ଦୁହେଁ ହୋ ହୋ ହେଇ ହସୁଥିଲାବେଲେ ମିସେସ୍ ଲିଥେବେ ପଶି ଆସିଲେ । ଦୁହେଁ ତୁନି ପଡ଼ିଲେ । ଜାଣ୍ଟ‌ଡ୍ ମଜାରେ ରହିଁଥିଲାବେଲେ ଝିଅଟା ହଡ଼ବଡ଼େଇ ଚଲା । ମିସେସ୍ ଲିଥେବେଙ୍କୁ ଏମିତି ବେପରୁଆ ହସ ପସନ୍ଦ ଲାଗେ

ନାହିଁ । ଏମିତି ହସ ହିଁ ତାଙ୍କୁ ଭଲ ଲାଗେ ନାହିଁ । ସେ ରନ୍ଧା ଘରେ କାମରେ ସାହାଯ୍ୟ କରିବାକୁ ଝିଅଟାକୁ ଡାକିଲେ ଓ କହିଲେ ଯେ ଏଗୁଡ଼ା ତାଙ୍କୁ ଭଲ ଲାଗେ ନାହିଁ ।

– ଝିଅ, ତୁ ଜାଣୁ ଯେ ତୁ ଗୋଟେ ଭଦ୍ର ଘରେ ଅଛୁ ।

– ହଁ, ମା, ଝିଅଟା ମୁହଁ ପୋତି କହିଲା ।

– ତତେ ଯିଏ ଏଠିକି ଆଣିଛନ୍ତି ସେ ଜଣେ ଭଦ୍ର ଓ ଦୟାବାନ୍ ଲୋକ । ସେ ଏତେ ଭଲ ଯେ କହିବାକୁ ମୋର ଭାଷା ନାହିଁ ।

ଝିଅଟା ଉତ୍ସୁକ ହୋଇ ରହିଲା । – ମୁଁ ଜାଣେ, ସେ କହିଲା ।

– ତାଙ୍କ ସହିତ ଏଠିକି ଆସି ଯଦି ତୁ ଖୁସି, ତାହେଲେ ଆଉ ଏମିତି ବେପରୁଆ ଠାଣିରେ କେବେ ହସିବୁ ନାହିଁ ।

– ହଁ ମା ।

– ତୁ ଏବେ ପିଲାଲୋକ, ହସିବାଟା ପିଲାଙ୍କ ପାଇଁ ଭଲ । ତେବେ ହସିବାର ତ ଫେର୍ ବାଗ ବାଇସ ଅଛି ।

– ହଁ, ମା ।

– ମୋ କଥା ବୁଝି ପାରୁଛୁ ତ ?

– ତମ କଥା ପୁରାପୁରି ବୁଝୁଛି ।

– ଏଇ ବୃଦ୍ଧ ଜଣକ ଦାରୁଣ ବ୍ୟଥା ଭିତରେ ଗତି କରୁଛନ୍ତି । ମୋ କଥା ବୁଝି ପାରୁଛୁ ତ ?

– ହଁ, ମୁଁ ତମ କଥା ଠିକ୍ ବୁଝିପାରୁଛି ।

– ଯେମିତି ତାଙ୍କର ମନକୁ ଆହୁରି ସେମିତି କିଛି କଷ୍ଟ ନ ହୁଏ, ଅନ୍ତତଃ ଏଠି ମୋ ଘରେ ନୁହେଁ ।

– ମୁଁ ବୁଝି ପାରୁଛି ।

– ଏଥର ଯା ଝିଅ, ତେବେ ଏକଥା ଆମ ଦି ଜଣଙ୍କ ଭିତରେ ରହିଲା । ଅନ୍ୟ କାହାକୁ କହିବୁ ନାହିଁ ।

– ହଁ, ବୁଝିଲି ।

– ଆଛା ଝିଅ, ତୁ ଏଠି ଖୁସିରେ ଅଛୁ ତ ?

ଝିଅଟା ତାଙ୍କୁ ଆପାଦ ମସ୍ତକ ଦେଖିଲା । ତାଙ୍କ ଭିତରେ ବିଶ୍ୱାସ ଜନ୍ମାଇବାକୁ ଯାଇ ଝିଅଟା ତାର ହାତ ବଢ଼େଇ ଦେଲା ଆଉ କହିଲା – ମୁଁ ଏଠି ସବୁଥିରେ ପରିତୃପ୍ତ । ଏଠା ବ୍ୟତୀତ ମୋର ଆଉ କୌଣ ଜାଗା ଦରକାର ନାଇଁ । ଏଇ 'ଆଜ୍ଞା' ଛାଡ଼ି ମୋର ଆଉ କେହି ବାପା ଦରକାର ନାଇଁ । ଯାହା ଏଠି ନାହିଁ, ତାହା ମୁଁ ରହୁଁ ନାହିଁ ।

– ମୁଁ ଦେଖୁଛି ତୁ ବେଶ୍ ସନ୍ତୁଷ୍ଟ । ଆଉ ଗୋଟେ କଥା ଝିଅ, ଏଇ ଛୋଟ ଛୁଆଟା ସାଙ୍ଗରେ ଖେଳିଲାବେଳେ ବେଶୀ ଜୋରରେ ଧରାପରା କରିବୁ ନାହିଁ । ଏବେ ଟିକେ ସାବଧାନ ହୋଇ ରହିବା କଥା ।

– ହଁ, ବୁଝିଲି ।

– ଏଥର ଯା, ଝିଅ । ଏଇ ଘର ତୋର ନିଜର ।

ୟା ପରେ ଆଉ କେବେ ସେମିତି ବେପରୁଆ ହସ ଶୁଣାଗଲା ନାହିଁ । ଝିଅଟା ବେଶ୍ ଚୁପ୍‌ଚାପ୍ ଆଉ କଥା ମାନେ । ଜାଟ୍‌ଡ୍‌କୁ ତାକୁ ଛୋଟ ପିଲାଟେ ପରି ଲାଗିଲା । ତାକୁ ତା ବାଟରେ ଛାଡ଼ି ଦେଇ ସେ ନିଜେ ନିଜ ଢଙ୍ଗରେ ଚଳିଲା ।

*

ସେ ପୁଣିଥରେ ବିରାଟ ପାଚିରୀ ବେଢ଼ା ଫାଟକ ଭିତରକୁ ଗଲେ । ପିଲାଟାକୁ ତାଙ୍କ ପାଖକୁ ଅଣାଗଲା । ତାର ନିଷ୍କ୍ରିୟ ହାତ ଦିଓଟିକୁ ସେ ନିଜ ହାତରେ ତୋଲି ଧରିଲେ । ଏଥରକ ପୁଅର ବିଷର୍ଣ୍ଣତା ଦେଖି ସେ କାନ୍ଦି ପକାଇଲେ ।

– ତୋର ଦେହ ପା ଭଲ ଅଛି ତ ପୁଅ ?

ପୁଅ ସେଠି ତଳକୁ ମୁହଁ କରି ଛିଡ଼ା ହୋଇଥାଏ ଆଉ ଝରକା ଦେଇ ବାହାରକୁ ଅନେଇଥାଏ । ଟିକେ ପରେ ଆଗ ପଟକୁ ଅନେଇଲା । ହେଲେ ତା ବାପାକୁ ଅନେଇଲା ନାହିଁ ।

– ମୋ ଦେହ ଭଲ ଅଛି ବାପା ।

– ତୋ ସାଙ୍ଗରେ ଟିକେ କଥା ଅଛିରେ ପୁଅ । ସେଇ ଝିଅଟାକୁ ତୁ ନିଶ୍ଚେ ବାହା ହେବୁ ତ ?

– ହଁ, ବାହା ହୋଇ ପାରିବି ।

– ଜଣେ ଗୋରା ପାଦ୍ରୀ ମୋର ବନ୍ଧୁ । ସେ ୟାର ଆୟୋଜନ କରିବାକୁ ଚେଷ୍ଟା କରିବେ । ଏଥିପାଇଁ ସେ ବିଶପଙ୍କ ସହିତ ଦେଖା କରିବେ । ଆହୁରି ମଧ୍ୟ ସେ ତୋ ପାଇଁ ଜଣେ ଓକିଲ ଠିକଣା କରିଦେବେ ।

ଆଶାର ଝଲକରେ ନା କଣ ତାର ଆଖି ଦିଓଟି ଝଲସି ଉଠିଲା ।

– ତୁ ଜଣେ ଓକିଲ ରଖୁଁ ତ ?

– ସେମାନେ କହୁଛନ୍ତି ଯେ ଓକିଲ ଜଣେ ହିଁ ଏ କ୍ଷେତ୍ରରେ କିଛି କରିପାରିବ ।

– ସେମାନେ ଦୁଇ ଜଣ ତୋ ସାଙ୍ଗରେ ଥିବାର ତୁ ପୋଲିସକୁ କହିଲୁ କି ?

– ମୁଁ ତାଙ୍କୁ କହିଥିଲି । ଏବେ ପୁଣି ଥରେ କହିଲି ।

– ଆଉ ତାପରେ ?

– ତା ପରେ ସେମାନଙ୍କୁ ହାଜତରୁ ଅଣାଯାଇ ଜେରା କରାଗଲା ।

– ଆଉ ତାପରେ ?

– ସେମାନେ ମୋ ଉପରେ ବହୁତ ରାଗିଗଲେ । ପୋଲିସ୍ ସାମ୍ନାରେ ମତେ ଗାଲି ଗୁଲଜ କଲେ । ମୁଁ ସେମାନଙ୍କୁ ଜାଣିଶୁଣି ଫସେଇ ଦଉଥ୍‌ବାର କହିଲେ ।

– ଆଉ ତାପରେ ?

– ତାପରେ ମୋ ପାଖରେ ସେ ନେଇ କି ପ୍ରମାଣ ଅଛି ବୋଲି ପଚରିଲେ । କଥାଟା ସତ, ମୋ ପାଖରେ ସେଇ ଗୋଟିଏ ମାତ୍ର ପ୍ରମାଣ । ସେଇ ଘରେ ମୋ ସହିତ ଏଇ ଦୁଇ ଜଣଙ୍କ ବ୍ୟତୀତ ଆଉ କେହି ନ ଥିଲେ । ମୁଁ ଏଠି, ସେମାନେ ସେଠି ।

ବାପାକୁ ହାତ ଦେଖାଇ କହୁକହୁ ତା ଆଖିରେ ଲୁହ ଆସିଗଲା ।

– ତାପରେ ପୁଣି ସେମାନେ ବହୁତ ଗାଲି ଗୁଲଜ କଲେ । ମତେ କଟମଟ କରି ଅନାଉଥାନ୍ତି, ପୁଣି ଦୁହେଁ ଦୁହିଁଙ୍କୁ କହୁଥାନ୍ତି – ଦେଖ୍ ଆମ ନାଁରେ ସେ କେମିତି ଏତେ ମିଛ କହି ଦଉଛି ?

– ସେମାନେ ତୋର ବନ୍ଧୁ ଥିଲେ ?

– ହଁ ସେମାନେ ମୋର ବନ୍ଧୁ ଥିଲେ ।

– ଆଉ ତତେ ଏକୁଟିଆ ଦୁଃଖ ଭୋଗିବାକୁ ସେମାନେ ଛାଡ଼ିଦେବେ ?

– ଏବେ ମୁଁ ସେଇୟା ଦେଖୁଛି ।

– ଆଜି ଯାଏଁ ତୁ ସେମାନଙ୍କୁ ବିଶ୍ୱାସ କରୁଥିଲୁ ?

– ହଁ ବିଶ୍ୱାସ କରୁଥିଲି ।

– ମୁଁ ତୋ କଥା ବୁଝି ପାରୁଛି । ତୋର କହିବା କଥା ଯେ ସେମାନଙ୍କ ପରି ଲୋକଙ୍କୁ ଯେ କୌଣସି ଭଦ୍ରଲୋକ ବନ୍ଧୁ ଭାବରେ ଗ୍ରହଣ କରିନେବ । ସାଦାସିଧା, ପରିଶ୍ରମୀ ଆଉ ଆଇନକାନୁନ୍ ମାନି ଚଲିବା ପରି ଲୋକ ତ ?

ଆରେ ବାବା, ତାକୁ ସେମିତି ଛାଡ଼ିଦିଅ । ତମକୁ ଏତେ ବାଟ ଆଗେଇ ନେଲାପରେ ପୁଣି ଏମିତି ତା ଉପରେ ମାଡ଼ି ବସିବା କଥା ନୁହେଁ । ସେ ତମକୁ କେମିତି ମୁହଁ ଫୁଲେଇ ଅନେଇ ରହିଛି । ଏଥର ତମ କଥାର ଆଉ ଜବାବ ଦେବନି ଯେ ।

– ଏଥର କହ, ସେମାନେ କଣ ତୋର ସେଇ ରକମର ସାଙ୍ଗ ଥିଲେ ?

କିନ୍ତୁ ପିଲାଟା କିଛି ଉତ୍ତର ଦେଲା ନାହିଁ ।

– ଆଉ ଏବେ ସେମାନେ ତତେ ଏକୁଟିଆ କରିଦେଲେ ?

କିଛି କ୍ଷଣ ପୁଣି ଚୁପ୍‌ଚୁପ୍‌ । ତାପରେ – ହଁ, ସେଇଯ଼ା ଦେଖୁଛି ।

– ଆଗରୁ କଣ ଏଇଟା ଲକ୍ଷ୍ୟ କରି ନ ଥିଲୁ ?

ପିଲାଟା କୁଣ୍ଠିତ ହୋଇ କହିଲା । – ହଁ ଲକ୍ଷ୍ୟ କରିଥିଲି । ବୃଦ୍ଧ ଜଣକ ପୁଣି ନ ପଚରି ରହି ପାରିଲେନି – ତାହେଲେ କାହିଁକି, କାହିଁକି ତାଙ୍କ ସାଙ୍ଗରେ ଫେର ମିଶୁଥିଲୁ ? କିନ୍ତୁ ପିଲାଟାର ଆଖି ଦୁଇଟା ଲୁହରେ ଭରିଗଲା । ତାକୁ ତୁହାକୁ ତୁହା ପଚରାଉଚୁରା କରିବାର ଦୁର୍ବାର ମୋହ ଆଉ ତା ପ୍ରତି ସହାନୁଭୂତିର ଦ୍ବନ୍ଦ ଭିତରେ ବାପାର ମନଟା ଟାଣିଭିଡ଼ି ହେଉହେଉ ଶେଷରେ ମୁକୁଲି ଆସିଲା । ସେ ତାଙ୍କର ପୁଅର ନିର୍ଜୀବ ପ୍ରାୟ ହାତ ଦୁଇଟାକୁ ତୋଳି ଧରିଲେ । ଏଥର ସେଥିରେ କିଛି ଜୀବନୀ ଶକ୍ତି ସଂଚର ହେଲା ପରି ଲାଗୁଥିଲା । ସେ ତାକୁ ବୋଧ ଦେଲା ପରି ମୁଠେଇ ଧରିଲେ ।

– ସାହସ ରଖରେ ପୁଅ । ମନେ ରଖ, ତୋ ପାଇଁ ଜଣେ ଓକିଲ ଠିକଣା ହୋଇଛି । କିନ୍ତୁ ତୁ ତାକୁ ସତ କଥାଟି କହିବୁ ।

– ମୁଁ ତାଙ୍କୁ ସତ କହିବି, ବାପା ।

ସେ କିଛି ଗୋଟେ କହିବା ପରି ପାଟି ମେଲା କଲା । ହେଲେ କିଛି କହିଲା ନାହିଁ ।

– ଡର ନାହିଁ, କଣ କହ ପୁଅ ।

– ସେ ଜଲ୍‌ଦି ଆସିଲେ ଭଲ, ବାପା ।

ସେ ୫ରକା ବାହାରକୁ ଚହିଁଲା । ତାର ଆଖି ଦୁଇଟା ପୁଣି ଲୁହରେ ଭରିଗଲା । ସେ ବେପରୁଆ କହିବାକୁ ଚେଷ୍ଟା କଲା, – ନ ହେଲେ ବେଶୀ ଡେରି ହୋଇଯିବ । ତାପରେ ଆଉ ହୋଇ ପାରିବନି ।

– ସେଥିପାଇଁ ଡର ନାହିଁ । ସେ ଶୀଘ୍ର ଆସିଯିବେ । ମୁଁ ଏବେ ଯାଇ ସେ କଥା ବୁଝିନେବି । ହେଲା ?

– ଏବେନା ଯାଅ ବାପା, ଯେତେ ଶୀଘ୍ର ପାରୁଛ ଯାଅ ।

– ଫାଦର ଭିନ୍‌ସେଣ୍ଟ ତତେ ଦେଖା କରିବାକୁ ଆସିବେ । ତାଙ୍କ ପାଖରେ ତୁ ତୋର ଦୋଷ ସ୍ବୀକାରୋକ୍ତି କରି ପାରିବୁ ପୁଣି ତାକୁ ସଂଶୋଧନ କରି ସୁଧୁରି ଯିବୁ ।

– ଭଲ ହେବ, ବାପା ।

– ଆଉ ବାହାଘରଟା ଆମେ ପାରୁପର୍ଯ୍ୟନ୍ତ ତାର ବନ୍ଦୋବସ୍ତ କରିବା । ଆଉ ଝିଅଟା – ମୁଁ ତତେ କହୁ ନ ଥିଲି – ସୋଫିଆଟାଉନ୍‌ରେ ମୋ ସହିତ ରହୁଛି । ସେ ମୋ ସହିତ ଏଣ୍ଟୋସେନି ଯିବ ଆଉ ପିଲାଟା ସେଠି ଜନ୍ମ ହେବ ।

– ଭଲ ହେବ ବାପା ।

– ଏଥର ତୁ ତୋର ମା ପାଖକୁ ଚିଠି ଲେଖିପାରୁ ।

– ଲେଖିବି, ବାପା ।

– ଏବେ ତୋର ଲୁହ ପୋଛି ପକା ।

ବାପା ବଢ଼େଇ ଦେଇଥିବା ରୁମାଲ ଖଣ୍ଡିକରେ ପିଲାଟା ଲୁହ ପୋଛିଲା । ସେମାନେ ହାତ ମିଳାଇଲେ । ପିଲାଟାର ହାତରେ ଏଥର କିଞ୍ଚିଟା ଜୀବନ ସଞ୍ଚାର ହେଲା । ଜଣେ ୱାର୍ଡର ଆସି ପିଲାଟାକୁ କହିଲା – ତୁ ଏଠି ରହିଥା । ତତେ ଜଣେ ଓକିଲ ଭେଟିବାକୁ ଆସିଛନ୍ତି । ଆଉ ଏଇ ବୁଢ଼ା, ତୁ ଏଥର ଯା ଭାରି ।

କୁମାଲୋ ତାକୁ ଛାଡ଼ି ରଖି ଆସିଲେ । ବାଟ ମୁହଁରେ ଜଣେ ଗୋରା ଲୋକ ଭିତରକୁ ଆସିବା ପାଇଁ ଛିଡ଼ା ହେଇଥିବାର ଦେଖିଲେ । ଗୁରୁ ଦାୟିତ୍ୱ ସମ୍ପନ୍ନ ଭଦ୍ରଲୋକ ପରି ଲୋକଟା ଦେଖିବାକୁ ଡେଙ୍ଗା ଓ ଗମ୍ଭୀର ସ୍ୱଭାବର । ୱାର୍ଡର ଜଣକ ତାଙ୍କୁ ଜାଣିଥିବାରୁ ବେଶ୍ ଖାତିର କରୁଥାଏ । ବେଶ୍ ବଡ଼ ଦାୟିତ୍ୱରେ ଥିଲା ପରି ସେ ଜଣା ପଡୁଥାନ୍ତି । ଜଣେ ଲୋକକୁ ମର୍ଡର କରିବା ଅଭିଯୋଗରେ ଅଭିଯୁକ୍ତ ସାଧାରଣ କୃଷ୍ଣକାୟ ପିଲାଟିଏର କେସରେ କେବଳ ସଂପୃକ୍ତ ଥିଲା ପରି ସେ ଜଣାପଡୁ ନ ଥିଲେ । ସେ ଘର ଭିତରକୁ ଗଲେ, ଠିକ୍ ଯେମିତି ଜଣେ ମୁଖ୍ୟ ଅଧିକାରୀ ଯାଏ ।

*

କୁମାଲୋ ମିଶନ୍ ହାଉସକୁ ଫେରିଲେ । ସେଠି ଫାଦର ଭିନ୍‌ସେଣ୍ଟଙ୍କ ସହିତ ରଇ ପିଇଲେ । ରଇ ପାନ ସରିଲା ପରେ କବାଟରେ କିଏ ହାତ ବାଡ଼େଇବାର ଶୁଭିଲା । ଡେଙ୍ଗା ଓ ଗମ୍ଭୀର ଭଦ୍ରବ୍ୟକ୍ତି ଜଣକ ଭିତରୁ ପଶି ଆସିଲେ । ଫାଦର ଭିନ୍‌ସେଣ୍ଟ ମଧ୍ୟ ତାଙ୍କୁ ବେଶ୍ ସମ୍ମାନ ଦେଖାଇଲା ପରି ତାଙ୍କୁ ପ୍ରଥମେ ସାର୍ ସମ୍ବୋଧନ କଲେ । ପରେ ପରେ ମି: କାର୍ମିସେଲ୍ ଡାକିଲେ । କୁମାଲୋଙ୍କ ତାଙ୍କ ସହିତ କର ମର୍ଦ୍ଦନ କଲେ ଓ ଚଲି ଆସୁଥିବା ପ୍ରଥାର ନିୟମ ଭାଙ୍ଗି ତାଙ୍କୁ ମି: ବୋଲି ସମ୍ବୋଧନ କଲେ । ସେମାନେ ପୁଣିଥରେ ରଇ ପିଇଲେ ଓ ତାପରେ କେସ୍ ବିଷୟରେ ସବିଶେଷ ଆଲୋଚନାରେ ମଜ୍ଜିଗଲେ ।

– ମୁଁ ତମ ପାଇଁ କେସଟା ନେବି, ମି: କୁମାଲୋ । ମି: କାର୍ମିସେଲ୍ କହିଲେ ।

– କହିବାକୁ ଗଲେ ମୁଁ ସ୍ୱେଚ୍ଛାରେ ପ୍ରଭୁଙ୍କ ପାଇଁ ଏଇ କେସ୍‌ଟା ହାତକୁ ନେବି । ମାମଲାଟା ନିହାତି ସାଧରଣ । କାରଣ ପିଲାଟା କହୁଛି ଯେ ତାର ମାରିବାର ଉଦ୍ଦେଶ୍ୟ ନ ଥିଲା । ଖାଲି ସେ ଡରି ଯାଇ ଗୁଲି ଚଳେଇ ଦେଲା । କଥାଟା ବିଚ୍ଛରପତି ଓ ସହକାରୀ ମାନଙ୍କ ଉପରେ ନିର୍ଭର କରେ । ମୁଁ ଭାବୁଛି ଆମେ ସେଥିପାଇଁ ଆବେଦନ

କରିବା, ଗୋଟେ ବିଚାରକ ମଣ୍ଡଳୀ ପାଖରେ କେସଟା ନ ପକାଇବାକୁ ଅନୁରୋଧ କରିବା । କିନ୍ତୁ ଅନ୍ୟ ଦୁଇ ଜଣ ପିଲାଙ୍କ ବିଷୟରେ ମୁଁ ସନ୍ଦିହାନ୍ । ମିଃ କୁମାଲୋ, ମୁଁ ଶୁଣୁଛି ଯେ ତମର ଭାଇ କୁଆଡ଼େ ଅନ୍ୟ ଜଣେ ଓକିଲ ଠିକଣା କରିଛନ୍ତି । ପ୍ରକୃତରେ ମୁଁ ବି ତାଙ୍କ ପାଇଁ ଲଢ଼ି ନ ଥାନ୍ତି । କାରଣ ତାଙ୍କର ଯୁକ୍ତି ଯେ ସେମାନେ ଘଟଣା ସ୍ଥଳରେ ଆଦୌ ନ ଥିଲେ ଆଉ ତମ ପୁଅ କୌଣସି କାରଣରୁ ତାଙ୍କୁ ଫସେଇବାକୁ ଚେଷ୍ଟା କରୁଛି । କଥାଟା ସତ କି ମିଛ ତାହା ତ କୋର୍ଟ ବିଚାର କରିବ । କିନ୍ତୁ ମତେ ଲାଗୁଛି ଯେ ତମ ପୁଅ ସତ କହୁଛି । ସେମାନଙ୍କୁ ଫସେଇବାର ତାର ସେମିତି କିଛି ଅଭିପ୍ରାୟ ନାହିଁ । ଆଉ ତାର ସତ କହିବାଟାକୁ ମୁଁ କୋର୍ଟରେ ସାବ୍ୟସ୍ତ କରିବାକୁ ଚେଷ୍ଟା କରିବି । ମୁଁ ଯୁକ୍ତି ବାଢ଼ିବି ଯେ ଭୟରେ ସେ ଗୁଳି ଚଲେଇ ଥିବାର କହିବାଟା ନିରାଟ ସତ କଥା । ଆଉ ସେଥିପାଇଁ ମୁଁ ଅନ୍ୟ ଦୁଇ ଜଣଙ୍କ ସପକ୍ଷରେ ଯୁକ୍ତି ବାଢ଼ି ପାରିବି ନାହିଁ । କାରଣ ସେମାନଙ୍କ କହିବା ଅନୁସାରେ ତମ ପୁଅ ସତ କହୁ ନାହିଁ । ଏଥର ବୁଝି ହେଲା ତ ମିଃ କୁମାଲୋ ?

    – ହଁ ସାର, ସ୍ୱଷ୍ଟ ବୁଝିହେଲା ।

    – ଏବେ ତମ ପୁଅ ସମ୍ପର୍କରେ ମୋର ସବିଶେଷ ବିବରଣୀ ଦରକାର । ତାର ଜନ୍ମ କେବେ ଓ କୋଉଠି, ପିଲାଦିନେ ସେ କିପରି ସ୍ୱଭାବର ଥିଲା, ଯଥା– ପିଲା ହିସାବରେ ବାଧ ଥିଲା ନା ଅବାଧ, ସତ୍ୟବାଦୀ ଥିଲା କି ନାଇଁ, ଆହୁରି ସେ କେବେ ଓ କାହିଁକି ଘର ଛାଡ଼ିଲା, ପୁଣି ଜୋହାନ୍ସବର୍ଗକୁ ଆସିଲା ପରେ ସେ କଣ କରିଛି ଇତ୍ୟାଦି ଇତ୍ୟାଦି । ବୁଝୁଛ ତ ?

    – ହଁ ସାର, ବୁଝୁଛି ।

    – ମିଃ କୁମାଲୋ, ଯେତେ ଶୀଘ୍ର ପାରୁଛ ମତେ ଏଇ ସବୁ ତଥ୍ୟ ଦେଇଦିଅ । କାରଣ ପରବର୍ତ୍ତୀ ପର୍ଯ୍ୟାୟରେ ବୋଧହୁଏ ଏଇ ମାମଲାର ଶୁଣାଣି ହେଇପାରେ । ଖାଲି ତାକୁ ପଚରି ନୁହେଁ, ଅନ୍ୟମାନଙ୍କଠାରୁ ବି ବୁଝାଶୁଝା କରି ସେ କଣ କରିଛି ସେ ବିଷୟରେ ତମକୁ ଜାଣିବାକୁ ପଡ଼ିବ । ଅନ୍ୟମାନଙ୍କର ମତାମତକୁ ତମକୁ ତନଖ କରି ତାଲମେଲ ଦେଖିବାକୁ ପଡ଼ିବ ଆଉ ଯଦି ସେଥିରେ କିଛି ପାର୍ଥକ୍ୟ ବାହାରେ ତାହେଲେ ସେଇଟା ମଧ୍ୟ ଜଣାଇବାକୁ ପଡ଼ିବ । ମୋ ତରଫରୁ ମୁଁ ମଧ୍ୟ ସେଇୟା କରିବି । ବୁଝିଲ ତ ?

    – ହଁ ସାର, ବୁଝୁଛି ।

    – ଆଚ୍ଛା, ଫାଦର୍ ଭିନ୍‌ସେଣ୍ଟ, ଏବେ ଆମେ ସ୍କୁଲ ବିଷୟରେ ଟିକେ ବୁଝିବା କି ?

– ହଁ ସାର୍, ନିଶ୍ଚୟ । ମି: କୁମାଲୋ, ଏଥର ଆମକୁ ଟିକେ ଏକାନ୍ତରେ ରହିବାକୁ ଦିଅ । ଆଶା କିଛି ଭାବିବନି ।

ସେ କୁମାଲୋଙ୍କୁ ଦୁଆର ମୁହଁଯାଏ ବାଟେଇ ଦେଇ ବାହାର କବାଟ ବନ୍ଦ କରିଦେଲେ । ବାହାରେ ଛିଡ଼ା ହେଇ କହିଲେ – ଯା ହେଉ, ଏଇ ଭଦ୍ରଲୋକ ଜଣକ ଆମକୁ ବୁଝିଗଲେ । ସେଥିପାଇଁ ପ୍ରଭୁଙ୍କୁ କୃତଜ୍ଞତା ଜଣାଅ । ପ୍ରକୃତରେ ଇଏ ଜଣେ ଉଦାରମନା ଭଦ୍ରଲୋକ ଆଉ ଦକ୍ଷିଣ ଆଫ୍ରିକାର ନାମୀ ଓକିଲ ମାନଙ୍କ ଭିତରୁ ଅନ୍ୟତମ । ତା ଛଡ଼ା ସେ ମଧ୍ୟ ତମ ଜାତି ଲୋକଙ୍କର ଜଣେ ପରମ ହିତୈଷୀ ।

– ପ୍ରଭୁଙ୍କର ଅଶେଷ ଦୟା । ଏଥିପାଇଁ ମୁଁ ଆପଣଙ୍କ ପାଖରେ ବି କୃତଜ୍ଞ, ଫାଦର୍ । କିନ୍ତୁ ଗୋଟେ କଥା, ମତେ ବ୍ୟସ୍ତ ଲାଗୁଛି, ଏଥରେ କେତେ ଖର୍ଚ୍ଚ ମତେ କହିବେ କି ? ମୋ ପାଖରେ ଯାହା କିଛି ପଇସା ଥିଲା ସେଇଟା ସରିବା ଉପରେ ।

– ସେ କଣ କହିଲେ ତମେ ବୁଝି ପାରିଲନି କି ? ସେ ପରା କହିଲେ ଏଇ କେସ୍‌ଟି ପ୍ରଭୁଙ୍କ ସେବାରେ ସେ ମାଗଣାରେ ଲଢ଼ିବେ । ଓହୋ, ସେଇ ଶବ୍ଦଟା ଲାଟିନ୍‌ରେ ଥିଲା ବୋଲି ବୁଝି ପାରିଲନି । ତମକୁ କିଛି ଖର୍ଚ୍ଚ କରିବାକୁ ପଡ଼ିବନି । ଯଦି ବି ହେବ ଖୁବ୍ ଅଳ୍ପ ।

– ସେ ଏଇଟାକୁ ପ୍ରଭୁଙ୍କ ସେବା ପରି ଭାବିଲେ ?

– ପୁରାତନ ବିଶ୍ୱାସରେ ତାର ଅର୍ଥ ଏଇୟା ନୁହେଁ କି । ଅବଶ୍ୟ ଆଜିକାଲି ସେଇ ଅର୍ଥଟା ଆଉ ନାହିଁ କହିଲେ ଚଳେ । ତେବେ ସେ ଯା ହେଉ, ସେ କେସ୍‌ଟା ମାଗଣାରେ ଲଢ଼ିବେ ।

କୁମାଲୋ ଥତମତ ହେଇଗଲେ । – ଏମିତି ଦୟା ଭାବ ମୁଁ ଆଉ କୋଉଠି ଦେଖି ନାଇଁ, ସେ କହିଲେ । ସେ ମୁହଁ ଆଡ଼େଇ ନେଲେ । କାରଣ ଏବେ ଟିକିଏ କଥାରେ ସେ କାନ୍ଦି ପକାଉଥାନ୍ତି । ଫାଦର୍ ଭିନ୍‌ସେଣ୍ଟ ତାଙ୍କୁ ଚେହିଁ ହସିଲେ । – ହଉ ଏଥର ଦେଖି କି ଯାଅ, ଫାଦର୍ କହିଲେ । ତାଙ୍କୁ ବିଦାୟ ଦେଇ ପ୍ରଭୁଙ୍କ ସେବା ନିମିଉ ଏଇ କେସ୍‌ଟିକୁ ଲଢୁଥିବା ଓକିଲ ପାଖକୁ ସେ ପୁଣି ଗଲେ ।

# ଦ୍ଵିତୀୟ ଖଣ୍ଡ



ଇକୋପୋରୁ ଗିରିମାଳା ଯାଏଁ ସୁନ୍ଦର ରାସ୍ତାଟିଏ ଯାଇଛି । ଏଇ ପାହାଡ଼ମାନ ତୃଣାଚ୍ଛାଦିତ ଆଉ ଗଡ଼ାଣିଆ, ପୁଣି ଦେଖ଼ିବାକୁ ଏତେ ମନୋରମ ଯେ ତାହା ଭାଷାରେ କହି ହେବ ନାହିଁ । କେରିସ୍ବୁକ୍ ଯାଏଁ ସାତ ମାଇଲର ପାହାଡ଼ୀ ରାସ୍ତା । ପାଗ କୁହୁଡ଼ିଆ ନ ଥିଲେ ସେଇଠୁ ଆଫ୍ରିକାର ସବୁଠୁ ମନୋରମ ଉପତ୍ୟକାଟା ଦୃଷ୍ଟିଗୋଚର ହୁଏ । ସେଠି ଖାଲି ଘାସର ଶେଯ, ତୃଣଭୂମିର ଏକଣା ଚଢ଼େଇ ଜିଭିଭିର କାନ୍ଦୁରା ରାବ । ତାରି ଠିକ୍ ତଳକୁ ଉମ୍‌ଜିମ୍‌କୁଲୁ ଉପତ୍ୟକା ଡ୍ରାକେନସ୍ବର୍ଗ୍‌ଠାରୁ ସମୁଦ୍ର ଯାଏଁ ଲମ୍ଵିଛି । ନଦନଦୀ, ପାହାଡ଼ ପାରି ହେଇଗଲେ ତାରି ସେପଟକୁ ଇଞ୍ଜେଲି ଓ ପଶ୍ଚିମ ଗ୍ରୀକୁଆଲେଣ୍ଡ ପର୍ବତମାଳା ।

ବେଶ୍ ବହଳ ଘାସ, ସବୁ ଛନ୍ଦାଛନ୍ଦି, ମାଟି ଦେଖାଯାଏ ନାଇଁ । ତାରି ଉପରେ କାକର ବର୍ଷା ପାଣି ଅଟକି ଯାଏ । ଧୀରେ ଧୀରେ ଟୋପାଟୋପା ହେଇ ତାରି ଉପରୁ ଘାସମୂଳକୁ ଯାଏ । ଘାସଲତା ବେଶ୍ ଯନ୍ତରେ ବଢ଼ିଛି । ବେଶୀ ଗୋରୁପଲ ଚରି ନାହାନ୍ତି କି ସେମିତି ବେଶୀ ନିଆଁ ଲାଗିନି । ଖୋଲା ମାଟି ।

ଉପରେ ଦୁଇ ପାହାଡ଼ ମଝିରେ ଗୋଟେ ଛୋଟିଆ ସୁନ୍ଦର ଉପତ୍ୟକାର ବସତି । ସେଠି ଘରଟାଏ ଆଉ ତା ପାଖକୁ ଲାଗିଥିବା ଋଷ ଜମି ଦେଖ଼ିଲେ ଆପଣାଛାଏଁ ଜାଣି ହୁଏ ଯେ ସେଇ ଖଣ୍ଡକ ଆଖପାଖ ଗାଁ ଗହଳ ଭିତରେ ସବୁଠୁ

ଦୋରସା ଜମି । ଜାଗାଟିର ନାଁ ହାଇ ପ୍ଲେସ । ଏସ୍କୋୟାରର ଜେମ୍ସ ଜାର୍ଭିସଙ୍କ ଜାଗା । ଉମ୍‌ଜିମ୍‌କ୍ଲୁ ଉପତ୍ୟକା ଓ ଏଣ୍ଟୋସେନିର ବେଶ୍ ଉପରେ ।

*

ଜାର୍ଭିସ ଉଦାସ ଦୃଷ୍ଟିରେ ଜମିରେ ଝୁଲିଥିବା ହଳକରାକୁ ଚୁହିଁ ରହିଥିଲେ । ଶାରଦୀୟ ଅପରାହ୍ନର ସୂର୍ଯ୍ୟ ଜମି ଉପରେ ଖରା ଢାଳୁଥିଲା । ଆକାଶରେ ଆଦୌ ମେଘ ନାହିଁ, ବେଶ୍ ପରିଷ୍କାର । ବର୍ଷା, ବର୍ଷା–ଆଦୌ ବର୍ଷା ନାହିଁ । ମାଟି ଟେଲା ମାନ ସବୁ ଟାଣ ହେଇ ଆଦୌ ଭାଙ୍ଗି ହେଉ ନ ଥିଲା । ଲୁହା ପରି ଟାଶେଇ ଯାଇଥିବା ମାଟି ଉପରେ ଏଠି ସେଠି ତୁଚ୍ଛାଟାରେ ଖାଲି ଲଙ୍ଗଳ ବୁଲୁଥାଏ । ଜମି ମୁଣ୍ଡରେ ହଳ ଅଟକି ଗଲା । ବଳଦମାନ ଝାଲନାଲ ହେଇ ଥକା ହେଇଗଲେ ।

– କିଛି ଲାଭ ନାହିଁ, ଆଜ୍ଞା ।

– ତୁ ରଖ ଥୋମାସ, ମୁଁ ଉପର ମୁଣ୍ଡକୁ ଯାଇ ସେଠି କ’ଣ ହେଉଛି ଦେଖି ଆସେ ।

– ତମେ ଆଉ ଅଧିକା କଣଟା ଦେଖିବ ସାଆନ୍ତେ । ମୁଁ ପରା ସବୁ ଦେଖିକି ଆସିଛି ।

ଶୂକର ବୋବାଳି ଦେଇ ଜାର୍ଭିସ୍ ତାଙ୍କ କୁକୁରକୁ ଡାକିଲେ ଆଉ ଉପରେ ବାଣ୍ଡ ବସତି ଆଡ଼କୁ ଲାଗିଥିବା ରାସ୍ତା ଧରିଲେ । ସେଠି ମରୁଡିର ଚିହ୍ନ ନ ଥିଲା । କାରଣ ସେଠି ବହଳ ଘାସ ଉପରେ କୁହୁଡ଼ି ପହଁରୁଥିଲା । ତାଙ୍କର ତାତିଲା ମୁହଁ ଉପରେ ଶୀତଳ ପବନର ଲହଡ଼ି ଭାଙ୍ଗୁଥିଲା । କିନ୍ତୁ ତଳ ମୁଣ୍ଡରେ ଖାଲି ଶୁଖା ଘାସ ଲତା, ଏଣ୍ଟୋସେନିର ଲଙ୍ଗଳା ନାଲି ପାହାଡ଼ । କାଲେ ଏଇ ଶୋଚନୀୟ ଜନଶୂନ୍ୟତା । ବର୍ଷ ପରେ ବର୍ଷ ମାଇଲ୍ ମାଇଲ୍ ବ୍ୟାପୀ ତାଙ୍କୁ ମଧ ଗୋଟାପଣେ ଗ୍ରାସ ପକାଇବ, ଏଇ ଭୟରେ ଉପର ମୁଣ୍ଡ ଝୃଷୀଙ୍କ ଭିତରେ ଭାଲେଣି ପଡ଼ି ଯାଇଥିଲା ।

ପରସ୍ପର ସହିତ ଭେଟ ଘାଟ ହେଲେ ଅଥବା ସାଇ ଭିତରେ କାହାର ଘରର ଶୀତଳ ଅଗଣାରେ ରୁ ପାନର ଆସର ଜମିଥିଲା ବେଳେ ପ୍ରାୟ ଏଇ ପ୍ରସଙ୍ଗ ପଡ଼ୁଥିଲା । ତାଙ୍କ ତଳେ କାହିଁ କେତେ ଦୂର ଲମ୍ବିଥିବା ବନ୍ଧ୍ୟା ଉପତ୍ୟକା ଆଉ ଟାଙ୍ଗରା ପାହାଡ଼କୁ ଏଥର ଦୃଷ୍ଟି ଦେବା ଦରକାର । ଏଣ୍ଟୋସେନିରୁ ଥୋକେ ଲୋକ ଆସି ତାଙ୍କ ଜମିରେ ମୂଲ ଲାଗୁଥିଲେ । ସେଇ ଇଲାକାରେ ବର୍ଷକୁ ବର୍ଷ ଫସଲ ଆଦାୟ କମିଯାଉଥିବାର ଖବର ସେମାନେ ତାଙ୍କଠାରୁ ପାଉଥିଲେ । ସେଠି ଗୁଡ଼ାଏ ଗାଈଗୋରୁ, ହେଲେ ଚରାଭୂଇଁ ଖଣ୍ଡେ ନାଇଁ । ଜମି ସବୁ ଶୁଖିଲା । ତା ଉପରେ ପୁଣି ମାଟି ଖାଇ ଯାଇ ଜମିଟା ଆଉ ଜମି ହେଇ ରହି ନାହିଁ । ଯେତେ ଆଗକୁ ବଢ଼ିଲେ

ସେତେ ଖଣ୍ଡିଆ ଫଟା ଭୂଇଁର ବିସ୍ତୃତି । ମୃତ୍ତିକା କ୍ଷୟକୁ କେମିତି ରୋକାଯାଏ ସେ କଥା ଏମାନେ ଜାଣିଥିଲେ କିଛିଟା କରୋଯାଇ ପାରିଥାନ୍ତା । ଧୋଇଯା ମାଟିକୁ ସମ୍ବଲି ରଖିବାକୁ ବାଡ଼ ଦେଇଥିଲେ କିମ୍ବ ପାହାଡ଼ି ଚକରୁ ହଳ ବୁଲାଇଥିଲେ ବି ହେଇଥାନ୍ତା । ହେଲେ ପାହାଡ଼ ମାନ ପଥୁରିଆ, ଆଦୌ ଚାଷୋପଯୋଗୀ ନୁହଁ । ତା ଛଡ଼ା ବଲଦ ଯାକ ସବୁ ଧେଡ଼ିଆ, ପାହାଡ଼ି ଚକାରେ ଲଙ୍ଗଲ ଟାଣିବାକୁ କାହା ଦିହରେ ବଲ ନାଇଁ । ତେଣୁ ତଲି ଜମିରେ ଚାଷିବାଟା ସହଜ । ଲୋକମାନେ ଚାଷବାସ ବିଷୟରେ ଏତେ କଉଶଲ ଜାଣି ନାହାନ୍ତି ।

ପ୍ରକୃତରେ ଏଇ ସମସ୍ୟାର ସମାଧାନ ନ ଥିଲା କହିଲେ ଚଲେ । କେତେ ଲୋକ କହନ୍ତି, ଏ ସବୁ କଥା ପାଇଁ ପାଠ ଦରକାର । କିନ୍ତୁ ପାଠ ପଢୁଆ ପିଲା ଚାଷ କରିବାକୁ ନାରାଜ । ଯ଼ା ଠାରୁ ଆରାମଦାୟକ ଚାକିରୀ ଖଣ୍ଡେ ଯୋଗାଡ଼ କରିବା ପାଇଁ ସେମାନେ ସହରକୁ ଚାଲିଯାନ୍ତି । ଚାଷଟା ବୁଢ଼ାବୁଢ଼ୀ ଓ ସ୍ତ୍ରୀଲୋକ ମାନେ ହିଁ କରୁଥିଲେ । ବୟସ୍କ ଲୋକମାନେ ଖଣିରୁ ଆଉ ସହରରୁ ଫେରି ଆସିଲା ପରେ ଖରାରେ ବସି ମଦର ଆସର ଭିତରେ ଅସରନ୍ତି ଗପ କରୁଥିଲେ । ଆଉ କେତେକ କହୁଥିଲେ ଯେ ସେଠି ଦେଶୀଆଙ୍କ ପାଇଁ ଜମିଟା ନିହାତି କମ୍ ଥିଲା । ଯେତେ ଆଧୁନିକ କଲା କୌଶଲରେ ଚାଷ କଲେ ବି ତାଙ୍କର ଜିଉଁଶା ଖାଉଣା ପାଇଁ ତାହା ଯଥେଷ୍ଟ ନୁହେଁ । ତେବେ ଏଇ ପ୍ରଶ୍ନଟିର ଗୁଢ଼ାଏ ଦିଗ ରହିଥିଲା । ସେମାନଙ୍କୁ ବେଶୀ ଜମି ମିଳିଲେ ବି ଯଦି ଏଇ ପରି ଜମିର ବ୍ୟବହାର କରିବେ, ତାହେଲେ ସାରା ଦେଶଟା ଗୋଟେ ମରୁଭୂମି ହେଇଯିବ । ତା ଛଡ଼ା ଜମି ଆସିବ କୋଉଠୁ ଆଉ ଏଥିପାଇଁ ପଇସା ଦେବ କିଏ ? ଆଉ ଗୋଟେ କଥା ବି ରହିଛି, ଯଦି ବା ଏମାନଙ୍କୁ ଅଧିକା ଜମି ମିଳିଲା ଆଉ ଏମାନେ ସେଥିରୁ ନିଜର ଚଲିବା ଭଲି ଆଦାୟ କଲେ, ତା ହେଲେ ଗୋରାଙ୍କ ଜମିରେ କିଏ କାମ କରିବ ? ଗୋଟେ ଧାରାରେ ଜଣେ ଦେଶୀଆ ଏଷ୍ଟେସେନିରେ ରହି ଆଖପାଖର ଜମିରେ ନିଜ ସୁବିଧାରେ ଯାଇ ଚାଷବାସ କରୁଥିଲା । ଆଉ ଗୋଟେ ନିୟମରେ ଜଣେ ଦେଶୀଆ ଯଦି ତା'ର ପରିବାର ସହିତ ପ୍ରତି ବର୍ଷ ଗୋରା ଚାଷୀ ପାଖରେ ବେଠ ଖଟିବାକୁ ରାଜି ହେଲା ତାହେଲେ ତାକୁ ନିଜେ ଚାଷିବା ପାଇଁ ଜମି ଖଣ୍ଡେ ଦିଆ ଯାଉଥିଲା ଆଉ ସେଥିରେ ସେ ତା'ର ଗୋରୁ ଅଡ଼ା ଘର ପରିବାର ବସାଉଥିଲା । ତେବେ କଥାଟି ସେତିକିରେ ସରି ନାହିଁ । ତାଙ୍କ ଭିତରୁ କେତେକଙ୍କର ପୁଅ ଝିଅ ସହରକୁ ପେଟ ପୋଷିବାକୁ ଯାଇ ଚୁକ୍ତି ପୂରଣ ନ ସରିବା ଯାଏଁ ଆଉ ଫେରୁ ନ ଥିଲେ । ଆଉ କେତେ ଜଣ ପାଇଥିବା ଜମି ଖଣ୍ଡିକୁ ଯାହି ତାହି କରି ଉଡ଼ାଇ ଦେଉଥିଲେ ତ ଆଉ ଥୋକେ ଗୋରୁ ମେଣ୍ଢା ଚେରି କରି ମାଂସ କାଟି ଖାଇ ଦଉଥିଲେ ।

ପୁଣି କେତେ ଲୋକ କା' ଜମିରୁ ଘଉଡ଼ି ବାହାର କରିବା ଯାଏଁ ଅଳସୁଆମିରେ ଦିନ କାଟୁଥିଲେ। ଏମାନେ ତ ଏମିତି। ୟାଙ୍କର ପରବର୍ତ୍ତୀ ପିଢ଼ି ସେ ୟା ଠାରୁ ଭଲ ବାହାରିବେ ସେ କଥା କିଏ ଜୋର୍ ଦେଇ କହି ପାରିବ।

ଉପରକୁ ଉଠୁଉଠୁ ଜାର୍ଭିସଙ୍କ ମୁଣ୍ଡକୁ ଏ ସବୁ ପୁରୁଣା କଥା ଆସୁଥାଏ। ଉପରେ ପହଞ୍ଚ ସେ ଗୋଟେ ପଥର ଉପରେ ବସି ପଡ଼ି ମୁଣ୍ଡରୁ ଟୋପୀଟାକୁ ଓହ୍ଲାଇଲେ। ଦେହରେ ଥଣ୍ଡା ପବନ ବାଜିଲା। ଉମ୍‌ଜିମ୍‌କୁଲୁ ଉପତ୍ୟକାରର ଏଇ ମନୋରମ ଦୃଶ୍ୟକୁ ଯେତେ ଦେଖିଲେ ସୁଦ୍ଧା ଆଖିକୁ ଠକା ଲାଗେ ନାହିଁ। ତାଙ୍କ ବାପାଙ୍କ ଠାରୁ ଉତ୍ତରାଧିକାରୀ ସୂତ୍ରରେ ପାଇଥିବା ଝରି ପଟର ସାବୁଜା ପାହାଡ଼ ଓ ନିଜେ ରହି ରକ୍ଷ କରୁଥିବା ତଳି ଉପତ୍ୟକା ଉପରେ ସେ ଥରେ ଆଖି ବୁଲାଇ ନେଲେ। ତାଙ୍କ ପରେ ଏକମାତ୍ର ପୁଅ ଭାବରେ ଏ ସବୁ ରକ୍ଷବାସ ସମ୍ଭାଳୁ ବୋଲି ତାଙ୍କର ଇଚ୍ଛା। ତେବେ ପିଲାଟାର ମନ ଅଲଗା। ସେ ଇଞ୍ଜିନିୟରିଂ ପଢ଼ିବାକୁ ଗଲା। ଜଣେ ସୁଶ୍ରୀ ଯୁବତୀଙ୍କୁ ବିବାହ କଲା। ଦୁଇଟି ସୁସ୍ଥ ସବଳ ନାତି ନାତୁଣୀ ଉପହାର ବି ଦେଲା। କିନ୍ତୁ ହାଇ ପ୍ଲେସ୍‌ରେ ନ ରହିବାର ନିଷ୍ପତ୍ତି ନେଇ ତାଙ୍କୁ ଶକ୍ତ ଆଘାତ ଦେଲା। ତେବେ ତା'ର ଜୀବନଟା ତା'ର ନିଜସ୍ୱ। ସେଥିରେ ହସ୍ତକ୍ଷେପ କରିବାର ଅଧିକାର ଆଉ କାହାର ନାହିଁ।

ତଳ ରାସ୍ତାରେ କାର୍‌ଟିଏ ଘର ଆଡ଼େ ମୁହାଁଉଥିଲା। ଇକୋପୋ ପୋଲିସ୍ ଗାଡ଼ି ବୋଲି ସେ ଜାଣି ପାରିଲେ। ବୋଧହୁଏ ବିନ୍ଦେଡ଼ିକ୍ ପହରା ଦେବାକୁ ଆସିଥିବେ। ଗୋରା ଆଫ୍ରିକାନୀଙ୍କ ଭିତରେ ବେଶ୍ ଭଲ ଲୋକ ଜଣେ। ଏବେ ଇକୋପୋରେ ଗୋରା ଆଫ୍ରିକାନୀ ଭର୍ତ୍ତି। ଏକଦା ଏଠି ଏମାନେ ବିରଳ ଥିଲେ କହିଲେ ଚଳେ। ଏଠାରେ ଯେତେ ସବୁ ପୋଲିସ, ଡାକଘର କିରାଣୀ, ରେଲ ଷ୍ଟେସନ କର୍ମଚାରୀ ସବୁ ଗୋରା ଆଫ୍ରିକାନୀ। ଗାଁ ଲୋକଙ୍କ ସହିତ ତାଙ୍କର ଭଲ ପଡ଼େ। ତାଙ୍କ ଭିତରୁ କେତେ ଇଂରେଜୀ କଥାଭାଷା ହେଉଥିବା ଝିଅ ବି ବିଭା ହେଉଥିଲେ। ଏଇ ରକମ ବିବାହ ଏବେ ସବୁଆଡ଼େ। ଏମିତି କୋଉ ଆଫ୍ରିକାନୀ ଝିଅ ବାହା ହେଲେ ତାଙ୍କୁ ସିଧା ତେଜ୍ୟପୁତ୍ର କରି ସମ୍ପତ୍ତିରୁ ବେଦଖଲ କରିଦେବେ ବୋଲି ତାଙ୍କ ବାପା ରୋକ୍‌ଟୋକ୍ ଶୁଣାଇ ଦେଇଥିଲେ। କିନ୍ତୁ ଏବେ ସମୟ ବଦଳିଛି। ଯୁଦ୍ଧଟା ବେଶ୍ କିଛି ଓଲଟପାଲଟ କରି ଦେଇଛି। କାରଣ ଗୋରା ଆଫ୍ରିକାନୀ ଭିତରୁ କେତେ ଜଣ ସୈନ୍ୟ ବିଭାଗରେ ଯୋଗ ଦେଇଥିଲେ। ଆଉ କେତେ ଯୁଦ୍ଧ ସପକ୍ଷରେ ଥିଲେ ସୁଦ୍ଧା ସୈନ୍ୟ ବିଭାଗରେ ଯୋଗ ଦେଇ ନ ଥିଲେ। ଆଉ କେତେ ଜଣ ଏଇ ପ୍ରସଙ୍ଗରେ ନିରପେକ୍ଷ ରହୁଥିଲେ। ଏ ସଂକ୍ରାନ୍ତରେ ତାଙ୍କର

ଚିନ୍ତାଧାରା ଆଦୌ ପ୍ରକାଶ କରୁ ନ ଥିଲେ । ଆଉ କେତେ ଜଣ ଜର୍ମାନୀ ସପକ୍ଷରେ ଥିଲେ ମଧ୍ୟ ସେ ବିଷୟରେ କିଛି କହୁ ନ ଥିଲେ ।

ତାଙ୍କ ସ୍ତ୍ରୀ କାର୍ ପାଖକୁ ଯିବାକୁ ବାହାରିଲେ । କାର୍ ଭିତରୁ ଦୁଇ ଜଣ ପୋଲିସ୍ ଓହ୍ଲାଇଲେ । ତା ଭିତରୁ ଜଣେ ଖୋଦ୍ କ୍ୟାପ୍‌ଟେନ୍ ପରି ଦେଖା ଯାଉଥାନ୍ତି । ଭନ୍ ଜାର୍ସଭେଲଡ୍ – ତାଙ୍କ ସମୟର ଜଣେ ବିଖ୍ୟାତ ଖେଳୁଆଡ଼ ଓ ବିଶ୍ୱ ଯୁଦ୍ଧର ଜଣେ ଦକ୍ଷ ସୈନିକ । ତାଙ୍କର ମନେ ହୁଏ, ଇକୋପୋ ପରି ଇଂରାଜୀ ଭାଷାଭାଷୀ ଅଞ୍ଚଳରେ ବେଶ୍ ବଛାବଛା ଅଫିସର ନିଯୁକ୍ତି ଦିଆହୁଏ । ସେମାନେ ତାଙ୍କୁ ଖୋଜୁଥିବା ପରି ମନେ ହେଲା । କାରଣ ତାଙ୍କର ସ୍ତ୍ରୀ ପାହାଡ଼ ଉପରକୁ ହାତ ଦେଖାଉଥିଲେ । ସେ ଯିବା ଉପରେ ଥିଲେ । କିନ୍ତୁ ଯିବା ଆଗରୁ ଉପତ୍ୟକାର ଋରିଆଡ଼େ ଦୃଷ୍ଟି ପକାଇଲେ । ବର୍ଷା ନାହିଁ, କିଛି ନାହିଁ, ପୁଣି ବର୍ଷା ହେବ କି ନା କେଜାଣି । କୁକୁରକୁ ଡାକି ସେ ତଳକୁ ଲମ୍ବିଥିବା ଆବୁଡ଼ା ଖାବୁଡ଼ା ରାସ୍ତା ଧରିଲେ । କ୍ଷେତର ଅଧ ବାଟରେ ଥିବା ମାଲ ଜମିକୁ ପହଞ୍ଚ ଦେଖିଲେ ଯେ ଜାର୍ସଭେଲଡ୍ ଓ ବିନ୍ଦ୍ରିକ୍ ତାଙ୍କ ଆଡ଼କୁ ଆସୁଛନ୍ତି । ଆବୁଡ଼ା ଖାବୁଡ଼ା ଋକ୍ଷ ଜମିରେ କାର୍‌ଟି ଆଣ୍ତୁ ଆଣ୍ତୁ ସେମାନେ ତାଙ୍କୁ ଠିକ୍ ଦେଖି ପାରିଲେ । ସେ ମଧ୍ୟ ହାତ ହଲାଇଲେ । ପଥରଟା ଉପରେ ବସି ସେ ତାଙ୍କୁ ଅପେକ୍ଷା କଲେ । ବିନ୍ଦ୍ରିକ୍ କାର୍ ପାଖରେ ଅଟକି ଗଲେ, ଆଉ କ୍ୟାପ୍‌ଟେନ୍ ତାଙ୍କୁ ଭେଟିବାକୁ ଆସିଲେ ।

– କ'ଣ କ୍ୟାପ୍‌ଟେନ୍, ଆମ ପାଇଁ ବର୍ଷା ନେଇ ଆସିଛ କି ?

କ୍ୟାପ୍‌ଟେନ୍ ଅଟକି ଗଲେ । ଉପତ୍ୟକାର ପାହାଡ଼ ସେପାରିକୁ ଆଖ୍ ବୁଲାଇଲେ ।

– ନାଇଁ, ମୁଁ ତ ସେମିତି କିଛି ଦେଖୁନି, ମି: ଜାର୍ଭିସ୍ ।

– ମୁଁ ବି ଦେଖୁନି । ଆଛା, ତା ହେଲେ କ'ଣ ପାଇଁ ଆସିଲ ?

ସେମାନେ ଦୁହେଁ ହାତ ମିଳାଇଲା ପରେ କ୍ୟାପ୍‌ଟେନ୍ ତାଙ୍କ ଆଡ଼କୁ ରହିଁଲେ ।

– ମି: ଜାର୍ଭିସ୍ ।

– ହଁ ।

– ତମ ପାଇଁ ଗୋଟେ ଦୁଃସମ୍ବାଦ ଅଛି ।

– ଦୁଃସମ୍ବାଦ ?

ଜାର୍ଭିସ୍ ବସି ପଡ଼ିଲେ । ତାଙ୍କର ହୃତ୍ ସ୍ପନ୍ଦନ ବଢ଼ିଗଲା । – ମୋ ପୁଅର କ'ଣ ହେଲା କି ? ସେ ପଋରିଲେ ।

– ହଁ, ମି: ଜାର୍ଭିସ୍ ।

– ସେ କ'ଣ ଆଉ ନାହିଁ ?

– ହଁ, ମି: ଜାର୍ଭିସ । କ୍ୟାପ୍‌ଟେନ୍ ଟିକେ ରହିଗଲେ । – ଆଜି ଅପରାହ୍ନ ୧.୩୦ ସମୟରେ ସେ ଗୁଳି ମାଡ଼ରେ ନିହତ ।

ଜାର୍ଭିସ୍ ଉଠି ପଡ଼ିଲେ । ତାଙ୍କର ଓଠ ଥରିଲା । – ଗୁଳି ମାଡ଼ରେ ? କିଏ ମାରିଲା ? ସେ ପଚାରିଲେ ।

– ଜଣେ ଦେଶୀଆ ଝେର ହେଇପାରେ ବୋଲି ସନ୍ଦେହ କରାଯାଉଛି । ତାଙ୍କର ସ୍ତ୍ରୀ ଘରେ ନ ଥିବାଟା ତ ତମେ ଜାଣିଥିବ ?

– ହଁ ସେ କଥା ଜାଣେ ।

– ସାମାନ୍ୟ ଅସୁସ୍ଥତା ଯୋଗୁଁ ସେ ଦିନ ବେଳା ଘରେ ଥିଲେ । ଗରେ କେହି ନାହାନ୍ତି ଭାବି ବୋଧହୁଏ ଝେରଟା ଘର ଭିତରକୁ ପଶିଗଲା । ଶବ୍ଦ ଶୁଣି ତମ ପୁଅ କ'ଣ ହେଲା ଜାଣିବା ପାଇଁ ବାହାରି ଆସିଲେ । ଦେଶୀଆ ଝେରଟା ତାଙ୍କୁ ସେଠି ଗୁଳି କରିଦେଲା । ଧସ୍ତାଧସ୍ତିର କୌଣସି ଚିହ୍ନ ନାହିଁ ।

– ହେ ଭଗବାନ !

– ମୁଁ ପ୍ରକୃତରେ ଭାରି ଦୁଃଖିତ ମି: ଜାର୍ଭିସ୍ । ଏଇ ଦୁଃସମ୍ବାଦ ମତେ ହିଁ ଆଣିବାକୁ ପଡ଼ିଲା ।

ସେ ତାଙ୍କର ହାତ ବଢ଼ାଇଲେ । କିନ୍ତୁ ଜାର୍ଭିସ୍ ଦେଖି ପାରିଲେନି । ସେ ପୁଣି ପଥର ଉପରେ ବସି ପଡ଼ି କହିଲେ, ହେ ଭଗବାନ !

ଭନ୍ ଜାରସ୍‌ଭେଲଡ୍ ସେଠି ଚୁପ୍‌ଚୁପ୍ ଛିଡ଼ା ହେଇଥିଲେ । ବୃଦ୍ଧ ଜଣକ ନିଜକୁ ସମ୍ଭାଳି ରଖିବାକୁ ପାରୁ ପର୍ଯ୍ୟନ୍ତ ଚେଷ୍ଟା କରୁଥିଲେ ।

– ମୋ ସ୍ତ୍ରୀକୁ ଏ କଥା କହିଲ, କ୍ୟାପ୍‌ଟେନ୍ ?

– ନା, ମି: ଜାର୍ଭିସ୍ ।

ଜାର୍ଭିସ୍ ଭୁ ବଞ୍ଜେଇ ଅଗତ୍ୟା କ'ଣ କରିବାକୁ ହେବ ସେ କଥା ଭାବିଲେ ।

– ତା'ର ଏତେଟା ଦୃଢ଼ ମନୋବଳ ନାହିଁ । ସେ କେମିତି ଏ ଧକ୍କା ସମ୍ଭାଳିବ କେଜାଣି ।

– ମି: ଜାର୍ଭିସ୍, ତମ ମାନଙ୍କୁ ସବୁ ପ୍ରକାର ସାହାଯ୍ୟ ଯୋଗାଇ ଦେବାକୁ ମତେ ନିର୍ଦ୍ଦେଶ ମିଳିଛି । ଯଦି ରୁହଁ, ବିନ୍ଦ୍ରିଡ଼ିକ୍ ତମର ଗାଡ଼ି ପିଟର୍‌ମାରିଟ୍‌ବର୍ଗ ଯାଏଁ ଚଳେଇ ନେଇଯିବ । ନ'ଅଟା ବେଳର ଗାଡ଼ି ତମେ ଧରି ପାରିବ ଆଉ କାଲି

ଏଗାରଟା ସୁଦ୍ଧା ତମେ ଜୋହାନ୍‌ସବର୍ଗରେ ପହଞ୍ଚ ଯିବ । ତମ ପାଇଁ ଓ ଶ୍ରୀମତୀ ଜାର୍ଭିସଙ୍କ ପାଇଁ ସ୍ଵତନ୍ତ ଭାବେ ଗୋଟେ ପ୍ରାଇଭେଟ କମ୍ପାର୍ଟମେଣ୍ଟ ରଖାଯାଇଛି ।

— ଯା ହେଉ, ଭଲ କଥା ।

— ତମେ ଯାହା ସାହାଯ୍ୟ ଚାହିଁବ, ତା ପାଇ ପାରିବ, ମିଃ ଜାର୍ଭିସ୍ ।

— ସମୟ କେତେ ?

— ସାଢ଼େ ତିନିଟା, ମିଃ ଜାର୍ଭିସ୍ ।

— ଦୁଇ ଘଣ୍ଟା ଆଗରୁ ।

— ହଁ, ମିଃ ଜାର୍ଭିସ୍ ।

— ତିନି ଘଣ୍ଟା ଆଗରୁ ସେ ବଞ୍ଚଥିଲା ।

— ହେ ପ୍ରଭୁ !

— ଟ୍ରେନ୍ ଧରିବାକୁ ହେଲେ ତମକୁ ଏଠୁ ଛଅଟାରେ ବାହାରିବାକୁ ପଡ଼ିବ । ତମେ ଚାହିଁଲେ ଅବଶ୍ୟ ପ୍ଲେନ୍‌ରେ ବି ଯାଇ ପାରିବ । ପିଟରମାରିଟ୍‌ବର୍ଗରେ ଜଣେ ଅପେକ୍ଷା କରିଥିବ । ଚାରିଟା ସୁଦ୍ଧା ଆମକୁ ଖବର ଦେବାକୁ ପଡ଼ିବ । ଅଧ ରାତି ବେଳକୁ ତମେ ଯେମିତି ଜୋହାନ୍‌ସବର୍ଗରେ ପହଞ୍ଚଯାଇଥିବ ।

— ହଁ, ହଁ । ମୁଁ କିଛି ଭାବି ପାରୁନି, ଜାଣୁଛ ତ ।

— ହଁ, ମୁଁ ବୁଝି ପାରୁଛି ଯେ ।

— କୋଉଟା ଭଲ ହେବ ?

— ମୁଁ ଭାବୁଛି ପ୍ଲେନ୍‌ରେ ଗଲେ ସୁବିଧା ହେବ, ମିଃ ଜାର୍ଭିସ୍ ।

— ଠିକ୍ ଅଛି, ସେଇୟା କରିବ । ଆମେ ସେମାନଙ୍କୁ ଜଣାଇ ଦେବା କଥା ।

— ଘରକୁ ଯାଇ ମୁଁ ସଙ୍ଗେ ସଙ୍ଗେ ଖବର ଦେଇ ଦେବି । ମୁଁ ଟେଲିଫୋନ୍ କଲାବେଳେ ମିସେସ୍ ଜାର୍ଭିସ୍ ଯେମିତି ଶୁଣି ପାରିବେନି, ଘରେ ସେମିତି ଜାଗା ହେଇ ପାରିବ କି ? ଆମେ ଜଲ୍‌ଦି ଯିବା କଥା ।

— ହଁ, ହଁ, ତମେ ସେମିତି କରିପାରିବ ।

— ଏଥର ଯିବା ତା ହେଲେ ।

କିନ୍ତୁ ଜାର୍ଭିସ୍ ସେମିତି ବସି ରହିଲେ ।

— ତମେ ଉଠି ପାରିବତ, ମିଃ ଜାର୍ଭିସ୍ । ମୁଁ ହାତ ବଢ଼ାଉ ନାହିଁ । କାରଣ ସେଠି ତମ ସ୍ତ୍ରୀ ଆମ ଆଡ଼କୁ ଚାହିଁଛନ୍ତି ।

— ସେ ଆଶ୍ଚର୍ଯ୍ୟ ଚକିତ ହେଇ ଦେଖୁଛି, କ୍ୟାପ୍‌ଟେନ୍ । ଏତେ ଦୂରରୁ ବି ଜଣା ପଡ଼ୁଛି । କିଛି ଅଘଟଣ ଘଟିଥିବାର ସେ ଠିକ୍ ଅନୁମାନ କରି ପାରୁଛି ।

– ହେଇଥିବ । ମୁଁ କିଛି ନ କହିଲେ ବି ମୋ ମୁହଁରୁ ସେ କିଛି ଅନୁମାନ କରିଥିବେ ।

ଜାର୍ଭିସ୍ ଉଠିଲେ । – ହେ ପ୍ରଭୁ ସେଇଟା ବି କରିବାକୁ ଅଛି, ସେ କହିଲେ ।

ଆବୁଡ଼ା ଖାବୁଡ଼ା ରାସ୍ତା ଉପରକୁ ସେମାନେ ଓହ୍ଲାଇଲେ । ଆଗେ ଆଗେ ବିନ୍ଦ୍ରିକ୍ । ଜାର୍ଭିସ୍ ସ୍ତବ୍ଧ ଚକିତ ଅବସ୍ଥାରେ ରହୁଥାନ୍ତି । ଆକାଶରୁ ଖସି ପଡ଼ିଲା ପରି ଘଟଣା ଘଟିଗଲା ।

– ଗୁଳି ମାଡ଼ରେ ନିହତ ? ସେ କହିଲେ ।

– ହଁ, ମି: ଜାର୍ଭିସ୍ ।

– ସେମାନେ ଖୁନୀକୁ ଧରି ପାରିଲେ ?

– ଏ ଯାଏଁ ଧରି ପାରି ନାହାନ୍ତି, ମି: ଜାର୍ଭିସ୍ ।

ତାଙ୍କ ଆଖିରେ ଲୁହ ଭରିଗଲା । ଦାନ୍ତରେ ଓଠ କାମୁଡ଼ିଲେ – ସେଥିରେ ଆଉ କ’ଣ ଅଛି ? ସେ କହିଲେ । ପାହାଡ଼ ତଳକୁ ଆସି ସେମାନେ ବିଲ ପାଖରେ ପହଞ୍ଚ ଗଲେ । ଜାଳୁଜାଲୁଆ ଆଖିରେ ସେ ଲଙ୍ଗଳ ମୁନରେ ମାଟି ଟେଳା ମାନ ଓପାଡ଼ି ହେଇ କାଉଆ ମାଟି ଉପରକୁ ଉଠୁଥିବାର ସେ ଦେଖିଲେ । – ଛାଡ଼, ଥୋମାସ, ସେ ଆମର ଗୋଟେ ବୋଲି ଥିଲା, କ୍ୟାପ୍ଟେନ୍ । ସେ କହିଲେ ।

– ହଁ, ଜାଣେ ମି: ଜାର୍ଭିସ୍ ।

ସେମାନେ କାର୍ ଭିତରେ ବସିଲେ । ଦେଖୁ ଦେଖୁ ଅଳ୍ପ କେତେ ମିନିଟ୍ ଭିତରେ ଘରେ ପହଞ୍ଚ ଗଲେ ।

– ଜେମ୍ସ, କଥା କ’ଣ ?

– ଏଇ ଟିକେ ଅସୁବିଧା ହେଇ ଯାଇଛି । ମୋ ସାଙ୍ଗରେ ଅଫିସ୍‌କୁ ଆସ, କ୍ୟାପ୍ଟେନ୍ । ଟେଲିଫୋନ୍ କରିବ ପରା । କୋଉଠି ଅଛି ଜାଣିଛ ତ ?

– ହଁ, ଜାଣେ, ମି: ଜାର୍ଭିସ୍ ।

କ୍ୟାପ୍ଟେନ୍ ଟେଲିଫୋନ କରିବା ପାଇଁ ଗଲେ । ତେବେ ସେଇଟା ପାର୍ଟ– ଲାଇନ୍ ଥିବାରୁ ପଡ଼ୋଶୀ ଦୁଇ ଜଣ କଥା ହେଉଥିଲେ ।

– ଦୟାକରି ତମେମାନେ ରିସିଭର ରଖିଦିଅ । ପୋଲିସ୍ ତରଫରୁ ଜରୁରୀ ଫୋନ୍ କରିବାର ଅଛି । ଶୀଘ୍ର ରିସିଭର ରଖିଦିଅ ।

ସେ ଭାରି ଦମ୍‌ରେ ଫୋନ୍ ଘୁରାଇଲେ । ହେଲେ ଉତ୍ତର ପାଇଲେ ନାହିଁ ଗ୍ରାମାଞ୍ଚଲରେ ଗୋଟେ ସ୍ୱତନ୍ତ୍ର ପୋଲିସ୍ ଲାଇନ୍‌ର ବ୍ୟବସ୍ଥା ହେବା କଥା, ସେ

ଭାବିଲେ ସେ ଆହୁରି ଜୋରରେ ଫୋନ୍ ଘୁରାଇଲେ । – ଏକ୍ସଚେଞ୍ଜ, ପିଟର୍ମାରିଚ୍ବର୍ଗ ପୋଲିସ, ଅର୍ଜେଣ୍ଟ୍ କଲ ଦରକାର । ସେ କହିଲେ ।

– ଜଲଦି ଲାଇନ୍ ମିଲିଯିବ, ଏକ୍ସଚେଞ୍ଜରୁ ଉତ୍ତର ଆସିଲା ।

ତାଙ୍କ କାନ ପାଖରେ କିମ୍ଭୁତ କିମାକାର ଶବ୍ଦମାନ ପିଟି ହେଉଥିଲା । ସେ ବେଲକୁ ବେଲ ଅଧୈର୍ଯ୍ୟ ହେଇ ଉଠିଲେ । – ପିଟର୍ମାରିଚ୍ବର୍ଗର ପୋଲିସ୍‌କୁ ଲାଇନ୍ ଲାଗିଲା ଏକ୍ସଚେଞ୍ଜରୁ କଲ୍ ଆସିଲା ।

ପ୍ଲେନ୍ ବିଷୟରେ ସେ କଥାବାର୍ତ୍ତା କଲେ । କାଲେ ସ୍ତ୍ରୀଲୋକ ଜଣକ ତାଙ୍କର କଥା ଶୁଣି ପାରି କନ୍ଦାକଟା କରିବେ, ସେଥିପାଇଁ ସତର୍କ ହେଇ ସେ ଦ୍ୱିତୀୟ ଇୟରଫୋନ୍‌ଟା ଉଠାଇଲେ ।


୭

ଯୁବକ ଜଣକ ତାଙ୍କୁ ଏୟାରପୋର୍ଟରେ ଭେଟିଲେ ।

– ମି: ଓ ମିସେସ୍ ଜାର୍ଭିସ୍ ।

– ହଁ ।

– ମୁଁ ଜନ୍ ହଡ଼ିସନ୍ । ମେରୀର ଭାଇ । ତମେ ମାନେ ମତେ ଚିହ୍ନି ପାରୁ ନ ଥିବ । ପିଲାଦିନେ ମତେ ଦେଖିଥିଲ । ଜିନିଷପତ୍ର ତକ ଉଠାଇ ଦେଉଛି । ତମ ପାଇଁ ଗୋଟେ କାର୍ ନେଇକି ଆସିଛି । କଣ୍ଟ୍ରୋଲ ବିଲଡ଼ିଂକୁ ଯାଉଯାଉ ଯୁବକ ଜଣକ କହିଲେ, ଆମର ମନର ଅବସ୍ଥା ବୁଝି ପାରୁଥିବ । ମୋ ଜାଣିବାରେ ଆର୍ଥର୍ ସବୁଠୁ ଭଦ୍ର ମଣିଷ ଜଣେ ଥିଲେ ।

କାର୍ ଭିତରେ ସେ ପୁଣି କଥାବାର୍ତ୍ତା କଲେ । ମେରୀ ଓ ପିଲାମାନେ ମୋ ମା’ଙ୍କ ପାଖରେ ଅଛନ୍ତି । ତମେ ଦୁଇ ଜଣ ବି ଆମ ପାଖରେ ରହିଗଲେ ଭଲ ହେବ ।

– ମେରୀ କେମିତି ଅଛି ?

– ଏଇ ଧକ୍କାରେ ସେ ମର୍ମାହତ । ହେଲେ ବେଶ୍ ସାହସର ସହିତ ସେ ପରିସ୍ଥିତିକୁ ମୁକାବିଲା କରୁଛି ।

– ଆଉ ପିଲାମାନେ ?

– ସେମାନଙ୍କ ଅବସ୍ଥା ଭାରି ଖରାପ । ତାଙ୍କୁ ସମ୍ଭାଲିବାରେ ମେରୀ ନିଜ ମନକୁ ବୁଝାଉଛି ।

କିଛି କ୍ଷଣ ସମସ୍ତେ ଚୁପ୍‌ଚୁପ୍ ରହିଲେ । ଜାର୍ଭିସ୍ ତାଙ୍କର ସ୍ତ୍ରୀଙ୍କର ହାତକୁ ମୁଠେଇ ଧରିଲେ । ସମସ୍ତେ ନିଜ ନିଜ ଚିନ୍ତାରେ ମଗ୍ନ । ଘରର ଫାଟକ ପର୍ଯ୍ୟନ୍ତ ଯାଇ

କାରଟା ଅଟକିଲା । ଅଗଣାଟାରେ ଆଲୁଅ ଜଳୁଥିଲା । କାର୍ ଶବ୍ଦରେ ଯୁବତୀ ଜଣେ ବାହାରି ଆସିଲେ ଓ ମିସେସ୍ ଜାର୍ଭିସ୍‌ଙ୍କୁ କୁଣ୍ଠାଇ ଧରିଲେ । ଉଭୟେ କାନ୍ଦିଲେ । ତା'ପରେ ସେ ମି: ଜାର୍ଭିସ୍‌ଙ୍କ ଆଡ଼କୁ ବୁଲି ପଡ଼ିଲେ । ସେମାନେ ପରସ୍ପରକୁ ଆଲିଙ୍ଗନ କଲେ । ମି: ଓ ମିସେସ୍ ହାରିସନ୍ ଆସିଲେ । ସବୁ ଔପଚାରିକ କଥାବାର୍ତ୍ତା ସରିଗଲା ପରେ ହାରିସନ୍ ଜାର୍ଭିସ୍‌ଙ୍କ ଆଡ଼କୁ ବୁଲିପଡ଼ି କହିଲେ - କିଛି ପିଇବ କି ?

– ହେଲେ ଭଲ ।

– ତା ହେଲେ ମୋ ପଢ଼ା ଘରକୁ ଆସ ।

– ଏଥରକ... ତମେ ଯୋଉଟା ଭଲ ଭାବିବ,ସେଇଟା କର । ଆମର ଯଦି ସାହାଯ୍ୟ ଦରକାର ହୁଏ, ତା ହେଲେ ମନ ଖୋଲି କହିବ । ଯଦି ଏଇ ସାଙ୍ଗେସାଙ୍ଗେ ଶବାଗାରକୁ ଯିବାକୁ ରୁହଁ ତା ହେଲେ ଜନ୍ ତମ ସହିତ ଯିବ । କିମ୍ବା କାଲି ସକାଳେ ବି ତମେ ଯାଇପାର । ପୋଲିସ୍ ତମ ସହିତ ଭେଟ ପଡ଼ିପାରେ । ତେବେ ଆଜି ରାତିଟାରେ ତମକୁ ସେମାନେ ଭେଟିବେ ନାହିଁ ।

– ହାରିସନ୍, ମୋ ସ୍ତ୍ରୀ ସହିତ ମୁଁ ଟିକେ କଥାବାର୍ତ୍ତା କରିବି । ତମେ ଜାଣ, ଆମେ ଏ ବିଷୟରେ କଥା ପଦଟିଏ ସୁଦ୍ଧା ଏ ଯାଏଁ ହେଇନାହୁଁ । ମୁଁ ତା ପାଖକୁ ଯାଏ । ତମେ ବରଂ ଏଠି ଥାଅ ।

– ହଉ, ମୁଁ ଏଠି ତମକୁ ଅପେକ୍ଷା କରୁଛି ।

ତାଙ୍କ ସ୍ତ୍ରୀ ବୋହୂ ସହିତ ପାଦ ଟିପି ଟିପି ପିଲାଙ୍କ କୋଠରୀକୁ ଯାଉଥିବାର ସେ ଦେଖିଲେ । ସେଠି ତାଙ୍କର ନାତି ନାତୁଣୀ ସବୁ ଶୋଇଥିଲେ । ତା ସହିତ କଥା ହେଲା କ୍ଷଣି ତାଙ୍କ ଛାତିରେ ମୁଣ୍ଡ ରଖି ପୁଣି ସେ କଇଁ କଇଁ ହେଇ କାନ୍ଦି ଉଠିଲା । – ଏବେ, ସେ କହିଲା । ସେ ହାରିସନ୍‌ଙ୍କ ପାଖକୁ ଫେରି ପାନୀୟତକ ଢୋକି ଦେଲେ । ତା'ପରେ ସ୍ତ୍ରୀ ଓ ବୋହୂ ସହିତ ବାହାରିଲେ । ବାହାରେ କାର୍ ପାଖରେ ଜନ୍ ହାରିସନ୍ ତାଙ୍କୁ ଅପେକ୍ଷା କରିଥିଲେ ।

ପୋଲିସ୍ ଲାବୋରାଟୋରିଜ୍‌କୁ ଗଲାବେଳେ ବାଟରେ ଜନ୍ ହାରିସନ୍ ଏଇ ଦୁର୍ଘଟଣା ବିଷୟରେ କହିଲେ । ଘରେ କାମ କରୁଥିବା ପିଲାଟାର ଚେତା ଫେରିବା ଯାଏଁ ପୋଲିସ୍ କେମିତି ଅପେକ୍ଷା କରିଥିଲା, ଅପରାଧକୁ ଧରିବା ପାଇଁ ପାର୍କଓଲଡ୍ ରିଜ୍‌ର ଋଷ ଜମି ସବୁକୁ କେମିତି ଛାନ୍‌ଭିନ୍ କଲା ତଥା ମୃତ୍ୟୁର ଅବ୍ୟବହିତ ପୂର୍ବରୁ ଆର୍ଥର ଲେଖୁଥିବା "The Truth About Native Crime" (ଦେଶୀୟ ଅପରାଧର କାରଣ) ସଂଦର୍ଭ ବିଷୟରେ କହିଲେ ।

– ମୁଁ ଲେଖାଟି ଦେଖିବାକୁ ରୁହେଁ ।

– କାଲି ମୁଁ ତମ ପାଇଁ ସେଇଟା ନେଇ ଆସିବି ।

– ଦେଶୀୟ ପ୍ରସଙ୍ଗରେ ମୋର ଆଉ ମୋ ପୁଅ ଭିତରେ ସବୁବେଳେ ମତାନ୍ତର ଲାଗିଥିଲା । ଥରେ ଥରେ ଯାକୁ ନେଇ ଆମ ଭିତରେ ବାକ୍ ବିତଣ୍ଡା ବି ଲାଗି ଯାଉଥିଲା । କିନ୍ତୁ ସେଥିରେ କ'ଣ ଲେଖିଛି ମୁଁ ଦେଖିବାକୁ ରହ୍ଲେଁ ।

– ସେଇ ପ୍ରସଙ୍ଗରେ ବାପାଙ୍କର ଓ ମୋର ମଧ୍ୟ ମତ ଅମେଳ ହୁଏ । ଜାଣିଛ, ଆର୍ଥର ପରି ଦକ୍ଷିଣ ଆଫ୍ରିକାର ଆଉ କେହି ଏଇ ପ୍ରସଙ୍ଗରେ ଏତେଟା ଓ ଏତେ ସ୍ପଷ୍ଟ ଭାବରେ ଭାବୁ ନ ଥିଲେ । ଦକ୍ଷିଣ ଆଫ୍ରିକାରେ ଆଉ ଭାବିବା ପାଇଁ କ'ଣଟା ବା ଅଛି ? ସେ ସେମିତି କହୁଥିଲେ ।

ସେମାନେ ଶବାଗାରରେ ପହଞ୍ଚିଲେ । ଜନ୍ ହାରିସନ୍ କାର ଭିତରେ ରହିଲେ । ଅନ୍ୟମାନେ ସେଇ ନିଷ୍ଠୁର ବାସ୍ତବତାର ସାମ୍ନା କରିବାକୁ ଗଲେ । ସେଠୁ ପୁଣି ସେମିତି ଚୁପ୍ ଚୁପ୍ ଚାଲି ଆସିଲେ । ଖାଲି ସ୍ତ୍ରୀଲୋକ ଦୁହିଁଙ୍କର କାନ୍ଦଣା ବ୍ୟତୀତ ଆଉ କିଛି ଶବ୍ଦ ନ ଥିଲା । ମେରୀର ବାପା କବାଟ ଖୋଲିଲେ ।

– ଆଉ ଥରେ ପିଇବ କି, ଜାର୍ଭିସ୍ ? ନା ଶୋଇବାକୁ ଯିବ ?

– ମାର୍ଗାରେଟ, ତମ ସହିତ ଯିବି କି ?

– ନା, ଥାଉ, ବରଂ କିଛି ପିଅ ।

– ଆଚ୍ଛା, ଶୁଭ ରାତ୍ରୀ ।

– ଶୁଭ ରାତ୍ରୀ, ଜେମ୍ସ ।

ମାର୍ଗାରେଟ୍ ତାଙ୍କୁ ଜଡ଼େଇ ଧରିଲେ । ଜାର୍ଭିସ୍ ତାଙ୍କ ମଥା ଚୁମିଲେ । ଦୁହିଁଙ୍କ ଆଖିରେ ଲୁହ ଭରିଗଲା । ବୋହୂକୁ ନେଇ ମାର୍ଗାରେଟ୍ ଉପର ମହଲାକୁ ଗଲେ । କବାଟ ବନ୍ଦ ହେଲା ପରେ ସେ ଓ ହାରିସନ୍ ପଢ଼ା ଘରକୁ ଯିବାକୁ ଉଠିଲେ ।

– ଜଣେ ମା'ପାଇଁ ଏ ଘଟଣା ସବୁଠୁ ଦୁଃଖଦାୟକ, ଜାର୍ଭିସ୍ ।

– ହଁ ।

କଥାଟିକୁ ଭାବିଲା ପରି ସେ ଟିକେ ରହିଲେ ଆଉ ତା'ପରେ କହିଲେ, – ମୋ ପୁଅକୁ ମୁଁ ବହୁତ ଭଲ ପାଉଥିଲି । ମୋ ଉପରେ ସେ କେବେ କୌଣସି ପ୍ରକାର ବଦ୍ନାମ ଆଣି ନ ଥିଲା ।

ଦୁହେଁ ପିଇବା ଆରମ୍ଭ କଲେ । ଏଇ ହତ୍ୟାକାଣ୍ଡ ଯୋଗୁଁ ସେଇ ଅଞ୍ଚଳରେ ଲୋକେ କେମିତି ଆତଙ୍କିତ ହେଇ ଯାଇଛନ୍ତି ଆଉ ଘରକୁ କେମିତି ସମବେଦନା ବାର୍ତ୍ତାର ସୁଅ ଛୁଟିଛି ସେ କଥା ହାରିସନ୍ କହିଲେ ।

– ପ୍ରତ୍ୟେକ ଜଣାଶୁଣା ଜାଗା ଓ ପ୍ରତ୍ୟେକ ଚିହ୍ନା ଲୋକ ପାଖରୁ ସମବେଦନା

ବାର୍ଡ଼ା ଆସିଛି, ଜାର୍ଭିସ୍‌ । ଆଚ୍ଛା, ଆସନ୍ତା କାଲି ଅପରାହ୍ନ ତିନିଟାରେ ପାର୍କଓଲଡ଼ ଚର୍ଚ୍ଚରେ ପୂଜା ବିଧ୍ ସରିଲା ପରେ ଶବ ସଂସ୍କାର କରାଯିବ । ତିନିଟାରେ ପୂଜା ବିଧ୍ ହେବ ।

ଜାର୍ଭିସ୍‌ ମୁଣ୍ଡ ଟୁଙ୍ଗାରିଲେ ।

– ସମସ୍ତଙ୍କର ସମବେଦନା ବାର୍ଡ଼ା! ଆମେ ତମ ପାଇଁ ରଖ୍ ଦେଇଛୁ । ବିଶପ୍, କାମଚଲା ପ୍ରଧାନମନ୍ତ୍ରୀ, ମେୟର ଓ ଆହୁରି ଏମିତି ଅନେକ ଲୋକ ପଠେଇଛନ୍ତି । “Daughters of Africa” (ଆଫ୍ରିକାର ଲଲନା) ଆଦି ଦେଶୀୟ ସଂଗଠନରୁ ମଧ୍ୟ ଆସିଛି । ଆହୁରି ଏମିତି ଅନେକ ସଂଗଠନର ନାଁ ମନେ ନାହିଁ, ଏସୀୟ, ଭାରତୀୟ, ଇହୁଦୀ ସମସ୍ତଙ୍କଠାରୁ ଆସିଛି ।

ଜାର୍ଭିସ୍‌ ନିଜ ଭିତରେ ଏକ ପ୍ରକାର ବିଷାଦିତ ଆମ୍ଲ ଗର୍ବ ଉକୁଟିବାର ଅନୁଭବ କଲେ । – ସେ ବୁଦ୍ଧିମାନ୍‌ ଥିଲା । ତାରି ମା’ର ଗୁଣ ସେ ଆଣିଥିଲା । ସେ କହିଲେ ।

– ସେ ଠିକ୍‌ ସେମିତି ଥିଲା । ସେ କେମିତି ସଭିଙ୍କର ପ୍ରିୟ ପାତ୍ର ଥିଲା, ଏ ବିଷୟରେ ଜନ୍‌ ପାଖରୁ ତମେ ଶୁଣି ପାରିବ । ସବୁ ପ୍ରକାରର ଲୋକେ ତାକୁ ଭଲ ପାଉଥିଲେ । ଆଉ ଜାଣ, ଆଫ୍ରିକାନି ବୋଲିକୁ ସେ ଗୋଟାପଣେ ଆଫ୍ରିକାନୀ ପରି କହି ପାରୁଥିଲା ।

– ହଁ, ସେ ଶିଖ୍‌ଥିଲା ।

– ଏଇ ଭାଷାଟା ମତେ ଆଦୌ ଜଣା ନାହିଁ । କିନ୍ତୁ ସେ ଭାବୁଥିଲା ଯେ ଏଇ ଭାଷାମାନ ତା’ର ଜାଣିବା ଦରକାର । ତେଣୁ ଗୋଟେ ଆଫ୍ରିକାନି ସଂସ୍ଥାରୁ ସେ ଏଇଟା ଶିଖ୍‌ଥିଲା । ଜୁଲୁ ତ କହି ପାରୁଥିଲା । ତା ଛଡ଼ା ସେସୁତୋ ବି ଶିଖିବ ବୋଲି ସେ କହୁଥିଲା । ଆଉ ଗୋଟେ କଥା ଜାଣିଛ, ଏଇ ଦେଶୀୟ ଏମ୍.ପି. ମାନେ ଆସନ୍ତା ନିର୍ବାଚନରେ ତାକୁ ଠିଆ କରିବାର ଯୋଜନା କରିଥିଲେ ।

– ମୁଁ ଏ କଥା ଜାଣି ନ ଥିଲି ।

– ହଁ, ସେ ସବୁବେଳେ କୋଉଠି ନା କୋଉଠି କିଛି ଗୋଟେ ବିଷୟରେ କହୁଥିଲା । ତା’ର କହିବାର ରୁଚି ତ ଜାଣ । ଦେଶୀୟ ଅପରାଧ, ଦେଶୀୟ ସ୍କୁଲ ପ୍ରସଙ୍ଗରେ ସେ ବେଶ୍‌ ଚର୍ଚ୍ଚା କରୁଥିଲା । ଅଣ ୟୁରୋପୀୟ ଡାକ୍ତରଖାନାର ଦୁରାବସ୍ଥାର ନେଇ ସେ ସ୍ଵର ଉତ୍ତୋଳନ କରିବା ସଙ୍ଗେ ସଙ୍ଗେ ଖଣି-ବସ୍ତି ନିୟମକୁ ନେଇ ମଧ୍ୟ ଗୋଟେ ପ୍ରକାର ହଇଚଇ ସୃଷ୍ଟି କରିଥିଲା । ଜଣେ ଶ୍ରମିକ ସହିତ ତା’ର ସ୍ତ୍ରୀ ପରିବାର ରହିବାର ବ୍ୟବସ୍ଥା କରିବାକୁ ସେ ପ୍ରାଣପଣେ ଚେଷ୍ଟା ଚଲାଇଥିଲା ।

ଜାର୍ଭିସ୍ ଧୂଆଁ ଟାଣି ନୀରବରେ ତାଙ୍କ ପୁଅର କାହାଣୀ ଶୁଣିଲେ, ସତେ ଏବା କେଉଁ ଅପରିଚିତର କାହାଣୀଟେ ।

— ଖଣି ପରିଚାଳନାର ଜଣେ ସଭ୍ୟ ମତେ ଏ କଥା କହିଲେ । ହେଲେ ଏଇନା ମତେ ପଚାର ଯେ ମୁଁ ତାକୁ ସାବଧାନ କରିଛି କି ନାଇଁ । କାରଣ ତା'ର ବ୍ୟବସାୟ ଖଣିକୁ ନେଇ ଚାଲୁଥିଲା ଆଉ ସେଥିରେ ବେଶ୍ ରୋଜଗାର ବି ହେଉଥିଲା । ଏ ସଂକ୍ରାନ୍ତରେ ଟିକେ କୋହଳ ମନୋଭାବ ରଖିବା ପାଇଁ ମୁଁ ତାକୁ ସିଧା କହିଲି । କାରଣ ଏଇ ସବୁ ବିଷୟରେ ମୁଁ ଗଭୀର ଭାବରେ ଚିନ୍ତା କରି ଦେଖିଛି । ତା'ର ନିଜର ସ୍ତ୍ରୀ ପିଲାପିଲିଙ୍କୁ ତ ଫେର ଦେଖିବାକୁ ପଡ଼ିବ । ଅବଶ୍ୟ ମୁଁ ଯେ ମେରୀର ପକ୍ଷ ନେଇ ଏ କଥା କହିଲି, ତା ନୁହେଁ, ବୁଝୁଛ ତ ? ଆଜିକାଲିକା ପିଲା, ଯାଙ୍କ କଥାରେ ମୁଁ ଏତେ ମୁଣ୍ଡ ପୁରାଏ ନାହିଁ । ହାରିସନ କହିଲେ ।

— ହଁ ବୁଝୁଛି ।

— ମୁଁ ଏ ବିଷୟରେ ମେରୀ ସହିତ କଥା ହେଉଛି । ଆମ ଦୃଷ୍ଟିରେ ଟଙ୍କା ରୋଜଗାର ଅପେକ୍ଷା ସତ କହିବାଟା ବେଶୀ ବଡ଼ କଥା । ଆମେ ଦୁଇ ଜଣ ଏଥିରେ ଏକମତ । ଆର୍ଥର ମତେ ଏଇୟା କହିଲା ।

ହାରିସନ୍ ଏ କଥାରେ ଟିକେ ହସିଲେ । ହେଲେ ପରିସ୍ଥିତିର ଦୁଃଖଦ ଗାମ୍ଭୀରତାକୁ ମନେ ପକାଇ ହସକୁ ଚାପି ଦେଲେ । — ମୋ ପୁଅ ଜନ୍ ସେଠି ଥିଲା, ସେ କହିଲେ । ପୁଣି ସ୍ୱୟଂ ପ୍ରଭୁଙ୍କୁ ଦେଖିଲା ପରି ଆର୍ଥର ଆଡ଼କୁ ଚାହିଁ ସେ କହିଲେ — ମୁଁ ବା ଆଉ କ'ଣ କରି ପାରିଥାନ୍ତି ?

ସେମାନେ ନୀରବରେ କିଛି ସମୟ ଧୂଆଁ ଟାଣିଲେ । — ମୁଁ ତାକୁ ତା'ର ସହଯୋଗୀ ମାନଙ୍କ ବିଷୟରେ ପଚାରିଲି । ଯାହାହେଲେ ବି ଖଣିକୁ ଯନ୍ତ୍ରପାତି ବିକ୍ରୀ କରିବାଟା ତାଙ୍କର କାମ । ହେଲେ ସେ କହିଲା, ମୁଁ ମୋର ପାର୍ଟନର ମାନଙ୍କ ସହିତ କଥାବାର୍ତା କରିଛି । ଯଦି କିଛି ଅସୁବିଧା ହୁଏ, ତା ହେଲେ ମୁଁ ତା'ର ବ୍ୟବସ୍ଥା କରିବି । ମୁଁ ତାକୁ ପଚାରିଲି, ତମେ କଣଟା କରିବ ? ସେ କହିଲା, ମୁଁ କ'ଣ ନ କରି ପାରିବି ? ସେ ଏତେ ଉତ୍ତେଜିତ ଜଣା ପଡୁଥିଲା ଯେ ମୁଁ ଭଲା ଆଉ କ'ଣ କହିଥାନ୍ତି ?

ଜାର୍ଭିସ୍ କିଛି ଉତ୍ତର ଦେଲେ ନାହିଁ । କାରଣ ତାଙ୍କର ଏଇ ପିଲାଟା କୋଉ ଅଜଣା ରାଇଜକୁ ଚାଲିଯାଇଥିଲା ଯାହାକି ତା'ର ବାପା ମା ସୁଦ୍ଧା ଜାଣି ନ ଥିଲେ । କେଜାଣି ତା'ର ମା' ଜାଣିଥିଲେ ଜାଣି ଥାଇପାରେ । ଯଦିବା ତା'ର ମା' ସେଇ ଦୁନିଆଁକୁ ଜାଣିଥାଏ, ସେଥିରେ ସେ ଆଶ୍ଚର୍ଯ୍ୟ ହେବେ ନାହିଁ । ତେବେ ସେଇ ଅଜଣା

ପୃଥ୍ବୀର ଯାତ୍ରା ବିଷୟରେ ସେ ପୁରାପୁରି ଅଜ୍ଞ । ସେ ପଦେ ବି କିଛି କହି ପାରିବେନି ।

— ତମକୁ ଯାଡ଼ୁସ୍ୟାଡ଼ୁ କହି ବୋର କରୁଛି କି ? ଅନ୍ୟ କୋଉ ବିଷୟରେ କଥାବାର୍ତ୍ତା କରିବାକୁ ଚାହୁଁଛ ନା ଶୋଇବାକୁ ଯିବ ଭାରି ?

— ଆରେ ନା ହାରିସନ୍, ତମେ ବରଂ ଏମିତି ଗପିଲେ ମତେ ଟିକେ ଭଲ ଲାଗୁଛି ।

— ହଁ, ସେ ସେଇ ରକମର ଥିଲା । ଏ ବିଷୟରେ ଆମେ ଦୁହେଁ ବେଶୀ କଥାବାର୍ତ୍ତା କରୁ ନ ଥିଲୁ । ଏଇଟା ବି ମୋର ପସନ୍ଦର ଦେଶ ନୁହେଁ । ମୁଁ ଦେଶୀଆଙ୍କୁ ଭଲ ବ୍ୟବହାର କରେ । ହେଲେ ସେମାନେ ତ ଆଉ ମୋର ଖାଦ୍ୟ ପେୟ ନୁହଁନ୍ତି । ସତ କଥା କହିବାକୁ ଗଲେ ଏଇ ଅପରାଧ ଦେଖ ମୁଁ ଜାଗାଟିକୁ ଚିଟେଇ ଗଲିଣି । ବୁଝିଲ ଜାର୍ଭିସ୍, ଏଠି ଜୋହାନ୍ସବର୍ଗରେ ଆମେ ପ୍ରତି ମୁହୂର୍ତ୍ତରେ ଡରିମରି ରହୁଛୁ ।

— ଅପରାଧ ଯୋଗୁଁ ?

— ହଁ, ଏଇ ଦେଶୀଆଙ୍କ ରାହାଜାନୀ ପାଇଁ । ଯୋଉଠି ଦେଖ ଯାଙ୍କର ଚେରି ଡକେଇଟି, ମର୍ଡର ଆଉ ସବୁ ଯେତେକ ମାଡ଼ ଗୋଲ ଚଳିଛି । ରାତିରେ ଘରର ଫାଟକ ତାଲା ବାରମ୍ବାର ତନଖି କଲା ପରେ ଯାଇ ଶୋଇବାକୁ ଯାଉ । ଏ ତ ତିନିଟା ଘର ଛାଡ଼ି ଫିଲିପ୍ସନ୍ ଘରେ ଦଳେ ଏମିତି କବାଟ ଭାଙ୍ଗି ଭିତରକୁ ପଶି ଆସିଲେ । ବୃଦ୍ଧ ଫିଲିପ୍ସନଙ୍କୁ ମୁଣ୍ଡ ମାରି ଅଚେତ୍ କରି ପକାଇ ଦେଲେ । ତାଙ୍କର ସ୍ତ୍ରୀଙ୍କୁ ବାଡ଼ାବାଡ଼ି କରି ପକାଇଲେ । ଯୋଗକୁ ତାଙ୍କର ଝିଅ ମାନେ ଗୋଟେ ନାଚ ପାର୍ଟିରେ ଯୋଗ ଦେବାକୁ ବାହାରକୁ ଯାଇଥିଲେ । ନ ହେଲେ ଘଟଣାଟି ସମ୍ପର୍କରେ କେହି ଜାଣି ସୁଦ୍ଧା ପାରି ନ ଥାନ୍ତେ । ମୁଁ ଆର୍ଥରକୁ ଏ ବିଷୟରେ ପଚରିଲାରୁ ସେ ଓଲଟି ଆମ ଲୋକଙ୍କ ଉପରେ ଦୋଷ ଦେଲା । ତା'ର କଥା ମୁଁ ବେଳେବେଳେ ବୁଝିପାରେ ନାହିଁ । ହେଲେ ତା'ର ଗୋଟେ ଅଲଗା ବିଚରଧାରା ଥିଲା, ତମେ ବୁଝି ପାରୁଥିବ ଯେ ।

— ଗୋଟେ କଥା ମୁଁ ବୁଝି ପାରୁନି, ଏ ସବୁ ଘଟୁଛି କାହିଁକି...। କହିଲେ ଜାର୍ଭିସ୍ ।

— ତା ମାନେ ଖାଲି ତା କଥା ନା ସମସ୍ତଙ୍କର... ?

— ହଁ ।

— ଏଇ କଥା ତ ପ୍ରଥମେ ଉଠେ । ସେ ହଁ ଏତେ ବଡ଼ ମହତ୍ ଲକ୍ଷ୍ୟ ନେଇ ଏଇ ବିଷୟରେ କାମ କରି ଚଳିଥିଲା । ଆଉ ସେହିଁ ଶେଷରେ ଗୁଲି ଚେଟରେ ପ୍ରାଣ ହରାଇଲା ।

– ମନେ ରଖ, ଗୋଟେ କଥା ମନେ ରଖ ଯେ ଏମିତି ଆଗରୁ ବି ଘଟିଛି । ମିଶ୍‌ନାରୀ ମାନଙ୍କୁ ହତ୍ୟା କରାଯାଇଛି ।

ହାରିସନ୍‌ କିଛି ଉତ୍ତର ଦେଲେ ନାହିଁ । ସେମାନେ ନୀରବରେ ଧୂଆଁ ଟାଣିଲେ । 'ଜଣେ ମିଶ୍‌ନାରୀ', ଜାର୍ଭିସ୍‌ ଭାବିଲେ । କି ଆଶ୍ଚର୍ଯ୍ୟର କଥା ଯେ ସେ ନିଜ ପୁଅକୁ ମିଶନାରୀ ଭାବୁଛନ୍ତି । ଜାର୍ଭିସ୍‌ ପୁଣି ସେ କଥା ଭାବିଲେ । କାରଣ ମିଶ୍‌ନାରୀ ମାନଙ୍କ ବିଷୟରେ ସେ କେବେ ଏମିତି ଚିନ୍ତା କରି ନ ଥିଲେ । ଅବଶ୍ୟ ଏ କଥା ସତ ଯେ ଚର୍ଜ୍ ଏ ବିଷୟରେ ଗୁଡ଼ାଏ ଚର୍ଚ୍ଚା କରିଥିଲା । ସେ ମଧ୍ୟ ସେଇ ସବୁ ଶୁଣିଥିଲେ । ହେଲେ ଶୁଣିବାଟା ଅଲଗା କଥା । ସେଥିରେ ମିଶ୍‌ନାରୀ ମାନଙ୍କ ସହିତ ଯୋଗ ହେବାର କଥା ଉଠୁ ନାହିଁ । ଏଣ୍ଡୋସେନିରେ ତାଙ୍କ ପାଖରେ ଗୋଟେ ମିଶନ ଥିଲା । ତେବେ ସେଇ ଜାଗାଟା ନିହାତି ଦୟନୀୟ ଥିଲା । ଭଙ୍ଗା କାଠ ଓ ଲୁହାରେ ତିଆରି ଚର୍ଜ୍‌ଟାରେ ଏଠି ସେଠି କବ୍ଜା ପିଟା ହେଇ ପରିତ୍ୟକ୍ତ ବି ଦିଶୁଥାଏ । କାଁ ଭାଁ ଘାସଟିଏ ଗଜୁରିଥିବା ସେଇ ବନ୍ଧ୍ୟା ଉପତ୍ୟକାରେ ମଇଲା କୋତରା ପାଦ୍ରୀ ଜଣେ ରହୁଥାଏ । ସେଇ ଭଙ୍ଗା ଦଦରା ଘରଟାରେ ଲୋକେ ପ୍ରାର୍ଥନା ଆବୃଢ଼ି କରୁଥିବାର ସେ ଥରେ ଦି ଥର ଶୁଣିଛନ୍ତି । ସେଥିରୁ କିଛି ବି ନ ବୁଝି ଖାଲି ଶୁଆ ରଟିଲା ପରି ସେମାନେ ଘୋଷି ପକାଉଥାନ୍ତି, ତାଙ୍କର ଠିକ୍‌ ମନେ ପଡ଼ୁଛି ।

– ଜାର୍ଭିସ୍‌ ଶୋଇବ ନା ଆଉ ଟିକେ ପିଇବ ?

– ଶୋଇଲେ ଭଲ ହେବ ଭାବୁଛି । ପୋଲିସ୍‌ କେତେବେଲେ ଆସିବ କହିଥିଲେ ?

– ନଅଟାରେ ଆସିବା କଥା ।

– ମୁଁ ସେଇ ଘରଟା ଟିକେ ଦେଖ୍‌ଥାନ୍ତି ।

– ହଁ, ମୁଁ ବି ସେଇୟା ଭାବୁଛି । ସେମାନେ ତମକୁ ସେଠିକି ନେଇ ଯିବେ ।

– ଠିକ୍‌ ଅଛି, ଏଥର ମୁଁ ଯାଏ, ଟିକେ ଶୋଇ ପଡ଼ିବି । ତମର ସ୍ତ୍ରୀଙ୍କୁ ମୋ ତରଫରୁ ଶୁଭ ରାତ୍ରୀ ଜଣେଇ ଦେବ ?

– ହଁ, କହି ଦେବି । ତମ ରୁମ୍‌ ଜାଣିଛ କି ? ଆଉ ଜଳଖିଆ ? ସକାଳ ସାଢ଼େ ଆଠଟାରେ ?

– ହଁ, ସାଢ଼େ ଆଠଟାରେ । ଶୁଭ ରାତ୍ରୀ, ହାରିସନ୍‌ । ତମର ସାହାଯ୍ୟ ଓ ସହାନୁଭୂତି ପାଇଁ ଅନେକ ଧନ୍ୟବାଦ ।

– କିଛି ଧନ୍ୟବାଦ ଦେବାର ଆବଶ୍ୟକତା ନାହିଁ । ଏଇଟା ଭଲା କି କାମ । ଏଥର ଶୁଭ ରାତ୍ରୀ, ତମେ ଓ ମାର୍ଗାରେଟ୍‌ ଟିକେ ଶୋଇ ପଡ଼ିଲେ ଭଲ ହେବ ।

ଜାର୍ଭିସ୍ ପାହାଚ ଉଠିଲେ, ଚୁପ୍‌ଚୁପ୍ ଶୋଇବା ଘରକୁ ପଶିଲେ, କବାଟ ବନ୍ଦ କଲେ, ଆଲୁଅ ଲଗାଇଲେ ନାହିଁ । ଝରକାରୁ ଫର୍ଦ୍ଦା ଜହ୍ନ ଆଲୁଅ ପଡ଼ୁଥିଲା । ସେଠି ଛିଡ଼ା ହୋଇ ସେ ବାହାର ଦୁନିଆଁଟାକୁ ଦେଖ‌ିଲେ । ଶୁଣିଥିବା କଥା ମାନ ସବୁ ମନ ଭିତରେ ଦୋହରାଇ ହେଲା । ତାଙ୍କ ସ୍ତ୍ରୀ କଡ଼ ଲେଉଟାଇ କହିଲେ – ଜେମ୍‌ସ ।

– ହଁ, କୁହ ।

– କ'ଣ ଏତେ ଭାବୁଛ ?

– ଜାର୍ଭିସ୍ ଚୁପ୍ ରହି ଯାର ଉତ୍ତର ଖୋଜୁଥିଲେ । ଶେଷରେ କହିଲେ – ଭାବୁଥିଲି ତମେ କେବେ ଆସିବନି ।

ସେ ସଙ୍ଗେ ସଙ୍ଗେ ତାଙ୍କ ପାଖକୁ ଗଲେ, ପତ୍ନୀ ତାଙ୍କର ହାତକୁ ଧରି ପକାଇଲେ – ଆମେ ପିଲାଟି ବିଷୟରେ କଥା ହେଉଥିଲ ନା, ସେ ଯାହା ସବୁ କଲା ଆଉ ଯାହା କରିବାକୁ ଚେଷ୍ଟା କରୁଥିଲା... ସବୁ ଲୋକ ବେଶ୍ ମର୍ମାହତ ।

– ହଁ, କହ ।

ଟିକେ ଧୀମା ଗଳାରେ ସେ ଯାହା ସବୁ ଶୁଣିଥିଲେ ସେ କଥା କହି ଚଲିଲେ । ପତ୍ନୀ ଗୋଟେ ରକମ ଆଶ୍ଚର୍ଯ୍ୟ ହେଲେ । କାରଣ ତାଙ୍କର ସ୍ୱାମୀ ଚୁପ୍‌ଚୁପ୍ ସ୍ୱଭାବର । ବେଶ୍ ଅଳ୍ପ ଭାଷୀ । କିନ୍ତୁ ସେଇ ରାତିରେ ହାରିସନ୍ ଯାହା  ସବୁ ତାଙ୍କୁ କହିଥିଲେ, ସେଇ ସବୁ କହିଗଲେ ।

– ଏଇ କଥାରେ ମୁଁ ବେଶ୍ ଗର୍ବିତ, ସେ ଚୁପିଚୁପି କହିଲେ ।

– ସେ ତ ସେଇ ରକମର, ତମେ ଜାଣିଛ ।

– ହଁ, ମୁଁ ଜାଣିଥିଲି ।

– ମୁଁ ଜାଣିଥିଲି ଯେ ସେ ବହୁତ ଭଦ୍ର ମଣିଷଟେ ଥିଲା । ତେବେ ମୋ ଅପେକ୍ଷା ସେ ତମର ବେଶୀ ନିକଟତର ଥିଲା ।

– ଜଣେ ମା' ପାଇଁ ସେଟା ବେଶ୍ ସହଜ ।

– ମୁଁ ବି ସେଇୟା ଭାବେ । କିନ୍ତୁ ମୋର ଏବେ ଇଚ୍ଛା ହେଉଛି ମୁଁ ହେଲେ ତା ସହିତ ସେମିତି ଘନିଷ୍ଠ ହେଇପାରିଥାନ୍ତି । ଦେଖ, ସେ ଯେମିତି କାମ ସବୁ କରି ଯାଇଛି ନା ମୁଁ ନିଜେ ସୁଦ୍ଧା ସେ ସବୁ କେବେ କରି ପାରି ନଥାନ୍ତି ।

– ମୁଁ ବି ନୁହଁ, ଜେମ୍‌ସ । ତା'ର ଜୀବନଟା ଆମ ଠାରୁ ବେଶ୍ ଅଲଗା ଥିଲା ।

– ସବୁ ଦୃଷ୍ଟିରୁ ଗୋଟେ ସଫଳ ଜୀବନ ଥିଲା ।

ତାଙ୍କର ଭାବନା, ସ୍ମୃତି ଓ ବେଦନାରେ ଜାର୍ଭିସ୍ ଚୁପ୍‌ଚୁପ୍ ବସିଥିଲେ, ଠିକ୍ ସେମିତି ତାଙ୍କର ସ୍ତ୍ରୀ ନୀରଙ୍କୁ ପଡ଼ିଥିଲେ ।

– ଯଦିଓ ତା'ର ଜୀବନଟା ଭିନେ ଥିଲା, ତମେ କିନ୍ତୁ ତାଙ୍କୁ ବୁଝିଥିଲ ।

– ହଁ, ଜେମ୍ସ ।

– ମୁଁ କିନ୍ତୁ ବୁଝି ପାରି ନ ଥିଲି । ମୋର ଦୁଃଖ ସେଇଟି ।

ତା'ପରେ ସେ ଫିସ୍‌ଫିସ୍ ହେଇ କହିଲେ ଏଇଟା ବୁଝିବାଟା ଏତେ ଦରକାର ବୋଲି ମୁଁ କେବେ ଭାବି ନ ଥିଲି ।

– ଆହା, ଆହା । ଜାର୍ଭିସଙ୍କୁ ଦୁଇ ବାହୁରେ ଜଡ଼େଇ ଧରି ସେ କାନ୍ଦିଲେ । ଜାର୍ଭିସ ସେମିତି ଫିସ୍‌ଫିସ୍ ହେଇ କହି ଚଳିଥାନ୍ତି – ଗୋଟେ କଥା ମୁଁ ବୁଝିପାରୁନି, ତା'ର ଏମିତି କାହିଁକି ହେଲା...।

ସେ ବି ଏଇ କଥା ହିଁ ଭାବୁଥିଲେ । ଭିତରେ ଗଭୀର ଯନ୍ତ୍ରଣା, ଗଭୀର ବେଦନା ଯାହା ଏଡ଼ିଦେଇ ହେବ ନାହିଁ । ସେ ତାଙ୍କୁ ଆହୁରି ଜୋରରେ ଜଡ଼େଇ ଧରି କହିଲେ ଜେମ୍ସ, ଏଥର ଚଳ ଟିକେ ଶୋଇବାକୁ ଚେଷ୍ଟା କରିବ ।


୩

ଜାର୍ଭିସ ତାଙ୍କର ପୁଅର ଚୌକିରେ ବସିଲେ । ତାଙ୍କର ସ୍ତ୍ରୀ ଓ ମେରୀ ତାଙ୍କୁ ସେଠି ଛାଡ଼ି ଦେଇ ହାରିସନଙ୍କ ଘରକୁ ଫେରିଗଲେ । ଚୁରିଆଡ଼େ ଖାଲି ବହି, ବହି, ବହି ! ଗୋଟେ ଘରେ ଏତେ ଗୁଡ଼ାଏ ସେ କେବେ ଦେଖ ନ ଥିଲେ ! ଟେବୁଲ ଉପରେ ଚିଠିପତ୍ର, କାଗଜ ଓ ଆହୁରି ବହି । ମି: ଜାର୍ଭିସ, Parkwold Methodist Guildକୁ କହିବାକୁ ଯିବ କି ? ମି: ଜାର୍ଭିସ, ସୋଫିଆ ଟାଉନରେ ଥିବା Anglican Young People's Associationରେ ଭାଷଣ ଦେବାକୁ ଯିବ କି ? ମି: ଜାର୍ଭିସ, ୟୁନିଭରସିଟିରେ ଗୋଟେ ସମ୍ମିଳନୀରେ କହିବାକୁ ଯିବ କି ? ନା, ମି: ଜାର୍ଭିସ ଏଥରୁ କୌଣସିଟାରେ କହିବାକୁ ଯାଇ ପାରିବେ ନାହିଁ ।

ମି: ଜାର୍ଭିସ, ହିବ୍ରୁ ଓ ଖ୍ରୀଷ୍ଟିଆନ୍ ସମାଜର ବାର୍ଷିକ ସଭାରେ ଯୋଗ ଦେବାକୁ ତମକୁ ନିମନ୍ତ୍ରଣ କରାଯାଉଛି । ମି: ଜାର୍ଭିସ, ମି: ଓ ମିସେସ୍ ଏକ୍.ବି. ସିଂଙ୍କର ବଡ଼ ଝିଅ ସରୋଜିନୀର ବିବାହ ଉତ୍ସବରେ ସସ୍ତ୍ରୀକ ଯୋଗ ଦେବାପାଇଁ ତମକୁ ନିମନ୍ତ୍ରଣ ରହିଲା । ମି: ଜାର୍ଭିସ, Van Wyk's Valleyରେ ଗୋଟେ Toc H Guest Nightରେ ସସ୍ତ୍ରୀକ ଯୋଗ ଦେବାକୁ ନିମନ୍ତ୍ରଣ ରହିଲା । ନା, ମି: ଜାର୍ଭିସ ଏଇ ସବୁ ନିମନ୍ତ୍ରଣକୁ ଗ୍ରହଣ କରି ପାରିବେ ନାହିଁ ।

ବହି ସେ ପାଖ କାନ୍ଥରେ ଚୁରିଟୋ ଚିତ୍ରପଟ – କ୍ରୁଶବିନ୍ଦ ଯୀଶୁଖ୍ରୀଷ୍ଟ, ଆବ୍ରାହମ୍ ଲିଙ୍କନ୍, ଭର୍ଜିଲିଜେନ୍‌ର ଧଳା ରଙ୍ଗର ଗଡ଼ାଣିଆ ଓ ତିନିକୋଣିଆ ଛାତ ଥିବା ଘରର

ଚିତ୍ର ଆଉ ଶୀତୁଆ ପଦା ଭୂଇଁରେ ନଈ କଡ଼ରେ ଥିବା ପତ୍ରଝଡ଼ା ଓ୍ୱେଲୋ ଗଛର ଗୋଟେ ଚିତ୍ରକଳା ।

ବହି ସବୁକୁ ଦେଖିବା ପାଇଁ ସେ ଚୌକିରୁ ଉଠିଲେ । ଆବ୍ରାହମ ଲିଙ୍କନଙ୍କ ଉପରେ ଶହ ଶହ ବହି ସେଠି ଥିଲା । ଜଣେ ବ୍ୟକ୍ତି ଉପରେ ଏତେ ଗୁଡ଼ିଏ ବହି ଲେଖା ହେଇଥିବାର ସେ ଜାଣି ନ ଥିଲେ । ଗୋଟିଏ ଆଲମାରି ପୁରା ଏଇଥିରେ ଭର୍ତ୍ତି ହେଇଥିଲା । ଆଉ ଗୋଟେ ଆଲମାରୀରେ ଦକ୍ଷିଣ ଆଫ୍ରିକା ସମ୍ବନ୍ଧୀୟ ବହି, ସାରା ଜାଣ୍ଟ୍ୟୁଡ଼ ମିଲିନ୍ଙ୍କ Life of Rhodes ଓ ଅଶ୍ଲୀଳ ବିଷୟବସ୍ତୁ ସମ୍ବନ୍ଧୀୟ ତାଙ୍କର ବହି, ଏନ୍ଜେଲେନବର୍ଗଙ୍କ Life of Louis Botha, ଦକ୍ଷିଣ ଆଫ୍ରିକୀୟ ଜାତି ବା ଗୋଷ୍ଠୀ ସମ୍ପର୍କିତ ସମସ୍ୟା ବିଷୟରେ ବହି, ଦକ୍ଷିଣ ଆଫ୍ରିକାର ପକ୍ଷୀ ଓ Kruger Park ଉପରେ ଲେଖା ବହି ଓ ଆହୁରି ଅନ୍ୟାନ୍ୟ ଅସଂଖ୍ୟ ବହି ସେଠି ଥିଲା । ଆଉ ଗୋଟେ ଆଲମାରୀ ଆଫ୍ରିକାନ୍ (ଡତ୍ ଭାଷାରୁ ବିକଶିତ ଦକ୍ଷିଣ ଆଫ୍ରିକାର ପ୍ରଚଳିତ ଭାଷା) ବହିରେ ଭର୍ତ୍ତି ଥିଲା । ହେଲେ ସେଇ ବହି ସବୁର ନା ଗୁଡ଼ାରୁ ସେ କିଛି ବୁଝି ପାରିଲେନି । ଆଉ ଗୋଟାକରେ ଧର୍ମ, ସୋଭିଏତ୍ ରୁଷିଆ, ଅପରାଧ ଓ ଅପରାଧୀ ବିଷୟରେ ବହି ତଥା କବିତା ବହିମାନ ରହିଥିଲା । ସେ ସେକ୍ସପିଅରଙ୍କୁ ଖୋଜିଲେ, ଆଉ ସେଠି ସେକ୍ସପିଅରଙ୍କୁ ବି ପାଇଗଲେ ।

ସେ ପୁଣି ଯାଇ ଚୌକିରେ ବସିଲେ । ଦୀର୍ଘ ସମୟ ଧରି ଏକ ଲୟରେ କ୍ରୁଶବିଦ୍ଧ ଯୀଶୁ, ଆବ୍ରାହମ ଲିଙ୍କନ୍, ଭର୍ଜିଲିଜେନ ଓ ନଈ ତଟର ଓ୍ୱେଲୋକୁ ରହିଁ ରହିଲେ । ତାପରେ ସେ ଟେବୁଲରୁ କେତେଖଣ୍ଡି କାଗଜ ଟାଣି ଆଣିଲେ ।

ତାଙ୍କରି ପୁଅ ପାଖକୁ ପ୍ରଥମ ଚିଠିଟା କ୍ଲେଆରମଣ୍ଡ ଗ୍ଲାଡ଼ିଓଲାସ୍ ଷ୍ଟ୍ରିଟ୍‌ରେ ଥିବା Claremont African Boys' Club ର ସମ୍ପାଦକଙ୍କ ପାଖରୁ ଆସିଥିଲା । ସେଥିରେ ମି: ଜାର୍ଭିସ୍ କ୍ଲବର ବାର୍ଷିକ ସଭାରେ ଯୋଗ ଦେଇ ପାରି ନ ଥିବାରୁ ମନ ଦୁଃଖ କରିଥିଲେ । ଆହୁରି ମଧ୍ୟ ଜାର୍ଭିସ୍ ପୁଣିଥରେ କ୍ଲବର ସଭାପତି ନିର୍ବାଚିତ ହେଇଥିବା ଜଣାଇଥିଲେ । ଚିଠିଟା ଏକ ବିଚିତ୍ର ଅଭିବ୍ୟକ୍ତିର ଶୈଳୀରେ ଶେଷ ହୋଇଥିଲା —

ବାର୍ଷିକ ସଭାଟି କେତୋଟି ବିଷୟରେ ଦୃଷ୍ଟି ଆକର୍ଷଣ କରିବା ହେତୁ ମୁଁ ସ୍ୱତଃ ଜାଗ୍ରତ ହୋଇ ତମକୁ ଅଭିନନ୍ଦନ ଜଣାଉଛି । ଆମ ଗହଣରେ ତମେ ବିତାଇଥିବା ସ୍ମୃତିମୁଖର ମୁହୂର୍ତ୍ତ ଓ ସଂଘକୁ ଦେଇଥିବା ଅମୂଲ୍ୟ ଉପହାର ପାଇଁ ମୁଁ ଅଶେଷ ଧନ୍ୟବାଦ ଜଣାଉଛି । ତମର ବିନା ଯୋଗଦାନରେ କେମିତି ବା ଏ ସଂଘର ଆୟୋଜନ ହେବ ସେଇଟା ଆମର ଅନେକଙ୍କ ପାଇଁ ଅକଳ୍ପନୀୟ । ଏଥିପାଇଁ ହିଁ ଆମେ ତମକୁ ପୁନର୍ବାର ସଭାପତି ରୂପେ ନିର୍ବାଚିତ କରିବାକୁ ରହିଁ ।

ଏଇ ଲେଖା କାଗଜ ପାଇଁ ମୁଁ କ୍ଷମା ମାଗୁଛି । ଆମ କ୍ଲବର ଲେଖା ତକଟୀଟା କୋଉଠି କେମିତି ହଜିଯାଇଛି ଜଣା ପଡୁନି । ମୁଁ ରହୁଛି ।

ତମର ଆଜ୍ଞାଧୀନ ସେବକ

ୱାଶିଂଟନ୍ ଲେଫ୍ଫ୍

ବାକି କାଗଜଗୁଡ଼ା ତାଙ୍କ ପୁଅର ହାତଲେଖା ଥିଲା । ସେଗୁଡ଼ା ଗୋଟେ ସଂପୂର୍ଣ୍ଣ ଲେଖାରୁ କିଛିକାଂଶ ଥିଲା । କାରଣ ଲେଖାର ପ୍ରଥମ ଧାଡ଼ିଟି ଗୋଟେ ସଂପୂର୍ଣ୍ଣ ବାକ୍ୟର ଶେଷ ଅଂଶ ଓ ଶେଷ ଧାଡ଼ିଟା ଅସଂପୂର୍ଣ୍ଣ ବୋଲି ସ୍ପଷ୍ଟ ଜଣା ପଡ଼ୁଥାଏ । ସେ ବାକି ଲେଖାତକ ଖୋଜିଲେ । କିନ୍ତୁ କିଛି ନ ପାଇଲାରୁ ଯାହା ଥିଲା ସେଇଟା ପଢ଼ି ବସିଲେ —

ଅନୁମୋଦନ ଯୋଗ୍ୟ ଥିଲା । ଦକ୍ଷିଣ ଆଫ୍ରିକାକୁ ଆସି ଆମେ ଆସିଲା ପରେ ଯାହା କଲୁ ତାହା ଅନୁମୋଦନ ଯୋଗ୍ୟ ଥିଲା । ଆମ ହାତ ପାହାନ୍ତାରେ ଥିବା ଶ୍ରମର ବିନିଯୋଗ କରି ବହୁତ ସଂସାଧନର ବିକାଶ କରିବାଟା ଅନୁମୋଦନ ଯୋଗ୍ୟ ଥିଲା । ଅଣକୁଶଳ କାମ ପାଇଁ ଅଣକୁଶଳୀ ଶ୍ରମିକଙ୍କୁ ଲଗାଇବାଟା ସଙ୍ଗତ । ତେବେ ଅଣକୁଶଳ କାମ ପାଇଁ ହିଁ ଲୋକଙ୍କୁ ଅଣକୁଶଳୀ କରିବାଟା ସଙ୍ଗତ ନୁହଁ ।

ଆମେ ସୁନା ଆବିଷ୍କାର କଲା ପରେ ଶ୍ରମିକଙ୍କୁ ଖଣିରେ ଲଗାଇବାଟା ଅନୁମୋଦନ ଯୋଗ୍ୟ । ସ୍ତ୍ରୀ ଓ ପିଲାଛୁଆଙ୍କୁ ସହରରୁ ଦୂରେଇ ରଖିବା ପାଇଁ ପାଚିରୀ ହଟା ତିଆରି କରିବାଟା ସଙ୍ଗତ ଥିଲା । ଆମ ଜାଣିବା ଭିତରେ ପରୀକ୍ଷା ନିରୀକ୍ଷା ଭାବରେ ଏଇଟା ଅନୁମୋଦନ ଯୋଗ୍ୟ ଥିଲା । କିନ୍ତୁ କେତୋଟି ବ୍ୟତିକ୍ରମ ସହିତ ଆମେ ଏବେ ଯାହା ଜାଣୁ ସେଇ ଦୃଷ୍ଟିରୁ ଏଇଟା ଆଉ ଗ୍ରହଣୀୟ ନୁହେଁ । ଜାଣି ଜାଣି ଆମେ ପାରିବାରିକ ଜୀବନକୁ ଧ୍ୱଂସ କରି ଚଲିବାଟା ଆଉ ସଙ୍ଗତ ନୁହେଁ ।

ଯଦି ଅନାୟାସରେ ଶ୍ରମ ମିଳୁଛି ତା ହେଲେ କୌଣସି ସଂସାଧନର ବିକାଶ କରିବାଟା ସଙ୍ଗତ । କିନ୍ତୁ ଯଦି ସଂସାଧନର ଉନ୍ନତି କେବଳ ଶ୍ରମିକଙ୍କର କ୍ଷତିରେ ହିଁ ହେଉଛି, ତା ହେଲେ ସେଇୟା କରିବାଟା ଠିକ୍ ନୁହେଁ । ଖଣିରୁ ସୁନା କାଢ଼ିବା, କିମ୍ବା କୌଣସି ବସ୍ତୁ ଉତ୍ପାଦନ କରିବା ଅଥବା କୌଣସି ଜମି ରକ୍ଷ କରିବାଟା ଗ୍ରହଣୀୟ ନୁହେଁ ଯଦି ଏଇ ଖଣି ଖୋଲା, ଉତ୍ପାଦନ ଓ ରକ୍ଷ ଆଦି ପ୍ରକ୍ରିୟାର ସଫଳତାଟା ଶ୍ରମିକକୁ ଗରିବ କରି ରଖିବାର ସରକାରୀ ନୀତି ଉପରେ ଆଧାରିତ ହୋଇ ରହିଛି । ଅନ୍ୟ ଲୋକର ମୂଲ୍ୟ ବିନିମୟରେ ନିଜର ଏପରି ଧନ ବୃଦ୍ଧି କରିବାଟା ଆଦୌ ଅନୁମୋଦନ ଯୋଗ୍ୟ ନୁହେଁ । ଠିକ୍ ଅର୍ଥରେ ସେଇ ପ୍ରକାର ବିକାଶର କେବଳ ଗୋଟେ ମାତ୍ର ନାଁ ରହିଛି, ଆଉ ସେଇଟା–ଶୋଷଣ । ଦେଶୀୟ ଗୋଷ୍ଠୀ ଜୀବନର

ଅବକ୍ଷୟରେ, ଦେଶୀୟ ପାରିବାରିକ ଜୀବନ ଭାଙ୍ଗି ଯିବାରେ, ଦାରିଦ୍ର୍ୟରେ, ସହର ତଳ ବସ୍ତିରେ ଓ ଅପରାଧ ଭିତରେ ଆମେ ଏଇ ମୂଲ୍ୟ ବିଷୟରେ ସଚେତନ ହେବା ଆଗରୁ ପହିଲେ ପହିଲେ ଆମ ଦେଶରେ ଏଇଟା ସଙ୍ଗତ ଥିଲା । ଏବେ ଯାର ମୂଲ୍ୟ ଜାଣି ସାରିଲା ପରେ ଏଇଟା ଆଉ ଗ୍ରହଣୀୟ ନୁହେଁ ।

ଦେଶୀୟ ଶିକ୍ଷାକୁ ଯେଉଁମାନେ ତା'ର ବିକାଶ ରଖୁଁଛନ୍ତି ତାଙ୍କ ହାତରେ ଛାଡ଼ି ଦେବାଟା ଗ୍ରହଣୀୟ । ତା'ର ଲାଭ ବା ଉପଯୋଗୀତା ଉପରେ ପ୍ରଶ୍ନ କରିବାଟା ବି ସଙ୍ଗତ । କିନ୍ତୁ କଥାଟା ଆମେ ଯେଭଳି ଭାବରେ ଜାଣୁ, ଯା ପରେ ଆଉ ସେମିତି କରିବାଟା ଯୁକ୍ତିସଙ୍ଗତ ନୁହେଁ । କାରଣ ଆଂଶିକ ଭାବରେ ଏହା ଶିକ୍ଷର ବିକାଶକୁ ସମ୍ଭବ କଲା, ଆହୁରି ମଧ ଆଂଶିକ ଭାବରେ ଆମରି ସଙ୍ଗେ ଏହା ବହୁତ ଗୁଡ଼ାଏ ଦେଶୀୟ ସହରୀ ଲୋକ ସଂଖ୍ୟା ବାହାର କରି ପାରିଲା । ଆଉ କିଛି ନ ହେଲେ ବି ନିଜ ସ୍ୱାର୍ଥ ପାଇଁ ସମାଜ ସବୁବେଳେ ପିଲାମାନଙ୍କୁ ଶିକ୍ଷିତ କରାଉଥାଏ ଯେପରିକି ସେମାନେ ସାମାଜିକ ଲକ୍ଷ୍ୟ ଓ ଉଦ୍ଦେଶ୍ୟ ସହିତ ଆଇନ କାନୁନ ମାନି ଚଳିବେ । ଏପରି କରିବା ପାଇଁ ଆଉ ଅନ୍ୟ କିଛି ଉପାୟ ନାହିଁ । ତଥାପି ବି ଆମେ ଆମର ଦେଶୀୟ ସହରୀ ସମାଜକୁ କେତେ ଜଣ ୟୁରୋପୀୟଙ୍କ ହାତରେ ଟେକି ଦେଇ ରଖିଛୁ ଯେଉଁମାନେ କି ଏଇ ବିଷୟରେ ବେଶ୍ ଆନ୍ତରିକତା ଦେଖାନ୍ତି ଏବଂ ଏହାର ବିସ୍ତାର ପାଇଁ ଆବଶ୍ୟକ ସୁଯୋଗ ଓ ଅର୍ଥ ପ୍ରତ୍ୟାଖ୍ୟାନ କରନ୍ତି । ଏଇଟା ଗ୍ରହଣୀୟ ନୁହେଁ । କେବଳ ନିଜର ସ୍ୱାର୍ଥ ସାଧନ ପାଇଁ, ଏଇଟା ବିପଜ୍ଜନକ ।

ଆମ ଦେଶର ଅଭିବୃଦ୍ଧିରେ ବାଧା ଦେଉଥିବା ଗୋଟେ ଆଦିବାସୀ ପ୍ରଥାକୁ ନଷ୍ଟ କରିଦେବାଟା ସଙ୍ଗତ । ଯାର ଧ୍ୱଂସକୁ ଅପରିହାର୍ଯ୍ୟ ଭାବିବାଟା ସଙ୍ଗତ । କିନ୍ତୁ ଧ୍ୱଂସ ପରେ ଏଇ ଢାଞ୍ଚାର ବିକଳ୍ପ ସୃଷ୍ଟି କରି ନ ପାରିବା ଅଥବା ନାଁକୁ ମାତ୍ର କିଛିଟା କରି ଗୋଟେ ସମଗ୍ର ଜାତିର ଭୌତିକ ଓ ନୈତିକ ଅବକ୍ଷୟକୁ ସେମିତି ରଖିଁ ରହିଥିବାଟା ଗ୍ରହଣୀୟ ନୁହେଁ ।

ପୁରୁଣା ଆଦିବାସୀ ଢାଞ୍ଚାରେ ତା'ର ନିଜସ୍ୱ ହିଂସା, ବର୍ବରତା, ଅନ୍ଧବିଶ୍ୱାସ, ଗୁଣିଗାରେଡ଼ି, କୁହୁକ ବିଦ୍ୟାର ପ୍ରଚଳନ ଥିବା ସଙ୍ଗେ ତାହା ଗୋଟିଏ ନୀତିସଙ୍ଗତ ଜୀବନ ଧାରା ଥିଲା । ଆଜି ଆମର ଦେଶୀୟମାନେ ଅପରାଧୀ, ବେଶ୍ୟା ଓ ମଦ୍ୟପ ତିଆରି କରୁଛନ୍ତି । ସେମାନେ ଯେ ସେଇ ପ୍ରକୃତିର ଲୋକ ତା ନୁହଁ । ତା'ର କାରଣ ସେମାନଙ୍କର ଶୃଙ୍ଖଳା ଓ ପରମ୍ପରା, ପ୍ରଚଳିତ ରୀତିନୀତିର ସରଳ ଜୀବନ ଧାରାଟି ଧ୍ୱଂସ ହେଇଯାଇଛି । ଆମର ନିଜର ସଭ୍ୟତାର ପ୍ରଭାବରେ ଏହା ଧ୍ୱଂସ ପାଇଗଲା ।

ତେଣୁ ଶୃଙ୍ଖଳା, ପରମ୍ପର ଓ ପ୍ରଥାର ଆଉ ଗୋଟେ ଢାଞ୍ଚା ଉପସ୍ଥାପନା କରିବାଟା ଆମ ସଭ୍ୟତାର ଏକ ଅପରିହାର୍ଯ୍ୟ କର୍ତ୍ତବ୍ୟ ।

ଏ କଥା ସତ ଯେ ଏକ ପୃଥକୀକରଣ ନୀତି ମାଧ୍ୟମରେ ଆମେ ଆଦିବାସୀ ପ୍ରଥାର ସଂରକ୍ଷଣ କରିବାକୁ ଚେଷ୍ଟିଲୁ । ସେଇଟା ଅନୁମୋଦନ ଯୋଗ୍ୟ । କିନ୍ତୁ ଆମେ ସେଇଟାକୁ ସଠିକ୍ ବା ସତ୍ ଉପାୟରେ କେବେ କଲୁ ନାହିଁ । ଆଉ ଚୁରି-ପଞ୍ଚମାଂଶ ଲୋକଙ୍କ ପାଇଁ ଆମେ ଏକ-ଦଶମାଂଶ ଜମି ଅଲଗା ରଖି ଦେଲୁ । କହିବାକୁ ଗଲେ ତା ଦ୍ୱାରା ଆମେ ଜାଣି ଶୁଣି ସହରକୁ ଶ୍ରମିକ ଚଳାଣ ଅନିବାର୍ଯ୍ୟ କରିଦେଲୁ । ଆମର ନିଜର ସ୍ୱାର୍ଥପରତାର ନିକୃଷ୍ଟ କାମରେ ଆମେ ନିଜେ ଫସି ଯାଇଛୁ ।

ସମସ୍ୟାଟିକୁ କେହି ଅପେକ୍ଷାକୃତ ଛୋଟ କରି ଦେଖାଇବାକୁ ଚେହେଁ ନାହିଁ । ତା'ର ସମାଧାନକୁ କେହି ସହଜ କରିବାକୁ ଚେହେଁ ନାହିଁ । ଆମକୁ ବେଢ଼ି ରହିଥିବା ଭୟକୁ କେହି ହାଲୁକା କରିବାକୁ ଚେହେଁ ନାହିଁ । ଆମେ ଡରୁ ବା ନ ଡରୁ ସେ କଥା ଅଲଗା, କିନ୍ତୁ ଖ୍ରୀଷ୍ଟିଆନ୍ ଭାବରେ ଆମେ ନୈତିକ ପ୍ରସଙ୍ଗଟିକୁ ଏଡ଼ାଇ ଦେଇ ପାରିବା ନାହିଁ । ଏବେ ସମୟ ଆସିଛି...

ଆଉ ପାଣ୍ଡୁଲିପିର ପୃଷ୍ଠାଟି ସେଇଠି ଶେଷ ହେଇଥିଲା । ଏଇଟା ପଢ଼ିବାରେ ପୁରା ମଜ୍ଜି ଯାଇଥିବା ଜାର୍ଭିସ୍ ଟେବୁଲ୍ ଉପରେ ପଡ଼ିଥିବା କାଗଜ ମାନ ପୁଣି ଖୋଜିଲେ । କିନ୍ତୁ ତା'ର ଅବଶିଷ୍ଟ ଲେଖା ଆଉ କିଛି ପାଇଲେ ନାହିଁ । ସେ ପାଇପ୍ ଲଗାଇଲେ ଓ କାଗଜ ସବୁକୁ ଟାଣି ଆଣି ପୁଣି ପଢ଼ିବାରେ ଲାଗିଲେ ।

ଦ୍ୱିତୀୟ ଥର ପଢ଼ି ସାରିଲା ପରେ ସେ ବସି ପଡ଼ି ଧୂଆଁ ଟାଣିଲେ ଓ ଭାବନାରେ ହଜିଗଲେ । ତା'ପରେ ଚୌକିରୁ ଉଠି ପଡ଼ି ସେ ଲିଙ୍କନ୍- ବହି ଥାକ ସାମ୍ନାରେ ଛିଡ଼ା ହେଲେ । ତାଙ୍କ ପୁଅ ଉପରେ ଏତେ ଗଭୀର ପ୍ରଭାବ ପକାଇ ପାରିଥିବା ଲୋକଟାର ଫଟୋଚିତ୍ରକୁ ଚାହିଁ ରହିଲେ । ଆଲମାରୀର କାଚ ଫଳକଟିକୁ ଖସାଇ ସେ ଶହ ଶହ ବହି ସବୁ ଦେଖିଲେ ଓ ସେଥିରୁ ଖଣ୍ଡେ କାଢ଼ି ଆଣିଲେ । ପୁଣି ଚୌକିରେ ବସି ପଡ଼ି ବହିଟାର ପୃଷ୍ଠା ଓଲଟାଇବାରେ ଲାଗିଲେ । ତା ଭିତରୁ ଗୋଟିଏ ଅଧ୍ୟାୟର ଶୀର୍ଷକ ଥିଲା 'ଗେଟିସବର୍ଗର ବିଖ୍ୟାତ ବକ୍ତୃତା' । ବାହ୍ୟତଃ ସେଇ ଭାଷଣଟି ବିଫଳ ଲାଗୁଥିଲେ ହେଁ ଯ଼ା ଭିତରେ ପୃଥିବୀର ବିଖ୍ୟାତ ବକ୍ତୃତା ମଧ୍ୟରେ ଅନ୍ୟତମ ଗଣା ହେଇଥିଲା । ସେ ପ୍ରଥମ କେତେ ପୃଷ୍ଠା ପଢ଼ି ସାରିଲା ପରେ ଭାଷଣଟିକୁ ବେଶ୍ ମନୋଯୋଗ ଦେଇ ପଢ଼ିଲେ । ପଢ଼ି ସାରିଲା ପରେ ସେ ପୁଣି ଏକ ଉଦ୍ଭଟ ଚିନ୍ତାରେ ହଜିଯାଇ ଧୂଆଁ ଟାଣିଲେ । କିଛି ସମୟ ପରେ ଉଠି ଯାଇ ବହିଟାକୁ ଆଲମାରୀରେ ରଖି ଦେଲେ ଓ ଆଲମାରୀକୁ ବନ୍ଦ କରିଦେଲେ । ସେ ପୁଣି

ଆଲମାରୀଟାକୁ ଖୋଲିଲେ, ବହିଟାକୁ ଆଣି ପକେଟ୍‌ରେ ପୁରାଇଲେ ଓ ଆଲମାରୀକୁ ବନ୍ଦ କରିଦେଲେ । ସେ ତାଙ୍କ ଘଣ୍ଟାକୁ ରୁହିଁଲେ, ନିଆଁ ଧ୍ୱନିରେ ତାଙ୍କ ପାଇପଟାକୁ ଝାଡ଼ିଲେ, ଟୋପୀ ପିନ୍ଧି ତାଙ୍କ ବାଡ଼ିଟାକୁ ଉଠାଇଲେ । ସେ ଧୀରେ ଧୀରେ ପାହାଚ ଓହ୍ଲାଇଲେ ଓ ସେଇ ମାରାତ୍ମକ ସଂକୀର୍ଣ୍ଣ ବାଟ ମୁହଁର କବାଟ ଖୋଲିଲେ । ଟୋପୀଟି କାଢ଼ି ସେ ଚଟାଣ ଉପରେ ଲାଗିଥିବା କଳା ଦାଗକୁ ରୁହିଁଲେ । ନ ପରୁରି କି ନ ରୁହିଁ ବି ଗୋଟେ ଛୋଟ ପିଲାଟିଏର ଛବି ତାଙ୍କ ମନ ଭିତରକୁ ପଶି ଆସିଲା । ହାତରେ କାଠର ବନ୍ଧୁକ ଧରିଥିବା ହାଇ ପ୍ଲେସ୍‌ର ସେଇ ଛୋଟ ପିଲାର ଛବି । ଯେଉଁ ବାଟ ଦେଇ ଅର୍ଜନକ ମୃତ୍ୟୁ ପଶି ଆସିଥିଲା । ସେଇ ବାଟରେ ଅଲକ୍ଷ୍ୟରେ ସେ ବାହାରିଗଲେ । ପୋଲିସ ଜଣକ ତାଙ୍କୁ ସାଲ୍ୟୁଟ୍ କଲେ । ସେ କ'ଣ ବିଡ଼୍‌ବିଡ଼୍ ହେଇ ତା'ର ଉତ୍ତର ଦେଲେ କେଜାଣି ତା'ର ଅର୍ଥ କିଛି ବୁଝା ପଡ଼ିଲା ନାହିଁ । ଟୋପୀଟା ପିନ୍ଧି ସେ ଗେଟ୍ ଆଡ଼କୁ ଗଲେ । କ'ଣ କରିବେ ସ୍ଥିର କରି ନ ପାରି ରାସ୍ତାର ଏପାଖ ସେପାଖ ରୁହିଁଲେ । ତା'ପରେ ବଳ ସାଉଁଟି ସେ ଚଲିବା ଆରମ୍ଭ କଲେ । ପୋଲିସ ଜଣକ ଦୀର୍ଘଶ୍ୱାସ ଛାଡ଼ି ଟିକେ ଆରାମରେ ବସିଲେ ।


୪

ପାର୍କ‌ଓଲଡ୍ ଚର୍ଚ୍‌ରେ ଧାର୍ମିକ ଉପଚର ସରିଲା । ସେଠାକୁ ଆସିଥିବା ଲୋକ ସଂଖ୍ୟା ତୁଳନାରେ ଚର୍ଚ୍‌ଟା ବହୁତ ଛୋଟ ଥିଲା । ଗୋରା ଲୋକ, କଳା ଲୋକ, କଳା ଓ ଗୋରାଙ୍କ ମିଶ୍ରିତ ବଂଶଜ, ଭାରତୀୟ – ପ୍ରଥମ ଥର ପାଇଁ ଜାର୍ଭିସ୍ ଓ ତାଙ୍କର ସ୍ତ୍ରୀ ଗୋଟେ ଚର୍ଚ୍‌ରେ ଏଇ ଲୋକ ଗହଣରେ ବସିଥିଲେ ଯେଉଁମାନେ କି ଗୋରା ନ ଥିଲେ । ବିଶପ୍ ନିଜେ     ବେଦନାକ୍ଳ ଓ ଉଚ୍ଚରିତ ଭାଷାରେ କହିଲେ । ଏତେ ସମ୍ଭାବନା ଓ ପ୍ରତିଶ୍ରୁତିରେ ଭରପୂର ଯୁବକଟି କାହିଁକି ଯେ ଯୌବନର ଅଧା ବାଟରୁ ଝରି ପଡ଼ିଲା, କାହିଁକି ସ୍ତ୍ରୀଲୋକ ଜଣକ ବିଧବା ହେଲା, କାହିଁକି ତା'ର ପିଲାଛୁଆ ଅନାଥ ହେଲେ । ଗୋଟିଏ ଦେଶ କାହିଁକି ତା'ର ଜଣେ ପ୍ରିୟ ମଣିଷକୁ ହରାଇଲା ଯିଏ କି ତା'ର ବହୁତ ସେବା କରିପାରିଥାନ୍ତା – ଜୀବନର ଏଇ ଗୋଲକଧନ୍ଦାକୁ ମଣିଷ ବୁଝିପାରେ ନାହିଁ । ବିଶପ୍ ଏଇୟା ମଧ କହିଲେ । ଦକ୍ଷିଣ ଆଫ୍ରିକା ବିଷୟରେ କହିଲାବେଲେ ବିଶପଙ୍କ କଣ୍ଠସ୍ୱର ଉର୍ଦ୍ଧ୍ୱମୁଖୀ ହେଇ ଉଠୁଥାଏ । ତାଙ୍କର ଭାଷାର ସୌନ୍ଦର୍ଯ୍ୟରେ ଓ ଶଚ୍ଚର ବାଡ଼୍ମୟତାରେ ଜାର୍ଭିସ୍ ଯେମିତି ମନ୍ତ୍ରମୁଗ୍ଧ ହେଇ ଯାଇଥାନ୍ତି । ତାଙ୍କର ବକ୍ତବ୍ୟ ଶୁଣୁଶୁଣୁ ନିଜର ବ୍ୟଥା କ୍ରମଶଃ ଅପସରି ଯାଉଥିବାର ସେ ଅନୁଭବ କଲେ । ବିଶପ୍ କହିଲେ,   ବୁଦ୍ଧିମତ୍ତା ଓ ସାହସ ତଥା ନିର୍ଭୀକ ସ୍ନେହରେ ଭରପୂର

ଏଇ ଜୀବନ ତାଙ୍କର ଦକ୍ଷିଣ ଆଫ୍ରିକ ପ୍ରତି ଉତ୍ସର୍ଗୀକୃତ ଥିଲା । ଆଉ ଯେମିତି ହୃଦୟ ଆମ୍ ଅଭିମାନରେ ଭରି ଉଠୁଥାଏ । ସେଇ ଜଣକ ପାଇଁ – ସିଏ ତାଙ୍କର ପୁଅ ।

*

ଅନ୍ତ୍ୟେଷ୍ଟିକ୍ରିୟା ସରିଗଲା । ପିତଳ କବାଟ ନିଃଶବ୍ଦରେ ଖୋଲିଗଲା । କଫିନଟା ନିଃଶବ୍ଦରେ ଉତ୍ତପ୍ତ ଅଗ୍ନିକୁଣ୍ଡ ଭିତରକୁ ଖସିଗଲା । ସେଇଟି ପୋଡ଼ି ପାଉଁଶ ହେଇଯିବ । ସେ ଚିହ୍ନି ନ ଥିବା କି ଜାଣି ନ ଥିବା ଲୋକେ ଆସି ତାଙ୍କ ସହିତ ହାତ ମିଳାଇଲେ । କେତେକ ଚିରାଚରିତ ଶୈଳୀରେ ତାଙ୍କର ସହାନୁଭୂତି ପ୍ରକାଶ କଲେ । ଆଉ କେତେକ କେବଳ ତାଙ୍କ ପୁଅ ବିଷୟରେ କହୁଥିଲେ । କଳା ଲୋକମାନେ – ହଁ, କଳା ଲୋକମାନେ ମଧ୍ୟ–ପ୍ରଥମ ଥର ପାଇଁ ସେ କଳା ଲୋକଙ୍କ ସହିତ ହାତ ମିଳାଇଲେ ।

ସେମାନେ ହାରିସନ ଘରକୁ ଫେରି ଆସିଲେ । କାରଣ ସବୁଠୁ ଭୟାନକ ରାତିର ସାମ୍ନା କରିବାର ଅଛି । ମାର୍ଗାରେଟ ପାଇଁ ଯେ ସେଇୟା ହେବ, ଏଥିରେ ସନ୍ଦେହ ନାହିଁ । ସେ ତାକୁ ବିଛଣାକୁ ଗଲାବେଳେ ଏକୁଟିଆ ଛାଡ଼ିବେ ନାହିଁ । କିନ୍ତୁ ତାଙ୍କ ପାଇଁ ସେଇଟା ସରିଥିଲା । ସେ ହାରିସନଙ୍କ ପଢ଼ା ଘରେ ବସି ହୁଇସ୍କି ପିଇ ବା ଧୂଆଁ ଟାଣି ହାରିସଙ୍କ ସହିତ ଯେ କୌଣସି ବିଷୟରେ ଆଲୋଚନା କରି ପାରିବେ, ଏପରିକି ତାଙ୍କ ପୁଅ ବିଷୟରେ ବି ।

– କେତେ ଦିନ ଯାଏଁ ରହିବ, ଜାର୍ଭିସ୍? ତମେ ଯେତେ ଦିନ ରୁହଁ ସେତେ ଦିନ ଏଠି ରହି ପାର ।

– ଧନ୍ୟବାଦ, ହାରିସନ୍ । ମୁଁ ଭାବୁଛି, ମେରୀ ଓ ପିଲାମାନଙ୍କୁ ନେଇ ମାର୍ଗାରେଟ୍ ଫେରିଯିବ । ମୋର ଜଣେ ପଡ଼ୋଶୀଙ୍କର ପୁଅକୁ ତାଙ୍କ ସହିତ ରହିବା ପାଇଁ କହିବି । ଭଲ ପିଲାଟେ, ଏବେ ଏବେ ଆର୍ମିରୁ ବାହାରିଛି । ଆଥିର ସମ୍ୱନ୍ଧୀୟ କାମ ତୁଟିବା ଯାଏ ମୁଁ ରହିଯିବି । ଅନ୍ତତଃ ପ୍ରାଥମିକ ପର୍ଯ୍ୟାୟଟା ଦେଖିବା ପାଇଁ ମତେ ରହିବାକୁ ପଡ଼ିବ ।

– ପୋଲିସ କ'ଣ କହିଲା ?

– ସେମାନେ ପିଲାଟା ସୁସ୍ଥ ହେବା ଯାଏଁ ଅପେକ୍ଷା କରିଛନ୍ତି । ସେମାନଙ୍କର ଆଶା ଯେ ସେ ତାଙ୍କ ଭିତରୁ ଜଣକୁ ଚିହ୍ନିଛି । ନ ହେଲେ କଥାଟି ଆହୁରି କାଠିକର ହେବ । ସାରା ଘଟଣାଟି ଖୁବ୍ ଶୀଘ୍ର ଘଟିଗଲା । ତାଙ୍କରି ଅନୁମାନ ଯେ କେହି ଜଣେ ସେମାନଙ୍କୁ ଖସି ପଳାଇ ଯିବାର ନିଶ୍ଚେ ଦେଖିଥିବ । କାରଣ ଏମିତି ଭୟଭୀତ ଓ ଉତ୍ତେଜିତ ଅବସ୍ଥାରେ ସେମାନେ କେବେ ସ୍ୱାଭାବିକ ଭାବରେ ରୁଲିକି ଯାଇ ନ ଥିବେ ।

– ଭଗବାନ କରନ୍ତୁ, ସେମାନେ ସବୁ ଧରାପଡ଼ନ୍ତୁ। ତାଙ୍କୁ ଦଉଡ଼ିରେ ଝୁଲାଇ ଫାଶୀ ଦିଆଯାଉ। ମତେ କ୍ଷମା କରିବ, ଜାର୍ଭିସ୍।

– ତମ ଯାହା କହୁଛ ମୁଁ ଠିକ୍ ବୁଝି ପାରୁଛି।

– ଆମେ ସୁରକ୍ଷିତ ନାହୁଁ, ଜାର୍ଭିସ୍। ସେମାନଙ୍କୁ ଫାଶୀରେ ଚଢ଼େଇ ଦେଲେ ଯେ ଆମେ ସୁରକ୍ଷିତ ହେଇଯିବା, ତା ବି ମୁଁ ଜାଣେନା। ବେଲେବେଲେ ମୁଁ ଭାବେ ଏ କଥାଟି ଆମ ହାତରୁ ଖସି ଯାଇଛି।

– ମୁଁ ତମ କଥା ବୁଝିପାରୁଛି। ହେଲେ ମୁଁ – ବୋଧହୁଏ ଏତେ ଶୀଘ୍ର ଏ ସବୁ ଚିନ୍ତା କରିପାରିବିନି।

– ତମେ କ'ଣ କହିବାକୁ ଚାହୁଁଛ, ମୁଁ ବୁଝି ପାରୁଛି। ମୁଁ ବୁଝେ–ଗୋଟେ ରକମ ବୁଝେ – ସେଇ ଦିଗଟା ବିଷୟରେ ତମେ ଏତେ ବେଶୀ ଭାବୁନ। ମୋ କଥା ବି ସେଇୟା ହେଇଥାଇପାରେ। ପ୍ରକୃତରେ ମୁଁ ଜାଣେନା।

– ମୁଁ ବି ପ୍ରକୃତରେ ଜାଣେନା। କିନ୍ତୁ ତମେ ଠିକ୍ କହିଛ, କଥାଟିର ସେଇ ଦିଗଟା ଯେ ଗୁରୁତ୍ୱପୂର୍ଣ୍ଣ ଲାଗେ, ତା କୌଣସିମତେ ନୁହେଁ।  ବରଂ ମୁଁ ହୃଦୟଙ୍ଗମ କରୁଛି ଯେ ତା'ର ଆଉ ଗୋଟେ ଦିଗ ରହିଛି।

– ଆମେ ଅଧିକ ସଂଖ୍ୟାରେ ପୋଲିସ୍ ପାଇଁ ଆନ୍ଦୋଳନ କରି ଆସୁଛୁ, ଜାର୍ଭିସ। ଆସନ୍ତାକାଲି ରାତିରେ ପାର୍କଓଲଡ଼ରେ ଗୋଟେ ମିଟିଂ ହେବାର ଅଛି। ଜାତାଟା ଅସନ୍ତୋଷରେ କୁହୁଲି ଉଠୁଛି। ତମେ ଜାଣ, ଜାର୍ଭିସ୍, ଏଇ ସହର ଉପକଣ୍ଠ ବସତିରେ ଏମିତି କ୍ଵଚିତ ଗୃହକର୍ତ୍ତା ଅଛନ୍ତି ଯିଏ କି ସାର୍ଭେଣ୍ଟ କ୍ୱାର୍ଟର୍ସରେ କିଏ ରହେ ସେ କଥା ଜାଣନ୍ତି। ମୋର ସେ ସବୁ ଦରକାର ନାହିଁ। ଅଜଣା ଅଣୁଣା ଲୋକ ଯେମିତି ପାଖ ମାଡ଼ିବେନି ସେ କଥା ମୁଁ ମୋର ଝିକରବାକରଙ୍କୁ କହିଦିଏ। ଏଠି କିଏ ରହିବା ଶୋଇବା ତ ଦୂରର କଥା। ମଝିରେ ମଝିରେ ଆମ ଝିଅଟାର ସ୍ୱାମୀ ଆସେ। ବେନେନି କି ସ୍ତ୍ରୀଙ୍କରେ କୋଉଠି ଗୋଟେ କାମ କରେ। ମତେ ଆଗତୁରା ପଚାରିରେ ଓ ଭଦ୍ର ଭାବରେ ଯିବା ଆସିବା କରେ। ମୁଁ ଆଉ କାହାକୁ ଅନୁମତି ଦିଏନା। ସେମିତି ନ କଲେ ଘରଟା ଭାଇ ବନ୍ଧୁ କୁଟୁମ୍ବରେ ଭରିଯିବ ଆଉ ତାଙ୍କ ଭିତରୁ କେହିବି ସେମିତି କାମର ନୁହଁନ୍ତି।

– ହଁ, ସେ ସବୁ ଜୋହାନ୍ସବର୍ଗରେ ହୁଏ ବୋଧହୁଏ।

– ଆଉ ଘର ପଛରେ ଏଇ ନାଲା ମାନ ଯାଇଛି। ମଇଳା ପାଣିର ନିଷ୍କାସନ ବ୍ୟବସ୍ଥା ହେଲା ପରେ ଆମେ କେତେ ଥର ଏସବୁ ନାଲା ନର୍ଦ୍ଦମା ପୋତି ଦେବାକୁ କହିଲୁଣି। ବାରବୁଲା ଛତରା ଯାକ ଏଇ ଅନ୍ଧାରୁଆ ବିପଜ୍ଜନକ ନାଲା ଭିତରେ ଲୁଚି

ରହିଥାନ୍ତି । ଦେଶର ଦଶା ଯେ କ’ଣ ସେ କଥା ପ୍ରଭୁ ଜାଣନ୍ତି । ମତେ ଜଣା ନାଇଁ । ଜାର୍ଭିସ୍, ମୁଁ ନିଗ୍ରୋମାନଙ୍କୁ ଘୃଣା କରେ ନାହିଁ । ମୁଁ ସେମାନଙ୍କୁ ଭଲ ଦରମା ଦିଏ, ରହିବା ପାଇଁ ସଫା ସୁତୁରା ରୁମ୍ ଦିଏ ଓ ଦରକାର ଅନୁସାରେ ଛୁଟି ବି ଦିଏ । ବର୍ଷ ବର୍ଷ ଧରି ଆମ ଋକରବାକର ଆମ ସାଙ୍ଗରେ ରହନ୍ତି । ହେଲେ ମୋଟାମୋଟି ଭାବରେ ଦେଖିଲେ ଦେଶୀଆ ସବୁ ହାତରୁ ଖସି ଯାଉଛନ୍ତି । ଏବେ କ’ଣ ସେମାନେ ଟ୍ରେଡ୍ ୟୁନିଅନ୍ ଆରମ୍ଭ କଲେଣି । ତମେ ଜାଣିଛ ?

	- ନା, ମୁଁ ଜାଣି ନ ଥିଲି ।

	- ହଁ, ସେମାନେ କରିଛନ୍ତି । ସେମାନେ ଯେ ଖଣିରେ ଦିନକୁ ଦଶ ସିଲିଂ ପାଉଣା ପାଇଁ ଧାରଣା ଦେବାକୁ ଧମକ ଦେଉଛନ୍ତି । ଏବେ ତାକୁ ଗୋଟେ ସିଫ୍ଟ ପାଇଁ ତିନି ସିଲିଂ ମିଲେ । କେତେଟା ଖଣି ତ ବନ୍ଦ ହେବା ଉପରେ । ସେମାନେ ବେଶ୍ ଭଲ କାରଖାନା ହତା ଭିତରେ ରହନ୍ତି– ତା ଭିତରୁ କେତେଟା ଏବର ତିଆରି ପାଚିରୀ ଭିତରେ ତ ମୁଁ ନିଜେ ବି ରହିବାରେ କିଛି ଅସୁବିଧା ନାହିଁ । ଘର ଅପେକ୍ଷା ସେଠି ଆହୁରି ଭଲ ଖାଇବାକୁ ପାଆନ୍ତି, ମାଗଣା ଚିକିସ୍ସା ସୁବିଧା ପାଆନ୍ତି ଆଉ କେତେ କ’ଣ ଯେ ପ୍ରଭୁ ଜାଣନ୍ତି । ମୁଁ କହି ରଖୁଛି, ଜାର୍ଭିସ୍, ଯଦି ଖଣି ଖୋଲାର ଦାମ୍ ଏମିତି ବଢ଼ି ବଢ଼ି ଯାଏ ତା ହେଲେ ଆଉ କିଛି ଖଣି ରହିବ ନାହିଁ । ଆଉ ତା’ପରେ ଦକ୍ଷିଣ ଆଫ୍ରିକାର ସ୍ଥିତି କ’ଣ ହେବ ? ଦେଶୀଆ ମାନଙ୍କର ନିଜ ଅବସ୍ଥା କ’ଣ ହେବ ? ହଜାର ହଜାର ଦେଶୀଆ ଭୋକ ଓପାସରେ ମରିଯିବେ ।

	- ମୁଁ କିଛି ଅସୁବିଧା କରୁନି ତ ? ଜନ୍ ହାରିସନ୍ ବାପାଙ୍କ ପଢ଼ା ରୁମ୍କୁ ପଶି ଆସୁ ଆସୁ କହିଲେ ।

	- ବସ, ଜନ୍ । ହାରିସନ୍ କହିଲେ ।

	ଯୁବକ ଜନକ ବସି ପଡ଼ିଲେ । ତାଙ୍କ ବାପା କ୍ରମଶଃ ଉଷ୍ଣତା ଧରି ଆସୁଥିବା ବିଷୟଟିରେ ଉତ୍ତେଜିତ ହେଇ କହିବାକୁ ଲାଗିଲେ ।

	- ଆଉ ଋଷୀମାନେ କରିବେ କ’ଣ, ଜାର୍ଭିସ ? ଅମଲ କରିଥିବା ଜିନିଷ ସବୁକୁ ବିକିବ କୋଉଠି ? କା’ ପାଖରେ ପଇସା ଯେ କିଣିବ ? ଆଉ କିଛି ସବ୍‌ସିଡ଼ି ନ ଥିବ । କଳ କାରଖାନା ବି ରହିବନି । କାରଣ ଖଣି ଉପରେ କଳ କାରଖାନା ନିର୍ଭର କରେ । ସେଥିରୁ ମିଲୁଥିବା ଟଙ୍କାରେ କିଣାବିକା କାରବାର ଚଲେ । ଆଉ ଆମର ଏଇ ସରକାର ପ୍ରତି ବର୍ଷ ଖଣିଠୁ ପୁରା ଲାଭର ସତୁରୀ ପ୍ରତିଶତ ସିଧା ଶୋଷି ନେଉଛି । ଖଣି ନ ହେଲେ ତାଙ୍କର ହାଲ୍ କ’ଣ ହେବ ? ଦେଶରେ ଅଧା ଆଫ୍ରିକାନୀ

ବେରୋଜଗାର ହେଇଯିବେ । କୌଣସି ପ୍ରଶାସନିକ ଚଳକିରୀ ବି ରହିବ ନାହିଁ । ତାଙ୍କ ଭିତରୁ ମଧ୍ୟ ଅଧା ବେକାର ହେଇଯିବେ ।

ସେ ଦୁଇ ଜଣଙ୍କ ପାଇଁ ଆଉ ଟିକେ ହିସ୍କି ଢାଳିଲେ ଓ ତାଙ୍କର କଥା ପୁଣି ଚଲୁ ରଖିଲେ ।

– ମୁଁ କହିଲି ନା, ଖଣି ବିନା ଦକ୍ଷିଣ ଆଫ୍ରିକାର ସ୍ଥିତି ରହିବ ନାହିଁ । ତମେ ସବୁ ବନ୍ଦବାନ୍ଦ କରିଦେଇ ଦେଶୀଆଙ୍କୁ ତାଙ୍କ ଜାମା ଫେରାଇ ପାରନ୍ତ । ସେଥିପାଇଁ ଲୋକେ ଯେତେବେଳେ ଖଣିର ଦୁର୍ନାମ କରନ୍ତି, ମତେ ଭାରି ରାଗ ଲାଗେ । ବିଶେଷତଃ ଏଇ ଆଫ୍ରିକାନୀ ମାନେ – ସେମାନଙ୍କ ଅଜବ ଧାରଣା ଯେ ଖଣି ଲୋକମାନେ ଏଠି ବିଦେଶୀ ଆଉ ଏଠିକାର ରକ୍ତ ଶୋଷି ନଉଛନ୍ତି । ବତକ ଅଣ୍ଡା ଦେବା ବନ୍ଦ କରିଦେଲେ ସେମାନେ ସିଧା ସଫା କରିଦେବେ । ମୁଁ କହୁଛି, ଅଧିକାଂଶ ଖଣି-ଅଂଶଧନ ସବୁ ଦେଶ ଭିତରେ ଲଗାଯାଇଛି, ସେଇ ସବୁ 'ଆମରି' ଖଣି । ଏଇ ଏମିତି କଥା ଶୁଣିଶୁଣି ମୁଁ ଗୋଟେ ରକମ ଚୈୟା ହେଇଗଲିଣି । ସାଧାରଣତନ୍ତ୍ର ! ଏମିତି ସାଧାରଣତଃ ଯଦି କେବେ ହାସିଲ ହୁଏ ତା ହେଲେ ଆମର କ'ଣ ହେବ ?

– ହାରିସନ୍, ମୁଁ ଶୋଇବାକୁ ଯାଏ ଏଥର, ମାର୍ଗାରେଟ୍‌ଙ୍କୁ ଏକୁଟିଆ ଶୋଇବାକୁ ଛାଡ଼ିବାଟା ଠିକ୍ ନୁହେଁ ।

– ଆରେ, ଆରେ ମୁଁ ତ ଭୁଲିଯାଇଥିଲି । ମୁଁ ଦୁଃଖିତ ।

– ନା, ନା, ଏଥିରେ ଦୁଃଖିତ ହେବାର କିଛି ନାହିଁ । ବରଂ ତମ କଥା ଶୁଣି ମତେ ଟିକେ ଭଲ ଲାଗିଲା । ମୁଁ ନିଜେ ତ ବେଶୀ କଥା ହେଇ ପାରିଲି ନାହିଁ । ତା'ର ମାନେ ନୁହେଁ ଯେ କଥା ହେବାକୁ ଚହୁଁ ନ ଥିଲି । ମୁଁ ଜାଣେ, ତମେ ମୋ କଥା ବୁଝି ପାରୁଥିବ ।

– ମୁଁ ଦୁଃଖିତ । ସତରେ ମୁଁ ଭୁଲି ଯାଇଥିଲି । ହାରିସନ୍ ବିନୀତ ଭାବରେ କହିଲେ ।

– ବିଶ୍ୱାସ କର, ତମ କଥା ଶୁଣି ମତେ ପ୍ରକୃତରେ ଭଲ ଲାଗିଲା । ଜାର୍ଭିସ୍ କହିଲେ ।

ସେ ଦୁଇ ବାପ ପୁଅକୁ ଚହିଁଲେ । – ଏବେ ଏଠି ବସି ମୃତ୍ୟୁ ବିଷୟରେ କଥାବାର୍ତ୍ତା କରିବା ଅବସ୍ଥାରେ ମୁଁ ଆଉ ନାହିଁ, ସେ କହିଲେ ।

ହାରିସନ୍ ଅଡମଡ ହେଇ ତାଙ୍କୁ ଚହିଁଲେ – ସତ କଥା, ସତ କଥା, ସେ କହିଲେ ।

– ଆଜି ରାତିରେ ଭଲା ସେ ଏଠି ଥାଆନ୍ତ ! ସେ ତମ ସହିତ ଯୁକ୍ତି ତର୍କ କରିଥାନ୍ତା ଆଉ ମୁଁ ଶୁଣିଥାନ୍ତି ।

– ତମେ ବହୁତ ଖୁସି ହେଇଥାନ୍ତ, ଜାର୍ଭିସ୍ । ଏ ବିଷୟରେ ତା ପରି ଆଉ କେହି ଯୁକ୍ତି କରି ପାରି ନ ଥାନ୍ତେ । ଏଇ ନିକଟରେ ମରିଯାଇଥିବା ଜଣେ ଲୋକ ବିଷୟରେ କଥା ହେବାକୁ ତାଙ୍କର ସ୍ୱାଭାବିକ ଆଗ୍ରହକୁ ଲକ୍ଷ୍ୟ କରି ହାରିସନ୍ କହିଲେ ।

– ମୁଁ ତା କଥାରେ  ରାଜି ହେଉ ନ ଥିଲି । ତା କଥାକୁ ନାପସନ୍ଦ କରୁଥିଲି । ହେଲେ ତା'ର ମତାମତକୁ ମୁଁ ବହୁତ ସମ୍ମାନ ଦେଉଥିଲି ।

– ସେ ଭାରି ଭଲ ମଣିଷଟେ ଥିଲା, ହାରିସନ୍ । ତାକୁ ନେଇ ଆମେ କେବେ ଅସୁଖୀ ନ ଥିଲୁ । ଆଛା, ଗୁଡ୍ ନାଇଟ୍ ।

– ଗୁଡ୍ ନାଇଟ୍ ଜାର୍ଭିସ୍ । ଗଲା କାଲି ରାତିରେ ଟିକେ ନିଦ ହେଲା ? ମାର୍ଗାରେଟ୍ ଟିକେ ଶୋଇଲେ ତ ?

– ଆମେ ଦୁହେଁ ସେମିତି ଟିକେ ଶୋଇଲୁ ।

– ଆଜି ରାତିରେ ଆଉ ଟିକେ ବେଶୀ ଶୋଇ ପଡ଼ିଲେ ଭଲ ହେବ । ଏଠି ନିଜ ଘର ପରି ରହ । ତମର କିଛି ଅସୁବିଧା ହେବନି ।

– ଥେଙ୍କ୍ ୟୁ, ଗୁଡ୍ ନାଇଟ୍ । ଜନ୍ ?

– ହଁ, ଆଜ୍ଞା ।

– କ୍ଲେଆରମଣ୍ଡର ଗ୍ଲାଡ଼ିଅସ୍ ଷ୍ଟିଟ୍ରେ ଥିବା ବଏଜ୍ କ୍ଲବକୁ ତମେ ଜାଣ ?

– ଭଲ କରି ଜାଣେ । ସେଟା ତ ଆମର କ୍ଲବ ଥିଲା । ଆର୍ଥରର ଓ ମୋର ।

– ମୁଁ ଟିକେ ଦେଖିବାକୁ ଚାହେଁ । ଅବଶ୍ୟ ତମ ସୁବିଧାରେ ।

– କିଛି ଅସୁବିଧା ନାହିଁ । ମୁଁ ନେଇଯିବି । ମିঃ ଜାର୍ଭିସ...

– ହଁ, ଜନ୍ ।

– ମୁଁ ଖାଲି କହିବାକୁ ଚାହେଁ ଯେ ବାପାଙ୍କ କଥାରେ ଆଫ୍ରିକାନୀ ମାନେ ରାଷ୍ଟ୍ରବାଦୀ । ଆର୍ଥର ସବୁବେଳେ ତାଙ୍କୁ ସେଇଟା କହୁଥିଲା । ବୋଧହୁଏ ସେ କଥା ତାଙ୍କର ଆଉ ମନେ ନାହିଁ ।

ଜାର୍ଭିସ୍ ହସିଲେ, ପହିଲେ ପିଲାଟାର କଥାରେ, ତା'ପରେ ତା'ର ବାପାର କଥାରେ । – ଭଲ ପ୍ରସଙ୍ଗଟିଏ । ଗୁଡ୍ ନାଇଟ୍ ହାରିସନ୍ । ଗୁଡ୍ ନାଇଟ୍ ଜନ୍ । ସେ କହିଲେ ।

*

ତା ପରଦିନ ସକାଳେ ହାରିସନ୍ ପାହାଚ ତଳେ ତାଙ୍କର ଅତିଥିଙ୍କୁ ଟାକିଥିଲେ ।

– ପଢ଼ା ଘରକୁ ଆସ, ସେ କହିଲେ । ସେମାନେ ଭିତରକୁ ଗଲେ । ହାରିସନ୍ କବାଟ ବନ୍ଦ କଲେ ।

– ଏଇନେ ପୋଲିସ ଫୋନ କରିଥିଲା, ଜାର୍ଭିସ । ଏଇ ସକାଳେ ସେଇ ପିଲାଟାର ଚେତା ଫେରିଲା । ସେ ପୁରା ତିନି ଜଣ ଥିବାର କହିଲା । ସେମାନେ ପାଟି ନାକ ସବୁ ଘୋଡ଼େଇ ଥିଲେ । ତେବେ ଯେଉଁ ଜଣକ ତାକୁ ଗୁଲି କଲା ସେ ହେଉଛି ମେରୀର ଜଣେ ପୁରୁଣା ମାଳୀ, ଏ କଥାରେ ସେ ନିଶ୍ଚିତ । କ'ଣ ଝାମେଲା କେଜାଣି ମେରୀ ତାକୁ ବାହାର କରି ଦେଇଥିଲା । ଆଖି ମିଟିକାରୁ ସେ ତାକୁ ଚିହ୍ନି ପକାଇଲା । ମେରୀର କାମ ଛାଡ଼ିଲା ପରେ ସେ ଡୁର୍ଫଫ୍ଲେନ୍‌ର କୋଉ ସୂତା କଳରେ କାମ ଖଣ୍ଡିଏ ପାଇଥିଲା । ତା'ପରେ ସେ କାରଖାନା ଛାଡ଼ି କୁଆଡ଼େ ଗଲା କେଜାଣି, କେହି କହି ପାରିଲେନି । ତା ସାଥିରେ ମିଶୁଥିବା କେତେ ଜଣ ଦେଶୀଆଙ୍କ ଖବର ସେମାନେ ପାଇଲେ । ଏବେ ସେମାନେ ମାଳୀଟାର ଆତାପତା ପାଇଁ ସେଇ ପିଲାର ପିଛା ଜାଣିଛନ୍ତି । ଏଇ କାମରେ ସେମାନେ ଧାଁ ଧଉଡ଼ କରିବା ଜଣା ପଡ଼ୁଛି ।

– ସେଇୟା ଲାଗୁଛି ।

– ଏଇଟା ଦେଶୀୟ ଅପରାଧ ଉପରେ ଆର୍ଥର ଲେଖିଥିବା ଲେଖାର ଗୋଟେ କପି । ଜଳଖିଆ ଖାଇ ସାରିଲା ପରେ ତମେ ଆରାମରେ ପଢ଼ିବ । ଟେବୁଲ ଉପରେ ଏଟା ରଖିଦେବି କି ?

– ଥେଙ୍କ୍ ୟୁ, ସେଇଠି ରଖିଦିଅ ।

– କେମିତି ନିଦ ହେଲା ? ଆଉ ମାର୍ଗାରେଟ୍ ?

– ସେ ଗାଢ଼ ନିଦରେ ଶୋଇଲା, ହାରିସନ୍ । ତା'ର ସେଇଟା ଦରକାର ଥିଲା ।

– ହଁ, ସତରେ ଦରକାର ଥିଲା । ଆସ, ଜଳଖିଆ ଖାଇବ ।

ଜଳଖିଆ ଖାଇ ସାରି ଜାର୍ଭିସ ପଢ଼ା ଘରକୁ ଗଲେ ଓ ତାଙ୍କ ପୁଅର ପାଣ୍ଡୁଲିପିଟା ପଢ଼ିବା ଆରମ୍ଭ କଲେ । ସେ ପ୍ରଥମରୁ ଶେଷ ପୃଷ୍ଠା ଯାଏଁ ଓଲଟାଇ ଗଲେ ଓ ବ୍ୟଥିତ ହେଇ ଶେଷ ପାରାଗ୍ରାଫ୍‌ଟିକୁ ପଢ଼ିଲେ । ଏଇଟା ହିଁ ତାଙ୍କ ପୁଅ କରିଥିବା ଶେଷ କାମ ଥିଲା । ସେ ବଞ୍ଚଥିଲାବେଲେ ଏ କାମ କରିଥିଲା । ଠିକ୍ ସେଇ ମୁହୂର୍ତ୍ତରେ ଯେତେବେଲେ କି ଏଇ ଶବ୍ଦଟା ଶୂନ୍ୟରେ ଝୁଲି ରହିଥିଲା, ସେ ଉଠି ପଡ଼ିଲା ଆଉ ପାହାଚ ଓହ୍ଲାଇ ତା'ର ମୃତ୍ୟୁ ପାଖକୁ ଝଲିଗଲା । କେହି ଯଦି ସେତେବେଲେ ଚିତ୍କାର

କରିଥାନ୍ତା, ତଳକୁ ଯା ନାହିଁ ! କେହି ଯଦି ଚିତ୍କାର କରିଥାନ୍ତା, ରହିଯାଆ, ସେଠି ବିପଦ ! ହେଲେ ଚିତ୍କାର କରିବା ପାଇଁ ସେଠି କେହି ନ ଥିଲେ ଏବେ ଏତେ ଲୋକ ଜାଣିଥିବା କଥାଟି ସେତେବେଳେ କେହି ଜାଣିଲେନି । କିନ୍ତୁ ଏ ସବୁ ଚିନ୍ତାରେ କିଛି ଲାଭ ନାହିଁ । ଅତୀତରେ ଝୁଲି ରହି କ'ଣ ହେଇଥାନ୍ତା, କ'ଣ କେବେ ହେଇ ନ ଥାନ୍ତା ଏ ସବୁ ଭାବିବାଟା ତାଙ୍କର ସ୍ୱଭାବ ନୁହେଁ । ରୋକାଯାଇ ନ ପାରିବାରୁ ଯାହା ଘଟିଗଲା, ସେଠି ଯେ କେହି ଜଣେ ଥିଲେ ଘଟଣାଟିକୁ ରୋକି ଦେଇଥାନ୍ତା, ଏମିତି ଭାବିବାରେ କିଛି ଅର୍ଥ ନାହିଁ । ଭିତରର ବ୍ୟଥା ହିଁ ଏମିତି ଅର୍ଥହୀନ ଭାବନାକୁ ଟାଣି ଆଣୁଥାଏ । ଆଉ ହାତ ପାହାନ୍ତାରେ ନ ଥିବା ଅଭିଳାଷଟିକୁ ସେ ରହିଁଲେ ନାହିଁ, ବରଂ ତାଙ୍କ ପୁଅକୁ ସେ ବୁଝିବାକୁ ରହିଁଲେ । ତେଣୁ ବାଧ୍ୟ ହେଇ ସେ ଧୀରେ ଧୀରେ ଶେଷ ପାରାଗ୍ରାଫ୍ଟିକୁ ପଢ଼ିଲେ – ହୃଦୟ ଦେଇ ନୁହେଁ, ବରଂ ମସ୍ତିଷ୍କ ଦେଇ ପଢ଼ିଲେ ଯେମିତିକି ସେ ଏଇଟା ବୁଝି ପାରିବେ ।

ଏଇଟା ସତ୍ୟ ଯେ ଆମର ଖ୍ରୀଷ୍ଟିଆନ୍ ସଭ୍ୟତା ସଂଶୟର ଏକବାର ଗୋଟେ ପ୍ରହେଲିକା । ଆମେ ମନୁଷ୍ୟର ବିଶ୍ୱ ଭ୍ରାତୃତ୍ୱବୋଧରେ ବିଶ୍ୱାସ କରୁ, ଅଥଚ ଦକ୍ଷିଣ ଆଫ୍ରିକାରେ ତାହା ରଖୁଁନା । ଆମେ ବିଶ୍ୱାସ କରୁ ଯେ ଈଶ୍ୱର ମଣିଷକୁ ବିଭିନ୍ନ ଉପହାର ପ୍ରଦାନ କରିଛନ୍ତି, ଆହୁରି ଯେ ମନୁଷ୍ୟ ଜୀବନ ତାହାର ସମ୍ପୂର୍ଣ୍ଣତା ପାଇଁ ସେମାନଙ୍କର କର୍ମ ନିଯୋଜନ ଓ ଉପଭୋଗ ଉପରେ ନିର୍ଭରଶୀଳ ଥାଏ । କିନ୍ତୁ ଆମେ ଏଇ ବିଶ୍ୱାସର ଗଭୀର ଅନୁସନ୍ଧିତ୍ସା ପାଇଁ ଡରୁ । ଆମେ ଦୁର୍ବଳକୁ ସାହାଯ୍ୟ କରିବାରେ ବିଶ୍ୱାସ କରୁ, କିନ୍ତୁ ଆମେ ରୁଝୁଁ ଯେ ସେ ଆମରି ତଳେ ରହିଥାଉ । ଆଉ ସେଥିପାଇଁ ଆମେ ନିଜେ ଖ୍ରୀଷ୍ଟିଆନ୍ ବୋଲି ବିଶ୍ୱାସଟିକୁ ସଂରକ୍ଷିତ କରିବାକୁ ବାଧ୍ୟ ହେଉ, ସ୍ୱର୍ଗ ମର୍ତ୍ୟର ସୃଷ୍ଟିକର୍ତ୍ତା ସର୍ବ ଶକ୍ତିମାନ ଭଗବାନଙ୍କ ଉପରେ ଆମର ଅସଲ ଉଦ୍ଦେଶ୍ୟ ଆରୋପ କରିବାକୁ ବାଧ୍ୟ ହେଉ । ତା'ପରେ ଆମେ କହୁ ଯେ ଏଇ କଳା ଗୋରା ଭିଆଣ ସେଇ ଭଗବାନଙ୍କ ସୃଷ୍ଟି । ତା ଦ୍ୱାରା କଳାମାନଙ୍କୁ ଉନ୍ନତିରୁ ଦୂରେଇ ରଖିବା ପାଇଁ ମନୁଷ୍ୟର କ୍ରିୟାକଳାପକୁ ଈଶ୍ୱରିକ ଅନୁମୋଦନ ମିଳିଥାଏ । ଗୋରାଙ୍କ ପାଇଁ ପାଣି କାଢ଼ିବା, କାଠ ହାଣିବା ପାଇଁ ପ୍ରଭୁ କଳା ଲୋକଙ୍କୁ ସୃଷ୍ଟି କରିଛନ୍ତି ବୋଲି କହିବାର ଧୃଷ୍ଟତା ମଧ୍ୟ ଆମେ କରିପାରୁ । କଳା ଲୋକଙ୍କ ପାଖରେ ବିହିତ ବିଭୁଦତ୍ତ ଗୁଣାବଳୀରୁ ପୂର୍ଣ୍ଣ ଉପଯୋଗକୁ ନିବୃତ୍ତ କରିବାର ଯେ କୌଣସି ପଦକ୍ଷେପକୁ ଭଗବାନ ସ୍ୱୀକୃତି ଦିଅନ୍ତି ବୋଲି ଆମେ ଧରି ନଉ । ଏହି ଯୁକ୍ତି ସହିତ ଆମେ ଅନ୍ୟକୁ ବ୍ୟବହାର କରୁ ଯେମିତିକି ଆମେ ଦମନ କରୁଥିବାର ଅଭିଯୋଗକୁ ସମାଜରେ ଖଣ୍ଡନ କରିହେବ । ଆମେ ଶିକ୍ଷାକୁ ଅଟକାଇ ଦେଉ, କାରଣ କୃଷ୍ଣକାୟ ପିଲାଙ୍କର

ଶିକ୍ଷାବାପାଇଁ ଆବଶ୍ୟକ ବୁଦ୍ଧି ନାହିଁ । ଆମେ ତାଙ୍କର ପ୍ରତିଭାର ବିକାଶକୁ ରୋକି ଦେଉ, କାରଣ କଳା ଲୋକଙ୍କର ଅନ୍ତର୍ନିହିତ ପ୍ରତିଭ କହିଲେ କିଛି ନାହିଁ । ଉନ୍ନତିର ଏଇ ସୋପାନରେ ପହଞ୍ଚିବାକୁ ଆମକୁ ହଜାର ହଜାର ବର୍ଷ ଲାଗିଗଲା, ଆଉ କଳା ଲୋକମାନେ ଯେ ତାଠୁ କମ୍ ସମୟରେ ସେଇ ସ୍ତରକୁ ପହଞ୍ଚ ଯିବେ, ସେ କଥା ଭାବିବାଟା ମୂର୍ଖାମୀ । ତେଣୁ ଏ କ୍ଷେତ୍ରରେ ଏତେ ତରତର ହେବାର କିଛି ଦରକାର ନାହିଁ । ଏଇୟା କହି ଆମେ ଆମର ସବୁ କାମକୁ ଯୁକ୍ତି ସଙ୍ଗତ ବୋଲି ଦର୍ଶାଉ । ପୁଣି ଯଦି କେହି କଳା ଲୋକ କିଛି ବିଶିଷ୍ଟ ସଫଳତା ହାସଲ କରେ ଆମେ ଆମର ମତ ବଦଲେଇ ଦେଉ । କଳା ଲୋକଟିର ବୈଶିଷ୍ଟ୍ୟର ଏକେଲାପଣକୁ ଆମେ ଗୋଟେ ପ୍ରକାର ଦୟା ଦେଖାଉ । ମନେ ମନେ ଭାବି ନେଉ ଯେ କୌଣସି କୃଷ୍ଣକାୟକୁ କିଛି ବିଶିଷ୍ଟ ସଫଳତା ହାସଲ ନ କରି ଦେବାଟା ଆମର ଗୋଟେ ପ୍ରକାର ଖ୍ରୀଷ୍ଟିଆନ୍ ଅନୁକମ୍ପା । ଏହିପରି ଭାବରେ ସେମାନଙ୍କୁ ପ୍ରତିଭାବାନ୍ କରି ଅଥଚ ପ୍ରତିଭାର ଉପଯୋଗରୁ ନିବୃତ୍ତ ରଖି ଆମର ଖୋଦ୍ ପ୍ରଭୁ ଏକ ଦ୍ବନ୍ଦର ଦୋ ଘାଇରେ ପଡ଼ିଯାନ୍ତି ଆଉ ନିଜେ ମଧ୍ୟ ଅସ୍ଥିର ଜୀବଟିଏ ପାଲଟି ଯାନ୍ତି । ତା ହେଲେ ଆମର ସଭ୍ୟତା କଣ ଏମିତି ଦ୍ବନ୍ଦ ଓ ଦ୍ବିଧାର ଗୋଲକ ଧନ୍ଧାରେ ଜଡ଼ି ରହିଛି ? ସତ୍ୟ ଏଇ ଯେ ଆମର ସଭ୍ୟତା ଖ୍ରୀଷ୍ଟିଆନ୍ ନୁହଁ – ବରଂ ଏହା ଉଚ୍ଚ ଆଦର୍ଶ ଏବଂ ଶଙ୍କାଗ୍ରସ୍ତ ବ୍ୟବହାରିକ କ୍ରିୟାର, ଦୃଢ଼ ପ୍ରତିଶ୍ରୁତି ଓ ବିକଳ ଉଦ୍‌ବେଗର, ଦାନର ମଧୁର ଇଚ୍ଛା ଓ ଧନ ପ୍ରତି ଭୟାତୁର ଲୋଭର ଏକ କରୁଣ ସମାହାର । ମତେ ଗୋଟେ ମିନିଟ୍ ଦିଅ...

ଭାବାପ୍ଲୁତ ଜାର୍ଭିସ ବସି ପଡ଼ିଲେ । ସେଇଟା ତାଙ୍କର ପୁଅର ବୋଲି ବା ତାଙ୍କର ପୁଅର ଶେଷ କାମ ବୋଲି ତାଙ୍କୁ ଏମିତି ଆଚ୍ଛନ୍ନ କରି ରଖିଦେଲା ତାହା ସେ କହି ପାରିଲେ । ତା'ର କାରଣ କ'ଣ ସେଇ ଶିଧର ମାୟା, ତା ବି ସେ କହି ପାରିଲେନି । କାରଣ ଶିଧର ରଚିକୁ ଅନୁଧ୍ୟାନ କରିବାକୁ ସେ ତାଙ୍କ ଜୀବନ କାଳ ଭିତରେ କେବେ ଚିନ୍ତା ସୁଦ୍ଧା କରି ନ ଥିଲେ । ସେଥିରେ ଅନ୍ତର୍ନିହିତ ବିଷୟବସ୍ତୁ ତା'ର କାରଣ ହେଇପାରେ ବୋଲି ମଧ୍ୟ ସେ କହି ପାରିଲେନି । କାରଣ ଏ ସବୁ ପ୍ରସଙ୍ଗରେ ସେ କେବେ ନିର୍ଦ୍ଦିଷ୍ଟ ଭାବରେ କିଛି ଚିନ୍ତା କରି ନ ଥିଲେ । ସେ ଉଠି ପଡ଼ି ତାଙ୍କ ରୁମ୍‌କୁ ଚଢ଼ିଗଲେ । ସେଠି ତାଙ୍କ ସ୍ତ୍ରୀଙ୍କୁ ନ ଦେଖି ସେ ଖୁସି ହେଲେ । କାରଣ ତାଙ୍କର ଏଇ ପର୍ଯ୍ୟାୟ ମଝିରେ କୌଣସି ବାଧା ନ ହେଉ, ସେ ଏଇୟା ଚାହୁଁଥିଲେ । ଆବ୍ରାହାମ୍ ଲିଙ୍କନ୍‌ଙ୍କ ବହିଟାକୁ ସେ ପୁଣି ଉଠାଇ ପଢ଼ିବାରେ ଲାଗିଲେ । ଏହି ମହାନ୍ ରାଷ୍ଟ୍ରପତିଙ୍କ ଦ୍ବିତୀୟ ଉଦ୍‌ଘାଟନୀ ଅଭିଭାଷଣକୁ ଓଲଟାଇଲେ । ମନ ଧ୍ୟାନ ଦେଇ ପଢ଼ୁପଢ଼ୁ ତାଙ୍କୁ ଲାଗିଲା ଯେମିତି ତାଙ୍କ ଭିତରୁ ସ୍ଫୁର୍ତ୍ତିଟାଏ ଊର୍ଦ୍ଧ୍ବକୁ ଉଠୁଛି ଆଉ ଆଖ

ସାମ୍ନାରେ ରହସ୍ୟଟିଏ ଖୋଲିଯାଉଛି । ସେ ପୁଣି ଠିକଣା ଜାଗାକୁ ଫେରିଗଲେ । ଜଣେ ଅଜଣା ଅପରିଚିତ ସମ୍ପର୍କରେ ତାଙ୍କର ଜ୍ଞାନ ବଢ଼ିବଢ଼ି ଗଲା । ଅସଂଖ୍ୟା ବହି ସହିତ ଏଇ ଲୋକଟାର ଫଟୋ ଖଣ୍ଡିକ କାହିଁକି ତାଙ୍କ ପୁଅର କୋଠରୀରେ ରଖାଯାଇଛି । ଏଥର ସେ ଠିକ୍ ବୁଝି ପାରିଲେ ।

ସେ ପୁଣି ପୃଷ୍ଠା ଓଲଟାଇଲେ, ଶବ୍ଦ ସମ୍ଭାର କିମ୍ବା ବିଷୟବସ୍ତୁର ଆକର୍ଷଣ ପାଇଁ ନୁହେଁ – ତାଙ୍କ ପୁଅ ପାଇଁ । ସେ ଶବ୍ଦ ଗୁଡ଼ିକୁ ନିରେଖି ରହିଁଲେ ।

ମତେ ଗୋଟେ ମିନିଟ୍ ଦିଅ...

ତା’ପରେ ଆଉ କିଛି ନାହିଁ । ସେଇ ଆଙ୍ଗୁଲି ଆଉ କିଛି ବି ଲେଖିବନି । ଗୋଟେ ମିନିଟ୍ ରହ, ରନ୍ଧାଘରୁ କ’ଣ ଆବାଜ ଶୁଭୁଛି । ଗୋଟେ ମିନିଟ୍ ରହ, ମୁଁ ମରଣ ମୁହଁକୁ ଯିବି । ମତେ ହଜାରେ ମୁହୂର୍ତ ଦିଅ, ମୁଁ କିନ୍ତୁ ଆଉ ଫେରି ଆସିବି ନାହିଁ ।

ଜାର୍ଭିସ୍ ପାଇପ୍ ଝାଡ଼ିଲେ, ସେଥିରେ ପୁଣି ନିଆଁ ଧରେଇଲେ । ଲେଖାଟିକୁ ଭଲ କରି ପଢ଼ି ସାରିଲା ପରେ କଳ୍ପନାରେ ହଜି ଯାଇ ସେମିତି ଧୂଆଁ ଟାଣି ଟାଣି ବସି ରହିଲେ ।

– ଜେମ୍ସ ।

– ହଁ, କୁହ ।

– ଏମିତି ଏକା ଏକା ବସି ଘାରି ହୁଅ ନାହିଁ ।

ସେ ତାଙ୍କୁ ରହିଁ ଅଳ୍ପ ହସିଲେ ଆଉ କହିଲେ – ମୁଁ ଦୁଶ୍ଚିନ୍ତା କରେ ନାହିଁ ବୋଲି ତମେ ଜାଣ ।

– ତା ହେଲେ କ’ଣ କରୁଛ ?

– ଭାବୁଛି । ଚିନ୍ତା କରୁନି, ଭାବୁଛି । ଆଉ ପଢ଼ୁଛି । ମୁଁ ଏଇୟା ହିଁ ଏତେବେଲ ଧରି ପଢ଼ୁଛି ।

ସେ ତାଙ୍କ ହାତରୁ ଲେଖାଟି ଦେଲେ । ତାକୁ ନିରେଖି ରହିଁଲେ ଆଉ ଛାତିରେ ଜଡ଼େଇ ଧରିଲେ ।

– ସେଇଟା ପଢ଼, ଲେଖାଟି ପଢ଼ିବା ଭଲି ହେଇଛି । ସେ ଧୀରେ କହିଲେ ।

ତାକୁ ପଢ଼ିବା ପାଇଁ ସେ ବସି ପଢ଼ିଲେ । ଜେମ୍ସ ପନ୍ୀଙ୍କୁ ଏକ ଲୟରେ ରହିଁ ରହିଲେ । ସେ ଏବେ କ’ଣ କରିବେ ଜେମ୍ସ ଜାଣି ପାରିଲେ । ସେ ଶେଷ ପୃଷ୍ଠା ଓଲଟାଇଲେ, ଶେଷ ଶବ୍ଦ କେତୋଟିକୁ ଦେଖିଲେ । ମତେ ଗୋଟେ ମିନିଟ୍ ଦିଅ...

ସେ ଖାଲି ଶଢ ଗୁଡ଼ିକୁ ଚହିଁ ରହିଲେ । ସ୍ୱାମୀଙ୍କୁ ମୁଣ୍ଡ ଉଠାଇ ଚହିଁଲେ । କ'ଣ କହିବ କହିବି ହେଉଥାନ୍ତି । ଜେମ୍ସ ବୁଝିପାରିଲେ । ବ୍ୟଥା ଏତେ ଶୀଘ୍ର ଯାଏ ନାହିଁ ।

卐

କୋର୍ଟ ମଝିରେ ଗୋଟେ ଉଚ୍ଚ ଆସନ । ସେଠି ବିଚାରପତି ବସନ୍ତି । ତାରି ତଳକୁ ଥିବା ଟେବୁଲଟା କୋର୍ଟର ଅମଲା ମାନଙ୍କ ପାଇଁ ଉଦ୍ଦିଷ୍ଟ । ଟେବୁଲର ବାଁ ଓ ଡାହାଣ ପଟର ସିଟ୍ ଗୁଡ଼ା ଅନ୍ୟମାନଙ୍କ ପାଇଁ । କେତେଗୁଡ଼ିଏ ସିଟ୍ ବେଢ଼ା ହେଇ ଗୋଟେ ଜୁରି ଟେବୁଲ ପରି ଦେଖାଯାଉଥାଏ । ଟେବୁଲର ସାମ୍ନାରେ ସିଟ୍ ଗୁଡ଼ା ଅର୍ଦ୍ଧ ବୃତ୍ତାକାରରେ ସଜା ହେଇଥାଏ । ତାରି ପାଖରେ ବାଙ୍କିଲା ଧାର ଥିବା ଟେବୁଲ ରଖା ହେଇଥାଏ । ସେଇଠି ଓକିଲ ମାନେ ବସନ୍ତି । ତାଙ୍କରି ପଛକୁ ଆସାମୀର କାଠଗଡ଼ା । ତା ଭିତରକୁ ଯିବାକୁ ଭିତିରିଆ ବାଟ ଥାଏ । ସେଇ ବାଟରେ ଆସାମୀକୁ କାଠଗଡ଼ା ଭିତରକୁ ଅଣା ହେଇଥାଏ । କୋର୍ଟ ପଛ ପଟେ ଥାକ ଥାକ ହେଇ ଉପରକୁ ଉଠା ସିଟ୍‌ର ବ୍ୟବସ୍ଥା । ପ୍ରଥା ଅନୁସାରେ ଡାହାଣ ପଟ ସିଟ୍ ୟୁରୋପୀୟ ମାନଙ୍କ ପାଇଁ ଉଦ୍ଦିଷ୍ଟ । ବାଁ ପଟ ଅଣ-ୟୁରୋପୀୟ ଲୋକଙ୍କ ପାଇଁ ।

ଏଇ କୋର୍ଟରେ ଧୂଆଁ ଟାଣିବା, ଫିସ୍‌ଫିସ୍ ହେବା କି କଥାବାର୍ତ୍ତା କରିବା କିମ୍ବା ହସିବା ମନା । ଏଠାକୁ ଭଦ୍ର ପୋଷାକରେ ଆସିବା ଦରକାର । ପୁରୁଷ ମାନେ ଟୋପି ପିନ୍ଧି ପାରିବେନି । ଅବଶ୍ୟ ଧାର୍ମିକ ଦୃଷ୍ଟିରୁ ଯଦି ପିନ୍ଧିବା ଦରକାର ତା ହେଲେ ଚଳିବ । ଏ ସବୁ ରାଜାଙ୍କ ପ୍ରତିନିଧିତ୍ୱ କରୁଥିବା ବିଚାରପତିଙ୍କର ସମ୍ମାନାର୍ଥେ କରିବାକୁ ପଡ଼େ । ପୁଣି ବିଚାରପତିଙ୍କର ପଛରେ ଥିବା ଆଇନର ଖାତିରରେ ଆଉ ଆଇନ୍ ପଛରେ ଥିବା ଜନତାଙ୍କ ଖାତିରରେ ଏଇୟା କରିବାକୁ ପଡ଼େ । ବିଚାରପତି କୋର୍ଟ ଭିତରକୁ ପ୍ରବେଶ କଲାକ୍ଷଣି ତମେ ଛିଡ଼ା ହେଇଯିବ ଆଉ ସିଏ ନ ବସିବା ଯାଏଁ ନିଜେ ବସିବ ନାହିଁ । ବିଚାରପତି ସେଇ ଜାଗାରୁ ପ୍ରସ୍ଥାନ କଲାବେଳେ ପୁଣି ଛିଡ଼ା ହେବାକୁ ପଡ଼ିବ । ସେ ନ ଗଲା ଯାଏଁ ସେଠୁ ହଲି ପାରିବ ନାହିଁ । ଏ ସବୁ ବିଚାରପତିଙ୍କ ଖାତିରରେ କରାଯାଏ ।

କାରଣ ବିଚାରପତିଙ୍କ ଉପରେ ଏକ ଗୁରୁ ଦାୟିତ୍ୱ ନ୍ୟସ୍ତ ହେଇଥାଏ । ବିଚାର କରିବାର ଦାୟିତ୍ୱ ପୁଣି ରାୟ ଶୁଣାଇବାର, ଏପରିକି ମୃତ୍ୟୁଦଣ୍ଡ ରାୟ ଶୁଣାଇବାର ଦାୟିତ୍ୱ ସେ ନିର୍ବାହ କରିଥାନ୍ତି । ତାଙ୍କର ଉଚ୍ଚ ପଦବୀ ଯୋଗୁଁ ବିଚାରପତି ମାନଙ୍କୁ ମାନ୍ୟବର ସମ୍ବୋଧନ କରାଯାଉଥାଏ । ବିଶେଷ ଅବସରରେ ସାର୍ବଜନୀନ ସ୍ଥାନରେ ସେମାନଙ୍କୁ ଯିବା ପାଇଁ ଆଗ ବାଟ ଛାଡ଼ି ଦିଆଯାଏ । ଉଭୟ କଳା ଓ ଗୋରା ସେମାନଙ୍କୁ ସମ୍ମାନ

ଦେଖାଇଥାନ୍ତି । କାରଣ ଦେଶଟା ଭୟ ଓ ଅସୁରକ୍ଷାରେ ଭରି ଯାଇଛି । ଜଣେ ବିଚାରପତି ନିର୍ଭୟ ହେବା ନିହାତି ଦରକାର । ତା ହେଲେ ଯାଇ ଆଇନ ଅନୁସାରେ ନ୍ୟାୟ ପ୍ରଦାନ ହେବ । ତେଣୁ ବିଚାରପତି ଆଦୌ ଭ୍ରଷ୍ଟାଚାରୀ ହେବା କଥା ନୁହେଁ ।

ବିଚାରପତି ଆଇନ ତିଆରି କରନ୍ତିନି । ଲୋକେ ହିଁ ଆଇନ ତିଆରି କରନ୍ତି । ତେଣୁ ଯଦି ଗୋଟେ ଆଇନ୍ ନ୍ୟାୟସଙ୍ଗତ ନୁହେଁ ଓ ଯଦି ବିଚାରପତି ଆଇନ ଅନୁସାରେ ବିଚାର କରନ୍ତି, ତାହା ନ୍ୟାୟ ହେଇଯାଏ, ଯଦିଓ ସେଇଟା ଅନ୍ୟାୟ ।

ନ୍ୟାୟ ବିଚାର କରିବାଟା ବିଚାରପତିଙ୍କ କାମ । କିନ୍ତୁ କେବଳ ଜନତା ହିଁ ନ୍ୟାୟବାନ୍ ହେଇପାରେ । ତେଣୁ ଯଦି ବିଚାରଟା ନ୍ୟାୟସଙ୍ଗତ ନ ହୁଏ, ତା ହେଲେ ତାକୁ ବିଚାରପତିଙ୍କ ଦୁଆର ମୁହଁରେ ଛାଡ଼ି ନ ଦେଇ ଲୋକଙ୍କ ପାଖକୁ ନିଆଯିବା କଥା । ତା'ର ଅର୍ଥ ତାହା ଗୋରା ଲୋକଙ୍କ ପାଖକୁ ନିଆଯିବା କଥା । କାରଣ ଗୋରା ଲୋକେ ହିଁ ଆଇନ ତିଆରି କରନ୍ତି ।

ଦକ୍ଷିଣ ଆଫ୍ରିକାରେ ଲୋକେ ବିଚାରପତିଙ୍କୁ ନେଇ ଖୁବ୍ ଗର୍ବ କରନ୍ତି । କାରଣ ତାଙ୍କର ବିଶ୍ୱାସ ଯେ ବିଚାରପତି ମାନେ ଆଦୌ ଦୁର୍ନୀତି ପ୍ରବଣ ନୁହନ୍ତି । ଏପରିକି କୃଷ୍ଣକାୟ ମାନଙ୍କର ମଧ ତାଙ୍କ ଉପରେ ଭରସା ଥିଲା । ଆତଙ୍କର ଏଇ ଭୂଖଣ୍ଡରେ ଏଇ ସାଧୁତା ରୁଖା ଉପରେ ଦୀପଟିଏ ପରି ଖଞ୍ଜା ହେଇ ଘର ଭିତରେ ଥିବା ଯେତେକ ଲୋକଙ୍କୁ ଆଲୁଅ ଦଉଥିଲା ।

*

କୋର୍ଟ ଭିତରେ ନୀରବତା ରକ୍ଷା କରିବାକୁ ସେମାନେ କହିଲେ । ଲୋକେ ଠିଆ ହେଇ ପଡ଼ିଲେ । ବିଚାରପତିଙ୍କଠାରୁ ଉଚ୍ଚ ସ୍ଥାନୀୟ କେହି ସେଠି ଥିଲେ ସୁଦ୍ଧା ସେ ଠିଆ ହେଇ ପଡ଼ନ୍ତି । କାରଣ ନ୍ୟାୟମୂର୍ତ୍ତିଙ୍କ ପଛରେ ଯାହା ବି ଥାଏ ସେ ସବୁ ଯେ କୌଣସି ମଣିଷଠାରୁ ନିଶ୍ଚିତ ଭାବରେ ବଡ଼ । ବିଚାରପତି ତାଙ୍କର ଦୁଇ ଜଣ ସହକାରୀ ଆଇନ ବିଶେଷଜ୍ଞ ସହିତ କୋର୍ଟରେ ପ୍ରବେଶ କଲେ । ସେମାନେ ବସିଲା ପରେ ଲୋକମାନେ ମଧ ବସିଲେ । କୋର୍ଟ ଆରମ୍ଭ ହେଲା ।

ତଳେ ଥିବା ଜାଗାରୁ ବିଚାର ଅପେକ୍ଷାରେ ଥିବା ତିନି ଜଣ ଆସିଲା କ୍ଷଣି ଲୋକେ ତାଙ୍କ ଉପରକୁ ନଜର ପକାଇଲେ । ଦେଖୁ ଦେଖୁ କେତେ ଜଣ ସେମାନଙ୍କୁ ପ୍ରକୃତରେ ଖୁନୀ ଭାବିନେଲେ । ଯଦିଓ ସେଠି ଫିସ୍‌ଫିସ୍ ହେବାଟା ବିପଜନକ, ତଥାପି ପରସ୍ପର ସେଇ କଥା ଫୁସୁରଫାସର ହେଲେ । ଆଉ କେତେ ଜଣ ଭାବିଲେ ଯେ ସେମାନେ ଖୁନୀ ପରି ଲାଗୁ ନାହାନ୍ତି । ପୁଣି ଥୋକେ ଭାବିଲେ ଯେ ତାଙ୍କ ଭିତରୁ ଏଇ ଜଣକ ଖୁନୀ ହେଇଥିବ, ଆର ଜଣକ ନୁହେଁ ।

ଜଣେ ଗୋରା ଲୋକ ଛିଡ଼ା ହେଇ କହିଲେ, ଜୋହାନ୍ସବର୍ଗର ପାର୍କଓଇଡ୍ ସ୍ଥିତ ପ୍ଲାଷେ୍ସନ୍ ରୋଡଠାରେ ୧୯୪୬ ମସିହା ଅକ୍ଟୋବର ମାସ ଆଠ ତାରିଖ ମଙ୍ଗଳବାର ଦିନ ଦିପହରେ ଘଟିଥିବା ଆର୍ଥର ଟ୍ରିଭେଲାନ ଜାର୍ଭିସ ହତ୍ୟାକାଣ୍ଡର ଏଇମାନେ ହେଉଛନ୍ତି ମୁଖ୍ୟ ଅଭିଯୁକ୍ତ । ପ୍ରଥମ ଜଣକ ଆବ୍ସାଲମ୍ କୁମାଲୋ, ଦ୍ୱିତୀୟ ଜଣକ ମେଥ୍ୟୁ କୁମାଲୋ ଓ ତୃତୀୟ ଜଣକ ଜୋହାନିସ ପାଫୁରି । ସେମାନଙ୍କୁ ନିଜର ଦୋଷ ସ୍ୱୀକାର କରିବାକୁ ବା ନିଜକୁ ନିର୍ଦ୍ଦୋଷ ପ୍ରମାଣ କରିବାକୁ ଏଠାକୁ ଡକା ହେଉଛି । ପ୍ରଥମ ଜଣକ କହୁଛି ମୁଁ ହତ୍ୟା କରିଥିବାର ଦୋଷ ସ୍ୱୀକାର କରୁଛି, କିନ୍ତୁ ଉଦ୍ଦେଶ୍ୟ ପ୍ରଣୋଦିତ ଭାବରେ ମୁଁ ହତ୍ୟା କରି ନାହିଁ । ଦ୍ୱିତୀୟ ଜଣକ କରୁଛି ସେ ଦୋଷୀ ନୁହଁ । ତୃତୀୟ ଜଣକ ବି ସେଇ କଥା କହୁଛି । ସବୁ ବିଷୟ ଉଭୟ ଇଂରାଜୀ ଓ ଜୁଲୁରେ କୁହାଯାଇଛି ଯେପରିକି ଏଇ ତିନି ଜଣ ତାହା ବୁଝି ପାରିବେ । ଅବଶ୍ୟ ପାଫୁରି ଜୁଲୁ ନ ହେଲେ ବି ସେଇ ଭାଷାଟି ସେ ବେଶ୍ ଭଲ ବୁଝି ପାରୁଛି ।

ପ୍ରଭୁଙ୍କ ନାଁରେ କେସ ଲଢୁଥିବା ଗୋରା ଓକିଲ ଜଣକ କହିଲେ, ଆବ୍ସାଲମ କୁମାଲୋ ନରହତ୍ୟା ଅପରାଧରେ ଦଣ୍ଡନୀୟ ହେଲେ ହେଁ ମର୍ଡର କେସ୍ ଅନ୍ତର୍ଭୁକ୍ତ ନୁହେଁ । କାରଣ ଏଇଟା ପୂର୍ବ କଳ୍ପିତ ହତ୍ୟାକାଣ୍ଡ ନୁହେଁ । କିନ୍ତୁ ସରକାରୀ ଓକିଲ କହିଲେ ଏଇଟା ସିଧା ସଳଖ ଗୋଟେ ମର୍ଡର କେସ୍ । ଆଉ ଏଇ ଅଭିଯୋଗରେ ସେ ଅଭିଯୁକ୍ତ । ତେଣୁ ଅନ୍ୟ ଦୁଇ ଜଣଙ୍କ ପରି ଆବ୍ସାଲମ କୁମାଲୋ ମଧ୍ୟ ନିଜକୁ ନିର୍ଦ୍ଦୋଷ ଥିବାର ଉପସ୍ଥାପିତ କଲା ।

ତା'ପରେ ସରକାରୀ ଓକିଲ ଜଣକ ଅନେକ ସମୟ ଧରି ଅପରାଧର ଆମୂଳଚୂଲ କୋର୍ଟ ସାମ୍ନାରେ ବ୍ୟାଖାଣିଲେ । ଆବ୍ସାଲମ୍ କୁମାଲୋ ନୀରବ ନିସ୍ତବ୍ଧ ହେଇ ରହିଥିଲା । ଅନ୍ୟ ଦୁଇଜଣ ସରକାରୀ ଓକିଲଙ୍କ ବୟାନ ଶୁଣି ମର୍ମାହତ ଜଣା ପଡୁଥିଲେ ।

— ତା ହେଲେ ଯୋଜନାଟି ସ୍ଥିର କରିସାରିଲା ପରେ ଅକ୍ଟୋବର ଆଠ ତାରିଖ ଦିନଟାକୁ ଧାର୍ଯ୍ୟ କଲ ?

— ସେଇୟା ।

— ଏଇ ଦିନଟାକୁ ବାଛିଲ କାହିଁକି ?

— କାରଣ ଜୋହାନିସ କହିଲା ଯେ ସେଦିନ ଘରେ କେହି ନ ଥିବେ ।

— ଏଇ ଜୋହାନିସ ପାଫୁରି ତ ?

— ହଁ ଇଏ, ଯିଏ ଏବେ ମୋ ସହିତ ଅଭିଯୁକ୍ତ ।

— ଗୋଟାଏ ବାଜି ତିରିଶ ମିନିଟ୍ ସମୟଟା ଠିକ୍ କଲ ?

– ହଁ ସେଇଆ ।

– ଏଇଟା କ'ଣ ଅଖାଡ଼ୁଆ ଟାଇମ୍ ନୁହେଁ ? ଗୋରା ଲୋକେ ଏଇ ସମୟରେ ଘରକୁ ଖାଇବାକୁ ଆସନ୍ତି ।

କିନ୍ତୁ ଅଭିଯୁକ୍ତ କିଛି ଉତ୍ତର ଦେଲା ନାହିଁ ।

– ଏଇ ସମୟ କାହିଁକି ଠିକ୍ କଲ ?

– ଜୋହାନିସ୍ ହିଁ ଏଇ ସମୟ ଠିକ୍ କରିଥିଲା । ସେ କହିଲା ଯେ ତାକୁ କୁଆଡ଼େ ଗୋଟେ କଣ୍ଠସ୍ୱର ଜରିଆରେ ଏଇଟା କୁହାଯାଇଥିଲା ।

– କୋଉ କଣ୍ଠ ସ୍ୱର ?

– ନାଇଁ, ମୁଁ ସେଇଟା ଜାଣେନା ।

– ଗୋଟେ କଦର୍ଯ୍ୟ ଖଳ ପ୍ରକୃତିର ସ୍ୱର ଥିଲା କି ?

ଏଥରକ ମଧ ଉତ୍ତର ନାହିଁ ।

– ତା'ପରେ ତମେ ତିନି ଜଣ ଘରର ପଛ ପଟକୁ ଗଲ ?

– ହଁ ।

– ତମେ ଆଉ ତମ ସହିତ ଅଭିଯୁକ୍ତ ଏଇ ଦୁଇ ଜଣ ?

– ହଁ, ମୁଁ ଆଉ ଏଇ ଦୁଇ ଜଣ ।

– ତା'ପରେ ?

– ତା'ପରେ ଆମେ ରୋଷେଇ ଘରକୁ ପଶିଲୁ ।

– ସେଠି କିଏ ଥିଲା ?

– ସେଠି ଘରର ରୋଷକର ଜଣେ ଥିଲା ।

– ରିଚର୍ଡ଼ ଏମ୍ପିରିଙ୍ ?

– ନା, ମୁଁ ତା'ର ନାଁ ଜାଣେ ନାଇଁ ।

– ଏଠାର ଏଇ ଲୋକଟା ତ ?

– ହଁ ସେଇ ଲୋକଟା ।

– ଆଉ ତା'ପରେ ? ଯାହା ହେଲା ସବୁ କୋର୍ଟକୁ ବୟାନ ଦିଅ ।

– ଏଇ ଲୋକଟା ଡରିଗଲା । ସେ ମୋ ରିଭଲଭର୍ ଦେଖି ପକାଇଲା । ସେ କାମ କରୁଥିବା ବେସିନକୁ ଆଉଜି ଛିଡ଼ା ହେଲା । କହିଲା, ତମେ ମାନେ କ'ଣ ରୁହଁ ? ଜୋହାନିସ୍ କହିଲା, ଆମର ଟଙ୍କା ଆଉ ଲୁଗାପଟା ଦରକାର । ଏଇ ଲୋକଟା କହିଲା, ତମେ ଏମିତି କେମିତି କରି ପାରିବ ? ଜୋହାନିସ୍ କହିଲା, ତୁ ମରିବାକୁ ରୁହୁଛୁ କି ? ଏଇ ଲୋକଟା ଭୟରେ କିଛି କହିଲା ନାହିଁ । ଜୋହାନିସ୍

କହିଲା । ମୋ ପାଟିରୁ କଥା ବାହାରିଲେ ଲୋକେ ଥରି ଉଠନ୍ତି । ତା'ପରେ ପୁଣି କହିଲା, ତୁ ମରିବାକୁ ଚାହୁଁଛୁ ନା କ'ଣ ? ଲୋକଟା କିଛି କହିଲାନି । କିନ୍ତୁ ହଠାତ୍ ପାଟି କରି ଡାକିଲା, ମାଲିକ, ମାଲିକ । ତା'ପରେ ଜୋହାନିସ୍ ଲୋକଟାକୁ ତା ପଛପଟ ଲୁହାବାଡ଼ରେ କଟି ଦେଲା ।

– କେତେ ଥର ତାକୁ କଟିଲା ?

– ଥରେ ।

– ଆଉ ସେ ପାଟି କଲା ?

– ସେ ଆଉ ଉଁ ଚୁଁ କଲା ନାହିଁ ।

– ତମେ ସବୁ କ'ଣ କଲ ?

– ନା, ଆମେ ସବୁ ଚୁପ୍‌ଚାପ୍ ଥିଲୁ । ଚୁପ୍ ରହିବାକୁ  ଜୋହାନିସ୍ କହିଲା ।

– କ'ଣ କଲ ? ରିପିଟକୁ କାନେଇଲ ?

– ହଁ କାନେଇଲୁ ।

– କିଛି ଶୁଣି ପାରିଲ ?

– କିଛି ଶୁଣି ପାରିଲୁନି ।

– ତୋ ରିଭଲଭର୍ କୋଉଠି ଥିଲା ?

– ମୋ ହାତରେ ।

– ଆଉ ତା'ପରେ ?

– ତା'ପରେ ଜଣେ ଗୋରା ଲୋକ ବାଟ ମୁହଁକୁ ଆସିଲା ।

– ଆଉ ତା'ପରେ ?

– ମୁଁ ଡରିଗଲି । ରିଭଲଭର୍ ଫାୟାର୍ କଲି ।

– ଆଉ ତା'ପରେ ?

– ଜୋହାନିସ୍ କହିଲା, ଶିଘ୍ର, ଚଲ ଆମେ ଏଠୁ ପଲେଇ ଯିବା । ଆମେ ସେଠୁ ସଙ୍ଗେ ସଙ୍ଗେ ପଲେଇଗଲୁ ।

– ପଛ ଗେଟ୍‌କୁ ?

– ହଁ ।

– ତା'ପରେ ପ୍ଲାଷ୍ଟେସନ୍ ରୋଡ଼କୁ ଉଠିଲ ?

– ହଁ ।

– ତମେ ତିନିହେଁ ଏକାଠି ରହିଲ ?

– ନା, ମୁଁ ଏକୁଟିଆ ଗଲି ।

– ତା ହେଲେ ଏଇ ଦୁଇ ଜଣଙ୍କୁ ପୁଣି ଭେଟିଲୁ କୋଉଠି ?

– ବେବି ମିଲିଜେ ଘରେ ।

କିନ୍ତୁ ବିଚ଼ରପତି ହସ୍ତକ୍ଷେପ କଲେ,– ସରକାରୀ ଓକିଲ ମହାଶୟ ଟିକିଏ ପରେ ଆପଣ ଜେରା କରିପାରନ୍ତି । ପ୍ରଥମ ଅଭିଯୁକ୍ତକୁ ମୋର ଗୋଟେ ଦୁଇଟା ପ୍ରଶ୍ନ ପଚ଼ରିବାର ଅଛି ।

– ଆପଣ ଇଚ୍ଛା ଅନୁସାରେ ପଚ଼ରି ପାରନ୍ତି ।

– ସାଙ୍ଗରେ ତୁ ଏଇ ରିଭଲଭର୍ କାହିଁକି ନେଇଥ୍ଲୁ ?

– ଘରର ଝିକରକୁ ଡରାଇବା ପାଇଁ ।

– ଅନ୍ୟ ଯେ କୌଣସି ରିଭଲଭର୍ ନେଲୁ ନାହିଁ କାହିଁକି ?

ପିଲାଟା ଚୁପ୍ ରହିଲା ।

– ତତେ ମୋର ପ୍ରଶ୍ନର ଉତ୍ତର ଦେବାକୁ ପଡ଼ିବ ।

– ସେମାନେ ମତେ ଏଇଟାକୁ ନେଇକି ଯିବାକୁ କହିଲେ ।

– କିଏ ତତେ କହିଲା ?

– ନାଇଁ, ସେମାନେ ମତେ କହିଲେ କି ଜୋହାନସ୍ବର୍ଗଟା ଗୋଟେ ବିପଜ୍ଜନକ ଜାଗା ।

– କିଏ କହିଲା ?

ପିଲାଟା ନୀରବ ରହିଲା ।

– ତା ମାନେ ଏମିତି ଚ଼େର୍ୟୀ କାରବାରରେ ଲିପ୍ତ ଥିବା ଜଣେ ଲୋକ ତତେ କହିଲା କି ?

– ନା, ମୁଁ ସେଇୟା କହୁନି ।

– ଆଚ୍ଛା, ତା ହେଲେ ତତେ କିଏ କହିଲା ?

– ମୋର ମନେ ନାହିଁ । ମୁଁ ଯେଉଠି ଥ୍ଲି ସେଠାର କୋଉ ଗୋଟେ ଜାଗାରେ ମତେ କୁହାଯାଇଥ୍ଲା ।

– ତା ମାନେ ତମେମାନେ ବସିଥିଲ ଆଉ କେହି ଜଣେ ଲୋକ କହିଲା ଯେ ଜୋହାନ୍ସବର୍ଗ ବିପଜ୍ଜନକ ଜାଗା ହେଇଥିବାରୁ ସେଠିକି ରିଭଲଭର୍ ନେଇକି ଯିବା କଥା । ଏଇୟା ତ ?

– ହଁ, ସେଇୟା ।

– ଏଇ ରିଭଲଭରରେ ଗୁଲି ଥ୍ଲା, ଏ କଥା ଜାଣିଥ୍ଲୁ ?

– ହଁ, ଜାଣିଥ୍ଲି ।

– ଯଦି ଲୋକଙ୍କୁ ଡରାଇବା ପାଇଁ ବନ୍ଧୁକଟିଏ ଦରକାର, ତାହେଲେ ସେଥିରେ ଗୁଲି ଭରିବା କ'ଣ ଦରକାର ?

ପିଲାଟା ଆଉ କିଛି ଉତ୍ତର ଦେଲା ନାହିଁ ।

– ତୁ ସେଥିରେ ଗୁଲି ମାରିବା ପାଇଁ ଗୋଟେ ପ୍ରକାର ପ୍ରସ୍ତୁତ ହେଇଥିଲୁ ?

– ନା, ମୁଁ କୌଣସି ଭଦ୍ରଲୋକକୁ ମୁଁ ଗୁଲି ମାରି ନ ଥାନ୍ତି । ମତେ କେହି ମାରିଥିଲେ ମୁଁ ତାକୁ ମାରିଥାନ୍ତି ।

– ଜଣେ ପୋଲିସ ଯଦି ତା'ର କର୍ତ୍ତବ୍ୟ ପାଳନ କରିବାକୁ ଯାଇ ତତେ ମାରିଥାନ୍ତା ତାହେଲେ ତୁ କ'ଣ ପୋଲିସକୁ ମାରିଥାନ୍ତୁ ?

– ନା, ପୋଲିସକୁ ନୁହେଁ ।

ବିଚାରପତି କ୍ଷଣିକ ପାଇଁ ଚୁପ୍ ରହିଲେ । ସବୁ କିଛି ଚୁପ୍‌ଚାପ୍ । ତା'ପରେ ଗମ୍ଭୀର ହେଇ କହିଲେ, – ତୁ ଯୋଉ ଏଇ ଗୋରା ଜଣକୁ ମାରିଲୁ, ସେ କ'ଣ ଜଣେ ଭଦ୍ରଲୋକ ନ ଥିଲେ ?

ଅଭିଯୁକ୍ତ ପୁଣି ଚଟାଣକୁ ମୁହଁ ପୋତି ରହିଲା । ତା'ପରେ ଧୀମା ସ୍ୱରରେ କହିଲା, – ମୁଁ ଡରିଗଲି ଆଜ୍ଞା, ମୁଁ ଭାରି ଡରିଗଲି । ମୁଁ ତାଙ୍କୁ ମାରିବାକୁ ଚାହୁଁ ନ ଥିଲି ।

– ଏଇ ରିଭଲଭରଟା ତୁ କୋଉଠୁ ପାଇଲୁ ?

– ଜଣେ ଲୋକ ପାଖରୁ ମୁଁ ଏଇଟା କିଣିଥିଲି ।

– କୋଉଠି ?

– ଆଲେକ୍‌ଜାଣ୍ଡାରେ ।

– ସେଇ ଲୋକଟା କିଏ ? ତା'ର ନାଁ କ'ଣ ?

– ମୁଁ ତା'ର ନାଁ ଜାଣେ ନାଇଁ ।

– ସେ କୋଉଠି ରହେ ?

– ତା ବି ଜାଣିନି ।

– ତାକୁ ଖୋଜିକି ପାଇବୁ ?

– ଖୋଜିବାକୁ ଚେଷ୍ଟା କରିବି ।

– କିଣିଲାବେଳେ ଏଇ ରିଭଲଭରରେ ଗୁଲି ଥିଲା ?

– ହଁ, ଦୁଇଟା ବୁଲେଟ୍ ଯ। ଭିତରେ ଥିଲା ।

– ସେଇ ଘରକୁ ପଶିଲାବେଳେ ଏଥିରେ କେତେଟା ଗୁଲି ଥିଲା ?

– ସେଥିରେ ଗୋଟେ ଗୁଲି ଥିଲା ।

– ଅନ୍ୟ ଗୁଲିଟାର କ'ଣ ହେଲା ?

– ଆଲେକ୍‌ଜାଣ୍ଡ୍ରା ସେପଟେ ଥିବା ପାହାଡ଼ ତଳି ଗୋଟେ ରୁକ୍ଷ ଜମିକୁ ନେଇ ମୁଁ ରିଭଲ୍‌ଭର୍‌ଟାର ସେଇ ଗୋଟେ ଗୁଳି ଫାୟାର କଲି ।

– କୋଉଠିକି ଫାୟାର କଲୁ ?

– ଗୋଟେ ଗଛକୁ ।

– ଗଛରେ ଗୁଳି ବାଜିଲା ?

– ହଁ, ବାଜିଲା ।

– ତା'ପରେ ଭାବିଲୁ ଯେ ମୁଁ ଏଥର ଏଇ ବନ୍ଧୁକରେ ଫାୟାର କରି ପାରିବି । ନୁହେଁ କି ?

– ହଁ, ସେଇୟା ।

– ଏଇ ଲୁହା ଛଡ଼ଟାକୁ କିଏ ଧରିଥିଲା ?

– ଜୋହାନିସ୍‌ ଧରିଥିଲା ।

– ସେ ଏଇଟା ଧରିଥିବାର ତୁ ଜାଣିଥିଲୁ ?

– ହଁ, ଜାଣିଥିଲି ।

– ତୁ ଜାଣିଥିଲୁ ଯେ ଏଇଟା ଗୋଟେ ମାରଣାସ୍ତ୍ର । ଏଇଟା ମଣିଷକୁ ମାରି ଦେଇ ପାରିବ ?

ଏଥର ପିଲାଟାର ସ୍ୱର ଟିକେ ବଢ଼ିଲା । ସେ କହିଲା – ଏଥିରେ କାହାକୁ ମାରିବାର କି ବାଡ଼େଇବାର ଉଦ୍ଦେଶ୍ୟ ନ ଥିଲା । ଖାଲି ଡରାଇବା ପାଇଁ ନିଆ ଯାଇଥିଲା ।

– କିନ୍ତୁ ଡରେଇବା ପାଇଁ ତ ତୋ ପାଖରେ ଗୋଟେ ରିଭଲଭର୍‌ ଥିଲା ?

– ହଁ, କିନ୍ତୁ ଜୋହାନିସ୍‌ ଏଇଟା ନେଇ କି ଯିବ ବୋଲି କହିଲା । ଏଇଟା ମନ୍ତ୍ରୋରା ହେଇଥିବାର ସେ କହିଲା ।

– ସେଇଟା ମନ୍ତ୍ରୋରା ହେଇଥିଲା ?

– ହଁ, ସେ ସେଇୟା କହିଲା ।

– ଏଇଟା ଜଣେ ଯାଜକ ଅଭିମନ୍ତ୍ରିତ କରିଥିବାର ଜୋହାନିସ୍‌ କହିଲା କି ?

– ମୁଁ ଜାଣିନି ।

– ତୁ ପଚରି ନ ଥିଲୁ ?

– ନା, ମୁଁ ପଚରି ନ ଥିଲି ।

– ତୋର ବାପା ଜଣେ ଯାଜକ ?

ପିଲାଟା ପୁଣି ତଳକୁ ମୁହଁ ପ୍ରୋତି ଧୀମା ସ୍ୱରରେ ଉତ୍ତର ଦେଲା– ହଁ ।

– ଏମିତି ଗୋଟେ ବାଡ଼ି ଖଣ୍ଡିକୁ ସେ କ'ଣ ଆଶିର୍ବାଦ କରିବେ ?

– ନା ।

– ତୁ ଏଇ ଖଣ୍ଡିକୁ ଆଦୌ ନେଇକି ଯିବୁ ନାହିଁ ବୋଲି ଜୋହାନିସ୍‌କୁ କହିଲୁ ନାହିଁ ?

– ନା ।

– ଏମିତି ଗୋଟେ ଜିନିଷ ଭଲା କେମିତି ଅଭିମନ୍ତ୍ରିତ ହେଇପାରିବ ? ଏ କଥା ତୁ ଜୋହାନିସ୍‌କୁ କହିଲୁ ନାହିଁ ?

– ନା ।

– ଓକିଲ ମହାଶୟ, ଏଥର କାମ ବଢ଼ାନ୍ତୁ ।

*

– ଯଦି ଏ ଦି ଜଣ କହୁଛନ୍ତି ଯେ ବେବୀ ମିକିଜେ ଘରେ କିଛି ମର୍ଡର୍ କଥା ଆଲୋଚନା ହେଇ ନ ଥିଲା, ତା ହେଲେ ଏମାନେ ମିଛ କହୁଛନ୍ତି ?

– ସେମାନେ ମିଛ କହୁଛନ୍ତି ।

– ଆଉ ଯଦି ସେମାନେ କହୁଛନ୍ତି ଯେ ମିକିଜେ ଘରେ ତାଙ୍କୁ ଦେଖିଲା ପରେ ତୁ ଏଇ କଥାଟା ମନରୁ ଫାଦି କହୁଛୁ, ତା ହେଲେ ସେମାନେ କ'ଣ ମିଛ କହୁଛନ୍ତି ?

– ସେମାନେ ମିଛ କହୁଛନ୍ତି ।

– ଆଉ ଯଦି ବେବୀ ମିକିଜେ କୁହେ ଯେ ତାରି ଉପସ୍ଥିତିରେ ମର୍ଡର କଥା ଆଲୋଚନା ହେଇ ନ ଥିଲା, ତା ହେଲେ ସିଏ କ'ଣ ମିଛ କହୁଛି ?

– ସିଏ ମିଛ କହୁଛି । ସେ ତ ସେଦିନ ଭାଷଣ ଦରି ଯାଇଥିଲା । ଆମକୁ ଶୀଘ୍ର ଘରୁ ବାହାରି ଯିବାକୁ ଓ ପୁଣି କେବେ ନ ଫେରିବାକୁ କହିଲା ।

– ତମେ ସବୁ ଏକା ସାଙ୍ଗରେ ବାହାରି ଆସିଲ ?

– ନା, ମୁଁ ପ୍ରଥମେ ଆସିଲି ।

– ତୁ କୋଉଠିକି ଗଲୁ ?

– ଗୋଟେ ଋଷ ଜମିକୁ ଋଲିଗଲି ?

– ସେଠି କ'ଣ କଲୁ ?

– ରିଭଲଭରଟାକୁ ପୋତି ପକାଇଲି ।

– କୋର୍ଟ ପାଖରେ ଥିବା ଏଇ ରିଭଲଭର୍ ସେଇଟା କି ?

ରିଭଲଭରଟିକୁ ଅଭିଯୁକ୍ତ ହାତକୁ ବଢ଼େଇ ଦିଆଗଲା । ସେ ତାକୁ ତନଖି ଦେଖିଲା ଓ କହିଲା – ଏଇଟା ସେଇ ରିଭଲଭର୍ ।

– ଏଇଟା ଫେର୍ ମିଳିଲା କେମିତି ?

– ନା, ମୁଁ ପୋଲିସକୁ ସେଇ ଜାଗାଟା ବତେଇ ଦେଇଥିଲି ।

– ତା'ପରେ ତୁ କ'ଣ କଲୁ ?

– ମୁଁ ସେଠି ପ୍ରାର୍ଥନା କଲି ।

ଓକିଲ ଜନକ ଆଶ୍ଚର୍ଯ୍ୟ ଚକିତ ହେଲା ପରି ଜଣା ପଡ଼ିଲେ । କିନ୍ତୁ ବିସ୍ମରପତି ପଚାରିଲେ, – ସେଠି କ'ଣ ପ୍ରାର୍ଥନା କଲୁ ?

– ମୁଁ କ୍ଷମା ଭିକ୍ଷା କରି ପ୍ରାର୍ଥନା କଲି ।

– ଆଉ କ'ଣ ପ୍ରାର୍ଥନା କଲୁ ?

– ନା, ଆଉ କୌଣସିଟା ପାଇଁ ପ୍ରାର୍ଥନା କରିବାର ମୋର ଇଚ୍ଛା ନ ଥିଲା ।

*

– ଆଉ ଦ୍ୱିତୀୟ ଦିନ ତୁ ପୁଣି ଜୋହାନ୍ସବର୍ଗ ଝଲିଗଲୁ ?

– ହଁ ।

– ବସ୍ ଚଲାଚଲକୁ ବର୍ଜନ କରୁଥିବା ଲୋକଙ୍କ ଭିତରେ ତୁ ସାମିଲ ହେଇଗଲୁ ?

– ହଁ ।

– ଲୋକମାନେ ଏଇ ହତ୍ୟାକାଣ୍ଡ ବିଷୟରେ କଥାବାର୍ତ୍ତା ହେଉଥିଲେ ?

– ହଁ, ହେଉଥିଲେ । ଅପରାଧ ଶୀଘ୍ର ଧରା ପଡ଼ିଯିବ ବୋଲି ତାଙ୍କ ଭିତରେ କେତେ ଜଣ କହୁଥିଲେ ।

– ଆଉ ତା'ପରେ ?

– ମୁଁ ଡରିଗଲି ।

– ତା ହେଲେ ପୁଣି କଲୁ ?

– ସେ ଦିନ ରାତିରେ ମୁଁ ଜାର୍ମିସ୍ଟନ ଝଲିଗଲି ।

– କିନ୍ତୁ ଦିନ ବେଲା କ'ଣ କଲୁ ? ପୁଣି ଆମ୍ଭ ଗୋପନରେ ରହିଲୁ ?

– ନା, ମୁଁ ଖଣ୍ଡେ ସାର୍ଟ କିଣିଲି । ତା'ପରେ ସେଇ ପ୍ୟାକେଟ୍‌ଟାକୁ ଧରି ଏପଟ ସେପଟ ଘୁରିଲି ।

– ସେମିତି କାହିଁକି କଲୁ ?

– ତ ଦ୍ୱାରା ମୋତେ ଲୋକେ ଜଣେ ମେସେଞ୍ଜର ବୋଲି ଧରିନେବେ, ମୁଁ ସେଇୟା ଭାବିଲି ।

– ଆଉ କିଛି ସେମିତି କଲୁ କି ?

– ନା, ଆଉ କିଛି ନୁହଁ ।

– ତା'ପରେ ତୁ ଜାର୍ମିସ୍ଟନ୍ ଗଲୁ ? କୋଉ ଜାଗାକୁ ?

– ଲୋକେସନର ୧୨ ମାସେରୁ ଷ୍ଟିଟ୍‌ରେ ଥିବା ଜୋସେଫ୍‌ ଭେଙ୍କୁ ଘରକୁ ।

– ଆଉ ତା'ପରେ ?

– ମୁଁ ସେଠି ଥିବାବେଳେ ପୋଲିସ୍‌ ଆସି ପହଞ୍ଚିଲା ।

– ସେଠୁ କ'ଣ ହେଲା ?

– ସେମାନେ ମୋର ନାଁ ଆବ୍‌ସାଲମ୍‌ କୁମାଲୋ କି ବୋଲି ପଚାରିଲେ । ମୁଁ ହଁ କଲି । ମୁଁ ଭୀଷଣ ଡରିଯାଇଥିଲି । ପ୍ରକୃତରେ ମୁଁ ସେଦିନ ପୋଲିସ୍‌ ପାଖକୁ ଯାଇ ଦୋଷ ସ୍ୱୀକାର କରିବି ବୋଲି ଭାବିଥିଲି । ହେଲେ ମୋରି ମୂର୍ଖାମି ଯୋଗୁଁ ସେତେବେଳକୁ ଏଥିପାଇଁ ଡେରି ହେଇଯାଇଥିଲା ।

– ତତେ ସେମାନେ ଗିରଫ କଲେ ?

– ନା, ସେମାନେ ଜୋହାନିସ୍‌ କୋଉଠି ଅଛି ପଚାରିଲେ । ମୁଁ ମନା କଲି । ମୁଁ ଜାଣି ନ ଥିଲି । କିନ୍ତୁ ଜୋହାନିସ୍‌ ନୁହେଁ, ମୁଁ ହିଁ ଗୋରା ଲୋକଟାକୁ ମାରିଥିଲି । ଆଉ ଜୋହାନିସ୍‌ ହିଁ ସେଇ ଘରର ରକ୍ଷକକୁ ପିଟି ତଳେ ପକେଇ ଦେଇଥିଲା । ମେଥ୍ୟୁ ମଧ ସେଠି ଥିବା କଥା ମୁଁ ସେମାନଙ୍କୁ କହିଲି । ମୁଁ ରିଭଲଭର୍‌ ଲୁଚାଇଥିବା ଜାଗାଟିକୁ ମଧ ତାଙ୍କୁ ଦେଖାଇ ଦେବି କହିଲି ।

ଆହୁରି ମଧ ତାଙ୍କୁ କହିଲି ଯେ ମୁଁ ଦୋଷ ସ୍ୱୀକାର କରିବାକୁ ଚାହୁଁଥିଲି । କିନ୍ତୁ ମୂର୍ଖାମି କରି ମୁଁ ଡେରି କରିଦେଲି । କାରଣ ମୁଁ ଭୀଷଣ ଡରି ଯାଇଥିଲି ।

– ତା'ପରେ ତୁ ଜୋହାନ୍‌ବର୍ଗର ଏସ୍‌ସ୍ଖୋୟାରରେ ଅତିରିକ୍ତ ମାଜିଷ୍ଟ୍ରେଟ ଏଣ୍ଟ୍ରିସ୍‌ କୋଏନ୍‌ଜି ପାଖରେ ଗୋଟେ ବୟାନ ଦେଲୁ ?

– ମୁଁ ତାଙ୍କର ନାଁ ଜାଣିନି ।

– ଏଇଟା ସେଇ ବୟାନ କି ?

ବୟାନଟିକୁ ପିଲାଟାର ହାତକୁ ବଢ଼େଇ ଦିଆଗଲା । ସେ ତାକୁ ଦେଖିଲା ଆଉ କହିଲା, ହଁ, ଏଇଟା ସେଇ ବୟାନ୍‌ ।

– ତା'ର ପ୍ରତିଟି ଶବ୍ଦ ସତ ?

– ପ୍ରତିଟି ଶବ୍ଦ ସତ ।

– ସେଥରେ କିଛି ମିଛ ନାହିଁ ?

– ସେଥରେ କିଛି ମିଛ ନାହିଁ । କାରଣ ମୁଁ ନିଜେ ସ୍ଥିର କରିଛି ଯେ ମୁଁ ଆଉ

ଏଣିକି ମିଛ କହିବି ନାହିଁ । ଜୀବନର ବାକି ଦିନରେ ମୁଁ ଆଉ କୌଣସି କୁକର୍ମ କରିବି ନାହିଁ ।

— ତୁ ତା ହେଲେ ପଶ୍ଚାତାପ କରୁଛୁ ?

— ହଁ, ମୁଁ ଅନୁତାପ କରୁଛି ।

— କାରଣ ତୁ ଅସୁବିଧାରେ ପଡ଼ିଲୁ ବୋଲି ?

— ହଁ, ଯେହେତୁ ମୁଁ ଅସୁବିଧାରେ ପଡ଼ିଲି ।

— ତୋର ପଶ୍ଚାତାପ ପଛରେ ଆଉ ଅନ୍ୟ କିଛି କାରଣ ଅଛି କି ?

— ନା, ସେମିତି ଆଉ କିଛି କାରଣ ନାହିଁ ।

କୋର୍ଟ ମୁଲତବି ରଖି ବିଚାରପତି ଓ ତାଙ୍କର ସହଯୋଗୀମାନେ ବାହାରି କି ଗଲାବେଲେ ଲୋକେ ଛିଡ଼ା ହେଇଗଲେ । ତଲ ଉପର ହେଇ ସଜା ହେଇଥିବା ସିଟ୍‌ର ଗଛ ପଟେ ଥିବା ଦ୍ୱାର ଦେଇ ସେମାନେ ବାହାରିଲେ । ପ୍ରଥା ଅନୁସାରେ ୟୁରୋପୀୟ ତ ଅଣ-ୟୁରୋପୀୟ ଯେ ଝା ଦ୍ୱାର ଦେଇ ଝୁଲିଗଲେ ।

କୁମାଲୋ ଓ ମିସିମାଙ୍ଗୁ, ଜାର୍ଭ୍‌ସ୍‌ ଓ ମିସେସ୍ ଲିଥେବେ ଏକାଠି ଜମା ହେଲେ । 'ହେଇ, ନିହତ ଲୋକଟାର ବାପା ସେଇଟୋ', ଲୋକେ କୁହାକୁହି ହେଉଥିବାର ସେମାନେ ଶୁଣି ପାରିଲେ । କୁମାଲୋ ସିଆଡ଼େ ଝୁହିଁ ଦେଖିଲେ । ହଁ, ଯାହାକୁ ମର୍ଡର କରାଯାଇଛି ତା'ର ବାପା ସିଏ । ଏଣ୍ଡେସେନି ଉପରେ ତାଙ୍କର ଜମି ଅଛି । ତାଙ୍କୁ ଚର୍ଚ୍ଚ ପାରି ହେଇ ଚଢ଼ିକି ଯିବାର ସେ ଅନେକ ଥର ଦେଖିଛନ୍ତି । କୁମାଲୋ ଥରି ଉଠିଲେ । ତାଙ୍କୁ ଆଉ ଅନେଇ ପାରିଲେନି । କାରଣ ଏପରି ଜଣେ ଲୋକଟାକୁ ଜଣେ କେତେ ସମୟ ବା ଝୁହିଁ ପାରିବ ?


୬

ପାର୍କଓଲଡ୍‌ର ଆର୍ଥର ଜାର୍ଭିସ୍ ହତ୍ୟାକାଣ୍ଡର ଅଭିଯୁକ୍ତଙ୍କ ବିଚାର ଉପରେ ସେତେଟା ଧାନ ଦିଆ ଯାଉ ନ ଥିଲା । କାରଣ ସୁନାର ସନ୍ଧାନ ମିଳିଥିଲା । ଆହୁରି ସୁନା, ନିରୁଟା ସୁନା । ଅରେଞ୍ଜ ଫ୍ରି ଷ୍ଟେଟ୍ ପ୍ରଦେଶରେ ଓଡ଼େନ୍‌ଡ୍ୱାଲସ୍‌ରୁ ଗୋଟେ ଛୋଟ ଜାଗା । କାଲିଯାଏଁ ଏଇ ଜାଗାଟିକୁ କେହି ଜାଣି ନ ଥିଲେ, ଆଜି ପୃଥିବୀର ବିଖ୍ୟାତ ଜାଗାରୁ ଏଇଟା ଅନ୍ୟତମ ।

ଦକ୍ଷିଣ ଆଫ୍ରିକାରେ ଏଯାବତ୍ ଆବିଷ୍ଟତ ହେଇଥିବା ଅନ୍ୟ ସୁନା ପରି ଏଇ ସୁନାଟା ଖାଣ୍ଟି, ଜୋହାନ୍‌ସ୍‌ବର୍ଗର ଅନ୍ୟ ସବୁ ଜିନିଷ ପରି ମହଙ୍ଗା । ଲୋକେ ଏବେଠୁ ଭବିଷ୍ୟବାଣୀ କରି ସାରିଲେଣି, ସେଠି କୁଆଡ଼େ ଗୋଟେ ନୂଆଁ ଜୋହାନ୍‌ସ୍‌ବର୍ଗ,

ଗୋଟେ ବ୍ୟସ୍ତବହୁଳ ରାଜରାସ୍ତା ଆଉ ଉତ୍ତୁଙ୍ଗ କୋଠାଘର ନେଇ ଆଉ ଗୋଟେ ମହାନଗରୀ ଗଢ଼ି ଉଠିବ । ଜୋହାନସ୍ବର୍ଗରେ ସୁନା ଖଣି ସରି ଆସୁଥିବାର ଜାଣି ଉଦାସ ହେଇ ପଡ଼ୁଥିବା ଲୋକେ ପୁଣି ଖୁସିରେ ଉଲ୍ଲସି ଉଠିଲେ । ସେମାନଙ୍କ କଥାରେ, ଦକ୍ଷିଣ ଆଫ୍ରିକାରେ ଗୋଟେ ନୂଆଁ ଜୀବନର ଉଦ୍ଘାପନ ସଞ୍ଚରିଯିବ ।

ଜୋହାନସ୍ବର୍ଗରେ ଭରପୁର ଉତ୍ସାହ, ଉଦ୍ଦୀପନା । ଷ୍ଟକ୍ ଏକ୍ସଚେଞ୍ଜରେ ଲୋକେ ଖୁସିରେ ମାତାଲ ପ୍ରାୟ ହେଇଗଲେ । ଆମ୍ଭହରା ହେଇ ଚିତ୍କାର କରୁ କରୁ ମୁଣ୍ଡରୁ ଟୋପୀ କାଢ଼ି ପବନରେ ଫିଙ୍ଗାଫିଙ୍ଗି କରୁଥିଲେ । କାରଣ ଖାଲି ଗୋଟେ ଆଶାରେ ସେମାନେ ସେୟାର କିଣିଥିଲେ । ଖଣିର ନାଁ ନ ଥିଲା । ଏବେ ସେଇ ସେୟାର ମୂଲ୍ୟ ଆଶାତୀତ ଭାବରେ ଶୀର୍ଷକୁ ଚଢ଼ୁଥାଏ ।

ଅରେଞ୍ଜ ଫ୍ରି ଷ୍ଟେଟ୍ର ବିସ୍ତୀର୍ଣ୍ଣ ତୃଣଭୂମି ବ୍ୟତୀତ ସେଠି ଆଉ କିଛି ନ ଥିଲା । କେବଳ ଗାଈ ଗୋରୁ, ମେଣ୍ଢା ଓ ସ୍ଥାନୀୟ ଗାଇଁଆଲ ଟୋକା ଛାଡ଼ିଦେଲେ ଆଉ କିଛି ନାଇଁ । ଖାଲି ଘାସ ବୁଦା ଓ ଏଠି ସେଠି ମାଣ୍ଡିଆ କ୍ଷେତ । ଡ୍ରିଲିଂ ମେସିନ୍ ଓ ମାଟି ତଳର ରହସ୍ୟ ଖୋଜୁଥିବା ଧୈର୍ଯ୍ୟବାନ୍ ଇଞ୍ଜିନିୟର କେତେ ଜଣଙ୍କ ଛଡ଼ା ସେଠି ଖଣି ପରି କିଛି ଦେଖା ଯାଉ ନ ଥାଏ । କେବଳ ସେଇ ବାଟ ଦେଇ ଯାଉଥିବା ସ୍ଥାନୀୟ ଅଧିବାସୀ ଜଣେ ଆଉ ଗାଇଁଆଲ ପିଲାଟିଏ ତାଙ୍କୁ ଦେଖୁଥାନ୍ତି । ଆଫ୍ରିକାନୀ କହୁଥିବା ବୁଢ଼ା ରକ୍ଷୀ ଜଣକ ନିଜ ଘୋଡ଼ାରେ ଚଢ଼ି ସେଇବାଟେ ଯାଉ ଯାଉ ତାଙ୍କୁ ଘୃଣାରେ କି ଭୟରେ ଆଶାରେ କେଜାଣି ରୁହୁଁଥାଏ ।

ବ୍ରିଡ଼ି ଭେଲ୍ଡର ଯାଦୁକରୀ ସେୟାରକୁ ଦେଖ । ଏଇଟା ଥିଲା କୋଡ଼ିଏ ସିଲିଂ, ଆଉ ତା'ପରେ ହେଲା ଚାଳିଶ ସିଲିଂ, ଆଉ ବିଶ୍ୱାସ କର ବା ନ କର ହେଲା ଅଶୀ ସିଲିଂ । ଅନେକ ଲୋକ ଏଥିରେ କାନ୍ଦିଲେ । କାରଣ କେହି ଜଣେ ତାକୁ ଦୁଇଟାରେ ନ ବିକି ବାରଟାରେ ବିକିଲା, କାରଣ ଆଉ କେହି ବାରଟାରେ ନ କିଣି ତାକୁ ଦୁଇଟାରେ କିଣିଲା ବିକ୍ରୀ କରିଥିବା ଲୋକଟା କାଲି ସକାଳକୁ ଆହୁରି ମନସ୍ତାପ କରିବ ଯେତେବେଳେ କି ସେୟାରଟା ଯାଇ ଶହେ ସିଲିଂକୁ ଚଢ଼ିବ ।

୩୫, ଏଇଟା ବିସ୍ମୟକର । ଦକ୍ଷିଣ ଆଫ୍ରିକାଟା ବିସ୍ମୟକର । ବିଦେଶରେ ଆମେ ମୁଣ୍ଡ ଟେକି ଚାଲି ପାରିବ । ଆଉ ବାହାରେ ଲୋକେ କହିବେ, ଆଃ, ଦକ୍ଷିଣ ଆଫ୍ରିକାରେ ତମେ ଧନୀ ।

ଓଡ଼େନ୍ଡାଲସ୍ରୁଷ୍ଟ, କି ଅପୂର୍ବ ଯାଦୁକରୀ ନାଁଟିଏ । ତଥାପି କେତେଜଣ ଷ୍ଟକ୍ ଏକ୍ସଚେଞ୍ଜରେ କୁହା କୁହି ହେଲେଣି ଯେ ଯେହେତୁ ଆଫ୍ରିକାନୀ ଭାଷାରେ ସେମିତି କିଛି ବିସ୍ମୟକର ନାଁ ନାହିଁ, ଯାର ଗୋଟେ ସହଜ ନାଁଟିଏ ରହିବା ଦରକାର । ସ୍ୱତଃ

କିମ୍ବା। ସ୍ମଟସ୍‌ଭିଲେଠାରୁ ଆଉ ସହଜ ନାଁ ଭଲା କ'ଣ ହେଇପାରେ। ହପ୍‌ମେର୍‌ ଠାରୁ ଆଉ ସହଜ କ'ଣ ହେଇପାରେ ? ନା – କିନ୍ତୁ ହପ୍‌ମେର୍‌ ନାଁରେ ଗୋଟେ ଜାଗା ତ ଆଗରୁ ରହିଛି – ଆଉ ତା ଛଡ଼ା – ଏଇଟା ବୋଧେ କିଛି ନାମରେ ଧରାଯାଇ ପାରିବନି।

ଏଇ ଖଣି ଗୁଡ଼ିକର ସବୁଠୁ ବାଜେ କଥାଟି ଏଇୟା – ଯେ ଗୁଡ଼ାକର ନାଁ ମାନ ଉଚ୍ଚାରଣ କରି ହୁଏ ନାହିଁ। ଏତେ ବୁଦ୍ଧିମାନ ଲୋକଙ୍କ ନିୟନ୍ତ୍ରଣରେ ଥିବା ବିରାଟ ଶିକ୍ଷା, ପୁଣି ବ୍ୟବସାୟିକ ଉଦ୍ୟୋଗର ଏତେ ବିରାଟ ଅଗ୍ରଗତିକୁ ଏମିତି ଉଚ୍ଚାରଣ ହେଇ ପାରୁ ନ ଥିବା ନାଁ କେତେଟା ବାଧା ଦଉଛି : Blyvoorruizticht, Welgedacht, Langlaagte, ଆଉ ଏବେ ପୁଣି Odendaalsrustö ଏଥରକ ଆସ ଆମେ ଏଇ ସବୁକୁ ବିରୋଧ କରିବା। କ୍ଲବରେ କହିବା, ଘରୋଇ କଥାବାର୍ତ୍ତାରେ କହିବା କାରଣ ଆମେ ଅଧିକାଂଶ ୟୁନାଇଟେଡ୍‌ ପାର୍ଟିର ସଭ୍ୟ। ଏଇ ଦଲ ସହଯୋଗ, ବନ୍ଧୁତ୍ୱପୂର୍ଣ୍ଣ ସମ୍ପର୍କ ଓ ଭାତୃତ୍ୱପୂର୍ଣ୍ଣ ପ୍ରେମ ଏବଂ ପାରସ୍ପରିକ ବୁଝାମଣାର ସଙ୍କେତ ବହନ କରେ। ତେବେ ଯଦି ଆଫ୍ରିକାନୀମାନେ ଦ୍ୱିଭାଷୀ ପ୍ରଥାକୁ ଅଯଥା ବରବାଦୀ ବୋଲି ଭାବନ୍ତି, ତା ହେଲେ ଏଇଟା ଗୁଡ଼ାଏ ଟଙ୍କାର ଅପଚୟକୁ ରୋକିଦେବ।

ସୁନା, ସୁନା, ସୁନା। ଦେଶଟା ପୁଣି ଥରେ ଧନୀ ହେବାକୁ ଯାଉଛି। କୋଡ଼ିଏ ସିଲିଂ ଉଠି ସେୟାରଗୁଡ଼ା ଶହେ ସିଲିଂରେ। କଥାଟିକୁ ଭାବି ଦେଖ। ଏଥିପାଇଁ ଈଶ୍ୱରଙ୍କୁ ଧନ୍ୟବାଦ ଜଣାଅ। ଏଇଟା ସତ ଯେ, ଏମିତି କେତେ ଲୋକ ଅଛନ୍ତି ଯେଉଁମାନେ ସେତେଟା କୃତଜ୍ଞ ହେଇ ନ ଥାନ୍ତି। ତେବେ ଏ କଥା ମାନିବାକୁ ପଡ଼ିବ ଯେ ସେମାନେ ବେଶୀ ସେୟାର କିଣି ନ ଥିଲେ, ଏମିତିକି କେତେଜଣଙ୍କ ପାଖରେ ଆଦୌ ସେୟାର ନ ଥିଲା।

ସେମାନଙ୍କ ଭିତରୁ କେତେକ ସର୍ବସାଧାରଣରେ ଏ କଥା କହିଲେ, ପାଖରେ ଆଦୌ ସେୟାର ନ ଥିବା ଏଇ ଲୋକମାନଙ୍କର କଥାର ଭେଳିକିଟା ଏବେ କୌତୁହଲକର ଓ ବିରକ୍ତିକର ମଧ। ଏସବୁ ଜିନିଷକୁ ନିୟନ୍ତ୍ରଣ କରୁଥିବା ଭାଗ୍ୟ କିମ୍ବା ପ୍ରକୃତି କିମ୍ବା ଜୀବନର ଗତି ଯାହା ବି ହେଉ ଗୋଟେ ରକମର ସାନ୍ତ୍ୱନା ଦିଏ। କଥାଟିକୁ ଦୟା ପରବଶ ହେଇ କିମ୍ବା ଶ୍ଳେଷ ଅର୍ଥରେ ବୁଝ ନାହିଁ, ନିରପେକ୍ଷ ଦୃଷ୍ଟିରେ ଦେଖ ବୁଝ। ତେବେ କଥାଟା ମନଗଢ଼ା, ବରଂ ନ କହିଥିଲେ ଭଲ ହେଇଥାନ୍ତା। କହିବା ପାଇଁ ଟଙ୍କା ପଇସା ଲାଭ କ୍ଷତି କଥା ନ ଥାଇ ଏଇ ଲୋକମାନେ କଥାର ଭେଳିକିରେ ବାମପନ୍ଥୀ କ୍ଲବ, ଗୀର୍ଜା ସଂଘ ଆଦି ଛୋଟ ଛୋଟ ଅନୁଷ୍ଠାନ ଗୁଡ଼ିକ

ବିଷୟରେ କହିବାକୁ ଲାଗିଲେ । ଏଇ ଅନୁଷ୍ଠାନମାନ ପ୍ରେମ ଓ ଭାତୃତ୍ୱ ପ୍ରସାର କରିଥାନ୍ତି । ସେମାନେ ଏ ବିଷୟରେ ଲେଖାଲେଖି ମଧ କଲେ । New Society ଓ Mankind is Marching ଆଦି ଛୋଟ ଛୋଟ ପତ୍ର ପତ୍ରିକାରେ ଅଧିକାଂଶ ଲେଖା ତଥା ଆଠ ପୃଷ୍ଠା ବିଶିଷ୍ଟ ସାପ୍ତାହିକୀ Cross at the Crossroads ରେ ମଧ ଅଳ୍ପ କିଛି ଲେଖା ବାହାରିଲା । ସପ୍ତାହ ସପ୍ତାହ ଧରି ଅନାହାରରେ ଜୀର୍ଣ୍ଣଶୀର୍ଣ୍ଣ ଦେଖାଯାଉଥିବା ଫାଦର୍ ବେରେସ୍‌ଫୋର୍ଡ଼ଙ୍କ ତତ୍ତ୍ୱାବଧାନରେ ପତ୍ରିକାଟା ପ୍ରକାଶ ପାଉଥାଏ । ଫାଦର୍ ଭଲ ଇଂରାଜୀ କହିପାରନ୍ତି, ଠିକ୍ ଅକ୍ସଫୋର୍ଡ଼ ଇଂରାଜୀ ପରି, ମାନେ ରୋଡ଼େସ୍ କିମ୍ବା ସ୍ଟେଲେନ୍‌ବକ୍‌ରେ ବୋଲାଯାଉଥିବା ଇଂରାଜୀ ପରି ନୁହେଁ । କେବେ ମୁଣ୍ଡ କୁଣ୍ଠାଇ ହୁଅନ୍ତିନି କିମ୍ବା ଇସ୍ତ୍ରିକରା ଜାମା ପିନ୍ଧନ୍ତିନି । ସେଥିପାଇଁ ସେ ସାଧାରଣ ଲୋକ ଭିତରେ ସହଜରେ ମିଶିଯାନ୍ତି । ଗୋଟେ ରୂପାନ୍ତରୀତ ବାଘ ପରି ସେ ସମଗ୍ର ପୃଥିବୀକୁ ରୁହେଁ ରହନ୍ତି । ଆଖି ଦୁଇଟା ଦପ୍‌ଦପ୍ । ଆଉ ସତରେ ରାତିର ଜଙ୍ଗଲରେ ତାଙ୍କର ଅସାମାନ୍ୟ ପତ୍ରିକାଟି ଲେଖୁଲେଖୁ ଉଜ୍ଜ୍ୱଲତାରେ ସେ ତେଜିୟାନ୍ ହେଇ ଉଠନ୍ତି । ସେ ଜଣେ ମିଶନାରୀ ଓ ଇଶ୍ୱରଙ୍କୁ ବିଶ୍ୱାସ କରନ୍ତି । ତେବେ ସବୁ ପ୍ରକାରର ଲୋକଙ୍କୁ ନେଇ ଏ ପୃଥିବୀଟି ଗଢ଼ା ।

ଏଇ ଲୋକଙ୍କ ଭିତରୁ କେତେଜଣ କହୁଥାନ୍ତି ଯେ ଏଇ ସେୟାର ଗୁଡ଼ା କୋଡ଼ିଏ ସିଲିଂରେ ରହିଯାଇଥିଲେ ଭଲ ହେଇଥାନ୍ତା । ବାକି ଅଶୀ ସିଲିଂକୁ କାମରେ ଲଗାଯାଇ ପାରିଥାନ୍ତା । ଉଦାହରଣ ସ୍ୱରୂପ, ଦେଶର ମାଟିର ସୁରକ୍ଷା ପାଇଁ ଏକ ବିରାଟ ମୃଭିକା କ୍ଷୟ-ନିରୋଧକ ତିଆରି କରାଯାଇ ପାରନ୍ତା । ଆର୍ଥିକ ସାହାଯ୍ୟ କରି କମ୍ ବ୍ୟୟରେ ଯୁବକ ସଂଘ, ମହିଳା ସଂଘ, ସମାଜ କଲ୍ୟାଣ ଭବନ ତଥା ଆହୁରି ଅଧିକ ସଂଖ୍ୟାରେ ଡାକ୍ତରଖାନା ନିର୍ମାଣ କରାଯାଇ ପାରନ୍ତା । ଖଣି ଶ୍ରମିକଙ୍କ ପାଇଁ କିଛି କରିଥିଲେ କେତେ ଭଲ ହେଇଥାନ୍ତା ।

ଏଇଟାକୁ ଏକ ଗୋଲମାଲିଆ ଚିନ୍ତାଧାରା ବୋଲି ଯେ କେହି କହିପାରେ । କାରଣ ସେୟାରର ମୂଲ୍ୟ ସହିତ ମଜୁରୀ ପ୍ରସଙ୍ଗର କିଛି ସମ୍ପର୍କ ନାହିଁ, ଯେହେତୁ ଏଇ ବିଷୟଟିକୁ କେବଳ ଖଣି ପରିବ୍ୟୟ ଓ ସୁନାର ମୂଲ୍ୟ ନିୟନ୍ତ୍ରିତ କରେ । ଯା ଭିତରେ ଆହୁରି ମଧ କୁହାଗଲାଣି ଯେ ଖଣିରେ ସଂପୃକ୍ତ କେତେକ ଧନୀ ଲୋକଙ୍କର କୁଆଡେ ଆଦୌ ସେୟାର ନାହିଁ । ଭାବିଲେ ଆଶ୍ଚର୍ଯ୍ୟ ଲାଗେ । କାରଣ ସେଇଟା ତ ନିଶ୍ଚୟ ଗୋଟେ ପ୍ରଲୋଭନ ।

ଯାହା ବି ହେଉ, ଆମେ ଏଥିରେ ବେଶୀ ଉଦାସ ହେବା କଥା ନୁହେଁ । ଏଇ ଅଶୀ ସିଲିଂର ସ୍ଥିତି ଆମ ଅପେକ୍ଷା ବେଶୀ ଅଲଗା ନୁହେଁ, ଏ କଥା ଜାଣିଗଲେ ଆମ

ଚିନ୍ତାର ଶେଷ ହେଇଯିବ । କଥାଟିକୁ ଆମେ ଆଉ ଗୋଟେ ଦୃଷ୍ଟିରୁ ଦେଖିବା । ଯଦି ସେୟାରଟା କୋଡ଼ିଏ ସିଲିଂରୁ ବଢ଼ି ବଢ଼ି ଅଶୀ ସିଲିଂରେ ପହଞ୍ଚେ, ତା ହେଲେ ଜଣେ ଅଶୀ ସିଲିଂ ଲାଭ ପାଇବ । ତେବେ ସେଇଟା ଯେ ଜଣକ ପାଖକୁ ଯିବ, ତା ନୁହେଁ । ତା ହେଲେ ସେ ସବୁଠୁ ଧନୀ ପାଲଟି ଯାଇ ସରକାର ପଞ୍ଚରେ ଜଣେ ପ୍ରଭାବଶାଳୀ ଲୋକ ହେଇଯିବ । ସମ୍ଭବତଃ ଅନେକ ଜଣ ଏଇ ଅଶୀ ସିଲିଂର ଅଂଶଧନ ପାଇବେ । କାରଣ ସେୟାରରେ ଆହୁରି ସମ୍ଭାବନା ଥିଲେ ମଧ୍ୟ ସେମାନେ ବ୍ୟସ୍ତ ହେଇ ତାକୁ ବିକି ଦିଅନ୍ତି । ଅବଶ୍ୟ ଏ କଥା ସତ ଯେ ଏଇ ଲୋକମାନେ ଏଇ ଟଙ୍କାଟା ଖଟି ନଥାନ୍ତି, କହିବାର ମାନେ ପ୍ରକୃତରେ ପରିଶ୍ରମ କରି ନ ଥାନ୍ତି । ତେବେ ଜଣେ ଲୋକ ତା'ର ଦମ୍ ଓ ଦୂରଦୃଷ୍ଟି ପାଇଁ କିଛି ତ ପାଇବ, ପୁଣି ତା'ର ମାନସିକ ଶ୍ରମକୁ ବି ବିଚାରକୁ ନିଆଯିବା ଦରକାର । ଏବେ ଏଇ ଲୋକମାନେ ଏଇ ଅଶୀ ସିଲିଂକୁ ଖର୍ଚ୍ଚ କରିବେ ଓ ଅନ୍ୟମାନଙ୍କ ପାଇଁ ଆହୁରି କାମର ସୁଯୋଗ ସୃଷ୍ଟି କରିବେ ଯଦ୍ୱାରା ଦେଶ ଅଶୀ ସିଲିଂରେ ଆହୁରି ଧନୀ ହେବ । ସେମାନଙ୍କ ଭିତରୁ ଅନେକ ଜଣ ଯୁବକ ସଂଘ, ମହିଳା କ୍ଲବ, ସମାଜ କଲ୍ୟାଣ ଅନୁଷ୍ଠାନ ହସ୍ପିଟାଲକୁ ମୁକ୍ତ ହସ୍ତରେ ଦାନ କରିବେ । ବ୍ଲୁ ଫଣ୍ଟେନ, ଗ୍ରାହାମସ୍ ଟାଉନ ଓ ବିଉଫୋର୍ଟ ୱେଷ୍ଟ ଆଦି ସୁଦୂର ଜାଗାରେ ଲୋକେ ଯେମିତି ଭାବନ୍ତି ଯେ ଜୋହାନସ୍ବର୍ଗରେ କେବଳ ସମସ୍ତେ ଟଙ୍କା ଟଙ୍କା ହୁଅନ୍ତି, ସେଇଟା ଭୁଲ । ମୁଁ ତ ଭାବେ, ଅନ୍ୟ ଯେ କୌଣସି ସହର ପରି ଆମର ଏଠି ବି ଅନେକ ଦାୟିତ୍ୱବାନ୍ ସ୍ୱାମୀ ଓ ବାପା ମାନେ ଅଛନ୍ତି । ଏଠିକାର କେତେଜଣ ବଡ଼ଲୋକ ତ ବିଖ୍ୟାତ କଳାକୃତିମାନ ସଂଗ୍ରହ କରିଛନ୍ତି । ତା'ର ଅର୍ଥ କଳାକାର ମାନଙ୍କ ପାଇଁ କାମ ଯୋଗାଇଛନ୍ତି ଓ କଳାକୁ ଲୁପ୍ତ ହେବାରୁ ରକ୍ଷା କରିଛନ୍ତି । ଆଉ କେତେଜଣ ତ ଉତ୍ତରରେ ବଡ଼ ବଡ଼ ଗୋପାଳନ ଫାର୍ମ କରିଛନ୍ତି ଯେଉଁଠି ସେମାନେ ଚିତ୍ତ ବିନୋଦନ ପାଇଁ ଶୀକାର କରନ୍ତି ଓ ପ୍ରକୃତି ସହିତ ଏକାତ୍ମ ହୁଅନ୍ତି ।

        ଏବେ ଯେହେତୁ ଅନ୍ୟ ଲୋକଙ୍କ ପାଇଁ ଗୁଡ଼ାଏ କାମ ରହିଛି, ଏଇ ଲୋକମାନେ ଏଇ ଅଶୀ ସିଲିଂରୁ କିଛି ଖର୍ଚ୍ଚ କରିବା ଆରମ୍ଭ କରିବେ । ଅବଶ୍ୟ, ସବୁଟକ ନୁହେଁ । କାରଣ ଶହେ ସିଲିଂ ବିକୁଥିବା ଲୋକ ପୁଣି ସେଇ ସେୟାର କିଣିବା ପାଇଁ ନିଶ୍ଚେ କିଛି ରଖିବେ । ତେବେ ଚଷୀମାନେ ବେଶୀ ଖାଦ୍ୟ ଉତ୍ପାଦନ କରିବେ, ନିର୍ମାଣକାରୀମାନେ ଆହୁରି ଜିନିଷ ତିଆରି କରିବେ ଆଉ ସିଭିଲ୍ ସାର୍ଭିସରେ ଆହୁରି ପୋଷ୍ଟ ବାହାରିବ । ଅବଶ୍ୟ ଆମେ ଯେ କାହିଁକି ଆହୁରି ପ୍ରଶାସନିକ ଅଧିକାରୀ ଦରକାର କରିବା ସେଇଟା ଆଉ ଗୋଟେ ପ୍ରଶ୍ନ ଆଉ ସେଇ

ପ୍ରସଙ୍ଗଟିକୁ ଏଠି ଆମେ କ୍ଵଚିତ୍ ଏଠିକି ଆଣି ପାରିବା । ଏଇ ଅଞ୍ଚଳର ସ୍ଥାନୀୟ ଅଧିବାସୀମାନେ ଆଉ ଭୋକ ଉପାସରେ ରହିବେ ନାହିଁ । ଲୋକମାନେ ଖଣିକୁ ଆସିବେ । ତାଙ୍କ ପାଇଁ ବଡ଼ ବଡ଼ ହଟା ତିଆରି ହେବ । ସେମାନଙ୍କ ଖାଦ୍ୟରେ ଆହୁରି ବେଶୀ ବେଶୀ ଭିଟାମିନ୍ ଦିଆଯିବ । ତେବେ ଏଥ୍ ପ୍ରତି ଟିକେ ଆମକୁ ଯତ୍ନଶୀଳ ହେବାକୁ ପଡ଼ିବ । କାରଣ କେତେଜଣ ଯା' ଭିତରେ ଆବିଷ୍କାର କରିଛନ୍ତି ଯେ ଶ୍ରମିକମାନେ ମାତ୍ରାଧିକ ଭିଟାମିନର ପ୍ରାବଲ୍ୟରେ ପଡ଼ିଯିବେ । ଏଇଟା ହେଉଛି ହ୍ରାସମାନ ପ୍ରତିଫଳର ନିୟମ ।

ବୋଧହୁଏ ଏଠି ଗୋଟେ ବିରାଟ ମହାନଗରୀ ଗଢ଼ି ଉଠିବ, ଗୋଟେ ଦ୍ୱିତୀୟ ଜୋହାନସ୍ବର୍ଗ, ତା ସହିତ ଗୋଟେ ଦ୍ୱିତୀୟ ପାର୍କଟାଉନ୍ ଓ ଗୋଟେ ଦ୍ୱିତୀୟ ହଟନ, ଗୋଟେ ଦ୍ୱିତୀୟ ପାର୍କଓଲ୍ଡ୍ ଓ ଗୋଟେ ଦ୍ୱିତୀୟ କେସିଂଟନ୍, ଗୋଟେ ଦ୍ୱିତୀୟ ଜେପ୍, ଗୋଟେ ଦ୍ୱିତୀୟ ଭ୍ରେଡେଡର୍ପ, ଗୋଟେ ଦ୍ୱିତୀୟ ପିମ୍ଭିଲୋ ଓ ଗୋଟେ ଦ୍ୱିତୀୟ ସାଣ୍ଡି ଟାଉନ୍ – ଗୋଟେ ବିରାଟ ମହାନଗରୀ ଯାହାକି ଓଡେନ୍ଡ୍ରାଲ୍ସ୍ବର୍ଗର କୌଣସି ଅଧିବାସୀ ପାଇଁ ଗର୍ବର ବିଷୟ ହେବ । ହେଲେ ଏଇ ନାଁଟା ଅଖାଡୁଆ ଲାଗୁ ନାହିଁ ?

*

କିନ୍ତୁ ଆଉ ଏମିତି କେତେଜଣ ଅଛନ୍ତି ଯେଉଁମାନେ ଏମିତି ହେବା କଥା ନୁହଁ ବୋଲି କହନ୍ତି । ସବୁ ୱେଲ ଫେୟାର ୱାର୍କର, ଫାଦର ବେରେସଫୋର୍ଡ ଓ କାଫେରଭାଇ ମାନେ କହନ୍ତି ଯେ ଏମିତି ଆଦୌ ହେବା ଉଚିତ ନୁହେଁ । ଅବଶ୍ୟ ଏଇ କଥାଟା ସତ ଯେ ସେମାନଙ୍କ ହାତରେ ପରସ୍ପରକୁ ଦେଖାଇବା ପାଇଁ ସୁଦ୍ଧା ଖଣ୍ଡେ ସେୟାର କାଗଜ ନାହିଁ । ଖଣିର ଜଣେ ଅନ୍ୟତମ ମହାନ୍ ବ୍ୟକ୍ତି ସାର୍ ଆରନେଷ୍ଟ ଓପେନ୍ ହେଇମର ମଧ କହିଛନ୍ତି ଯେ ଏମିତି ହେବା ନୁହଁ । ସେ କହନ୍ତି ଯେ, କୌଣସି ଖଣି ପରିସରରେ ନୁହେଁ ବରଂ ଗାଁରେ ଆମେ ଜଣେ ଖଣି ଶ୍ରମିକକୁ ରହିବାର ସୁଯୋଗ ଦେବା ଯେଉଁଠି ସେ ତା'ର ସ୍ତ୍ରୀ ପିଲାଛୁଆ ଧରି ରହି ପାରିବ । ଆହୁରି ମଧ ଶୁଣାଯାଏ ଯେ ଫ୍ରି ଷ୍ଟେଟ୍ ଖଣି ଅଞ୍ଚଳର ଅଗ୍ରଗତିକୁ ନିୟନ୍ତ୍ରଣ କରିବା ପାଇଁ ସରକାର କୁଆଡେ ଟେନେସି ଭେଲି ଅଥରିଟି ପରି ଗୋଟେ ସଂଗଠନ ବସାଇବ ।

ସାର୍ ଆରନେଷ୍ଟ ଓପେନ୍ ହେଇମର, ସେମାନେ ପୁଣି ଥରେ ତମର କଥା ଶୁଣିବାକୁ ରହାଁନ୍ତି । ତାଙ୍କ ଭିତରୁ କେତେକ ତମ ପାଇଁ କରତାଳି ଦିଅନ୍ତି । ଆଉ କେତେଜଣ ଶୋଇଲା ଆଗରୁ ତମରି ପାଇଁ ପ୍ରଭୁଙ୍କୁ କୃତଜ୍ଞତା ଜଣାନ୍ତି । କାରଣ ଖଣି

ମଣିଷ ପାଇଁ, ଟଙ୍କା ପାଇଁ ନୁହଁ । ଟଙ୍କା ଏମିତି ଗୋଟେ ଜିନିଷ ନୁହେଁ ଯାରି ପାଇଁ ପାଗଳ ହେବ ଓ ଶୂନ୍ୟକୁ ତମର ଟୋପୀ ଫିଙ୍ଗିବ । ଟଙ୍କା ଖାଦ୍ୟ, ବସ୍ତ୍ର ଓ ଆରାମ ପାଇଁ, ଖୁସିରେ କେବେ ସିନେମାଟେ ଯିବା ପାଇଁ । ଟଙ୍କାଟା ପିଲାଛୁଆଙ୍କ ଖୁସି ପାଇଁ । ଟଙ୍କା ସୁରକ୍ଷା ପାଇଁ, ଆଉ ଅଭିଳାଷ ପାଇଁ । ମାଟିରେ ଉପୁଜା ଫଳ କିଣିବା ପାଇଁ ତ ଟଙ୍କା, ଯେଉଁ ମାଟିରେ ତମେ ଜନ୍ମ ହେଇଛ ।

*

ଧରାପୃଷ୍ଠରେ ଆଉ ଦ୍ୱିତୀୟ ଜୋହାନ୍ସବର୍ଗ ଲୋଡ଼ା ନାହିଁ । ଗୋଟିଏ ଯଥେଷ୍ଟ ।

୨

ଜାର୍ଭିସ୍ ପୁଣି ଥରେ ଘରକୁ ଯିବା କଥା ଭାବିଲେ । ଶୋଇବା ଘରକୁ ଯାଇଥିବା ଉପର ପାହାଚ ଓ ଦାଗଲଗା ଚଟାଣ ପାରି ହେଇ ରୋଷେଇ ଘର ବାଟେ ଯିବାଟା ମୁର୍ଖାମୀ । କିନ୍ତୁ ସେ ସେଇ ବାଟ ଦେଇ ଗଲେ । ଶୋଇବା ଘରକୁ ନ ଯାଇ ପଢ଼ା ରୁମ୍‌କୁ ଗଲେ । ରୁମ୍‌ଟା ବହିରେ ଭର୍ତି । ସେ ବହି ଥାକ ଘୁରି ଘୁରି ଦେଖିଲେ । ଆବ୍ରାହମ ଲିଙ୍କନ୍‌ଙ୍କ ଉପରେ ଗୋଟେ ଥାକ ଭର୍ତି । ଆଉ ଗୋଟେ ଥାକରେ ଦକ୍ଷିଣ ଆଫ୍ରିକା ବିଷୟରେ ଥିବା ବହି । ଆଫ୍ରିକାନୀ ମାନଙ୍କ ବିଷୟରେ ଥିବା ବହି ଥାକ, ଧର୍ମ ଗ୍ରନ୍ଥ ଓ ସମାଜତତ୍ତ୍ୱ ତଥା ଅପରାଧ ଏବଂ ଅପରାଧୀ ବିଷୟରେ ଭରପୂର ବହିଥାକ, ପୁଣି କବିତା ଓ ଉପନ୍ୟାସ ଓ ସେକସ୍‌ପିଅରରେ ଭର୍ତି ବହିଥାକ ମାନ ବୁଲି ଦେଖିଲେ । କ୍ରୁଶବିଦ୍ଧ ଯୀଶୁ, ଆବ୍ରାହମ ଲିଙ୍କନ, ଭର୍ଜିଲେଜେନ୍ ଓ ଶୀତର ପୃଷ୍ଠଭୂମିରେ ଉଠିଲୋ ବୃକ୍ଷରାଜିର ଫଟୋଚିତ୍ରକୁ ଅନେଇଲେ । ସେ ଟେବୁଲ ପାଖରେ ବସି ପଡ଼ିଲେ । ଟେବୁଲ ଉପରେ କ'ଣ ସବୁ କରିବାକୁ ହେବ ଓ କୋଉଠିକି ଯିବାକୁ ହେବ ତା'ର ଟିପା କାଗଜ ପଡ଼ିଥାଏ ଓ ଦକ୍ଷିଣ ଆଫ୍ରିକାରେ କୋଉଟା ଅନୁମତି ସିଦ୍ଧ ଓ କୋଉଟା ନୁହେଁ ତା'ର ଗୋଟେ ଲେଖା ରଖା ହେଇଥାଏ ।

ସେ ତାଙ୍କର ପୁଅର ଟେବୁଲର ଡ୍ରୟର୍ ଖୋଲିଲେ । ସେଠି ହିସାବପତ୍ର କାଗଜ, ଲଫାପା, ପେନ୍, ପେନ୍‌ସିଲ, ବ୍ୟାଙ୍କରୁ ଫେରି ଆସିଥିବା ପୁରୁଣା ଚେକ୍ ଥିଲା । ଆଉ ଗୋଟେ ଡ୍ରୟରରେ ଟାଇପ କରା ଲେଖା କେତୋଟି । ପ୍ରତିଟି ଲେଖାରେ ପିନ୍ ମରା ହେଇଥାଏ ଓ ଗୋଟିକ ପରେ ଗୋଟେ ଲେଖା ବେଶ୍ ଯତ୍ନରେ ରଖା ହେଇଥାଏ । ତା ଭିତରୁ ଗୋଟେ ଲେଖା ହେଲା 'The Need for Social Centres', ଆଉ ଗୋଟେ 'Birds of a Parkwold Garden ଓ

ଆହୁରି ଗୋଟେ 'India and South Africa' ଇତ୍ୟାଦି । ତାରି ଭିତରୁ ସେ Private Essay on the Evolution of a South African ଲେଖାଟି କାଢ଼ି ପଢ଼ି ବସିଲେ:

"ଜଣେ ଦକ୍ଷିଣ ଆଫ୍ରିକୀୟ ହେଇ ଜନ୍ମ ହେବାଟା ଦୁଃସହ । ଆଫ୍ରିକାନ୍‌ସ ଭାଷା କହୁଥିବା ଦକ୍ଷିଣ ଆଫ୍ରିକାର ଶ୍ୱେତକାୟ ହେଇ ଜଣେ ଜନ୍ମ ହେଇପାରେ କିମ୍ବା ଇଂରାଜୀ ଭାଷା କହୁଥିବା ଦକ୍ଷିଣ ଆଫ୍ରିକୀୟ ହେଇପାରେ, କିମ୍ବା କଳା ଗୋରାଙ୍କ ମିଶ୍ରିତ ବଂଶଜ ବ୍ୟକ୍ତି ହେଇପାରେ ଅଥବା ଜଣେ ଜୁଲୁ ହେଇପାରେ । ପିଲା ଥିଲାବେଳେ ମୁଁ ଯେମିତି ସାବୁଜା ପାହାଡ଼ ଓ ବିରାଟ ଉପତ୍ୟକା ଚଢ଼ୁଥିଲି, ଠିକ୍ ସେମିତି ଜଣେ ଚଢ଼ିପାରେ । ଜଣେ ଠିକ୍ ମୋରି ପରି ଦେଖିପାରେ, ଯେମିତିକି ପିଲାଦିନେ ମୁଁ ବାଣ୍ଟୁ ସଂପ୍ରଦାୟର ସଂରକ୍ଷିତ ଅଞ୍ଚଳକୁ ଦେଖୁଥିଲି, ଅଥଚ ସେଠି କ'ଣ ସବୁ ଘଟୁଛି ତାହା ଆଦୌ ଦେଖି ପାରୁ ନ ଥିଲି । ପିଲାଦିନେ ଠିକ୍ ମୋରି ପରି ଜଣେ ଶୁଣି ପାରେ ଯେ ଦକ୍ଷିଣ ଆଫ୍ରିକାରେ ଇଂରାଜୀ କହୁଥିବା ଲୋକଙ୍କ ଅପେକ୍ଷା ଆଫ୍ରିକାନ୍‌ସ ଭାଷା କହୁଥିବା ଲୋକ ଅଧିକ ଅଛନ୍ତି । ଅଥଚ ସେମାନେ ନିଜ କଥା ଦେଖନ୍ତି ନାହିଁ କି ଜାଣନ୍ତି ନାହିଁ । ପିଲାଦିନେ ଠିକ୍ ମୋରି ପରି ଜଣେ ସୌନ୍ଦର୍ଯ୍ୟମୟୀ ଦକ୍ଷିଣ ଆଫ୍ରିକା ବିଷୟରେ ପୁସ୍ତିକା ପଢ଼ିପାରେ । ପୃଥିବୀର ଝଡ଼ ବତାସରୁ ସଂରକ୍ଷିତ ସୌନ୍ଦର୍ଯ୍ୟ ଓ ସୂର୍ଯ୍ୟର ଦେଶ ବିଷୟରେ ପଢ଼େ, ଗର୍ବ ବୋଧ କରେ ଓ ତାକୁ ଭଲପାଏ, ଅଥଚ ତା ବିଷୟରେ କିଛି ଜାଣି ପାରେ ନାହିଁ । ବଡ଼ ହେଲା ପରେ ଜଣେ ଜାଣି ପାରେ ଯେ ଏଠି ସୂର୍ଯ୍ୟ, ସୁନା ଓ କମଳା ଲେମ୍ବୁ ବ୍ୟତୀତ ଅନ୍ୟ କିଛି ବି ରହିଛି । ସେତିକିବେଳେ ହିଁ ଜଣେ ଆମ ଦେଶର ଘୃଣା ଓ ଭୟ ବିଷୟରେ ଜାଣି ପାରେ । ସେତେବେଳେ ହିଁ ତା'ର ଭଲ ପାଇବାଟା ଆବେଗପୂର୍ଣ୍ଣ ଓ ଗଭୀର ହୁଏ – ଠିକ୍ ଯେମିତି ଜଣେ ପୁରୁଷ ଜଣେ ନାରୀକୁ ତା'ର ସତ୍ୟ, ମିଥ୍ୟା, ଉଦାସୀନ, ସ୍ନେହପ୍ରବଣ, ନିଷ୍ଠୁର, ଭୀତ ସ୍ୱଭାବ ସବୁକୁ ନେଇ ଭଲ ପାଏ ।

ଗୋଟିଏ ଋଷୀ ପରିବାରରେ ମୋର ଜନ୍ମ । ସମ୍ମାନାସ୍ପଦ ବାପା ମା'ଙ୍କ ତତ୍ତ୍ୱାବଧାନରେ ମୁଁ ବଢ଼ିଥିଲି । ଶିଶୁ ହିସାବରେ ମୋର ସବୁ ଇଚ୍ଛା ଓ ଆବଶ୍ୟକତାକୁ ପୂରଣ କରାଯାଇଥିଲା । ମୋର ବାପା ନୀତି ନିୟମ ମାନି ଚଳୁଥିଲେ । ସେମାନେ ସ୍ପଷ୍ଟବାଦୀ ଓ ଦୟାଳୁ ଥିଲେ । ସେମାନେ ମତେ ପ୍ରତ୍ୟହ ପ୍ରାର୍ଥନା ଶିଖାଉଥିଲେ ଓ ନିୟମିତ ଭାବରେ ଚର୍ଚ୍ଚକୁ ନେଇ ଯାଉଥିଲେ । ରୁକର ବାକର ସହିତ ସେମାନଙ୍କର କିଛି ଝମେଲା ନ ଥିଲା । ମୋ ବାପାଙ୍କ ପାଖରେ କାମ କରିବାକୁ ଲୋକର ଅଭାବ ନ ଥିଲେ । ସେମାନଙ୍କ ପାଖରୁ ମୁଁ ଶିଖିଲି ଯେ ଜଣେ ଶିଶୁ ସମ୍ମାନବୋଧ ଓ

ବଦାନ୍ୟତା ଓ ଉଦାରତା ଶିଖିବା ଉଚିତ । କିନ୍ତୁ ଦକ୍ଷିଣ ଆଫ୍ରିକା ବିଷୟରେ ମୁଁ ଆଦୌ କିଛି ଶିଖି ପାରିଲି ନାହିଁ ।"

ସ୍ତବ୍‌ଧ ଓ ବ୍ୟଥିତ ଜାର୍ଭିସ୍ କାଗଜ ଖଣ୍ଡିକୁ ରଖିଦେଲେ । କ୍ଷଣିକ ପାଇଁ ସେ କ୍ରୋଧ ପରି କିଛିଟା ଅନୁଭବ କଲେ । କିନ୍ତୁ ଆଙ୍ଗୁଠିରେ ଆଖି ପୋଛି ସେ ତାକୁ ଝାଡ଼ିଝୁଡ଼ି ଦେଲେ । ହେଲେ ସେ ଖାଲି ଥରିଲେ ଓ ଆଉ ଆଗକୁ କିଛି ପଢ଼ି ପାରିଲେ ନାହିଁ । ଛିଡ଼ା ହେଇ ଟୋପୀ ଖଣ୍ଡିକ ପିନ୍ଧିଲେ ଓ ପାହାଚ ଦେଇ ତଳକୁ, ପାଖାପାଖି ଦାଗଥିବା ଚଟାଣଯାଏଁ ତଳକୁ ଓହ୍ଲାଇଲେ । ପୋଲିସ୍‌ ତାଙ୍କୁ ସଲାମ ଠୁଙ୍କିବା ଉପରେ ଥିଲେ । କିନ୍ତୁ ସେ ବୁଲିପଡ଼ି ଉପରକୁ ଉଠିଲେ ଓ ପୁଣି ଟେବୁଲ ପାଖରେ ବସି ପଡ଼ିଲେ । ସେ କାଗଜ ଖଣ୍ଡିକ ଉଠାଇ ଶେଷ ଯାଏଁ ପଢ଼ିଲେ । ଯାହା ବି ହେଉ, ସେ ବୋଧହୁଏ ଶଢ଼ର ମୀମାଂସାକାରୀ ଥିଲେ । କାରଣ ଅନ୍ତିମ ପରିଚ୍ଛେଦଟି ତାଙ୍କୁ ଆପ୍ଲୁତ କରିଦେଲା । ସେ ବୋଧହୁଏ ଅଭିମତ ଗୁଡ଼ିକର ବିର୍ଟରକ ଥିଲେ ।

"ସେଥିପାଇଁ ମୁଁ ନିଜକୁ ଓ ମୋର ସମୟ, ମୋର ଶକ୍ତି, ମୋର ବୁଦ୍ଧିକୁ ଦକ୍ଷିଣ ଆଫ୍ରିକାର ସେବାରେ ନିଯୋଜିତ କରିବି । କେଉଁ କାମଟି କେତେ ଜରୁରୀ ତାହା ମୁଁ ନିଜକୁ ଆଉ ପଚରିବି ନାହିଁ । କେବଳ କାମଟି ଠିକ୍ ହେବା କଥା । ମୁଁ ଏଇୟା କରିବାର ମାନେ ନୁହେଁ ଯେ ମୁଁ ଉଦାର ଓ ନିସ୍ୱାର୍ଥପର । ବରଂ ଏଇଥିପାଇଁ ଯେ ଜୀବନ ଅଲକ୍ଷିତ ଭାବେ ଧୀରେ ଧୀରେ ଖସିଯାଏ, ଆଉ ମୋର ଅବଶିଷ୍ଟ ଯାତ୍ରା ପାଇଁ ମତେ ଗୋଟିଏ ଧ୍ରୁବତାରା ଲୋଡ଼ା ଯେଉଁ ତାରା ମୋ ସହିତ ମିଥ୍ୟା ଆଚରଣ କରିବ ନାହିଁ । ମତେ ମିଛ କହୁ ନ ଥିବା ଗୋଟେ ଦିଗ୍ ବାରେଣୀ ଲୋଡ଼ା । ମୁଁ ଏଇୟା କରିବାର କାରଣ ନୁହେଁ ଯେ ମୁଁ ଜଣେ ନିଗ୍ରୋ-ଆସକ୍ତ ଓ ମୋର ନିଜ ଜାତିର ବିଦ୍ୱେଷୀ । ବରଂ ଏଇ ଯେ ଆଉ କିଛି କରିବା ପାଇଁ ମୁଁ ନିଜ ଭିତରେ ଖୋଜି ପାଉ ନାହିଁ । ଏହାକୁ ଅନ୍ୟ କୋଉଟା ସହିତ ତୁଲନା କଲେ ମତେ ନିରାଶ ଲାଗେ । ଏଇଟା କରିବାଟା ଠିକ୍ ନା ଭୁଲ୍ ବୋଲି ନିଜକୁ ପ୍ରଶ୍ନ କଲେ ମତେ ନିଃସହାୟ ଲାଗେ । ମୋର ଏପରି କରିବାଟାକୁ ଲୋକମାନେ – ଗୋରା ଲୋକ କିମ୍ୱା କଳା ଲୋକ, ଇଂରେଜ ଲୋକ କିମ୍ୱା ଆଫ୍ରିକାନ୍‌ ଭାଷା କହୁଥିବା ଦକ୍ଷିଣ ଆଫ୍ରିକାର ଗୋରା ଲୋକମାନେ, ଅଣ ଲହୁଦୀ ବା ଇହୁଦୀ ଲୋକମାନେ ସ୍ୱୀକୃତି ଦେବେ କି ନାହିଁ ଏ କଥା ଭାବିଲେ ମତେ ନିରାଶ ଲାଗେ । ତେଣୁ ଯେଉଁଟା ଠିକ୍ ମୁଁ ସେଇଟା କରିବାକୁ ଚେଷ୍ଟା କରିବି ଓ ଯାହା ସତ ତାହା କହିବି ।

ମୁଁ ସାଧୁ ଓ ସାହସୀ ବୋଲି ଏହା କରୁ ନାହିଁ । ବରଂ ଏଇଥିପାଇଁ ଯେ ମୋର ଗଭୀରତମ ଆମ୍ଭର ସଂଘର୍ଷକୁ ଶେଷ କରିବା ପାଇଁ ଏଇଟା ହିଁ ଏକମାତ୍ର ରାସ୍ତା ।

ମୋର ଏପରି କରିବାର କାରଣ ଏଇ ଯେ-ମୋର ଗୋଟିଏ ଭାଗ ଉଚ୍ଚାଭିଳାଷ ରଖିବା ଓ ଅନ୍ୟ ଭାଗଟି ତା'ର ଅସ୍ୱୀକାର କରିବାଟା ଆଉ ମୁଁ ପାରୁ ନାହିଁ। ମୁଁ ସେମିତି ବଞ୍ଚିବାକୁ ରହୁ ନାହିଁ। ସେମିତି ବଞ୍ଚିବା ଅପେକ୍ଷା ମୁଁ ବରଂ ମରିଯିବି। ଯେଉଁମାନେ ନିଜର ବିଶ୍ୱାସ ବା ପ୍ରତ୍ୟୟ ପାଇଁ ମରିଛନ୍ତି ଓ ମରିବାଟାକୁ ସାହସିକ, ବିସ୍ମୟକର ବା ମହତ୍ ବୋଲି ଭାବି ନାହାନ୍ତି, ସେମାନଙ୍କୁ ମୁଁ ଠିକ୍ ବୁଝିପାରେ। ବଞ୍ଚିବା ଅପେକ୍ଷା ସେମାନେ ମରିଗଲେ। ବାସ୍, ସେତିକି।

ହଁ, କେବଳ ଯେ ଗୋଟେ ଓଲଟା ସ୍ୱାର୍ଥପରତା ମତେ ପ୍ରଣୋଦିତ କରୁଥିବା ଛଳନା କରିବାଟା ବିଶ୍ୱାସଯୋଗ୍ୟ ନୁହେଁ। ମତେ ଯାହା ଅନୁପ୍ରେରିତ କରେ ତାହା ମୋର ନିଜସ୍ୱ ନୁହେଁ। ଯେ କୌଣସି ମୂଲ୍ୟ ବିନିମୟରେ ହେଉ ପଛେ ଯୋଉଟା ଠିକ୍ ମତେ ସେଇଟା କରିବାକୁ ତାହା ବାଟ ବଢ଼ାଏ। ଏ ପରିପ୍ରେକ୍ଷୀରେ ମୁଁ ଭାଗ୍ୟବାନ୍, ମୁଁ ଏମିତି ଜଣେ ପତ୍ନୀକୁ ବିବାହ କରିଛି ଯାହାର ଚିନ୍ତାଧାରା ମୋ ସହିତ ସମାନ। ସେ ତା'ର ନିଜର ଭୟ ଓ ଘୃଣାକୁ ନିୟନ୍ତ୍ରଣରେ ରଖିବା ପାଇଁ ଚେଷ୍ଟା କରିଛି। ଆଶା ଅଭିଳାଷକୁ ଏହିପରି ସହଜ କରି ଦିଆଯାଇଛି। ମୋର ପିଲାମାନଙ୍କର ବୁଝିବା ବୟସ ହେଇ ନାହିଁ, ଏବେ ଛୋଟ ଅଛନ୍ତି। ତେବେ ବଡ଼ ହେଲାପରେ ସେମାନେ ଯଦି ମତେ ଭୟ ବା ଘୃଣା କରନ୍ତି ଅଥବା ଯଦି ସେମାନେ ମୁଁ ଆମର ସମ୍ପଦ ଭାବୁଥିବା ଜିନିଷ ପ୍ରତି ବିଶ୍ୱାସଘାତକତା କରିଛି ବୋଲି ଭାବନ୍ତି, ତା ହେଲେ ଏହା ବହୁତ କଷ୍ଟଦାୟକ ହେବ। କିନ୍ତୁ ଆମରି ଚିନ୍ତାଧାରାକୁ ଯଦି ସେମାନେ ଆପଣେଇ ନେବେ ତା ହେଲେ ତାହା ଅସରନ୍ତି ଆନନ୍ଦର ଉସ୍ ହେଇଯିବ। ଉସ୍ୱାହିତ, ଉଲ୍ଲସିତ ଓ ପ୍ରଫୁଲ୍ଲିତ ହେଇ ଏହା ଗୋଟେ ରକମ କୃତଜ୍ଞତାରେ ଭରି ଦେବ। ଏହାର ପ୍ରତ୍ୟାଶା ରଖିବା କଥା ନୁହଁ। ଏହାକୁ ହସ୍ତାନ୍ତର ବା ବାତିଲ କରାଯାଇପାରେ, କିନ୍ତୁ କୌଣସି ପରିସ୍ଥିତିରେ ସତ୍ୟର ମାର୍ଗକୁ ପରିବର୍ତ୍ତନ କରିବା ଉଚିତ ନୁହେଁ।

ଜାର୍ଭିସ୍ ଗୁଡ଼ାଏ ବେଳ ଧୂଆଁ ଟାଣି ବସି ରହିଲେ। ସେ ଆଉ ପଢ଼ିଲେ ନାହିଁ। କାଗଜ ଟକ ଡ୍ରୟରରେ ରଖିଦେଇ ବନ୍ଦ କରିଦେଲେ। ଧୂଆଁ ସରିବା ଯାଏଁ ସେ ସେଠି ବସି ରହିଲେ। ଧୂଆଁ ଟଣା ସରିଲା ପରେ ଟୋପୀ ଖଣ୍ଡିକ ପିନ୍ଧି ସେ ତଳ ପାହାଡ଼କୁ ଖସିଲେ। ସିଏ ସେଇ ସରୁ ବାଟ ଓ ତଳେ ଚଟାଣର ଦାଗକୁ ଡରୁ ନ ଥିଲେ। ସେଇ ବାଟ ଦେଇ ସେ ଆଉ ଯାଉ ନ ଥିଲେ। ସେତିକି।

ସାମ୍ନାରେ ଦୁଆରଟା ଆପେ ଆପେ ବନ୍ଦ ହେଇପାରୁଥିଲା। ସେ ବାହାରକୁ ବାହାରିଲେ। ଋକ୍ଷାର ଅଭ୍ୟାସର ସେ ଆକାଶକୁ ରୁହିଲେ। କିନ୍ତୁ ଗୋଟେ ଅଚିହ୍ନ

ଦେଶର ଆକାଶ ତାଙ୍କୁ କିଛି କହିଲା ନାଇଁ । ସେଇ ବାଟରେ ଗେଟ ବାହାରକୁ ଚାଲି
ଆସିଲେ । ପଛ ପଟ ଦ୍ୱାରରେ ଥିବା ପୋଲିସ୍ ଜଣକ ଦ୍ୱାର ବନ୍ଦ ହେବାର ଶୁଣି
ପାରିଲେ ଓ କଥାଟା ବୁଝି ପାରି ମୁଣ୍ଡ ଟୁଙ୍ଗାରିଲେ । ସେ ଆଉ ସାମ୍ନା କରି ପାରୁ
ନାହାନ୍ତି, ସେ ନିଜକୁ ନିଜେ କହିଲେ । ବୁଢ଼ା ଲୋକଟା, ଆଉ ୟାର ସାମ୍ନା କରିପାରୁ
ନାହାନ୍ତି ।

୮

ବାର୍‌ବାରା ସ୍ମିଥ୍ – ମାର୍ଗାରେଟ୍ ଜାର୍ଭିସଙ୍କ ପ୍ରିୟ ଝିଆରୀ ମାନଙ୍କ ଭିତରୁ
ଜଣେ । ସ୍ଵିଙ୍ଗରେ ଜଣେ ଲୋକକୁ ବାହା ହେଇଥିଲେ । ଗୋଟେ ଦିନ କୋର୍ଟରେ
କେସ୍ କାମ ବନ୍ଦ ଥିଲା । ସେ ଦିନ ଉଭୟେ ସ୍ଵାମୀ ସ୍ତ୍ରୀ ତାଙ୍କ ଘରକୁ ଗଲେ । ପୁଅର
ଅକାଳ ମୃତ୍ୟୁରେ ତାଙ୍କର ସ୍ତ୍ରୀ ତାଙ୍କ ଆଶଙ୍କା ଠାରୁ ଅଧିକ ଭାଙ୍ଗି ପଡ଼ିଥିଲେ । ସେଠିକି
ଗଲେ ତାଙ୍କର ସ୍ତ୍ରୀଙ୍କୁ ଟିକେ ଭଲ ଲାଗିବ, ସେ ଭାବିଲେ । ସ୍ତ୍ରୀଲୋକ ଦୁଇ ଜଣ
ଇକୋପୋ, ଲୁଫାଫା, ଓ ହାଇ ଫ୍ଲାଟ୍ ଓ ଉମ୍‌ଜିମ୍‌କୁଲୁର ଲୋକବାକ ବିଷୟରେ
ଗପିଲେ । ତାଙ୍କୁ ଛାଡ଼ି ସେ ବଗିଚ ଭିତରକୁ ଗଲେ, କାରଣ ସେ ଥିଲେ ଜଣେ ମାଟିର
ମଣିଷ । କିଛି ସମୟ ପରେ ତାଙ୍କୁ ଡାକି ସେମାନେ ସହରକୁ ଯାଉଥିବା କଥା କହିଲେ
ଓ ତାଙ୍କ ସହିତ ସେ ଯିବେ କି ପଚାରିଲେ । କିନ୍ତୁ ସେ କହିଲେ ଯେ ସେ ବରଂ
ଘରେ ରହିଯିବେ ଓ ତା ଭିତରେ ଖବରକାଗଜ ପଢ଼ିବେ । ସେ ସେଇୟା କଲେ ।

ଓଡ଼େନଡ଼ାଲାରଷ୍ଟରେ ମିଳିଥିବା ନୂଆଁ ସୁନାର ସନ୍ଧାନ ଓ ଶେୟାର ବଜାରରେ
ସେ ଯାୟଁ ଚାଲିଥିବା ପ୍ରବଳ ଉଦ୍ଦୀପନା ସମ୍ପର୍କିତ ସମ୍ବାଦରେ ଖବରକାଗଜଟା ଭରି
ଯାଇଥିଲା । ସେ ବିଷୟରେ ଦକ୍ଷତା ଥିବା ଜଣେ କେହି ଲୋକମାନଙ୍କୁ ଏମିତି ଆହୁରି
ଆହୁରି ଚଢ଼ା ଦାମରେ ସେୟାର ନ କିଣିବା ପାଇଁ ସାବଧାନ କରିଥିଲେ । କାରଣ
ଲୋକେ କିଣୁଥିବା ଏଇ ସେୟାର ସବୁର ପ୍ରକୃତ ମୂଲ୍ୟ ବିଷୟରେ କିଛି ପ୍ରମାଣ ନ
ଥିଲା । କିଛି ସମୟ ପରେ ତଳକୁ ଖସିଯାଇ ପ୍ରଭୁତ ଟଙ୍କାର କ୍ଷତି ଘଟାଇବ, ଲୋକେ
ବହୁତ କଷ୍ଟ ଭୋଗିବେ । କେତେଟା ଅପରାଧର ରିପୋର୍ଟ ଥିଲା । ତା ଭିତରୁ
ଅଧିକାଂଶ ଅପରାଧ ୟୁରୋପୀୟଙ୍କ ବିରୋଧରେ ଦେଶୀଆ ମାନେ କରିଥିବା
ଆକ୍ରମଣ ବିଷୟରେ ଉଲ୍ଲେଖ ଥିଲା । ତେବେ ସେ ଗୁଡ଼ା ସେତେଟା ଭୟାବହ ନ
ଥିଲା ଯେମିତିକି କେତେଲୋକ ସେଇ ଭୟରେ ଖବରକାଗଜ ଖୋଲିବାକୁ
ଡରିବେ ।

ଖବରକାଗଜ ପଢ଼ିଲାବେଳେ ରୋଷେଇ ଘରେ କାହାର କବାଟ

ବାଡ଼େଇବାର ସେ ଶୁଣିଲେ । ବାହାରକୁ ଯାଇ ଦେଖିଲେ ଯେ ରୋଷେଇ ଘରକୁ ଉଠିଥିବା ତିନିଟା ପାହାଚର ତଳ ପାହାଚରେ ଜଣେ ଦେଶୀଆ ଖ୍ରୀଷ୍ଟିଆନ ଯାଜକ ବସିଛନ୍ତି । ଯାଜକ ଜଣକ ବୃଦ୍ଧ ଥିଲେ । ଦେହରେ କାହିଁ କେତେ ଦିନର ପୁରୁଣା ମଶିଆ କଳା ଲୁଗା, ଜାମାର କଲାରଟ ମଇଲା କୋତରା ହେଇ ମାଟିଆ ଦେଖାଯାଉଥାଏ । ସେ ତାଙ୍କର ଟୋପୀ ଖଣ୍ଡିକ କାଢ଼ିଲେ । ମୁଣ୍ଡରେ ଧଳା ବାଲ । ଆତଙ୍କିତ, ଭୟାର୍ତ, ସେ ଥରୁଥାନ୍ତି । – ଗୁଡ଼ ମନିଂ, ଉମ୍ଫୁନ୍ଡ଼ିସି, ଜାର୍ଭିସ୍ ଜୁଲୁରେ କହିଲେ । ସେ ଜୁଲୁ ବୋଲିରେ ବେଶ୍ ପାରଙ୍ଗମ ।

ଯାଜକ ଜଣକ ଥରିଲା ଗଳାରେ ଉତ୍ତର ଦେଲେ, ଉମ୍ନୁମ୍ଜାନା । ତା'ର ଅର୍ଥ 'ସାର' । ଦେହ ଅସୁସ୍ଥ ବା ଭୋକିଲା ଥିଲା ପରି ସେ ସବା ତଳ ପାହାଚରେ ବସି ପଡ଼ିଲେ । ଜାର୍ଭିସ୍ ଆଶ୍ଚର୍ଯ୍ୟ ହେଲେ । ସେ ଜାଣିଲେ ଯେ ଏଇଟା ତାଙ୍କର ଅଭଦ୍ରାମୀ ନୁହଁ । କାରଣ ବୃଦ୍ଧ ଜଣକ ନମ୍ର ଓ ମାର୍ଜିତ ବ୍ୟବହାର ସଂପନ୍ନ ଥିଲେ । ତେଣୁ ସେ ପାହାଚ ଓହ୍ଲେଇ ପଚାରିଲେ, ଦେହ ଖରାପ ଅଛି କି, ଉମ୍ଫୁନ୍ଡ଼ିସି ? କିନ୍ତୁ ବୃଦ୍ଧ ଜଣକ ଉତ୍ତର ଦେଲେ ନାହିଁ । ସେ ସେମିତି ଥରୁଥାନ୍ତି । ତଳକୁ ମୁହଁ ପୋତିଥାନ୍ତି ଯେମିତି ଜାର୍ଭିସ୍ ତାଙ୍କର ମୁହଁ ଦେଖି ପାରିବେ ନାଇଁ । ହାତରେ ଚିବୁକ ଧରି ନ ଉଠାଇଲେ ସେ ଦେଖି ପାରିବେ ନାହିଁ । ସେ ସେଇୟା କଲେ ନାହିଁ । କାରଣ ଏମିତି ସହଜରେ କରାଯାଏ ନାହିଁ ।

– ଦେହ ଖରାପ ଅଛି କି, ଉମ୍ଫୁନ୍ଡ଼ିସି ?

– ଭଲ ହେଇଯିବି ଯେ, ଉମ୍ମୁନ୍ଜାନା ।

– ପାଣି ପିଇବ କି ? ଟିକେ କ'ଣ ଖାଇବ ? ଭୋକ ଲାଗୁଛି ?

– ନା, ସାର, ଭଲ ହେଇଯିବି ଯେ ।

ଉଠା ପଥରର ତଳ ପାହାଚରେ ଜାର୍ଭିସ୍ ଛିଡ଼ା ହେଇଥିଲେ । କିନ୍ତୁ ବୃଦ୍ଧ ଜଣକ ସାଷ୍ଟମ ହେଲା ପରି ଲାଗୁ ନ ଥିଲେ । ସେ ସେମିତି ତଳକୁ ମୁହଁ ପୋତି ଥରୁଥାନ୍ତି । ଜଣେ ଗୋରା ଲୋକ ପାଇଁ ଏମିତି ଛିଡ଼ା ହେଇ ରହିବାଟା ସହଜ ନୁହେଁ । କିନ୍ତୁ ଜାର୍ଭିସ୍ ଅପେକ୍ଷା କଲେ । କାରଣ ବୃଦ୍ଧ ଜଣକ ରୁଗଣ ଓ ଦୁର୍ବଳ ଜଣାପଡ଼ୁଥିଲେ । ବାଡ଼ିଟାକୁ ଭରା ଦେଇ ବୃଦ୍ଧ ଜଣକ ଉଠିବାକୁ ଚେଷ୍ଟା କଲେ । ହେଲେ ବାଡ଼ିଟା ପଥର ପାହାଚରେ ଖସିଯାଇ ଝଣଝଣ ହେଇ ପଥର ଉପରେ ପଡ଼ିଗଲା । ଜାର୍ଭିସ୍ ବାଡ଼ିଟା ଉଠାଇ ତାଙ୍କୁ ଧରାଇ ଦେଲେ । ତେବେ ବୃଦ୍ଧ ଜଣକ ବାଡ଼ିଟା ଅସୁବିଧା କରୁଛି ଭାବି ତଳେ ପକାଇ ଦେଲେ । ଟୋପୀଟାକୁ ବି ତଳେ ରଖିଦେଲେ । ପାହାଚରେ ହାତ ଥାପି ସେ ଉଠିବାକୁ ଚେଷ୍ଟା କଲେ, ପାରିଲେନି ।

ପୁଣି ବସି ପଡ଼ିଲେ । ସେମିତି ଗୋଟାପଣେ ଥରୁଥାନ୍ତି । ଜାର୍ଭିସ୍ ତାଙ୍କୁ ଉଠାଇ ପାରିଥାନ୍ତେ । ହେଲେ ବାଡ଼ିଟିଏ ଉଠାଇଲା ପରି ଏମିତି ସହଜରେ କରାଯାଏ ନାହିଁ । ତା'ପରେ ବୃଦ୍ଧ ଜଣକ ପୁଣି ଥରେ ପହାଚରେ ହାତ ଥାପି ଉଠିଲେ । ତା'ପରେ ମୁହଁ ଉଠାଇ ଜାର୍ଭିସଙ୍କୁ ରୁହିଁଲେ । ଜାର୍ଭିସ୍ ଯନ୍ତ୍ରଣାରେ ଆକ୍ରାମାକ୍ର ବୃଦ୍ଧଙ୍କର ମୁହଁକୁ ରୁହିଁଲେ । ତେବେ ତାହା ଅସୁସ୍ତତା କିମ୍ବା କ୍ଷୁଧାର ଯନ୍ତ୍ରଣା ନ ଥିଲା । ଜାର୍ଭିସ୍ ନଇଁ ପଡ଼ି ପୁରୁଣା ମଇଲା ଟୋପୀ ଓ ବାଡ଼ି ଖଣ୍ଡିକୁ ଯନ୍ତରେ ଉଠାଇଲେ ଓ ଯାଜକଙ୍କ ହାତକୁ ତାହା ବଢ଼ାଇ ଦେଲେ ।

– ଥାଙ୍କ୍ ୟୁ, ଉମ୍ନୁମ୍ଜାନା ।

– ତମର ଦେହ ସତରେ ଠିକ୍ ଲାଗୁଛି ତ, ଉମ୍ଫୁନ୍ଡ଼ିସି ?

– ମତେ ଭଲ ଲାଗିଲାଣି, ସାର୍ ।

– କ'ଣ ଦରକାର, ଉମ୍ଫୁନ୍ଡ଼ିସି ?

ବୃଦ୍ଧ ଯାଜକ ଜଣକ ପୁଣି ଟୋପୀ ଓ ବାଡ଼ି ଖଣ୍ଡିକ ତଳେ ପାହାଚରେ ରଖି ଦେଲେ । ଥରଥର ହାତରେ ପୁରୁଣା ମଇଲା କୋତରା କୋଟ୍ ପକେଟରୁ ଛୋଟିଆ ପର୍ସ ଟେ କାଢ଼ିଲେ । ହାତ ଥରୁଥିବା ଯୋଗୁଁ କାଗଜ ମାନ ତଳେ ବିଛୁଡ଼ି ପଡ଼ିଲା ।

– ମୁଁ ଦୁଃଖିତ, ସାର୍ ।

କାଗଜମାନ ଗୋଟାଇବାକୁ ସେ ନଇଁ ପଡ଼ିଲେ । କିନ୍ତୁ ବୟସ ଯୋଗୁଁ ତାଙ୍କୁ ଆଞ୍ଜେଇବାକୁ ପଡ଼ିଲା । କାଗଜ ଯାକ ମଇଲା ଓ ପୁରୁଣା ଲାଗୁଥାଏ । ଧରିଥିବା କାଗଜ କେତେଖଣ୍ଡ ବାକିତକ ଗୋଟାଉ ଗୋଟାଉ ହାତରୁ ଖସି ଯାଉଥାଏ । ପର୍ସଟା ବି ତଳେ ପଡ଼ିଗଲା । ତାଙ୍କର ହାତ ଥରଥର କମ୍ପୁଥାଏ । ବିରକ୍ତି ଓ ସହାନୁଭୂତିର ମଝିରେ ଜାର୍ଭିସ୍ ଆଦୋଲିତ ହେଲେ । ଅସ୍ୱସ୍ତିକର ଦୃଷ୍ଟିରେ ସେ ଛିଡ଼ା ହୋଇ ରୁହିଁ ରହିଲେ ।

– ତମକୁ ଅଟକାଇ ରଖିବାରୁ ମୁଁ ଦୁଃଖିତ, ମାଲିକ ।

– କିଛି କଥା ନାଇଁ, ଉମ୍ଫୁନ୍ଡ଼ିସି ।

ଶେଷରେ କାଗଜ ମାନ ସେ ତଳୁ ଗୋଟାଇ ଆଣିଲେ । ଖଣ୍ଡିକୁ ଛାଡ଼ି ବାକିତକ କାଗଜ ପର୍ସ ଭିତରେ ରଖିଦେଲେ ଆଉ ସେଇ ଖଣ୍ଡିକୁ ଜାର୍ଭିସଙ୍କ ହାତକୁ ବଢ଼ାଇ ଦେଲେ । କାଗଜରେ ସେଇ ଜାଗାର ନାଁ ଓ ଠିକଣା ଲେଖା ହୋଇଥିଲା ।

– ଏଇଟା ସେଇ ଜାଗା, ଉମ୍ଫୁନ୍ଡ଼ିସି ।

– ମତେ ଏଠିକି ଆସିବା ପାଇଁ କୁହାଯାଇଥିଲା, ସାର୍ । ଏଣ୍ଡ୍ରୋସେନିର ସିବେକୋ ନାଁରେ...

– ଏଣ୍ଟୋସେନି, ମୁଁ ଜାଣେ । ମୁଁ ତ ସେଠିକାର ।

– ଏଇ ଲୋକଟାର ଝିଅଟେ ଥିଲା, ସାର । ସେଇ ଝିଅଟା ଇକୋପୋରେ ସ୍ମିଥ୍ ନାଁରେ ଜଣେ ଗୋରା ଲୋକ ପାଖରେ କାମ କରୁଥିଲା –

– ହଁ, ହଁ ।

– ସ୍ମିଥର ଝିଅର ବାହାଘର ଗୋଟେ ଗୋରା ଲୋକ ସାଙ୍ଗରେ ହେଲା ଯାର ନାଁ ଏଇ କାଗଜରେ ଲେଖା ହେଉଛି ।

– ହଁ, ସେଇୟା ।

– ସେମାନେ ସ୍ମିଂରେ ରହିବାକୁ ଆସିଲାରୁ ସିବେକୋର ଝିଅ ବି ତାଙ୍କ ପାଖରେ କାମ କରିବା ପାଇଁ ଏଠିକି ଚଲି ଆସିଲା । ଆଉ ଏବେ ବାର ମାସ ହେଲା ସିବେକୋ ତା'ର ଝିଅର ଖବର ଅନ୍ତର କିଛି ପାଇ ନାହିଁ । ସେଇ ଝିଅଟା ବିଷୟରେ ବୁଝାବୁଝି କରିବାପାଇଁ ମତେ କୁହାଯାଇଛି ।

ଜାର୍ଭିସ୍ ବୁଲି ପଡ଼ି ଘର ଭିତରକୁ ଗଲେ ଓ ସେଠି କାମ କରୁଥିବା ଗୋଟେ ପିଲାକୁ ନେଇକି ଆସିଲେ । – ତମେ ତା ପାଖରୁ ବୁଝିପାର, ସେ କହିଲେ ଆଉ ବୁଲି ପଡ଼ି ପୁଣି ଘର ଭିତରକୁ ଚଲିଗଲେ । ହଠାତ୍ ତାଙ୍କ ମନକୁ ଆସିଲା ଯେ ଏଇ ବୃଦ୍ଧ ଯାଜକ ଜଣକ ଖୋଦ୍ ଏଣ୍ଟୋସେନିର । ତେଣୁ ସେ ପୁଣି ବାହାରି ଆସିଲେ ।

– କ'ଣ କିଛି ଖବର ମିଳିଲା, ଉମ୍ଫୁନ୍ଡ଼ିସି ?

– ଏ ପିଲା ତାକୁ ଜାଣି ନାଇଁ, ଉମ୍ନୁମ୍ଜାନା । ଇଏ ଏଠିକି ଆସିଲା ବେଳକୁ ସିଏ ଏ ଜାଗା ଛାଡ଼ି ଯାଇ ସାରିଥିଲା ।

– ସ୍ମିଥଙ୍କ ଝିଅ, ଏ ଘରର ମାଲିକାଣୀ । ବାହାରକୁ ଯାଇଛନ୍ତି । ଏଇନା ଫେରି ଆସିବେ । ତମେ ରହିଁଲେ ତାଙ୍କୁ ଅପେକ୍ଷା କରିପାର ।

ଜାର୍ଭିସ୍ ପିଲାଟାକୁ ସେଠୁ ଯିବାକୁ କହିଲେ ଓ ସେ ଯିବା ଯାଏଁ ଅପେକ୍ଷା କଲେ ।

– ମୁଁ ତମକୁ ଜାଣେ, ଉମ୍ଫୁନ୍ଡ଼ିସି, ସେ କହିଲେ ।

ବୃଦ୍ଧ ଜଣକର ଯନ୍ତ୍ରଣାକ୍ଳ ମୁହଁ ତାଙ୍କୁ ପ୍ରବଳ ଭାବରେ ପ୍ରଭାବିତ କରୁକରୁ ସେ କହିଲେ, – ବସି ପଡ଼, ଉମ୍ଫୁନ୍ଡ଼ିସି । ବୃଦ୍ଧ ଜଣକ ଏଥର ତଳକୁ ମୁହଁ ପୋତି ପାରିବେ । ଜାର୍ଭିସଙ୍କ ମୁହଁକୁ ତାଙ୍କୁ ଆଉ ରହିଁବାକୁ ପଡ଼ିବନି । ଜାର୍ଭିସ୍ ବି ତାଙ୍କ ଆଡ଼କୁ ଆଉ ରହିଁବେନି । ବୁଢ଼ାଲୋକଟିକୁ ରହିଁବାଟା ତାଙ୍କୁ ଭାରି ଅଖାଡ଼ୁଆ ଲାଗୁଥାଏ । ବୃଦ୍ଧ ଜଣକ ବସି ପଡ଼ିଲେ । ତାଙ୍କୁ ନ ରହିଁ ଜାର୍ଭିସ୍ କହିଲେ – ତମର ଓ ମୋ ଭିତରେ କିଛି ଗୋଟେ ରହିଛି । ହେଲେ ସେଇଟା କ'ଣ ମୁଁ ଜାଣିନି ।

– ଉମ୍ନୁମ୍‌ଜାନା ।

– ତମେ ମତେ ଡରୁଛ । କ'ଣ ପାଇଁ ମୁଁ ଜାଣେନି । ମତେ ଏମିତି ତମେ ଡର ନାଇଁ ।

– ସତ କଥା । ଉମ୍ନୁମ୍‌ଜାନା । ତମେ ସେଇଟା ଜାଣିନ ।

– ମୁଁ ଜାଣେନି । ହେଲେ କଥାଟା ମୁଁ ଜାଣିବାକୁ ଚାହେଁ ।

– ମୁଁ କଥାଟା କହି ପାରିବି କି ନାଇଁ କେଜାଣି, ସାର୍ ।

– କହ, କିଛି ଅସୁବିଧା ନାହିଁ । କ'ଣ କଥାଟି ବେଶୀ କଷ୍ଟଦାୟକ କି ?

– ବହୁତ କଷ୍ଟଦାୟକ, ଉମ୍ନୁମ୍‌ଜାନା । ମୋ ଜୀବଦଶା ଭିତରେ ସବୁଠୁ କଷ୍ଟଦାୟକ କଥା ।

ସେ ମୁହଁ ଉଠାଇଲେ, ତା ଭିତରେ ନେସି ହେଇଥିବା ବେଦନାକୁ ଆଗରୁ କେବେ ଜାର୍ଭିସ୍ ଦେଖି ନ ଥିଲେ । – ମତେ କହ । କହିଦେଲେ ତମକୁ ଟିକେ ହାଲୁକା ଲାଗିବ ।

– ଡର ଲାଗୁଛି, ଉମ୍ନୁମ୍‌ଜାନା ।

– ମୁଁ ଜାଣେ, ତମେ ଡରୁଛ, ଉମ୍ଫୁନ୍‌ଡ଼ିସି । କ'ଣ ପାଇଁ ମୁଁ ବୁଝି ପାରୁନି । ତେବେ ତମେ ମତେ ଡରିବାର କିଛି ନାଇଁ । କଥା ଦଉଛି, ମୁଁ ରାଗିବି ନାହିଁ ତମ ଉପରେ ମୁଁ କିଛି ବି ରାଗ ରଖିବିନି ।

– ତା ହେଲେ, ବୃଦ୍ଧ ଜଣକ କହିଲେ, ଏଇଟା ମୋରି ଜୀବଦଶାରେ ଆଉ ଆପଣଙ୍କର ଜୀବଦଶା ଭିତରେ ବି ସବୁଠୁ କଷ୍ଟଦାୟକ କଥା ।

ଜାର୍ଭିସ୍ ତାଙ୍କୁ ଚାହିଁଲେ । ପ୍ରଥମେ ସେ ହତବୁଦ୍ଧି ହେଇଗଲେ । ତା'ପରେ ତାଙ୍କ ମନକୁ କିଛି ଗୋଟେ ଆସିଲା । – ତମେ କେବଳ ଗୋଟେ କଥା କହିପାର, କେବଳ ଗୋଟେ କଥା କହିପାର । ତଥାପି ସେଇଟା ମୁଁ ଜାଣିପାରୁନି, ସେ କହିଲେ ।

– ସେଇଟା ହେଲା ମୋ ପୁଅ ତମ ପୁଅକୁ ହତ୍ୟା କରିଛି, ବୃଦ୍ଧ ଜଣକ କହିଲେ ।

ଦୁହେଁ ନୀରବ । ତାଙ୍କୁ ଛାଡ଼ି ଜାର୍ଭିସ୍ ବଗିଚର ଗଛ ଲତା ଭିତରକୁ ଚାଲିଗଲେ । ସେଠି କାନ୍ଥ ପାଖରେ ଛିଡ଼ା ହେଇ ସେ ସାମ୍ନାରେ ମେଲା ପଦା ଭୂଇଁକୁ, ସୂର୍ଯ୍ୟ ତଳେ ଲମ୍ବିଥିବା ଗିରିମାଳା ପରି ଖଣିର ଧଲା ରଙ୍ଗର ଧାତୁ ପଥର ଗଦାକୁ ଚାହିଁଲେ । ଫେରିବାକୁ ବୁଲି ପଡ଼ିଲା ବେଲେ ବୃଦ୍ଧ ଜଣକ ଉଠି ଛିଡ଼ାହେଇ ଥିବାର ସେ ଦେଖିଲେ । ଗୋଟେ ହାତରେ ଟୋପୀ । ଆର ହାତରେ ବାଡ଼ି । ମଥା ନଇଁ ଯାଇଛି । ଆଖି ଦିଓଟି ତଳେ ଲାଖି ରହିଥାଏ । ସେ ତାଙ୍କ ପାଖକୁ ଫେରିଗଲେ ।

– ତମ କଥା ଶୁଣିଲି । ଯୋଉଟା ବୁଝ୍ ପାରୁ ନ ଥିଲି ଏବେ ସେଇଟା ବୁଝ୍ ପାରିଛି । ମୋ ଭିତରେ ରାଗ ନାହିଁ ।

– ଉମ୍ନ୍ମ୍ଜାନା ।

– ଏଇ ଘରର ମାଲିକାଣୀ, ସ୍ମିଥଙ୍କ ଝିଅ ଫେରି ଆସିଲେଣି । ତମେ ତାଙ୍କୁ ଦେଖା କରିବାକୁ ରହ୍ଁ କି ? ଏବେ ତମକୁ ଭଲ ଲାଗୁଛି ତ ?

– ସେଇ କାମ ପାଇଁ ହିଁ ମୁଁ ଆସିଥିଲି, ଉମ୍ନ୍ମ୍ଜାନା ।

– ମୁଁ ଜାଣେ । ଆଉ ମତେ ଏଠି ଦେଖି ତମେ ସ୍ତମ୍ଭୀଭୂତ ହେଇଗଲ । ମୁଁ ଯେ ଏଠି ଥିବି ତାହା ତମେ କେବେ ଭାବି ନ ଥିଲ । ତମେ ମତେ ଜାଣିଲ କେମିତି ?

– ଏଣ୍ଟୋସେନିରେ ମୁଁ କାମ କରୁଥିବା ଚର୍ଚ୍ଚ ବାଟ ଦେଇ ତମକୁ ଚଢ଼ି ଯିବାର ଦେଖିଛି ।

ଜାର୍ଭିସ୍ ଘର ଭିତରର ଆବାଜକୁ କାନେଇଲେ । ତା'ପରେ ସେ ଖୁବ୍ ଧୀମା ସ୍ୱରରେ କଥା ହେଲେ । – ବୋଧହୁଏ ତମେ ପିଲାଟାକୁ ବି ଦେଖିଥିଲ । ସେ ବି ଏଣ୍ଟୋସେନିକୁ ଚଢ଼ି ପାର ହେଉଥିଲା । ଧଳା ମୁହଁ ଥିବା ନାଲି ଘୋଡ଼ା ଉପରେ ବସିକି ଯାଏ । ଛୋଟ ପିଲାଙ୍କ ପରି ଏଇ ବେଲ୍ଟ ଭିତରେ କାଠର ବନ୍ଧୁକ ଧରିଥାଏ ।

ବୃଦ୍ଧ ଜଣକର ମୁହଁରେ ଆବେଗ ଥାଏ । ସେ ସେମିତି ତଳକୁ ମୁହଁ ପୋତି ରହ୍ଁ ରହିଥାନ୍ତି । ତଳେ ତାଙ୍କ ଆଖିରୁ ଲୁହ ଟୋପାମାନ ଖସୁଥିବାର ଜାର୍ଭିସ୍ ଦେଖି ପାରିଲେ । ଆବେଗରେ ଅଭିଭୂତ ହେଇ ଜାର୍ଭିସ୍ ନିଜ ଉପରେ ନିମନ୍ତ୍ରଣ ରଖି ପାରିଲେନି । ସେ କଥାଟିର ପରିସମାପ୍ତି ଘଟାଇ ପାରିଥାନ୍ତେ । କିନ୍ତୁ ସେଥିପାଇଁ ସେଇ ସଙ୍କୋସଙ୍କୋ ତାଙ୍କ ମୁହଁରେ କିଛି ଭାଷା ଜୁଟିଲା ନାହିଁ ।

– ମୋର ମନେ ଅଛି ଉମ୍ନୁମ୍ଜାନା । ତା-ଭିତରେ ଗୋଟେ ଦିପ୍ତୀ ରହିଥିଲା ।

– ହଁ, ହଁ, ତା ଭିତରେ ଗୋଟେ ଦିପ୍ତୀ ରହିଥିଲା, ଜାର୍ଭିସ୍ କହିଲେ ।

– ଉମ୍ନୁମ୍ଜାନା । ଏ କଥା କହିବା ଭାରି କଷ୍ଟକର । ହେଲେ ଭିତରେ ତମ ପାଇଁ, ସାଆନ୍ତାଣୀଙ୍କ ପାଇଁ, ବୋହୂଟା ପାଇଁ ଆଉ ପିଲାମାନଙ୍କ ପାଇଁ ମତେ ବହୁତ ଦୁଃଖ ଲାଗୁଛି ।

– ହଁ, ହଁ, ଜାର୍ଭିସ୍ କହିଲେ । ହଁ, ହଁ, ଜାର୍ଭିସ୍ ବ୍ୟଗ୍ର ଭାବରେ କହିଲେ । ମୁଁ ଏ ଘରର ମାଲିକାଣୀକୁ ଡାକି ଦେବି ।

ସେ ଘର ଭିତରକୁ ଯାଇ ତାଙ୍କୁ ଡାକି ଆଣିଲେ ଆଉ ଇଂରାଜୀରେ କହିଲେ – ଏଇ ବୃଦ୍ଧ ଜଣକ ସିବେକୋ ନାଁରେ ଜଣେ ଦେଶାଆର ଝିଅ ବିଷୟରେ ପଚରି

ବୁଝିବା ପାଇଁ ଆସିଛନ୍ତି । ଇକୋପୋରେ ସେ ତମ ଘରେ କାମ କରୁଥିଲା । ଷରି ମାସ ହେଲା ସେମାନେ ତା'ର ଖୋଜ ଖବର କିଛି ପାଇ ନାହାନ୍ତି ।

– ମୁଁ ତାକୁ ବାହାର କରିଦେଲି, ସ୍ମିଥଙ୍କ ଝିଅ କହିଲେ । ପହିଲେ ପହିଲେ ସେ ଭଲ କାମ ଦାମ କରି ଚଲୁଥିଲା । ତା'ର ସବୁ ଦାୟିତ୍ୱ ନେବା ପାଇଁ ମୁଁ ତା'ର ବାପାଙ୍କୁ କଥା ଦେଇଥିଲି । ହେଲେ ସେ ଖରାପ ସଙ୍ଗତରେ ପଡ଼ି ତା ରୁମ୍‌ରେ ଦେଶୀ ମଦ ରାନ୍ଧିଲା । ସେଥିପାଇଁ ସେ ଗିରଫ ହେଇ ମାସେ ଯାଏଁ ଜେଲ୍ ଭୋଗିଲା । ସେଥୁ ତାକୁ ମୁଁ ଆଉ ଆଣି ରଖ୍‌ଲି ନାହିଁ ।

– ସେ କୋଉଠି ଅଛି ତମେ ଜାଣିନ ? ଜାର୍ଭିସ୍ ପରୁରିଲେ ।

– ମୁଁ ଆଦୋ ଜାଣିନି । ସେ ବିଷୟରେ ମୁଁ ଆଉ ମୁଣ୍ଡ ଖେଲାଇବାକୁ ରଖ୍‌ହେଁନି । ସ୍ମିଥଙ୍କ ଝିଅ ଇଂରାଜୀରେ କହିଲେ ।

– ସେ ଜାଣି ନାହାନ୍ତି, ଜାର୍ଭିସ୍ ଜୁଲୁରେ କହିଲେ । ତେବେ ସେ ଯେ ଝିଅଟା ବିଷୟରେ ମୁଣ୍ଡ ଖେଲାଇବାକୁ ରଖୁଁ ନାହାନ୍ତି, ଏକଥା କହିଲେ ନାହିଁ ।

– ମୁଁ ତମକୁ କୃତଜ୍ଞତା ଜଣାଉଛି, ବୃଦ୍ଧ ଜନକ ଜୁଲୁରେ କହିଲେ । ଭଲରେ ଥାନ୍ତୁ, ଡମ୍‌ନୁମ୍‌ଜାନା । ସେ ସ୍ମିଥଙ୍କ ଝିଅଙ୍କୁ ସମ୍ମାନ ସହ ମୁଣ୍ଡ ନୁଆଁଇଲେ ଓ ସେ ତାହା ସ୍ୱୀକାର କରି ମୁଣ୍ଡ ଟୁଙ୍ଗାରିଲେ ।

ସେ ତାଙ୍କର ଟୋପୀ ପିନ୍ଧିଲେ ଓ ପ୍ରଥା ଅନୁସାରେ ପଛ ପଟ ଫାଟକ ଦେଇ ଯିବାକୁ ବାହାରିଲେ । ସ୍ମିଥଙ୍କ ଝିଅ ଘର ଭିତରକୁ ଗଲେ । ଜାର୍ଭିସ୍ ତାଙ୍କ ପଛେପଛେ ଗଲେ, ହେଲେ ତାଙ୍କୁ ପିଛା କଲା ପରି ନୁହଁ । ବୃଦ୍ଧ ଜଣକ ଗେଟ୍ ଖୋଲି ବାହାରିଲେ । ଗେଟ୍ ବନ୍ଦ କରିବାକୁ ବୁଲି ପଡ଼ିବା କ୍ଷଣି ସେ ଜାର୍ଭିସ୍ ତାଙ୍କ ପଛରେ ଆସୁଥିବାର ଦେଖ୍‌ଲେ । ସମ୍ମାନର ସହିତ ସେ ତାଙ୍କୁ ମୁଣ୍ଡ ନୁଆଁଇଲେ ।

– ଦେଖ୍ ରଖ୍‌ଁ ଯିବ, ଡମ୍‌ଫୁନ୍‌ଡ଼ିସ ।

– ଭଲରେ ଥିବେ, ଡମ୍‌ଫୁନ୍‌ଡ଼ିସ । ବୃଦ୍ଧ ଜନକ ଟୋପୀଟାକୁ ଉଠାଇ ପୁଣି ମୁଣ୍ଡରେ ରଖ୍‌ଲେ । ତା'ପରେ ସ୍ଟେସଙ୍କୁ ଯାଇଥିବା ରାସ୍ତାରେ ଧୀରେ ଧୀରେ ଚଲିବାକୁ ଲାଗିଲେ । ସେ ଅଦୃଶ୍ୟ ହେବାଯାଏ ଜାର୍ଭିସ୍ ତାଙ୍କୁ ରଖ୍‌ଁ ରହିଥିଲେ । ଫେରି ପଡ଼ି ସେ ତାଙ୍କ ସ୍ତ୍ରୀଙ୍କୁ ତାଙ୍କ ପାଖକୁ ଆସୁଥିବାର ଦେଖ୍‌ଲେ । ସେ ବି ବୁଢ଼ୀଟେ ପରି ଚଲୁଥାନ୍ତି । ଜାର୍ଭିସ୍ ଯନ୍ତ୍ରଣାକ୍ଷ ଆବେଗରେ ତାଙ୍କୁ ଦେଖ୍‌ଲେ ।

ଜାର୍ଭିସ୍ ତାଙ୍କ ପାଖକୁ ଗଲେ । ସେ ତାଙ୍କ ହାତଟିକୁ ଜାର୍ଭିସ୍‌ଙ୍କ ହାତ ଉପରେ ରଖ୍‌ଲେ ।

– ତମେ କ'ଣ ପାଇଁ ଏମିତି ବିଚଳିତ ଜଣାପଡୁଛ ଜେମ୍ସ? ସେ ପଚାରିଲେ। ଏଇ ଘରକୁ ଆସିଲା ପରେ ତମେ କାହିଁକି ଏତେଟା ବିବ୍ରତ ଲାଗୁଛି?

– ଅତୀତରୁ କିଛିଟା ଋଲି ଆସିଲା। ସେ କହିଲେ।

– ଏଟା କେମିତି ହଠାତ୍ ଆସେ, ତମେ ଜାଣ?

ସେ ନିଶ୍ଚିତ ହେଇ କହିଲେ, ମୁଁ ଜାଣେ।

ସେ ଜାର୍ଭିସଙ୍କ ହାତକୁ ଆହୁରି ନିବିଡ଼ ଭାବରେ ମୁଠେଇ ଧରିଲେ। ବାର୍‌ବାରା ଆମକୁ ଖାଇବା ପାଇଁ ଡାକିଲାଣି, ସେ କହିଲେ।

୯

ଚୌରାହାରେ ବିରାଟ ଗର୍ଜନର ପାଟି ଶୁଭୁଥାଏ। ସେଠି ଗୁଡ଼ାଏ ପୋଲିସ ମୁତୟନ ହେଇଥାନ୍ତି। ଉଭୟ ଗୋରା ଓ କଳା। ସେଠି ସେମାନଙ୍କୁ ଦେଖ ଆଉ ଏତେ ଲୋକଙ୍କ ସହିତ କଥାବାର୍ତା କରି ନିଃସନ୍ଦେହରେ ଜଣକର ଭିତରକୁ ଦମ୍ ଋଲିଆସେ। କାରଣ ଷଣ୍ଢ ରଡ଼ିର ଗର୍ଜନ ଉଠୁଥାଏ, ପଡୁଥାଏ।

ସେଠି ସେଇମାନେ ଥାନ୍ତି ଯେଉଁମାନେ ହିଁ କେବଳ ଏଇ ଶଢ଼ ଧ୍ୱନିରେ ଉତ୍ସାହିତ ହେଇଥାନ୍ତି। ଯେଉଁଦିନ ପ୍ରଥମ କରି ସେମାନେ ଏଇଟା ଶୁଣିଲେ, ତାକୁ ମନେ ରଖିଥାନ୍ତି। ତାକୁ ସେଦିନଟା ଆଜି ପରି ଲାଗୁଥାଏ। ଦେହରେ ବିଦ୍ୟୁତ୍ ପ୍ରବାହ ପରି ଖେଳିଯାଇଥିବା ବିଚିତ୍ର ଶିହରଣ ଓ ତାଙ୍କର ଉତ୍ତେଜନାକୁ ମନେ ରଖିଥାନ୍ତି। ସେଇ ସ୍ୱର ଭିତରେ କୁହୁକ ଥାଏ, ଧମକ ଥାଏ, ଆଉ ଯେମିତି ଦକ୍ଷିଣ ଆଫ୍ରିକାଟା ହିଁ ତାରି ଭିତରେ ଥାଏ। ତାରି ଭିତରେ ସିଂହ ଗର୍ଜନ କରେ, ଆଉ ତାରି ଭିତରେ କଳା ପାହାଡ଼ ଉପରେ ଘଡ଼ଘଡ଼ି ପ୍ରତିଧ୍ୱନିତ ହୁଏ।

ଡୁବୁଲା ଓ ଟମ୍‌ଲିନ୍‌ସନ୍ ଘୃଣା ଓ ଈର୍ଷ୍ୟାରେ ତାହା ଶୁଣନ୍ତି। କାରଣ ହଜାର ହଜାର ଲୋକଙ୍କୁ ଉଦ୍ଦୀପିତ କରି ପାରିଲା ଭଳି କଣ୍ଠସ୍ୱରଟିଏ ଏଠି ଅଛି। କ'ଣ କରିବାକୁ ହେବ ତାହା କାହାକୁ ବତେଇବାକୁ ପଡ଼େ ନାହିଁ କି ଜାଣିଥିଲେ କହିବା ପାଇଁ ସାହସ ଲୋଡ଼ା ନାହିଁ।

ପୋଲିସ୍ ମାନେ ଶୁଣନ୍ତି। କିଏ କହେ, ଲୋକଟା ଭାରି ସାଂଘାତିକ। ଆଉ କିଏ କରେ, ଏ ସବୁ ବିଷୟରେ ମୁଁ ମୁଣ୍ଡ ଖେଳାଇବା କଥା ନୁହେଁ।

ଯାହା ଦିଆଯାଇ ପାରିବନି। ଆମେ ତାହା ମାଗୁ ନାହୁଁ, ଜନ୍ କୁମାଲୋ କହିଲେ। ଆମ ଶ୍ରମରୁ ଜାତ ଉତ୍ପାଦନରୁ ଖାଲି ଆମରି ଭାଗଟିକୁ ଆମେ ମାଗୁଛୁ। ନୂଆଁ ସୁନା ମିଳିଛି। ଦକ୍ଷିଣ ଆଫ୍ରିକା ପୁଣି ଧନଶାଳୀ ହେଇଛି। ଆମେ ସେଥରୁ

ଆମରି ଭାଗ ମାତ୍ର ମାଗୁଛୁ । ଆମେ ଯଦି ନ ଖୋଜୁ, ତା ହେଲେ ସୁନା ମାଟିର ଗର୍ଭରେ ରହିଥିବ । ମୁଁ ସେଇଟାକୁ ଆମର ସୁନା କହୁ ନାହିଁ । ମୁଁ କହୁଛି କି ଖାଲି ଆମକୁ ଆମର ଭାଗଟା ଦିଆଯାଉ । ଏଇ ସୁନା ସମସ୍ତଙ୍କର : ଗୋରାଙ୍କର, କଳାଙ୍କର, କଳା-ଗୋରାଙ୍କ ମିଶ୍ରିତ ବଂଶଜଙ୍କର, ଭାରତୀୟଙ୍କର । କିନ୍ତୁ ସବୁଠୁ ବେଶୀ ସୁନା କିଏ ପାଇବ ?

ଷଣ୍ଡ ରଡ଼ିର ଗର୍ଜନ ଉପରକୁ ଉଠିଲା । ଭିଡ଼ ଭିତରେ ଉତ୍ତେଜନା ପହଁରି ଗଲା । ଆଗରୁ ଏଇ ଗର୍ଜନ ଶୁଣିଥିବା ପୋଲିସ୍ ମାନଙ୍କୁ ଛାଡ଼ିଦେଇ ବାକି ପୋଲିସ ମାନେ ଆହୁରି ସଜାଗ ହେଲେ । କାରଣ ସେମାନେ ଜାଣନ୍ତି ଯେ ଏଇ କୁମାଲୋର ଗତି ଏତିକି ଯାଏଁ, ଆଉ ଆଗକୁ ନୁହେଁ । ସାଧାରଣରେ ଏଇ ସବୁ କଥା କହି ସାରିଲା ପରେ ଫେର ଏମିତି ସ୍ୱରଟା ଉଠେଇ ପକେଇ, ପୁଣି ଆହୁରି ଆହୁରି ଉପରକୁ ଉଠେଇ ତା ସହିତ ଲୋକଙ୍କୁ ବିଦ୍ରୋହ ଓ ସ୍ୱାୟତ ଶାସନ, କ୍ଷମତା ଓ ଅଧିକାର ଆଦି ପ୍ରସଙ୍ଗରେ ଏମିତି ମତେଇବା କଥା କି ? ତାଙ୍କରି ସାମ୍ନାରେ ନିଦ୍ରାରୁ ଜାଗି ଉଠିଥିବା ଆଫ୍ରିକାର, ଆଫ୍ରିକାର ପୁନରୁତ୍ଥାନ, ଅନ୍ଧକାର ଓ ଆଦିମ ଆଫ୍ରିକାର ଛବି ଆଙ୍କିବା କଥା କି ? ଏମିତି କରିବାଟା କଠିଣ ନୁହେଁ । ଏଥିପାଇଁ ବିଶେଷ ଚିନ୍ତା କରିବାକୁ ପଡ଼େ ନାହିଁ । ଲୋକଟା ଡରିଯାଏ, ତା'ର ବକ୍ର ରଡ଼ି ଅପସରି ଯାଏ, ଲୋକେ ଥରି ଉଠନ୍ତି ଓ ପୁଣି ନିଜ ଭିତରକୁ ଫେରି ଆସନ୍ତି ।

ଅଧିକ ଟଙ୍କା ମାଗିବାଟା କ'ଣ ଭୁଲ୍? ଜନ୍ କୁମାଲୋ ପଚରନ୍ତି । ଆମକୁ ବହୁତ କମ୍ ମିଲେ । ଆମେ କେବଲ ଆମର ଭାଗଟା ହିଁ ମାଗୁଛୁ । ଆମର ସ୍ତ୍ରୀ ପିଲାଛୁଆଙ୍କ ପେଟକୁ ମୁଠେ ଦାନା ଦେବା ପାଇଁ ଯେତିକି ଦରକାର, ବାସ୍ ସେତିକି । କାରଣ ଆମକୁ ଯଥେଷ୍ଟ ମିଲୁ ନାହିଁ । ଲେନ୍ସଡ଼ାଉନ୍ କମିଶନ୍ ଆମକୁ ଯଥେଷ୍ଟ ମିଲୁ ନାହିଁ କହିଲେ । ସ୍ମିଟ୍ କମିଶନ୍ ଆମକୁ ଯଥେଷ୍ଟ ମିଲୁ ନାହିଁ କହିଲେ । ଆଉ ଏଠି ସ୍ୱରଟା ଗର୍ଜି ଉଠେ । ଲୋକେ ଉତ୍ତେଜିତ ହେଇଯାନ୍ତି ।

ଆମେ ଜାଣୁ ଯେ ଆମକୁ ଯଥେଷ୍ଟ ମିଲୁ ନାହିଁ, କୁମାଲୋ କହନ୍ତି । ପୃଥିବୀରେ ପ୍ରତ୍ୟେକ ଦେଶରେ ଖଟିଖିଆ ମଣିଷ ଯୋଉଥି ପାଇଁ ଲଡ଼େଇ କରେ, ଆମେ ଖାଲି ସେତକ ମାଗିଥାଉ । ଉଚିତ୍ ମୂଲ୍ୟରେ ଆମର ଶ୍ରମକୁ ବିକିବାର ଅଧିକାର, ଭଦ୍ରଲୋକ ପରି ଶାଲୀନତାର ସହିତ ପରିବାର ପୋଷଣ କରିବାର ଅଧିକାର ମାଗୁ ।

ସେମାନେ କହନ୍ତି ଯେ ମଜୁରୀ ବଢ଼ିଲେ ଖଣି ସବୁ ବନ୍ଦ ହେଇଯିବ । ତା ହେଲେ ଏଇ ଖଣି ଶିଳ୍ପର ମୂଲ୍ୟ କ'ଣ ? ଯଦି କେବଲ ଆମର ଦାରିଦ୍ର୍ୟରେ ଏଇଟା

ବଞ୍ଚ ପାରିବ, ଯାକୁ ବଞ୍ଜେଇ ରଖିବା କ'ଣ ଦରକାର ? ସେମାନେ କହନ୍ତି ଯେ ଏହା ଦେଶକୁ ଧନଶାଳୀ କରେ, ହେଲେ ସେଇ ଧନରୁ ଆମେ କେତେ ଦେଖି ପାରୁ ? ତା ମାନେ କ'ଣ ଅନ୍ୟମାନେ ଧନୀ ହେବା ପାଇଁ ଆମେ ଗରୀବ ହେବା ନିହାତି ଦରକାର ?

ଭିତ୍‍ଟା ଉତ୍ତେଜିତ ହେଇ ଉଠେ, ଯେମିତି ଭୟଙ୍କର ବତାସଟେ ତା ଭିତରେ ବହି ଯାଉଛି । ଜନ୍‍ କୁମାଲୋ, ବିଶାଳ ସ୍ବରଟାକୁ ସ୍ବର୍ଗର ପ୍ରବେଶ ଦ୍ୱାର ଯାଏଁ ନେଇ ଯିବାକୁ ଏଇଟା ହିଁ ପ୍ରକୃଷ୍ଟ ମୁହୂର୍ତ । ଉତ୍‍ପ୍ରକ୍ତ ଆବେଗର ଭାଷାରେ, ନିର୍ବନ୍ଧିତ ପ୍ରଚଣ୍ଡ ଶିଘ୍ରେ ଜାଗ୍ରତ ଓ ମଦମତ୍ତ କରି ପୁଣି ନିୟନ୍ତ୍ରଣର ବାହାରକୁ ଛାଡ଼ିଦେବା ପାଇଁ ଏଇଟା ହିଁ ପ୍ରକୃଷ୍ଟ ମୁହୂର୍ତ । କିନ୍ତୁ ସେ ଜାଣନ୍ତି । ତାଙ୍କ ଭିତରେ ଥିବା ପ୍ରଚଣ୍ଡ ଶକ୍ତି ଓ ସାମର୍ଥ୍ୟକୁ ସେ ଜାଣନ୍ତି । ଆଉ ଏଇ ଶକ୍ତିକୁ ସେ ଡରନ୍ତି । ସ୍ବରଟା ଫିକା ପଡ଼ିଯାଏ । ପାହାଡ଼ ଉପରେ କ୍ରମଶଃ ମିଳେଇ ଯାଉଥିବା ଘଡ଼ଘଡ଼ି ପରି ବାର ବାର ପ୍ରତିଧ୍ୱନିତ ହେଇ ଆହୁରି ଆହୁରି ଅସ୍ପଷ୍ଟ ହେଇଯାଏ ।

– ମୁଁ କହିଲି ନା, ଲୋକଟା ଏକବାର ମାରାତ୍ମକ । ପୋଲିସ୍ ଜଣେ କହିଲା ।

– ତା କଥା ଶୁଣିଲା ପରେ ମୁଁ ଏବେ ତମକୁ ବିଶ୍ୱାସ କରୁଛି । ଯେ ବାଷ୍ଟାର୍ଡଟାକୁ  ଭିତରେ କାହିଁକି ଠୁଙ୍କି ଦଉ ନାହାନ୍ତି ? ଆର ଜଣକ କହିଲା ।

– ଯାକୁ ଗୁଳି କରି ଦଉ ନାହାନ୍ତି କ'ଣ ପାଇଁ ? ପ୍ରଥମ ଜଣକ କହିଲା ।

– ଗୁଳି କରିଦେବା କଥା । ଆର ଜଣକ ସହମତିରେ କହିଲା ।

– ସରକାର ନିଆଁ ସହିତ ଖେଲୁଛି । ପ୍ରଥମ ଜଣକ କହିଲା ।

– ସତ କହୁଛ, ଦ୍ୱିତୀୟ ଜଣକ କହିଲା ।

ଆମେ ନ୍ୟାୟ ହିଁ ତ ମାଗୁଛୁ, କୁମାଲୋ କହିଲେ । ଏଠି ଆମେ ସମାନତା, ଭୋଟ ଅଧିକାର ଓ ବର୍ଣ୍ଣଭେଦର ଅପସାରଣ ପାଇଁ ଦାବୀ କରୁ ନାହୁଁ । ଭୋଟ ଅଧିକାର ଓ ବର୍ଣ୍ଣଭେଦର ଅପସାରଣ ପାଇଁ ଦାବୀ କରୁ ନାହୁଁ । ପୃଥିବୀର ସବୁଠୁ ବିଉଶାଳୀ ଶିଳ୍ପରୁ ଆମେ କେବଳ ଅଧିକ ଟଙ୍କା ମାଗୁଛୁ । ଆମରି ଶ୍ରମ ବିନା ଏଇ ଶିଳ୍ପ ଅକ୍ଷମ । ରଲ, ଆମେ ସମସ୍ତେ କାମ ବନ୍ଦ କରି ଏହାକୁ ଅଚଳ କରିଦେବା । ମୁଁ କହୁଛି, ଏତେ ଅଳ୍ପ ମଜୁରୀରେ କାମ କରିବା ଅପେକ୍ଷା କାମ ବନ୍ଦ କରିଦେବାଟା ଭଲ ।

ଦେଶିଆ ପୋଲିସମାନେ ବେଶ୍ ସଜାଗ ଓ ତତ୍ପର । ସୈନିକମାନଙ୍କ ପରି ସେମାନେ ନିଜ ନିଜ ସ୍ଥାନରେ ଠିଆ ହେଇଯାନ୍ତି । ସେମାନେ ଏଇ ଭାଷଣ ସମ୍ପର୍କରେ କ'ଣ ଭାବନ୍ତି କିଏ ଜାଣେ ? ଆଦୌ ଭାବନ୍ତି କି ନାଇଁ କେଜାଣି ?

ସଭାଟା ଶାନ୍ତିପୂର୍ଣ୍ଣ ଓ ଶୃଙ୍ଖଳିତ ଥାଏ । ଶାନ୍ତି ଶୃଙ୍ଖଳା ବଜାୟ ଥିବା ଆୟଁ କିଛି କରାଯିବ ନାହିଁ । କିନ୍ତୁ ଟିକେ ବି ବିଶୃଙ୍ଖଳା ଦେଖାଦେଲେ ଜନ୍‌ କୁମାଲୋଙ୍କୁ ଆଣି ସିଧା ପୋଲିସ୍‌ ଭେନ୍‌ରେ ପୁରାଇ ଦେଇ ଅନ୍ୟ ଗୋଟେ ଜାଗାକୁ ଦିଆଯିବ । ଆଉ ତା'ପରେ   ହପ୍ତାକୁ ଆଠ, ଦଶ, ବାର ପାଉଣ୍ଡ ରୋଜଗାର ହେଉଥିବା ବଢ଼େଇ ଦୋକାନର କ'ଣ ହେବ ? ତାଙ୍କର କଥା ଶୁଣିବା ପାଇଁ ସେଇ ବଢ଼େଇ ଦୋକାନକୁ ଦେଶର ପ୍ରତ୍ୟେକ ଅଞ୍ଚଳରୁ ଆସୁଥିବା ଲୋକଙ୍କର ଗପର ଆସରଟାର କ'ଣ ହେବ ?

କେତେ ଜଣ ଲୋକଙ୍କର ଶହୀଦ ହେବାର ଅଭିଳାଷ ଥାଏ । ଆଉ କେତେ ଲୋକ ଜାଣନ୍ତି ଯେ ଜେଲ୍‌ ଯିବାଟା ତାଙ୍କୁ ପ୍ରସିଦ୍ଧି ଆଣିଦେବ । ଆହୁରି କେତେ ଜଣ ଖ୍ୟାତି ଅପଖ୍ୟାତି ଏ ସବୁକୁ ପରବାୟ ନ କରି ଜେଲ୍‌ ଯାନ୍ତି । କୁମାଲୋ ଏମାନଙ୍କ ଭିତରୁ ଜଣେ ନୁହନ୍ତି । ଜେଲ୍‌ରେ ସାଦର ସମର୍ଥନ ମିଲେ ନାହିଁ ।

ମୁଁ ତୁମମାନଙ୍କୁ ବେଶୀ ସମୟ ରଖିବି ନାହିଁ, ଜନ୍‌ କୁମାଲୋ କହିଲେ । ଡେରି ହେଲାଣି, ଆଉ ଜଣେ ବକ୍ତା କହିବାକୁ ଅଛନ୍ତି । ଶୀଘ୍ର ଘରକୁ ଯାଇ ନ ପାରିଲେ ତମକୁ ପୋଲିସ ହଇରାଣ କରିବ । ମୋ ପାଇଁ ସେଟା କିଛି କଥା ନୁହଁ, କିନ୍ତୁ ତମ ଭିତରୁ ଯୋଉମାନେ ପାସ୍‌ ନେଇ ଆସିଛ, ତାଙ୍କୁ ଅସୁବିଧା ହେଇପାରେ । ପୋଲିସ ସାଙ୍ଗରେ ଆମେ ଝମେଲା କରିବାକୁ ଚୁହଁ ନାହଁ । ମନେରଖ, ଆମ ପାଖରେ ବିକିବା ପାଇଁ ଆମର ଶ୍ରମ ଅଛି । ଉଚିତ ମୂଲ୍ୟରେ ତା'ର ନିଜର ଶ୍ରମକୁ ବିକ୍ରୀ କରିବା ପାଇଁ ପ୍ରତ୍ୟେକ ମଣିଷର ସ୍ୱାଧୀନତା ରହିଛି । ଏଇ ସ୍ୱାଧୀନତା ପାଇଁ ଆମେ ଆମର ଏଇ ଲଢ଼େଇ ଜାରି ରଖିଛୁ । ଏଇ ସ୍ୱାଧୀନତା ପାଇଁ ଆମର ନିଜର ଅନେକ ଆଫ୍ରିକୀୟ ସୈନ୍ୟ ଲଢ଼ୁଛନ୍ତି ।

ସ୍ୱରଟା ପୁଣି ଗର୍ଜି ଉଠିଲା । କିଛି ଗୋଟେ ହେବ ପରା ।

କେବଳ ଏଠି ନୁହେଁ, ସମଗ୍ର ଆଫ୍ରିକାରେ, ଆମେ ଆଫ୍ରିକୀୟ ମାନେ ରହୁଥିବା ସମସ୍ତ ବଡ଼ ବଡ଼ ମହାଦେଶରେ – ସେ କହିଲେ ।

ଲୋକେ ମଧ ଗର୍ଜି ଉଠିଲେ । ୟର ଗୋଟିଏ ଅର୍ଥ ନିରାପଦ, କିନ୍ତୁ ଅନ୍ୟ ଅର୍ଥଟି ବିପଜ୍ଜନକ । ଆଉ ଜନ୍‌ କୁମାଲୋ ଗୋଟେ ଅର୍ଥରେ କହନ୍ତି ଯୋଉଟାକି ଆର ଅର୍ଥଟିକୁ ବୁଝାଏ ।

ତେଣୁ ଆମେ ଆମର ଶ୍ରମକୁ ଉଚିତ୍‌ ମୂଲ୍ୟରେ ବିକିବା, ସେ କହିଲେ । ଆଉ ଯଦି ଶିଳ୍ପ-ଉଦ୍ୟୋଗ ଆମର ଶ୍ରମ କିଣି ପାରିବନି, ତା ହେଲେ ସେଇଟା ବନ୍ଦ ହେଇ ଖତମ୍‌ ହେଇଯାଉ । କୌଣସି ଶିଳ୍ପ-ଉଦ୍ୟୋଗକୁ ବଞ୍ଚାଇ ରଖିବା ପାଇଁ ଆମ ଶସ୍ତା ଦାମ୍‌ରେ ଆମର ଶ୍ରମ ବିକିବା ନାହିଁ ।

ଜନ୍ କୁମାଲୋ ବସି ପଡ଼ିଲେ, ତାଙ୍କରି ସାଦର ସମର୍ଥନରେ ଲୋକେ ଘନଘନ କରତାଲି ଦେଲେ । ହୋ ହଲ୍ଲା ଓ କରତାଲିର ଢେଉଟାଏ ପହଁରି ଗଲା । ସେମାନେ ସରଳ ଲୋକ । ସେମାନେ ଜାଣନ୍ତିନି ଯେ କେବଳ ଗୋଟେ ଜିନିଷକୁ ଛାଡ଼ିଦେଲେ ଭିଏ ହେଉଛନ୍ତି ଦେଶର ଜଣେ ଶ୍ରେଷ୍ଠ ବକ୍ତା । ସେମାନେ କେବଳ ତାଙ୍କର ଗୁରୁ ଗାମ୍ଭୀର ସ୍ୱରକୁ ଶୁଣିଛନ୍ତି, ସେଥିରେ ଉଚ୍ଚରିତ ହେଇଛନ୍ତି, ପୁଣି ତଳକୁ ଖସିଛନ୍ତି । ଜଣେ ଲୋକ ଉପରକୁ ଉଠାଇ ପାରେ, ପୁଣି ତଳେ ବି ପକାଇ ପାରେ । ସିଏ ସେଇ ଲୋକ ।

— ଏବେ ତମେ ତାଙ୍କ କଥା ଶୁଣିଲ, ମିସିମାଙ୍ଗୁ କହିଲେ ।

ଷ୍ଟିଫେନ୍ କୁମାଲୋ ମୁଣ୍ଡ ଟୁଙ୍ଗାରିଲେ । — ମୁଁ ଏମିତି କେବେ ଶୁଣି ନ ଥିଲି ଏପରିକି ମୁଁ ... ତା'ର ଭାଇ... ମୋ ସହିତ ଖେଳିଲା, ଯେମିତିକି ମୁଁ ଗୋଟେ ଛୋଟ ପିଲା ।

— କ୍ଷମତା, କହିଲେ ମିସିମାଙ୍ଗୁ, କ୍ଷମତା । ପ୍ରଭୁ ଏପରି କ୍ଷମତା କାହିଁକି ଦିଅନ୍ତି ସେ କଥା ଆମେ ବୁଝି ପାରୁନା । ଯଦି ଏଇ ଲୋକଟା ଜଣେ ପ୍ରଚାରକ ହେଇଥାନ୍ତା, ତା ହେଲେ ସାରା ଦୁନିଆଁର ଲୋକ ତାକୁ ଅନୁସରଣ କରିଥାନ୍ତେ ।

— ମୁଁ ଏପରି କେବେ ଶୁଣି ନାହିଁ, କୁମାଲୋ କହିଲେ ।

— ସେ ଭ୍ରଷ୍ଟାଚାରୀ ହେଇଥିବାରୁ ଆମେ ପ୍ରଭୁଙ୍କୁ ଧନ୍ୟବାଦ ଦେବା କଥା, କହିଲେ ମିସିମାଙ୍ଗୁ । କାରଣ ସେ ଦୁର୍ନୀତିଗ୍ରସ୍ତ ହେଇ ନ ଥିଲେ ପୁରା ଦେଶଟାକୁ ରକ୍ତପାତ ଭିତରକୁ ଟାଣି ନେଇଥାନ୍ତେ । ସମ୍ପତ୍ତି ଅର୍ଜନ ଓ ତାକୁ ହରାଇବାର ଭୟ, ହାତରେ ରହିଥିବା କ୍ଷମତା ହରାଇବାର ଭୟ ଯୋଗୁଁ ସେ ଭ୍ରଷ୍ଟାଚାରୀ ହେଇଛନ୍ତି । ଆମେ କେବଳ ଏ ସବୁ ବୁଝି ପାରିବା ନାହିଁ । ଟିମ୍ଲିମ୍‌ସନ, ଆମେ ଏଥର ଯିବା ନା ଯ଼ାଙ୍କର କଥା ଶୁଣିବା ?

— ମୁଁ ତାଙ୍କ କଥା ଶୁଣି ପାରିଲି ନାହିଁ ।

— ତା ହେଲେ ଆମେ ଆଉ ଟିକେ ପାଖକୁ ଯିବା । ଏଠି ତାଙ୍କ କଥା କିଛି ବୁଝା ପଡୁ ନାହିଁ ।

*

— ଆମେ ଏଥର ଯିବା, ମି: ଜାର୍ଭିସ୍ ?

— ହଁ ଜନ୍, ଚଲ ଯିବା ।

— ତମେ ଏ ବିଷୟରେ କ'ଣ ଚିନ୍ତା କଲ, ମି: ଜାର୍ଭିସ୍ ?

— ମୁଁ ସେ ସବୁ କଥା ବେଶୀ ଭାବେ ନାହିଁ, ଜାର୍ଭିସ୍ ସଂକ୍ଷେପରେ କହିଲେ ।

— ମୁଁ ସେଇଯ଼ୋ କହୁନି । ମୋର କହିବାର ମାନେ ଏ ସବୁ ଘଟୁଛି ତ ?

ଜାର୍ଭିସ୍ ଗୋଟେ ରକମ ଅସନ୍ତୋଷ ହେଇ କହିଲେ । – ମୁଁ ସେ କଥା ସେତେଟା ଭାବୁନି । ଆଚ୍ଛା, ତମର କ୍ଲବକୁ ଚଲ ଯିବା ।

– ୟାର ସାମ୍ନା କରିବା ପାଇଁ ତାଙ୍କର ଆଉ ବୟସ ନାହିଁ । ଜନ୍ ହାରିସନ୍ ମନେ ମନେ ଭାବିଲେ । ଠିକ୍ ମୋ ବାପାଙ୍କ ପରି ।

ସେ ଗାଡ଼ିକୁ ଚଢ଼ିଲେ ଓ ଇଞ୍ଜିନ୍ ଷ୍ଟାର୍ଟ କଲେ ।

– କିନ୍ତୁ ଆମକୁ ତ ୟାର ସାମ୍ନା କରିବାକୁ ପଡ଼ିବ, ସେ ସଂଯମତାର ସହିତ ଚିନ୍ତା କଲେ ।

*

କେପ୍ଟେନ୍ ଜଣକଙ୍କ ଉପରିସ୍ଥ ଅଫିସରଙ୍କୁ ସାଲ୍ୟୁଟ୍ କଲେ ।

– ଏଇ ରିପୋର୍ଟ, ସାର୍ ।

– ଆଉ କ'ଣ କେମିତି ହେଲା, କେପ୍ଟେନ୍ ?

– କିଛି ଅସୁବିଧା ନାହିଁ, ସାର୍ । ହେଲେ ଏଇ କୁମାଲୋଟା ଭାରି ବିପଜ୍ଜନକ । ସେ ଜନତାକୁ କେତେବେଲେ ଉତ୍ତେଜନାରେ ଉପରକୁ ଉଠେଇ ନଉଛି ତ ପୁଣି ଫେର ପଛକୁ ଟାଣି ଆଣୁଛି । ତେବେ ଆମେ ମାନେ ସେଠି ନ ଥିଲେ ସେ କ'ଣ କରିଥାନ୍ତା ମୁଁ ଠିକ୍ ଜାଣି ପାରୁଛି ।

– ଠିକ୍ ଅଛି, ସେଠି ଆମକୁ ରହିବାକୁ ପଡ଼ିବ । ରିପୋର୍ଟ ଅନୁସାରେ ସେତ ସବୁବେଲେ ଗୋଟେ ସୀମା ପର୍ଯ୍ୟନ୍ତ ଯାଏ, ତା'ପରେ ଆଉ ଆଗକୁ ନୁହେଁ । ତାକୁ ବିପଜ୍ଜନକ କହିବାର ମାନେ କ'ଣ ?

– ଏଇ ତା'ର ସ୍ୱରଟା ପାଇଁ, ସାର୍ । ଏମିତି କଣ୍ଠସ୍ୱର ମୁଁ କେବେ ଶୁଣି ନାହିଁ । ତା'ର ସ୍ୱରଟା ଗୋଟେ ବାଦ୍ୟ ଯନ୍ତର ଗୋଟେ ଚମତ୍କାର ବିରାମ । ସେଇ ସ୍ୱରରେ ବିରାଟ ଜନ ସମୁଦ୍ର କେମିତି ଦୋହଲି ଉଠୁଥାଏ ତା ତମେ ନିଜେ ଦେଖି ପାରିବ । ମୁଁ ନିଜେ ଏଥର ଅନୁଭବ କଲି । ଯେମିତିକି ସେ କ'ଣ ଘଟୁଛି ଜାଣି ପାରି ତା ଭିତରକୁ ନିଜକୁ ଟାଣି ନଉଛି ।

– ଯେଲୋ, ଉପରିସ୍ଥ ଅଫିସର ଜଣକ ସଂକ୍ଷେପରେ କହିଲେ, ମୁଁ କଣ୍ଠସ୍ୱର ବିଷୟରେ ଶୁଣିଛି । ଦିନେ ମୁଁ ଖୋଦ୍ ଯାଇ ଶୁଣି କି ଆସିବି ।

– ଧର୍ମଘଟ ହେବ କି, ସାର୍ ?

– ପ୍ରଭୁ ! ମୁଁ ଭଲା ଜାଣିଥାନ୍ତି । ସେଇଟା ଗୋଟେ ଫାଲତୁ ଝାମେଲା ଯେମିତିକି ଆମର ଆଉ କିଛି କରିବାର ନାହିଁ । ଡେରି ହେଲାଣି, ଏଥର ତମେ ଘରକୁ ଯାଅ ଭାରି ।

– ଗୁଡ୍ ନାଇଟ୍, ସାର୍ ।

– ଗୁଡ୍ ନାଇଟ୍ ହେରି । ହେରି !

– ସାର୍ ।

– ୟା' ଭିତରେ ତମର ଗୋଟେ ପଦୋନ୍ନତି ହେଇପାରେ ।

– ଥେଙ୍କ୍ ୟୁ, ସାର୍ ।

– ଦିନେ ତମେ ମୋ ପରି ରିକିରୀକୁ ଆସିଯିବ । ଭଲ ଦରମା, ଉଚ୍ଚ ପଦବୀ, ପ୍ରତିଷ୍ଠା, ସମ୍ମାନ ଆଉ ତା ସହିତ ଦୁନିଆଁର ଯେତେକ ଦୁର୍ଣ୍ଣୀତା ମୁଣ୍ଡେଇବ । ଆଗ୍ନେୟଗିରି ଉପରେ ବସିଲା ପରି ଲାଗୁଥିବ । ଏ କାମର କ'ଣ ଯେ ମୂଲ୍ୟ, ପ୍ରଭୁ ଜାଣନ୍ତି । ଗୁଡ୍ ନାଇଟ୍, ହେରି ।

– ଗୁଡ୍ ନାଇଟ୍ ସାର୍ ।

ଉପରିସ୍ଥ ଅଫିସର ଜଣକ ଦୀର୍ଘଶ୍ୱାସ ଛାଡ଼ି ପେପରଟକ ନିଜ ଆଡ଼କୁ ଟାଣି ଆଣିଲେ । କପାଳରେ ଚିନ୍ତାର କୁଞ୍ଚିତ ରେଖା ଫୁଟି ଉଠିଲା ।

– ଭଲ ଦରମା, ଉଚ୍ଚ ପଦବୀ, ସମ୍ମାନ, ସେ କହିଲେ । ତା'ପରେ ସେ କାମରେ ଲାଗିଗଲେ ।

*

ଯଦି ଧର୍ମଘଟ ହୁଏ ତା ହେଲେ କଥାଟା ଗୁରୁତର ହେବ । କାରଣ ଏଠି ଓ୍ୱିଟ୍ୱାଟରସ୍ରେଣ୍ଡରେ ତିନି ଲକ୍ଷ କଲା ଖଣି ଶ୍ରମିକ ଅଛନ୍ତି । ସେମାନେ ସବୁ ଟ୍ରାନସ୍କେଇ, ବାସୁଟୋଲେଣ୍ଡ, ଜୁଲୁଲେଣ୍ଡ, ବେଚୁଆନାଲେଣ୍ଡ, ସେକୁକୁଲେଣ୍ଡରୁ ଓ ଦକ୍ଷିଣ ଆଫ୍ରିକାର ବାହାର ଦେଶରୁ ଆସନ୍ତି । ସେମାନେ ସରଳ, ଅଶିକ୍ଷିତ, ଆଦିବାସୀ ଲୋକ । ହାତରେ ଖଣ୍ଡେ ଲେଖାଏଁ ସାଧାରଣ ହତିଆର । ତେବେ ଆଦୋଳନରେ ମାତିଗଲେ ସେମାନେ ପାଗଳ ହେଇଯାନ୍ତି । ଖଣିର ଅଫିସ୍ କର୍ମଚାରୀମାନଙ୍କୁ ସେମାନେ ଅଫିସ ଭିତରେ ବନ୍ଦୀ କରିଦିଅନ୍ତି, କାଚ ବୋତଲ ଓ ପଥର ମାଡ଼ କରନ୍ତି ଆଉ ସେଇ ଜାଗାରେ ନିଆଁ ଲଗେଇ ଦିଅନ୍ତି । ଏକଥା ସତ ଯେ ସେମାନେ ଶହ ଶହ ଖଣିରେ ହତା ଭିତରେ ରହନ୍ତି । ସେଥିପାଇଁ ତାଙ୍କୁ ସହଜରେ ନିୟନ୍ତ୍ରଣକୁ ଆଣି ହୁଏ । ହେଲେ ସେମାନେ ପ୍ରବଳ କ୍ଷୟକ୍ଷତି ଘଟାଇ ଥାନ୍ତି । ମଣିଷର ଜୀବନକୁ ବିପଦକୁ ଠେଲି ଦିଅନ୍ତି ଆଉ ଦକ୍ଷିଣ ଆଫ୍ରିକାର ସବୁଠୁ ବଡ଼ ଶିଳ୍ପକୁ ସ୍ତମ୍ଭୁ କରି ଦିଅନ୍ତି । ଏଇ ଶିଳ୍ପ ଉପରେ ଦକ୍ଷିଣ ଆଫ୍ରିକା ନିର୍ଭର କରେ । ତାରି ଉପରେ ଦକ୍ଷିଣ ଆଫ୍ରିକା ଠିଆ ହେଇଛି ।

ଧର୍ମଘଟ ସମ୍ପର୍କରେ ନାନା ଚିନ୍ତାଜନକ ଗୁଜବ ଶୁଣିବାକୁ ମିଳୁଛି । ଏଥର

ଧର୍ମଘଟ କୁଆଡ଼େ ଖାଲି ଖଣି ଭିତରେ ସୀମିତ ହେଇ ରହିବ ନାହିଁ । ଅନ୍ୟ ସବୁ ପ୍ରକାର ବଣିକ ବେପାରକୁ କୁଆଡ଼େ ମାଡ଼ିଯିବ । ରେଲୱେ, ଜାହାଜ କାରବାରକୁ ବ୍ୟାପିଯିବ । ଶୁଣାଯାଉଛି ଯେ, ପ୍ରତ୍ୟେକ କଳା ଲୋକ, ପ୍ରତ୍ୟେକ କଳା ସ୍ତ୍ରୀଲୋକ କାମ ବନ୍ଦ କରିଦେବେ । ପ୍ରତେୟକ ସ୍କୁଲ, ଆଉ ପ୍ରତ୍ୟେକ ଚର୍ଚ୍ଚ ବନ୍ଦ ରହିବ । ବେକାର ରହି ରାସ୍ତାରେ ଅସନ୍ତୋଷ ଆଉ ବିରକ୍ତିରେ ଏପଟ ସେପଟ ହେବେ । ପ୍ରତି ଗାଁ, ପ୍ରତି ସହର, ପ୍ରତି ନଗର, ରାସ୍ତା ଆଉ ଚଷ ଜମିରେ ତାଙ୍କ ଭିତରୁ ଆଠ ଲକ୍ଷ ଲୋକ ସେମିତି ରହିବେ । ତେବେ ଏ ତ ଅଭୁତ କଥା ଟେ । ସେମାନେ ଏଥିପାଇଁ ସଂଗଠିତ ନୁହଁନ୍ତି । ସେମାନେ ଅକଥନୀୟ କଷ୍ଟ ଭୋଗିବେ । ଭୋକରେ ମରିଯିବେ । ଏମିତି ଅଭୁତ କଥାଟିର କଳ୍ପନା କି ଭୟାନକ । ତେବେ ଗୋରାମାନେ ବଲ୍ଲେ ବୁଝିଯିବେ ଯେ ସେମାନେ କଳା ଲୋକଙ୍କର ଶ୍ରମ ଉପରେ କେତେ ମାତ୍ରାରେ ନିର୍ଭରଶୀଳ ।

ଉକ୍ରଣ୍ଡାର ସମୟ, ଏଥରେ ସଦେହ ନାହିଁ । ଦୁନିଆଁରେ ଅଜବ କଥା ମାନ ଘଟିଯାଉଛି ଆଉ ଏଇ ଦୁନିଆଁରେ ଦକ୍ଷିଣ ଆଫ୍ରିକା ଏକାକୀ ନୁହଁ ।

*

ଧର୍ମଘଟ ଆସିଛି ଆଉ ଯାଇଛି । ଖଣି ବାହାରକୁ କେବେ ଏଟା ଯାଇ ପାରି ନ ଥିଲା । ଡ୍ରାଇଫଣ୍ଟେନ୍‌ରେ ସବୁଠୁ ଖତରନାକ୍ ଝାମେଲା ହେଲା । ସେଠି କଳା ଖଣି ଶ୍ରମିକ ମାନଙ୍କୁ ଖଣି ଭିତରକୁ ଘଉଡ଼ାଇ ନେବା ପାଇଁ ପୋଲିସ୍ ଡକା ହେଲା । ସେଠି ମାଡ଼ପିଟ ହେଲା ଆଉ ସେଥିରେ ତିନି ଜଣ କଳା ଶ୍ରମିକ ମରିଗଲେ । କିନ୍ତୁ ସବୁ କିଛି ଚୁପ୍‌ଚୂପ୍ । ତାଙ୍କ ରିପୋର୍ଟ ଅନୁସାରେ କିଛି ସବୁ କିଛି ଚୁପ୍‌ଚୂପ୍ ।

ଜୋହାନସ୍‌ବର୍ଗର ବିଶପଙ୍କର ଅଧିକାର କ୍ଷେତ୍ର ଅନ୍ତର୍ଭୁକ୍ତ ବରିଷ୍ଠ ଧର୍ମ ଯାଜକଙ୍କୁ ନେଇ ଗଠିତ ଚର୍ଚ୍ଚର ବାର୍ଷିକ ସଂସଦ ପାଖରେ ଖଣି ବିଷୟରେ ସେମିତି କିଛି ଖବର ନ ଥାଏ । ସାଧାରଣତଃ ସଂସଦ ମାନ ଧାର୍ମିକ ରୀତି ନୀତି ପାଳନ ଭିତରେ ସୀମିତ ରହୁଥାଏ । ତେବେ କଥାଟା ଆଉ ସେତିକିରେ ରହି ନାହିଁ । ତାଙ୍କ ଭିତରୁ ଜଣେ ଧର୍ମଯାଜକ ଏ ସଂକ୍ରାନ୍ତରେ ଗୋଟେ ଭାଷଣ ଦେଲେ । ସେ ଯୁକ୍ତି ବାଢ଼ି ବେଶ୍ ଜୋର୍ ଦେଇ କହିଲେ ଆଫ୍ରିକୀୟ ଖଣି ଶ୍ରମିକ ସଂଘ (African Mine Workers' Union) କୁ ସ୍ୱୀକୃତି ଦେବାର ସମୟ ଆସିଯାଇଛି । ତା ନ ହେଲେ ରକ୍ତପାତ ହେବ, ସେ ଭବିଷ୍ୟବାଣୀ କରି କହିଲେ । ତାଙ୍କର କହିବାର ଅର୍ଥ ଏଇୟା ଧରାଗଲା ଯେ ସଂଘଟିକୁ ଏକ ଦାୟିତ୍ୱ ସମ୍ପନ୍ନ ସଂଗଠନ ରୂପେ ମାନ୍ୟତା ଦେବା ଉଚିତ ଯାହା କି କାମର ପାରିପାର୍ଶ୍ୱିକ ଅବସ୍ଥା ଓ ମଜୁରୀ ବିଷୟରେ ତା'ର

ନିଯୋକ୍ତାଙ୍କ ସହିତ ଆଲୋଚନା ପୂର୍ବକ ସମାଧାନ ଆଣି ପାରିବ । ତେବେ ପ୍ରବକ୍ତା ବୋଲାଉଥିବା ଜଣେ ଲୋକ ସ୍ୱତେଇ କହିଲେ ଆଫ୍ରିକାୟ ଖଣି ଶ୍ରମିକମାନେ ଅତି ସାଦାସିଧା ମଣିଷ । ମୂଳରୁଇଲ କରି କୌଣସି ପ୍ରସଙ୍ଗର ମୀମାଂସା କରିବାର କୌଶଳ ଜାଣିଲା ପରି ସେମାନେ ଏତେଟା ଶିକ୍ଷିତ ନୁହଁନ୍ତି । ତେଣୁ ସେମାନେ ବେଇମାନ ଆନ୍ଦୋଳନକାରୀଙ୍କ ହାତରେ ହତିଆର ପାଲଟିଯିବେ । ଆଉ କୌଣସି ବି ଘଟଣାରେ ସମସ୍ତେ ଜାଣନ୍ତି ଯେ କ୍ରମ ବର୍ଦ୍ଧିଷ୍ଣୁ ଦରଦାନ୍ତା ଖଣିର ସଭା ତଥା ଦକ୍ଷିଣ ଆଫ୍ରିକାର ଅସ୍ତିତ୍ୱର ଅବାଞ୍ଛନୀୟ କ୍ଷତି କରିବ ।

ଏଇ ଦୁସ୍କର ସମସ୍ୟାଟିର ବିଭିନ୍ନ ଦିଗ ରହିଛି । ସେଥିରେ ପୁଣି ମୃତ୍ତିକା-କ୍ଷୟ, ଆଦିବାସୀଙ୍କ ଅବନତି, ଆବଶ୍ୟକ ସ୍କୁଲର ଅଭାବ ଆଉ ଅପରାଧ ପରି ପ୍ରସଙ୍ଗ ଉପରେ ଆଲୋଚନା କରିବାକୁ ଲୋକେ ଅଡ଼ି ବସନ୍ତି । ଯେମିତିକି ଏ ସବୁ ଯାକ ଏଇ ସମସ୍ୟାର ଅଂଶ ବିଶେଷ । ଯା ବିଷୟରେ ବହୁତ ଚିନ୍ତା କଲେ ତମକୁ ରିପବ୍ଲିକ୍, ଦ୍ୱିଭାଷିତା, ପ୍ରବାସ, ପାଲେସ୍ତାଇନ୍ ଇତ୍ୟାଦି ବିଷୟକୁ ବିରୁଲକୁ ନେବାକୁ ପଡ଼ିବ । ଏମିତି ଆହୁରି କେତେ ଯେ ପ୍ରସଙ୍ଗ ରହିଛି ସେ କଥା ପ୍ରଭୁ ଜାଣନ୍ତି । ତେଣୁ ଗୋଟେ ଦୃଷ୍ଟିରୁ ସେ ଗୁଡ଼ା ସବୁ ଆଦୌ ନ ଭାବିବା ଭଲ ।

ଯା ଭିତରେ ଧର୍ମଘଟ ସରି ଯାଇଥିଲା । ଏଥର ବିଶେଷ ଜୀବନ ହାନି ହେଇ ନ ଥିଲା । ରିପୋର୍ଟ ଅନୁସାରେ ସବୁ କିଛି ଠିକ୍ ଠାକ୍, ସବୁ କିଛି ଚୁପ୍‌ଚୁପ୍ ।

ପରିତ୍ୟକ୍ତ ବନ୍ଦରଟାରେ ତଥାପି ବି ପାଣି ରହିଥାଏ । ପାଣିଟା ଘାଟ ଦିହକୁ ରୁଟୁଥାଏ । ଅନ୍ଧାରୁଆ ନିଷ୍ତୁପ ଜଙ୍ଗଲ ଭିତରେ ଥିବା ପତ୍ରଟା ଖସୁଥାଏ । ଚିକ୍କଣ ଚକମକିଆ କାଠପଟା ତଳେ କାଠକୁ ଉଇ ଖାଇ ଯାଉଥାଏ । କେବଳ ନିର୍ବୋଧଙ୍କୁ ଛାଡ଼ିଦେଲେ କିଛି ବି କାହା ପାଇଁ କେବେ ଠିକ୍ ନ ଥାଏ ।


<h2 style="text-align:center">୧୦</h2>

ମିସେସ୍ ଲିଥେବେ ଓ ଜାଟ୍ଟୁଡ୍ ଘର ଭିତରକୁ ପଶିଲେ । ମିସେସ୍ ଲିଥେବେ ଭିତର ପଟୁ କବାଟ ବନ୍ଦ କରିଦେଲେ ।

– ମୁଁ ତତେ ପାରୁ ପର୍ଯ୍ୟନ୍ତ ବୁଝିବାକୁ ଚେଷ୍ଟା କରିଛି ଲୋ ଝିଅ । ହେଲେ ମୁଁ ପାରିଲି ନାହିଁ ।

– ମୁଁ ତ କିଛି ଭୁଲ କରିନି ।

– ତୁ ଭୁଲ କରିଛୁ ବୋଲି ମୁଁ କହୁନି । ତେବେ ତୁ ଏଇ ଘର ଆଉ ଘର ଲୋକଙ୍କୁ ବୁଝି ପାରୁନୁ ।

ଜାଙ୍ଗୁଡ଼ ମୁହଁ ଫୁଲାଇ ଛିଡ଼ା ହେଇଥାଏ । – ମୁଁ ବୁଝୁଛି ତ, ସେ କହିଲା ।

– ତା ହେଲେ ଏମିତି ଲୋକଙ୍କ ସାଙ୍ଗରେ ତୁ କ'ଣ ପାଇଁ କଥାବାର୍ତ୍ତା କରୁଛୁ?

– ସେମାନେ ଭଲ ଲୋକ ନୁହଁନ୍ତି ବୋଲି ମୁଁ ଜାଣି ନ ଥିଲି ।

– ସେମାନଙ୍କର ଅବାଗିଆ କଥାବାର୍ତ୍ତା, ହସିବାର ଢଙ୍ଗ ତୁ ଦେଖ ପାରୁନୁ? ସେମାନେ ସବୁ କେମିତି ବେଖାତିରିଆ ଆଉ ବେକାରିଆ ଢଙ୍ଗରେ ହସୁଥାନ୍ତି ତୁ ଦେଖୁନୁ?

– ମୁଁ ସେଇଟା ଖରାପ ବୋଲି ଜାଣି ନ ଥିଲି ।

– ମୁଁ ସେଇଟା ଖରାପ ବୋଲି କହୁନି । ସେମାନଙ୍କ କଥାବାର୍ତ୍ତା ଆଉ ହସିବାର ଢଙ୍ଗଟା କେମିତି ବେଖାତିରିଆ ଆଉ ବେକାରିଆ, ସେ କଥା କହୁଛି । ଜଣେ ଭଲ ସ୍ତ୍ରୀଲୋକ ହେଇ ରହିବାକୁ ତୁ କ'ଣ ଚେଷ୍ଟା କରୁନୁ?

– ମୁଁ ଚେଷ୍ଟା କରୁଛି ।

– ତା ହେଲେ ଏମିତିଆ ଲୋକଙ୍କର ତୁ କିଛି ଶିଖ ପାରିବୁନି ।

– ମୁଁ ତମ କଥା ବୁଝୁଛି ।

– ମୁଁ ତତେ ଗାଲି ଦେବାକୁ ଚହୁଁନି । ତେବେ ତୋର ଭାଇ କେତେ ଯନ୍ତ୍ରଣା ଭୋଗିଲେଣି ଜାଣିଛୁ ତ ।

– ସେ ବହୁତ କଷ୍ଟ ପାଇଲେଣି ।

– ତା ହେଲେ ତାଙ୍କୁ ଆହୁରି କଷ୍ଟ ଦେ' ନା ଲୋ ଝିଅ ।

– ମୁଁ ଏଠୁ ଚାଲିଗଲେ ଭଲ ହେବ, ଜାଙ୍ଗୁଡ଼ କହିଲା । ତା ଆଖିକୁ ଲୁହ ଚାଲି ଆସିଲା । – ମୁଁ ଏଠି କ'ଣ କରିବି ଜାଣି ପାରୁନି ।

– କେବଳ ଏଇ ଜାଗା ନୁହଁ, ଏପରିକି ଏଣ୍ଡୋସେନିରେ ତୁ ଏମିତି ଅବାଗିଆ ଆଉ ବେଢଙ୍ଗିଆ ଲୋକ ପାଇବୁ । ମିସେସ୍ ଲିଥେବେ କହିଲେ ।

– ଏଇ ଜାଗାଟା ହିଁ ଅସୁବିଧା । ଜୋହାନସ୍‌ବର୍ଗରେ କେବଳ ଅଶାନ୍ତି ଛଡ଼ା ମୁଁ ଆଉ କିଛି ଜାଣିନି । ମୁଁ ଚାଲିଗଲେ ହିଁ ଠିକ୍ ହେବ ।

– ତୋର ଯିବା ଆଗରୁ ଏଇ ମାମଲାଟା କାଲି ଛିଣ୍ଡି ଯିବ । ତୋ ପାଇଁ ଆଉ ତୋର ଭାଇଙ୍କ ପାଇଁ ମତେ ଭାରି ଡର ଲାଗୁଛି ।

– ଡରିବାର କିଛି ନାହିଁ ।

– ତୋ କଥା ଶୁଣି ଖୁସି ଲାଗୁଛି । ଏ ଛୁଆଟି ପାଇଁ ମୁଁ ଚିନ୍ତା କରୁନି । ଭାରି ବୋଲକରା ଛୁଆଟା । ତୋ ଭାଇଙ୍କୁ ଖୁସି କରିବାକୁ ସେ ଲାଗି ପଡ଼ିଥାଏ । ପ୍ରକୃତରେ

ସେମିତି ହେବା କଥା । କାରଣ ଯାହା ସେ ନିଜ ବାପାଠୁ ପାଇନି ସେଇଟା ତାଙ୍କଠାରୁ ପାଇଛି ।

— ସେ ବି ବେଢ଼ଙ୍ଗିଆ କଥାବାର୍ତ୍ତା କରିପାରେ ।

— ମୁଁ ଅନ୍ଧ ନୁହେଁ ଲୋ ଝିଅ । ନା, ସେ ଶିଖିଯାଏ, ବେଶ୍ ଜଲ୍‌ଦି ସେ କଥା ଧରି ପାରେ । ଏ କଥା ସେଠିକିରେ ଥାଉ । କେହି ଜଣେ ଆସୁଛି ।

କବାଟରେ ଠକ୍ ଠକ୍ ହେଲା । ମୋଟାସୋଟା ସ୍ତ୍ରୀ ଲୋକ ଜଣେ ଦୁଆର ମୁହଁରେ ଠିଆ ହେଇଥାନ୍ତି । ଘର ଯାଏଁ ଚଲି ଚଲି ଆସିଥିବାରୁ ସେ ଧଇଁସଇଁ ହେଇ ପଡ଼ିଥାନ୍ତି । ଖବରକାଗଜରେ ଗୋଟେ ଦୁଃସମ୍ବାଦ ବାହାରିଛି, ତମକୁ ଦେଖାଇବା ପାଇଁ ଆସିଛି, ସେ କହିଲେ । ଖବର କାଗଜ ଖଣ୍ଡିକ ଟେବୁଲ ଉପରେ ରଖି ସେ ଅନ୍ୟ ସ୍ତ୍ରୀ ଲୋକ ଦୁଇ ଜଣଙ୍କୁ ମୁଖ୍ୟ ଖବରଟା ଦେଖାଇଲେ । "ମହାନଗରୀରେ ପୁଣି ଏକ ହତ୍ୟାକାଣ୍ଡ । ଦେଶିଆ ଦୁର୍ବୃତ୍ତ ତାଲା ଭାଙ୍ଗି ୟୁରୋପୀୟ ଘର ମାଲିକଙ୍କୁ ଗୁଳି କରି ହତ୍ୟା ।"

ସେମାନେ ଚମକି ପଡ଼ିଲେ । ଆଜିକାଲି ଏମିତି ମୁଖ୍ୟ ଖବର ସବୁକୁ ଲୋକେ ଭୟ କରୁଥିଲେ । ଗୃହସ୍ଥମାନେ ଭୟ କରୁଥିଲେ, ତାଙ୍କର ସ୍ତ୍ରୀ ମାନେ ଭୟ କରୁଥିଲେ । ଆଇନ କାନୁନ ମାନି ଚଲୁଥିବା କଳା ଲୋକମାନେ ଭୟ କରୁଥିଲେ । କେତେ ଲୋକ ଦେଶିଆ ଶବ୍ଦଟିକୁ ମୁଖ୍ୟ ଖବରରୁ ବାଦ ଦେବା ପାଇଁ ଜୋର ଦେଇ କହିଲେ । ଏଇ ଯନ୍ତ୍ରଣାଦାୟକ ସତ୍ୟଟିକୁ ଲୁଚାଇଲେ କ'ଣ ଯେ ହେବ ସେ କଥା ବୁଝିବା ଅନ୍ୟମାନଙ୍କ ପକ୍ଷରେ କାଠିକର ଥିଲା ।

— ମାମଲାଟି ଛିଣ୍ଟିବା ଉପରେ । ଏମିତି ବେଳରେ ପୁଣି ଏମିତି ଘଟିବାଟା ଭାରି କଷ୍ଟକର । ମୋଟା ସ୍ତ୍ରୀ ଜଣକ କହିଲେ ।

କାରଣ ମାମଲାଟି ବିଷୟରେ ସେ ସବୁ ଜାଣିଥିଲେ । କେସ୍‌ଟିର ବିଚାର ଚଲିଥିବାବେଳେ ସେ ମିସେସ୍ ଲିଥେବେଙ୍କ ସହିତ ସବୁ ଥର ଯାଉଥିଲେ ।

— ସତ କଥା କହୁଛ, ମିସେସ୍ ଲିଥେବେ କହିଲେ ।

ଗେଟ୍ ଖୋଲିବାର ଶବ୍ଦ ଶୁଣି ସେ ଖବରକାଗଜ ଖଣ୍ଡିକ ଗୋଟେ ଚୌକି ତଳକୁ ଫିଙ୍ଗିଦେଲେ । କୁମାଲୋ ଓ ଝିଅଟା ଆସିଲେ । ଝିଅଟା ତାଙ୍କର ହାତଟାକୁ ଧରିଥାଏ । କାରଣ ଏବେ ଏବେ ସେ ବହୁତ କ୍ଷୀଣ ଦେଖାଯାଉଥାନ୍ତି । ଝିଅଟା ତାଙ୍କୁ ତାଙ୍କରି କୋଠରୀ ଯାଏଁ ହାତ ଧରି ନେଇଗଲା । ସେମାନେ ଯାଇଛନ୍ତି କି ନାଇଁ ପୁଣି ଗେଟ୍ ଖୋଲା ହେବାର ଆବାଜ ଶୁଭିଲା ମିସିମାଙ୍କୁ ଆସିଲେ । ହଠାତ୍ ତାଙ୍କର ଆଖି ଖବରକାଗଜ ଉପରେ ପଡ଼ିଲା ଆଉ ସେ ଚୌକି ତଳୁ ସେଇଟାକୁ ଉଠାଇ ଆଣିଲେ ।

– ସେ ଏଇଟା ଦେଖୁଛନ୍ତି ? ସେ ପଚାରିଲେ ।

– ନାଇଁ, ଆଜ୍ଞା, ମୋଟା ସ୍ତ୍ରୀ ଲୋକ ଜଣକ କହିଲେ । ଏମିତି ଅବେଳାରେ ଏମିତି ଘଟିବାଟା କଷ୍ଟକର ନୁହେଁ କି ?

– ଏଇ ବିଚରପତି ଜଣକ ଭାରି ପ୍ରସିଦ୍ଧ, କହିଲେ ମିସିମାଙ୍କୁ । ତେବେ ତମେ ଯାହା କହିଲ, କଥାଟି ବହୁତ କଷ୍ଟକର । ସେ ଖବରକାଗଜ ପଢ଼ିବାକୁ ଭଲ ପାଆନ୍ତି । ଆମେ କ'ଣ କରିବା ?

– ଏଠି ଖବରକାଗଜ ନାହିଁ । ଏଇ ଖଣ୍ଡିକ ସିଏ ଆଣିଛନ୍ତି । ତେବେ ମିଶନ୍ ହାଉସ୍‌କୁ ଗଲାବେଳେ ସେଠି ସେ ସେଇଟା ଦେଖିବେ । ମିସେସ୍ ଲିଥେବେ କହିଲେ ।

– ସେଥିପାଇଁ ମୁଁ ଆସିଲି । ଆମେ ଆଜି ରାତିରେ ଏଠି ଖାଇ ପାରିବୁ କି ମା' ।

– ଏଇ ଛୋଟ କଥାଟିଏରେ କ'ଣ ବା ପଚାରିବାର ଅଛି ଯେ । ଅବଶ୍ୟ ସାଦାସିଧା ରନ୍ଧା ହେଇଥିଲେ ବି ଖାଇବାଟା ଯଥେଷ୍ଟ ଅଛି ।

– ସତରେ ମା', ତମେ ସବୁବେଳେ ଆମକୁ ସାହାଯ୍ୟ କରି ଆସୁଛ ।

– ଆମେ ଆଉ କୋଉଥି ପାଇଁ ଜନ୍ମ ହେଇଛୁ କି ? ସେ କହିଲେ ।

– ଖାଇ ସାରିଲା ପରେ ଆମେ ସିଧା ମିଟିଂକୁ ଚାଲିଯିବା । ଆସନ୍ତା କାଲି ଠିକ୍ ରହିବ । କେସ୍‌କୁ ଗଲା ଦିନ ସେ ଖବରକାଗଜ ପଢ଼ନ୍ତିନି । ଆଉ ତା'ପରେ ଯାହା ଆଉ କିଛି ଅର୍ଥ ରହିବନି । ମିସିମାଙ୍କୁ କହିଲେ ।

ତେଣୁ ସେମାନେ ଖବରକାଗଜ ଖଣ୍ଡିକୁ ଲୁଚାଇ ଦେଲେ । ମିସେସ୍ ଲିଥେବେଙ୍କ ଘରେ ସେମାନେ ସମସ୍ତେ ଖାଇ ସାରି ଚର୍ଚ୍ଚର ଗୋଟେ ସଭାରେ ଯୋଗ ଦେବାକୁ ଗଲେ । ସେଠି ଜଣେ କଳା ସ୍ତ୍ରୀଲୋକ ତାଙ୍କୁ ସଂସାର ସବୁ ମୋହ ମାୟା ତ୍ୟାଗ କରି ସନ୍ୟାସିନୀ ହେବାକୁ ଆହ୍ବାନ ଦେଲେ । ପ୍ରଭୁ କେମିତି ତାଙ୍କ ଠାରୁ ସ୍ତ୍ରୀ ସୁଲଭ କାମନାଟିକୁ କାଢ଼ି ନେଇଛନ୍ତି ସେ କଥା ବୁଝାଇ କହିଲେ ।

ସଭା ଶେଷ ହେଲା ପରେ ମିସିମାଙ୍କୁ ଚାଲିଗଲେ । କୁମାଲୋ ତାଙ୍କ ରୁମ୍‌କୁ ଗଲେ । ଝିଅଟା ସେଠି ତାଙ୍କର ବିଛଣା ପାରୁଥାଏ ଯେଉ କୋଠରୀରେ ସେମାନଙ୍କ ଖାଇବା, ରହିବା, ଶୋଇବା ସବୁ ହୁଏ । ଯା' ପରେ ଜାଣ୍ଟ୍ ମିସେସ୍ ଲିଥେବେଙ୍କ ପଛେପଛେ ତାଙ୍କ ରୁମ୍‌କୁ ଗଲା ।

– ମା', ଟିକେ କଥା ହେଇ ପାରିବି କି ?

– ଏଥିରେ ପଚାରିବାର କିଛି ନାହିଁରେ ଝିଅ ।

ସେ କବାଟ ବନ୍ଦ କଲେ ଆଉ ଜାଦୁଡ଼୍ ମୁହଁରୁ ଶୁଣିବା ପାଇଁ ଅପେକ୍ଷା କଲେ ।

– ମୁଁ ସେଇ କଳା 'ସିଷ୍ଟର' ଓ 'ମଦର୍'ଙ୍କ କଥା ଶୁଣିଲି । ଆଉ ଭାବିଲି ଯେ ବୋଧହୁଏ ମୁଁ ବି ଏମିତି ଜଣେ ସନ୍ୟାସିନୀ ହେଇ ପାରିବି ।

ମିସେସ୍ ଲିଥେବେ ତାଲି ମାରିଲେ । ସେ ଖୁସି ହେଲେ । ପରେ ପରେ ଗମ୍ଭୀର ହେଲେ ।

– ତୁ ସନ୍ୟାସିନୀ ହେବୁ ବୋଲି ମୁଁ ତାଲି ମାରିନି । ମୁଁ ଖୁସି ଏଇଥିପାଇଁ ଯେ ତୁ ଏ କଥ ଭାବି ପାରୁଛୁ । ହେଲେ ପିଲାଟା ତ ଫେର୍ ଅଛି ନା ।

ଜାଦୁଡ଼୍ ଆଖିରେ ଲୁହ ଭରିଗଲା ।

– ବୋଧହୁଏ ମୋର ଭାଇର ସ୍ତ୍ରୀ ତା'ର ଭଲ ଯନ୍ ନେଇ ପାରିବ । ତମେ ତ ଜାଣ ଯେ ମୁଁ ଜଣେ ଅବାଗିଆ ସ୍ତ୍ରୀ ଲୋକ । ବେଢ଼ଙ୍ଗିଆ ହସେ, ବେପରୁଆ କଥାବାର୍ତା କଲେ । ବୋଧହୁଏ ଏଇଟା ମତେ 'ନନ୍' ହେବାରେ ସହଯୋଗ କରିବ ।

– ତା ଅର୍ଥ, କାମନା ।

ଜାଦୁଡ଼୍ ତଳକୁ ମୁହଁ ପୋଟିଲା । – ହଁ ମୋର କହିବାର ମାନେ ସେଇଯ୍ୟା ସେ କହିଲା ।

ମିସେସ୍ ଲିଥେବେ ଜାଦୁଡ଼ର ହାତକୁ ଧରି ପକାଇଲେ ।

– ଏଇଟା ଭାରି ବଡ଼ କଥାଟେ । ତେବେ ଏମିତି ନିଷ୍ଠତ୍ତି ଉପର ଠାଉରିଆରେ କି ତରବର ହେଇ ନେବା କଥା ନୁହଁ । ସେ ବି ସେଇଯ୍ୟା କହୁ ନ ଥିଲେ ?

– ହଁ ମା', ସେ ସେଇଯ୍ୟା କହୁଥିଲେ ।

– ଏ କଥାଟି ଆମରି ଭିତରେ ଥାଉ, ଏବେ କାହାରି ଆଗରେ କହିବାନି । ମୁଁ ତୋ ପାଇଁ ପ୍ରାର୍ଥନା କରିବି । ତୁ ବି ପ୍ରାର୍ଥନା କର । କିଛି ଦିନ ପରେ ଆମେ ପୁଣି କଥା ହେବା । ଏଇଟା ଠିକ୍ ହେବ ତ ?

– ହଁ ମା', ଠିକ୍ ହେବ ।

– ଏଥର ଯା ଶୋଇପଡ଼ ଝିଅ । ଏଇଟା ହେବ କି ନା ମୁଁ ଜାଣେନି । କିଂତୁ ଯଦି ହେଇଯାଏ, ତା ହେଲେ ବୁଢ଼ାଲୋକଟିକୁ ଶାନ୍ତି ଦେବ ।

– ଶୋଇବ ଯାଅ, ମା' ।

ଜାଦୁଡ଼୍ ମିସେସ୍ ଲିଥେବେଙ୍କ ରୁମ୍‌ର କବାଟ ବନ୍ଦ କରିଦେଲା ଆଉ ତା ରୁମ୍ ଆଡ଼କୁ ଯାଉଯାଉ ତାକୁ କ'ଣ ଲାଗିଲା କେଜାଣି ସେ ଯାଇ ଝିଅଟାର ଖଟ ପାଖେ ତଳେ ଲଥ୍‌କିନା ବସି ପଡ଼ିଲା ।

– ମୋର 'ନନ୍' ହେବାକୁ ବହୁତ ଇଚ୍ଛା, ସେ କହିଲା ।

କମ୍ବଳ ଭିତରୁ ଝିଅଟା ଉଠି ବସି ପଡ଼ିଲା ।

– ଏଁ ! ସେଟା ଭାରି କଠିନ କାମ, ସେ କହିଲା ।

– କାମଟା ତ କଠିନ । ମୁଁ ଏ ଯାଏଁ କିଚ୍ଛି ସ୍ଥିର କରିନି । କିନ୍ତୁ ଯଦି ସେମିତି ହୁଏ ତା ହେଲେ ତୁ ପୁଅଟାର ଦେଖାରେଖା କରିବୁ? ଜାଣ୍ଟୁଡ଼୍ କହିଲା ।

– ସତରେ, ସତରେ ମୁଁ ତା'ର ଯନ୍ ନେବି, ଝିଅଟା କହିଲା । ତା'ର ମୁହଁଟା ଉତ୍ସୁକ ଜଣା ପଡ଼ୁଥାଏ ।

– ତୋର ନିଜର ପରି କରିବୁ ତ ?

– ସତରେ ସେମିତି କରିବି, ମୋର ନିଜର ପରି କରିବି ।

– ଆଉ ତାରି ସାମ୍ନାରେ ବେଢ଼ଙ୍ଗିଆ କଥାବାର୍ତ୍ତା କରିବୁନି ?

ଝିଅଟା ଗମ୍ଭୀର ହେଲା । – ମୁଁ ଆଉ ସେମିତି ବେପରଣ୍ଡ଼ା କଥାବାର୍ତ୍ତା କରୁନି । ସେ କହିଲା ।

– ମୁଁ ବି ଆଉ ସେମିତି ଅବାଗିଆ କଥାବାର୍ତ୍ତା କରିବିନି । ତେବେ ମନେ ରଖ, ମୁଁ ଏ ଯାଏଁ କିଚ୍ଛି ସ୍ଥିର କରିନି । ଜାଣ୍ଟୁଡ଼୍ କହିଲା ।

– ହଁ, ମନେ ରଖିବି ।

– ଏ କଥା ତୁ ଆଉ କାହାକୁ କହିବୁନି । ଆମେ ଏ ବିଷୟରେ କଥାବାର୍ତ୍ତା କରି କିଚ୍ଛି ନିଷ୍ପତ୍ତି ନେବା କଥା ଜାଣିଲେ ଭାଇ ବହୁତ ମନ ଦୁଃଖ କରିବେ ।

– ମୁଁ ତମ କଥା ବୁଝୁଛି ଯେ ।

– ଯା ଝିଅ, ଏଥର ଶୋଇପଡ଼ ।

– ତମେ ବି ଯାଆ ଶୋଇବ ।


୧୧

ପ୍ରସିଦ୍ଧ ବିଚାରପତି ଜନକ କୋର୍ଟ ଭିତରକୁ ପ୍ରବେଶ କରିବା ମାତ୍ରେ ଲୋକେ ଛିଡ଼ା ହେଇଗଲେ । ଆଜି ସେମାନେ ଅପେକ୍ଷାକୃତ ବେଶୀ ଗମ୍ଭୀରତାର ସହ ଠିଆ ଉଠିଲେ । କାରଣ ଆଜି ବିଚାରର ଶୁଣାଣି ଦିନ । ବିଚାରପତି ବସିଲେ, ତା'ପରେ ତାଙ୍କର ଦୁଇ ଜଣ ସହାୟକ-ବିଶେଷଜ୍ଞ ବସିଲେ ଆଉ ତା'ପରେ ଲୋକମାନେ ବସିଲେ । ତିନି ଜଣ ଅଭିଯୁକ୍ତଙ୍କୁ କୋର୍ଟ ତଳେ ଥିବା ଠିକଣା ଜାଗାକୁ ଅଣାଗଲା ।

ମୁଁ ଏଇ ମାମଲାଟି ଉପରେ ଦୀର୍ଘ ସମୟ ଧରି ଖୁବ୍ ମନନ ଚିନ୍ତନ କରିଛି, ମୋର ସହାୟକ-ବିଶେଷଜ୍ଞ ମାନେ ମଧ କରିଛନ୍ତି । ଏଇ ମାମଲା ଅନ୍ତର୍ଗତ ସବୁ

ସାକ୍ଷ୍ୟ-ପ୍ରମାଣକୁ ଯନ୍ତର ସହିତ ଶୁଣିଛୁ, ସେଇ ବିଷୟରେ ଆଲୋଚନା କରିଛୁ ଓ ପ୍ରତ୍ୟେକଟିକୁ ତନ୍ତତନ୍ନ କରି ପରୀକ୍ଷା କରିଛୁ । ବିଚାରପତି ଜଣକ କହିଲେ ।

ବିଚାରପତିଙ୍କ ବକ୍ତବ୍ୟକୁ ଜଣେ ମୌଖିକ ଅନୁବାଦକ ବୁଝାଇ କହିଲା :

"ଅଭିଯୁକ୍ତ ଆବ୍‍ସାଲମ୍ କୁମାଲୋ ତା'ର ଦୋଷକୁ ଅସ୍ୱୀକାର କରିବାର ଆବଶ୍ୟକତା ଲୋଡ଼ି ନାହିଁ । ପ୍ରତିପକ୍ଷର ଓକିଲ ତାକୁ କାଠଗଡ଼ାରେ ଛିଡ଼ା କରାଇବା ପାଇଁ ସ୍ଥିର କଲେ । ସେଠି ସେ ସିଧା ସଳଖ ପାର୍କଓଲଡ଼୍‍ରେ ଥିବା ଘରେ ସେ କେମିତି ଆର୍ଥର ଜାର୍ଭିସ୍‍କୁ ହତ୍ୟା କଲା ସେଇ କାହାଣୀଟି କହିଲା । ସେ ଆହୁରି ମଧ୍ୟ କହିଲା ଯେ ତା'ର ଗୁଳି କରିବା କି ହତ୍ୟା କରିବାର ଉଦ୍ଦେଶ୍ୟ ଆଦୌ ନ ଥିଲା । କେବଳ ଘରର ରକ୍ଷକର ରିଚର୍ଡ଼ ଏମ୍‍ପିରିଙ୍କୁ ଡରାଇବା ପାଇଁ ସେ ବନ୍ଧୁକ ନେଇଥିଲା । ନିହତ ଲୋକ ଜଣ ଅନ୍ୟ କେଉଁଠି ଥିବେ ବୋଲି ସେ ଭାବୁଥିଲା । ଏଇ ପ୍ରମାଣକୁ ଆମେ ପରେ ବିଚାର କରିବା । ତେବେ ଯାର ସବୁଠୁ ଗମ୍ଭୀର ଓ ଗୁରୁତ୍ୱପୂର୍ଣ୍ଣ ଦିଗ ହେଉଛି ଦ୍ୱିତୀୟ ଓ ତୃତୀୟ ଅଭିଯୁକ୍ତଙ୍କର ଦୋଷକୁ ନିର୍ଣ୍ଣିତ କରିବା । ପ୍ରଥମ ଅଭିଯୁକ୍ତ କହିବା ଅନୁସାରେ ଏଇ ଯୋଜନାଟି ତୃତୀୟ ଅଭିଯୁକ୍ତ ଜୋହାନିସ୍ ପାଫୁରି କରିଥିଲା । ଘରର ରକ୍ଷକର ଏମ୍‍ପିରିଙ୍ଗ‍୍‍କୁ ପାଫୁରି ହିଁ ମୁଥ ମାରିଥିଲା । ଫଳରେ ସେ ଅଚେତ ହୋଇ ତଳେ ପଡ଼ିଥିଲା । ଏ କଥାକୁ ଖୋଦ୍ ଏମ୍‍ପିରିଙ୍ଗ‍୍‍ ସମର୍ଥନ କଲା । ଗୋଟେ ଝଟ‍କାରେ ସେ ମୁଖା ଉପରୁ ପାଫୁରିକୁ ଚିହ୍ନି ପାରିଥିବା କଥା କହିଲା । ଏ କଥା ମଧ୍ୟ ସତ ଯେ ସେ ସମାନ ମୁଖା ପିନ୍ଧା ଆହୁରି ଦଶ ଜଣଙ୍କ ଭିତରୁ ପାଫୁରିକୁ ବାହାର କରି ପାରିଲା । ପାଫୁରି ମୁହଁରେ ଫଡ଼କୁଥିବା ମାଂସପେଶୀ ପରି ତାଙ୍କ ଭିତରୁ କେତେ ଜଣଙ୍କର ସେଇୟା ଥିଲା । କିନ୍ତୁ ପ୍ରତିପକ୍ଷ ଓକିଲ ସୁର‍ଇ କହିଲେ ଯେ ମାଂସପେଶୀର ଏଇ ସଂକୋଚନ ସମାନ ପରି ଥିଲେ ବି ତା'ର ସାଦୃଶ୍ୟ ପୁରାପୁରି ଅଭିନ୍ନ ନ ଥିଲା । ଏପରିକି ମୁହଁରେ ଫଡ଼କୁଥିବା ମାଂସପେଶୀ ସହିତ ସେଇ ସମାନ ଗଢ଼ଣର କେତେ ଜଣକୁ ପାଇବା ମଧ୍ୟ କଷ୍ଟକର । ପାଫୁରିକୁ ଏମ୍ପିରିଙ୍ଗ‍୍‍ ଭଲ ଭାବରେ ଜାଣିଥିଲା । ପ୍ରତିପକ୍ଷ ଓକିଲ ଯୁକ୍ତି କଲେ ଯେ ଯଦି ସମସ୍ତ ଦଶ ଜଣଙ୍କର ଦେହର ଗଢ଼ଣ ସମାନ ହେଉଥାନ୍ତା ଓ ସମସ୍ତଙ୍କର ମୁହଁରେ ଠିକ୍ ସେମିତି ମାଂସପେଶୀର ସଂକୋଚନ ହେବାର ଲକ୍ଷଣ ଥାଆନ୍ତା, ତା ହେଲେ ଏଇ ପରିଚୟ ଚିହ୍ନଟ ବୈଧ ହୋଇଥାନ୍ତା । ଆମେ ଏଇ ଯୁକ୍ତି ସହ ସମ୍ପୂର୍ଣ୍ଣ ରୂପେ ଏକମତ ହୋଇ ପାରିବାନି । କାରଣ ଯାର ମାନେ ଶେଷ କଥାଟି ଏଇ ଯେ ସବୁ ପାତ୍ର ମାନଙ୍କ କ୍ଷେତ୍ରରେ ପରିଚୟ-ଚିହ୍ନଟ ସମ୍ପୂର୍ଣ୍ଣରୂପେ ସମାନ ହେଲେ ଯାଇ ତାହା ବୈଧ ଗଣା ହେବ । ଏଇ ଯୁକ୍ତିର ଆଂଶିକ ବୈଧତା ସ୍ପଷ୍ଟ ରୂପେ ଜଣାପଡ଼େ । ମୁହଁର ପେଶୀ

ସଙ୍କୋଚନ ପରି ଏକ ବିଶେଷ ଲକ୍ଷଣ ଆଧାରରେ ବିଶେଷତଃ ମୁହଁର ତଳ ଅଂଶ ଆବୃତ ହେଇଥିବା ବେଳେ ପରିଚୟ-ଚିହ୍ନଟ ଯେତିକି ଠିକ୍ ହେଇପାରେ ସେତିକି ଭୁଲ ବି ହେଇପାରେ । ଏ କଥା ନିଶ୍ଚିତ ଭାବରେ ଗ୍ରହଣ ଯୋଗ୍ୟ ଯେ ପୁରା ମୁହଁଟାର ଗୋଟିଏ ପେଶୀ କୋଉ ଢଙ୍ଗରେ ସଙ୍କୁଚିତ ହେଉଛି ତାହା ପରିଚୟ ଚିହ୍ନଟ କରିବାରେ ବେଶ୍ ସାହାଯ୍ୟ କରେ । ଆଉ ଯଦି ବେଶୀ ସଙ୍କୋଚନର ସେଇ ଢଙ୍ଗଟା ଆଂଶିକ ଆବୃତ ହେଇ ରହିଥାଏ ତା ହେଲେ ପରିଚୟ-ଚିହ୍ନଟ ଅନିଶ୍ଚିତ ଥାଏ । ପ୍ରକୃତରେ ଏଇଟା ଭାରି ମାରାତ୍ମକ । କାରଣ ଭିନ୍ନ ଲକ୍ଷଣଗୁଡ଼ିକ ଜଣେ ସହଜରେ ଲୁଚେଇ ରଖି ସମାନ ଲକ୍ଷଣ ଗୁଡ଼ିକ ଦେଖାଇ ପାରିବ । ଆମେ କହି ପାରିବା ଯେ ସମାନ ଦାଗ ଥିବା ଦୁଇ ଜଣ ଲୋକଙ୍କର ଖାଲି ଦାଗ ଥିବା ଜାଗାଟିକୁ ଦେଖାଇ ବାକି ତକ ଜାଗା ଘୋଡ଼େଇ ରଖିଲେ ତାଙ୍କର ପରିଚୟ ଚିହ୍ନଟ ପ୍ରକ୍ରୀୟା ଗଡ଼ବଡ଼େଇ ଯିବ । ତେଣୁ ଏଥିରୁ ଜଣାପଡ଼େ ଯେ ତା ଉପରେ ହମଲା କରିଥିବା ଲୋକଟାକୁ ଏଙ୍ଗିରିଙ୍ ଚିହ୍ନିବାଟା ଯଥେଷ୍ଟ ପ୍ରମାଣ ନୁହେଁ କି ସେଇ ଲୋକଟା ହିଁ ପାଫୁରି ।

ଆହୁରି ମଧ୍ୟ ଏ କଥା ମନେ ରଖିବାର କଥା ଯେ ଯଦିଓ ପ୍ରଥମ ଅଭିଯୁକ୍ତ ଆବ୍‌ସାଲମ୍ କୁମାଲୋ ସେଠି ପାଫୁରି ଥିବାର ଓ ସେ ହିଁ ଏଙ୍ଗିରିଙ୍ ଉପରେ ହମଲା କରିଥିବାର କଥା କହିଛି, ପୋଲିସ ତାକୁ ପାଫୁରି ବିଷୟରେ ପଚରା ଉଚୁରା କଲା ପରେ ଯାଇ ସେ ଏ କଥା କହିଛି । ସେତେବେଳେ ପାଫୁରିକୁ ଫସେଇବାକୁ ପ୍ରଥମ କରି ତା ମନକୁ ଆସିଲା କି ? ନା ପାଫୁରି ଓ ହତ୍ୟାକାଣ୍ଡ ମଝିରେ ଆଗରୁ କ'ଣ ଯୋଗସୂତ୍ର ଥିଲା ? ପ୍ରଥମ ଅଭିଯୁକ୍ତ ଆବ୍‌ସାଲମ୍ କୁମାଲୋର ଓକିଲ ଯୁକ୍ତି ଦର୍ଶାଇଲେ ଯେ କେତେ ଦିନ ଧରି ସେ ସବୁବେଳେ ଶଙ୍କିତ ଅବସ୍ଥାରେ ରହୁଥିଲା । ଗିରଫ ହେଇଗଲା ପରେ ସେ ଗୋଟେ କ'ଣ ଆଉ ଯେତେଟା ନାଁ ତା ସାମ୍ନାରେ ରଖିଥିଲେ ସେ ମାନି ଯାଇଥାନ୍ତା । ତା ଭିତରେ ଥିବା ଗ୍ଲାନିବୋଧର ଅସ୍ୱସ୍ତିରୁ ସେ ସବୁ କଥା ମାନିଗଲା; ପାଫୁରିର ନାଁ ଯୋଗୁଁ ନୁହେଁ । ବାସ୍ତବରେ ତା'ର ନିଜର ଭୟାତୁର ମାନସିକ ଅବସ୍ଥାର ବିବରଣଟା ଏଇ ଅନୁମାନକୁ ପ୍ରଭାବିତ କରୁଛି । ହେଲେ ଏତେ ଗୁରୁତର ମାମଲାରେ ସେ ବା କାହିଁକି ଏକୁଟିଆ ଫସିବ ଭାବି ତିନି ଜଣଙ୍କ ଭିତରେ ପାଫୁରିର ନାଁଟିକୁ ଟାଣି ଆଣିଛି ଏଇ ସମ୍ଭାବନାଟିକୁ ଏଡ଼ାଇ ଦେଇ ହେବ ନାହିଁ । କାରଣ ତିନି ଜଣ ଲୋକ ରୋଷେଇ ଘରକୁ ପଶି ଆସିଥିଲେ ବୋଲି ଏଙ୍ଗିରିଙ୍ଗର ବୟାନକୁ ସନ୍ଦେହ କରିବାର କିଛି କାରଣ ନାହିଁ । ସେ ନିଜେ କ'ଣ କରିଛି ତା'ର ଗୋଟେ ସିଧାସଳଖ ବିବରଣ ଦେଇଛି । ସେ ଦୁଇ ଜଣ ନିର୍ଦ୍ଦୋଷ ଲୋକଙ୍କୁ କାହିଁକି ଫସେଇବ ଆଉ ଦୁଇ ଜଣ ଅପରାଧୀଙ୍କ ନାଁ କ'ଣ ପାଇଁ ଲୁଚେଇବ ।

ଆହୁରି ମଧ୍ୟ ଜଣେ ଏଇ ଅଭୁତ ସଂଯୋଗକୁ ମନେ ରଖିବାର କଥା-ପରିଚୟ ଚିହ୍ନଟକୁ ଭୁଲ ବୋଲି ଦର୍ଶାଉଥିବା ଯୁକ୍ତିଟା ତତ୍‌କ୍ଷଣାତ୍‌ ନିଜର ଦୋଷ ସ୍ୱୀକାର କରିଥିବା ଜଣେ ସହଯୋଗୀର ଗିରଫଦାରୀ ସଂଳନ କଲା ।

ଗୋଲକଧନ୍ଦା ପରି ଏଇ ମାମଲାଟିରେ ଆଉ ଗୋଟେ ଅସୁବିଧା ରହିଛି ଅନ୍ୟ ଦୁଇ ଅଭିଯୁକ୍ତ ଭିତରୁ ଅଥବା ସେଇ ସ୍ତ୍ରୀଲୋକ-ବେବୀ ମିଲିଜେ କେହି ବି ସେମାନେ ଚୈରି ଜଣ ହତ୍ୟାକାଣ୍ଡ ଘଟିବାର ଆଗରୁ ରାତିରେ ଆଲେକ୍‌ଜାଣ୍ଟରେ ଥିବା 79 Twenty-third Avenueରେ ଉପସ୍ଥିତ ଥିବାଟା ମନା କରି ନାହାନ୍ତି । ତା ମାନେ କ’ଣ ଏଇ ଦେଖା ସାକ୍ଷାତଟି ସଂଯୋଗ ବଶତଃ ଥିଲା ଯା ଫଳରେ ପ୍ରଥମ ଅଭିଯୁକ୍ତ ଜଣକ ଦ୍ୱିତୀୟ ଓ ତୃତୀୟ ଅଭିଯୁକ୍ତଙ୍କୁ ତା’ର ସହ-ଅପରାଧୀ ବୋଲି ନାଁ ଧରିଲା ? କିମ୍ବା ସେ ଯେଉଁ ରକମର ସାକ୍ଷାତ ବୋଲି ଦାବୀ କରୁଛି, ସେଇୟା ଥିଲା ? ସାକ୍ଷୀ ହିସାବରେ ସେଇ ସ୍ତ୍ରୀ ଲୋକ-ବେବୀ ମିଲିଙ୍କେ ଆଦୌ ସନ୍ତୋଷପ୍ରଦ ନ ଥିଲା । ମକଦ୍ଦମାର ବାଦୀ ପକ୍ଷ ଓ ପ୍ରଥମ ଅଭିଯୁକ୍ତର ଓକିଲ ଏ କଥା ସ୍ପଷ୍ଟ ଭାବରେ ଦର୍ଶାଇଛନ୍ତି ।

ହତ୍ୟା ବିଷୟରେ ସେଠି ଯେ ଆଲୋଚନା ହେଉଥିଲା ଏ କଥାର ବିରୁଦ୍ଧ ପାଇଁ କେହି ବି ଏକ ନିର୍ଣ୍ଣାୟକ ପ୍ରମାଣ ଉପସ୍ଥାପନ କରି ପାରି ନାହାନ୍ତି । ପ୍ରଥମ ଅଭିଯୁକ୍ତଙ୍କୁ ବର୍ଷେ ହେଲା ଦେଖି ନ ଥିବାର କହି ସେ ପ୍ରଥମେ ପୋଲିସ୍‌କୁ ମିଛ କହିଲା । ଭୟରେ ଘାବରେଇ ଯାଇ ସେ ଓଲଟା ସିଧା ବୟାନ ଦେଉଥିଲା । ତେବେ ସେ କୋର୍ଟରେ ଥିବାରୁ ଡରିଯାଇ ଏମିତି କହୁଥିଲା ନା ସେ ଜାଣିଥିବା ଓ ଲିପ୍ତ ଥିବା ଅନ୍ୟାନ୍ୟ ଅପରାଧ ଯୋଗୁଁ ଏମିତି ଶଙ୍କ ଯାଉଥିଲା ? କିମ୍ବା ସେଠି ହତ୍ୟା ବିଷୟରେ ଆଲୋଚନା ହେଇଥିବା କଥା ସେ ଜାଣିଥିଲା ? ଏଇଟା ସ୍ପଷ୍ଟ ରୂପେ ପ୍ରମାଣିତ ହେଲା ପରି ଆମକୁ ଲାଗୁ ନାହିଁ ।

ବାଦୀ ପକ୍ଷ ତିନି ଅଭିଯୁକ୍ତଙ୍କ ପୂର୍ବ ସମ୍ବନ୍ଧ ବିଷୟରେ ବହୁତ କିଛି ପ୍ରସ୍ତୁତ କରିଛନ୍ତି । ପ୍ରକୃତରେ ସେମାନେ ଏଥିରେ ମକଦ୍ଦମାଟିକୁ ଏପରି ଦମଦାର୍‌ କରି ପାରିଛନ୍ତି ଯେ ସେଇ ସମ୍ବନ୍ଧର ଗତିବିଧି ବିଷୟରେ ଆହୁରି ଅନୁସନ୍ଧାନ ଦରକାର ପଡୁଛି । ତେବେ ତାଙ୍କର ପୂର୍ବ ସମ୍ବନ୍ଧଟା ଅପରାଧିକ ହେଇଥିଲେ ହେଁ ତିନି ଜଣ ଅଭିଯୁକ୍ତ ଜଡ଼ିତ ଥିବା ଏଇ ଗୁରୁତର ଅପରାଧରେ ସେଇଟା ଆପଣା ଛାଏଁ ମୋଟେ ପ୍ରମାଣ ହେଇ ପାରିବ ନାହିଁ ।

ଦୀର୍ଘ ସମୟ ଧରି ବିରୁଦ୍ଧ ଆଲୋଚନା ପରେ ମୁଁ ଓ ମୋର ସହାୟକମାନେ ଏଇ ନିଷ୍କର୍ଷରେ ଉପନୀତ ହେଇଛୁ ଯେ ଦ୍ୱିତୀୟ ଓ ତୃତୀୟ ଅଭିଯୁକ୍ତଙ୍କର ଅପରାଧ

ପ୍ରମାଣିତ ହେଇ ନାହିଁ । ତେଣୁ ସେମାନଙ୍କୁ ଖଲାସ କରି ଦିଆଯିବ । ତେବେ ସେମାନଙ୍କ ପୂର୍ବର ଅପରାଧିକ କାରବାରକୁ ପୁଙ୍ଖାନୁପୁଙ୍ଖ ଭାବରେ ଅନୁସନ୍ଧାନ କରାଯିବ, ଏଥିରେ ସନ୍ଦେହ ନାହିଁ ।"

କୋର୍ଟରେ ମୋଟେ ଭାବ ମୁଦ୍ରା ଥାଏ । ନାଟକର ଗୋଟିଏ ଅଙ୍କ ଶେଷ ହେଇଯାଇଛି । ଅଭିଯୁକ୍ତ ଆବ୍‌ସାଲମ୍ କୁମାଲୋ କିଛି ବି ଇଙ୍ଗିତ ଦେଖାଇଲା ନାହିଁ । ଏପରିକି ଖଲାସ ହେଉଥିବା ଦୁଇ ଜଣଙ୍କୁ ଟିକେ ଦେଖିଲା ମଧ୍ୟ ନାହିଁ । କିନ୍ତୁ ପାଫୁରିର ଚେହାଁରିରୁ ଜଣା ପଡୁଥାଏ ଯେମିତିକି ସେ କହୁଛି – ଯାହା ହେଇଛି, ଠିକ୍ ହେଇଛି, ଭଲ ହେଇଛି ।

ମକଦ୍ଦମାଟି ପ୍ରଥମ ଅଭିଯୁକ୍ତ ବିରୋଧରେ ରହିଲା । ତା'ର ସ୍ୱୀକାରୋକ୍ତିକୁ ଟିକିନିଖି ତଦନ୍ତ କରାଗଲା । ଆବଶ୍ୟକ ସ୍ଥଳେ ପରୀକ୍ଷା ନିରୀକ୍ଷା କରି ଜଣା ପଡ଼ିଲା ଯେ କଥାଟି ସତ । ଜଣେ ନିରୀହ ଲୋକ ସେ କରି ନ ଥିବା ଅପରାଧକୁ ସ୍ୱୀକାର କରୁଛି ବୋଲି ଭାବିବାର କିଛି କାରଣ ନ ଥିଲା । ତା'ର ବିଦ୍ୱାନ ଓକିଲ ତାକୁ ଅତି କଠିନ ଦଣ୍ଡ ନ ଦେବା ପାଇଁ ନିବେଦନ କଲେ । ସେ ଯୁକ୍ତି କରି କହିଲେ ଯେ ପିଲାଟା ତା'ର ଏଇ ଅପକର୍ମ ପାଇଁ ନିଜେ ସ୍ତବ୍ଧ ଓ ମାତ୍ରାଧିକ ଭାବରେ ବିବ୍ରତ ହେଇଯାଇଛି । ସତ୍ୟବାଦୀ ଓ ସରଳ ହେଇ ତା'ର ଅପରାଧ ସ୍ୱୀକାର କରିଥିବାରୁ ସେ ତା'ର ପ୍ରଶଂସା କଲେ । ଯୌବନରେ ଜଣେ ସରଳ ଆଦିବାସୀ ଯୁବକର ଚରିତ୍ର ଉପରେ ଗୋଟେ ସୈତାନୀ ମହାନଗରୀର ମାରାମ୍କ ପ୍ରଭାବ ବିଷୟରେ ଦୃଷ୍ଟି ଆକର୍ଷଣ କଲେ । ଆମର ଦେଶୀୟ ଆଦିବାସୀ ସମାଜକୁ ତୀବ୍ର ଭାବରେ ପରାଭୂତ କରି ରଖିଥିବା ସଙ୍କଟକୁ ସେ ଗମ୍ଭୀରତାର ସହିତ ବିଚାର କରିଛନ୍ତି ଏଇ ଅପରାଧିକ ସଙ୍କଟରେ ଆମର ନିଜର କେମିତି ସହଭାଗିତା ରହିଛି ସେଇ ବିଷୟରେ ଦୃଢ଼ତା ପୂର୍ବକ ସେ ଯୁକ୍ତି ବାଢ଼ିଲେ । କିନ୍ତୁ ଯଦିଓ ଏ କଥା ସତ ଯେ ଭୟ, ସ୍ୱାର୍ଥପରତା ଓ ବିଚାରଶୂନ୍ୟତା ଯୋଗୁଁ ଆମେ ଧ୍ୱଂସର ତାଣ୍ଡବ ରଚିଛୁ ଓ ତାକୁ ସୁଧାରିବା ଦିଗରେ ନାଁକୁ ମାତ୍ର ପ୍ରଚେଷ୍ଟା କରିଛୁ, ଯଦିଓ ଏକଥା ସତ ଯେ ଆମେ ଯାହା କିଛି କରିଛୁ ସେଥିରେ ଲଜ୍ଜିତ ହେବା ଉଚିତ ଓ ଯାହା କରୁଛୁ ତାରି ଅପେକ୍ଷା ଆହୁରି ସାହସ ଓ ସ୍ୱଷ୍ଟତାର ସହିତ କରିବା କଥା, ତେବେ ବି ଗୋଟେ ଆଇନ ଅଛି । ଏଇ ତ୍ରୁଟିପୂର୍ଣ୍ଣ ସମାଜର ଅନ୍ୟତମ ସ୍ମାରକ-ସଫଳତା ଏଇ ଯେ ଏହା ଆଇନ କାନୁନ ତିଆରି କରିଛି ଓ ଆଇନକୁ ପ୍ରଣୟନ କରିବା ନିମନ୍ତେ ବିଚାରପତିଙ୍କର ବ୍ୟବୋବସ୍ତ କରିଛି । କେବଳ ପ୍ରଶାସନିକ ବିଚାର କାମ ବ୍ୟତୀତ ଅନ୍ୟ ସବୁ ଦାୟିତ୍ୱବୋଧରୁ ସେଇ ବିଚାରିପତିମାନଙ୍କୁ ଛାଡ଼ କରାଯାଇଛି । କେବଳ ସେମାନେ ଆଇନ୍ ଲାଗୁ କରିବେ ।

କିନ୍ତୁ ସମାଜ ଦୂଷିତ ହେବା କାରଣରୁ ଜଣେ ବିଚାରପତି ଆଇନକୁ ହାଲୁକାରେ ନେଇ ନ ପାରନ୍ତି । ଯଦି ଆଇନଟା ଗୋଟେ ସମାଜର ଆଇନ ଆଉ ସେଇଟା କେତେ ଲୋକଙ୍କ ପାଇଁ ଅନ୍ୟାୟ ମନେହୁଏ ତା ହେଲେ ସେଇ ଆଇନ ଓ ସମାଜର ପରିବର୍ତ୍ତନ ହେବା ଦରକାର । ତେବେ ୟାରି ଭିତରେ ଯୋଉ ଆଇନଟା ଏବେ ରହିଛି ସେଇଟା ତ ନିଶ୍ଚେ ଲାଗୁ ହେବ । ଏଇ ଆଇନ ଲାଗୁ କରିବାଟା ଜଣେ ବିଚାରପତିଙ୍କର ପବିତ୍ର କର୍ତ୍ତବ୍ୟ । ଆଇନ୍ ଲାଗୁ କରିବା ପାଇଁ ବିଚାରପତିଙ୍କୁ ସ୍ୱାଧୀନତା ଦିଆଯାଇଥିବାରୁ ଏଇଟା ଗୋଟେ ସମାଜର ନ୍ୟାୟପରାୟଣତାକୁ ଦର୍ଶାଏ । ସେଇ ସମାଜର ଅନ୍ୟାନ୍ୟ କ୍ଷେତ୍ରରେ ସେମିତି ନ୍ୟାୟପରାୟଣତା ବା ନୈତିକତା ଥାଇ ନ ପାରେ । ଅବଶ୍ୟ ମୁଁ ଏ କଥା ପରାମର୍ଶ ଦେଉ ନାହିଁ ଯେ ଅଭିଯୁକ୍ତର ସପକ୍ଷରେ ଥିବା ବିଦ୍ୱାନ ଆଇନଜ୍ଞ ଗୋଟେ ମୁହୂର୍ତ୍ତ ପାଇଁ ଚିନ୍ତା କରିଥିଲେ ଯେ ଆଇନଟା ଲାଗୁ ହେବା ଉଚିତ ନୁହେଁ । ମୁଁ କେବଳ ଏତିକି ସୂଚେଇ ଦେଉଛି ଯେ ଜଣେ ବିଚାରପତି ସମାଜରେ ଥିବା ଦୋଷ ତ୍ରୁଟିରେ ପ୍ରଭାବିତ ହୋଇ ଯେମିତି କିଛି କରିବାର ଦୁଃସାହସ କରିବେ ନାହିଁ । ସେମିତି କରିବାଟା ଉଚିତ ନୁହଁ । ସେ କେବଳ ଆଇନ୍ ଲାଗୁ କରିବେ ।

ଆଇନ ଅନୁସାରେ କେତେକ ନିର୍ଦ୍ଦିଷ୍ଟ ପରିସ୍ଥିତି ବ୍ୟତୀତ ଜଣେ ଲୋକ ନିଜେ କରିଥିବା କାମ ପାଇଁ ସେ ନିଜେ ହିଁ ଦାୟୀ । ଏଠି ସେଇ କଥା କେହି ଉଠାଉ ନାହାନ୍ତି । ପ୍ରକୃତରେ ଲୋକମାନେ କେତେ ଦୂର ଦାୟୀ ତାହା ଜଣେ ବିଚାରପତି ନିର୍ଦ୍ଧାରଣ କରନ୍ତି ନାହିଁ । ଆଇନ ଦୃଷ୍ଟିରେ ସେମାନେ ସମ୍ପୂର୍ଣ୍ଣ ରୂପେ ଦାୟୀ । ଜଣେ ବିଚାରପତି ଅନୁକମ୍ପା ପ୍ରଦର୍ଶନ ମଧ କରି ପାରେ ନାହିଁ । ଜଣେ ଉଚ୍ଚ କର୍ତ୍ତୃପକ୍ଷ, ଯେପରିକି ଏଇ କେସରେ କାଉନସିଲ୍ ଗଭର୍ଣ୍ଣର ଜେନେରାଲ ଅନୁକମ୍ପା ଦେଖାଇ ପାରିବେ । ହେଲେ ସେଇଟା କର୍ତ୍ତୃପକ୍ଷଙ୍କ ଉପରେ ନିର୍ଭର କଲେ । ଏଇ ମାମଲାର ତଥ୍ୟ ସବୁ କ'ଣ ? ତାଲା ଭାଙ୍ଗି ଚୋରି କରିବା ଉଦ୍ଦେଶ୍ୟରେ ଏଇ ଯୁବକଟି ଗୋଟେ ଘରକୁ ଗଲା । ତା ସହିତ ସେ ଗୋଟେ ଗୁଳି ଭର୍ତ୍ତି ବନ୍ଧୁକ ନେଇଥିଲା । ତା କଥା ଅନୁସାରେ ସେ କେବଳ ଡରାଇବା ପାଇଁ ହିଁ ବନ୍ଧୁକଟି ନେଇଥିଲା । ତା ହେଲେ ସେଥିରେ ଗୁଳି ଭରିବା କ'ଣ ଦରକାର ଥିଲା ? ତା କଥା ଅନୁସାରେ କାହାକୁ ମାରିବାର ତା'ର ଉଦ୍ଦେଶ୍ୟ ନ ଥିଲା । ତେବେ ବି ତାଙ୍କ ଭିତରୁ ଜଣେ ସହ-ଅପରାଧୀ ଦେଶିଆ ରକ୍ଷକ ଜଣକୁ ଅତି ନିର୍ଦ୍ଦୟ ଭାବରେ ମାଡ଼ ମାରି ତଳେ ପକାଇ ଦେଲା । ସେମିତିରେ ଦେଶିଆ ଜଣକ ମରି ଯାଇଥାନ୍ତା । ସେଇଟା ଗୋଟେ ଲୁହା ବାଡ଼ି ଥିବା କଥା ସେ ନିଜେ ମାନୁଛି । ୟା ଠାରୁ ଅଉ ଜଘନ୍ୟ କଥା ଭଲା କ'ଣ ହେଇପାରେ ।

ଏଇ ଘଟଣାରେ କୋର୍ଟ ତାଙ୍କୁ ପଚରା ଉଚୁରା କଲାବେଳେ ସେ ଏଇ ବିପଜ୍ଜନକ ଲୁହା ବାଡ଼ିଟାକୁ ନେବାରେ ବିରୋଧ କରି ନ ଥିବା କହିଲା । ଏ କଥା ସତ ଯେ ପୀଡ଼ିତ ଜନକ କୃଷ୍ଣକାୟ । ଏଠି ଏମିତି ଚିନ୍ତାଧାରାର ଥୋକେ ଅଛନ୍ତି ଯେଉଁମାନେ ଭାବନ୍ତି ପୀଡ଼ିତ କୃଷ୍ଣକାୟ କ୍ଷେତ୍ରରେ ଏପରି ଅପରାଧ ସେତେଟା ଗୁରୁତର ନୁହେଁ । କିନ୍ତୁ କୌଣସି ନ୍ୟାୟ ପାଲିକା ଏପରି ଏକ ଦୃଷ୍ଟିଭଙ୍ଗୀକୁ ଅନୁମୋଦନ ଦେଇ ନ ଥାନ୍ତା ।

ଏଠି ସବୁଠୁ ବଡ଼ କଥା ହେଲା ଅଭିଯୁକ୍ତ ଜନକ ବାରମ୍ବାର ଜୋର ଦେଇ କହୁଛି ଯେ କାହାକୁ ହତ୍ୟା କରିବାର ତା'ର ଆଦୌ ଉଦ୍ଦେଶ୍ୟ ନ ଥିଲା । ଗୋରା ଜନକ ସେଠିକି ଆସି ଯିବାଟା ସେ ଆଦୌ ଚିନ୍ତା ସୁଦ୍ଧା କରି ନ ଥିଲା ଓ ଅତ୍ୟଧିକ ଭୟରେ ଘାବରେଇ ଯାଇ ସେ ବନ୍ଧୁକର ବଟନ୍ ଦାବିଦେଲା । ଯଦି କୋର୍ଟ ଏହା ସତ ବୋଲି ଗ୍ରହଣ କରେ, ତା ହେଲେ କୋର୍ଟ ନିଶ୍ଚୟ ଜାଣିବ ଯେ ଅଭିଯୁକ୍ତ ଜନକ ମର୍ଡର କରି ନ ଥିଲା ।

ପୁଣି ଏଇ ମାମଲାର ତଥ୍ୟ ପ୍ରମାଣ ସବୁ କ'ଣ ? ଜଣେ ଏମିତିରେ କେମିତି ମାନି ନେବ ଯେ ଏଇମାନେ ତିନି ଜଣ ସେଇ ବିପଜ୍ଜନକ ହତ୍ୟାକାରୀ ଯୁବକ ଏ କଥା ସତ ଯେ ସେମାନେ କାହାକୁ ମାରିବାର ଉଦ୍ଦେଶ୍ୟରେ ସେଇ ଘରକୁ ଯାଇ ନ ଥିଲେ । କିନ୍ତୁ ଏ କଥା ବି ସତ ଯେ ସେମାନେ ସାଙ୍ଗରେ ମାରଣାସ୍ତ୍ର ନେଇକି ଯାଇଥିଲେ । ତାଙ୍କର ଅପରାଧିକ କାମରେ ବାଧା ଦେଉଥିବା ଯେ କୌଣସି ଲୋକ ଉପରେ ସେଇ ମାରଣାସ୍ତ୍ରରେ ହମ୍ଲା କଲେ ସେ ମରିଯିବ ।

ଏପରି ସ୍ଥଳେ ଜଣେ ବିଖ୍ୟାତ ଦକ୍ଷିଣ ଆଫ୍ରିକୀୟ ବିଚାରପତି ଆଇନର ବ୍ୟାଖ୍ୟା କରିଛନ୍ତି । ସେ କହନ୍ତି, "ହତ୍ୟାକାଣ୍ଡରେ ମାରିବାର ଉଦ୍ଦେଶ୍ୟଟା ଗୋଟେ ଆବଶ୍ୟକ ତତ୍ତ୍ୱ । କିନ୍ତୁ ପାରିପାର୍ଶ୍ୱିକ ପରିସ୍ଥିତିରୁ ଏହାର ସ୍ଥିତିକୁ ଅନୁମାନ ସିଦ୍ଧ କରାଯାଇପାରେ । ଏଠି ପ୍ରଶ୍ନ ହେଇ ପାରେ ଯେ ଏପରି ଏକ ଅନୁମାନ ତଥ୍ୟ ସମ୍ବଲିତ କି ନୁହେଁ । ମାରିବା ପାଇଁ ନିର୍ଦ୍ଦିଷ୍ଟ ଉଦ୍ଦେଶ୍ୟ ଥିବା ମାମଲାରେ ଏ କଥା ସୀମିତ ନୁହେଁ । ଜନକ ଉପରେ ସାଂଘାତିକ ଶାରୀରିକ ଆକ୍ରମଣ କରିବାର (ସେଇ ଆଘାତରେ ପୀଡ଼ିତ ଜନକର ମୃତ୍ୟୁ ହେଇପାରେ କିମ୍ବା ନ ହେଇ ବି ପାରେ) ଇରାଦା ଥିବା କେସରେ ମଧ୍ୟ ଏହା ଥାଇ ପାରେ ।

ତା ହେଲେ ଆମେ କ'ଣ ମାନି ନେବା ଯେ-ସେଇ ଛୋଟିଆ ରୁମରେ, ସେଇ କାଳ ମୁହୂର୍ତ୍ତରେ ଜଣେ ନିରୀହ କୃଷ୍ଣକାୟକୁ ନିର୍ମମ ଭାବରେ ମାଡ଼ ମାରି ତଳେ ପକାଇ ଦିଆଗଲା ଓ ଜଣେ ନିରୀହ ଗୋରା ଲୋକକୁ ଗୁଲି କରି ଦିଆଗଲା ଆଉ

ଏଥିରେ ଶାରୀରିକ ଆଘାତ କରିବାର ବା ହତ୍ୟା କରିବାର ଉଦ୍ଦେଶ୍ୟ ନ ଥିଲା ? ମୁଁ ଏପରି ମତକୁ ଗ୍ରହଣ କରି ପାରୁ ନାହିଁ।

କୋର୍ଟରେ ସେମାନେ ଚୁପ୍ ଥିଲେ। ବିଚାରପତି ମଧ୍ୟ ଚୁପ୍। ସୋର ଶବ୍ଦ କିଛି ନାହିଁ। କାହାରି ଖୁଁ ଖାଁ କି ହଲଚଲ୍ କିମ୍ୱା ଗରିହିଆ ନିଶ୍ୱାସ କିଛି ବି ନାଇଁ। ବିଚାରପତି କହିଲେ :

ଆବ୍‍ସାଲମ୍ କୁମାଲୋ, ୧୯୪୬ ମସିହା ଅକଟୋବର ମାସ ଆଠ ତାରିଖ ଅପରାହ୍ନରେ ଆର୍ଥର ଟ୍ରିଭେଲାନ୍ ଜାର୍ଭିସ୍‌କୁ ଡାଙ୍କ ପାର୍କଓଲ୍ଡ୍ ସ୍ଥିତ ବାସ ଭବନରେ ହତ୍ୟା କରିଥିବାର ଅପରାଧରେ ଏଇ କୋର୍ଟ ତମକୁ ଦୋଷୀ ସାବ୍ୟସ୍ତ କରୁଛି। ମେଥ୍ୟୁ କୁମାଲୋ ଓ ଜୋହାନିସ୍, ତମ ଦୁଇ ଜଣଙ୍କୁ ଏଇ କୋର୍ଟ ଦୋଷ ମୁକ୍ତ ମାନୁଛି ଆଉ ସେଥିପାଇଁ ତମକୁ ଖଲାସ କରି ଦିଆଯାଉଛି।

ତା'ପରେ ଏଇ ଦୁଇ ଜଣ ଆଉ ଜଣକୁ ସେଠି ଏକୁଟିଆ ଛାଡ଼ିଦେଇ ତଳକୁ ଓହ୍ଲାଇ ଚାଲିଗଲେ। ସେ ଡାଙ୍କର ଯିବାଟାକୁ ରୁହିଁ ରହିଥାଏ। ମୁଁ ଏବେ ଏକୁଟିଆ, ବୋଧହୁଏ ସେଇୟା ଭାବୁଥିଲା।

ବିଚାରପତି ପୁଣି କହିବା ଆରମ୍ଭ କଲେ। କେଉଁ ଆଧାରରେ କୋର୍ଟ ଅନୁକମ୍ପା ପାଇଁ ସୁପାରିଶ କରିବ ? ସେ ପଢ଼ିଲେ ଦୀର୍ଘ ସମୟ ଧରି ଗମ୍ଭୀରତାର ସହ ମୁଁ ଚିନ୍ତା ଦେଲା ପରେ ମଧ୍ୟ ଏଇ ଅପରାଧକୁ କମ୍ କରିବାର କିଛି ବାଟ ପାଇନି। ଇଏ ଜଣେ ଯୁବକ। ହେଲେ ସେ ଜଣେ ପରିପକ୍ୱ ପୁରୁଷ ହେଇ ସାରିଛି। ତା'ର ଦୁଇ ଜଣ ସାଥୀଙ୍କୁ ନେଇ ଗୋଟେ ଘରକୁ ପଶିଲା। ସେମାନଙ୍କ ସାଙ୍ଗରେ ଏମିତି ମାରଣାସ୍ତ ନେଇକି ଯାଇଥିଲେ ଯୋଉଥିରେ କି କାହାର ବି ମୃତ୍ୟୁ ହେଇଯିବ। ସେଇ ମାରଣାସ୍ତ ଆକ୍ରମଣରେ ଜଣେ ଗୁରୁତର ହେଲା ଓ ଆଉ ଜଣେ ମରିଗଲା। ଏପରି ବିପଜ୍ଜନକ ଲୋକଙ୍କର ମରଣାନ୍ତକ ଉଦ୍ୟମରୁ ସମାଜକୁ ରକ୍ଷା କରିବାଟା କୋର୍ଟ ଏକ ଗୁରୁ ଦାୟିତ୍ୱ। ସେ ବୁଢ଼ା ହେଉ କି ଯୁବା ହେଉ ଏଇ ଅପରାଧ ମାନଙ୍କୁ କୋର୍ଟ ନିଶ୍ଚେ ଦଣ୍ଡିତ କରିବ। ତେଣୁ ମୁଁ ଏଇ କେସରେ ଅନୁକମ୍ପା ପାଇଁ ସୁପାରିଶ କରି ପାରୁନି।

ବିଚାରପତି ପିଲାଟିକୁ ପଢ଼ିଲେ।

– ମୁଁ ଦଣ୍ଡ ଶୁଣାଇବା ଆଗରୁ ତମର ଆଉ କିଛି କହିବାର ଅଛି କି ?

– ମୋର କେବଳ ଏତିକି କହିବାର ଅଛି ଯେ ମୁଁ ଲୋକଟାକୁ ମାରିଛି। ହେଲେ ତାକୁ ମାରିବାର ମୋର ଆଦୌ ଉଦ୍ଦେଶ୍ୟ ନ ଥିଲା। କେବଳ ମୁଁ ଡରି ଯାଇ ସେଇୟା କରିଦେଲି।

କୋର୍ଟ ଭିତରେ ସମସ୍ତେ ନୀରବ। ତା'ପରେ ବି ଜଣେ ଗୋରା ଲୋକ ବଡ଼

ପାଟିରେ ସମସ୍ତଙ୍କୁ ନୀରବ ରହିବା ପାଇଁ କହିଲା । କୁମାଲୋ ଦୁଇ ହାତରେ ମୁହଁ ଢାଙ୍କିଲେ । ଯାହାର ଅର୍ଥ ସେ ବୁଝିଗଲେ । ଜାର୍ଭିସ୍ କଠୋର ଓ ସିଧା ହେଇ ବସିଥାନ୍ତି । ଗୋରା ଯୁବକ ଜଣକ ବେଶ୍ ଜୋରରେ ଭ୍ରୁକୁଞ୍ଚନ କରି ଆଗକୁ ଝୁଙ୍କିଲେ । ଝିଅଟା ସେମିତି ଛୋଟ ପିଲାଟିଏ ପରି ବସିଥାଏ । ତା'ର ଆଖ୍ଯ ଦିଓଟି ତା'ର ପ୍ରେମିକ ଉପରେ ନ ଲାଖ୍ଯ ବରଂ ବିଚ୍ଛରପତିଙ୍କ ଉପରେ ଲାଖ୍ଥାଏ ।

ଆବ୍‌ସାଲମ୍ କୁମାଲୋ, ମୁଁ ତମକୁ ଜେଲ୍ ହେପାଜତକୁ ଫେରାଇ ଦେବା ସହ ଫାଶୀ-ମୃତ୍ୟୁ ଦଣ୍ଡର ଆଦେଶ ଦଉଛି । ପ୍ରଭୁ ତମର ଆତ୍ମାକୁ ଦୟା କରନ୍ତୁ ।

ବିଚ୍ଛରପତି ଉଠିଲେ । ଲୋକମାନେ ଉଠିଲେ । କିନ୍ତୁ ସମସ୍ତେ ଚୁପ୍ ନ ଥିଲେ । ଦୋଷୀ ଜଣକ କାନ୍ଦି କାନ୍ଦି ତଳେ ପଡ଼ିଗଲା । ସ୍ତ୍ରୀ ଲୋକଟିଏ ବିକଳ ହେଇ କାନ୍ଦୁଥାଏ । ବୃଦ୍ଧ ଜଣକ କାନ୍ଦୁଥାନ୍ତି, ହେ ପ୍ରଭୁ ! ହେ ପ୍ରଭୁ ! ଯଦିଓ ବିଚ୍ଛରପତି ଯାଇ ନ ଥାନ୍ତି, ତଥାପି କେହି ବି ନୀରବ ରହିବାକୁ କହୁ ନ ଥାନ୍ତି । କାରଣ ହୃଦୟ ଭାଙ୍ଗିବାଟାକୁ କିଏ ବା ରୋକି ପାରେ ?

ସେମାନେ କୋର୍ଟରୁ ବାହାରି ଆସିଲେ । ପ୍ରଥା ଅନୁସାରେ ଗୋଟିଏ ପଟେ ଗୋରାମାନେ ଓ ଆର ପଟେ କଳାମାନେ । କିନ୍ତୁ ଗୋରା ଯୁବକଟି ପ୍ରଥା ଭାଙ୍ଗି ମିସିମାଙ୍କୁ ସହିତ ଭଗ୍ନ-ହୃଦୟ ବୃଦ୍ଧ ଜଣକୁ ଦୁଇ ପାଖେ ଧରି ବାହାରିଲେ । ଏମିତିରେ ପ୍ରାୟତଃ ଏପରି ପ୍ରଥା ଭଙ୍ଗା ଯାଇ ନ ଥାଏ । କେବଳ ଗଭୀର ଭାବାବେଗ କ୍ଷଣରେ ଏମିତି ଘଟିଥାଏ । ଯୁବକ ଜଣକର ଭୃକୁଟି ଏବେ ସ୍ଥିର ଆଉ ସେ ଆଗକୁ କଠିଣ ମୁଦ୍ରାରେ ଝୁଙ୍କିଲେ । କେତେକାଂଶରେ ଏଇଟା ତାଙ୍କର ଗଭୀର ଭାବ ଓ ଆଉ କେତେକାଂଶରେ ପ୍ରଥା ଉଲ୍ଲଙ୍ଘନ କରିବାର ପରିପ୍ରକାଶ । କାରଣ ସହଜରେ ସେମିତି କରାଯାଇ ନ ଥାଏ ।


୧୨

ସେମାନେ ପୁଣି ଥରେ ଅତ୍ୟୁଚ୍ଚ ବିକଟ କାନ୍ଥରେ ଥିବା ବିରାଟ ଫାଟକ ପାରି ହେଇ ଗଲେ । ଫାଦର ଭିନ୍‌ସେଣ୍ଟ, କୁମାଲୋ, ଜାଟ୍ରଡ, ସେଇ ଝିଅଟା ଓ ମିସିମାଙ୍କୁ । ପିଲାଟିକୁ ତାଙ୍କ ପାଖକୁ ଅଣାଗଲା । କ୍ଷଣିକ ପାଇଁ ବଡ଼ ଆଶାର ଝଲକ ତାରି ଆଖ୍ଯରେ ପଢ଼ଁରିଗଲା ସେଇଠି ସେ ଥରି ହଲି ଛିଡ଼ା ହେଇଥାଏ । କୁମାଲୋ ତାକୁ ଧୀରେ କହିଲେ, ଆମେ ବାହାଘର ପାଇଁ ଆସିଥିଲୁ । ହେଲେ ସେ ଆଶାଟି ମରିଗଲା ।

— ପୁଅରେ, ଇଏ ତୋର ଭାବୀ ପତ୍ନୀ ।

ପୁଅ ଝିଅ ଦୁଇ ଜଣ ଅଚିହ୍ନା ପରି ପରସ୍ପରକୁ ସ୍ୱାଗତ କଲେ । ନିଜର ଜୀବନ

ରହିତ ହାତ ବଢ଼ାଇଲେ – ହାତ ମିଲାଇବା ପାଇଁ ନୁହେଁ, ବରଂ ହୁଗୁଲା ହେଇ ଟିକେ ଖାଲି ଧରିବା ପାଇଁ ଯେମିତିକି ସହଜରେ ପୁଣି ଅଲଗା ହେଇଯିବ ୟୁରୋପୀୟ ରୀତି ପରି ସେମାନେ ପରସ୍ପରକୁ ଚୁମା ଦେଲେ ନାହିଁ । ଭୀଷଣ ରୂପରେ ଦାବି ହେଇ ଆଉ ପଦେ ସୁଦ୍ଧା କଥା ନ କହି ଦୁହେଁ ପରସ୍ପରକୁ ଲୁହିଁ ରହିଲେ । କିନ୍ତୁ ଶେଷରେ ଝିଅଟା ପଚରିଲା, ଦେହ ଭଲ ଅଛି ? ପିଲାଟା ଉତ୍ତର ଦେଲା, ହଁ ବେଶ୍ ଭଲ । ପିଲାଟା ପଚରିଲା, ତମ ଦେହ ଭଲ ଅଛି ? ଝିଅଟା ଉତ୍ତର ଦେଲା, ବେଶ୍ ଭଲ । ଏଇଟାକୁ ଛାଡ଼ି ତାଙ୍କ ଭିତରେ ଆଉ କିଛି କଥାବାର୍ତ୍ତା ନ ଥିଲା ।

ଫାଦର ଭିନ୍‌ସେଣ୍ଟ ଲୁଲିଗଲେ । ସେମାନେ ସମସ୍ତେ ସେମିତି ଭୀଷଣ ରୂପରେ ଠିଆ ହେଇଥାନ୍ତି । ଜାଙ୍ଗୁଡ଼୍ ଏଇନା କାନ୍ଦ ବୋବାଳିରେ ଫାଟି ପଡ଼ିବ, ମିସିମାଙ୍କୁ ଜାଣିଲେ । ଗମ୍ଭୀର ହେଇ ସେ ଅନ୍ୟମାନଙ୍କ ଆଡ଼କୁ ପଛ କରି ବୁଲି ପଡ଼ିଲେ ଓ ବ୍ୟକ୍ତିଗତ ଭାବରେ ତାକୁ କହିଲେ, ଦାରୁଣ କଥାମାନ ଘଟି ଯାଇଛି । ତେବେ ଏଇଟା ବିବାହର ପ୍ରସଙ୍ଗ । ଏଠି କନ୍ଦାକଟା ଅପେକ୍ଷା ଆମେ ଜଲ୍‌ଦି ଗଲେ ଭଲ ହୁଅନ୍ତା । ଜାଙ୍ଗୁଡ଼୍ ପାଖରୁ କିଛି ଉତ୍ତର ନ ପାଇବାରୁ ସେ ଗୋଟେ ରକମ କଠୋର ଓ ନିର୍ବିକାର ହେଇ କହିଲେ, ମୋ କଥା ବୁଝି ପାରୁଛ ତ ? ହଁ ବୁଝାପଡୁଛି, ସେ ଚିଡ଼ିଲା ପରି କହିଲା । ସେ ଜାଙ୍ଗୁଡ଼୍ ପାଖରୁ ଯାଇ ବିରାଟ ବିକଟ କାନ୍ତର ଗୋଟେ ଝରକା ପାଖକୁ ଗଲେ । ସିଏ ସେଠି ଉଦାସ ହେଇ ଛିଡ଼ା ହୋଇଥାଏ । ତା'ର ମନ ଭିତରେ ଯାହା କରିବାକୁ ଅଛି ତାହା ସେ କରିବ ନାହିଁ, ମିସିମାଙ୍କୁ ଜାଣନ୍ତି ।

କୁମାଲୋ ହତାଶ ହେଇ ତାଙ୍କ ପୁଅକୁ ପଚରିଲେ, ତୋର ଦେହ ଭଲ ଅଛି ? ପିଲାଟା ଉତ୍ତର ଦେଲା, ବେଶ୍ ଭଲ ଅଛି । ତମ ଦେହ ଭଲ ଅଛି ତ ବାପା ? କୁମାଲୋ କହିଲେ, ହଁ ବେଶ୍ ଭଲ ଅଛି । ସେ ଅନ୍ୟ କଥା କହିବାକୁ ଲୁହୁଁଥାନ୍ତି । ହେଲେ ସେ କିଛି କହି ପାରୁ ନ ଥାନ୍ତି । ଠିକ୍ ସେତିକିବେଲେ ଜଣେ ଗୋରା ଲୋକ ସେମାନଙ୍କୁ ଜେଲ୍ ଭିତରର ଛୋଟିଆ ଚର୍ଚ୍ଚକୁ ନେଇ ଯିବାକୁ ଆସିଲେ । ଏଇଟା ସେମାନଙ୍କୁ ଗୋଟେ ରକମ ରକ୍ଷା କରିଦେଲା ସେମିତି ।

ଫାଦର୍ ଭିନ୍‌ସେଣ୍ଟ ସେଠି ନିଜ ବେଶ ପୋଷାକରେ ଛିଡ଼ା ହେଇଥାନ୍ତି । ଫାଦର ସେମାନଙ୍କ ପାଇଁ ତାଙ୍କ ଗ୍ରନ୍ଥରୁ ପଢ଼ିଲେ । ତା'ପରେ ଉଭୟେ ପରସ୍ପରକୁ ସ୍ୱାମୀ ସ୍ତ୍ରୀ ଭାବରେ ଗ୍ରହଣ କରିଛନ୍ତି କି ନାଇଁ ବୋଲି ସେ ଦୁହେଁଙ୍କୁ ପଚରିଲେ । ବହିରେ ଲେଖାଥିବା ଅନୁସାରେ ସେମାନେ ଉତ୍ତର ଦେଲେ–ଭଲ ହେଉ କି ଖରାପ ହେଉ, ଧନୀ ହେଉ କି ଗରୀବ ହେଉ, ରୋଗ ହେଉ କି ନିରୋଗ ହେଉ ସବୁ ପରିସ୍ଥିତିରେ ମୃତ୍ୟୁ ପର୍ଯ୍ୟନ୍ତ ସେମାନେ ଦମ୍ପତ୍ତି ରୂପେ ରହିବେ । ତା'ପରେ ସେମାନଙ୍କୁ

କେତୋଟି ଉପଦେଶ ଦେଲେ ଯେ ସେମାନେ ପରସ୍ପର ପ୍ରତି ଅନୁଗତ ରହିବେ । ଧର୍ମର ଅନୁଶାସନରେ ସେମାନେ ତାଙ୍କର ସନ୍ତାନ ସନ୍ତତିଙ୍କୁ ପାଳନ କରିବେ । ଏଥର ବିଧିବଦ୍ଧ ଭାବରେ ସେମାନଙ୍କର ବିବାହ ସମ୍ପନ୍ନ ହୋଇଗଲା ଓ ସେମାନେ ଦୁହେଁ ପୁସ୍ତିକାରେ ନିଜର ନାମ ଦସ୍ତଖତ କଲେ ।

ଏଇଟା ସରିଗଲା ପରେ ପାଦ୍ରୀ ଦୁଇ ଜଣ, ସ୍ତ୍ରୀ ଜଣକ ଓ ଜାଟ୍‌ଉଡ୍‌ ବାପ ପୁଅ ଦୁହିଁଙ୍କୁ ସେଠି ଛାଡ଼ି ଚାଲିଗଲେ । କୁମାଲୋ ତାଙ୍କ ପୁଅକୁ କହିଲେ, ତୋର ବାହାଘର ପାଇଁ ମତେ ଖୁସି ଲାଗୁଛି ।

— ମୁଁ ବି ଖୁସି, ବାପା ।

— ମୁଁ ତୋର ଛୁଆର ଯନ୍ ନେବି ରେ ପୁଅ । ଯେମିତିକି ସେ ମୋର ନିଜ ଛୁଆ ।

ତେବେ ସେ କ'ଣ କହିଲେ ସେ କଥା ବୁଝି ପାରିଲା ପରେ ତାଙ୍କର ୦୦ ଥରି ଉଠିଲା । ପିଲାଟା ତା'ର ନିଜ ଦୁଃଖ କହି ନ ଥିଲେ, ଯୋଉଟା ସେ ନ କରିବା ପାଇଁ ସ୍ଥିର କରି ନେଇଥିଲେ ସେଇଟା ପ୍ରକୃତରେ ସେ କରିଥାନ୍ତେ । ତମେ କେବେ ଏଣ୍ଟୋସେନି ଫେରିବି ବାପା ?

— କାଲି ରେ ପୁଅ ।

— କାଲି ?

— ହଁ, କାଲି ।

— ମା' କଥା ମନେ ପଡୁଛି, ତାକୁ କହିଦେବ ।

— ହଁ, ସତରେ ତାକୁ କହିଦେବି । ହଁ, ସତରେ ତୋ କଥା ତାକୁ କହିଦେବି । ସତରେ କାହିଁକି, ସେ କଥା ସେ ମୁହଁ ଫିଟେଇ କହି ପାରିଲେନି । ସେ କେବଳ ମୁଣ୍ଡ ଟୁଙ୍ଗାରିଲେ ।

— ଆଉ ବାପା ।

— ହଁ ରେ ପୁଅ ।

— ମୁଁ ପୋଷ୍ଟ ଅଫିସ୍‌ରେ ଗୋଟେ ଜମା ଖାତା କରିଥିଲି । ସେଠି ପ୍ରାୟ ଚରି ପାଉଣ୍ଡ ହେବ ଅଛି । ସେଇଟା ଛୁଆ ପାଇଁ । ସେମାନେ ସେଇଟା ମୋ ବାପାକୁ ଦେବେ । ସେଇ ବ୍ୟବସ୍ଥା ମୁଁ କରି ଦେଇଛି ।

— ହଁ, ସତରେ ମୁଁ ସେଇଟା ଆଣି ପାରିବି । ହଁ, ବାସ୍ତବରେ ତୁ ସେଇ ବ୍ୟବସ୍ଥା ତ କରି ଦେଇଛୁ ।

— ଆଉ ବାପା...

– ହଁ ରେ ପୁଅ ।

– ଯଦି ପୁଅଟେ ହୁଏ । ତା'ର ନାଁ ମୁଁ ପିଟର ରଖିବାକୁ ଚାହେଁ ।

– ପିଟର, କୁମାଲୋ ଚୁପା ଗଳାରେ କହିଲେ ।

– ହଁ, ତା ନାଁ ମୁଁ ପିଟର ରଖିବାକୁ ଚାହେଁ ।

– ଆଉ ଯଦି ଝିଅ ହୁଏ ?

– ନା, ଝିଅର ନାଁ ସେମିତି କିଛି ମୁଁ ଭାବି ନାହିଁ । ଆଉ ବାପା...

– ହଁରେ ପୁଅ ।

– ଯୋଶେଫ ଭେଙ୍କୁ ଘରେ ମୋର ଗୋଟେ ପାର୍ସଲ ଅଛି । ଜାର୍ମିସ୍ଟନ୍‌ରେ ଥିବା ମାସେରୁ ସ୍ଟ୍ରିଟ୍‌ର ୧୨ ନ. ଘର । ତାକୁ ମୋ ପୁଅ ପାଇଁ ବିକି ଦେଲେ ମତେ ଖୁସି ଲାଗିବ ।

– ହଁ, ତୋ କଥା ଶୁଣୁଛି ।

– ପାଫୁରି ପାଖରେ ମୋର ଆହୁରି ଗୁଡ଼ାଏ ଜିନିଷ ରହିଛି । ହେଲେ ମତେ ଲାଗୁନି ଯେ ସେ ଆଉ ସେଗୁଡ଼ା ଫେରାଇବ ।

– ପାଫୁରି ? ସେଇ ପାଫୁରି ତ ?

– ହଁ, ବାପା ।

– ସେଇମାନଙ୍କୁ ପାଶୋରି ଦେଲେ ଭଲ ।

– ତମେ ଯାହା କହିବ ବାପା ।

– ଆଉ ଜାର୍ମିସ୍ଟନର ସେଇ ଜିନିଷ କଥା, ପୁଅ । ମୁଁ ସେଗୁଡ଼ା କେମିତି ଆଣିବି ଜାଣି ପାରୁନି । କାରଣ କାଲି ତ ଆମେ ଚାଲିଯିବୁ ।

– ତା ହେଲେ ଥାଉ ।

କିନ୍ତୁ କୁମାଲୋ ତା କଥାର ଦରଦ ବୁଝି ପାରିଲେ ଓ କହିଲେ, ମୁଁ ଏ ବିଷୟରେ ରେଭରେଣ୍ଡ ମିସିମାଙ୍ଗୁ ସହିତ କଥା ହେବି ।

– ସେଇଟା ଭଲ ହେବ ।

– ଏଇ ପାଫୁରି ଆଉ ତୋର ସେ କାକା ପୁଅ ଭାଇଙ୍କୁ ମୁଁ ସହଜରେ କ୍ଷମା କରି ପାରିବିନି ।

ପିଲାଟା ନିରାଶ ହେଇ କାନ୍ଦ କୁଞ୍ଜେଇଲା ।

– ବାପା, ସେମାନେ ମିଛ କହିଲେ । ମୁଁ କହିଲିନା ସେମାନେ ସେଠି ଥିଲେ ।

– ପ୍ରକୃତରେ ସେମାନେ ସେଠି ଥିଲେ । କିନ୍ତୁ ଏବେ ତ ସେମାନେ ଏଠି ନାହାନ୍ତି ।

- ସେମାନେ ଏଠି ଅଛନ୍ତି, ବାପା । ତାଙ୍କ ନାଁରେ ଆଉ ଗୋଟେ କେସ୍ ଅଛି ।

- ମୁଁ ସେଇୟା କହୁନି ଏଇ ପୁଅ । ମୋର କହିବାର ମାନେ ସେମାନେ ଏଠି...ସେମାନେ ଏଠି...

କିଂତୁ ସେ ଯାହା କହିବାକୁ ଚାହୁଁଥିଲେ ତାହା କହି ପାରିଲେନି ।

- ସେମାନେ ଏଠି ଅଛନ୍ତି । ଏଇଠି ହିଁ, ଏଇ ଜାଗାରେ। ସତରେ ବାପା, ମତେ ହିଁ ଯିବାକୁ ହେବ । ବାପାର କଥା ବୁଝି ନ ପାରି ପିଲାଟା କହିଲା ।

- ଯିବୁ ?

- ହଁ । ମୁଁ ନିଶ୍ଚେ ଯିବି...ସେଠିକି...

- ପ୍ରିଟୋରିଆକୁ ? କୁମାଲୋ ଫିସ୍‌ଫିସ୍ ହେଇ କହିଲେ ।

ସେଇ ଭୟାନକ ଶବ୍ଦ କେଇଟା ଶୁଣି ପିଲାଟା ତଳେ ପଡ଼ିଗଲା । କେତେକ ଭାରତୀୟଙ୍କ ପ୍ରାର୍ଥନା ମୁଦ୍ରା ପରି ନଇଁ ପଡ଼ି ସେ କାନ୍ଦିବା ଲାଗିଲା । କାନ୍ଦର କୋହ ତା ଭିତରକୁ ଆଉଟି ପାଉଟି ଦେଇ ତାକୁ ଚିରି ଫାଡ଼ି ଦେଉଥାଏ । ପିଲାଟାର ମୃତ୍ୟୁ ଭୟ । ନିଜ ଭିତରେ ଥିବା ଗଭୀର ଅନୁକମ୍ପାରେ ଦ୍ରବୀଭୂତ ହେଇ ବୃଦ୍ଧ ଜଣକ ତାଙ୍କ ପୁଅ ପାଖରେ ଆଣ୍ଠେଇ ପଡ଼ିଲେ ଆଉ ତା'ର ମୁଣ୍ଡକୁ ଆଉଁସିଲେ ।

- ସାହସ ରଖ, ପୁଅ ।

- ମତେ ଡର ଲାଗୁଛି... ମତେ ଡର ଲାଗୁଛି । ସେ କାନ୍ଦି ଉଠିଲା ।

- ସାହସ ରଖ, ମୋ ପୁଅ ।

ପିଲାଟା ତା'ର ଜଙ୍ଘ ଓ ନିତମ୍ବ ଉପରେ ଲଟେଇ ଥାଏ । ସେ କିଛି ବି ଲୁଚାଉ ନ ଥାଏ । କାନ୍ଦି କାନ୍ଦି ମୁହଁଟା ତା'ର ବିଚିକିଟେଇ ଯାଇଥାଏ । ମତେ ଫାଶୀକୁ ଡର ଲାଗୁଛି, ଫାଶୀ ଝୁଲିବାକୁ ଡର ଲାଗୁଛି । ସେ କାନ୍ଦୁ କାନ୍ଦୁ କହିଲା ।

ସେମିତି ଆଣ୍ଠେଇ ରହି ବାପା ପୁଅର ହାତ ଧରିଲେ। ହାତ ଦିଓଟି ଆଉ ଜୀବନ ରହିତ ଲାଗୁ ନ ଥାଏ । କିଛି ସାନ୍ତ୍ୱନା, ଆଶ୍ୱାସନା ଆଶାରେ ତାଙ୍କ ମୁଠିରେ ଲଟକି ରହିଥାଏ । ବୃଦ୍ଧ ଜଣକ ହାତ ଦିଓଟିକୁ ଆହୁରି ବେଶୀ ଜଡ଼େଇ ଧରିଲେ । ସତ୍ ସାହସ ରଖରେ ମୋ ପୁଅ, ସେ ପୁଣି କହିଲେ ।

କାନ୍ଦ ଶୁଣି ଗୋରା ୱାର୍ଡ଼ର ଜଣଙ୍କ ଭିତରକୁ ଆସିଲେ ଆଉ ଗୋଟେ ରକମ ନରମ ହେଇ ବୃଦ୍ଧ ଜଣକୁ କହିଲେ, ଏଥର ତମେ ଯାଅ ଭାରି ।

- ମୁଁ ଯାଉଛି, ସାର୍ । ମୁଁ ଯାଉଛି । କିଂତୁ ତାକୁ ଆଉ ଟିକେ ସମୟ ଦିଅନ୍ତୁ ।

ୱାର୍ଡ଼ର ଜଣ କହିଲେ- ଠିକ୍ ଅଛି, ଟିକେ ଅଧିକ ଅଳ୍ପ ସମୟ । ତା'ପରେ ସେ ଚାଲିଗଲେ ।

– ପୁଅ ମୋର, ଲୁହ ପୋଛି ପକା ।

ପିଲାଟା କପଡ଼ା ଖଣ୍ଟିକ ନେଇ ତ ଲୁହ ପୋଛିଲା । ଆଷ୍ଟେଇ ବସିଲା । ତା'ର କାନ୍ଦିବା ବନ୍ଦ ହେଇ ଯାଇଥିଲେ ସୁଦ୍ଧା ବେଦନାକ୍ତ ଆଖି ଦିଓଟି କାହିଁ କେତେ ଦୂରରେ ଲାଖି ରହିଥାଏ ।

– ପୁଅ ମୋର, ମୁଁ ଏଥର ଯାଏ । ଭଲରେ ଥା, ପୁଅ ମୋର । ତୋର ସ୍ତ୍ରୀ ଆଉ ତୋର ଛୁଆର ମୁଁ ଦେଖାଶୁଣା କରିବି ।

– ଭଲ କଥା, ସେ କହିଲା । ହଁ, ସେ କହିଲା ଭଲ କଥା । କିନ୍ତୁ ତା'ର ଭାବନା ତା ସ୍ତ୍ରୀ କିମ୍ବ ଛୁଆ ଉପରେ ନ ଥାଏ । ତା'ର ଭାବନା ସେଇଠି ଥାଏ ଯୋଉଠି ସ୍ତ୍ରୀ ନାହିଁ କି ଛୁଆ ନାହିଁ । ତା'ର ଆଖି ସେଇଠି ଲାଖି ରହିଥାଏ ଯୋଉଠି ବିବାହ ନାହିଁ ।

– ପୁଅ ମୋର, ମୁଁ ଏବେ ଯାଏ ।

ସେ ଯିବା ପାଇଁ ଉଠିଲେ । କିନ୍ତୁ ପିଲାଟା ତାଙ୍କର ଆଣ୍ଠୁକୁ ଧରି ପକାଇ କାନ୍ଦିବାରେ ଲାଗିଲା, ତମେ ମତେ ଛାଡ଼ିକି ଯାଅ ନାହିଁ ବାପା, ମତେ ଜମାରୁ ଛାଡ଼ି ଯାଅ ନାହିଁ । ସେ ଆହୁରି ବିକଳ ହେଇ କାନ୍ଦିଲା : ନାଇଁ, ନାଇଁ, ତମେ ମତେ ଆଦୌ ଛାଡ଼ିକି ଯାଅ ନାହିଁ ।

ଗୋରା ୱାର୍ଡର ଜଣକ ପୁଣି ଭିତରକୁ ଆସିଲେ ଓ ବୃଦ୍ଧ ଜଣକୁ ଟିକେ କଡ଼ା କରି କହିଲେ, ତମେ ଏବେ ଯାଅ । ପିଲାଟା ତାଙ୍କର ଆଣ୍ଠୁ ଧରି ବିକଳ ହେଇ କାନ୍ଦୁଥାଏ, ନ ହେଲେ କୁମାଲୋ ଝୁଲି ଯାଇଥାନ୍ତେ । ୱାର୍ଡର ଜଣକ ତା'ର ହାତକୁ ଝିଙ୍କି ବାହାର କରିବାକୁ ଚେଷ୍ଟା କଲେ । କିନ୍ତୁ ପାରିଲେ ନାହିଁ । ତେଣୁ ସେ ଅନ୍ୟ ଜଣକୁ ଡାକିଲେ । ଦୁହେଁ ମିଶି ପିଲାଟାକୁ ଟାଣି ଆଣିଲେ । ବିକଳ ହତାଶାରେ କୁମାଲୋ କହିଲେ, ଭଲରେ ଥା ରେ ପୁଅ । କିନ୍ତୁ ପିଲାଟା ତାଙ୍କ କଥା ଶୁଣିଲାନି ।

ଏବେ ଉଭୟେ ଅଲଗା ହେଲେ ।

ଗଭୀର ଦୁଃଖ ଓ ଅବସାଦରେ କୁମାଲୋ ପୁଅଟାରୁ ବିଦାୟ ନେଇ ପାଚେରୀର ଗେଟ୍କୁ ଗଲେ । ସେଠି ଅନ୍ୟମାନେ ତାଙ୍କୁ ଅପେକ୍ଷା କରିଥାନ୍ତି । ଝିଅଟା ସଲଜ୍ଜ ଭାବରେ ଆସିଲା ଓ ଟିକେ ହସି କହିଲା, ଆଜ୍ଞା ।

– ହଁ ରେ ମା' ।

– ମୁଁ ଏବେ ତମର ଝିଅ ।

ସେ ବାଧ୍ୟ ହେଇ ତାକୁ ରୁହିଁ ହସିଲେ । ସତରେ, ସେ କହିଲେ । ଝିଅଟା କଥାବାର୍ତ୍ତା ହେବା ପାଇଁ ଉତ୍ସୁକ ହେଲା । ଝିଅଟା ତାଙ୍କୁ ରୁହିଁଲା କ୍ଷଣି ତାଙ୍କର ମନର ଅବସ୍ଥା ଜାଣି ପାରିଲା । ତେଣୁ ସେ ଆଉ କଥାବାର୍ତ୍ତା କଲା ନାହିଁ ।

ଜେଲରୁ ଫେରିଲା ପରେ କୁମାଲୋ ପାହାଡ଼ ଉପରକୁ ଗଲେ। ସେଇ ରାସ୍ତାରେ ତାଙ୍କ ଭାଇର ଗୋଟେ ବଢ଼େଇ ଦୋକାନ ଥାଏ। ଆଶ୍ଚର୍ଯ୍ୟର କଥା ଯେ ସେଇ ବିରାଟକାୟ ଲୋକଟା ବ୍ୟତୀତ ସେଠି ଆଉ କେହି ନ ଥିଲେ। ଲୋକଟା କୁଣ୍ଠିତ ହେଇ ତାଙ୍କୁ ସ୍ୱାଗତ କଲା।

– ମୁଁ ତୋତୁ ମେଲାଣି ନେବାକୁ ଆସିଛି, ଭାଇ।

– ଆଚ୍ଛା, ଆଚ୍ଛା, ତମେ ଏଣ୍ଟୋସେନି ଫେରି ଯାଉଛ। ବହୁତ ଦିନ ହେଲା ଦୂରରେ ରହିଲଣି ଭାଇ। ତମକୁ ଦେଖ୍ ତମର ସ୍ତ୍ରୀ ଖୁସି ହେବେ। କେବେ ଯାଉଛ?

– କାଲି ନ'ଟାର ଟ୍ରେନ୍‌ରେ।

– ତା ହେଲେ ଜାଟ୍ରୁଡ୍ ଓ ତା'ର ଛୁଆ ବି ତମ ସାଥିରେ ଯାଉଛନ୍ତି। ଭଲ କାମଟେ କଲ ଭାଇ। ଜୋହାନସ୍‌ବର୍ଗ ପରି ଜାଗାଟାରେ ଜଣେ ସ୍ତ୍ରୀ ଲୋକ ଏକୁଟିଆ ରହିବାଟା ନିରାପଦ ନୁହେଁ। ଏବେ ଆମେ ଟିକେ ରଃ ପିଇବା।

ସେ ଉଠି ପଡ଼ି ଘର ପଛ ପଟେ ଥିବା ସ୍ତ୍ରୀ ଲୋକଟିକୁ ଡାକିଲେ କିଂତୁ କୁମାଲୋ କହିଲେ, ଭାଇ, ମୋର ରଃ ପିଇବାକୁ ଇଚ୍ଛା ନାହିଁ।

– କେହି ଘରକୁ ଆସିଲେ ତାକୁ ରଃ ଯାଚିବା କଥା ବାକି ତମ ଇଚ୍ଛା, ଭାଇ। ଜନ୍ କୁମାଲୋ କହିଲେ।

ସେ ବସି ପଡ଼ି ବଡ଼ ପାଇପ୍ ଖଣ୍ଡେ ବେଶ୍ ଢଙ୍ଗରେ ଦାନ୍ତ ମଝିରେ ଧରି କାଗଜପତ୍ର ଦରାନ୍ତି ବସିଲେ। କିଂତୁ ତାଙ୍କର ଭାଇକୁ ଦେଖୁ ନ ଥିଲେ।

– ଏଇଟା ଗୋଟେ ଭଲ କାମ ତମେ କରୁଛ, ଭାଇ। ପାଇପ୍ ଖଣ୍ଡିକୁ ଦାନ୍ତରେ ସେମିତି ଧରି ସେ କହିଲେ। ଜୋହାନସ୍‌ବର୍ଗ ପରି ଜାଗାରେ ଜଣେ ସ୍ତ୍ରୀ ଲୋକ ଏକୁଟିଆ ରହିବାଟା ଠିକ୍ ନୁହେଁ। ଛୁଆଟା ଗାଁରେ ରହିଲେ ଆହୁରି ଭଲ ହେବ।

– ମୁଁ ସାଙ୍ଗରେ ଆଉ ଗୋଟେ ଛୁଆ ନେଇକି ଯାଉଛି। ମୋ ପୁଅର ସ୍ତ୍ରୀ। ତା'ର ବି ପିଲା ଅଛି। କୁମାଲୋ କହିଲେ।

– ଆଚ୍ଛା, ଆଚ୍ଛା, ମୁଁ ଏ କଥା ଶୁଣିଛି। ଏଇଟା ଆହୁରି ଗୋଟେ ଭଲ କାମ ତମେ କରୁଛ। ପାଇପ୍ ଖଣ୍ଡିକ ଉପରେ ଧାନ ଦେଇ ଜନ୍ କୁମାଲୋ କହିଲେ।

ସେ ପାଇପ୍‌ରେ ନିଆଁ ଧରାଇଲେ। ବେଶ୍ ମନଯୋଗରେ ତଳେ ତମାଖୁ ଖାଡ଼ିଲେ। ଆଉ କିଛି କରିବାର ନ ଥିଲା। ଏଥର ସେ ଧୂଆଁ ଭିତରୁ ତାଙ୍କର ଭାଇଙ୍କୁ ଦେଖିଲେ।

– ଜଣେ ନୁହଁ, ଅନେକ ଜଣ ତମେ ଏଇସବୁ ଭଲ କାମ କରୁଥିବାର କଥା

ମତେ କହିଛନ୍ତି । ଆଚ୍ଛା, ଆଚ୍ଛା, ତମର ସ୍ତ୍ରୀ ଓ ଆମର ସାଙ୍ଗ ସାଥୀମାନଙ୍କୁ ମୁଁ ମନେ ପକାଉଥିବାର କହିଦେବ । ସକାଳୁ ତମକୁ ପିଟରମାରିଚବର୍ଗ ଯାଇ ଡୋନିବ୍ରୁକ୍‌ରେ ଟ୍ରେନ୍ ଧରିବାକୁ ହେବ । ସନ୍ଧ୍ୟା ବେଳକୁ ତମେ ଏଣ୍ଡୋସେନିରେ ପହଞ୍ଚି ଯିବ । ଆଚ୍ଛା, ଆଚ୍ଛା, ବେଶ୍ ଲମ୍ବା ବାଟ ।

- ଆମ ଦୁହିଁଙ୍କ ଭିତରେ ଗୋଟେ କଥା ଅଛି, ଭାଇ ।

- ତମେ ଯେମିତି ଚାହିଁବ, ଭାଇ ।

- ମୁଁ ଯା ବିଷୟରେ ବହୁତ ଚିନ୍ତା କରିଛି । ମୁଁ ତତେ ଗାଳିମନ୍ଦ ଦେବା ପାଇଁ ଏଠିକି ଆସିନି ।

କଥାଟିକୁ ଆଗରୁ ଜାଣିଲା ପରି ଜନ୍ କୁମାଲୋ ସଙ୍ଗେ ସଙ୍ଗେ କହିଲେ ।

- ମତେ ଗାଳି ଦେବ ? ତମେ କାହିଁକି ମତେ ତିରସ୍କାର କରିବ ? ଏଇଟା ଗୋଟେ କୋର୍ଟ-ମାମଲା ଆଉ ସେଥିପାଇଁ ଜଣେ ବିଚାରପତି ଥିଲେ । ଏଇଟା ତମର କି ମୋର କି ଅନ୍ୟ କାହା ଉପରର କଥା ନୁହଁ ।

ତା'ର ବେକର ଶିରା ପ୍ରଶିରା ଟଣକି ଉଠିଲା । କିଂତୁ କୁମାଲୋ ସେଇକ୍ଷୀଣା କହିଲେ,

- ମୁଁ ତତେ ଛି ଛାକର କରିବା କଥା କହୁ ନାହିଁ । ତୋ କଥାରେ ଏଇଟା ଗୋଟେ କୋର୍ଟ-ମାମଲା ଆଉ ସେଥିପାଇଁ ଜଣେ ବିଚାରପତି ଅଛନ୍ତି । ଆହୁରି ମଧ୍ୟ ଜଣେ ବଡ଼ ବିଚାରଗତି ଅଛନ୍ତି ଯାହାଙ୍କ ବିଷୟରେ ତୁ କି ମୁଁ କିଛି କହିବାନି । ତେବେ ମୁଁ ଅଲଗା ବିଷୟରେ କଥା ହେବାକୁ ଚାହୁଁଛି ।

- ଆଚ୍ଛା, ଆଚ୍ଛା, ମୁଁ ବୁଝୁଛି । କଥା କ'ଣ ?

- ଗୋଟେ କଥା ଯେ ମୁଁ ଯିବା ଆଗରୁ ତୋତେ ଭେଟିବାକୁ ଆସିଥିଲି । ହେଲେ କିଛି କହି ପାରିଲିନି । ମୋ ପୁଅ ସାଙ୍ଗରେ କଣ ହେଲା । ତୁ ତ ଦେଖିଛୁ । ସେ ଘର ଛାଡ଼ିଲା ଆଉ ବରବାଦ୍ ହେଇଗଲା । ତେଣୁ ଏଇ କଥା ଆମର ଆଲୋଚନା ହେବା ଦରକାର । ତୋ ପୁଅ କଥା ? ସେ ବି ତ ଘର ଛାଡ଼ି ଦେଇଛି ।

- ମୁଁ ବିଷୟରେ ଚିନ୍ତା କରୁଛି । ଏଇ ଝାମେଲା ତୁଟି ଗଲା ପରେ ମୁଁ ତାକୁ ଏଠିକି ନେଇ ଆସିବି । ଜନ୍ କୁମାଲୋ କହିଲେ ।

- ତୁ କ'ଣ ଠାନି ନେଇଛୁ ?

- ମୁଁ ପୁରା ଠାନି ନେଇଛି । ମୁଁ ତମକୁ କଥା ଦଉଛି । ସବୁ ଭଲ କାମର ଦାୟିତ୍ୱ ମୁଁ ତମ ଉପରେ ସଁପି ଦେବିନି, ଭାଇ । ମୋଟା ବାଛୁରୀ ଏଠି ମରାଯିବ ।

- ସେଇଟା ମନେ ରଖିବା ଭଳି କାହାଣୀ ।

– ଆଚ୍ଛା, ଆଚ୍ଛା, ମନେ ରଖ୍ଥିବା ପରି କାହାଣୀ । ମୁଁ ସତ୍ ଶିକ୍ଷାକୁ ଆଢ଼େଇ ଦିଏ ନାହିଁ । କାରଣ... ଆଚ୍ଛା... ତମେ ତ ମତେ ଜାଣ ।

– ଆଉ ଗୋଟେ ଶେଷ କଥା ଅଛି, କହିଲେ କୁମାଲୋ ।

– ତମେ ମୋର ବଡ଼ ଭାଇ । ତମେ ଯାହା ରୁହଁ କହି ପାର ।

– ଏଇ ତୋର ରାଜନୀତି, ଭାଇ । ଏଥିରେ ତୋର ଗତି କୁଆଡ଼େ ?

କ୍ଷଣ ପରି ଗର୍ଦ୍ଦନ ଉପରେ ଷଣ୍ଢୁଆ ଶିରା ପ୍ରଶିରା ପୁଣି ଚଣକି ଉଠିଲା ।

– ଭାଇ, ମୋ ରାଜନୀତି ମୋର ନିଜର । ମୁଁ ତ ତମକୁ ତମର ଧର୍ମ ବିଷୟରେ ପଚରୁନି ।

– ତୁ କହିଲୁ ତ, ଯାହା ରୁହଁ କହ ।

– ଆଚ୍ଛା, ଆଚ୍ଛା । ମୁଁ ସେଇୟା କହିଲି । ଆଚ୍ଛା–ହଁ–ମୁଁ ଶୁଣେ ।

– ଏଇ ରାଜନୀତି ତତେ ନେବ କୋଉଠିକି ?

– ମୁଁ ଯୋଉଥି ପାଇଁ ଲଢ଼େଇ କରୁଛି ତାହା ମୁଁ ଜାଣେ । ମତେ ମାଫ୍ କରିଦେବ, ରେଭ୍ଇଣ୍ଡ ମିସିମାଙ୍ଗୁ ଏଠି ନାହାନ୍ତି । ତେଣୁ ମୁଁ ଇଂଲିଶ୍ରେ କହିଲେ ତମେ କିଛି ଭାବିବନି । ସେ ବଡ଼ ପାଟିରେ ଜୋର୍ଦାରିଆ ହସି କହିଲେ ।

– ଯୋଉଥରେ ଇଚ୍ଛା କହ ।

– ତମେ ତ ଇତିହାସ ପଢ଼ିଛ, ଭାଇ । ତମେ ଜାଣ, ଇତିହାସ ଶିକ୍ଷା ଦିନେ ଯେ ଶ୍ରମ କରୁଥିବା ଲୋକଙ୍କୁ ସବୁଦିନ ଦବେଇ ରଖାଯାଇ ପାରିବନି । ଯଦି ସେମାନେ ଏକଜୁଟ ହୁଅନ୍ତି, ତା ହେଲେ ତାଙ୍କ ବିରୁଦ୍ଧରେ କିଏ ଠିଆ ହେବ ? ଆମରି ଲୋକ ଆହୁରି ଅଧିକ ସଂଖ୍ୟାରେ ଏ କଥା ବୁଝୁଛନ୍ତି । ଯଦି ସେମାନେ ସେଇ ନିଷ୍ପତ୍ତି ନିଅନ୍ତି, ତା ହେଲେ ଦକ୍ଷିଣ ଆଫ୍ରିକରେ କାମ ଠପ୍ ହେଇଯିବ ।

– ତା ମାନେ ଯଦି ସେମାନେ ଧର୍ମଘଟ କରନ୍ତି ?

– ହଁ, ସେଇୟା ।

– କିନ୍ତୁ ଶେଷ ଧର୍ମଘଟ ତ ସଫଳ ହେଇ ନ ଥିଲା ।

ଜନ୍ କୁମାଲୋ ପାଦ ଟେକିଲେ । ତାଙ୍କ ଗଳା ଭିତରେ ତାଙ୍କ ସ୍ୱରଟା ଘାଉଁ ଘାଉଁ ଗର୍ଜିଲା ।

– ଦେଖ, ଆମକୁ ସେମାନେ କ'ଣ କଲେ । କ୍ରୀତଦାସ ପରି ସେମାନେ ଆମକୁ ଖଣି ଭିତରେ ଜୋର ଜବରଦସ୍ତି ଖଟାଇଲେ । ଆମର ଶ୍ରମ ଉପରେ ଆମର ଅଧିକାର ନାହିଁ ?

– ଗୋରା ଲୋକଙ୍କୁ ତୁ ଘୃଣା କରୁ, ଭାଇ ?

ଜନ କୁମାଲୋ ସନ୍ଦିଗ୍ଧ ଦୃଷ୍ଟିରେ ତାଙ୍କୁ ଚାହିଁଲେ ।

– ମୁଁ କୌଣସି ମଣିଷକୁ ଘୃଣା କରେନାହିଁ । ମୁଁ କେବଳ ଅନ୍ୟାୟକୁ ଘୃଣା କରେ । ସେ କହିଲେ ।

– ତେବେ ତୁ ନିଜେ କହିଥିବା କେତେ ଗୁଡ଼ିଏ କଥା ମୁଁ ଶୁଣିବାକୁ ପାଇଛି ।

– କୋଉ ସବୁ କଥା ?

– ମୁଁ କେତେ ଗୁଡ଼ିଏ ସାଂଘାତିକ କଥା ଶୁଣିବାକୁ ପାଇଛି । ମୁଁ ଶୁଣିଛି ଯେ ସେମାନେ ତୋ ଉପରେ କଡ଼ା ନଜର ରଖିଛନ୍ତି । ଠିକଣା ବେଳରେ ସେମାନେ ତତେ ଗିରଫ କରିନେବେ । ଏଇ କଥାଟିକୁ ମୁଁ ତୋ କାନରେ ପକାଇବା ପାଇଁ ରହିଁଲି । କାରଣ ତୁ ମୋର ଭାଇ ।

ତାଙ୍କ ଆଖିରେ ଭୟର ଚିହ୍ନ ସ୍ପଷ୍ଟ, ଏଥିରେ ସନ୍ଦେହ ନାହିଁ । ବପୁମାନ୍ ଲୋକଟା ଧରା ପଡ଼ିଯାଇଥିବା ଛୋଟ ପିଲାଟେ ପରି ଦିଶିଲା । – ଯେ ସବୁ କଥା ମୁଁ କିଛି ଜାଣେନି । ସେ କହିଲା ।

– ଯ଼ା ଭିତରୁ କେତେଟା କଥା ଦୋକାନରେ ଖଟି କଲାବେଳେ କୁହା ଯାଇଥିବାର ମୁଁ ଶୁଣିଛି ।

– ଦୋକାନରେ ? ଏଇ ଦୋକାନର କିଏ କ'ଣ କହିଲା ସେଇଟା ଭଲା କିଏ କେମିତି ଜାଣିବ ?

ଭାଇକୁ କ୍ଷମା କରିବାକୁ ବଳ ସାଉଁଟିବା ପାଇଁ ତାଙ୍କର ଏତେ ପ୍ରାର୍ଥନା ସତ୍ତ୍ୱେ କୁମାଲୋଙ୍କ ଭିତରେ ତାକୁ ଆଘାତ କରିବାର ଇଚ୍ଛାଟିଏ ଜାଗି ଉଠିଲା ।

– ଏଇ ଦୋକାନକୁ ଆସୁଥିବା ସବୁ ଲୋକଙ୍କୁ ତୁ ଜାଣୁ ? ତତେ ଠକି କଥା ଆଦାୟ କରିବାକୁ କାହାକୁ ବି ପଠା ଯାଇପାରେ ?

ବିରାଟ ବପୁବନ୍ତ ଲୋକଟା ଏଥର କପାଳରୁ ଝାଳ ପୋଛିଲା । ସେ ଏକ୍‌ଦମ୍ ଆଶ୍ଚର୍ଯ୍ୟ । କୁମାଲୋ ଜାଣିଲେ । ସେମିତି କିଛି ହେଇଥାଇ ନ ପାରେ । ସକଳ ପ୍ରାର୍ଥନା ସତ୍ତ୍ୱେ ଆଘାତ କରିବାର ଇଚ୍ଛାଟା ତାଙ୍କର ଆହୁରି ବଳବତୀ ହେଲା । ଏମିତିକି ସେ ମିଛ କହିବାର ପ୍ରଲୋଭନ ବି ସମ୍ବରଣ କରି ପାରିଲେ ନାହିଁ ଆଉ ମିଛ କହିଲେ ।

– ମୁଁ ଶୁଣିଛି ଯେ ତତେ ଧୋକା ଦେବା ପାଇଁ ଜଣେ ଲୋକଙ୍କୁ ପଠାଯାଇଛି । ଜଣେ ବନ୍ଧୁ ଭାବରେ ।

– ତମେ ସେଇଟା ଶୁଣିଛ ?

ଆତ୍ମ-ଲଜ୍ଜିତ କୁମାଲୋ କହିଲେ – ହଁ, ମୁଁ ଶୁଣିଛି ।

– କୋଉ ବନ୍ଧୁ... କୋଉ ଲୋକ । ବପୁମାନ୍ ଲୋକଟା କହିଲା ।

କୁମାଲୋ ନିଜସ୍ୱ ଯନ୍ତ୍ରଣା ଜନିତ କୋହରେ ତାଙ୍କୁ ପାଟି କରି କହିଲେ – ମୋର ପୁଅର ସେମିତି ଦୁଇ ଜଣ ବନ୍ଧୁ ଥିଲେ ।

ବିରାଟକାୟ ଲୋକଟା ତାଙ୍କୁ ଦେଖିଲା । ତମ ପୁଅ ? ସେ କହିଲା ତା'ପରେ ସେ କଥାଟିର ଅର୍ଥର ବୁଝି ପାରିଲା କ୍ଷଣି ପ୍ରଚଣ୍ଡ ରାଗ ତାକୁ ମାଡ଼ି ବସିଲା । – ମୋ ଦୋକାନରୁ ବାହାରି ଯା, ମୋ ଦୋକନରୁ ବାହାରି ଯା । ସେ ଗର୍ଜିଲା ।

ତାଙ୍କ ସାମ୍ନାରେ ଥିବା ଟେବୁଲଟାକୁ ଗୋଇଠା ମାରି ସେ କୁମାଲୋଙ୍କ ଆଡ଼କୁ ମାଡ଼ି ଆସିଲା । ବୃଦ୍ଧ ଜଣକ ଦୋକାନରୁ ବାହାରି ଯାଇ ରାସ୍ତା ଉପରକୁ ଉଠିଲେ । ତାଙ୍କ ପଛରେ କବାଟ ପିଟି ହେଲା ।  ଭାଇର ରାଗରେ କବାଟରେ ଋବି ପଡ଼ୁଥିବାର ସେ ଶୁଣି ପାରିଲେ ।

ରାସ୍ତାକୁ ଉଠି ସେ ଅପମାନିତ ଲଜ୍ଜିତ ବୋଧ କଲେ । ଲୋକମାନେ ଆଶ୍ଚର୍ଯ୍ୟ ହେଇ ଦେଖୁଥିବାରୁ ତାଙ୍କୁ ଅପମାନ ଲାଗିଲା । ଏଇ ଉଦ୍ଦେଶ୍ୟ ନେଇ ସେ ଏଠିକି ଆସି ନ ଥିବାରୁ ତାଙ୍କୁ ଲଜ୍ଜା ଲାଗିଲା । ସେ ତାଙ୍କ ଭାଇଙ୍କୁ କହିବାକୁ ରଖିଥିଲେ ଯେ  କ୍ଷମତା ମଣିଷକୁ କଲୁଷିତ କରିଦିଏ । ଯିଏ ଅନ୍ୟାୟ ବିରୁଦ୍ଧରେ ଲଢ଼େଇ କରେ ସେ ପ୍ରଥମେ ନିଜକୁ ଶୁଦ୍ଧ ଓ ନିଷ୍କଲଙ୍କ କରିବା ଦରକାର । ବଳ ପ୍ରୟୋଗ ଅପେକ୍ଷା ଭଲ ପାଇବାଟା ବେଶୀ ପ୍ରଭାବଶାଳୀ । ଆଉ ଏଇ ସବୁକୁ ସେ ଆଦୌ ଆପଣେଇ ନାହିଁ । ପ୍ରଭୁ, ମତେ ଦୟା କର । ଖ୍ରୀଷ୍ଟ, ମତେ ଦୟା କର । ସେ ଦ୍ୱାର ମୁହଁକୁ ବୁଲି ପଡ଼ିଲେ । ସେଇଟା କୋଲପ ଦେଇ ବନ୍ଦ କରାହେଇଥିଲା । ଭାଇ ଭାଇଟାକୁ ବାହାର କରିଦେଲା । ଗୋଟେ ଗର୍ଭରୁ ତାଙ୍କର ଜନ୍ମ । ଏକା ନାହି ଦି ଖଣ୍ଡ ।

ଲୋକମାନେ ଦେଖୁଥାନ୍ତି । ତେଣୁ ମନ ଦୁଃଖରେ ସେ ସେଠୁ ଋଲିଗଲେ ।

*

– ତମେ ମୋର ଧନ୍ୟବାଦର ଊର୍ଦ୍ଧ୍ୱରେ, କହିଲେ ଜାର୍ଭିସ୍ ।

– ଆମ ଦ୍ୱାରା ଯେତିକି ହେଲା ସେତିକି ତ କଲୁ । ଆଉ ଅଧିକ କ'ଣ...ଜାର୍ଭିସ୍ ।

ଜନ୍ ହାରିସନ ଯିବାକୁ ବାହାରିଲେ । କାର୍ ବାହାରେ ଜାର୍ଭିସ୍ ଓ ହାରିସନ୍ କିଛି ସମୟ ଛିଡ଼ା ହେଲେ ।

– ମାର୍ଗାରେଟ୍, ମେରୀ ଓ ଛୁଆ ମାନଙ୍କୁ ଆମର ସ୍ନେହ ଦେବ, ଜାର୍ଭିସ୍ । ୟା ଭିତରେ ଆମେ ଦିନେ ତମମାନଙ୍କୁ ଦେଖିବାକୁ ଆସିବୁ ।

– ଆସିବ ହାରିସନ, ନିଶ୍ଚୟ ଆସିବ ।

– ମୁଁ ଗୋଟେ କଥା କହିବାକୁ ରୁହେଁ, ଜାର୍ଭିସ୍ । ଧୀମା ଗଳାରେ ହାରିସନ୍ କହିଲେ । ଏଇ ଦଣ୍ଡାଦେଶ କଥା । ମଲା ଲୋକକୁ ତ ଫେରାଇ ଆଣି ପାରିବ ନାହିଁ । କିନ୍ତୁ ଠିକ୍ ହେଇଛି, ପୁରା ଠିକ୍ ହେଇଛି । ୟା ଠାରୁ ଆଉ ଅନ୍ୟ କ'ଣ ହେଇ ପାରିଥାନ୍ତା । ଯଦି ଅନ୍ୟ ରକମ କିଛି ହେଇଥାନ୍ତା, ତା ହେଲେ ମତେ ଲାଗିଥାନ୍ତା ଯେ ଦୁନିଆଁରେ ଆଉ ନ୍ୟାୟ ନାହିଁ । ବାକି ଯୋଉ ଦୁଇ ଜଣ ଏଥ‌ରୁ ଖସିଗଲେ, ସେଥିପାଇଁ ମତେ ଖରାପ ଲାଗୁଛି । ଖଣ୍ଡପୀଠ ଏଇ ମାମଲାଟିକୁ ଗଡ଼ବଡ଼ କରିଦେଲେ । ସେମାନେ ସେଇ ମିକିଜେ ସ୍ତ୍ରୀ ଲୋକଟାକୁ ଘାଣ୍ଟିଚକଟି ପଚରା ଉଚୁରା କରିବାର ଥିଲା ।

– ହଁ ମତେ ବି ସେଇଭ‌ୟା ଲାଗୁଛି । ଆଚ୍ଛା, ଏଥ‌ର ଗୁଡ୍ ବାଏ । ତମକୁ ପୁଣି ଥରେ ଧନ୍ୟବାଦ ।

– ମୁଁ ତାହା ସାଦ‌ରେ ଗ୍ରହଣ କରୁଛି ।

ଷ୍ଟେସନରେ ଜାର୍ଭିସ୍ ଜନ୍ ହାରିସନଙ୍କୁ ଗୋଟେ ଲଫାଫା ଦେଲେ ।

– ମୁଁ ଗଲା ପରେ ଏଇଟା ଖୋଲିବ, ସେ କହିଲେ ।

ଟ୍ରେନ୍ ଯାଇ ସାରିଲା ପରେ ଯୁବକ ହାରିସନ୍ ଲଫାଫାଟିକୁ ଖୋଲିଲେ । ତମ କ୍ଲବ ପାଇଁ, ସେଥ‌ରେ ଲେଖାଥିଲା । ତମେ ଓ ଆର୍ଥର ଯୋଉ କାମ କରିବାକୁ ରଖୁଁଥିଲ, ସେଇ ସବୁ କର । ଯଦି କ୍ଲବଟିକୁ 'ଆର୍ଥର ଜାର୍ଭିସ୍ କ୍ଲବ' ରୂପେ ନାମୀତ କର, ମତେ ଖୁସି ଲାଗିବ । ତେବେ ଏଇଟା ଗୋଟେ ସର୍ତ୍ତ ନୁହେଁ ।

ଯୁବକ ହାରିସନ୍ ତା ତଳେ ଥିବା ଚେକ୍‌ଟିକୁ ଦେଖିଲେ । ସେ ଟ୍ରେନ୍ ଆଡ଼କୁ ରୁହିଁଲେ ଯେମିତିକି ସେ ତା ପଛ‌ରେ ଗୋଡ଼େଇ ଯାଇଥାନ୍ତେ । ଏକ ହଜାର ପାଉଣ୍ଡ, ସେ କହିଲେ । Helen of Troy, ଏକ ହଜାର ପାଉଣ୍ଡ !

*

ମିସେସ୍ ଲିଥେବେକଙ୍କ ଘରେ ସେମାନଙ୍କର ଗୋଟେ ପାର୍ଟି ଥିଲା । ମିସିମାଙ୍କୁ ସେଠି ସ୍ୱାଗତ ସତ୍କାର କରୁଥାନ୍ତି । ସେଇଟା ହସ ଖୁସିର ପାର୍ଟି ନ ଥିଲା । ପରିସ୍ଥିତି ଏମିତି ଯେ ସେ କଥା ଚିନ୍ତା ସୁଦ୍ଧା କରାଯାଇ ପାରୁ ନ ଥିଲା । ଖାଇବା ପିଇବା ଯଥେଷ୍ଟ । ହେଲେ ତା ଭିତରେ ବିଷାଦିତ ଖୁସିଟାଏ ରହିଥାଏ । ଯୁରୋପୀୟ ରୀତିରେ ମିସିମାଙ୍କୁ ସେଠି ସଭାପତିତ୍ୱ କଲେ । ତାଙ୍କର ପାଦ୍ରୀ ଭାଇଙ୍କର ସଦ୍‌ଗୁଣ ଓ ଅନ୍ୟ ମାନଙ୍କୁ ନିଜ ଘରେ ଆଶ୍ରୟ ଦେଉଥିବା ମିସେସ୍ ଲିଥେବେକଙ୍କ ମାତୃ ସୁଲଭ ସେବା ଯନ୍ ବିଷୟରେ ଏକ ବକ୍ତବ୍ୟ ରଖିଲେ । କୁମାଲୋ ମଧ୍ୟ କିଛି କହିଲେ ।

ତେବେ ତାଙ୍କ କହିବାଟା ବେଖାପ ଶୁଭୁଥାଏ । କହିଲାବେଳେ ସେ ଥତମତ ହେଇ ପଡ଼ୁଥାନ୍ତି । ସେ କହିଥିବା ମିଛ ଓ ସେଇ ଝଗଡ଼ାଟା ତାଙ୍କ ମନଟାକୁ ବିଚଳିତ କରି ଦେଉଥାଏ । ସେ ମିସିମାଙ୍କୁ ଓ ମିସେସ୍ ଲିଥେବେଙ୍କୁ ତାଙ୍କର ସହାନୁଭୂତି ଓ ସହଯୋଗ ପାଇଁ କୃତଜ୍ଞତା ଜଣାଇଲେ । ମିସେସ୍ ଲିଥେବେ କିଛି କହିଲେନି । ବୋକୀ ଝିଅଟେ ପରି ହସିଲେ । ତାଙ୍କର କହିବା କଥା ହେଲା ମଣିଷ ଜନ୍ମ ପାଇବା ମାନେ ସାହାଯ୍ୟ ସହଯୋଗ କରିବା କଥା । କିଂତୁ ତାଙ୍କ ସାଙ୍ଗ ସେଇ ମୋଟା ସ୍ତ୍ରୀ ଲୋକ ଜଣକ ତାଙ୍କ ପକ୍ଷରୁ କିଛି କହିଲେ । ଦୁଇ ଧର୍ମ ଯାଜକଙ୍କ ସଦ୍‌ଗୁଣ, ମିସେସ୍ ଲିଥେବେଙ୍କ ସଦ୍‌ଗୁଣ ବିଷୟରେ ଏତେ ଲମ୍ବା ଭାଷଣ ଦେଲେ ଯେ ଲାଗୁଥାଏ ଯେମିତି ଏଇଟା ଆଉ ସରିବନି । ଜାଟ୍‌ଡୁର କର୍ତ୍ତବ୍ୟ ଓ ଝିଅର ଭଲ ଆଚରଣ ସହିତ ରହିବା ତଥା ସେମାନେ ପାଇଥିବା ସାହାଯ୍ୟ ସହାନୁଭୂତିର ପରିଶୋଧ କରିବା ଉପରେ ସଂକ୍ଷେପରେ କହିଲେ । ତା ଭିତରେ ସେ ଜୋହାନସ୍‌ବର୍ଗ ପରି ମହାନଗରୀରେ ହେଉଥିବା ସୈତାନୀ କାରବାର ଏବଂ ସୋଫିଆଟାଉନ୍, କ୍ଲିଆରମଣ୍ଡ ଓ ଆଲେକ୍‌ଜାଣ୍ଟ୍ରାର ଲୋକମାନଙ୍କର ଅପକର୍ମ ବିଷୟରେ କହିଲେ । ଶେଷରେ ବାଧ୍ୟ ହେଇ ମିସିମାଙ୍କୁ ଉଠିଲେ ଓ ତାଙ୍କୁ କହିଲେ, ମା', କାଲି ବଡ଼ି ସକାଳୁ ଆମର ଟ୍ରେନ୍ ଧରିବାର ଅଛି, ନ ହେଲେ ଆମେ ହମେଶା ତମ କଥା ଶୁଣୁଥାନ୍ତୁ । ତା'ପରେ ଖୁସିରେ ହସି ହସିବା ସ୍ତ୍ରୀଲୋକ ଜଣକ ବସି ପଡ଼ିଲେ । ତା'ପରେ ମିସିମାଙ୍କୁ ସେମାନଙ୍କୁ ଗୋଟେ ଖବର ଜଣାଇବା କଥା କହିଲେ । ଏ ଯାଏଁ ସେଇଟା ତାଙ୍କର ବ୍ୟକ୍ତିଗତ ହେଇ ରହିଥିଲା । ଏଠି ହିଁ ସେ ପ୍ରଥମେ କଥାଟିକୁ କହୁଛନ୍ତି—ଏଇ ଯେ ସେ ଶପଥ ପୂର୍ବକ ସବୁ ଭୌତିକ ସମ୍ପତ୍ତି ଓ ଏଇ ଦୁନିଆଁକୁ ତ୍ୟାଗ କରି ଗୋଟେ ସମ୍ପ୍ରଦାୟରେ ସେବାନିବୃତ ହେଇ ରହିବାକୁ ଯାଉଛନ୍ତି । ଦକ୍ଷିଣ ଆଫ୍ରିକାରେ ଜଣେ କୃଷ୍ଣକାୟ ଭାବେ ଏପରି ପଦକ୍ଷେପ ନେବାରେ ସେ ପ୍ରଥମ । ସମସ୍ତେ କରତାଳି ଦେଲେ ଓ ଧନ୍ୟବାଦ ଜଣାଇଲେ । ଜାଟ୍‌ଡୁ, ସେଇ ରାତ୍ରୀ ଭୋଜନରେ ବସି ବେଶ୍ ଖୁସିରେ ସେଇ ଅଭିଭାଷଣକୁ ଶୁଣୁଥାଏ । ତା'ର ଛୋଟ ପୁଅଟା ତାରି ଛାତିରେ ଶୋଇ ପଡ଼ିଥାଏ । ଝିଅଟା ମଧ୍ୟ ଉତ୍ସୁକ ହେଇ ଖୁସିରେ ଶୁଣୁଥାଏ । କାରଣ ତା ଜୀବନରେ ସେ ଏମିତି କିଛି ଦେଖି ନ ଥିଲା କି ଶୁଣି ନଥିଲା ।

ତା'ପରେ ମିସିମାଙ୍କୁ କହିଲେ—ବନ୍ଧୁଗଣ, ଟ୍ରେନ୍ ଧରିବାକୁ ଆମକୁ ଜଲ୍‌ଦି ଉଠିବାକୁ ପଡ଼ିବ । ଏବେ ଶୋଇବା ସମୟ ହେଲାଣି । କାରଣ ସକାଳ ସାତଟାରେ ଏଠି ଟ୍ରେକ୍‌ସି ଆସି ପହଞ୍ଚ ଯିବ ।

ତେଣୁ ସେମାନେ ସ୍ତବ ପାଠ ଓ ପ୍ରାର୍ଥନା ସମାପ୍ତ କରିଦେଲେ । ମୋଟା ସ୍ତ୍ରୀ ଲୋକ ଜଣକ ମିସେସ୍ ଲିଥେବେକୁ ଏଇ ଲୋକଙ୍କ ସକାଶେ ତାଙ୍କର ସହୃଦୟତା ପାଇଁ ଆହୁରି ଧନ୍ୟବାଦ ଜଣାଇ ଚାଲିଗଲା । କୁମାଲୋ ତାଙ୍କ ବନ୍ଧୁଙ୍କ ସହିତ ଗେଟ୍ ପର୍ଯ୍ୟନ୍ତ ଗଲେ । ମିସିମାଙ୍ଗୁ କହିଲେ – ମୁଁ ଏଇ ସଂସାର ଓ ସବୁ ପାର୍ଥିବ ସମ୍ପତ୍ତିକୁ ପରିତ୍ୟାଗ କରୁଛି । ତେବେ ମୁଁ କିଛି ପଇସା ସଞ୍ଚୟ କରିଛି । ମୋର ବାପା କି ମା ନାହାନ୍ତି ଯେ କି ମୋ ଉପରେ ନିର୍ଭରଶୀଳ ହେବେ । ଏତକ ତମକୁ ଦେବା ପାଇଁ ମୁଁ ଚର୍ଚ୍ଚର ଅନୁମତି ପାଇଛି । ଜୋହାନସବର୍ଗରେ ତମର ଗୁଡ଼ାଏ ଖର୍ଚ୍ଚବାର୍ଚ୍ଚ ହେଇଯାଇଛି । ଏତେ ସବୁ ନୂଆଁ ଦାୟିତ୍ୱ ବି ମୁଣ୍ଡେଇଛ । ଏତକ ତମର କାମରେ ଆସିବ । ତମ ନାଁରେ ଏଇ ଜମା ବହିଟି ଅଛି ।

ସେ କୁମାଲୋଙ୍କ ହାତରେ ବହିଟାକୁ ଦେଲେ । କୁମାଲୋ ବହିଟା ହାତରେ ବାଜିଲା କ୍ଷଣି ଜାଣିଲେ ଯେ ଏଇଟା ପୋଷ୍ଟ ଅଫିସ ଜମା-ବହି । କୁମାଲୋ ବହିଟା ଧରି ଗେଟ୍‌ର ଟିପ ଉପରେ ହାତ ରଖିଲେ । ତାଙ୍କ ହାତ ଉପରେ ମୁଣ୍ଡ ରଖି କାଇଁ କାଇଁ କାନ୍ଦିଲେ । ମିସିମାଙ୍ଗୁ ତାଙ୍କୁ କହିଲେ – ମୋର ଖୁସିଟା ଏମିତି ନଷ୍ଟ କରି ଦିଅ ନାହିଁ । ଏ ପରି ଖୁସି ମୁଁ କେବେ ଅନୁଭବ କରି ନ ଥିଲି । ତାଙ୍କର ଏଇ ଶଦ୍ଧ କେଇଟାରେ ବୃଦ୍ଧ ଜଣକଙ୍କର କାନ୍ଦିବା ଥମି ଗଲା । ସେ ସୁଁ ସୁଁ ହେଲେ । ମିସିମାଙ୍ଗୁ କହିଲେ – କେହି ଜଣେ ଆସୁଛି, ତୁନି ପଡ଼, ଭାଇ ।

ଲୋକଟା ଯିବା ଯାଏଁ ସେମାନେ ଚୁପ୍ ରହିଲେ । ତା'ପରେ କୁମାଲୋ କହିଲେ – ମୋର ଏତେ ଦିନ ଭିତରେ ତମ ପରି ମଣିଷ ମୁଁ ଆଉ କାହାକୁ ଜାଣିନି । ସଙ୍ଗେ ସଙ୍ଗେ ମିସିମାଙ୍ଗୁ କହିଲେ – ମୁଁ ଜଣେ ଦୁର୍ବଳ ଓ ପାପାଚାରୀ ମଣିଷ । କିନ୍ତୁ ମୋ ଉପରେ ପ୍ରଭୁଙ୍କର ଅଭୟ ହସ୍ତ ରହିଛି, ବାସ୍ ସେତିକି । ଆଉ ପିଲାଟାର ରାଜ-କ୍ଷମା ପ୍ରସଙ୍ଗରେ କାଉନ୍‌ସିଲ୍‌ର ଗଭର୍ଣ୍ଣର ଜେନେରାଲ ହିଁ ନିଷ୍ପତ୍ତି ନେବେ । ଫାଦର୍ ଭିନ୍‌ସେଣ୍ଟ ଖବର ପାଇଲା ମାତ୍ରେ ତମକୁ ଜଣାଇବେ ।

– ଆଉ ଯଦି ସେମାନେ ତା ବିରୁଦ୍ଧରେ ନିଷ୍ପତ୍ତି ନିଅନ୍ତି ?

– ଯଦି ସେମାନେ ତା ବିରୁଦ୍ଧରେ ନିଷ୍ପତ୍ତି ନିଅନ୍ତି, ତା ହେଲେ ଆମ ଭିତରୁ ଜଣେ ସେଇ ଦିନ ପ୍ରିଟୋରିଆ ଯିବ ଆଉ ସେଇଟା ସରିଗଲେ... ତମକୁ ଜଣାଇବୁ । ଏବେ ମୁଁ ଯାଏ ଭାରି । ବଡ଼ି ସକାଳୁ ଆମର ଉଠିବା ଦରକାର । ତେବେ ତମକୁ ମୁଁ ବି ଗୋଟେ କଥା ମାଗୁଛି ।

– ମୋ ପାଖରେ ଯାହା ଅଛି ସବୁ ମାଗିପାର, ବନ୍ଧୁ ।

– ମୋର ଜୀବନର ଏଇ ନୂତନ ପ୍ରଚେଷ୍ଟାରେ ମୋ ପାଇଁ ପ୍ରାର୍ଥନା କରିବ । ମୁଁ ସେଇୟା ମାଗୁଛି ।

– ସକାଳେ, ସନ୍ଧ୍ୟାରେ ଓ ଅବଶିଷ୍ଟ ଜୀବନର ସବୁ ଦିନମାନରେ ମୁଁ ତମ ପାଇଁ ପ୍ରାର୍ଥନା କରିବି ।

– ଶୁଭ ରାତ୍ରୀ, ଭାଇ ।

– ଶୁଭ ରାତ୍ରୀ ମିସିମାଙ୍ଗୁ, ମୋର ବନ୍ଧୁ ପରି ବନ୍ଧୁ ଜଣେ । ପ୍ରଭୁ ସବୁବେଳେ ତମ ଉପରେ କୃପା ଦୃଷ୍ଟି ରଖ୍ଥାନ୍ତୁ ।

– ତମ ଉପରେ ବି ।

ରାସ୍ତା ପାରି ହେଇ ମିଶନ୍ ହାଉସ ଆଡ଼କୁ ବୁଲିବା ଯାଏଁ କୁମାଲୋ ତାଙ୍କୁ ରୁହିଁ ରହିଲେ । ତା’ପରେ ରୁମ୍ ଭିତରକୁ ଯାଇ ମହମ ବତୀ ଜଳାଇଲେ । ଜମା ବହିଟାକୁ ଖୋଲି ଦେଖ୍ଲେ । ସେଥିରେ ଥିଲା ତେତିଶ ପାଉଣ୍ଡ ଛଅରି ସିଲିଂ ଓ ପାଞ୍ଚ ପେନ୍ସ । ସେ ଆଣ୍ଠୁ ମାଡ଼ି ବସିଲେ ଆଉ କହିଥିବା ମିଛ ଓ କରିଥିବା ଝଗଡ଼ା ପାଇଁ ଅନୁତାପରେ ବିଳପି ଉଠିଲେ । ସେ ସେଇକ୍ଷଣା ତାଙ୍କ ଭାଇଙ୍କ ପାଖକୁ ଯାଇଥାନ୍ତେ । କିନ୍ତୁ ହାତରେ ଆଉ ସମୟ ନ ଥିଲା । ତେବେ ସେ ତାଙ୍କ ଭାଇଙ୍କ ପାଖକୁ ଚିଠି ଖଣ୍ଡେ ଲେଖ୍ବେ । ମଣିଷର ସମସ୍ତ ଦୟା ପାଇଁ ସେ ପ୍ରଭୁଙ୍କୁ ଧନ୍ୟବାଦ ଦେଲେ । ଏବେ ଟିକେ ତାକୁ ସାନ୍ତ୍ୱନା ମିଳିଲା ଓ ସେ ଆଶ୍ୱସ୍ତ ହେଲେ । ଏ ସବୁ ସାରି ସେ ତାଙ୍କ ପୁଅ ପାଇଁ ପ୍ରାର୍ଥନା କଲେ । କାଲି ସେମାନେ ସମସ୍ତେ ଘରକୁ ଯିବେ, କେବଳ ତାଙ୍କୁ ପୁଅକୁ ଛାଡ଼ି । ପ୍ରିଟୋରିଆର ବଡ଼ ଜେଲ୍ ଭିତରେ ସେମାନେ ଯୋଉଠି ରଖ୍ବେ ସେ ସେଇଠି ରହିବ । ରାଜ-କ୍ଷମାର ଯାଚିକା ଫେଲ୍ ମାରିଲେ ସେ ରେଲିଂ ଦିଆ ନିଃସଙ୍ଗ ଜେଲ୍ କୋଠିଟା ଭିତରେ ଫାଶୀରେ ଝୁଲିବା ଯାଏଁ ରହିବ । ହଁ, ଯୋଉ ହାତ ହତ୍ୟା କରିଛି ସେଇ ହାତ ଦିନେ ତା ମା’ ଛାତିକୁ ଧରି କ୍ଷୀର ପିଉଥିଲା, ଅନ୍ଧାରରେ ବାହାରକୁ ଚାଲାବେଳେ ସେଇ ହାତ ବାପାର ହାତକୁ ଟ୍ପ୍କିନା ଧରି ପକାଉଥିଲା । ହଁ, ମୃତ୍ୟୁକୁ ଡରୁଥିବା ହତ୍ୟାକାରୀ ଦିନେ ରାତିକୁ ଡରୁଥିବା ଛୋଟ ପିଲା ଥିଲା ।

ସକାଳେ ସେ ବଡ଼ି ଭୋରରୁ ଉଠିଲେ । ଅନ୍ଧାର ଆହୁରି ଫାଙ୍କି ନ ଥାଏ । ହଠାତ୍ ମନେ ପଡ଼ିଲା ପରି ସେ ଆଣ୍ଠୁ ମାଡ଼ି ବସିଲେ ଓ ମିସିମାଙ୍ଗୁଙ୍କ ପାଇଁ ପ୍ରାର୍ଥନା କଲେ । ସେ ଧୀରେ କବାଟ ଖୋଲି ଝିଅଟାକୁ ଆସ୍ତେକିନା ହଲାଇ ଦେଲେ । ବେଲ ହେଲାଣି, ଉଠି ପଡ଼, ସେ କହିଲେ । ସେ ସଙ୍ଗେ ସଙ୍ଗେ କମ୍ବଳ ଭିତରୁ ବାହାରି ପଡ଼ିଲା । ମୁଁ ଏଇ କ୍ଷଣା ବାହାରି ପଡ଼ିବି, ସେ କହିଲା । ତା’ର ତତ୍ପରତା

ଦେଖ କୁମାଲୋ ହସିଲେ । ଏଣ୍ଟୋସେନି, କାଲି ଏଣ୍ଟୋସେନିରେ ଥିବା । ସେ କହିଲେ । ମହମବତୀଟା ଧରି ସେ ଜାଙ୍କୁତ୍‍ର କବାଟ ଖୋଲିଲେ । କିଂତୁ ଡାକ୍ତର୍ ଘଲି ଯାଇଥିଲା । ଛୋଟ ପିଲାଟା ଥିଲା, ଲାଲ ପୋଷାକ ଓ ଧଲା ଟୋପୀଟା ବି ସେଠି ଥିଲା । କିଂତୁ ଜାଙ୍କୁତ୍‍ ଘଲିଯାଇଥିଲା ।

# ତୃତୀୟ ଖଣ୍ଡ

## ୧

ଟ୍ରାନସଭାଲର ସାବୁଜା ଭୂଇଁରେ ଇଞ୍ଜିନ୍‌ଟା ବାଷ୍ପ ଛାଡ଼ି ଓ ହ୍ୱିସିଲ୍ ବଜାଇ ଆଗକୁ ବଢ଼ିଲା । ଖଣିର ଚଟକା ଧଳା ପାହାଡ଼ ପଛରେ ରହିଗଲା । ଆଖି ପାଇବା ଯାଏଁ ଗଡ଼ି ଚାଲିଥାଏ । ସେମାନେ ସମସ୍ତେ ଏକାଠି ବସିଲେ । ଛୋଟ ପୁଅଟାକୁ କୋଳରେ ଧରି କୁମାଲୋ ବସିଲେ । ପଖରେ କାଗଜ ପେଟିରେ ତାର ଜିନିଷପତ୍ର ଧରି ଝିଅଟା ବସିଲା । ପୁଅଟା ତା ମାଆଁ କଥା ପଚାରିଲା । କୁମାଲୋ ତା ମାଆଁ ଚାଲିଯାଇଥିବା କହିଲେ । ପିଲାଟା ଆଉ ପଚାରିଲା ନାହିଁ ।

ଭୋକସ୍ ଟ୍ରଷ୍ଟରେ ଗାଡ଼ିଟା ତାଙ୍କୁ ଛାଡ଼ିଦେଲା । ମୁଣ୍ଡ ଉପରୁ ଯାଇଥିବା ଧାତୁରେ ତିଆରି ତାରରୁ ଶକ୍ତି ଟାଣୁଥିବା ଆଉ ଗୋଟେ ବଗି ଥିବା ଗାଡ଼ି ଧରିଲେ । ତୀଖ ପାହାଡ଼ ଢାଲୁରେ ଯିବାର ଡର ପାରି ହେଇ ସେମାନେ ନାଟାଲ୍ ର ଗିରିମାଲାରେ ପହଞ୍ଚିଲେ । ଝିଅଟାକୁ କୁମାଲୋ କହିଲେ, ଏଇଟା ହେଉଛି ନାଟାଲ୍ । ଝିଅଟା ବେଶ୍ ଆଗ୍ରହରେ ଉତ୍ସୁକ ହେଇ ଦେଖିଲା । ଆଗରୁ ସେ ଏଇ ଜାଗା କେବେ ଦେଖି ନ ଥିଲା ।

ଅନ୍ଧାର ଆସିଲା । କାହିଁ କେତେ ଦିନର ରଣ ଭୂଇଁରେ ରାତିକୁ ଗର୍ଜ ସେମାନେ ଯାଉଥାନ୍ତି । ମୁଇ ନଦୀ, ରୋସେଟା, ବଲଗୋଭାନର ଗିରିମାଲା ଦେଖି ନ ପାରି ସେମାନେ ଆଗକୁ ବଢୁଥାନ୍ତି । ସୂର୍ଯ୍ୟ ଉଇଁଲା ପରେ ସବୁଠୁ ବଡ଼ ଗିରିମାଲା ପାରି ହେଇ ମନୋରମ ନଗରୀ ପିଟରମାରିଚ୍‌ବର୍ଗରେ ପହଞ୍ଚିଲେ ।

ଏଠି ସେମାନେ ଆଉ ଗୋଟେ ଟ୍ରେନ୍ ଧରିଲେ। କଳା ବସ୍ତି, ଇଡେନଡେଲ୍, ଇଲାଣ୍ଡସ୍କୋପ ପାରି ହେଇ ଉମ୍‍ସିନ୍‍ଭୁମି ଉପତ୍ୟକାରେ ଟ୍ରେନ୍ ଚାଲିଲା। ସେଠୁ ବିରାଟ ଉମ୍‍କୋମାସ୍ ଉପତ୍ୟକାରେ ପହଞ୍ଚିଲା। ସେଠି ଜନଜାତି ରହନ୍ତି। ସେଠି ମାଟି ଏତେ ପ୍ରଦୂଷିତ ଯେ ଆଉ ସୁଧୁରିବା ଅବସ୍ଥାରେ ନାହିଁ। ସେଠାର ଲୋକେ କୁମାଲୋଙ୍କୁ କହିଲେ ଯେ ବର୍ଷା ଅଭାବରୁ ସେମାନେ ଚାଷବାସ କିଛି କରିପାରୁ ନାହାନ୍ତି। ତେଣୁ ଏଇ ଉପତ୍ୟକାରେ ଦୁର୍ଭିକ୍ଷ ଆସନ୍ନ।

ଡୋନିବ୍ରୁକରେ ସେମାନେ ଆହୁରି ଗୋଟେ ଟ୍ରେନ୍ ଚଢ଼ିଲେ। ଛୋଟିଆ ରେଳ ଗାଡିଟେ। ଇଷ୍ଟଲେଡ୍‍ସ୍ ଓ ଲୁଫାଫାର ବୁଲାଣିଆ ପାହାଡ଼ ଦେଇ ସେଇ ଟ୍ରେନ୍‍ଟା ଇକ୍‍କୋପୋକୁ ଯାଏ। ଇକ୍‍କୋପୋରେ ସେମାନେ ଓହ୍ଲାଇଲା କ୍ଷଣି ଲୋକେ ତାଙ୍କୁ ସ୍ୱାଗତ କଲେ ଓ କହିଲେ, ଆରେ, ବହୁତ ଦିନ ଯାଏଁ ଦୂରରେ ରହିଗଲ।

ସେଠି ସେମାନେ ଶେଷ ଟ୍ରେନ୍ ଧରିଲେ। ପାହାଡ଼କୁ ଲମ୍ବିଥିବା ସୁନ୍ଦର ରାସ୍ତା କଡ଼େ କଡ଼େ ସେଇ ଟ୍ରେନ୍‍ଟା ଯାଏ। ଅନେକ ଲୋକ ତାଙ୍କୁ ଜାଣନ୍ତି। ସେମାନଙ୍କର ପ୍ରଶ୍ନକୁ ତାଙ୍କର ଡର। ଏଇ ଲୋକମାନେ ପିଲାଙ୍କ ପରି କଥାବାର୍ତ୍ତା କରନ୍ତି ଯେମିତିକି ପଚାରିବାକୁ ତାଙ୍କ ପାଖରେ ଆଉ କିଛି ନ ଥାଏ: ଏଇ ଲୋକଟା କିଏ, ଏଇ ଝିଅଟା କିଏ ? ଏଇ ଛୁଆଟା କିଏ, ସେମାନେ କୋଉଠିକାର, ସେମାନେ କୋଉଠିକି ଯିବେ ? ସେମାନେ ପଚାରିବେ: ତମର ଭଉଣୀ କେମିତି ଅଛି ? ତମର ପୁଅ କେମିତି ଅଛି ? ତେଣୁ ସେ ତାଙ୍କର ଧର୍ମଗ୍ରନ୍ଥ ଧରି ପଢ଼ିବା ଆରମ୍ଭ କଲେ। ସେମାନେ ଗପସପରେ ରୁଚି ରଖୁଥିବା ଅନ୍ୟ ଲୋକ ଆଡ଼କୁ ବୁଲି ପଡ଼ିଲେ।

ଉମ୍‍ଜିମ୍‍କୁଲୁର ବିରାଟ ଉପତ୍ୟକାରେ, ପଶ୍ଚିମ ଗ୍ରିକୁଆଲାଣ୍ଡର ପଛ ପଟେ ସୂର୍ଯ୍ୟ ଅସ୍ତ ଯାଉଥାଏ। ସେଠି ତାଙ୍କର ସ୍ତ୍ରୀ ଥା'ନ୍ତି ଆଉ ତାଙ୍କର ବେଗ୍ ଧରିବାରେ ସାହାଯ୍ୟ କରିବାକୁ ଜଣେ ବନ୍ଧୁ ଥା'ନ୍ତି। ସେ ସଙ୍ଗେ ସଙ୍ଗେ ସ୍ତ୍ରୀଙ୍କ ପାଖକୁ ଯାଇ ୟୁରୋପୀୟ ଢଙ୍ଗରେ ତାଙ୍କୁ ଆଲିଙ୍ଗନ କଲେ। ଘରକୁ ଫେରି ସେ ଖୁସି।

ସ୍ତ୍ରୀ ପ୍ରଶ୍ନ ପଚାରିଲେ। କୁମାଲୋ କହିଲେ, ଆମର ପୁଅକୁ ମରିବାର ଅଛି। ବୋଧହୁଏ କ୍ଷମା ଯାଚନା ମଞ୍ଜୁର ହୋଇପାରେ। ତେବେ ସେକଥା ପରେ ହେବା।

– ହଁ ବୁଝିପାରୁଛି...।

– ଆଉ କାଟ୍‍ୟୁଡ୍। ଆସିବା ପାଇଁ ତା'ର ସବୁ ତୟାରି ସରିଥିଲା। ଆମେ ସମସ୍ତେ ସେଇ ଗୋଟେ ଘରେ ଥିଲୁ। କିନ୍ତୁ ମୁଁ ତାଙ୍କୁ ଉଠେଇବାକୁ ଗଲାରୁ ଦେଖିଲି, ସେ ନାହିଁ। ସେ କଥା ଏବେ ଥାଉ।

ସେ ମୁଣ୍ଡ ଟୁଙ୍ଗାରି ହଁ କଲେ ।

– ଇଏ ସେଇ ଛୋଟ ପିଲାଟା ଆଉ ଇଏ ଆମର ନୂଆଁ ଝିଅ ।

କୁମାଲୋଙ୍କ ସ୍ତ୍ରୀ ୟୁରୋପୀୟ ଢଙ୍ଗରେ ଛୋଟ ପୁଅଟାକୁ ଉପରକୁ ଟେକି ଚୁମା ଦେଲେ । ତୁ ମୋରି ଛୁଆ, ସେ କହିଲେ । ଛୁଆଟାକୁ ତଳେ ରଖି ସେ ଝିଅଟା ପାଖକୁ ଗଲେ । କାଗଜ ପେଟି ଖଣ୍ଡକ ଧରି ଝିଅଟା ନମ୍ର ଭାବରେ ସେଠି ଛିଡ଼ା ହୋଇଥାଏ । ୟୁରୋପୀୟ ରୀତିରେ ସେ ତାକୁ କୁଣ୍ଢେଇ ଧରି କହିଲେ, ତୁ ମୋରି ଝିଅ । ଅଭିଭୂତ ହୋଇ ଝିଅଟା ହଠାତ୍‌ କାନ୍ଦି ଉଠିଲା । ନାଇଁ ନାଇଁ, କାନ୍ଦ ନାଇଁ, ସେ କହିଲେ । ସେ ପୁଣି କହିଲେ, ଆମର ସାଧାରଣ ଘର । ଏଠି ହୋ ହଲ୍ଲା ନାହିଁ । ସେମିତି କିଛି ବଡ଼ ଜିନିଷ ନାହିଁ । ଲୁହଭିଜା ଆଖିରେ ଝିଅଟା ତାଙ୍କୁ ଚାହିଁ କହିଲା, ମୋର ସେତିକି ହିଁ ଦରକାର ।

ଏକ ହୃଦୟସ୍ପର୍ଶୀ ଗଭୀରତା ସେଠି ଛୁଇଁଗଲା । ଯେତିକି ଆନ୍ତରିକ, ସେତିକି ଗଭୀର । ଏହା ଲୁହରେ ଆସେ ଆଉ ଏମିତି ନିଃସଙ୍ଗ ହତାଶାରେ ଆଶ୍ୱାସନା ଦିଏ ।

କୁମାଲୋ ତାଙ୍କ ବନ୍ଧୁଙ୍କ ସହିତ ହାତ ମିଳାଇଲେ । ସେମାନେ ସମସ୍ତେ ଏଣ୍ଡୋସେନି ଉପତ୍ୟକା ଭିତରକୁ, ଅସ୍ତଗାମୀ ସୂର୍ଯ୍ୟ ଆଡ଼କୁ ଲମ୍ବିଥିବା ସରୁ ରାସ୍ତାରେ ଯିବାକୁ ବାହାରିଲେ । ସେତିକିବେଳେ ସେଠି ଲୋକଟେ ଡାକ ପକାଇଲା, ଉମ୍‌ଫୁନ୍‌ଡିସି ! ତମେ ଫେରିଆସିଲ । ଯା ହେଉ, ଫେରି ଆସିଲଟି । ଭଲ ହେଲା । ସେଠି ପୁଣି ଜଣେ ସ୍ତ୍ରୀଲୋକ ଆଉ ଜଣକୁ କହିଲା, ଦେଖ । ଇଏ ସେଇ ଉମ୍‌ଫୁନ୍‌ଡିସି ଯିଏ ଫେରିଆସିଛନ୍ତି । ୟୁରୋପୀୟ ଢଙ୍ଗରେ ପୋଷାକ ପିନ୍ଧିଥିବା ସ୍ତ୍ରୀଲୋକ ଜଣେ ଏପ୍ରନ୍‌ ଖଣ୍ଡିକୁ ମୁଣ୍ଡ ଉପରେ ପକାଇ ଘର ମୁହଁକୁ ଦୌଡୁଥାଏ । ସ୍ତ୍ରୀଲୋକଟା କାନ୍ଦି ରଡ଼ି ଧାଉଁଥାଏ – ଆଖା ଫେରି ଆସିଛନ୍ତି, ଆମର ଉମ୍‌ଫୁନ୍‌ଡିସି ଏଠି... ସେ ତା’ର ଛୁଆ ପିଲାଙ୍କୁ ସେଠିକି ନେଇ ଆସିଲା । ତା’ର ପିନ୍ଧା ଲୁଗା ଆଡୁଆଲରୁ ଛୁଆମାନେ ଘର ଫେରନ୍ତା ଉନ୍‌ଫୁନ୍‌ଡିସିଙ୍କୁ ଉଣ୍ଠି ଦେଖୁଥାନ୍ତି ।

ଝିଅ ପିଲାଟିଏ ଆସି ଗୋଟେ ରକମ କୁମାଲୋଙ୍କ ବାଟ ଆଗୁଲିଲା । – ଯା ହେଉ ଆମ ଆଖା ଫେରି ଆସିଲେ, ସେ କହିଲା ।

– କିନ୍ତୁ ଏଠି ତ ତମର ଆଉ ଜଣେ ଆଖା ଥିଲେ । ତାଙ୍କ ବଦଳରେ ବିଶୟ ପଠାଇଥିବା ଜଣେ ଯୁବକଙ୍କ କଥା ସେ କହିଲେ ।

– ଆମେ ତାଙ୍କ କଥା ବୁଝି ପାରୁନା । ଆମେ ଖାଲି ଆମର ଉମ୍‌ ଫୁନ୍‌ ଡିସିଙ୍କ କଥା ବୁଝୁ । ଯା ହେଉ, ତୁମେ ଫେରି ଆସିଲ ।

ଏଥର ବାଟ କମି ଆସୁଥାଏ । କୁହୁଡ଼ିରେ ବଢ଼ନ୍ତି ଘାସ ଓ ଜଙ୍ଗଲୀ ଗଛ ବୁଦାର

ରାସ୍ତା । ଏଥର ପଥୁରିଆ ରାସ୍ତା । ବାଟ ସାରା ଉଠାଣି ଗଡ଼ାଣି । ଟିକେ ଏପଟ ସେପଟ ହେଲେ ପାଦ ଖସିଯିବ । ବିଶେଷକରି ଛୁଆଟା ଧରି ସ୍ତ୍ରୀଲୋକ ଜଣେ ଏମିତିଆ ରାସ୍ତାରେ ଚାଲିବା ଭାରି କଷ୍ଟକର । ତେଣୁ କୁମାଲୋଙ୍କ ସ୍ତ୍ରୀ ଝିଅଟାର ଆଗେ ଆଗେ ଚାଲୁଥାନ୍ତି ।

— ଏଠି ପଥର, ଦେଖ୍‍କି ଚାଲ ନହେଲେ ପଡ଼ିଯିବୁ । ସେ ବାଟ ସାରା ଝିଅଟାକୁ କହୁଥାନ୍ତି । ରାତି ଆସନ୍ନ । ଆକାଶ ପିଠିରେ ଆଉଜା ପଶ୍ଚିମ ଗ୍ରାକୁଆଲେଣ୍ଡର ଗିରିମାଳା ନେଲିଆ ଓ ଅନ୍ଧାରୁଆ ଦିଶୁଥାଏ ।

ଏଣ୍ଟେସେନିର ଲାଲ ମାଟିକୁ ରାସ୍ତା ପଡ଼ୁଥାଏ । ବଂଜର ଜମି ଖଣ୍ଡେ, ବୁଢ଼ାବୁଢ଼ୀ ଓ ପିଲାଛୁଆଙ୍କ ବାସଭୂଇଁ । ତେବେ ଏଇଟା ଘର । ମକା ଏଠି କୃଚିତ୍‍ ପୁରୁଷେ ଉଚ୍ଚ ବଢ଼ିପାରେ । ହେଲେ ବି ଏଇଟା ଘର ।

— ଏଠି ଶୁଖା ପଡ଼ିଛି, ଆଜ୍ଞା । ପାଣି ପାଇଁ କାନ୍ଦି ପକାଉଛୁ ।

— ମୁଁ ଖବର ପାଇଛିରେ ଭାଇ ।

— ଆମର ମାଣ୍ଡିଆ, ଯଅ ସବୁ ସରିଗଲାଣି, ଆଜ୍ଞା । ଆମେ କ'ଣ ଖାଇବୁ ସେ କଥା ପ୍ରଭୁଙ୍କୁ ଏକା ଜଣା ।

ଏଥର ସମତଳିଆ ରାସ୍ତା ପଡ଼ିଲା । ଚର୍ଚ୍ଚ ପାଖ ଝରନ୍‍ ଦେଇ ରାସ୍ତାଟା ଯାଇଥାଏ । କୁମାଲୋ ତା'ର ଶବ୍ଦ ଶୁଣିବାକୁ ଟିକେ ରହିଗଲେ । କିନ୍ତୁ କିଛି ଶୁଣିବାକୁ ପାଇଲେ ନାହିଁ ।

— ଝରନ୍‍ରେ ପାଣି ନାହିଁ, ଭାଇ ।

— ମାସେ ହେଲାଣି ଶୁଖି ଯାଇଛି, ଆଜ୍ଞା ।

— ତାହେଲେ ପାଣି କୋଉଠି ମିଳିବ ?

— ସ୍ତ୍ରୀଲୋକ ମାନଙ୍କୁ ସେଇ ନଈକୁ ଯିବାକୁ ହେବ ଯୋଉଟା ଜାର୍ଭିସ୍‍ଙ୍କ ଘର ପାଖରୁ ବାହାରିଛି ।

ଜାର୍ଭିସ୍‍ ନାଁ ଶୁଣିଲା ମାତ୍ରେ କୁମାଲୋ ନିଜ ଭିତରେ ଭୟ ଓ ବ୍ୟଥା ଅନୁଭବ କଲେ । ତଥାପି କୌଣସି ମତେ ପଚାରିଲେ, ଜାର୍ଭିସ୍‍ କେମିତି ଅଛନ୍ତି ?

— ସେ କାଲି ଫେରିଛନ୍ତି, ଆଜ୍ଞା । ତାଙ୍କ କଥା କହି ପାରିବିନି । ହେଲେ କିଛି ହପ୍ତା ତଳେ ମାଲିକାଣୀ ଫେରି ଆସିଥିଲେ । ସେ ଖୁବ୍‍ ବେମାରିଆ ଆଉ ଶୁଖିଲା ଦିଶୁଥିବାର ଲୋକେ କହୁଛନ୍ତି । ମୁଁ ଏବେ ସେଠି କାମ କରୁଛି ଆଜ୍ଞା ।

କୁମାଲୋ ନୀରବ । କିଛି କହି ପାରିଲେନି । କିନ୍ତୁ ତାଙ୍କର ବନ୍ଧୁ ତାଙ୍କୁ କହିଲେ, ଏଠି ସମସ୍ତେ ସେ କଥା ଜାଣନ୍ତି ।

– ଓଃ ! ସମସ୍ତେ ଜାଣନ୍ତି ।

– ସମସ୍ତେ ଜାଣନ୍ତି, ଆଜ୍ଞା ।

ସେମାନେ ଆଉ କଥାବାର୍ତ୍ତା କଲେ ନାହିଁ । ସିଧା ରାସ୍ତା ଫିଟିଲା । କୁଡ଼ିଆ ଘରମାନ, ନାଲି ମାଟିର ଖାଲି ପଡ଼ିଆ ଭୂଇଁ ପାରି ହେଇ ଆଗକୁ ବଢ଼ିଲେ । ଏତି ସେଠି ଡାକ ଶୁଭୁଥାଏ । ଗୋଧୂଲି ବେଳାରେ ଏମିତି ଜଣେ ଦୂର ଦୂରାନ୍ତର ଆଉ ଜଣକୁ ଡାକ ପକାନ୍ତି । ଜୁଲୁ ହେଇଥିଲେ ସେମାନଙ୍କ ଭାଷା ତମେ ବୁଝିଯିବ । କିନ୍ତୁ ଜୁଲୁ ହେଇ ନଥିଲେ ଭାଷା ଜାଣିଥିଲେ ସୁଦ୍ଧା ସେଇ ଡାକରେ କ'ଣ କୁହାଯାଉଛି ତାହା ଜାଣିବା କାଠିକର । କେତେକ ଗୋରା ଲୋକ ୟାକୁ ଯାଦୁ କହନ୍ତି । ହେଲେ ଏଇ ଯାଦୁ ନୁହଁ । ଏଇଟା କେବଳ ଏକ ନିପୁଣ କଳା । ଇଏ ଆଫ୍ରିକା, ପ୍ରିୟ ଜନ୍ମଭୂମି ।

– ସେମାନେ ତମର ଫେରି ଆସିବା କଥା କହୁଛନ୍ତି, ଆଜ୍ଞା ।

– ଶୁଣୁଛି ଭାଇ ।

– ସେମାନେ ବହୁତ ଖୁସି, ଆଜ୍ଞା ।

ପ୍ରକୃତରେ ସେମାନେ ଖୁସି ଥା'ନ୍ତି । ରାସ୍ତା କଡ଼ର କୁଡ଼ିଆରୁ ବାହାରି ଛାଇଛାଇଆ ଅନ୍ଧାରରେ ପାହାଡ଼ରୁ ଦୌଡ଼ି ଆସି ଡାକୁଥାନ୍ତି । ଏଇ ଭୂଇଁରେ ବିଦିତ ଅଭୁତ କମ୍ପିତ ସ୍ୱରରେ ପିଲାମାନେ ଡାକି କାନ୍ଦୁଥାନ୍ତି ।

– ଉମ୍ଫୁନ୍ଡିସି, ତୁମେ ଫେରି ଆସିଛ ।

– ଉମ୍ଫୁନ୍ଡିସି, ତୁମେ ଫେରି ଆସିବାରୁ ଶୁକ୍ରିଆ ।

– ଉମ୍ଫୁନ୍ଡିସି, ବହୁତ ଦିନ ଦୂରରେ ରହିଗଲ ।

ଛୁଆଟେ ତାଙ୍କୁ ଡାକିଲା । କହିଲା, ସ୍କୁଲକୁ ଏବେ ଜଣେ ନୂଆ ଶିକ୍ଷକ ଆସିଛନ୍ତି । ଆଉ ଜଣେ ସେଇ ପିଲାକୁ କହିଲା, ମୂର୍ଖ ସେ ତ କେବେଠୁ ଆସିଲେଣି । ପିଲାଟିଏ ସ୍କୁଲରୁ ଶିଖିଥିବା ସାଲ୍ୟୁଟ ମାରି ଡାକିଲା, ଉମ୍ଫୁନ୍ଡିସି । ପ୍ରତିକ୍ରିୟାକୁ ନ ଟାକି ସେ ଫେରିଗଲା ଓ ସେଇ ଅଭୁତ କମ୍ପିତ ଡାକ ଛାଡ଼ିଲା । କାହାକୁ ନୁହଁ, ବରଂ ପବନରେ ଡାକ ଛାଡୁଥାଏ । ଫେରିଯାଇ ସେ ଗୋଟେ ନାଚର ପହିଲା ଧୀର କଦମ ପକାଇଲା । ଆଉ କିଏ ଦେଖିବା ପାଇଁ ନୁହଁ, କେବଳ ନିଜ ପାଇଁ ।

ଚର୍ଚ୍ଚ ବାହାରେ ଦୀପଟିଏ ଜଳୁଥାଏ । ଆରାଧନା ସମୟରେ ସେମାନେ ସେଇ ଦୀପ ଜଳାନ୍ତି । ଦୀପ ତଳେ ନାଲି ମାଟିରେ ଗୀର୍ଜାଘରର ସ୍ତ୍ରୀଲୋକମାନେ ବସିଥାନ୍ତି । ସେମାନେ ଧଲା ଲୁଗା ପିନ୍ଧିଥାନ୍ତି ଆଉ ପ୍ରତ୍ୟେକ ବେକରେ ସାଗୁଆ ଲୁଗା ଖଣ୍ଡେ ଗୁଡ଼େଇ ହେଇଥାନ୍ତି । ଭଜନ ମଣ୍ଡଳୀ ଆସିଲା କ୍ଷଣି ସେମାନେ ଉଠି ପଡ଼ିଲେ । ଜଣେ

ସ୍ତବ ପାଠ କରି ବସିଲା। ଏତେ ଜୋରରେ କଲା ଯେ ଆଗକୁ ଆଉ ଧରି ରଖି ପାରିଲା ନାହିଁ। ଅନ୍ୟମାନେ ତାରି ସୁର ଧରି ସ୍ତୋତ୍ର ପାଠକୁ ବଜାୟ ରଖିଲେ। କେତେଜଣ ପୁରୁଷ ମଧ ଶୁଦ୍ଧ ଓ ଗଭୀର ସ୍ୱରରେ ସେଥିରେ ଯୋଗଦେଲେ। କୁମାଲୋ ଟୋପୀ ଓହ୍ଲାଇଲେ। ସେ, ତାଙ୍କର ସ୍ତ୍ରୀ ଓ ତାଙ୍କର ବନ୍ଧୁ ମଧ ଯୋଗ ଦେଲେ। ଝିଅଟା ଆଶ୍ଚର୍ଯ୍ୟ ମୁଦ୍ରାରେ ଛିଡ଼ା ହେଇ ଦେଖୁଥାଏ। ଏଇଟା ଗୋଟେ କୃତଜ୍ଞତାର ସ୍ତବ। ପ୍ରଭୁଙ୍କର ଚିରନ୍ତନ ଅନୁକମ୍ପା ପାଇଁ ମଣିଷ ତାଙ୍କୁ ସ୍ମରଣ ପୂର୍ବକ ତାଙ୍କରି ପାଖରେ ପୂର୍ଣ୍ଣ ସମର୍ପଣ କରିଥାଏ। ବିଖଣ୍ଡିତ ଜନଜାତିର ଖୋଲା ନାଲି ପାହାଡ଼ରେ ଓ ମେଲା ନାଲି ପଡ଼ିଆ ଉପରେ ଯାର ପ୍ରତିଧ୍ୱନି ଆସୁଥାଏ। ସ୍ତବଟି ସ୍ନେହ, ନମ୍ରତା ଓ କୃତଜ୍ଞତାରେ ବୋଲାଯାଉଥାଏ। ସରଳ ନିରୀହ ଲୋକମାନେ ତାରି ଭିତରେ ମନପ୍ରାଣ ଢାଲି ଦେଇଥାନ୍ତି।

ଏବେ କୁମାଲୋ ପ୍ରାର୍ଥନା କରିବାର ବେଳ। ସେ ପ୍ରାର୍ଥନା କଲେ – ଟ଼ୀକୋ ! ତମର ଅସରନ୍ତି ଅନୁକମ୍ପା ପାଇଁ ଆମେ କୃତଜ୍ଞ। ଆମର ନିରାପଦ ଘରବାହୁଡ଼ା ପାଇଁ ଆମେ ତମ ପାଖରେ କୃତଜ୍ଞ। ଆମର ବନ୍ଧୁ ପରିଜନ ଓ ପରିବାରର ସ୍ନେହ ଶ୍ରଦ୍ଧା ପାଇଁ ଆମେ କୃତଜ୍ଞ। ତମର ସମସ୍ତ ଅନୁକମ୍ପା ପାଇଁ ଆମେ ତମ ପାଖରେ କୃତଜ୍ଞ।

ଟ଼ୀକୋ, ଆମକୁ ବର୍ଷା ଦିଅ, ଆମେ ତମକୁ ଆକୁଳ ଗୁହାରୀ...

ଏତିକିବେଳେ ସେମାନେ କହିଲେ, ଆମେନ୍। ଏତେ ଲୋକ କହିଲେ ଯେ ସରିବା ଯାଏଁ ସେ ଅପେକ୍ଷା କଲେ।

ଟ଼ୀକୋ, ଆମକୁ ବର୍ଷା ଦିଅ, ତମକୁ ଆମେ ଆକୁଳ ନିବେଦନ କରୁଛୁ। ତାହେଲେ ଯାଇ ଆମେ ହଲ କରି ବିହନ ବୁଣି ପାରିବୁ। ଆଉ ଯଦି ବର୍ଷା ନାହିଁ, ଆମକୁ ଭୋକ ଉପାସର ଦାଉରୁ ରକ୍ଷା କର। ଏଥିପାଇଁ ଆମେ ପ୍ରାର୍ଥନା କରୁଛୁ।

ଏତିକିବେଳେ ସେମାନେ 'ଆମେନ୍' କହିଲେ। ସରିବା ଯାଏଁ ସେ ଟାକିଲେ। ତାଙ୍କୁ ଏମାନେ ଏତେ ସାଦର ସ୍ୱାଗତ କରିଥିବାରୁ ସେ ବେଶ୍ ଅଭିଭୂତ ହେଲେ। ଏତେ ଅଭିଭୂତ ହେଇଗଲେ ଯେ ତାଙ୍କ ଭିତରେ ଥିବା ଭୟକୁ ବାହାର କରିଦେଇ ହୃଦୟର ଗଭୀରତାରୁ ପ୍ରାର୍ଥନା କରିବାକୁ ଲାଗିଲେ।

ଟ଼ୀକୋ, ଏଷ୍ଟୋସେନିରେ ଏଇ ଛୋଟ ପିଲାଟାକୁ ସାଦରେ ଆସିବାକୁ ଦିଅ। ଏଠି ସେ ବଢ଼ି ଉଠୁ। ଆଉ ତା'ର ମାଁ....

ତାଙ୍କର ସ୍ୱର ଅଟକି ଗଲା ଯେମିତିକି ସେ ଆଉ କିଛି କହି ପାରିଲେନି। ତଥାପି ବି ସେ ବିନୀତ ଭାବରେ ନିଜକୁ ସହଜ କରିନେଇ ସ୍ୱରକୁ ଧୀମା କରିଦେଲେ।

ଆଉ ତା ମା – ତା'ର ଅପକର୍ମକୁ କ୍ଷମା କରିଦିଅ।

ସ୍ତ୍ରୀଲୋକ ଜଣେ ବିଲପି ଉଠିଲା । କୁମାଲୋ ତାକୁ ଜାଣନ୍ତି । ସେ ଏଠିକାର ବେଶ୍ ଜଣାଶୁଣା ଚୁଗୁଲୀଖୋର । ତେଣୁ ସେ ସଙ୍ଗେ ସଙ୍ଗେ ଯୋଡ଼ିଦେଲେ...

ଆମ ସଭିଙ୍କୁ କ୍ଷମା କରିଦିଅ । କାରଣ ଆମ ସମସ୍ତଙ୍କର ଅପକୃତ୍ୟ ରହିଛି । ଟୀକୋ, ଏଇ ଝିଅଟା ଏଣ୍ଟୋସେନିରେ ଆଦର ବେଭାର ପାଇ ଏଠି ତା'ର ପିଲାଟାକୁ ନିର୍ବିଘ୍ନରେ ଜନ୍ମ ଦେଉ ।

ଟିକିଏ ରହିଯାଇ ସେ ପୁଣି ଧୀରେ କହିଲେ: ସେ ଯାହା ଚାହେଁ, ତା'ର ଇଚ୍ଛା ପୂରଣ ହେଉ ।

ଆଉ ଏବେ ସବୁଠୁ କଷ୍ଟକର ପ୍ରାର୍ଥନା – ବିନମ୍ର ହେଇ ସେ କହିଲେ: ଆଉ ଟୀକୋ, ମୋ ପୁଅ....

ସେମାନେ କେହି କାନ୍ଦିଲେ ନାହିଁ । ଚୁପଚାପ୍ ଥିଲେ । ଏପରିକି ସେଇ ଚୁଗୁଲୀଖୋର ସ୍ତ୍ରୀଲୋକଟା ବି କାନ୍ଦିଲା ନାହିଁ । ସେ ଫିସ୍ଫିସ୍ ହେଇ କହିଲେ:

ତା'ର ଅପକର୍ମକୁ କ୍ଷମା କରିଦିଅ ।

ଏଥର ହେଇଗଲା । ଯେଉଁଥିପାଇଁ ସେ ଏତେ ଶଙ୍କିତ ଥିଲେ ସେଇଟା ବାହାରି ଗଲା । ସେ ଏଇଟା କରି ନାହାଁନ୍ତି, ଏଇ ଲୋକମାନେ ହିଁ କରିଛନ୍ତି । ଆଣ୍ଠେଇ ପଡ଼, ସେ କହିଲେ । ସେମାନେ ନୁଖୁରା ନାଲି ମାଟି ଉପରେ ଆଣ୍ଠେଇ ପଡ଼ିଲେ । ସେ ହାତ ଉଠାଇଲେ, କଣ୍ଠସ୍ୱର ବି ଉଠାଇଲେ । ଏଇ ଭଗ୍ନ ମନୋରଥ ବୃଦ୍ଧ ଜଣକ ଭିତରେ ଶକ୍ତି ସଞ୍ଚରି ଗଲା । ସେ ତ ଫେର୍ ଜଣେ ଧର୍ମଯାଜକ ନା ?

ପ୍ରଭୁ ତମକୁ ଆଶୀର୍ବାଦ କରନ୍ତୁ । ତମର ମୁହଁ ଉଜ୍ଜ୍ୱଲ କରି ସବୁ ଦିନ ପାଇଁ ଶାନ୍ତି ପ୍ରଦାନ କରନ୍ତୁ । ଆମର ପ୍ରଭୁ ଯୀଶୁଖ୍ରୀଷ୍ଟଙ୍କ ଅପାର କରୁଣା, ଇଶ୍ୱରଙ୍କ ଶ୍ରଦ୍ଧା ଓ ପବିତ୍ର ଆମ୍ଯ଼ାଙ୍କର ସାହଚର୍ଯ୍ୟ ତମ ସହିତ ତଥା ତମର ସମସ୍ତ ପ୍ରିୟଜନଙ୍କ ସହିତ ସଦାସର୍ବଦା ରହିଥାଉ । ଆମେନ୍ ।

ସେମାନେ ଉଠିଲେ । ନୂଆଁ ଶିକ୍ଷକ ଜଣକ କହିଲେ, ଆମେ କଣ Nkosi sikelel i African: God save Africa ଗାଇ ପାରିବୁନି ? ପୁରୁଣା ଶିକ୍ଷକ କହିଲେ, ଏଠି ସେମାନେ ସେଇଟା ଜାଣି ନାହାନ୍ତି । ଏଠାକୁ ଏଯାଏ ସେଇଟା ଆସିନି । ନୂଆଁ ଶିକ୍ଷକ କହିଲେ, ପିଟରମାରିତ୍‌ବର୍ଗରେ ଆମର ଏଟା ଅଛି, ସମସ୍ତଙ୍କୁ ଏଟା ଜଣା । ଏଠି କ'ଣ ହେଇ ପାରିବନି ? ପୁରୁଣା ଶିକ୍ଷକ ଜଣକ କହିଲେ, ଆମେ ତ ପିଟରମାରିତ୍‌ବର୍ଗରେ ନାହୁଁ । ଆମ ସ୍କୁଲରେ ଆମର ଗୁଡ଼ାଏ କାମ କରିବାର ଅଛି । ନୂଆଁ ଶିକ୍ଷକ ଜଣକ ପ୍ରତି ସେ ନିର୍ବିକାର ରହିଲେ । ସେ Nkosi Sikelel: God Save Africa ଜାଣି ନ ଥିବାରୁ ତାଙ୍କୁ ଲାଜ ବି ଲାଗିଲା ।

ହଁ, ପ୍ରଭୁ ପ୍ରିୟ ଜନ୍ମଭୂମି ଆଫ୍ରିକାକୁ ରକ୍ଷା କରନ୍ତୁ। ପ୍ରଭୁ ଆମକୁ ସବୁ ମହାପାପରୁ ରକ୍ଷା କରନ୍ତୁ। ନ୍ୟାୟ ପ୍ରତି ଥିବା ଭୟରୁ ପ୍ରଭୁ ଆମକୁ ରକ୍ଷା କରନ୍ତୁ। ମଣିଷ ପ୍ରତି ଥିବା ଭୟରୁ ପ୍ରଭୁ ଆମକୁ ରକ୍ଷା କରନ୍ତୁ। ପ୍ରଭୁ ଆମ ସମସ୍ତଙ୍କୁ ରକ୍ଷା କରନ୍ତୁ।

ଆରେ କୁନି ପୁଅ, ଲମ୍ବା କମ୍ପିତ ସ୍ୱରରେ ଆବାଜ ଦେ ଯାର ପ୍ରତିଧ୍ୱନୀ ଗିରିମାଳା ଉପରେ ଲେଉଟି ଫେରିବ। କୁନି ପୁଅରେ, ତୋର କୁନି ପାଦରେ ଥିରି ଥିରି ନାଚ। ତୁ ନିରୀହ ଜୀବଟେ, ଯେତେ ପାରୁଛୁ ଡାକ ପକା ଓ ଆଉ ନାଚି ଚାଲ?। କାରଣ ଏଇଟା ଗୋଟେ ପୂର୍ବ ରଂଗ। ଇଏ କେବଳ ଆରମ୍ଭ ମାତ୍ର। ତମେମାନେ କେବେ ଶୁଣି ନ ଥିବା ଓ କେବେ ଦେଖି ନ ଥିବା ଭଲି ବିଚିତ୍ର ଜିନିଷ ଏଥିରେ ଛଦି ହେଇଯିବ। ଏଇ ଜୀବନ ଭିତରକୁ ତମେ ପାଦ ଥାପିଛ। ତମେ ଜାଣିନ ବୋଲି ତମକୁ ଡର ଲାଗୁନି। ପ୍ରାର୍ଥନା କର ଓ ନାଚ, ପ୍ରାର୍ଥନା କର ଓ ନାଚ। ଏବେ, ଯେତେବେଳେ କି ତମେ କରିପାରିବ।

*

ଲୋକମାନେ ଚାଲି ଯାଉଥିଲେ। କୁମାଲୋ ତାଙ୍କ ବନ୍ଧୁଙ୍କ ଆଡ଼କୁ ବୁଲି ପଡ଼ିଲେ।

– ତମକୁ ମୋର କେତେଟା କଥା କହିବାର ଅଛି। ଅନ୍ୟ ଦିନ କେତେଟା କହିବି। ତେବେ କିଛିଟା ଏବେ କହିବି। ମୋର ଭଉଣୀ ଜାର୍ମୁଡ୍ ଆମ ସାଙ୍ଗରେ ଆସିବାର ଥିଲା। ଆମେ ସମସ୍ତେ ଏକାଠି ଥିଲୁ। ଆସିବା ପାଇଁ ପ୍ରସ୍ତୁତ ହେଉଥିଲୁ। କିନ୍ତୁ ମୁଁ ତାକୁ ଉଠେଇବାକୁ ଗଲାବେଲକୁ ସେ ଚାଲି ଯାଇଥିଲା।

– ଏଁ ! ଉମ୍ଫୁନ୍ଡିସି।

– ଆଉ ମୋ ପୁଅ ଫାଶୀ–ଦଣ୍ଡର ସଜା ପାଇଛି। ତାକୁ କ୍ଷମା ମିଳି ଯାଇପାରେ। ଶୁଣାଣି ହେଲା ମାତ୍ରେ ସେମାନେ ମତେ ଜଣାଇବେ।

– ଏଁ ! ଉମ୍ଫୁନ୍ଡିସି।

– ତମେ ତମର ସାଙ୍ଗସାଥୀଙ୍କୁ ଏକଥା କହିପାର। ସେମାନେ ତାଙ୍କର ଲୋକବାକଙ୍କୁ କହିବେ। କଥାଟାକୁ ତ ଲୁଚେଇ ରଖି ହେବନି। ତେଣୁ ତମେ ସେମାନଙ୍କୁ କହିଦେବ।

– ମୁଁ ସେମାନଙ୍କୁ କହିଦେବି, ଉମ୍ଫୁନ୍ଡିସି।

– ମୁଁ ଏଠି ରହିବା କଥା କି ନୁହଁ ତା ମୁଁ ଜାଣିପାରୁନି, ଭାଇ।

– କାହିଁକି, ଉମ୍ଫୁନ୍ଡିସି ?

– କ'ଣ ପାଇଁ? ଯାର ଭଉଣୀ ଛୁଆ ଛାଡ଼ି ପଳେଇ ଯାଇଛି ଓ ପୁଅ ମଣିଷ ମାରିଛି ସିଏ ପୁଣି ଏଠି କାହିଁକି ରହିବ ? କୁମାଲୋ ତିକ୍ତ ଭାବରେ କହିଲେ।

– ଉମ୍ଫୁନ୍ଡିସି, ତମେ ଯାହା ଚାହିଁବ ସେଇୟା ହେବ। ହେଲେ ଗୋଟେ
କଥା ମୁଁ କହିଦେବାକୁ ଚାହେଁ ଯେ ଏଠି ଜଣେ କେହି ବି ଏକଥା ଚାହିଁବେନି। ଏମିତି
ଜଣେ କେହି ସ୍ତ୍ରୀ କି ପୁରୁଷ ନାହାନ୍ତି ଯିଏ ତମ ପାଇଁ ମନଦୁଃଖ କରିନାହାନ୍ତି। ଏମିତି
ଜଣେ କେହି ନାହିଁ ଯିଏ କି ତମ ଆସିବାରେ ନାଖୁସ୍ ଅଛି। ତମେ କ'ଣ କିଛି ଦେଖ୍
ପାରୁନ? ତମକୁ କ'ଣ କିଛି ବୁଝ୍ ପଡୁନି?

– ମୁଁ ଦେଖ୍‌ପାରୁଛି ଆଉ ବୁଝ୍‌ପାରୁଛି। ହେଲେ, ଏସବୁ ଅଙ୍ଗେ ନିଭେଇଛି
ତ। ମୁଁ ଯିବାକୁ ଚାହିଁନି, ଭାଇ। ଏଠି ମୋର ଘର। ଏଠି ଏତେ ଦିନ ରହିଛି। ଏ ଜାଗା
ଛାଡ଼ି ଭଲା ଯିବାକୁ ଚାହିଁବି କେମିତି ଯେ।

– ସେଇଟା ଭଲ କଥା। ଆଉ ମୁଁ ବି ତମକୁ ଛାଡ଼ି ରହି ପାରିବିନି। କାରଣ ମୁଁ
ଅନ୍ଧାରରେ ଥିଲି...

– ତମେ ତ ମତେ ଛୁଇଁଗଲ, ବନ୍ଧୁ ମୋର।

– ଉମ୍ଫୁନ୍ଡିସି, ସିବେକୋର ଝିଅ ଖବର କ'ଣ ପାଇଲ କି? ତମର ମନେ
ଅଛି ତ?

– ହଁ ମନେ ଅଛି। ସେ ବି ଚାଲିଯାଇଛି। କୋଉଠିକି ଗଲା କେହି ଜାଣି
ନାହାନ୍ତି। ସେମାନେ କିଛି ଜାଣି ନାହାନ୍ତି କହିଲେ।

କିଛିଟା ତିକ୍ତତା ତାଙ୍କ ଭିତରକୁ ହଠାତ୍ ଧସେଇ ପଶିଲା ଆଉ ସେ ପୁଣି
କହିଲେ: ତାଙ୍କୁ ଏଥ‌ରେ କିଛି ଫରକ ପଡେନି, ସେମାନେ କହିଲେ।

– ଏଁ ! ଉମ୍ଫୁନ୍ଡିସି।

– ଦୁଃଖର ସହିତ କହିବାକୁ ପଡୁଛିରେ ଭାଇ।

– ଏ ଦୁନିଆଟା କଷ୍ଟରେ ଭରି ରହିଛି, ଉମ୍ଫୁନ୍ଡିସି।

– ମୋ ଠୁ ଭଲା ଆଉ କିଏ ଅଧିକ ଏଇଟା ଜାଣିଛି?

– ତଥାପି ତମେ ବିଶ୍ୱାସ ରଖିଛି?

କୁମାଲୋ ଦୀପର ଆଲୁଅରେ ତାଙ୍କୁ ଚାହିଁଲେ। କହିଲେ, ମୁଁ ବିଶ୍ୱାସ ରଖେ।
ମୁଁ ଜାଣିପାରିଛି ଯେ ଏଇଟା ଗୋଟେ ରହସ୍ୟ। ବ୍ୟଥା ଓ ଯନ୍ତ୍ରଣା ଗୋଟେ ରହସ୍ୟ।
ସ୍ନେହ ଓ ସହାନୁଭୂତି ଗୋଟେ ରହସ୍ୟ। କିନ୍ତୁ ମୁଁ ଜାଣିପାରିଛି ଯେ ସ୍ନେହ ଓ
ସହାନୁଭୂତି ବ୍ୟଥା ଓ ଯନ୍ତ୍ରଣାର ମୂଲ୍ୟ ଦେଇ ପାରନ୍ତି। ଏଠି ମୋର ସ୍ତ୍ରୀ, ତମେ ଓ
ଏଇମାନେ ମତେ ତଥା ଏଣ୍ଠୋସେନିକୁ ଆସିବାକୁ ଥିବା ଶିଶୁଟିର ସାଦର ସ୍ୱାଗତ
କଲ – ତେଣୁ ମୋର ଯନ୍ତ୍ରଣାରେ ମୁଁ ବିଶ୍ୱାସ ରଖିପାରେ।

– ମୁଁ କେବେ ଭାବି ନାଇଁ ଯେ ଜଣେ ଖ୍ରୀଷ୍ଟିଆନ ଯନ୍ତ୍ରଣାରୁ ମୁକ୍ତି ପାଇବ,

ଉମ୍‌ଫୁନ୍‌ଡିସି । କାରଣ ଆମର ପ୍ରଭୁ ଯନ୍ତ୍ରଣା ଭୋଗିଛନ୍ତି । ମୋର ବିଶ୍ୱାସ ଯେ ସେ ଆମକୁ ଯନ୍ତ୍ରଣାରୁ ରକ୍ଷା କରିବା ପାଇଁ ଯନ୍ତ୍ରଣା ଭୋଗି ନାହାନ୍ତି, ବରଂ ଯନ୍ତ୍ରଣା କେମିତି ସହିବାକୁ ହୁଏ ସେଇଟା ଶିଖେଇଛନ୍ତି । କାରଣ ସେ ଜାଣନ୍ତି ଯେ ଯନ୍ତ୍ରଣା ବିନା ଜୀବନ ନାହିଁ ।

କୁମାଲୋ ଆନନ୍ଦରେ ତାଙ୍କ ବନ୍ଧୁଙ୍କୁ ଚାହିଁଲେ । କହିଲେ, ତମେ ଜଣେ ଧର୍ମ– ବକ୍ତା ।

ତାଙ୍କର ବନ୍ଧୁ ନିଜର ରୁକ୍ଷ କଠିଣ ହାତ ମେଲାଇ ପଚାରିଲେ, ମୁଁ ଧର୍ମ ପ୍ରଚାରକ ଭଳିଆ ଦିଶୁଛି ?

କୁମାଲୋ ହସିଲେ । ମୁଁ ତୁମର ହୃଦୟକୁ ଦେଖୁଛି, ହାତକୁ ନୁହେଁ । ତମର ସାହାଯ୍ୟ ସହଯୋଗ ପାଇଁ ଅଶେଷ ଧନ୍ୟବାଦ, ସେ କହିଲେ ।

– ଏଇଟା ତମର, ଉମ୍‌ଫୁନ୍‌ଡିସି । ଯେତେବେଳେ ଚାହିଁବ, ନେଇପାର । ଭଲରେ ରୁହ ।

– ଦେଖ୍‌କରି ଯାଆ, ଭାଇ । ହେଲେ ତମେ କୋଉ ବାଟେ ଯାଉଛ ?

ସେ ଦୀର୍ଘଶ୍ୱାସ ଛାଡ଼ିଲେ । କହିଲେ, ମୁଁ ସିବେକୋ ଘର ବାଟ ଦେଇ ଯିବି । ମୁଁ ତାକୁ କହିଥିଲି । କୁମାଲୋ ସନ୍ତର୍ପଣରେ ଛୋଟିଆ ଘର ଭିତରକୁ ଗଲେ । ତାପରେ ହଠାତ୍ ବୁଲିପଡ଼ି ତାଙ୍କର ବନ୍ଧୁଙ୍କୁ ଡାକ ପକାଇଲେ:

– ମୁଁ କଥାଟିକୁ ତମକୁ ବୁଝେଇ ଦେବା କଥା । ସ୍ମିଥର ଝିଅଟା କହିଲା କି ସେ ତା ବିଷୟରେ କିଛି ଜାଣେ ନାହିଁ କି ସେଥିରେ ତା’ର କିଛି ଯାଏ ଆସେ ନାହିଁ । ସେ ଏକଥା ଇଂଲିଶରେ କହିଲା । ତେବେ ସେଇ କଥାକୁ ଜାର୍ଭିସ୍ ଜୁଲୁରେ କହିଲେ କି ସେ ତା ବିଷୟରେ ଜାଣେନି । ଏଥିରେ ତାକୁ କିଛି ଫରକ ପଡ଼ୁ ନ ଥିବା କଥା ଜାର୍ଭିସ୍ କହିଲେନି ।

– ମୁଁ ତମ କଥା ବୁଝୁଛି, ଉମ୍‌ଫୁନ୍‌ଡିସି ।

– ଭଲେ ଭଲେ ଯାଆ, ଭାଇ ।

– ଭଲେ ଭଲେ ଥାଅ, ଉମ୍‌ଫୁନ୍‌ଡିସି ।

କୁମାଲୋ ପୁଣି ବୁଲିପଡ଼ି ଘର ଭିତରକୁ ଗଲେ । ତାଙ୍କର ସ୍ତ୍ରୀ ଓ ଝିଅଟା ଖାଉଥାନ୍ତି ।

– ପିଲାଟା କୋଉଠି ? ସେ ପଚାରିଲେ ।

– ସିଏ ଶୋଇଛି । ତମେ ତ ଗୁଡ଼ାଏ ବେଳ ଗପିଲ ।

– ହଁ, ଗୁଡ଼ାଏ କଥା କହିବାର ଥିଲା ।

– ବତୀଟା ଲିଭେଇ ଦେଲ କି ?

- ଆଉ ଟିକେ ସମୟ ଜଳୁଥାଉ ।

- ତାହେଲେ ଚର୍ଚ୍ଚ ପାଖରେ ବହୁତ ପଇସା ଅଛି ତ ?

ସେ ତାଙ୍କୁ ଚାହିଁ ହସିଲେ । ଆଜିଟା ଗୋଟେ ବିଶେଷ ରାତି, ସେ କହିଲେ ।

ପୀଡ଼ାରେ ତାଙ୍କର ସ୍ୱାମୀଙ୍କର ଭୁ କୁଞ୍ଚେଇଗଲା । ତାଙ୍କର ମନକଥା ସେ ଜାଣି ପାରିଲେ ।

- ମୁଁ ଲିଭେଇ ଦେବି, ସେ କହିଲେ ।

- ଆଉ ଟିକେ ବେଳ ଜଳୁଥାଉ । ତମେ ଖାଇ ସାରିଲା ପରେ ଲିଭେଇ ଦେବ ।

- ସେଇଟା ଠିକ୍ ହେବ । ଏଠି ଯାହା ହେଇଛି, ସେଥିପାଇଁ ଜଳୁଥାଉ । ପୁଣି ଯାହା ଅନ୍ୟଥା ଘଟିଯାଇଛି ସେଥିପାଇଁ ଲିଭିଯାଉ । ସେ ଧୀମା ସ୍ୱରରେ କହିଲେ ।

ସେ ଝିଅଟାର ମଥାରେ ହାତ ରଖିଲେ । ଖାଇଲୁଣି ମାଁ ?

ଝିଅଟା ତାଙ୍କୁ ଅଳ୍ପ ହସି ଚାହିଁଲା । ପେଟପୁରା ଖାଇଛି, ସେ କହିଲା ।

- ତାହେଲେ ଶୋଇବାକୁ ଯା, ଝିଅ ।

- ହଁ, ବାପା ।

ସେ ଚୌକିରୁ ଉଠି ପଡ଼ିଲା । ଭଲରେ ଶୁଅ ବାପା, ସେ କହିଲା । ଭଲରେ ଶୁଅ ମା ।

- ମୁଁ ତତେ ତୋର ରୁମ୍‌କୁ ନେଇଯିବି ରେ ଝିଅ ।

ସେ ଫେରି ଆସିଲା ବେଳକୁ କୁମାରୋ ପୋଷ୍ଟ ଅଫିସର ଜମା ଖାତା ଦେଖୁଥାନ୍ତି । ତାଙ୍କ ହାତକୁ ଖାତାଟିକୁ ବଢ଼େଇ ଦେଇ କହିଲେ, ଏଥିରେ ଟଙ୍କା ଅଛି । ଆମ ଦୁହିଁଙ୍କ ପାଖରେ କେବେ ଥିବା ଟଙ୍କାଠାରୁ ଢେର ବେଶୀ ।

ସେ ଖାତା ଖୋଲିଲେ । ଟଙ୍କାର ପରିମାଣ ଦେଖି ସେ ଚମକି ପଡ଼ିଲେ । ଏ କ'ଣ ଆମରି ଟଙ୍କା ? ସେ ପଚାରିଲେ ।

- ଏଟା ଆମର । ମୋ ଜୀବନରେ ଆସିଥିବା ସବୁଠୁ ଭଲ ମଣିଷ ଜଣକର ଏଇଟା ଉପହାର, ସେ କହିଲେ ।

- ତମେ ନୂଆଁ ପୋଷାକ କିଣିବ । ନୂଆଁ କଳା ଜାମା, ନୂଆଁ ଗଳା ପଟି ଓ ନୂଆଁ ଟୋପୀ ଖଣ୍ଡେ ।

- ତମେ ବି ନୂଆଁ ଲୁଗା କିଣିବ । ଗୋଟେ ସ୍ଟୋଭ୍‌ କିଣିବ । ବସ, ତମକୁ ମୁଁ ମିସିମାଙ୍କୁ କଥା ଓ ଅନ୍ୟାନ୍ୟ ବିଷୟରେ କହିବି । ସେ କହିଲେ ।

ତାଙ୍କର ସ୍ତ୍ରୀ ଥରିଥରିକା ବସିପଡ଼ିଲେ । କହ, ମୁଁ ଶୁଣୁଛି । ସେ କହିଲେ ।

ଏଣ୍ଟୋସେନିର ପୁନରୁଦ୍ଧାର ପାଇଁ କୁମାଲୋ ନିୟମିତ ଭାବରେ ତାଙ୍କ ଚର୍ଚ୍ଚରେ ପ୍ରାର୍ଥନା କରୁଥାନ୍ତି। କିନ୍ତୁ ସେ ଜାଣିଥିଲେ ଯେ ଏତିକା ଯଥେଷ୍ଟ ନୁହେଁ। ଏଇ ମାଟିରେ କୋଉଠି ହେଲେ ଲୋକେ ଏକଜୁଟ ହୋଇ କିଛି ଚିନ୍ତା କରିବା ଦରକାର ଓ କିଛି କରିବା ଦରକାର। ତାଙ୍କ ଅଳାକାର ଗିରିମାଲା ଭିତରୁ ଖୋଜି ଖୋଜିକା ସେ କେବଳ ଦୁଇ ଜଣଙ୍କୁ ପାଇଲେ। ଜଣେ ସେଠାର ମୁଖ୍ୟଆ ଓ ଆର ଜଣକ ସେଠାର ପ୍ରଧାନ ଶିକ୍ଷକ। ସର୍ଦ୍ଦାର ଜଣକ ଜୋତା ସହିତ ଗୋଡ଼ର ପେଣ୍ଟ ଯାଏ ପେଣ୍ଟ ପିନ୍ଧିଥାଏ। ବେଶ୍ ମଜବୁତ ଦେହ। ଥଣ୍ଡା ଦେଶର ଲୋକଙ୍କ ପରି ମୁଣ୍ଡରେ ପଶୁ ଲୋମର ଟୋପୀ ପିନ୍ଧିଥାଏ। କେତେଜଣ ପରାମର୍ଶଦାତାଙ୍କ ସହିତ ସେ ଘୋଡ଼ା ଚଢ଼ି ବୁଲୁଥାଏ। ଯଦିଓ ସେମାନେ ତାକୁ କ'ଣ ପରାମର୍ଶ ଦିଅନ୍ତି ସେ କଥା ଜଣିବା କଷ୍ଟକର। ହେଡ଼ମାଷ୍ଟର ଜଣକର ହସ୍ମୁଖ୍ ଚେହେରା। ଗେଡ଼ା। ଆଖିରେ ଗୋଲିଆ ଚଷମା। ତାଙ୍କ ଅଫିସଟା ନୀଳ, ନାଲି ଆଉ ସାଗୁଆ ନୋଟିସ୍‌ରେ ଭରିଥାଏ। କୁଟନୀତିକ କାରଣରୁ କୁମାଲୋ ପ୍ରଥମେ ସର୍ଦ୍ଦାରଙ୍କ ପାଖକୁ ଯିବା ପାଇଁ ସ୍ଥିର କଲେ।

ସକାଳ ତାତି ଏକବାର ଅସହ୍ୟ। ହେଲେ ଆକାଶରେ ମେଘ ନ ଥାଏ। ବର୍ଷାର ଚିହ୍ନବର୍ଣ୍ଣ ନାଇଁ। ଦେଶରେ ଏମିତି ଅକାଲ କେବେ ପଡ଼ି ନ ଥିଲା। ଏମିତିଆ ମରୁଡ଼ି ପଡ଼ିଥିବାର ବଂଶର ପୁରୁଖା ଲୋକଙ୍କର ହେତୁରେ ନାହିଁ। ଶୀତର ପତ୍ରଝଡ଼ା ପରି ଗଛରୁ ପତ୍ର ଖସୁଥାଏ। କଠିନ କଷରା ପାଦରେ ଛୋଟ ପିଲାମାନେ ଛାଇରୁ ଛାଇକୁ ଦୌଡ଼ୁଥାନ୍ତି। ଘାସ ଉପରେ ପାଦ ରଖିଦେଲେ ପୋଡ଼ା ଘାସ ପରି କଡ଼କଡ଼ କରୁଥାଏ। ପୁରା ଘାଟିରେ ଗୋଟିଏ ସୁଦ୍ଧା। ଝରନ୍‌ରେ ପାଣି ବହୁ ନ ଥାଏ। ଏପରିକି ଉପର ମୁଣ୍ଡରେ ବି ଘାସତକ ହଲଦିଆ ପଡ଼ି ଯାଇଥାଏ। ଉପର ମୁଣ୍ଡ କି ତଳି ଜମିରେ କୋଉଠି ବି ହଲ ବୁଲୁ ନ ଥାଏ। ନିଷ୍ଠୁରୁଣ ଆକାଶରୁ ସୂର୍ଯ୍ୟ ଖାଲି ତାତି ଢାଲୁଥାଏ। ଆଡ଼ିରୁ କଟାଛଟା ଘାସରୁ ପୁଲାଏ ପାଟିଡର ପକାଇବା ପାଇଁ କାଁ ଭାଁ ଗୋରୁପଲ ପଡ଼ିଆରୁ ଶୁଖିଲା ଝରନ୍ ଆଡ଼କୁ ଗୋଟେ ରକମ ନିରୁସାହିତ ଢଙ୍ଗରେ ମୁହାଁଉଥାନ୍ତି।

କୁମାଲୋ ପାହାଡ଼ ଚଢ଼ି ମୁଖ୍ୟଆ ପାଖକୁ ଗଲେ। ତାଙ୍କୁ ଅପେକ୍ଷା କରିବାକୁ କୁହାଗଲା। ଏଥରେ ଆଶ୍ଚର୍ଯ୍ୟ ହେବାର କିଛି ନାହିଁ। କାରଣ ଜଣେ ସର୍ଦ୍ଦାର ଖାସ୍ କେବଳ ସେ ସର୍ଦ୍ଦାର ବୋଲି ଜଣକୁ ଟେକେଇ ପାରିବ। ଅଳସ ଭଙ୍ଗୀରେ ଦାନ୍ତ ଖୁଣ୍ଟି ଖୁଣ୍ଟି ଘାଟିଟା ଉପରେ ସେ ପଛକେ ଦିବାସ୍ୱପ୍ନ ଦେଖୁଥାଉ, ହେଲେ ସେ ଚାହିଁଲେ ଜଣକୁ ଟେକେଇ ପାରିବ। ତେବେ କୁମାଲୋ ଟିକେ ଥକା ମାରିବାର ସୁଯୋଗ ପାଇଥିବାରୁ ଖୁସି ହେଲେ। ଟୋପୀ ଖଣ୍ଡିକ କାଢ଼ି ସେ ଗୋଟେ କୁଡ଼ିଆ ଛାଇରେ

ବସିଲେ ଓ ଜଣେ ମୁଖ୍ୟଆର ଗତିବିଧ ବିଷୟରେ ଭାବିଲେ । ଏଇ ନିକାଞ୍ଚନ ଜାଗାଟାର ମୁଖ୍ୟଆ ହେବ କିଏ ? ଏଇ କାମଟା ଗୋରା ଲୋକଟା କରି ପକାଇଲେ । ସେମାନେ ଏଇ ସର୍ଦ୍ଦାର ମାନଙ୍କୁ ମାରିପିଟି ତଳକୁ ଦବେଇ ଦେଲେ । ପୁଣି ଖଣ୍ଡ ବିଖଣ୍ଡିତ ଜାଗା ସବୁକୁ ଯୋଡ଼ିବା ପାଇଁ ସେମାନଙ୍କୁ ଉପରକୁ ଆଣିଲେ । କିନ୍ତୁ ଗୋରାମାନେ ଅଧିକାଂଶ ଜାଗା ନେଇଗଲେ । କେତେଜଣ ସର୍ଦ୍ଦାର ରାଗ ଓ ଅଭିମାନରେ ଆଖ୍ ଲାଲ କରି ବସି ରହିଲେ । ଦୟନୀୟ ସାମ୍ରାଜ୍ୟର ଶାସକ ହେବାର କିଛି ଅର୍ଥ ରହିଲା ନାହିଁ । ସେମାନେ ସମସ୍ତେ ଏମିତିଆ ନ ଥିଲେ । ତାଙ୍କ ଭିତରୁ କେତେଜଣ ନିଜ ଲୋକଙ୍କୁ ସାହାଯ୍ୟ କରିବା ପାଇଁ ଚେଷ୍ଟା କଲେ । ତାଙ୍କର ପୁଅମାନଙ୍କୁ ସ୍କୁଲକୁ ପଠାଇଲେ । ସରକାର ମଧ୍ୟ ସେମାନଙ୍କୁ ସାହାଯ୍ୟ କଲା । କିନ୍ତୁ ସେମାନେ ଜଣେ ବୁଢ଼ା ଲୋକକୁ କ୍ଷୀର ପିଆଇ ଛଳନା କରୁଥିଲେ ସେ ଦିନେ ଯୁବକରେ ପରିଣତ ହେବ ।

ଝଟ୍କା ଖାଇଲା ପରି କୁମାଲୋ ନିଜ ଭିତରକୁ ଫେରି ଆସିଲେ । ଜୋହାନ୍ସବର୍ଗ୍କୁ ଯାତ୍ରା ପରଠୁ ସେ କେତେ ବୁଲିଲେଣି ସେ କଥା ବୁଝିପାରିଲେ । ମହାନଗରୀଟି ଗୋଟେ ଦିଗ ପ୍ରତି ତାଙ୍କର ଆଖ୍ ଖୋଲିଦେଲା । ଏଇଟା ଆରମ୍ଭ ମାତ୍ର । ଆଗକୁ ଚ଼ଲୁ ରହିବା ଦରକାର । କାରଣ ଜୋହାନ୍ସବର୍ଗ୍ରେ ଯାହାସବୁ ଘଟୁଛି ତା ସହିତ କୌଣସି ମୁଖ୍ୟଆର କିଛି ବି ଲେନାଦେନା ନାହିଁ । ତେବେ ଏତିକିବେଳକୁ ତାଙ୍କ ବଂଶର ସର୍ଦ୍ଦାର ପାଖକୁ ଯିବା ପାଇଁ ତାଙ୍କୁ ଡକା ହେଲା । ସେ ଉଠିଲେ ।

ସେ ପାରୁପର୍ଯ୍ୟନ୍ତ ଗଭୀର ସମ୍ମାନ ସହିତ ତାଙ୍କୁ ସ୍ୱାଗତ ଜଣାଇଲେ । କାରଣ ଜଣେ ସର୍ଦ୍ଦାରର ଏସବୁ ପ୍ରତି ବେଶ୍ ତୀକ୍ଷ୍ଣ ନଜର ଥାଏ, ସେ ଜାଣନ୍ତି ।

– ତମର କଣ ଦରକାର, ଉମ୍ଫୁନ୍ଡିସି ?

– ଇନ୍କୋସି (ସର୍ଦ୍ଦାର), ମୁଁ ଜୋହାନସବର୍ଗ ଯାଇଥିଲି ।

– ହଁ, ମୁଁ ଜାଣିଛି ।

– ସେଠି ଆମର ଗୁଡ଼ାଏ ଲୋକ ଅଛନ୍ତି, ଇନ୍କୋସି ।

– ହଁ ।

– ମୁଁ କଣ ଭାବୁଛି କି ଇଙ୍କୋସି, ତାଙ୍କ ଭିତରୁ କେତେଲୋକଙ୍କୁ ଆମେ ଏଇ ଘାଟୀରେ ରଖିବାକୁ ଚେଷ୍ଟା କରିବା ।

– ହଁ ! ଆଉ ସେଟା ଆମେ କରିବା କେମିତି ?

– ଆଉ ଡେରି ନ କରି ଆମ ଜମିଜମାର ହେପାଜତ କରିବା । ଜମିର ଯତ୍ନ

ବିଷୟରେ ଆମେ ତାଙ୍କୁ ସ୍କୁଲରେ ଶିକ୍ଷା ଦେବା । ତା ହେଲେ ଅନ୍ତତଃ କିଛି ଲୋକ ଏଣ୍ଡୋସେନ୍‌ରେ  ରହିଯିବେ ।

ତାପରେ ସର୍ଦ୍ଦାର ନିଜ ଚିନ୍ତାରେ ବୁଡ଼ିଗଲେ । ସର୍ଦ୍ଦାର ଏମିତି ଚିନ୍ତାମଗ୍ନ ଥିବାବେଳେ ତାଙ୍କୁ ବାଧା ଦେବାଟା ନିୟମ ନୁହେଁ । କିନ୍ତୁ କୁମାଲୋ ଦେଖିଲେ ସେ ପ୍ରକୃତରେ କଣ କହିବେ ଜାଣି ପାରୁ ନାହାନ୍ତି । ଥରେ ଦୁଇଥର ସେ କହିବା ଆରମ୍ଭ କଲେ, ହେଲେ ନିଜେ ରହିଗଲେ । ସେ ନିଜ ମନ ଭିତର କଥାକୁ କେମିତି ପୁରା କରିବେ ସେ କଥା ବୋଧହୁଏ ଜାଣି ପାରୁ ନ ଥିଲେ । ପ୍ରକୃତରେ ଜଣେ ଲୋକ ନିଜେ କେତେଥର ଚିନ୍ତା କରୁଥିବା ଗମ୍ଭୀର ପ୍ରସଙ୍ଗ ଗୁଡ଼ିକୁ ଯଦି ଆଉ କେହି ଆଣି ଉପସ୍ଥାପିତ କରେ ତାହେଲେ ସେତେବେଲେ ମୁଣ୍ଡକୁ ଉତ୍ତର ଜୁଟେ ନାହିଁ ।

କିନ୍ତୁ ଶେଷରେ ସେ କହିଲେ । କହିଲେ, ମୁଁ ଏଇ ଗମ୍ଭୀର ବିଷୟମାନ ଉପରେ ଅନେକ ଥର ଚିନ୍ତା କରିଛି ।

– ହଁ, ଇଙ୍କୋସି ।

– ମୁଁ ୟା ଉପରେ କ'ଣ କରାଯାଇପାରେ ତା ବି ଚିନ୍ତା କରିଛି ।

– ହଁ, ଇଙ୍କୋସି ।

– ସେଥିପାଇଁ ତମେ ଏସବୁ କଥା ଭାବୁଥିବାରୁ ମୁଁ ବହୁତ ଖୁସି ।

ତାପରେ ଆହୁରି ନୀରବତା ଛାଇଗଲା । ମୁଖିଆ ଶବ୍ଦ ଖୋଜିବାରେ ଲାଗିଥାନ୍ତି । କୁମାଲୋ ଜାଣିଲେ ।

– ତମେ ଜାଣ, ଉମ୍‌ଫୁନ୍‌ଡିସି, ଯେ କେତେ ବର୍ଷ ହେଲା ଆମେ ଏଇସବୁ ବିଷୟ ସ୍କୁଲରେ ଶିକ୍ଷା ଦେଇ ଆସୁଛୁ । ଗୋରା ଇନ୍‌ସପେକଟର୍‌ ଓ ମୁଁ ଅନେକ ଥର ଏସବୁ କଥା କହିଛୁ ।

– ମୁଁ ଜାଣେ, ଇଙ୍କୋସି ।

– ୟା ଭିତରେ ଇନ୍‌ସପେକଟର୍‌ ଆସିବ ଆଉ ଆମେ ଏ ପ୍ରସଙ୍ଗରେ ଆଗକୁ ବଢ଼ିବୁ ।

ମୁଖିଆ ବେଶ୍‌ ଆଶା ଓ ଉସ୍ସାହର ସହିତ ତାଙ୍କର କଥା ଶେଷ କଲେ । ତାଙ୍କ କଥାରୁ ଲାଗୁଥାଏ ଯେମିତିକି ଦୁହେଁ ସମସ୍ୟାର ସମାଧାନରେ ସଫଳ ହେଇଗଲେଣି । କୁମାଲୋ ଜାଣିଲେ ଏଇ ଭେଟଘାଟ ଏବେନା ସରିଯିବ । ଏମିତି କରିବାଟା ଠିକ୍‌ ନ ହେଲେ ବି ସେ କିଛି ଗୋଟେ କଥା ଥିବାର ଭଙ୍ଗୀରେ ସାହସ କୁଲାଇ କହିଲେ, ଇଙ୍କୋସି ?

– ହଁ ।

– ଏକଥା ସତ ଯେ ଏଇ ବିଷୟସେବୁ ସେମାନେ ଅନେକ ବର୍ଷ ହେଲା ପଢ଼ାଉଛନ୍ତି । ହେଲେ ସେମାନେ ପଢ଼ାଉଥିବା ଜାଗାଟିକୁ ଦେଖିଲେ ଦୁଃଖ ଲାଗୁଛି । ସେଠି ପାଣି ନାହିଁ କି ଘାସ ନାହିଁ । ବର୍ଷା ଦିନେ ବି ସେଠି ମକା ପୁରୁଷେ ଉଚ୍ଚ ବଢ଼ିପାରେ ନାହିଁ । ଗାଈଗୋରୁ ମରୁଛନ୍ତି । କ୍ଷୀର ଟୋପେ ନାହିଁ । ମାଲୁସିର ଛୁଆଟା ମରିଗଲା । କୁଲୁସେର ଛୁଆଟା ମରିବା ଉପରେ । ଅନ୍ୟମାନେ କେବେ ମରିବେ ସେକଥା ଟୀକୋ ହିଁ ଖାଲି ଜାଣନ୍ତି ।

କୁମାଲୋ ଜାଣିଲେ ଯେ ଏମିତି କଡ଼ା ଓ କଟୁ କଥାଟେ କହି ସେ ଆଶା ଓ ଉସ୍ସାହକୁ ନଷ୍ଟ କରିଦେଲେ । ଯା ଫଳରେ ପ୍ରସଙ୍ଗଟିର ସମାଧାନର ସମ୍ଭାବନାଟା ଗୋଟେ ରକମ ମଉଳିଗଲା । ସର୍ଦ୍ଦାର ବି ଏଥିପାଇଁ ରାଗିଥିବେ । ତେବେ କୁମାଲୋ କହିଥିବା କଥା ମିଛ ବୋଲି ନୁହଁ, ବରଂ କୁମାଲୋ ତାଙ୍କୁ କଥା ଛିଣ୍ଡାଇବାକୁ ସୁଯୋଗ ନ ଦେବାରୁ ସେ ରାଗିଥିବେ ।

– ଏଠି ଶୁଖା ପଡ଼ିଛି, ଉମ୍‌ଫୁନ୍‌ଡିସି । ତମେ ସେ କଥା ଭୁଲିଯିବା ଉଚିତ ନୁହେଁ ।

– ମୁଁ ଭୁଲୁ ନାହିଁ । ହେଲେ ଶୁଖା ପଡୁ କି ନ ପଡୁ ବର୍ଷ ବର୍ଷ ଧରି ଏଠାକାର ଅବସ୍ଥା ସେଇୟା ରହିଛି ।

ମୁଖିଆ ପୁଣି ଚୁପ ରହିଲେ । କହିବା ପାଇଁ ତାଙ୍କ ପାଖରେ ଶବ୍ଦ ନ ଥିଲା । ସେ ଭଲା କାହିଁକି ତାଙ୍କ ଆଡୁ କଥାଟିକୁ ଛିଣ୍ଡେଇ ଦେଲେ ନାହିଁ, ରାଗରେ ସେ ଏଇୟା ହିଁ ଭାବୁଥିଲେ । ଏଥିରେ ସନ୍ଦେହ ନାହିଁ । କିନ୍ତୁ ଜଣେ ପାଦ୍ରୀ ସହିତ ଏମିତି କରିବାଟା ସହଜ ନୁହେଁ ।

ଶେଷରେ ସେ କୁଣ୍ଠିତ ହେଇ କହିଲେ, ମୁଁ ମାଜିଷ୍ଟ୍ରେଟ୍‌ଙ୍କୁ ଦେଖା କରିବି ।

ତାପରେ ଭାରାକ୍ରାନ୍ତ ସ୍ୱରରେ କହିଲେ, ତମେ ଯାହା ଦେଖୁଛ ମୁଁ ନିଜେ ବି ସେଇୟା ଦେଖିଛି ।

ସେ କିଛି ସମୟ ଚିନ୍ତାମଗ୍ନ ହେଇ ବସିଲେ । ତାପରେ ଅତି କଷ୍ଟରେ କହିଲେ, ଏସବୁ କହିବା ଏତେ ସହଜ ନୁହେଁ । ମୁଁ ଆଗରୁ ବି ମାଜିଷ୍ଟ୍ରେଟ୍‌ଙ୍କୁ ଏକଥା କହି ସାରିଛି ।

ସେ ଘାବରେଇ ଗଲା ପରି ଭୃକୁଞ୍ଚନ କରି ବସି ପଡ଼ିଲେ । କୁମାଲୋ ଜାଣିଲେ ଯେ ଆଉ ଅଧିକା କିଛି ଶୁଣିବାକୁ ମିଳିବନି । ତେଣୁ ସେ ଧୀର ପାଦରେ ବଢ଼ିଲେ ଯେମିତିକି ସର୍ଦ୍ଦାରେ ଜାଣିଯିବେ ଯେ ସେ ବାହାରିଯିବାକୁ ତୟାର । ଯା ଭିତରେ ସେ ସର୍ଦ୍ଦାର ପଛରେ ଛିଡ଼ା ହେଇଥିବା ପାରିଷଦ ମାନଙ୍କୁ ରୁହିଁଲେ ।

ସେମାନେ ବି ଆଉ ଭଲା କଣ ପରାମର୍ଶ ଦେବେ । କାରଣ ଗୋଟେ ବିଖଣ୍ଡିତ ଜାତିର ଉପଦେଷ୍ଟାଙ୍କ ପାଖରେ ଅନେକ କଥା ପାଇଁ ପରାମର୍ଶ ରହିଥାଏ । କିନ୍ତୁ ଗୋଟେ ବିଖଣ୍ଡିତ ଜାତିର ପ୍ରସଙ୍ଗରେ ତାଙ୍କ ପାଖରେ କିଛି ନ ଥାଏ ।

ସର୍ଦ୍ଦାର କ୍ଲାନ୍ତିରେ ପାଦ ଉଠାଇଲେ । ପାଦ୍ରୀଙ୍କ ଆଡକୁ ହାତ ବଢ଼ାଇଲେ– ମୁଁ ମାଜିଷ୍ଟେଟ୍‌ଙ୍କୁ ଭେଟିବାକୁ ଯିବି । ଭଲେ ଭଲେ ଯାଅ । ଉମ୍‌ଫୁନ୍‌ଡିସି ।

– ଭଲେ ଭଲେ ଥାଅ, ଇଙ୍କୋସି ।

କୁମାଲୋ ତଳକୁ ଓହ୍ଲାଇଲେ । କୋଉଠି ନ ଅଟକି ସେ ସିଧା ଚର୍ଚ୍ଚରେ ପହଞ୍ଚିଲେ । ସେଠି ସେ ସର୍ଦ୍ଦାରଙ୍କ ପାଇଁ ଓ ଏଣ୍ଟୋସେନିର ପୁନରୁଦ୍ଧାର ପାଇଁ ପ୍ରାର୍ଥନା କଲେ । କାଠ ଓ ଲୁହାରେ ତିଆରି ସେଇ କୋଠାଟି ଚୁନ୍‌ଲା ପରି ଲାଗୁଥାଏ । ତାଙ୍କର ଉତ୍ସାହ ବିଷାଦିତ । ଜୀବନ ଶୂନ୍ୟ ଉତ୍ତାପରେ ତାଙ୍କର ଆଶା ଗଢୁଥାଏ । ତେଣୁ ଖୁବ୍ ଅଳ୍ପ ଷଣ ପାଇଁ ସେ ପ୍ରାର୍ଥନା କଲେ, ହେ ପ୍ରଭୁ ! ତମରି ହାତରେ ମୁଁ ଏଣ୍ଟୋସେନିକୁ ଟେକି ଦଉଛି । ତାପରେ ସେଇ ଗରମରେ ସେ ସ୍କୁଲର ହେଡ୍‌ମାଷ୍ଟରଙ୍କୁ ଖୋଜିବାକୁ ବାହାରିଲେ ।

ସେଠି ବି ସେମିତି କିଛି ସେ କରି ପାରିଲେନି । ବଡ଼ ଚଷମାରେ ହେଡ଼ମାଷ୍ଟରଙ୍କ କଥାବାର୍ତ୍ତା । ବେଶ୍ ଭଦ୍ର ଓ ବିନୀତ ଥିଲା । ସେ ତାଙ୍କର କାର୍ଯ୍ୟ ପ୍ରଣାଳୀ ଦେଖାଇଲେ । ଯଥା: ଫୁଲ ଓ ବିହନର ଚିତ୍ର, ନଳୀରେ ଥିବା ବିଭିନ୍ନ କିସମର ମାଟି ଇତ୍ୟାଦି । ସ୍କୁଲ କେମିତି ପିଲାର ଜୀବନକୁ ତାର ସମାଜର ଜୀବନ ସହିତ ପାରୁ ପର୍ଯ୍ୟନ୍ତ ଯୋଡ଼ିବାକୁ ଚେଷ୍ଟା କରୁଛି ତାହା ସେ ବୁଝାଇ ଦେଲେ । ଏ ସଂକ୍ରାନ୍ତରେ ପିଟରମାରିଚ୍‌ବର୍ଗର କାର୍ଯ୍ୟାଳୟରୁ ଆସିଥିବା ଇସ୍ତାହାର ସେ ତାଙ୍କୁ ଦେଖାଇଲେ । ସେଇ ମୁଣ୍ଡଫଟା ଖରାରେ ସେ କୁମାଲୋଙ୍କୁ ନେଇ ସ୍କୁଲର ବଗିଚ ଦେଖାଇଲେ । ତେବେ ଏଇଟା ଶିକ୍ଷା ସମ୍ବନ୍ଧୀୟ ଭାଷଣ ଥିଲା । କାରଣ ସେଠି ପାଣି ନ ଥିଲା । ସବୁକିଛି ମୃତ । ବୋଧହୁଏ ସେତେ ଶୈକ୍ଷିକ ବି ନ ଥିଲା । କାରଣ ଘାଟିରେ ସବୁକିଛି ମରି ଯାଇଥାଏ । ଏପରିକି ପିଲାମାନେ ବି ମରି ଯାଉଥାନ୍ତି ।

ପିଲାଙ୍କ ଭିତରୁ କେତେ ଜଣଙ୍କୁ କେମିତି ଏଣ୍ଟୋସେନିରେ ରଖା ଯାଇପାରିବ ସେ କଥା କୁମାଲୋ ହେଡ୍‌ମାଷ୍ଟରଙ୍କୁ ପଚାରିଲେ । ହେଡ୍‌ମାଷ୍ଟର ମୁଣ୍ଡ ହଲାଇ ଯାର ଅର୍ଥନୈତିକ କାରଣ ଓ ସ୍କୁଲ ପାଖରେ ଥିବା ଖୁବ୍ ସୀମିତ କ୍ଷମତା ବିଷୟରେ ବୁଝାଇଲେ । କୁମାଲୋ ପୁଣି ତାଙ୍କ ଚର୍ଚ୍ଚକୁ ଫେରିଗଲେ । ସେଠି ନିରୁତ୍ସାହିତ ଓ ଉଦାସ ହୋଇ ବସିଲେ । ଇଜେନ୍‌ଜେଲେନିରେ ସେଇ ଭୟଙ୍କର ଯନ୍ତ୍ରଣାରୁ ଜାତ ଭବ୍ୟ ଦୃଷ୍ଟିଭଙ୍ଗୀ କୁଆଡ଼େ ଗଲା ? ଜଣେ ପାଦ୍ରୀ ନିଜ ଅଞ୍ଚଳର ଲୋକ ତଥା

ପିଲାଙ୍କର ଜୀବନ ଗଢ଼ିବାର ସ୍ୱପ୍ନ କାହିଁ ଗଲା ? ତା ମାନେ ସେ ବୁଢ଼ା ଆଉ ଖତମ୍ ହେଇଗଲେଣି ? ଅଥବା ତାଙ୍କର ଦୂରଦୃଷ୍ଟି ଗୋଟେ ଭ୍ରାନ୍ତି ଥିଲା ଓ ଏସବୁ କଥାରେ ଆଉ କିଛି କରିହେବ ନାହିଁ ? ଆଉ କୌଣସି ଶକ୍ତି ନୁହେଁ, କେବଳ ପ୍ରଭୁଙ୍କ ଶକ୍ତି ହିଁ ଏପରି ଗୋଟେ ଚମତ୍କାର କରି ପାରିବ । କିଛି କ୍ଷଣ ପାଇଁ ସେ ପୁଣି ପ୍ରାର୍ଥନା କଲେ, ହେ ପ୍ରଭୁ ! ଏଣ୍ଟୋସେନିକୁ ମୁଁ ତମରି ହାତକୁ ଟେକି ଦଉଛି ।

ସେ ଘର ଭିତରକୁ ଗଲେ ଆଉ ପ୍ରବଳ ଗରମରେ ଚର୍ଚ୍ଚର ହିସାବ କିତାବ କରି ବସିଲେ । ସେତିକିବେଳେ ଘୋଡ଼ାର ଟାପୁ ଶବ୍ଦ ଶୁଭିଲା । ଚର୍ଚ୍ଚ ବାହାରେ କେହି ଅଟକି ଯିବାର ଶୁଣାଗଲା । ଏତେ ପ୍ରଚଣ୍ଡ ଖରାରେ କିଏ ଘୋଡ଼ା ଚଢ଼ି ଯାଉଛି ଦେଖିବା ପାଇଁ ସେ ବାହାରକୁ ଆସିଲେ । ସ୍ତବ୍ଧ ହେଇ ଘଡ଼ିକ ପାଇଁ ତାଙ୍କର ନିଶ୍ୱାସ ରହିଗଲା । ନାଲି ଘୋଡ଼ାଟି ଉପରେ ଛୋଟ ଗୋରା ପିଲାଟେ ସେଠି ଥାଏ । ଏଠିକି ଆଗରୁ ଚଢ଼ିକି ଆସିଥିବା ଅନ୍ୟ ପିଲାଙ୍କ ପରି ଛୋଟ ଗୋରା ପିଲାଟିଏ ।

ଛୋଟ ପିଲାଟା କୁମାଲୋଙ୍କୁ ରୁହିଁ ହସିଲା । ଟୋପୀ ଉଠାଇ କହିଲା, ଗୁଡ୍ ମର୍ନିଂ । କୁମାଲୋ ଏକ ଅଭୁତ ଅଭିମାନ ଅନୁଭବ କଲେ । ସେଇୟା ହେବା କଥା, ଏମିତି ବିନମ୍ରତା ରହିବା କଥା । ଛୋଟ ପିଲାଟା ରୀତି ରିୱାଜ ଜାଣି ନ ଥିବାରୁ ସେ ଆଶ୍ଚର୍ଯ୍ୟ ହେଲେ ।

– ଗୁଡ୍ ମର୍ନିଂ, ଇଙ୍କୋସାନା (ଛୋଟ ମାଲିକ) । ଏତେ ଗରମରେ ଘୋଡ଼ା ଚଢ଼ି ବୁଲୁଛ ।

– ମତେ ଗରମ ଲାଗୁନି ତ । ଏଇଟା ତମର ଚର୍ଚ୍ଚ ?

– ହଁ, ଏଇଟା ମୋର ଚର୍ଚ୍ଚ ।

– ମୁଁ ଗୋଟେ ଚର୍ଚ୍ଚ ସ୍କୁଲକୁ ଯାଏ, ସେଣ୍ଟ ମାର୍କ୍ସ । ଜୋହାନ୍ସବର୍ଗର ଏଇଟା ସବୁଠୁ ଭଲ ସ୍କୁଲ । ଆମର ସେଠି ଛୋଟିଆ ଚର୍ଚ୍ଚଟିଏ ଅଛି ।

– ସେଣ୍ଟ ମାର୍କ୍ସ, କୁମାଲୋ ଉସ୍ସାହିତ ହେଇ କହିଲେ । ଏଇ ଚର୍ଚ୍ଚଟା ବି ସେଣ୍ଟ ମାର୍କଙ୍କର । କିନ୍ତୁ ତମର ଛୋଟିଆ ଚର୍ଚ୍ଚ ୟା ଠାରୁ ନିଶ୍ଚେ ଭଲ ଥିବ ନା ?

– ଆଚ୍ଛା, –ହଁ– ୟା ଠାରୁ ଭଲ, ଛୋଟ ପିଲାଟି ଅଳ୍ପ ହସି କହିଲା । କିନ୍ତୁ ସେଇଟା ସହର ଭିତରେ ଅଛି, ବୁଝିଲ ତ । ସେଇଟା ତମ ଘର ?

– ହଁ, ଏଇଟା ମୋର ଘର ।

– ମୁଁ ଭିତରକୁ ଯାଇ ଦେଖି ପାରିବି ? ମୁଁ କେବେ ପାଦ୍ରୀଙ୍କ ଘର ଦେଖିନି, ମାନେ କୋଉ ଦେଶିଆ ପାଦ୍ରୀଙ୍କ ଘର ।

– ଆସ, ଇଙ୍କୋସାନା । ଭିତରକୁ ଆସି ଦେଖ ।

ଛୋଟ ପିଲା ଘୋଡ଼ା ପିଠିରୁ ଓହ୍ଲାଇ ପଡ଼ିଲା ଓ ଚର୍ଚ୍ଚରେ ଥିବା ଖୁମ୍ବଟାରେ ଘୋଡ଼ାକୁ ବାନ୍ଧି ଦେଲା । ବାହାରେ ଥିବା ପାପୋଛରେ ପାଦର ଧୂଳି ଝାଡ଼ିଲା । ଟୋପୀ କାଢ଼ି ସେ କୁମାଲୋଙ୍କ ଘର ଭିତରକୁ ଗଲା ।

— କେତେ ସୁନ୍ଦର ଘରଟେ । ଘରଟା ଏତେ ଭଲ ଥିବ, ମୁଁ ସତରେ ଭାବି ନ ଥିଲି ।

— ଆମର ଏଠି ସବୁ ଘର ଏଇ ରକମ ନୁହଁ । କୁମାଲୋ ଭଦ୍ର ଭାବରେ କହିଲେ । ତେବେ ଜଣେ ଯାଜକ ତାର ଘରକୁ ଭଲ କରି ରଖିବା ଦରକାର । ତମେ ଆମର ଅନ୍ୟ ଘର ସବୁ ବୋଧହୁଏ ଦେଖିଛ ?

— ଆରେ ହଁ, ମୁଁ ଦେଖିଛି । ମୋ ଅଜାଙ୍କର ରୟ ଜମିରେ । ସେଗୁଡ଼ା ଏତେ ଭଲ ନୁହଁ । ସେଇଟା ତମ କାମ ?

— ହଁ, ଇଙ୍କୋସାନା ।

— ଗଣିତ ପରିକା ଲାଗୁଛି ।

— ଏଇଟା ତ ଗଣିତ । ସେଗୁଡ଼ା ଚର୍ଚ୍ଚର ହିସାବ କିତାବ ।

— ଚର୍ଚ୍ଚର ହିସାବ କିତାବ ଥିବାଟ ମୁଁ ଜାଣି ନ ଥିଲି । ଖାଲି ଦୋକାନର ହିସାବ କିତାବ ଥାଏ ଭାବୁଥିଲି ।

ତା କଥାରେ କୁମାଲୋ ହସିଲେ । ସେ ପୁଣି ଥରେ ହସିଲେ ଯେମିତିକି ପିଲାଟା ପରୁରିବ, ତମେ କାହିଁକି ହସୁଛ ? କିଂତୁ ଛୋଟ ପିଲାଟା ବି ହସୁଥାଏ । ତାକୁ କିଛି ଖରାପ ଲାଗୁ ନ ଥାଏ ।

— ମୁଁ ଏମିତି ଖାଲି ହସୁଛି, ଇଙ୍କୋସାନା ।

— ଇଙ୍କୋସାନା ? ତା ମାନେ ଛୋଟ ଇଙ୍କୋସି, ନୁହଁ କି ?

— ଛୋଟ ଇଙ୍କୋସି । ତା ମାନେ ଛୋଟ ମାଲିକ ।

— ହଁ, ମୁଁ ଜାଣେ । ତମକୁ କଣ ଡକା ହୁଏ ? ମୁଁ ତମକୁ କଣ ଡାକିବି ?

— ଉମ୍ଫୁନ୍ଡିସି ।

— ଆଛା, ଇମ୍ଫୁନ୍ଡିସି ।

— ନା । ଉମ୍ଫୁନ୍ଡିସି ।

— ଉମ୍ଫୁନ୍ଡିସି । ତା ମାନେ କଣ ?

— ତା ମାନେ ପାଦ୍ରୀ ।

— ମୁଁ ଟିକେ ବସିବି, ଉମ୍ଫୁନ୍ଡିସି ? ଛୋଟ ପିଲାଟା ଆସ୍ତେ ଆସ୍ତେ ଶଘଟିକୁ ଉଚାରଣ କଲା । ଏଟା ଠିକ୍ ଅଛି ତ ? ସେ କହିଲା ।

କୁମାଲୋ ହସକୁ ରୁପିନେଲେ । ଠିକ୍ ଅଛି, ସେ କହିଲେ । ଟିକେ ପାଣି ପିଇବ କି ? ଏତେ ଗରମ ଲାଗୁଛି ।

– ଟିକେ କ୍ଷୀର ପିଇବାକୁ ରୁହେଁ । ଫ୍ରିଜ୍‌ରେ ରଖା ହେଇଥିବା ଏକଦମ୍ ଥଣ୍ଡା କ୍ଷୀର । ପିଲାଟା କହିଲା ।

– ଇଙ୍କୋସାନା, ଏଣ୍ଡୋସେନିରେ ଫ୍ରିଜ୍ ନାହିଁ ।

– ତାହେଲେ ଖାଲି ସାଦା କ୍ଷୀର ଚଲିବ, ଉମ୍‌ଫୁନ୍‌ଡିସି ।

– ଇଙ୍କୋସାନା, ଏଣ୍ଡୋସେନିରେ କ୍ଷୀର ନାହିଁ ।

ଛୋଟ ପିଲାଟା ଲାଲ ପଡ଼ିଗଲା । ମୁଁ ପାଣି ପିଇବି । ସେ କହିଲା ।

କୁମାଲୋ ତାକୁ ପାଣି ଦେଲେ । ପିଲାଟା ପାଣି ପିଉଥ୍‌ଲାବେଳେ ସେ ପଚରିଲେ, ଏଠି କେତେ ଦିନ ଯାଏଁ ଅଛ, ଇଙ୍କୋସାନା ?

– ବେଶୀ ଦିନ ନୁହେଁ, ଉମ୍‌ଫୁନ୍‌ଡିସି ।

ପାଣି ପିଇ ସାରିଲା ପରେ କହିଲା, ପ୍ରକୃତରେ ଏଇଟା ଆମର ଛୁଟି ଦିନ ନୁହେଁ । ଗୋଟେ ବିଶେଷ କାରଣରୁ ଆମେ ଏଠି ରହିଛୁ ।

କୁମାଲୋ ଛିଡା ହେଇ ତାକୁ ରୁହିଁ ରହିଲେ । ମନ ଭିତରେ କହିଲେ, ଦୁଃଖ୍‌ଥାରି ପିଲାରେ, ତୋର କାରଣଟା ମୁଁ ଜାଣେ ।

– ପାଣିଟା ଆମାନ୍‌ଜି, ଉମ୍‌ଫୁନ୍‌ଡିସି ।

କୁମାଲୋ ତାର ଉତ୍ତର ନ ଦେବାରୁ ସେ କହିଲା, ଉମ୍‌ଫୁନ୍‌ଡିସି । ପୁଣି ଥରେ, ଉମ୍‌ଫୁନ୍‌ଡିସି ।

– ହଁ ଧନ ।

– ପାଣିଟା ଆମାନ୍‌ଜି, ଉମ୍‌ଫୁନ୍‌ଡିସି ।

କୁମାଲୋ ଦିବାସ୍ୱପ୍ନରୁ ନିଜକୁ ମୁକୁଲାଇ ଆଣିଲେ । ଛୋଟିଆ ଉସ୍ତୁକ ମୁହଁଟାକୁ ରୁହିଁ ହସିଲେ । କହିଲେ, ସେଇଟା ଠିକ୍, ଇଙ୍କୋସାନା ।

– ଆଉ ଘୋଡ଼ାଟା ଇହାଶି ।

– ସେଇଟା ବି ଠିକ୍ ।

– ଆଉ ଘରଟା ଇକାୟା ।

– ତା ବି ଠିକ୍ ।

– ଆଉ ଟଙ୍କାଟା ଇମାଲି ।

– ଠିକ୍ ।

– ପିଲାଟା ଉମ୍‌ଫାନା ।

– ଠିକ୍ ।

– ଗାଈଟା ଇଙ୍କୋମୋ ।

କୁମାଲୋ ଏଥର ଖୋଲିକି ହସିଲେ । ରହ, ରହ, ସେ କହିଲେ, ମୁଁ ଟିକେ ନିଶ୍ୱାସ ମାରେ । ସେ କଶ ନେଇ ନିଶ୍ୱାସ ମାରିଲା ପରି କଲେ ଆଉ ଚୌକିଟାରେ ବସି ପଡ଼ି କପାଳ ପୋଛିଲେ ।

– ତମେ ଜଲ୍‌ଦି ଜୁଲୁ ଶିଖ୍‌ଯିବ ।

– ଜୁଲୁ ଶିଖିବା ସହଜ । ସମୟ କେତେ ହେଲା, ଉମ୍‌ଫୁନ୍‌ଡିସି ?

– ବାର ବାଜିଲାଣି, ଇଙ୍କୋସାନା ।

– ଆରେ ବାୟରେ ! ମୁଁ ଯାଏଁ ଭାରି । ପାଣି ପାଇଁ ଶୁକ୍‌ରିଆ, ଉମ୍‌ଫୁନ୍‌ଡିସି ।

ଛୋଟ ପିଲାଟା ତା ଘୋଡ଼ା ପାଖକୁ ଗଲା । ମତେ ଟିକେ ଚଢ଼େଇ ଦିଅ, ସେ ଡାକିଲା । କୁମାଲୋ ତାକୁ ଘୋଡା ଉପରକୁ ଚଢ଼େଇ ଦେଲେ । ପିଲାଟା କହିଲା, ମୁଁ ପୁଣି ଆସି ତମକୁ ଭେଟିବି, ଉମ୍‌ଫୁନ୍‌ଡିସି । ତମ ସାଙ୍ଗରେ ଜୁଲୁରେ କଥା ହେବି ।

କୁମାଲୋ ହସିଲେ । ଯେତେବେଳେ ରୁହିଁଲେ ତମେ ଆସି ପାର, ସେ କହିଲେ ।

– ଉମ୍‌ଫୁନ୍‌ଡିସି ?

– ଇଙ୍କୋସାନା ?

– ଏଣ୍ଡୋସେନିରେ କ୍ଷୀର କାହିଁକି ମିଳୁନି ? କଣ ଏଠିକାର ଲୋକମାନେ ଗରୀବ ବୋଲି ?

– ହଁ, ଇଙ୍କୋସାନା ।

– ଆଉ ଛୁଆମାନେ କଣ ଖାଆନ୍ତି ?

କୁମାଲୋ ତାଙ୍କୁ ରୁହିଁଲେ । ସେମାନେ ମରିଯାନ୍ତି, ମୋ ଧନ । ତାଙ୍କ ଭିତରୁ କେତେ ଜଣ ଏବେ ବି ମରୁଛନ୍ତି । ସେ କହିଲେ ।

– ଏବେ କିଏ ମରିବା ଉପରେ ?

– କୁଲୁସେର କୁନି ଛୁଆଟା ।

– ଡାକ୍ତର ଦେଖ୍ ନାହାନ୍ତି ?

– ହଁ, ସେ ଦେଖ୍‌ଲେଣି ।

– ସେ କଣ କହିଲେ ?

– ସେ କହିଲେ, ଛୁଆଟାକୁ କ୍ଷୀର ଦେବାକୁ ପଡ଼ିବ, ଇଙ୍କୋସାନା ।

– ଆଉ ତାର ବାପା ମା କଣ କହିଲେ ?

– ସେମାନେ କହିଲେ, ଡାକ୍ତର ବାବୁ, ତମେ ଯାହା କହିଲ ଆମେ ଶୁଣିଲୁ ।

ଛୋଟ ପିଲାଟା ଧୀମା ଗଳାରେ କହିଲା, ଓହୋ... । ସେ ଟୋପୀ ଉଠାଇ ଗମ୍ଭୀରତାର ସହିତ କହିଲା, ଗୁଡ୍ ବାଏ, ଉମ୍ଫୁନ୍ଡିସି । ସେମିତି ଗମ୍ଭୀର ହେଇ ସେ ସେଠୁ ଖେଳିଗଲା । ତା ଯିବା ବାଟରେ ଦେଖଣାହାରୀ ଥାନ୍ତି । ତାତିଲା ଧୂଳିଆ ରାସ୍ତାରେ ସେଇ ସ୍ୱାଣା ସେ ଧାଁ ଧାଁ ଘୋଡ଼ା ଛୁଟାଇ ସେ ଖେଳିଗଲା ।

*

ରାତିଟା ଟିକେ ଥଣ୍ଡା ଆଉ ନିସ୍ତବ୍ଧି ଆଣିଲା । କୁମାଲୋ, ତାଙ୍କର ସ୍ତ୍ରୀ, ଝିଅଟା ଓ ଛୋଟ ପିଲାଟା ଖାଉଥିବାବେଳେ କାର ଶବ୍ଦ ଶୁଭିଲା । କିଏ ଜଣେ କବାଟ ଠକ୍ ଠକ୍ କଲା । ଦେଖିଲା ବେଳକୁ ତାଙ୍କର ବେଗ୍‌ପତ୍ର ଧରିବାରେ ସାହାଯ୍ୟ କରିଥିବା ବନ୍ଧୁ ଜଣକ ହାଜର ।

– ଉମ୍ଫୁନ୍ଡିସି, ମା ।

– ହଁ ଭାଇ, ତମେ ଖାଇବ କି ?

– ନା, ଖାଇବିନି । ମୁଁ ଘରକୁ ଯାଉଛି । ତମ ପାଇଁ ଖବରଟେ ଅଛି ।

– ମୋ ପାଇଁ ?

– ହଁ, ଜାର୍ଭିସଙ୍କ ପାଖରୁ । ଛୋଟ ଗୋରା ପିଲାଟା ଆଜି ଏଠି ଥିଲା କି ?

ଉଦାସୀ ଭୟଟେ କୁମାଲୋ ଉପରେ ମାଡ଼ି ବସିଲା । ପ୍ରଥମ ଥର ପାଇଁ ସେ ଅନୁଭବ କଲେ ଯେ କଣ ହେଇଛି ।

– ହଁ, ସେ ଏଠି ଥିଲା ।

– ଆମେ ଗଛ ତଳେ କାମ କରୁଥିଲୁ । ସେତିକିବେଳେ ଘୋଡ଼ାରେ ଏଇ ଛୋଟ ପିଲାଟା ଆସିଲା । ମୁଁ ତ ଇଂଲିଶ୍ ବୁଝି ପାରେନା, ଉମ୍ଫୁନ୍ଡିସି । କିନ୍ତୁ ସେମାନେ କୁଲୁସେର ଛୁଆଟା ବିଷୟରେ କଥାବାର୍ତ୍ତା କରୁଥାନ୍ତି । ଆଉ ହେଇଟି ଦେଖ, ମୁଁ ତମ ପାଇଁ କଣ ସବୁ ଆଣିଛି ।

କବାଟ ବାହାରେ ସେଠି ଘୋଡ଼ା ଗାଡ଼ିରେ ଚିକ୍ ମାରୁଥିବା ଉବାମାନରେ ସ୍ୱୀର ଥିଲା ।

– ଏଇ ସ୍ୱୀରଟା ଛୋଟ ଛୁଆଙ୍କ ପାଇଁ ଯୋଉମାନେ ଏ ଯାଏଁ ସ୍କୁଲ୍ ଯାଇ ନାହାନ୍ତି । ଲୋକଟା ଜୋର୍ ଦେଇ କହିଲା । ତମେ ହଁ ଯାକୁ ବାଣ୍ଟିବ । ଉବା ଉପରେ ଅଖା ଘୋଡ଼େଇ ରଖିବ । ଛୋଟ ପିଲାମାନେ ପାଣି ଆଣି ଅଖା ଉପରେ ଢାଳିବେ । ନିତି ସକାଳେ ଆସି ମୁଁ ଉବାମାନ ନେଇଯିବି । ଘାସ ଉଠି ସ୍ୱୀର ହେବା ଯାଏଁ ଏଇଟା ଖେଲୁ ରହିବ ।

ଲୋକଟା ଘୋଡ଼ା ଗାଡ଼ିରୁ ଡବା ସବୁକୁ ଉଠାଇ ଆଣି କହିଲା, କୋଉଠି ରଖିବି, ଉମ୍ଫୁନ୍ଡିସ ? କିନ୍ତୁ କୁମାଲୋ ମୂକ ପ୍ରାୟ ହେଇଯାଇଥିଲେ । ତାଙ୍କର ସ୍ତ୍ରୀ କହିଲେ, ଚର୍ଚରେ ଥିବା ପାଦ୍ରୀ ଆଙ୍ଖାଙ୍କର କୋଠିରେ ଆମେ ୟାକୁ ରଖିଦେବୁ । ସେମାନେ ସେଠି ନେଇ ରଖିଦେଲେ । ସେମାନେ ସେଠୁ ଫେରିଲା ପରେ ଲୋକଟା କହିଲା, ଜାର୍ଭିସଙ୍କୁ ତମେ କଣ ଖବର ପଠେଇବ, ଉମ୍ଫୁନ୍ଡିସି ? କୁମାଲୋ ଥତମତ ହେଇଗଲେ । ଶେଷରେ ଆକାଶ ଉପରକୁ ହାତ ଦେଖାଇଲେ । ଲୋକଟା କହିଲା, ଟୀକୋ ତାଙ୍କୁ ଆଶୀର୍ବାଦ କରିବେ । କୁମାଲୋ ମୁଣ୍ଡ ଟୁଙ୍ଗାରିଲେ ।

ଲୋକଟା କହିଲା, ମୁଁ ମାତ୍ର ହପ୍ତାଏ ହେଲା ସେଠି କାମ କରିଛି । ହେଲେ ସେ ମତେ ଦିନେ କହିଲେ, ମରିଯିବି, ମୁଁ ମରିଯିବି ।

ଲୋକଟା ଗାଡ଼ିରେ ବସି ଲଗାମ ଧରିଲା । ସେ ବେଶ୍ ଉଜ୍ଜାଟିତ ହେଇ ଗପ ଯୋଡ଼ିଲା । କହିଲା, ମୁଁ ଏମିତି ଘରକୁ ଆସିବାର ଦେଖି ମୋ ସ୍ତ୍ରୀ ଭାବିବ ଯେ ସେମାନେ ମତେ ମାଜିଷ୍ଟ୍ରେଟ୍ କରି ଦେଇଛନ୍ତି । ସେମାନେ ସମସ୍ତେ ହସିଲେ । ଏ ୟାଏଁ ମୂକ ପାଲଟି ଯାଇଥିବା କୁମାଲୋ ବି ହସିଲେ । ଏଇ ଗରୀବ ଲୋକଟା ମାଜିଷ୍ଟ୍ରେଟ୍ ହେବା କଥାରେ ହସିଲେ । ପୁଣି ମାଜିଷ୍ଟ୍ରେଟ୍ ଏମିତିଆ ଗାଡ଼ି ଚଢ଼ିବା କଥାରେ ହସିଲେ । ଏଇ ବୟସ୍କ ଲୋକଟାର ପିଲାଳିଆ ଢଙ୍ଗ ଦେଖି ହସିଲେ । କୁଲୁସେର ଛୁଆଟା ଏଥର ବଞ୍ଚିବ, ସେଥିପାଇଁ ସେ ହସିଲେ । ହାଇ ପ୍ଲେସର ସେଇ କଡ଼ା ଓ ଚୁପଚୁପ ସ୍ୱଭାବର ଲୋକଟା କଥା ଭାବି ସେ ପୁଣି ହସିଲେ । ହସି ହସି ବେଦମ୍ ହେଇ ସେ ଘର ଭିତରକୁ ପଶିଗଲେ । ତାଙ୍କର ସ୍ତ୍ରୀ ଆଶ୍ଚର୍ଯ୍ୟ ଆଖିରେ ତାଙ୍କୁ ଚାହିଁଥାନ୍ତି ।

୩

ପିଲାଟେ ଗୋଦାମ ଘରୁ ଚିରିଟା ଚିଠି ନେଇ ସ୍କୁଲରେ ଦେଲା । ହେଡ଼ ମାଷ୍ଟର ଜଣକ ସେଗୁଡ଼ିକୁ ପାଦ୍ରୀ ଆଙ୍ଖାଙ୍କର ଘରକୁ ପଠାଇଦେଲେ । ଚିଠିସବୁ ଜୋହାନ୍ସବର୍ଗରୁ ଆସିଥିଲା । ଖଣ୍ଡେ ଚିଠି ଆବ୍ସାଲମ ତାର ସ୍ତ୍ରୀକୁ ଲେଖିଥାଏ, ଆଉ ଖଣ୍ଡେ ସେ ତାର ବାପା ମାକୁ ଲେଖିଥାଏ । ତୃତୀୟ ଚିଠିଟା ମିସିମାଙ୍କୁ ଲେଖିଥାନ୍ତି । ଚତୁର୍ଥ ଚିଠି ଖଣ୍ଡିକ ମି: କାର୍ମିଚେଲଙ୍କ ପାଖରୁ ଆସିଥିଲା । ଏଇ ଚିଠି ଖଣ୍ଡିକୁ କୁମାଲୋ ତରତରି ଖୋଲିଲେ । କାରଣ ଏଇ ଚିଠି ଓକିଲଙ୍କ ପାଖରୁ ଆସିଥାଏ ଯିଏ କି ଇଶ୍ୱରଙ୍କ ଦ୍ୱାହିରେ ମାମଲାଟିକୁ ହାତକୁ ନେଇଥିଲେ । ଆଉ ଏଥିରେ ରାଜକ୍ଷମା ଯାଚିକା ବିଷୟରେ ଲେଖାଥିବ । ବେଶ୍ ଭଦ୍ର ଓ ସହାନୁଭୂତିର ସହିତ ସେ ଲେଖିଥିଲେ ଯେ ଆଉ ରାଜକ୍ଷମା ହେଇ ପାରିବ ନାହିଁ

ଏବଂ ମାସର ପନ୍ଦର ତାରିଖରେ ତାଙ୍କର ପୁଅ ଫାଶୀ ପାଇବ । ସେ ଆଉ ପଢ଼ିଲେ
ନାହିଁ । ସେଠି ଘଣ୍ଟେ କି ଦୁଇ ଘଣ୍ଟା ବସି ରହିଲେ । ସେ କିଛି ଦେଖ଼ିପାରୁ ନ ଥିଲେ କି
କିଛି ଶୁଣିପାରୁ ନ ଥିଲେ । ଶେଷରେ ତାଙ୍କ ସ୍ତ୍ରୀ ଆସି କହିଲେ, ଷ୍ଟିଫେନ୍, ତାହେଲେ
ସେଇଟା ଆସି ଯାଇଛି ।

ସେ ମୁଣ୍ଡ ଟୁଙ୍ଗାରିଲେ । ତାଙ୍କର ସ୍ତ୍ରୀ କହିଲେ, ସେଇଟା ମତେ ଦିଅ । ଥରିଲା
ହାତରେ ସେ ଚିଠି ଖଣ୍ଡିକ ତାଙ୍କ ସ୍ତ୍ରୀଙ୍କ ହାତକୁ ବଢ଼ାଇ ଦେଲେ । ଚିଠି ଖଣ୍ଡିକ ପଢ଼ି
ସେ ମେଲା ଆଖ଼ିରେ ସାମ୍ନାକୁ ଚାହିଁ ରହିଲେ । ଦାରୁଣ ହଜିଲା ଦୃଷ୍ଟି । କାରଣ ସେ
ତାଙ୍କରି ପେଟର ଆଉ ଛାତିର ଛୁଆ । ହଠାତ ସେ ଉଠି ପଡ଼ି କହିଲେ, ଏମିତି ବସିବା
ଠିକ୍ ନୁହେଁ । ଚିଠି ପଢ଼ା ସାରିଦିଅ ଆଉ କୁଲୁସେର ଛୁଆଟିକୁ ଦେଖ଼ବାକୁ ଯାଅ । ଆଉ
ସେଇ ଝିଅ ଏଲିଜାବେଥ୍ ବେମାର ଅଛି । ତା କଥା ବୁଝ । ମୋର ଘର କାମ ଅଛି ।

– ଆଉ ଖଣ୍ଡେ ଚିଠି ଅଛି, ସେ କହିଲେ ।

– କାହା ପାଖରୁ ?

– ତା ପାଖରୁ ।

କ୍ରମାଲୋ ତାଙ୍କୁ ଚିଠି ଖଣ୍ଡିକ ଧରାଇ ଦେଲେ । ଯତ୍ନର ସହିତ ଚିଠିକୁ ଖୋଲି
ସେ ପଢ଼ିଲେ । ତାଙ୍କର ଆଖ଼ିରେ, ମୁହଁରେ ଆଉ ହାତରେ ବ୍ୟଥା ଫୁଟି ଉଠିଲା ।
ହେଲେ କ୍ରମାଲୋ ଦେଖ଼ି ପାରିଲେନି । କାରଣ ସେ ଚଟାଣକୁ ମେଲା ଆଖ଼ିରେ
ରହିଁଥାନ୍ତି । ହେଲେ ସେ ଚଟାଣକୁ କିୟ ଅନ୍ୟ କୌ ଜାଗାକୁ ଦେଖ଼ୁ ନ ଥାନ୍ତି ।
ଯନ୍ତ୍ରଣାର ସେଇ ଛାୟରେ ମୁହଁଟା ସୁରୁକୁଟେଇ ଯାଇଥାଏ ଯୋଉଥରୁ ସେ ଏଠିକି
ଫେରିଲା ପରଠୁ ମୁକୁଲି ଆସିଥିଲେ ।

– ଷ୍ଟିଫେନ୍, ସେ ଟିକେ ଟାଣ କରି କହିଲେ ।

କ୍ରମାଲୋ ତାଙ୍କୁ ରହିଁଲେ ।

– ପଢ଼, ସାରିଦିଅ । ଆମର କାମକୁ ଯିବାର ଅଛି ।

ସେ ଚିଠି ଖଣ୍ଡିକ ନେଇ ପଢ଼ିଲେ । ଛୋଟ ଚିଠି ଖଣ୍ଡେ । ସରଳ ଭାଷାରେ
ଲେଖା ହେଇଥାଏ । ପ୍ରଥମ ଧାଡ଼ିଟାକୁ ଛାଡ଼ିଦେଲେ ବାକି ଜୁଲୁରେ ଲେଖା । ଚିଠି
ଲେଖାର ଧାରା ପ୍ରାୟତଃ ଏମିତି:

ମୋର ପ୍ରିୟ ବାପା ଓ ମା: ତମର ଦେହ ପା ଠିକ୍ ଥବ ବୋଲି ମୁଁ ଆଶା କରୁଛି ।
ମୋର ବି ଦେହ ଠିକ୍ ଅଛି । ଆଜି ସକାଳେ ସେମାନେ ମତେ କହିଲେ ଯେ ଆଉ
ରାଜ କ୍ଷମା ହେଇ ପାରିବନି ଯୋଉଥ୍ ପାଇଁ କି ମୁଁ ଆବେଦନ କରିଥିଲି । ତେଣୁ ମୁଁ
ତମମାନଙ୍କୁ କିୟ ଏଣ୍ଟୋସେନିକୁ ପୁଣି ଥରେ ଦେଖ଼ି ପାରିବିନି ।

ଏ ଜାଗାଟି ଭଲ । ମତେ ତାଲା ବନ୍ଦ କରି ରଖାଯାଇଛି । କେହି ଆସି କଥାବାର୍ତ୍ତା କରି ପାରିବେନି । କିନ୍ତୁ ମୁଁ ସିଟାରେଟ ଟାଣିପାରେ, ପଢ଼ିପାରେ, ଚିଠି ଲେଖିପାରେ । ଗୋରା ଲୋକମାନେ ମୋ ସହିତ ଖରାପ ବ୍ୟବହାର କରନ୍ତିନି ।

ପ୍ରିଟୋରିଆରୁ ଜଣେ କଳା ପାଦ୍ରୀ ମତେ ଭେଟିବାକୁ ଆସନ୍ତି । ସେ ମୋ ସହିତ ଭଲ କଥାବାର୍ତ୍ତା କରନ୍ତି । ସେ ମତେ ପ୍ରସ୍ତୁତ କରାଉଛନ୍ତି ।

ଆଉ କିଛି ଖବର ନାହିଁ । ତେଣୁ ଚିଠି ଲେଖା ଏଠି ବନ୍ଦ କରୁଛି । ଏଣ୍ଡୋସେନିର ସମସ୍ତଙ୍କ କଥା ମନେ ପଡୁଛି । ସେଠିକି ଫେରିଥିଲେ ଆଉ କେବେ ଛାଡ଼ିକି ଆସି ନଥାନ୍ତି ।

ତୁମର ପୁଅ,

ଆବ୍‌ସାଲମ୍‌

ଛୁଆଟା ଜନ୍ମ ହେଲାଣି ? ଯଦି ପୁଅ ହୁଏ, ତାର ନାଁ ପିଟର ରଖିବାକୁ ମୋର ଇଚ୍ଛା । ମେଥ୍ୟୁ ଓ ଜୋହାନିସର ମାମଲା କଣ ହେଲା କିଛି ଖବର ପାଇଛ କି ? ଏଇ କେସ୍‌ରେ ପ୍ରମାଣ ଦେବାକୁ ମୁଁ କୋର୍ଟକୁ ଯାଇଛି । କିନ୍ତୁ ସେମାନେ ମତେ କରିବାକୁ ଦେଲେ ନାହିଁ । ବାପା ମୋର, ମୋର ପୋଷ୍ଟ ଅଫିସ୍‌ ଜମା ଖାତାର ଟଙ୍କା ପାଇଲ କି ?

– ଷ୍ଟିଫେନ୍‌, ଏଥର ଆମେ କାମକୁ ଯିବା ?

– ହଁ, ସେଇଟା ଠିକ୍‌ ହେବ । କିନ୍ତୁ ମୁଁ ମିସିମାଙ୍ଗୁଙ୍କର ଚିଠିଟା ଆହୁରି ପଢ଼ିନି । ଆମ ଝିଅର ବି ଖଣ୍ଡେ ଚିଠି ଅଛି ।

– ମୁଁ ସେଇଟା ନେଇଯିବି । ତମର ଚିଠିଟା ଆଗ ପଢ଼ି ଦିଅ । କୁଲୁସେ ଘରକୁ ଯିବ ତ ?

– ହଁ, ସେଠିକି ଯିବି ।

– ଗୋଦାମକୁ ଚଢ଼ି ଯିବାକୁ ତମକୁ ଥକା ଲାଗିବ ?

ସେ ଝରକା ବାହାରକୁ ଚାହିଁଲେ ।

– ଦେଖ, ମେଘ ଦେଖ ।

ସେ ଆସି କୁମାଲୋଙ୍କ ପାଖରେ ଛିଡ଼ା ହେଲେ । ଉମ୍‌ଜିମ୍‌କୁଲୁ ଘାଟିର ଆର ପାଖେ ଓଜନିଆ ଭସା ମେଘ ଦେଖିଲେ ।

– ବର୍ଷା ହେବ । ଦୋକାନକୁ ଯିବାକୁ କଣ ପାଇଁ କହୁଛ ? କୋଉଟା ନିହାତି ଦରକାର କି ?

– ସେମିତି କିଛି ଦରକାର ନାହିଁ, ଷ୍ଟିଫେନ୍‌ । କିନ୍ତୁ ମୁଁ ଭାବିଲି ତମେ

ସ୍ଟୋରୁକୁ ଯାଇ ଗୋରା ଲୋକଟିକୁ ପଚାରିବ ଯେ ମହାମହିମଙ୍କ ସେବା ଯୋଗେ ଏଇ ଚିଠିଗୁଡ଼ା କେନ୍ଦ୍ରୀୟ କାରାଗାରରୁ କେବେ ତାଙ୍କ ପାଖକୁ ପହଞ୍ଚିଲା । କାରଣ ଏମିତିରେ ଆମର ଅପମାନ ତ ବହୁତ ହେଲାଣି ।

– ହଁ, ହଁ ମୁଁ ନିଶ୍ଚେ, ସେଇଟା କରିବି ।

– ତା ହେଲେ ତମ ଚିଠି ଖଣ୍ଡକ ପଢ଼ ।

ସେ ମିସିମାଙ୍କୁଙ୍କର ଚିଠି ଖୋଲିଲେ । ଜୋହାନ୍ସବର୍ଗ୍‌ରେ ହେଉଥିବା ସବୁ ଘଟଣା ବିଷୟରେ ପଢ଼ିଲେ । ନିଜ ଭିତରେ ସେଇ ରହସ୍ୟମୟୀ ମହାନଗରୀର ଏକ କ୍ଷୀଣ ଉଦାସୀ ସ୍ମୃତି ଦେଖି ସେ ଆଶ୍ଚର୍ଯ୍ୟ ହେଇଗଲେ । ଚିଠି ପଢ଼ି ପାରିଲା ପରେ ସେ ମେଘ ଦେଖିବାକୁ ବାହାରକୁ ଆସିଲେ । ନିଷ୍କରୁଣ ସୂର୍ଯ୍ୟର ସପ୍ତାହ ବ୍ୟାପୀ ଦୌରାତ୍ମ୍ୟ ପରେ ଚଲମାନ ମେଘ ଦେଖିବାଟା ବେଶ୍ ରୋମାଞ୍ଚକର । ତା ଭିତରୁ ଖଣ୍ଡେ ଦୁଇ ଖଣ୍ଡ ମେଘ ମୁଣ୍ଡ ଉପରେ ଭାସୁଥାନ୍ତି । ସାରା ଘାଟିକୁ ଛାଇରେ ଘୋଡ଼େଇ ଥାନ୍ତି । ଧୀର ଅଥଚ ନିଶ୍ଚିତ ଗତିରେ ଗଡ଼ାଣିରୁ ଶିଖରକୁ ମୁହାଁଉଥାନ୍ତି । ଆଉ ତାପରେ ଗଡ଼ାଣି ପାରି ହେଲା ବେଳକୁ ଦେଖୁଦେଖୁ ଆକସ୍ମିକ ଓ କ୍ଷୀପ୍ର ଗତିରେ ଉଭାନ୍ ହେଇଯାନ୍ତି । ଏତେ ପାଖରେ, ପୁଣି ଗରମ ହାଓ୍ୱା । ଅତି ଶୀଘ୍ର ଉମ୍ଜିମ୍‌କୁଲୁ ସାରା ଗଡ଼ଗଡ଼ି ମାରିବ । କାରଣ ଆଜି ମରୁଡ଼ି ମରିବ । ଏଥରେ ସନ୍ଦେହ ନାହିଁ ।

ସେ ଛିଡ଼ାହେଇ ମୋଟର କାର୍‌ଟିଏ କେରିସବ୍‌କ୍‌ରୁ ଘାଟି ଭିତରକୁ ଆସିବାର ଦେଖିଲେ । ଏମିତି କ୍ୱଚିତ ଦେଖାଯାଏ । କାର୍‌ଟି ଖୁବ୍ ଧୀରେ ଗଲା । କାରଣ ରାସ୍ତାଟି କାର୍ ଯିବା ପାଇଁ ନ ଥିଲା । ଏଥିରେ ଠେଲାଗାଡ଼ି, ଶଗଡ଼, ଘୋଡ଼ା ଗାଡ଼ି ଖାଲି ଋଲେ । ତାପରେ ସେ ଦେଖିଲେ ଯେ ଚର୍ଚ୍ଚର ଅନତି ଦୂରରେ ଗୋରା ଲୋକ ଜଣେ ଗୋଟେ ଘୋଡ଼ା ଉପରେ ନିଶ୍ଚଳ ହେଇ ବସିଥାନ୍ତି । ସେ କାର୍‌ଟିକୁ ଅପେକ୍ଷା କଲା ପରି ଲାଗୁଥାଏ । ଗୋଟେ ରକମ ଝଟ୍‌କା ପାଇ ସେ ଜାଣିଲେ ଯେ ସିଏ ଜାର୍ଭିସ୍ । କାର୍ ଭିତରୁ ଜଣେ ଗୋରା ବାହାରି ଆସିଲେ । ଆହୁରି ଆଶ୍ଚର୍ଯ୍ୟ ହେଇ ସେ ଦେଖିଲେ ଯେ ସିଏ ମାଜିଷ୍ଟେର୍ । ଆଗ ରାତିର ନିର୍ବୋଧ ପରିହାସ ସଙ୍କୋସଙ୍କୋ ତାଙ୍କ ମନ ଭିତରକୁ ଋଲି ଆସିଲା । ଜାର୍ଭିସ ଘୋଡ଼ାରୁ ଓହ୍ଲାଇ ମାଜିଷ୍ଟେଟ୍‌ଙ୍କ ସହିତ ହାତ ମିଲାଇଲେ । ସାଙ୍ଗରେ ବାଡ଼ି ଓ ପତାକା ଧରି କାର୍‌ରୁ ବାହାରି ଚଢ଼ି ଆସୁଥିବା ଅନ୍ୟ ଗୋରା ଲୋକ ସହିତ ସେ ହାତ ମିଲାଇଲେ । ତାପରେ ଦେଖ ! ଆର ପାଖରୁ ମୋଟାସୋଟା ସର୍ଦ୍ଦାର ଘୋଡ଼ା ଚଢ଼ି ଆସୁଥାନ୍ତି । ପଶୁ ଲୋମର ଟୋପୀ । ଜୋତା ସହିତ ଗୋଡ଼ର ପେଣ୍ଢି ଯାଏଁ ପେଣ୍ଡ । ପରାମର୍ଶଦାତାମାନେ ତାଙ୍କୁ ବେଢ଼ିଥାନ୍ତି । ସର୍ଦ୍ଦାର ଓ ମାଜିଷ୍ଟେଟ୍ ପରସ୍ପରକୁ ସଲାମ କଲେ । ଅନ୍ୟମାନେ ବି ସଲାମ କଲେ ।

ତାପରେ ସେମାନେ ଏକାଠି କଥାବାର୍ତ୍ତା କଲେ । ଏଥର ସ୍ପଷ୍ଟ ହେଲା ଯେ ସେମାନେ କୌଣସି ଗୋଟେ ଉଦ୍ଦେଶ୍ୟ ନେଇ ଏକାଠି ହେଇଛନ୍ତି । ସେମାନେ ପାଖ ଜାଗା ଓ ଦୂର ଜାଗାକୁ ହାତ ଦେଖାଇ କଣ ସବୁ କହୁଥାନ୍ତି । ପରାମର୍ଶଦାତାଙ୍କ ଭିତରୁ ଜଣେ ଓହ୍ଲାଇ ସିଧା ଓ ସଫା ଡାଳ ଥିବା ଗଛମାନ କାଟି ପକାଇଲା । ଡାଳସବୁକୁ ମାପଟ୍ରୁପରେ କାଟି ଉପରଟା ମୁନିଆଁ ରଖିଲା । କୁମାଲୋ ଗୋଟେ ରକମ ଧନ୍ଦ ହେଇଗଲେ । କିଛି ବୁଝି ପାରିଲେନି । ଗୋରାମାନେ କାର୍ ଭିତରୁ ଆହୁରି ବାଡ଼ି ଓ ପତାକା କାଢ଼ିଲେ । ତାଙ୍କ ଭିତରୁ ଜଣେ ତିନି ଗୋଡ଼ିଆ ବାକ୍ସଟିଏ ଆଣି ରଖିଲା । ଯେମିତିକି ସେ ଫଟୋ ଉଠାଇବ । ଜାର୍ଭିସ୍ କେତେଟା ବାଡ଼ି ଓ ପତାକା ନେଲେ । ଗରମ ଯୋଗୁଁ କୋଟ୍ ଖଣ୍ଡିକ କାଢ଼ି ସାରିଲା ପରେ ମାଜିଷ୍ଟ୍ରେଟ ବି ସେଥିରୁ କେତେଟା ନେଲେ । ମେଘ ଆଡ଼କୁ ଆଙ୍ଗୁଠି ଦେଖାଇଲେ । ଶେଷରେ ସେମିତି ଲାଗୁଛି ତ, ଜାର୍ଭିସ୍ କହୁଥିବାର କୁମାଲୋ ଶୁଣିଲେ ।

ସର୍ଦ୍ଦାର ଭଲା କାହିଁ ପଛରେ ପଡ଼ିବେ । ତେଣୁ ସେ ଘୋଡ଼ାରୁ ଓହ୍ଲାଇ ପଡ଼ି କେତେଟା ବାଡ଼ି ନେଲେ । କଣଟା କରାଯାଉଛି ସେ ବି ଠିକ୍‌ରେ ବୁଝି ନ ଥିବାର କୁମାଲୋ ଜାଣିଲେ । ଜାର୍ଭିସ୍ ଏସବୁ ଦାୟିତ୍ୱରେ ଥିଲା ପରି ଜଣା ପଡୁଥାଏ । ସେ ଗୋଟେ ବାଡ଼ି ନେଇ ତଳେ ପୋତି ଦେଲେ । ସର୍ଦ୍ଦାର ତାଙ୍କର ଉପଦେଷ୍ଟାଙ୍କ ଭିତରୁ ଜଣକୁ ବାଡ଼ିଟାଏ ଦେଇ କଣଟେ କହିଲେ । ପରାମର୍ଶଦାତା ଜଣକ ବାଡ଼ିଟାକୁ ତଳେ ପୋତି ଦେଲେ । ତେବେ ତିନି ଗୋଡ଼ିଆ ବାକ୍ସ ଆଣିଥିବା ଗୋରା ଲୋକଟା ପାଟିକଲା, ସେଠି ନୁହଁ, ସେଠି ନୁହଁ, ସେଇ ବାଡ଼ିଟାକୁ ଉଠେଇ ନିଅ । ଉପଦେଷ୍ଟା ଦୁଇ ଆଡ଼େ ଧନ୍ଦ ହେଇଗଲା ଓ କୁନ୍ଦୁକୁନ୍ଦୁ ହେଇ ସର୍ଦ୍ଦାରକୁ ଚାହିଁଲା । ସେ ରାଗିଯାଇ କହିଲେ, ସେଠି ନୁହଁ, ସେଠି ନୁହଁ, ସେଟାକୁ ନେଇଯାଆ । ଅପ୍ରସ୍ତୁତ ହେଇ ତା କଥାଟିକୁ ପୁରା ବୁଝି ନ ପାରି ସର୍ଦ୍ଦାର ଗୋରାମାନଙ୍କ ଉପରେ ବାଡ଼ି ପୋତିବା କାମଟା ଛାଡ଼ିଦେଲେ ଘୋଡ଼ା ଉପରରକୁ ଚଢ଼ିଯାଇ ସେଠି ବସି ରହିଲେ ।

ଗୋଟେ ଘଣ୍ଟା ବିତିଗଲା । ଯା ଭିତରେ ସେଠି ଅନୁକ୍ରମରେ ପୋତା ବାଡ଼ି ଓ ପତାକାର ଗୋଟେ ବ୍ୟୂହ ରଚନା ହେଇ ସାରିଥାଏ । କୁମାଲୋ ସେମିତି ଅବୁଝା ଆଖିରେ ଚାହିଁ ରହିଲେ । ଜାର୍ଭିସ୍ ଓ ମାଜିଷ୍ଟ୍ରେଟ ଏକାଠି ଛିଡ଼ା ହେଇଥାନ୍ତି । ପାହାଡ଼ ଆଡ଼କୁ ଇଶାରା କରୁଥାନ୍ତି । ଟିକିଏ ପରେ ବୁଲି ପଡ଼ି ସେମାନେ ଘାଟି ଆଡ଼କୁ ଇଶାରା କଲେ । ତାପରେ ସେମାନେ ସର୍ଦ୍ଦାର ସହିତ କଥାବାର୍ତ୍ତା କଲେ । ପରାମର୍ଶଦାତାମାନେ ଛିଡ଼ା ହେଇ ବେଶ୍ ଗାମ୍ଭୀର୍ଯ୍ୟ ଓ ମନୋଯୋଗର ସହିତ ସେମାନଙ୍କ ବାର୍ତ୍ତାଳାପକୁ ଶୁଣୁଥାନ୍ତି । ସେଇଟା ବହୁତ ଲମ୍ବା, ଜାର୍ଭିସ୍ ମାଜିଷ୍ଟ୍ରେଟଙ୍କୁ

କହୁଥିବାର କୁମାଲୋ ଶୁଣିଲେ । ମାଜିଷ୍ଟ୍ରେଟ କାନ୍ଧ କୁଞ୍ଚେଇ କହିଲେ, ଏସବୁ ଏମିତି ହିଁ କରାଯାଏ । ତାପରେ ଜାର୍ଭିସ୍‌ କହିଲେ, ମୁଁ ପ୍ରିଟୋରିଆ ଯିବି । ତମର କିଛି ଅସୁବିଧା ନାହିଁ ତ ? ମାଜିଷ୍ଟ୍ରେଟ୍‌ କହିଲେ, ମୋର କିଛି ଅସୁବିଧା ନାହିଁ । ଏମିତିରେ କାମ ହେଇଯାଉ । ଜାର୍ଭିସ୍‌ କହିଲେ, ତମର ସାଙ୍ଗ ଛାଡ଼ି ଯିବାକୁ ମୋର ମନ ବଳୁ ନାହିଁ । ତେବେ ଯଦି ତମେ ଶୃଙ୍ଖଳାରେ ଘରକୁ ଯିବାକୁ ରୁହଁ, ତାହେଲେ ଏବେଠୁ ଗାଡ଼ିରେ ବାହାର, ବେଶ୍‌ ଜୋର୍‌ଦାରିଆ ଝଡ଼ ହେବ ।

କିନ୍ତୁ ଜାର୍ଭିସ୍‌ ନିଜେ ଗାଡ଼ିରେ ଗଲେ ନାହିଁ । ମାଜିଷ୍ଟ୍ରେଟଙ୍କ ଠାରୁ ବିଦାୟ ନେଇ ଜାର୍ଭିସ୍‌ ମେଲା ପଡ଼ିଆରେ ଚାଲିବା ଆରମ୍ଭ କଲେ । ନିଜ ହିସାବରେ ଛଲାଙ୍ଗ ମାରି ଦୂରତା ମାପୁଥାନ୍ତି । ସେ କେମିତି ଅବାଗିଆ ହେଇ ଯାଉଛନ୍ତି । ମୁଁ ଯାହା ଶୁଣିବାକୁ ପାଉଛି ଯେ ଅତି ଶୀଘ୍ର ତାଙ୍କ ପାଖରେ ଗୋଟେ ଛଦାମ୍‌ ପଇସା ବି ରହିବନି । ମାଜିଷ୍ଟ୍ରେଟ ଗୋରା ଲୋକଙ୍କ ଭିତରୁ ଜଣକୁ କହୁଥିବାର କୁମାଲୋ ଶୁଣିଲେ ।

ତାପରେ ମାଜିଷ୍ଟ୍ରେଟ୍‌ ସର୍ଦ୍ଦାରକୁ କହିଲେ, ଏଇ ବାଡ଼ି ଉପରେ ଯେମିତି କେହି ହାତ ମାରିବେନି କି ଓପାଡ଼ି ଦେବେନି ସେଇଟା ନଜର ରଖିବ । ସର୍ଦ୍ଦାରକୁ ସଲାମ କରି ସେ ଅନ୍ୟ ଗୋରା ଲୋକଙ୍କ ସହ ଗାଡ଼ିରେ ବସିଲେ ଆଉ ପାହାଡ଼ି ରାସ୍ତାରେ ଆଗକୁ ବଢ଼ିଲେ । ସର୍ଦ୍ଦାର ତାଙ୍କ ପରାମର୍ଶଦାତା ମାନଙ୍କୁ କହିଲେ, ଏଇ ବାଡ଼ିରେ କେହି ହାତ ନ ମାରିବା ପାଇଁ ଓ ନ ଓପାଡ଼ିବା ପାଇଁ ଆଦେଶ ଦିଅ । ଉପଦେଷ୍ଟାମାନେ ଘାଟିରେ ଯେଉଁ ବାଟରେ ଘୋଡ଼ା ଛୁଟାଇଲେ । ସର୍ଦ୍ଦାର ଚର୍ଚ ପାରି ହେଲେ । କୁମାଲୋଙ୍କ ଅଭିବାଦନ ଗ୍ରହଣ କଲେ । କିନ୍ତୁ ବାଡ଼ି ବିଷୟରେ କିଛି କହିବା ପାଇଁ ଟିକେ ଅଟକିଲେ ନାହିଁ ।

ଜାର୍ଭିସଙ୍କ କଥା ସତ । ଜୋର୍‌ସୋର୍‌ ଝଡ଼ ତୋଫାନ ହେବ । ସାରା ଘାଟି ଉପରେ କଳା ଅନ୍ଧାର ଘୋଟି ଆସିଲାଣି । ପଡ଼ିଆ ସବୁ ଆଉ ଛାଇଛାଇଆ ଲାଗୁନି । ସବୁ ଗୋଟେ ଛାଇରେ ଏକାକାର । ଉମ୍‌ଜିମ୍‌କୁଲୁର ଆର ପାଖେ ଘଡ଼ଘଡ଼ି ଅନବରତ ଗର୍ଜ ଚାଲିଥାଏ । ମଝି ମଝିରେ ଦୂର ପାହାଡ଼ ସନ୍ଧିରେ ବିଜୁଲି ମାରୁଥାଏ । ଶେଷରେ ବର୍ଷା, ଏଇ ମୁହୂର୍ତ୍ତଟି ପାଇଁ ସବୁ ଲୋକ ଅପେକ୍ଷା କରିଥିଲେ । ସ୍ତ୍ରୀଲୋକମାନେ ରାସ୍ତାରେ ତରତର ପାହୁଣ୍ଡ ପକାଇ ଚାଲିଥାନ୍ତି । ହଠାତ ହୋହଲ୍ଲା କରି ପିଲାମାନେ ସ୍କୁଲରୁ ବାହାରି ଆସିଲେ । ହେଡ଼୍‌ମାଷ୍ଟର ଓ ତାଙ୍କର ଶିକ୍ଷକମାନେ ପିଲାଙ୍କୁ ଘଉଡ଼ିଲା ପରି କହୁଥାନ୍ତି, ବେଗି, ବେଗି, ରାସ୍ତାରେ ଟହଲ ମାର ନାହିଁ ।

ଝଡ଼ଟା ଦେଖ଼ିବା ଭଲି । ଉମ୍‌ଜିମ୍‌କୁଲୁ ଉପରେ ମାଳ ମାଳ କଳା ବର୍ଷୁଥିବା

ମେଘ । କୁମାଲୋ ବେଶ୍ କିଛି ସମୟ ଛିଡ଼ ହେଇ ଚାହିଁଲେ । ତା' ଭିତରୁ ବିଜୁଲି ଘଡ଼ଘଡ଼ି ବାହାରି ତଳେ ପ୍ରଥ୍ବୀ ଉପରେ ତୀର ବିନ୍ଧିଲା ପରି ପଶିଯାଇ ତାକୁ ଦୁଲୁକେଇ ଦେଲେ । ଏଣ୍ଡୋସେନିରେ ଅଣଚାସ ପବନ ପିଟିଲା । ପଡ଼ିଆ ଭୂଇଁରେ, ରାସ୍ତାରେ ଧୂଳିର ଚକାଭଉଁରି ଖେଳ । କଳା ଅନ୍ଧାର ଘୋଟି ଆସିଲା । ଚାହୁଁ ଚାହୁଁ ଉମ୍ଜିମ୍‌କୁଲୁ ସେପାରି ପାହାଡ଼ମାନ ବର୍ଷାରେ ରୁନ୍ଧି ହେଇଗଲା । ବାଡ଼ ପାଖରେ ଅସ୍ଥିର ହେଇ ଛିଡ଼ା ହେଇଥ‌ିବା ଘୋଡ଼ାଟି ପାଖକୁ ଜାର୍ଭିସ୍ ତରତର ହେଇ ଯାଉଥ‌ିବାର ଦେଖ‌ିଲେ । ସେ ଘୋଡ଼ାଟିର କାଠ‌ି ଓ ଲଗାମ ଖୋଲିଦେଲେ । କ'ଣ ପଦେ କହି ତାକୁ ଢିଲା ଛାଡ଼ି ଦେଲେ । ତାପରେ ଶୀଘ୍ର କୁମାଲୋଙ୍କ ଆଡ଼କୁ ଯାଇ ତାଙ୍କୁ ଡାକିଲେ, ଉମ୍‌ଫୁନ୍‌ତିସ୍ ।

– ଉମ୍‌ନୁମ୍‌ଜାନ୍ (ସାର) ।

– ମୁଁ ଏସବୁ ଜିନିଷ ତମ ଦ୍ୱାରମୁହଁ ମଣ୍ଡପରେ ରଖ‌ିଦେଇ, ତମ ଚର୍ଚ୍ଚରେ ରହିପାରିବି କି ?

– ହଁ ନିଶ୍ଚେ, ମୁଁ ବି ତମ ସାଙ୍ଗରେ ଯିବି ଉମ୍‌ନୁମ୍‌ଜାନ୍ ।

ଦୁହେଁ ଚର୍ଚ୍ଚ ଭିତରକୁ ଗଲେ । ମୁଣ୍ଡ ଉପରେ ଜୋର୍‌ସୋର୍‌ରେ ମେଘ ଘଡ଼ଘଡ଼ି ଗର୍ଜୁଥାଏ । କ୍ଷେତ ପଡ଼ିଆରେ ବର୍ଷା ଧସେଇ ପଶିବାର ଶୁଣାଗଲା । ଟିଣ ଛାତଟା ଉପରେ ବର୍ଷା ପଡ଼ିବାର ଶବ୍ଦରେ କାନ ଏମିତି ବଧ‌ିରୋ ପଡ଼ୁଥାଏ ଯେ କଥାବାର୍ତ୍ତା ହେବାଟା ଅସମ୍ଭବ ଥଲା । କୁମାଲୋ ଚର୍ଚ୍ଚରେ ଗୋଟେ ଦୀପ ଲଗାଇଲେ । ଜାର୍ଭିସ୍ ଗୋଟେ ବେଞ୍ଚରେ ନିଶ୍ଚଳ ହେଇ ବସି ରହିଲେ ।

ହେଲେ କିଛି ସମୟପରେ ପୁରୁଣା କଳଙ୍କିଲଗା ଛାତରେ ପାଣି ଗଲିବା ଆରମ୍ଭ କଲା । ଜାର୍ଭିସ୍ ବାଧ୍ୟ ହେଇ ଉଠିଲେ ।

ଘାବରେଇ ଯାଇ ଗୋଟେ ରକମ ମାଫି ମାଗିବାକୁ ଚାହିଁ ସେ ବଡ଼ ପାଟିରେ କହିଲେ, ଛାତରୁ ପାଣି ଗଲୁଛି । ଜାର୍ଭିସ୍ ସେମିତି ବଡ଼ ପାଟିରେ ତାଙ୍କୁ କହିଲେ, ମୁଁ ଦେଖ‌ିଲିଣି ।

ଏଥର ଜାର୍ଭିସ୍ ବସିଥ‌ିବା ଜାଗାରେ ପୁଣି ପାଣି ଗଲିଲା । ତାଙ୍କୁ ପୁଣି ସେଠୁ ଉଠିବାକୁ ପଡ଼ିଲା । ଅଧା ଅନ୍ଧାରରେ ସେ ବୁଲିବୁଲି ବେଞ୍ଚ ଗୁଡ଼ିକୁ ହାତରେ ଛୁଇଁ ପରଖ‌ିଲେ । ବସିବା ପାଇଁ ଜାଗାଟେ ପାଇବା କଷ୍ଟକର ଥ‌ିଲା । ବେଞ୍ଚ ଉପରେ ଶୁଖ‌ିଲା ଜାଗାଟେ ଥ‌ିଲେ ସେଥ‌ିରେ ଉପରୁ ପାଣି ଗଲୁଥ‌ିଲା । ଆଉ ତଳେ ଶୁଖ‌ିଲା ଜାଗାଟେ ଥ‌ିଲେ ତା' ପରେ ବେଞ୍ଚ ତଲୁ ପାଣି ମାଡ଼ି ଯାଉଥ‌ିଲା ।

– ଛାତର ଗୁଡ଼ାଏ ଜାଗାରେ ପାଣି ଗଲୁଛି, କୁମାଲୋ ବଡ଼ ପାଟିରେ କହିଲେ ।

– ମୁଁ ବି ଦେଖ ସାରିଛି, ଜାର୍ଭିସ୍ ବଡ଼ ପାଟିରେ ଉତ୍ତର ଦେଲେ ।

ଶେଷରେ ବେଶୀ ପାଣି ପଡୁ ନ ଥିବା ଜାଗାଟେ ଜାର୍ଭିସ୍ ପାଇଲେ । କୁମାଲୋ ବି ସେମିତି ଜାଗାଟେ ପାଇଲେ । ଦୁହେଁ ନୀରବରେ ବସିଲେ । କିନ୍ତୁ ବାହାରେ ନୀରବତା ନ ଥିଲା । ବାହାରେ ଘଡ଼ଘଡ଼ିର ଭୀଷଣ ଗର୍ଜନ ଆଉ କାନକୁ ବଧିରା କଲାଭଳି ମୂଷଳ ଧାରାରେ ବର୍ଷା ।

ବହୁତ ସମୟ ଧରି ସେମାନେ ସେଠି ବସି ରହିଲେ । ଝରନ୍ ପାଣିର ସୁଅ ଆଉ ମାଲା ନଈ ପୁଣି ଜୀଇଁ ଉଠିବାର ଶୁଣି ପାରିଲେ । ଝଡ଼ ଥମି ଯାଇଥିବାର ଜାଣିଲେ । ଘଡ଼ଘଡ଼ିର ଆହୁରି ଦୂରେଇ ଶୁଭିଲା । ଚର୍ଚ୍ଚ ଭିତରେ ଫିକା ଆଲୁଅ । ଛାତ ଉପରେ ବର୍ଷାର ଶବ୍ଦ କମିଗଲା ।

ଜାର୍ଭିସ୍ ଉଠିଲେ । କୁମାଲୋଙ୍କ ପାଖରେ ଥିବା ଗଲିରେ ଛିଡ଼ା ହେଲେ । ବୃଦ୍ଧ ଜଣକ ଆଡ଼କୁ ନ ଚାହିଁ ସେ ପଚାରିଲେ, ରାଜ କ୍ଷମା ହେଲା ?

କୁମାଲୋ ଥରିଲା ହାତରେ ବଟୁଆରୁ ଚିଠି ଖଣ୍ଡିକ କାଢ଼ିଲେ । ଏକେ ତ ଦୁଃଖ ସନ୍ତାପରେ ତାଙ୍କର ହାତ ଥରୁଥାଏ, ଆହୁରି ବି ଏଇ ଲୋକଟା ସାମ୍ନାରେ ସବୁବେଳେ ତାଙ୍କର ସେଇୟା ହୁଏ । ଜାର୍ଭିସ୍ ଚିଠିଟା ନେଇ ଫିକା ଆଲୁଅରେ ମେଲାଇ ପଢ଼ିଲେ । ତା'ପରେ ତାକୁ ପୁଣି ଲଫାପାରେ ପୁରାଇ କୁମାଲୋଙ୍କୁ ଫେରାଇ ଦେଲେ ।

– ଏସବୁ ବିଷୟ ମୁଁ ବୁଝେନା, ଅନ୍ୟଥା କଥାଟିକୁ ପୁରା ବୁଝୁଛି ।

– ତମ କଥା ବୁଝି ପାରୁଛି, ଉମ୍ନୁମ୍ଜାନ୍ ।

– କୁମାଲୋ ବେଦୀକୁ ଓ ବେଦୀ ଉପରର କ୍ରୁଶକୁ ଚାହିଁ ଘଡ଼ିଏ ବେଳ ରୁପ ରହିଲେ ।

– ପନ୍ଦର ତାରିଖ, ମୋର ମନେ ରହିବ ଯେ । ଭଲେ ଭଲେ ଥାଅ, ଉମ୍ଫୁନ୍‌ଡିସି ।

କୁମାଲୋ ସେ ଭଲରେ ଯିବା ପାଇଁ କିଛି ଶୁଭେଚ୍ଛା ଜଣାଇଲେ ନାହିଁ । କାଠି ଓ ଲଗାମ ଧରିଦେବା ପାଇଁ ନିଜ ଆଡୁ କହିଲେ ନାହିଁ । କ୍ଷୀର ପାଇଁ ଜାର୍ଭିସ୍‌ଙ୍କୁ ଧନ୍ୟବାଦ ବି ଜଣାଇଲେ ନାହିଁ । ଆଉକିଛି ନହେଲେ ସେ ବାଡ଼ି ବିଷୟରେ ତ ପଚାରି ପାରିଥାନ୍ତେ । ସେତକ ବି କଲେ ନାହିଁ । ସେ ଉଠି ବାହାରିଲା ବେଳକୁ ଜାର୍ଭିସ୍ ଯାଇ ସାରିଥିଲେ । ତଥାପି ବର୍ଷା ପଡୁଥାଏ କିନ୍ତୁ ଧୀମା । ପୁରା ଘାଟିଟା ଝରଣା ଓ ନଦୀର ନାଦରେ ଶବ୍ଦମୟ । ମାଟିର ରକ୍ତରେ ସବୁକିଛି ଲାଲ ।

*

ସେଇ ସନ୍ଧ୍ୟାରେ ସୂର୍ଯ୍ୟାସ୍ତର ମ୍ଲାନ ନାଲି ଆଲୋକରେ ସେମାନେ ବାହାରି

ଆସିଲେ ଓ ବାଡ଼ି ସବୁକୁ ପରୀକ୍ଷା ନିରୀକ୍ଷା କଲେ। କିନ୍ତୁ ତାଙ୍କର ଉଦ୍ଦେଶ୍ୟ କେହି ବୁଝି ପାରିଲେନି। ଛୋଟ ପିଲାମାନେ ଆକାଶ ଆଡ଼କୁ ଆଖିର ଡୋଲା ଦେଖାଇ ଆଉ ବଲ ଲଗାଇ ମାଟିରୁ ବାଡ଼ିକୁ ଓପାଡ଼ିବାର ବ'ହାନା କରୁଥାନ୍ତି। କୁନି ଝିଅମାନେ ଖୁସି ଓ ଆଶଙ୍କାର ମିଶାମିଶି ଆଖିରେ ଦେଖୁଥାନ୍ତି। ଏଇ ଖେଳ ଚାଲିଥିବା ବେଳେ ଡାକୁମାର ପୁଅଟା ଭୁଲବଶତଃ ଗୋଟେ ବାଡ଼ି ଓପାଡ଼ି ଦେଲା। ଭୟରେ ଘାବରେଇ ଯାଇ ସେଠି ଛିଡ଼ା ହେଇ ରହିଲା। ସବୁ ଚୁପଚାପ୍। ଛୋଟ ପିଲାମାନେ ଡରିଲା ଆଖିରେ ବଡ଼ ମାନଙ୍କୁ ଅନେଇ ଥାନ୍ତି। ଝିଅ କେତେଜଣ କାନ୍ଦି କାନ୍ଦି ମାଁ ପାଖକୁ ଦୌଡ଼ି ଗଲେ। କେତେଜଣ ଆଶଙ୍କାରେ ମୁହଁ ଖସ୍କେଇଲେ। ଆଉ କେତେଜଣ କହୁଥାନ୍ତି, ଆମେ ତତେ କହୁଥିଲୁ ନା, ତତେ କହୁଥିଲୁ ନା। ପିଲାଟାର ମାଁ ଆସି ତାକୁ ଟାଣିନେଲା। ପିଲାକୁ ହଲେଇ ଦେଇ କହିଲା, ବେସରମ୍ କୋଉଠିକାର, ମୋର ଇଜ୍ଜତ ନେଲୁଟି। ବୟସ୍କ ଲୋକମାନେ ଜାଗାଟିକୁ ଛାନ୍ଭିନ୍ କଲେ। ଗୋଟେ ଗାତ ଅଛି, ଜଣେ କହିଲା। ସେମାନେ ବାଡ଼ିଟାକୁ ବେଶ୍ ସାବଧାନତାର ସହିତ ସେଠି ପୋତିଦେଲେ। ଜଣେ ଆଣ୍ଠେଇ ପଡ଼ି ବାଡ଼ି ଭିତିକଡ଼ର ମାଟିକୁ ଥପଥପେଇ ଦେଲା ଯେମିତିକି ବାଡ଼ିଟା କେବେ କଡ଼ା ହେଇଥିଲା ବୋଲି ଜଣା ପଡ଼ିବନି। କିନ୍ତୁ ଜଣେ କହିଲା– ଟିକେ ଖାବୁଡ଼େଇ ଦିଅ। କାରଣ ମାଟି ଓଦା ଅଛି। ଥପଥପା ହେଇଥିବାର ଜଣା ପଡ଼ିଯିବ ତେଣୁ ସେମାନେ ତାକୁ ଆବୁଡ଼ାଖାବୁଡ଼ା କରିଦେଲେ। ତା ଉପରେ ଘାସ ଓ ଗୋଡ଼ି ରଖିଦେଲେ। ଏଥର ଆଉ କିଛି ସେମିତି ଜଣା ପଡ଼ିଲାନି।

ତାପରେ କ୍ଷୀର ଗାଡ଼ି ପହଞ୍ଚିଲା। ଛୋଟ ଛୁଆଙ୍କର ମାଁ ମାନେ ନିଜେ ଆସି କିମ୍ବା ଲୋକ ପଠେଇ ଚର୍ଚ୍ଚର ନିଜ ନିଜ ଭାଗର କ୍ଷୀର ନେବାପାଇଁ ଚର୍ଚ୍ଚକୁ ଗଲେ।

– ଏଇ ବାଡ଼ିସବୁ କଣ ପାଇଁ ? କୁମାଲୋ ତାଙ୍କ ବନ୍ଧୁଙ୍କୁ ପଚାରିଲେ।

– ଉମ୍‍ଫୁନ୍‍ଡିସି, ମୁଁ ଜାଣେନି। ତେବେ କାଲି କଥାଟା କଣ ଜାଣିବାକୁ ଚେଷ୍ଟା କରିବି।


## ୪

ବାଡ଼ିସବୁ ଦିନଦିନ ଧରି ସେଇ ଜାଗାରେ ସେମିତି ରହିଥାଏ। ହେଲେ ଆଉ କେହି ଘାଟିକୁ ଆସିଲେ ନାହିଁ। ସେଠି ଗୋଟେ ବନ୍ଧ ତିଆରି ହେବାର ଗୁଜବ ଶୁଣା ଯାଉଥାଏ। କିନ୍ତୁ ବନ୍ଧଟା କେମିତି ପୁରା ଯିବ ସେ କଥା କେହି ଜାଣୁ ନ ଥାନ୍ତି। କାରଣ ଚର୍ଚ୍ଚ ପାଖ ଦେଇ ଯାଉଥିବା ଝରଣାଟା ପ୍ରାୟତଃ ଶୁଖିଲା ରହେ। ସେଠା

ଏତେ ବଡ଼ ବି ନୁହଁ। ଜାର୍ଭିସ୍ ବ୍ୟବସାୟ କାମରେ ପ୍ରିଟୋରିଆ ଯାଇଥିବାର କୁମାଲୋଙ୍କୁ ତାଙ୍କର ବନ୍ଧୁ କହିଲେ। ତାଙ୍କର ଏଇ ବାଡ଼ି ବ୍ୟବସାୟ ହେଇଥିବ ଯୋଉଟା ଡେମ୍ ତିଆରି କାମରେ ଲାଗିବ।

ଦିନ ଗଡ଼ିଯାଏ। ଏଣ୍ଟୋସେନିର ପୁନରୁଦ୍ଧାର ପାଇଁ କୁମାଲୋ ନିତି ପ୍ରାର୍ଥନା କରୁଥାନ୍ତି। ସବୁଦିନ ପୃଥିବୀରେ ସୂର୍ଯ୍ୟ ଉଏଁ, ପୁଣି ଅସ୍ତ ଯାଏ।

କୁଲୁସେର ଛୁଆଟା ସୁସ୍ଥ ହେଇଗଲା। କୁମାଲୋ ତାଙ୍କର ପାଦ୍ରୀ କାମରେ ଲାଗିଲେ। ସ୍କୁଲ ଚଲୁ ହେଲା। ପିଲାମାନେ ସେଠି ବିହନ, ଝରା, ଗୋଚର ଭୂଇଁ ପାଇଁ ଉପଯୁକ୍ତ ଘାସ, ମାଟିରେ ଦେବା ପାଇଁ ଖତ, ଗାଈଗୋରୁଙ୍କ ପାଇଁ ଉପଯୁକ୍ତ ଗୋରୁରା ଇତ୍ୟାଦି ବିଷୟରେ ନିଶ୍ଚୟ ଶିଖୁଥିବେ, ଏଥିରେ ସନ୍ଦେହ ନାହିଁ। ଅଧିକାଂଶ ଲୋକ ଜାର୍ଭିସଙ୍କ ଫେରିବାଟାକୁ ଟାକିଥାନ୍ତି। ତା'ପରେ ଯାଇ କ'ଣ ସବୁ ଯୋଜନା ଚାଲିଛି ସେଟା। ଜଣାପଡ଼ିବ। ପ୍ରାୟ ଲୋକ ଭାବୁଥାନ୍ତି ଯେ କେବଳ ଜାର୍ଭିସ୍ ହିଁ ଏଥିରେ ବିରାଟ ଚମତ୍କାର ଦେଖାଇ ପାରିବେ।

ଝିଅଟା ତା'ର ନୂଆଁ ଘରେ ବେଶ୍ ଖୁସି ଥାଏ। କାରଣ ସେ ସ୍ନେହ କାଙ୍ଗାଲି। ଛୋଟ ପୁଅଟା ତା'ର ସାଙ୍ଗ ପିଲାଙ୍କ ସହିତ ଖେଲେ। ଥରେ କି ଦୁଇ ଥର ତା'ର ମାଁ କଥା ପଚାରିଥିଲା। ସମୟକ୍ରମେ ସେ ତାକୁ ଭୁଲିଯିବ। ଆବ୍‌ସାଲମ୍ ବିଷୟରେ କେହି ପଚାରନ୍ତିନି। ଘରେ ନିଜ ଭିତରେ ନିଶ୍ଚେ କଥା ହେଉଥିବେ। ତେବେ ତାକୁ ନେଇ ସେମାନେ ପାଦ୍ରୀଙ୍କ ପ୍ରତି ତାଙ୍କର ଶ୍ରଦ୍ଧା. ସମ୍ମାନରେ ଉଣା କରନ୍ତିନି।

ଦିନେ ଛୋଟ ଗୋରା ପିଲାଟା ଘୋଡ଼ା ଚଢ଼ି ଆସିଲା। ସ୍ୱାଗତ କରିବାକୁ କୁମାଲୋ ବାହାରିବାରୁ ସେ ବି ଆଗ ପରି ଟୋପୀଟା ଉଠାଇଲା। ପୁଣି ଥରେ ତାଙ୍କର କୁନି ଆଗନ୍ତୁକକୁ ଦେଖି କୁମାଲୋ ବେଶ୍ ଖୁସି ହେଲେ।

— ମୁଁ ଜୁଲୁରେ କଥା ହେବାକୁ ପୁଣି ଆସିଛି। ସେ ଘୋଡ଼ା ଉପରୁ ଓହ୍ଲାଇ ପଡ଼ି ଲଗାମଟାକୁ ଖୁଣ୍ଟରେ ବାନ୍ଧି ଦେଲା। ଜଣେ ଲୋକର ବିଶ୍ୱାସରେ ସେ ଘର ଭିତରକୁ ଗଲା। ଯିବା ଆଗରୁ ସେ ଟୋପୀଟା କାଢ଼ି ପାପୋଛରେ ଗୋଡ଼ ପୋଛିଲା। ଭିତରେ ବସି ପଡ଼ି ଖୁସିରେ ଚାରିପଟକୁ ଅନେଇଲା। କୁମାଲୋଙ୍କୁ କେହି ଜଣେ ଦୀପ୍ତିମାନ ଘର ଭିତରକୁ ଆସିବାର ଅନୁଭବ ହେଲା।

— ତମର ହିସାବ କିତାବ ସରିଲା, ଉମ୍‌ଫୁନ୍ଡିସ୍ ?

— ହଁ, ସେଇଟା ସରିଯାଇଛି, ଇଙ୍କୋସାନା।

— ସବୁ ଠିକ୍ ଥିଲା ?

କୁମାଲୋ ହସିଲେ। ସେ ନ ହସି ରହି ପାରିଲେନି।

– ହଁ, ଠିକ୍ ଥିଲା। କିନ୍ତୁ ଏତେ ଭଲ ନ ଥିଲା।

– ବେଶୀ ଭଲ ନ ଥିଲା, ଯେଁ? ଜୁଲୁ ଶିଖେଇବାକୁ ରାଜି ତ?

କୁମାଲୋ ପୁଣି ହସିଲେ। ଟେବୁଲ ଆର ପାଖ ଚୌକିଟାରେ ବସି କହିଲେ, ହଁ ମୁଁ ରାଜି। ତମର ଜେଜେବାପା କେବେ ଫେରିବେ?

– ମୁଁ ଜାଣେନି। ସେ ଶୀଘ୍ର ଫେରିଥାଆନ୍ତେ ଭଲ ଲାଗିବ। ମତେ ତାଙ୍କୁ ଭାରି ଭଲ ଲାଗେ।

କୁମାଲୋ ଏ କଥାରେ ହସିଥାନ୍ତେ। ତେବେ ହସିବା କଥା ନୁହଁ, କୁମାଲୋ ଭାବିଲେ। କିନ୍ତୁ ଛୋଟ ପିଲାଟା ନିଜେ ହସିଲା। ତେଣୁ କୁମାଲୋ ବି ହସିଲେ। ଛୋଟ ପିଲାଟା ସାଙ୍ଗରେ ଥିଲେ ହସ ଲାଗେ। ତା ଭିତରେ ହସ ଛପି ରହିଥାଏ ଯେମିତି।

– ତମେ ଜୋହାନ୍‌ସବର୍ଗକୁ କେବେ ଫେରିବ, ଇଙ୍କୋସାନା?

– ମୋର ଜେଜେ ଆସିଲା ପରେ।

କୁମାଲୋ ତାକୁ ଜୁଲୁରେ କହିଲେ– ତମେ ଏଠୁ ଚାଲିଗଲେ ଏଣ୍ଡୋସେନିର କିଛିଟା ତେଜ ଚାଲିଯିବ।

– ତମେ କ'ଣ କହୁଛ, ଉମ୍‌ଫୁନ୍‌ଡିସି?

କୁମାଲୋ ଅନୁବାଦ କରିଥାନ୍ତେ। କିନ୍ତୁ ଛୋଟ ପିଲାଟା ବଡ଼ ପାଟିରେ କହିଲା, ନା, ନା। ପୁଣି ଜୁଲୁରେ କହ।

– ତା ମାନେ ତମେ ଗଲା ପରେ .... ବାକିଟା କହ।

– ଏଣ୍ଡୋସେନିର କିଛିଟା ତେଜ ଚାଲିଯିବ। କୁମାଲୋ ଜୁଲୁରେ କହିଲେ।

– କିଛି ଗୋଟେ ଏଣ୍ଡୋସେନି ବିଷୟରେ। ହେଲେ ବୁଝିବା କଷ୍ଟକର ଲାଗୁଛି। ଇଂଲିଶ୍‌ରେ କୁହ ଉମ୍‌ଫୁନ୍‌ଡିସି।

– ଏଣ୍ଡୋସେନିର କିଛିଟା ତେଜ ଚାଲିଯିବ। କୁମାଲୋ ଇଂଲିଶ୍‌ରେ କହିଲେ।

– ହଁ, ଆଚ୍ଛା ଏମିତି କି। ମୁଁ ଗଲା ପରେ ଏଣ୍ଡୋସେନିର କିଛିଟା ତେଜ ଚାଲିଯିବ।

ଛୋଟ ପିଲାଟା ଖୁସିରେ ହସିଲା। ମୁଁ ତମ କଥା ଶୁଣୁଛି, ସେ ଜୁଲୁରେ କହିଲା।

କୁମାଲୋ ଆଶ୍ଚର୍ଯ୍ୟ ହୋଇ ତାଳି ମାରିଲେ। କହିଲେ, ଆରେ ଆରେ! ତମେ ତ ଜୁଲୁ କହି ପାରିଲଣି। ପିଲାଟା ଖୁସିରେ ଆହୁରି ହସିଲା। କୁମାଲୋ ବି

ଆଶ୍ଚର୍ଯ୍ୟ ମୁଦ୍ରାରେ ଆହୁରି ତାଳି ମାରିଲେ। କବାଟ ଖୋଲି ତାଙ୍କ ସ୍ତ୍ରୀ ଭିତରକୁ ଆସିଲେ। – ଇଏ ମୋର ସ୍ତ୍ରୀ, ଆଉ ସ୍ତ୍ରୀଙ୍କୁ ଜୁଲୁରେ କହିଲେ, ଇଏ ସେଇ ଲୋକଟାର ପୁଅ। ପିଲାଟା ଛିଡ଼ା ହେଇ ତାଙ୍କ ସ୍ତ୍ରୀଙ୍କୁ ମୁଣ୍ଡ ନୁଆଁଇଲା। ତାଙ୍କ ସ୍ତ୍ରୀ ଭୟ ଓ ଦୁଃଖରେ ଛିଡ଼ା ହେଇ ପିଲାଟାକୁ ଚାହିଁଥାନ୍ତି।

– ତମ ଘରଟା ବେଶ୍ ସୁନ୍ଦର। ପିଲାଟା ହସି କହିଲା। ସେ ତାଙ୍କ ସ୍ୱାମୀଙ୍କୁ ଜୁଲୁରେ କହିଲେ, ମୁଁ ତ ପୁରା ଅଭିଭୂତ। କ'ଣ କହିବି ଜାଣି ପାରୁନି। ପିଲାଟା କହିଲା, ମୁଁ ତମ କଥା ବୁଝୁଛି ଯେ। ତାଙ୍କର ସ୍ତ୍ରୀ ଭୟରେ ଦୁଇ ପାଦ ପଛକୁ ଘୁଞ୍ଚିଗଲେ। କିନ୍ତୁ କୁମାଲୋ ସଙ୍ଗେ ସଙ୍ଗେ କହିଲେ, ସେ ତମ କଥା ବୁଝି ପାରୁନି। ସେ ଖାଲି ଏମିତି ପଦେ ଅଧେ ବୁଝିପାରେ। ଆଉ ସେମିତି ଆଶ୍ଚର୍ଯ୍ୟ ମୁଦ୍ରାରେ ତାଳି ମାରୁ ମାରୁ କୁମାଲୋ କହିଲେ, ଆରେ ଆରେ ! ତମେ ତ ଜୁଲୁ କହି ପାରିଲଣି। ତାଙ୍କ ସ୍ତ୍ରୀ କବାଟ ଖୋଲି ପଛପଟକୁ ଗଲେ ଓ ପୁଣି କବାଟ ବନ୍ଦ କରି ଚାଲିଗଲେ।

– ଜୁଲୁ ଶିଖାଇବା ପାଇଁ ରାଜି ତ, ଉମ୍‌ଫୁନ୍‌ଡିସି।

– ସତରେ ମୁଁ ରାଜି।

– ଗଛଟା ଉମୁତି, ଉମ୍‌ଫୁନ୍‌ଡିସି।

– ସେଇଟା ଠିକ୍, ଇଙ୍କୋସାନା।

– କିନ୍ତୁ ଔଷଧ ବି ତ ଉମୁତି, ଉମ୍‌ଫୁନ୍‌ଡିସି।

କିଛି ଗୋଟେ ଜିତିଯାଇ ହକ୍‌କା ବକ୍‌କା ହେଲା ପରି ପିଲାଟା କହିଲା। ଦୁହେଁ ହସିଲେ।

– ଦେଖ, ଇଙ୍କୋସାନା। ଆମର ସବୁ ଔଷଧ ଗଛରୁ ତିଆରି। ସେଥିପାଇଁ ସମାନ ନାଁ ରହିଛି।

– ଆଚ୍ଛା ଏମିତିକି, ପିଲାଟା ସ୍ୱସ୍ତୀକରଣରେ ଖୁସି ହେଇ କହିଲା। – ଆଉ ବାକ୍‌ସଟା  ଇବୋକିସି।

– ସେଇଟା ଠିକ, ଇଙ୍କୋସାନା। ଦେଖ, ଆମର ତ ବାକ୍‌ସ ନାହିଁ। ତେଣୁ ଏଇ ଶବ୍ଦଟା ତମରି ଭାଷାରୁ ଆସିଛି।

– ଆଚ୍ଛା, ତା ହେଲେ ଏମିତି। ଆଉ ମୋଟର ବାଇକ୍‌ଟା ଇସିଟୁଟୁ।

– ସେଇଟା ଠିକ୍। ମୋଟର ବାଇକ୍ ଗାଡ଼ିର ଶବ୍ଦରୁ ସେଇଟା ଆସିଛି, ଇସି- ଟୁ-ଟୁ-ଟୁ। ହେଲେ ଇଙ୍କୋସାନା, ଏଥର ବାକ୍ୟ ଗଠନ କରିବା। ତମେ ଜାଣିଥିବା ଶବ୍ଦ ତ ମତେ କହିସାରିଛ। ଏମିତି ନ କଲେ ତମେ ଆଉ ନୂଆ କିଛି ଶିଖି ପାରିବନି। ଏଥର ଯାକୁ କେମିତି କହିବ, ମୁଁ ଗୋଟେ ଘୋଡ଼ା ଦେଖିଲି ?

ଏମିତି ପଡ଼ା ରଖିଥାଏ । ବାରଟା ବାଜିବା ଉପରେ । କୁମାଲୋ ତାଙ୍କର ଛାତ୍ରକୁ କହିଲେ, ଏବେ ତମର ଯିବା ବେଳ ହେଲାଣି ।

— ହଁ, ମୁଁ ଯାଏ ଭାରି । କିନ୍ତୁ ଆହୁରି କିଛି ଜୁଲୁ ଶିଖିବା ପାଇଁ ମୁଁ ପୁଣି ଆସିବି ।

— ତମେ ନିଶ୍ଚେ ଆସିବ, ଇଙ୍କୋସାନା । ଅତି ଶୀଘ୍ର ତମେ ଜୁଲୁ ଲୋକଙ୍କଠାରୁ ବି ଆହୁରି ଭଲ ଜୁଲୁ କହି ପାରିବ । ତମେ ଅନ୍ଧାରରେ ରହି କହୁଥିଲେ ଲୋକେ ତମେ ଜୁଲୁ ନୁହଁ ବୋଲି ଜମାରୁ ଜାଣି ପାରିବେନି ।

ପିଲାଟା ଖୁସି ହେଇଗଲା । ବାହାରକୁ ଆସି କହିଲା, ମତେ ଟିକେ ସାହାଯ୍ୟ କର, ଉମ୍ଫୁନ୍ଡିସି । କୁମାଲୋ ତାକୁ ଘେଡ଼ା ଉପରକୁ ଉଠିବାରେ ସାହାଯ୍ୟ କଲେ । ପିଲାଟା ଟୋପୀ ଉଠାଇଲା । ତାପରେ ଘେଡ଼ା ଛୁଟାଇ ରଖିଗଲା । ରାସ୍ତାରେ କାର୍‌ଟିଏ ଆସୁଥାଏ । ପିଲାଟା ଘୋଡ଼ା ରଖ୍ ପାଟି କଲା, ମୋ ଜେଜେ ଫେରି ଆସିଲେଣି । ତାପରେ କାର୍‌ର ପିଛା କରିବାକୁ ସେ ଘୋଡ଼ାକୁ ସେ ପ୍ରବଳ ବେଗରେ ଦୌଡ଼ାଇଲା ।

ଚର୍ଚ୍ଚ ବାହାରେ ଜଣେ ଯୁବକ ଛିଡ଼ା ହେଇଥାନ୍ତି । ବାଇ-ପଚିଶ ବର୍ଷର ସୌମ୍ୟଦର୍ଶୀ ଯୁବକ ଜଣେ । ତାଙ୍କର ବେଗପତ୍ର ତଳେ ରଖା ହେଇଥାଏ । ସେ ଟୋପୀ କାଢ଼ି ଇଂରାଜୀରେ ପଚାରିଲେ, ତମେ ଏଠିକାର ପାଦ୍ରୀ ?

— ହଁ, ମୁଁ ।

— ମୁଁ ନୂଆ କୃଷି-ପ୍ରଦର୍ଶକ । ଏର ମୋର କାଗଜ, ଉମ୍ଫୁନ୍ଡିସି ।

— ଭିତରକୁ ଆସ, କୁମାଲୋ ଉଦ୍ଧାରିତ ହେଇ କହିଲେ ।

ସେମାନେ ଘର ଭିତରକୁ ଗଲେ । ଯୁବକ ଜଣକ ପେପର୍ କାଢ଼ି କୁମାଲୋଙ୍କୁ ଦେଖାଇଲେ । ସେଇ କାଗଜ ସବୁ ପାଦ୍ରୀ, ସ୍କୁଲ-ନିରୀକ୍ଷକ ପାଖରୁ ଆସିଥାଏ । ଗୋଟେ କାଗଜରେ ଲେଖାଥାଏ ଯେ ଚିଠିର ବାହକ ନେପୋଲିଅନ୍ ଲେଟ୍‌ସି ଜଣେ ମାର୍ଜିତ ସ୍ୱଭାବର ଚରିତ୍ରବାନ୍ ଯୁବକ  ଆଉ ଗୋଟେ କାଗଜରେ ଲେଖାଥାଏ ଯେ ସେ ଟ୍ରାନସ୍କେଇର ସ୍କୁଲରୁ କୃଷି-ନିଦର୍ଶକ ଭାବରେ ଉତ୍ତୀର୍ଣ୍ଣ ହେଇଛନ୍ତି ।

— ଆଛା ଏମିତି, ତେବେ ତମେ ଏଠିକି କ’ଣ ପାଇଁ ଆସିଛ ସେଇଟା କହ । ତମକୁ ମୋ ପାଖକୁ କିଏ ପଠାଇଛି ?

— ସେଇ ଗୋରା ଲୋକ ଜଣକ ମତେ ନେଇକି ଆସିଛନ୍ତି ।

— ତାଙ୍କ ନାଁ ଜାର୍ଭିସ୍ ?

— ମୁଁ ତାଙ୍କର ନାଁଟା ଜାଣିନି, ପାଦ୍ରୀ ଆଜ୍ଞା । ଏଇନେ ଯେଉଁ ଗୋରା ଜଣକ ଗଲେ ସେଇ ଏକା ମତେ ଆଣିଛନ୍ତି ।

– ହଁ, ସେ ଜାର୍ଭିସ୍ । ଏଥର କୁହ ।

– ମୁଁ ଚାଷ ବିଷୟରେ ଶିକ୍ଷା ଦେବାକୁ ଏଠିକି ଆସିଛି, ଉମ୍ଫୁନ୍‍ଡିସି ।

– ଆମକୁ, ଏଣ୍ଡୋସେନିରେ ?

– ହଁ, ପାଦ୍ରୀ ଆଜ୍ଞା ।

କୁମାଲୋଙ୍କ ମୁହଁ ଉଜ୍ଜୁଲି ଉଠିଲା । ଉଦ୍ଦୀପ୍ତ ଆଖିରେ ସେ ସେଠି ବସି ପଡ଼ିଲେ । ତମେ ପ୍ରଭୁଙ୍କର ଜଣେ ଦେବଦୂତ, ସେ କହିଲେ । ସେ ଉଠି ପଡ଼ିଲେ ଓ ହାତକୁ ହାତ ବଜାଇ ରୁମ୍ ଭିତରେ ଟହଲ ମାରିଲେ । ଯୁବକ ଜଣକ ଆଶ୍ଚର୍ଯ୍ୟ ହୋଇ ଅନେଇଥାନ୍ତି । କୁମାଲୋ ତାଙ୍କୁ ଦେଖି ହସିଲେ ଓ ପୁଣି ଥରେ କହିଲେ ତମେ ପ୍ରଭୁଙ୍କର ଜଣେ ଦେବଦୂତ । ସେ ପୁଣି ବସି ପଡ଼ି ଯୁବକଙ୍କୁ ପଚାରିଲେ, ଗୋରା ଜଣକ ତମକୁ କୋଉଠି ପାଇଲେ ?

– କ୍ଲଜର୍‍ଡୋପ୍‍ରେ ସେ ମୋ ଘରକୁ ଆସିଥିଲେ । ମୁଁ ସେଠି ଗୋଟେ ସ୍କୁଲରେ ପଢ଼ାଉଥିଲି । ସେ ମତେ ଗୋଟେ ମହତ କାମ କରିବା ପାଇଁ କହିଲେ ଓ ତା'ପରେ ଏଣ୍ଡୋସେନି ବିଷୟରେ କହିଲେ । ତେଣୁ ମୁଁ ଏଠିକି ଆସିବାକୁ ମନସ୍ତ କଲି ।

– ଆଉ ତମର ପଢ଼ାଇବାଟା ?

– ପ୍ରକୃତରେ ମୁଁ ଜଣେ ଶିକ୍ଷକ ନୁହେଁ । ତେଣୁ ସେମାନେ ମତେ ଭଲ ଦରମା ଦେଲେ ନାହିଁ । ଗୋରା ଜଣକ କହିଲେ ଯେ ସେମାନେ ମତେ ଏଠି ମାସକୁ ଦଶ ପାଉଣ୍ଡ ଦେବେ । ସେଥିପାଇଁ ମୁଁ ଆସିଲି । ହେଲେ ବି ମୁଁ ଖାଲି ପଇସା ପାଇଁ ଆସିନି । ସେଠି ସ୍କୁଲରେ କାମଟା ଛୋଟକାଟିଆ ଥିଲା ।

କୁମାଲୋଙ୍କୁ ଈର୍ଷା ଲାଗିଲା । କାରଣ ବିଗତ ଷାଠିଏ ବର୍ଷରେ ସେ କେବେ ମାସକୁ ଦଶ ପାଉଣ୍ଡ ରୋଜଗାର କରି ନ ଥିଲେ । ତେବେ ଯୁବକଠାରୁ ତାଙ୍କର ଭାବଟିକୁ ଲୁଚାଇ ରଖିଲେ ।

– ଗୋରା ଜଣକ ମୁଁ ଜୁଲୁ କହିପାରେ କି ପଚାରିଲେ । ମୁଁ ମନା କଲି । ତେବେ ମୁଁ ମୋ ନିଜ ଭାଷା ପରି କୋସା ବି କହିପାରେ । କାରଣ ମୋ ମାଁ ଜଣେ କୋସା ଥିଲେ । ସେ କହିଲେ ଯେ ସେଥିରେ ଚଳିଯିବ । କାରଣ କୋସା ଓ ଜୁଲୁ ପାଖାପାଖି ସମାନ ।

କୁମାଲୋଙ୍କ ସ୍ତ୍ରୀ ପୁଣି କବାଟ ଖୋଲିଲେ । କହିଲେ, ଖାଇବା ସମୟ ହେଲାଣି । କୁମାଲୋ ଜୁଲୁରେ କହିଲେ, ଏଇ ଶୁଣ, ଇଏ ମି: ଲେଟ୍‍ସି । ସିଏ ଆମ ଲୋକଙ୍କୁ ଚଷବାସ ବିଷୟରେ ଶିକ୍ଷା ଦେବାକୁ ଏଠିକି ଆସିଛନ୍ତି । ତା'ପରେ ସେ ଲେଟ୍‍ସିଙ୍କୁ କହିଲେ, ତମେ ଆମ ସହିତ ଖାଇବ ।

ସେମାନେ ଖାଇବାକୁ ଗଲେ। ଝିଅଟା ଓ ପିଲାଟା ସହିତ ଲେଟ୍‌ସିଙ୍କୁ ପରିଚୟ କରାଗଲା। କୁମାଲୋ ଆଶୀର୍ବାଦ ମାଗିଲା ପରେ ସେମାନେ ବସି ପଡ଼ିଲେ। କୁମାଲୋ ଜୁଲୁରେ ପଚାରିଲେ, ତମେ ପିଟରମାରିଟ୍‌ବର୍ଗରେ କେବେ ପହଞ୍ଚିଲ ?

– ଆଜି ସକାଳେ, ଯାଦ୍ରୀ ଆଜ୍ଞା। ତାପରେ ଆମେ କାର୍‌ରେ ଏଠିକି ଆସିଲୁ।

– ଗୋରା ଲୋକଟା ବିଷୟରେ ତମର ଧାରଣା କ'ଣ ?

– ସେ ଖୁବ୍‌ ଚୁପ୍‌ଚାପ୍‌ ସ୍ୱଭାବର, ଆଜ୍ଞା। ମୋ ସହିତ ସେ ବେଶୀ କଥାବାର୍ତ୍ତା କରୁ ନ ଥିଲେ।

– ତାଙ୍କର ସେମିତି ସ୍ୱଭାବ।

– ଆମେ ରାସ୍ତାରେ ଅଟକି ଘାଟି ଆଡ଼କୁ ଅନେଇଲୁ। ସେ କହିଲେ, ଏମିତି ଘାଟିରେ ତମେ କଣ କରି ପାରିବ ? ଆମ ଯାତ୍ରା ଭିତରେ ଏଇ କେଇପଦ ହିଁ ତାଙ୍କର ପହିଲା କଥା ଥିଲା।

– ଆଉ ତମେ ତାଙ୍କୁ କ'ଣ କହିଲ ?

– ମୁଁ ତାଙ୍କୁ କହିଲି, ଉମ୍‌ଫୁନ୍‌ଡିସି।

– ଆଉ ସେ କ'ଣ କହିଲେ ?

– ସେ କିଛି କହିଲେନି। ଖାଲି ଗଲା ଝାଡ଼ିଲେ। ବାସ୍‌ ସେତିକି।

– ଆଉ ତା'ପରେ ?

– ଆମେ ଏଠି ପହଞ୍ଚିବା ପର୍ଯ୍ୟନ୍ତ ସେ ଆଉ କିଛି କହିଲେନି। ତାପରେ ସେ କହିଲେ, ପାଦ୍ରୀ ଆଜ୍ଞାଙ୍କ ପାଖକୁ ଯାଅ। ତମର ରହିବା ବ୍ୟବସ୍ଥା କରିବା ପାଇଁ ତାଙ୍କୁ କହିବ। ମୋର ଟିକେ ଜଲ୍‌ଦି ଘରକୁ ଫେରିବାର ଅଛି। ସେଥିପାଇଁ ମୁଁ ତାଙ୍କ ପାଖକୁ ଯାଇ ପାରୁନି। ଏକଥା ତାଙ୍କୁ କହିଦେବ।

କୁମାଲୋ ଓ ତାଙ୍କର ସ୍ତ୍ରୀ ପରସ୍ପରକୁ ଚାହିଁଲେ।

– ଆମ କୋଠରୀସବୁ ବହୁତ ଛୋଟ। ଏଇଟା ପାଦ୍ରୀର ଘର। ତମେ ଚାହିଁଲେ ଏଠି ରହିପାର।

– ମୋର ଲୋକବାକ ବି ଚାଷୀ, ଆଜ୍ଞା। ମତେ ଏଠି ରହିବାକୁ ଭଲ ଲାଗିବ।

– ଏଠି ଘାଟିରେ ତମେ କ'ଣ କରିବ ?

ଯୁବକ ଜନକ ହସିଲେ। ମୁଁ ଆଗ ଜାଗାଟା ଦେଖେ, ସେ କହିଲେ।

– ଅନ୍ୟ ଘାଟିରେ ତମେ କ'ଣ ସବୁ କରିଥାନ୍ତ ?

ଯୁବକଟି ଅନ୍ୟ ଘାଟିରେ କ'ଣ ସବୁ କରିଥାନ୍ତେ ସେଇ କଥା ବ୍ୟାଖ୍ୟାଣିଲେ।

ଏଇ ଯେ ଲୋକେ ଗୋବର ଘଷି ନ ଜଳାଇ ତାକୁ କ୍ଷେତରେ ପକାଇବା କଥା । ଅରମା ଘାସ ଲତାକୁ ଖରାରେ ଶୁଖି ମରିବା ପାଇଁ ଛାଡ଼ି ନ ଦେଇ ତାକୁ ଗୋଟାଇ ବ୍ୟବହାର କରିବା ଉଚିତ । ପାହାଡ଼ ଉପରେ ଆଉ ତଳେ ହଳ କରିବା ବନ୍ଦ ହେବା ଦରକାର । ଜାଳେଣି କାଠ ପାଇଁ ଯୋଉ ଜମିରେ ଆଦୌ ହଳ ବୁଲାଇ ହେବ ନାହିଁ ସେଠି ଜଲ୍‌ଦି ଜଲ୍‌ଦି ବଢ଼ୁଥିବା ଝାଟି କାଠି ଆଉ ଗଛ ଲଗାଇବା କଥା । ଝରଣାର ତୀଖା ଗଡ଼ାଣି ଜାଗାରେ ଏସବୁ ଲଗାଇଲେ ଝଡ଼ରେ ଆଉ ପାଣିତକ ବୋହିଯିବ ନାହିଁ । ତେବେ ଏଟା କରିବା ବେଶ୍‌ କାଠିକର । କାରଣ ଲୋକେ ଜାଣିବା ଉଚିତ ଯେ ନିଜର ଛୋଟିଆ ଜମି ଖଣ୍ଡେରୁ ପେଟପାଟଣା ଯୁଟାଇବା ପ୍ରତିଟି ଲୋକ ପାଇଁ ହାନିକାରକ ହେବ । କେତେ ଲୋକ ଗଛ ଲଗାଇବା ପାଇଁ ଓ ଗୋଚର ଭୂଇଁ ପାଇଁ ଜମି ଛାଡ଼ିବା ଉଚିତ । ଆଉ ସବୁଠୁ ବଡ଼ ଅସୁବିଧା ହେଉଛି ଲୋବୋଲା (କନ୍ୟାସୁନା ବା ଝୋଲାଟଙ୍କା) ପ୍ରଥା । ଏଥିରେ କଣ ପୁରୁଷ ବାହାଘରରେ ସ୍ତ୍ରୀ ପାଇଁ ଗାଈଗୋରୁ ଝୋଲାଟଙ୍କା ହିସାବରେ ଦେଇଥାଏ । ସେଥିପାଇଁ ଲୋକେ ଗୁଡ଼ାଏ ଗାଈଗୋରୁ ରଖ୍‌ଥାନ୍ତି । ସେଇଟା ତାଙ୍କର ବଡ଼ ସମ୍ପତ୍ତି । ଆଉ ଏଇ କାରଣରୁ ଘାସ ଆଉଥରେ ବଢ଼ିବାର ସୁଯୋଗ ପାଉ ନାହିଁ ।

– ଡେମ୍‌ ଗୋଟେ ତିଆରି ହେବାର ଅଛି କି ?

– ହଁ, ଡେମ୍‌ ତିଆରି ହେବ । ଗାଈଗୋରୁ ପିଇବାକୁ ସବୁବେଳେ ପାଣି ପାଇ ପାରିବେ । ଫାଟକ ଦେଇ ନଦୀ ବନ୍ଧରୁ ପାଣି ଛଡ଼ାଇବ । ଜମିରେ ଜଳସେଚନ କରାହେବ । ଝରା ଲଗା ହେଇଥିବା ଚରାଭୂଇଁକୁ ପାଣି ମଡ଼ା ହେବ ।

– କିନ୍ତୁ ପାଣିଟା ଆସିବ କୋଉଠୁ ?

– ନଦୀରୁ ପାଇପ୍‌ ଯୋଗେ ପାଣି ଅଣାଯିବ । ଗୋରା ଜଣକ ତ ସେଇୟା କହୁଥିଲେ ।

– ସେଇଟା ତାଙ୍କର ନଦୀ ହେଇଥିବ । ଆଉ ତମେ ଏବେ ଯୋଉସବୁ କଥା କହିଲ ସେଇ ସବୁକାମ କଣ ଏଣ୍ଟୋସେନିରେ କରାଯିବ ?

– ଆଗ ଘାଟିଟାକୁ ତ ଦେଖ । ଯୁବକ ଜଣକ ଟିକେ ହସି କହିଲେ ।

– ହେଲେ ତମେ ତ ସେଇ ବାଟ ଦେଇ ଆସିଲ । କୁମାଲୋ ବ୍ୟଗ୍ର ହେଇ କହିଲେ ।

– ହଁ ମୁଁ ଦେଖିଲି ଯେ । ତେବେ ଧୀରେ ସୁସ୍ତେ ଭଲ କରି ଦେଖିବା ଦରକାର । ତଥାପି ବି ମୁଁ ଭାବୁଛି ଯେ ଏସବୁ କାମ ହେଇ ପାରିବ ।

ସେମାନେ ସମସ୍ତେ ଟେବୁଲ ଝରିପଟେ ବସିଥାନ୍ତି । ତାଙ୍କର ମୁହଁଟି ମାନ

ବେଶ୍ ଉଦ୍‌ଘାଟିତ ଓ ଉସ୍କୁକ । କାରଣ ଯୁବକ ଜଣକ ତାଙ୍କରି ଆଖ୍ ସାମ୍ନାରେ ଗୋଟେ ଚିତ୍ର ଆଙ୍କିଦେଲେ । କୁମାଲୋ ସେମାନଙ୍କ ଆଡ଼କୁ ଘେରାଏ ଆଖ୍ ବୁଲାଇ ନେଲେ ଆଉ କହିଲେ, ମୁଁ ୟାଙ୍କୁ କହିଥିଲି ଯେ ସେ ପ୍ରଭୁଙ୍କର ଜଣେ ଦେବଦୂତ । ରୋମାଂଚିତ ହେଇ ସେ ଘର ଭିତରେ ବୁଲିବାକୁ ଲାଗିଲେ ।

– କାମ ଆରମ୍ଭ କରିବା ପାଇଁ ତମେ ଅଧୀର ?

ଅପ୍ରସ୍ତୁତ ହେଇ ଯୁବକ ଜଣକ ହସିଲେ । – ହଁ, ମୁଁ ଅଧୀର ।

– ଏ ଦିଗରେ ତମର ପହିଲା କଦମ୍ କ'ଣ ?

– ପହିଲେ ମୁଁ ସର୍ଦ୍ଦାରଙ୍କୁ ଭେଟିବାକୁ ଯିବି, ଉମ୍‌ଫୁନ୍‌ଡିସି ।

– ହଁ, ସେଇ କାମଟା ତମେ ପହିଲାରୁ କର ।

ବାହାରେ ଘୋଡ଼ା ଟାପୁର ଶବ୍ଦ ଶୁଭିଲା । ସେ ଛୋଟ ପିଲାଟା ହେଇଥିବ ଭାବି ସେ ଉଠି ପଡ଼ି ବାହାରକୁ ଗଲେ ଆଉ ପୁଣି ଶିଘ୍ର ଫେରି ଆସିଲେ । ସତରେ ସିଏ ଥିଲା । ପିଲାଟା ତଳକୁ ନ ଓହ୍ଲାଇ ସେଇ ଘୋଡ଼ା ଉପରୁ କୁମାଲୋଙ୍କ ସହିତ କଥାବାର୍ତ୍ତା ହେଲା । ପିଲାଟା ଉସ୍ଉଦ୍‌ହିତ ହେଇ ଇମାନ୍‌ଦାରୀର ସହିତ କଥାବାର୍ତ୍ତା କରୁଥାଏ ଯେମିତିକି ବିଷୟଟି ବେଶ୍ ଗମ୍ଭୀର ।

– ଅନ୍ତକେ ରକ୍ଷା ହେଇଗଲା ।

– କ'ଣ ହେଲା ? କ'ଣ ହେଲା କି ?

– ଟିକେରେ ରକ୍ଷା ହେଇଗଲି । ଦେଖ, ଯଦି ମୋ ଜେଜେ ଏତେ ଶିଘ୍ର ଫେରି ଆସି ନ ଥାନ୍ତେ ତାହେଲେ ତମକୁ ମୁଁ ଗୁଡ୍ ବାଏ କହିବାକୁ ଆସି ପାରି ନ ଥାନ୍ତି । ପିଲାଟା ସେମିତି ଗମ୍ଭୀର ହେଇ କହିଲା ।

– ତମେ ତାହେଲେ ଯାଉଛ, ଇଙ୍କୋସାନା ?

କିନ୍ତୁ ପିଲାଟା ତାଙ୍କ ପ୍ରଶ୍ନର ଉତ୍ତର ଦେଲା ନାହିଁ । କୁମାଲୋ ଧନ୍ଦି ହେଉଥିବାର ଜାଣିପାରି ସେ କଥାଟିକୁ ବୁଝାଇବା ପାଇଁ ବ୍ୟସ୍ତ ହେଲା ।

– ଦେଖ, ମୋର ଜେଜେ ଟିକିଏ ପରେ ଆସିଥିଲେ ମୋ ପାଇଁ ଏଠିକି ଘୋଡ଼ା ଚଢ଼ି ପୁଣି ଆସିବାରେ ଡ଼େରି ହେଇଥାଆନ୍ତା । ସେ ଜଲ୍‌ଦି ଆସିଗଲେ ବୋଲି ମତେ ସମୟ ମିଳିଗଲା ।

– ତା ମାନେ ତମେ କାଲି ଯାଉଛ, ଇଙ୍କୋସାନା ।

– ହଁ, କାଲି । ତାର ଜାଲି ପରି ସେଇ ସରୁ ଛୋଟିଆ ଟ୍ରେନ୍‌ରେ ବୁଝିଲ ।

– ଆଁ ! ଇଙ୍କୋସାନା ।

– ହେଲେ ମୁଁ ଛୁଟି ଦିନରେ ଏଠିକି ଆସୁଥିବି । ସେତେବେଳେ ଆମେ ଆହୁରି ଜୁଲୁ ଶିଖିବା ।

– ସେଥିରେ ଖୁସି ଲାଗିବ । କୁମାଲୋ କହିଲେ ।

– ତା ହେଲେ ଗୁଡ୍ ବାଏ, ଉମ୍ଫୁନ୍‌ଡିସି ।

– ଗୁଡ୍ ବାଏ, ଇଙ୍କୋସାନା ।

– ତାପରେ ସେ ଜୁଲୁରେ କହିଲେ, ଭଲେ ଭଲେ ଯାଅ, ଇଙ୍କୋସାନା । ଛୋଟ ପିଲାଟା ଗୋଟେ ମୁହୂର୍ତ୍ତ ପାଇଁ କ'ଣ ଭାବିଲା ଆଉ ଏକାଗ୍ର ଚିଉରେ ଭୃକୁଞ୍ଚନ କଲା । ତାପରେ ସେ ଜୁଲୁରେ କହିଲା, ଭଲେ ଭଲେ ଥାଅ, ଉମ୍ଫୁନ୍‌ଡିସି । କୁମାଲୋ ଆଶ୍ଚର୍ଯ୍ୟରେ କହିଲେ, ଆଃ ! ଆଃ ! ଛୋଟ ପିଲାଟା ହସିଲା ଓ ଟୋପୀଟା ଉଠାଇଲା ଆଉ ଧୂଳିର ମେଘ ଭିତରେ ଝଲିଗଲା । ରାସ୍ତା ଉପରେ ଘୋଡ଼ା ଛୁଟାଇ ଯାଉଯାଉ ସେ ରହିଗଲା ଓ ଯିବା ଆଗରୁ ସେ ବୁଲିପଡ଼ି ସାଲ୍ୟୁଟ୍ କଲା । କୁମାଲୋ ଛିଡ଼ା ହୋଇଥାନ୍ତି । ଯୁବ ନିଦର୍ଶକ ଆସି ତାଙ୍କ ପାଖରେ ଠିଆ ହେଲେ । ଦୁହେଁ ସାନ ପିଲାଟାକୁ ଦେଖୁଥାନ୍ତି ।

– ସିଏ ପ୍ରଭୁଙ୍କର ଜଣେ କୁନି ଦେବଦୂତ । କୁମାଲୋ ଅନ୍ତରର ସହିତ ଯୁବକଙ୍କୁ କହିଲେ ।

ସେମାନେ ବୁଲିପଡ଼ି ଘରମୁହାଁ ହେଲେ । କୁମାଲୋ କହିଲେ, ତା ହେଲେ ତମେ ଭାବୁଛ ଯେ ଗୁଡ଼ାଏ କାମ ହୋଇ ପାରିବ ।

– ଗୁଡ଼ାଏ କାମ କରାଯାଇ ପାରିବ, ଉମ୍ଫୁନ୍‌ଡିସି ।

– ସତରେ ?

– ଆଜ୍ଞା, ଯୁବକ ଜଣକ କହିଲେ । ତାଙ୍କର ମୁହଁରେ ଉସ୍ତୁକତା ଫୁଟିଉଠିଲା । ସେ ପୁଣି କହିଲେ, ଘାଟିର ପୂର୍ବ ରୂପ କାହିଁକି ଫେରାଇ ଆଣି ହେବନି ତାର କିଛି କାରଣ ନାହିଁ । ତେବେ ଏଥିପାଇଁ ସମୟ ଲାଗିବ । ଦିନକରେ ହୋଇ ଯିବନି ।

– ଯଦି ଈଶ୍ୱର ରହାଁନ୍ତି ତାହେଲେ ମୋ ମରିବା ଆଗରୁ ହେବ । କାରଣ ମୋର ଜୀବନଟା ମୁଁ ବିନାଶ ଭିତରେ ଜିଇଛି । କୁମାଲୋ ବିନୟ ହୋଇ କହିଲେ ।


୫

ଦୀକ୍ଷା-ସ୍ନାନ ପାଇଁ ସବୁକିଛି ସ୍ଥିରୀକୃତ ହୋଇ ସାରିଥାଏ । ଧଳା ପୋଷାକ ପିନ୍ଧି ଚର୍ଚ୍ଚର ସ୍ତ୍ରୀ ଲୋକମାନେ ସେଠି ଥାନ୍ତି । ପ୍ରତ୍ୟେକଙ୍କ ବେକରେ ସାଗୁଆ କନାର ପଟି । ଏଇ ଚର୍ଚ୍ଚ ସହିତ ଥିବା ପୁରୁଷମାନେ ତାଙ୍କର ରବିବାସରୀୟ ପୋଷାକ ଅର୍ଥାତ୍

କାମ କଲାବେଳର ପୋଷାକ ପିନ୍ଧିଥାନ୍ତି । ସଫା ହେଇ ପାଲିସ କରା ହେଇଥାଏ । ଦୀକ୍ଷା ପାଇଁ ସେଠି ଥିବା ପିଲାଙ୍କ ଭିତରୁ ଝିଅମାନେ ଧଳା ଜାମା ଓ ଟୋପୀ ପିନ୍ଧିଥାନ୍ତି । ପୁଅମାନେ ସ୍କୁଲ-ଡ୍ରେସ ପିନ୍ଧିଥାନ୍ତି । ଲୁଗାସବୁ ସଫା ଓ ପାଲିସ୍ କରା ହେଇଥାଏ । ସ୍ତ୍ରୀଲୋକମାନେ ଘର କାମରେ ପାଦ୍ରୀଙ୍କର ସ୍ତ୍ରୀଙ୍କୁ ସାହାଯ୍ୟ କରିବାରେ ବ୍ୟସ୍ତ ଥାନ୍ତି । କାରଣ ଦୀକ୍ଷା ପାଇଁ ଖାଇବା ପିଇବାର ଆୟୋଜନ କରାହେଇଥାଏ । ଖାଇବାଟା ଏକଦମ୍ ସାଦା । ମକାରେ ଘର ତିଆରି କେକ୍ ଓ ରଂ ପତି ପୁରା ନିଚୋଡ଼ି ହେଇ ଫୁଟିଥିବା ରଂ । ସମସ୍ତେ ଏକାଠି ଖାଇବେ ।

ବିରାଟ ଘାଟିଟାରେ ସେଇ କଳବଲିଆ ତାତିରେ ପୁଣି ମେଘ ଉଠୁଥାଏ । ଏମିତିରେ ମନଟା ଖୁସ୍ କି ନାଖୁସ୍ ରହିବ କାହାକୁ ଜଣା ନାହିଁ । ବାଲି ମାଟି ଉପରେ ଆଉ ଲାଲ ଡୁଙ୍ଗୁରୀ ଟିପ ଉପରେ ବଡ଼ବଡ଼ ବହଳ ଛାଇ ଖଣ୍ଡ ଭାସି ଆସିଲେ । ଲୋକେ ଆକାଶକୁ ଅନେଇଲେ, ବିଶପଙ୍କ ଆସିବା ବାଟକୁ ରହିଁଲେ । ଲୋକେ ଏମିତିରେ ଖୁସ୍ ହେବେ କି ନାଖୁସ୍ ହେବେ ଜାଣି ପାରିଲେନି । କାରଣ ଏକଥା ନିଶ୍ଚିତ ଯେ ସୂର୍ଯ୍ୟ ଅସ୍ତ ଯିବା ଆଗରୁ ପାହାଡ଼ରେ ଘଡ଼ଘଡ଼ି ମାରିବ ଆଉ ତାର ପ୍ରତିଧ୍ୱନି ତାଙ୍କ ଭିତରକୁ ରଲି ଆସିବ ।

କୁମାଲୋ ବ୍ୟସ୍ତ ହେଇ ଆକାଶକୁ ଚାହିଁଲେ । ପୁଣି ବିଶପଙ୍କ ଆସିବା ବାଟକୁ ଚାହିଁଲେ । ସେତିକିବେଳେ ତାଙ୍କର ସାଙ୍ଗ ଜଣକ କ୍ଷୀର ଗାଡ଼ି ଧରି ଆସୁଥିବାର ଦେଖ୍ ସେ ଆଶ୍ଚର୍ଯ୍ୟ ହେଲେ । କାରଣ କ୍ଷୀର ଏତେ ଶୀଘ୍ର କେବେ ଆସେ ନାହିଁ ।

– ଆଜି ବହୁତ ସଅଳ ଆସିଲ, ଭାଇ ।

– ହଁ ସଅଳ ଆସିଗଲି, ଉମ୍ଫୁନ୍ଡିସି । ଆଜି ଆମର କାମ ବନ୍ଦ । ଇଙ୍କୋସିକାଜି (ମାଲିକାଣୀ) ଚାଲିଗଲେ । ତାଙ୍କର ସାଙ୍ଗ ଜଣକ ଗମ୍ଭୀର ହେଇ କହିଲେ ।

– ଆଯଁ ! ଆଯଁ ! ସେଇଯ୍ୟା ହେଇ ନ ଥିବ ।

– ସେଇଯ୍ୟା ହିଁ ହେଇଛି, ପାଦ୍ରୀ । ସୂର୍ଯ୍ୟ ଠିକ୍ ମୁଣ୍ଡ ଉପରେ ଥିଲାବେଳେ ସେ ମରିଗଲେ ।

– ଓହୋ ! ବହୁତ ଦୁଃଖ ।

– ହଁ, ବହୁତ ଦୁଃଖ ।

– ଆଉ ଉମ୍ ନୁମ୍ ଜାନ୍ ?

– ସେ ତ ଏମିତିରେ ଚୁପ୍ ଚାପ୍ ସ୍ୱଭାବର, ତମେ ଜାଣ । ଏଥର ଆହୁରି ଚୁପ୍ ହେଇ ଯାଇଛନ୍ତି । ପାଦ୍ରୀ ଆଜ୍ଞା, ମୁଁ ଏଥର ଯାଏ । ଧୁଆଧୋଇ ହେଲା ପରେ ମୁଁ ଦୀକ୍ଷା-ସ୍ନାନ ପାଇଁ ଏଠିକି ଆସିବି ।

– ତାହେଲେ ଯାଅ, ଭାଇ।

କୁମାଲୋ ଘର ଭିତରକୁ ଯାଇ ତାଙ୍କ ସ୍ତ୍ରୀଙ୍କୁ ଇଙ୍କୋସିକାଜି ମରିଯିବାର ଖବରଟା ଦେଲେ। ତାଙ୍କ ସ୍ତ୍ରୀ ଓ ଅନ୍ୟ ମାଇକିନାମାନେ ଚମକି ପଡ଼ିଲେ। ତାଙ୍କ ଭିତରୁ କେତେଜଣ ମୃତ ମାଲିକାଣୀଙ୍କ ଗୁଣ ବାହୁନି କାନ୍ଦିଲେ। କ'ଣ କରିବେ ଭାବି କୁମାଲୋ ଟେବୁଲ ପାଖରେ ଯାଇ ବସି ପଡ଼ିଲେ। ଏଇ ଦୀକ୍ଷା–ସ୍ନାନ ସରିଗଲା ପରେ ସେ ହାଇପ୍ଲେସ୍‌ର ଘରକୁ ଯିବେ ଓ ଜାର୍ଭିସ୍‌ଙ୍କୁ ଘାଟି ଲୋକଙ୍କର ଶୋକ–ସମବେଦନା ଜଣାଇବେ। କିନ୍ତୁ ଶୋକସନ୍ତପ୍ତ ପରିବାରର ଘର ସାମ୍ନାର ଦୃଶ୍ୟଟିଏ ତାଙ୍କ ଆଖିରେ ଭାସି ଉଠିଲା। ସେଠି ଆସିଥିବା ଗୋରା ଲୋକଙ୍କର କାର୍ ରଖା ହେଇଥିବ। କଳା ପୋଷାକରେ ଋଷୀମାନେ ଛୋଟଛୋଟ ଦଳରେ ଛିଡ଼ା ହେଇ ନିଜ ନିଜ ଭିତରେ ଫିସ୍‌ଫିସ୍ ହେଇ କଥା ହେଉଥିବେ। କାରଣ ସେ ଆଗରୁ ଏମିତି ଦେଖିଛନ୍ତି। ସେ ଜାଣନ୍ତି ଯେ ନିୟମ ଅନୁସାରେ ସେ ଯାଇ ପାରିବେନି। ସେଠିକି ଯାଇ ସେ ଏକୁଟିଆ ଛିଡ଼ା ହେଇଥିବେ। ଜାର୍ଭିସ୍ ନିଜେ ବାହାରି ନ ଆସିବା ଯାଏଁ ତାଙ୍କୁ ସେଠିକି ଆସିବା କଥା କେହି ପଚରିବେନି। ସେ ଆସିଥିବା ଖବରଟା କେହି ଜାଣିବେନି। ସେ ଦୀର୍ଘଶ୍ୱାସ ଛାଡ଼ି ଡ୍ରୟରରୁ କେତେଖଣ୍ଡ କାଗଜ କାଢ଼ିଲେ। ସେ ଇଂଲିଶ୍‌ରେ ଲେଖିବାକୁ ସ୍ଥିର କଲେ। କାରଣ ଯଦିଓ ଏଇ ଅଞ୍ଚଳର ଅଧିକାଂଶ ଗୋରା ଜୁଲୁରେ କଥାବାର୍ତ୍ତା କରନ୍ତି, ତାଙ୍କ ଭିତରୁ ଖୁବ୍ କମ ପଢ଼ି ପାରନ୍ତି। ସେ ଲେଖିବା ଆରମ୍ଭ କଲେ। ଗୁଡ଼ାଏ କଥା ସେ ଲେଖି ପକାଇଲେ। ପୁଣି ତାକୁ ଚିରି ଫୋପାଡ଼ି ଦେଲେ। ପୁଣି ଲେଖିଲେ। ଯା ହେଉ, ଶେଷରେ ଲେଖା ସରିଲା।

ଉମ୍‌ନୁମ୍‌ଜାନ୍ : ମାଆଙ୍କର ପରଲୋକ ଖବର ପାଇ ଚର୍ଚ୍ଚରେ ଆମେ ସମସ୍ତେ ମର୍ମାହତ। ତମ ଦୁଃଖରେ ଆମେ ସମଦୁଃଖୀ। ଏକଥା ନିଶ୍ଚିତ ସେ ତମେ ଆମ ପାଇଁ କରିଥିବା କାମ ବିଷୟରେ ସେ ଅବଗତ ଥିଲେ ଓ ସେ ନିଜେ ମଧ୍ୟ କିଛିଟା କରିଥିଲେ। ଏଇ ଚର୍ଚ୍ଚରେ ଆମେ ତାଙ୍କର ଆମ୍ଭାର ଶାନ୍ତି ପାଇଁ ଓ ତମର ଏଇ ଦାରୁଣ ଦୁଃଖରେ ତମ ପାଇଁ ପ୍ରାର୍ଥନା କରିବୁ।

ତମର ବିଶ୍ୱସ୍ତ ସେବକ

ରେଭ୍.ଏସ୍. କୁମାଲୋ।

ଲେଖାଟି ସରିଗଲା ପରେ ସେ ପଠେଇବେ କି ନାଁ ସେ କଥା ଭାବିଲେ। କାରଣ ଯଦି ଏଇ ସ୍ତ୍ରୀ ଲୋକଟି ନିଜ ପୁଅକୁ ହତ୍ୟା କରାଯାଇଥିବାରୁ ଭଗ୍ନ ହୃଦୟରେ ମରି ଯାଇଛନ୍ତି, ତାହେଲେ ହତ୍ୟାକାରୀର ବାପା ହେଇ ଏମିତି ଚିଠି ପଠାଇବା କଥା କି ? ସେ ବେମାରୀରେ ଜୀର୍ଣ୍ଣଶୀର୍ଣ୍ଣ ହେଇଯାଇଥିବାର କଥା କଣ ସେ ଶୁଣି ନ

ଥିଲେ ? ଏଇ କଥାରେ ଯୁଝି ହେଇ ସେ ବେଦନାରେ ତଡ଼ପି ଉଠିଲେ । ଅନିଶ୍ଚିତ ଭାବରେ ବସି ରହି ସେ କ୍ଷୀର ଯୋଗାଇବା, ରୁକ୍ଷ ପ୍ରଣାଳୀ ଶିଖେଇବା ପାଇଁ ଯୁବ-ନିର୍ଦ୍ଦେଶିକଙ୍କୁ ଆଣିବା ଓ ସର୍ବୋପରି ଜାର୍ଭିସ୍ ପହଞ୍ଚିଥିବା ପ୍ରଶ୍ନ- ରାଜକ୍ଷମା ହେଲା କି ? ଇତ୍ୟାଦି ଭାବିଲେ । ତାଙ୍କୁ ଲାଗିଲା ଯେମିତି ଏଇନେ ଏଇ ରୁମ୍‌ରେ ତାଙ୍କୁ ସେ ପଛଇରୁଛନ୍ତି । ସେ ଜଣେ ଏମିତି ଲୋକ ଯିଏ ଥରେ ରାସ୍ତାକୁ ଗୋଡ଼ କାଢ଼ିଲେ ତାଙ୍କୁ ଆଉ କେହି ରୋକି ପାରିବେ ନାହିଁ । ଏକଥା କୁମାଲୋ ଭଲକରି ଜାଣନ୍ତି । ସେ ଚିଠିଟାକୁ ବନ୍ଦ କଲେ ଓ ଜଣେ ପିଲାକୁ ଡାକି କହିଲେ, ଧନରେ, ତୁ ମୋ ପାଇଁ ଗୋଟେ ଚିଠି ନେଇ ଯାଇ ପାରିବୁ କି ? ପିଲାଟି କହିଲା, ହଁ ଆଜ୍ଞା, ପାରିବି ।

– ତା ହେଲେ କୁଲୁସେ ଘରକୁ ଯା । ତାଉ ଘୋଡ଼ାଟା ମାଗି ଏଇ ଚିଠି ଖଣ୍ଡିକ ଜାର୍ଭିସ୍ ଘରକୁ ନେଇ ଯା । ସେଠି ମାଲିକଙ୍କୁ ହଇରାଣ କରିବୁନି । ସେଠି ଯେ କେହି ଲୋକ ଥିବ ତାକୁ ଏଇ ଚିଠି ଖଣ୍ଡିକ ଦେଇଦେବୁ । ଆଉ ବେଟା, ସେଠିକି ଚୁପ୍‌ଚାପ୍ ଭଦ୍ର ଭାବରେ ଯିବୁ । କାହାକୁ ସେଠି ପାଟି କରି ଡାକିବୁ ନାହିଁ । ସେଠି ଖାମଖ୍ୟାଲୀ ହେଇ ହସିବୁନି କି ଗପିବୁନି । କାରଣ ମାଲିକାଣୀ ମରିଯାଇଛନ୍ତି । ବୁଝିଲୁ ତ ?

– ମୁଁ ପୁରା ବୁଝିଛି, ଆଜ୍ଞା ।

– ତା ହେଲେ ଯାରେ ବେଟା । ତୁ ଏଠି ଦୀକ୍ଷା-ସ୍ଥାନ ଦେଖିପାରିବୁ ନାହିଁ, ମତେ ଖରାପ ଲାଗୁଛି ।

– କିଛି କଥା ନାଇଁ, ଉମ୍‌ଫୁନ୍‌ତିସି ।

ତାପରେ କୁମାଲୋ ଲୋକଙ୍କୁ ମାଲିକାଣୀ ଢଳିଯିବାର ଖବର ଦେବାକୁ ଗଲେ । ଖବରଟା ଶୁଣି ସମସ୍ତେ ନୀରବି ଗଲେ । ଖାମଖ୍ୟାଲୀ ଗପସପ, ଡାକହାକ ଓ ହସଖୁସି ସବୁ ଉଭେଇଗଲା । ସେମାନେ ଚୁପ୍‌ଚାପ୍ ଛିଡ଼ା ହେଇ ଓ ଧୀରେ କଥା କହି ବିଶପ୍‌ଙ୍କ ଆସିବାଟାକୁ ଅପେକ୍ଷା କଲେ ।

ଚର୍ଚ୍ଚରେ ଦୀକ୍ଷା-ସ୍ଥାନ ହେଲାବେଳକୁ ଅନ୍ଧାର ହେଇଗଲା । ଦୀପ ଜାଳିବାକୁ ପଡ଼ିଲା । ଘାଟୀ ଉପରେ ବିରାଟ ମେଘ ଖଣ୍ଡମାନ ମାଡ଼ି ଆସିଲା । ନାଲି ନିର୍ଜନ ଘାଟୀ ଉପରେ ବିଜୁଳୀ ଝଲସିଲା । ମାଟି ଯେମିତି ମାଂସ ଖଣ୍ଡେ ପରି ଚିରି ଫାଡ଼ି ହେଇଗଲା । ବୁଢ଼ାବୁଢ଼ୀ, ପିଲାଛୁଆଙ୍କର ଘାଟୀ ଉପରେ ମେଘ ଗର୍ଜିଲା । ପୁରୁଷ, ଯୁବକ, ଯୁବତୀ ସବୁ ଦୂରରେ । ମାଟି ତାଙ୍କୁ ଧରି ରଖି ପାରୁ ନାହିଁ । ଦୀକ୍ଷା ପାଇଥିବା ପିଲାଙ୍କ ଭିତରୁ ସେଠି କେତେଜଣ ଥାନ୍ତି । କିଛି ସମୟ ପରେ ସେମାନେ ବି ଢଳିଯିବେ । କାରଣ ମାଟି ତାଙ୍କୁ ଧରି ରଖି ପାରୁ ନାହିଁ ।

ଚର୍ଚ୍ଚ ଭିତରେ ଅନ୍ଧାର । ଛାତରୁ ପାଣି ଗଳୁଥାଏ । ତଳେ ପୋଖରୀ ପରି ପାଣି

ଜମା ହୋଇଗଲା । ବର୍ଷାରୁ ରକ୍ଷା ପାଇବା ପାଇଁ ଲୋକେ ଏଠି ସେଠି ବୁଲୁଥାଆନ୍ତି । କେତେ ଜଣଙ୍କର ଧଳା ପୋଷାକ ଓଦା ହୋଇଗଲା । ଝିଅଟିଏ ଥଣ୍ଡାରେ ଥରୁଥାଏ । ଏଇ ଅବସରଟି ତା' ପାଇଁ ପବିତ୍ର ହୋଇଥିବାରୁ ସେ ବାହାରି ଯିବାର ସାହସ କଲା ନାହିଁ । ବିଶପ୍ କହୁଥାନ୍ତି, ହେ ପ୍ରଭୁ, ତମର ଏ ଶିଶୁକୁ, ତମରି ଐଶ୍ୱରିକ ଅନୁଗ୍ରହରେ ସୁରକ୍ଷିତ ରଖ । ତମରି ଛତ୍ରଛାୟା ତଳେ ସେ ସବୁଦିନ ରହିଥାଉ । ତମରି ଶାଶ୍ୱତ ସାମ୍ରାଜ୍ୟକୁ ଆସିବା ଯାଏଁ ସେ ପ୍ରତ୍ୟହ ପବିତ୍ର ଆମ୍ଭର କୃପା ଲାଭ କରୁ । ସେଠିକି ଆସିଥିବା ପ୍ରତ୍ୟେକ ପିଲାଙ୍କୁ ସେ ଏଇୟା କହି ଦୀକ୍ଷା ପ୍ରଦାନ କଲେ ।

ଦୀକ୍ଷା ସରିଗଲା ପରେ ଖାଇବା ପାଇଁ ଘର ଭିତରେ ଭିଡ଼ ହେଲା । କୁମାଲୋ ଯେଉଁମାନେ ସେଦିନ ଦୀକ୍ଷା ନେଇ ନ ଥିଲେ କିମ୍ବା ଯୋଉମାନେ ଦୀକ୍ଷା ପାଇଥିବା ପିଲାଙ୍କର ବାପା ମାଁ ନୁହଁନ୍ତି ସେମାନଙ୍କୁ ଚର୍ଚ୍ଚରେ ରହି ଯିବାକୁ କହିଲେ । କାରଣ ବିଜୁଳୀ ଘଡ଼ଘଡ଼ି ନ ଥିଲେ ବି ବର୍ଷା ହେଉଥାଏ । ତଥାପି ବି ଘର ଭିତରେ ଲୋକ ସାଲୁବାଲୁ । ରୋଷଘରେ, ଖର୍ଚ୍ଚବର୍ଚ୍ଚର ହିସାବ ଲେଖା ହେଉଥିବା ଜାଗାରେ, ଖାଇବା ଜାଗାରେ, ଶୋଇବା ଜାଗାରେ, ଏପରିକି ଯୁବ-ନିଦର୍ଶକଙ୍କ ରହିବା କୋଠିରେ ବି କାହିଁରେ କେତେ ଭିଡ଼ ।

ଶେଷରେ ବର୍ଷା ଛାଡ଼ିଗଲା । ହିସାବ ଲେଖା ହେଉଥିବା କୋଠରୀରେ କେବଳ ବିଶପ୍ ଓ କୁମାଲୋ ଥିଲେ । ବିଶପ୍ ହୁକା ଲଗାଇଲେ ଓ କୁମାଲୋଙ୍କୁ କହିଲେ, ମି: କୁମାଲୋ, ତମ ସହିତ ମୁଁ ଟିକେ କଥା ହେବାକୁ ଚାହେଁ । କୁମାଲୋ କାଲେ କ'ଣ କହିବେ ଭାବି ଡରରେ ବସି ପଡ଼ିଲେ ।

– ତମର ସବୁ ସମସ୍ୟା ଶୁଣି ମତେ ବହୁତ ଦୁଃଖ ଲାଗୁଛି, ଭାଇ ।

– ଖୁବ୍ ଦାରୁଣ, ପ୍ରଭୁ ।

– ତମେ ଏତେ କଷ୍ଟ ଭୋଗିସାରିଛ, ତା' ଉପରେ ଆହୁରି ଦୁଃଶ୍ଚିନ୍ତା ଦେବାକୁ ରୁହିଁଲିନି । ସେଥିପାଇଁ ଦୀକ୍ଷା-ସ୍ଥାନ ସରିବା ଯାଏଁ ଟାକି ଦେବାଟା ଉଚିତ ହେବ ଭାବିଲି ।

– ହଁ, ମାଲିକ ।

– ତମ ପ୍ରତି ମୋର ସମ୍ମାନ ରହିଛି ବୋଲି ଏକଥା କହୁଛି । ତମେ ଏକଥା ବୁଝିବା ଉଚିତ ।

– ହଁ, ପ୍ରଭୁ ।

– ମି: କୁମାଲୋ, ମୁଁ ଭାବୁଛି ଯେ, ତମେ ଏଣ୍ଡୋସେନି ଛାଡ଼ି ରୁଲି ଯିବାଟା ଠିକ୍ ହେବ ।

ହଁ, ସେଇୟା ହିଁ କହିବାର ଥିଲା, ଏବେ କୁହାଗଲା। ହଁ, ସେଇଟା ହିଁ ମୁଁ ଡରୁଥିଲି। ହଉ, ମତେ ଏଠୁ ଦୂରକୁ ପଠେଇ ଦିଅ ଆଉ ମୁଁ ମରିଯାଏ। ଏଇ ବୟସରେ ମୁଁ ଜୀବନଟାକୁ ପୁଣି ଥରେ ସଜାଡ଼ି ପାରିବିନି। ମୁଁ ବୁଢ଼ା, ମୁଁ ଦୁର୍ବଳ। ତଥାପି ଏଠି କେତେ ଲୋକଙ୍କ ପାଇଁ ବାପାତେ ହେବାକୁ ଚେଷ୍ଟା କରିଛି। ବିଶପ୍ ମୁଁ ଏଣ୍ଟୋସେନିକୁ ଫେରି ଆସିଲା ଦିନ ତମେ ଏଠି ନ ଥିଲ କି? ଏଇ ବୟସରେ ବି ଲୋକଙ୍କର ମୋ ପ୍ରତି ସ୍ନେହ, ଶ୍ରଦ୍ଧା ଦେଖିନ କି? ସେଦିନ ଛୁଆଟିଏ କେମିତି କହୁଥାଏ, ଉମ୍ଫ୍ରନ୍‌ତିସ ଫେରି ଆସିଛନ୍ତି ବୋଲି ଆମେ ବହୁତ ଖୁସି ଆଉ ଏଇ ଆର ଲୋକଟା କଥା ଆମେ ବୁଝିପାରୁନା। ତମେ କ'ଣ ଏଇଟା ଶୁଣିନ? ନୂଆଁ ଜିନିଷ ଆରମ୍ଭ ହେଇଛି, ଯେମିତିକି ଛୁଆକୁ କ୍ଷୀର ମିଳୁଛି, ଯୁବ-ନିଦର୍ଶକ ଆସିଛନ୍ତି, ଡେମ୍ ତିଆରି ପାଇଁ ତଳେ ବାଡ଼ି ପୋତା ହେଇଛି ଆଉ ଏତିକିବେଳେ ଦୂରକୁ ପଠେଇ ଦବ? କୁମାଲୋଙ୍କ ଆଖି ଲୁହରେ ଭରିଗଲା। ଆଖି ବୁଜି ହେଇଗଲା। ଏଇ ଦୀକ୍ଷା-ସ୍ନାନ ପାଇଁ ତାଙ୍କର ପ୍ରିୟ ମିସିମାଙ୍ଗୁଙ୍କ ଟଙ୍କାରେ ତିଆରି କଲା ପୋଷାକ ଉପରେ ଲୁହ ବୁନ୍ଦା ଆପଣା ଛାଏଁ ପଡ଼ୁଥାଏ। ବୟସ୍କ ମଥାଟି ନଇଁ ଯାଇଥାଏ। ପଦୁଟିଏ କଥା ନ କହି ସେ ପିଲାଙ୍କ ପରି ସେଠି ବସିଥାନ୍ତି।

— ମି: କୁମାଲୋ, ବିଶପ୍ ଧୀରେ କହିଲେ। ତା'ପରେ ଟିକେ ଜୋର୍‌ରେ କହିଲେ, ମି: କୁମାଲୋ।

— ସାର୍, ମୋ ପ୍ରଭୁ।

— ତମ ମନରେ କଷ୍ଟ ଦେଇଥିବାରୁ ମୁଁ ଦୁଃଖିତ। ତମକୁ କଷ୍ଟ ଦେଇ ମୁଁ ଦୁଃଖିତ। କିନ୍ତୁ ତମେ ଏଠୁ ଚାଲିଗଲେ କ'ଣ ଠିକ୍ ହେବନି?

— ସେଇଟା ହିଁ ତ କହିଛ, ମାଲିକ।

ବିଶପ୍ ତାଙ୍କ ଚୌକିରେ ଆଗକୁ ଝୁଙ୍କି ବସିଲେ। ଆଣ୍ଠୁ ଉପରେ କହୁଣୀ ରଖିଲେ। କହିଲେ, ମି: କୁମାଲୋ, ଏକଥା କ'ଣ ସତ ନୁହେଁ, ଯେ ଯାହାକୁ ହତ୍ୟା କରାଯାଇଛି ତା'ର ବାପା ଏଠି ଏଣ୍ଟୋସେନିରେ ତମର ପଡୋଶୀ? ମି: ଜାର୍ଭିସ୍?

— ସେଟା ସତ, ପ୍ରଭୁ।

— ଆଉ କେବଳ ସେଇ କାରଣରୁ ହିଁ ମୁଁ ତୁମକୁ ଚାଲିଯିବାକୁ କହୁଛି।

ମୁଁ ଚାଲିଯିବା ପାଇଁ ସେଇଟା ଗୋଟେ କାରଣ? କାଇଁ ସେ କ'ଣ ମତେ ଭେଟିବାକୁ ଏଠିକି ଆସି ନ ଥିଲେ? ସେଇ ଛୋଟ ପିଲାଟା ମୋ ଘରକୁ ଆସି ନ ଥିଲା? ଛୁଆଙ୍କ ପାଇଁ ସେ କଣ କ୍ଷୀର ପଠେଇଲେନି? ଲୋକଙ୍କୁ କୃଷି ଶିଖାଇବାକୁ ଯୁବ-ନିଦର୍ଶକଙ୍କୁ ସେ ଆଣିଲେନି? ଗୋଟେ ଦୁଃଖ ଉପରେ ପୁଣି ମାଲିକାଣୀ

ଝରିଯିବାର ଦୁଃଖ, ତାଙ୍କ ପାଇଁ ମତେ କଣ କଷ୍ଟ ଲାଗୁ ନାହିଁ ? ତେବେ ଏଇ ଦେଶରେ, ବିଶପଙ୍କ ପରି ଜଣେ ମାନ୍ୟଗଣ୍ୟ ଲୋକକୁ ଜଣେ ଏକଥା କହିବ କେମିତି ? କେତେଟା କଥା କହି ହୁଏନି ।

— ମୋ କଥା ବୁଝୁଛ ତ, ମି: କୁମାଲୋ ?

— ହଁ ବୁଝୁଛି, ପ୍ରଭୁ ।

— ମୁଁ ତମକୁ ପିତରମାରିତ୍‌ବର୍ଗରେ ତମର ପୁରୁଣା ସାଙ୍ଗ ଏଣ୍ଡେବେଲା ପାଖକୁ ପଠେଇ ଦେବି । ତାଙ୍କୁ ସେଠି ତମେ ସାହାଯ୍ୟ କରିବ । ତମ କାନ୍ଧରୁ ଗୋଟେ ବୋଝ ଖସିଯିବ । ସ୍କୁଲ, କୋଠା ଓ ଟଙ୍କା ପାଇଁ ସେ ଚିନ୍ତା କରିବେ । ତମେ ଖାଲି ତମର ପାଦ୍ରୀ କାମଟା କରିବ । ଏଇଟା ମୋର ଯୋଜନା ।

— ମୁଁ ବୁଝୁଛି, ମାଲିକ ।

— ଏଠି ରହିଲେ ତମ ଉପରେ ଗୁଡ଼ାଏ ଦାୟିତ୍ୱ ପଡ଼ିବ । ମି: ଜାର୍ଭିସ୍ ଯେ ତମର ପଡ଼ୋଶୀ ଖାଲି ସେତିକି ନୁହଁ । ଏବେ ହେଉ କି ପରେ ହେଉ ତମର ଚର୍ଚ୍ଚଟାକୁ ପୁଣି ତିଆରି କରିବାକୁ ପଡ଼ିବ । ଏଥିପାଇଁ ବହୁତ ଟଙ୍କା ଲାଗିବ । ଗୁଡ଼ାଏ ଝାମେଲା । ଚର୍ଚ୍ଚର ଅବସ୍ଥା ତ ତମେ ନିଜେ ଦେଖୁଛ ।

— ହଁ, ପ୍ରଭୁ ।

— ମୋ ଜାଣିବାରେ ତମେ ତମର ବୋହୁକୁ ଏଠିକି ନେଇ ଆସିଛ । ତାର ପୁଣି ଛୁଆ ହେବାର ଅଛି । ଏମିତିରେ ସେମାନେ ଏଠି ରହିବା ଠିକ୍ ହେବ ? ଯୋଉଠି ଏକଥା କେହି ଜାଣି ନ ଥିବେ ସେଠି ଯାଇ ରହିବାଟା ଭଲ ହେବନି ?

— ମୁଁ ବୁଝୁଛି, ପ୍ରଭୁ ।

କବାଟରେ ଠକ୍‌ଠକ୍ ହେଲା । ଯା ହାତରେ ସେ ଚିଠି ପଠେଇଥିଲେ ସେଇ ପିଲାଟା ବାହାରେ ଛିଡ଼ା ହେଇଥିଲା । କୁମାଲୋ ତା ହାତରୁ ଚିଠିଟା ନେଲେ । ଉପରେ ଠିକଣା ଲେଖା ଥିଲା : ରେଭ୍.ଏସ୍. କୁମାଲୋ, ଏଣ୍ଡୋସେନି । ପିଲାଟିକୁ ସୁକ୍ରିଆ କହି ସେ କବାଟ ବନ୍ଦ କଲେ ଓ ଚୌକିରେ ବିଶପଙ୍କ କଥା ଶୁଣିବାକୁ ଅପେକ୍ଷା କରି ବସିଲେ ।

— ତମ ଚିଠିଟା ପଢ଼, ମି: କୁମାଲୋ ।

କୁମାଲୋ ଚିଠି ଖୋଲି ପଢ଼ିଲେ ।

ଡମ୍‌ଫ୍ୟୁନ୍‌ଡିସି: ତମର ସମବେଦନା ବାର୍ତ୍ତା ତଥା ଚର୍ଚ୍ଚରେ ପ୍ରାର୍ଥନା କରିବାର ପ୍ରତିଶ୍ରୁତି ପାଇଁ ଧନ୍ୟବାଦ । ତମେ ଠିକ୍ କହିଛ, ଯେଉଁ ଜନମଙ୍ଗଳ କାମସବୁ କରାଯାଇଛି ସେ ବିଷୟରେ ମୋର ପତ୍ନୀ ଅବଗତ ଥିଲେ । ସେଥିରେ ସେ ସବୁଠୁ ବଡ଼ ଦାୟିତ୍ୱ ନିର୍ବାହ

କରିଥିଲେ । ଆମର ପ୍ରିୟ ପୁଅର ସ୍ମୃତିରେ ଆମେ ଏ କାମ କଲୁ । ଏଣ୍ଟୋସେନିରେ ଗୋଟେ ନୂଆଁ ଚର୍ଚ୍ଚ ଗଢ଼ିବା ତାଙ୍କର ଶେଷ ଇଚ୍ଛା ଭିତରୁ ଗୋଟିଏ ଥିଲା । ଏ ବିଷୟରେ ତମ ସହିତ ଆଲୋଚନା ପାଇଁ ମୁଁ ଯିବି ।

ଭବଦୀୟ,  ଜେମ୍ସ ଜାର୍ଭିସ

ତମେ ଜାଣିବା କଥା ଯେ ଆମେ ଜୋହାନ୍‌ସ୍‌ବର୍ଗ ଯିବା ଆଗରୁ ମୋର ସ୍ତ୍ରୀର ଦେହ ଖରାପ ଥିଲା ।

*

କୁମାଲୋ ଉଠିଲେ । ବିଶପ୍‌ଙ୍କୁ ଆଶ୍ଚର୍ଯ୍ୟ କରିଦେଲା ଭଳି ସ୍ୱରରେ କହିଲେ, ଏଇଟା ଈଶ୍ୱରଙ୍କ ଠାରୁ ଆସିଛି । ସେଇ ସ୍ୱରରେ ଦୁଃଶ୍ଚିନ୍ତାରୁ, ହସିବାରୁ ଆଉ କାନ୍ଦିବାରୁ ନିସ୍କୃତି ରହିଥିଲା । କୋଠରୀର କାନ୍ଥକୁ ଦେଖି ସେ ପୁଣି କହିଲେ, ଏଇଟା ଈଶ୍ୱରଙ୍କ ପାଖରୁ ଆସିଛି ।

– ଈଶ୍ୱରଙ୍କ ପାଖରୁ ଆସିଥିବା ତମର ଚିଠିଟା ମୁଁ ଦେଖି ପାରିବି କି ? ବିଶପ୍‌ ନୀରସ ହୋଇ କହିଲେ ।

କୁମାଲୋ ଆତୁର ହୋଇ ଚିଠି ଖଣ୍ଡିକ ବଢ଼ାଇ ଦେଲେ । ବିଶପ୍‌ ଚିଠିଟାକୁ ପଢ଼ିଲାବେଳେ ସେ ଅଧୀର ହୋଇ ଛିଡ଼ା ହୋଇଥାନ୍ତି । ପଢ଼ି ସାରିଲା ପରେ ବିଶପ୍‌ ଗମ୍ଭୀର ହୋଇ କହିଲେ, ଏଟା ଗୋଟେ ନିର୍ବୁଦ୍ଧିଆ ଠଗା ମଜା ।

ସେ ପୁଣି ଥରେ ପଢ଼ିଲେ । ତାଙ୍କର   ନାକ ସଫା କଲେ ଆଉ ଚିଠିଟା ହାତରେ ଧରି ବସିଲେ ।

– କଣ ସବୁ କାମ କରାଯାଇଛି ? ସେ ପଚରିଲେ ।

କୁମାଲୋ କ୍ଷୀର, ଡେମ୍‌ ଓ ଯୁବ-ନିଦର୍ଶକ କଥା କହିଲେ । ବିଶପ୍‌ ବାରମ୍ବାର ତାଙ୍କର ନାକ ସଫା କଲେ ଓ କୁମାଲୋଙ୍କୁ କହିଲେ, ଏଇଟା ଗୋଟେ ଅସାଧାରଣ କଥା । ମୁଁ ଏଯାବତ୍‌ ଶୁଣିଥିବା ଅଭୂତପୂର୍ବ କଥାରୁ ଏଇଟା ଗୋଟେ ।

କୁମାଲୋ ଶଦ୍ୟମାନର ଅର୍ଥ ବୁଝାଇଲେ । ତମେ ଜାଣିବା କଥା ଯେ ଆମେ ଜୋହାନ୍‌ସ୍‌ବର୍ଗ ଯିବା ଆଗରୁ ମୋର ସ୍ତ୍ରୀର ଦେହ ଖରାପ ଥିଲା । କେତେ ବୁଝାମଣା ଓ ସହାନୁଭୂତିର ସହିତ ଏ ଶଦ୍ୟ ମାନ ଲେଖାଯାଇଛି ତାହା ବୁଝାଇଦେଲେ । ରାଜକ୍ଷମା ହେଲା କି ? ଏଇ ଶଦ୍ୟ କେତୋଟି ସେ ବିଶପ୍‌ଙ୍କୁ କହିଲେ । ଭିତରେ ଛିପିଲା ହସର ପସରା ନେଇ ତାଙ୍କ ପାଖକୁ ଆସିଥିବା ଛୋଟ ପିଲାଟା କଥା ବି କହିଲେ ।

ବିଶପ୍‌ କହିଲେ, ଘର ଭିତରକୁ ଯିବା । ତମ ଚର୍ଚ୍ଚ ଭିତରେ ଯଦି ଶୃଙ୍ଖଳା

ଜାଗା ଟିକେ ମିଳେ ସେଠି ପ୍ରାର୍ଥନା କରିବା । ତାପରେ ମୁଁ ଝୁଲିଯିବି । କାରଣ ମତେ ଦୂର ବାଟ ଯିବାକୁ ହେବ । ତମର ସ୍ତ୍ରୀ ଓ ବୋହୂଠାରୁ ମୁଁ ବିଦାୟ ନେଇଯାଏ । ଏଥର, ଅନ୍ୟ କଥା କହ । ତମର ବୋହୂ ଓ ତାର ହେବାକୁ ଥିବା ଛୁଆ ବିଷୟରେ କହୁନ ?

— ଆମେ ଲୋକଙ୍କ ସାମ୍ନାରେ ସ୍ପଷ୍ଟ ଭାବରେ ଗୁହାରୀ କରିଛୁ, ପ୍ରଭୁ । ଆଉ ଅଧିକ କଣ କରାଯାଇପାରେ ?

— ଆଗ କାଳେ ଏମିତି କରାଯାଉଥିଲା । ଆଗେ ଲୋକଙ୍କର ବିଶ୍ୱାସ ଥିଲା । କିନ୍ତୁ ଆଜି ମୁଁ ଯାହା ଶୁଣିଲି, ଯା ପରେ ଆଉ କିଛି କହିବା ଠିକ୍ ନୁହେଁ ।

ବିଶପ୍ ଘରଲୋକଙ୍କଠାରୁ ବିଦାୟ ନେଲେ । ସେ ଓ କୁମାଲୋ ଚର୍ଚ୍ଚକୁ ଗଲେ । ଚର୍ଚ୍ଚର ଦ୍ୱାର ମୁହଁରେ ସେ କୁମାଲୋକୁ ଗମ୍ଭୀର ହୋଇ କହିଲେ, ମୁଁ ଦେଖୁଛି, ଈଶ୍ୱରଙ୍କ ଇଚ୍ଛା ନାହିଁ ଯେ ତମେ ଏଣ୍ଡୋସେନି ଛାଡ଼ି ଯାଅ ।

ବିଶପ୍ ଗଲା ପରେ ବଢ଼ନ୍ତି ଅନ୍ଧାରରେ କୁମାଲୋ ଚର୍ଚ୍ଚ ବାହାରେ ଛିଡ଼ା ହେଲେ । ବର୍ଷା ଛାଡ଼ି ଯାଇଥିଲା । କିନ୍ତୁ ଆକାଶ ବର୍ଷାର ପ୍ରତିଶ୍ରୁତିରେ କଳା ଥିଲା । ମହା-ନଦୀ ପଟୁ ଧୀର ଶୀତଳ ପବନ ବହିଲା । ସେଥିରେ ମଣିଷର ଆତ୍ମା ଉଲ୍ଲସିତ ହେଲା । ସେଠି ଛିଡ଼ା ହୋଇ ବିରାଟ ଘାଟି ଉପରେ ସେ ଆଖି ବୁଲାଇଲେ । ଉପରୁ କାହାର ସ୍ୱର ଶୁଣିଲା, ଧୈର୍ଯ୍ୟ ରଖ, ଧୈର୍ଯ୍ୟ ରଖ ମୋର ଲୋକମାନେ । ମୁଁ ଏଇ କାମ ସବୁ ମୁଁ ତମ ପାଇଁ କରିବି । ତମକୁ ତ୍ୟାଗ କରିବି ନାହିଁ ।

ମଣିଷ ଯେପରି ବିବେଚନା କରେ ସେଇପରି ଘଟି ନ ଥାଏ । ଅନ୍ୟଥା ଘଟିଥାଏ । ସେଇ ମର୍ମରେ ମଣିଷକୁ ଏହା ଭ୍ରାନ୍ତି, ମାତ୍ରାଧିକ କଳ୍ପନା କିମ୍ବା ଏକ ଦୈବୀ ସୂଚନା ପରି ଅନୁଭବ ହୁଏ ।

*

ସେ ଘର ଭିତରକୁ ଯାଇ ଦେଖିଲେ ତାଙ୍କର ସ୍ତ୍ରୀ, ଝିଅଟା, ଚର୍ଚ୍ଚର ଅନ୍ୟ କେତେଜଣ ସ୍ତ୍ରୀ ଲୋକ ଓ ତାଙ୍କର ବ୍ୟାଗ୍ ଧରି ଦେଇଥିବା ସାଙ୍ଗ ଜଣକ ଗୋଟେ ଫୁଲମାଳା ତିଆରି କରିବାରେ ବ୍ୟସ୍ତ ଅଛନ୍ତି । ସେମାନେ ଦେବଦାରୁ ଗଛର ଡାଲଟେ ରଖିଥାନ୍ତି । କାରଣ ତାଙ୍କର ସାଙ୍ଗର ଘର ପାଖେ ଏକେଣା ଦେବଦାରୁ ଗଛଟେ ଅଛି । ଏଣ୍ଡୋସେନିର ସାରା ଘାଟିରେ ସେଇ ଗୋଟେ ମାତ୍ର ଦେବଦାରୁ ଗଛ । ସେଠି ଗଛଟା କେମିତି ଉଠି ବଢ଼ିଲା, ସେ କଥା କାହାରି ମନେ ନାହିଁ । ସେଇ ଡାଲଟିକୁ ସେମାନେ ଗୋଲେଇ କରି ବାନ୍ଧି ଦେଇଥାନ୍ତି ଯେମିତିକି ସେଇଟା ଆଉ ଫିଟିବନି । ଆଉ ସେଥିରେ ସାବୁଜା ଘାସ ପଡ଼ିଆରେ ଖୋଲାମେଲାରେ ଫୁଟିଥିବା ଫୁଲମାନ ଯୋଖିଥାନ୍ତି ।

– ମତେ ଏଇଟା ଭଲ ଲାଗୁନି, ଉମ୍‌ଫ୍ରନ୍‌ଡିସି । ଏଥିରେ କଣ ଗଡ଼ବଡ଼ ଅଛି ? ଜଣେ ଗୋରା ଲୋକର ଶ୍ରଦ୍ଧାଞ୍ଜଳୀରେ ଦେଲା ପରି ଲାଗୁନି ।

– ସେମାନେ ଧଳା ଫୁଲ ଦିଅନ୍ତି । ପିତରମାରିଚବର୍ଗରେ ମୁଁ ପ୍ରାୟ ଧଳା ଫୁଲ ଦେବାର ଦେଖିଛି ।

– ଉମ୍‌ଫ୍ରନ୍‌ଡିସି, ଧଳା ଫୁଲ କୋଉଠି ଅଛି ମୁଁ ଜାଣେ, ଧଳା କାଁ । ତାଙ୍କର ସାଙ୍ଗ ଉଚ୍ଚାଟିତ ହେଇ କହିଲେ ।

– ସେମାନେ ଧଳା କାଁ ଏଥିରେ ଲଗାନ୍ତି । ନୂଆଁ ଶିକ୍ଷକ ଜଣକ ବି ଉଚ୍ଚାଟିତ ହେଇ କହିଲେ ।

– କିଂତୁ ସେଟା କାହିଁ ଦୂରରେ । କେରିସବୁକ୍‌ର ସେ ମୁଣ୍ଡରେ ରେଲ ଲାଇନ ପାଖ ଛୋଟିଆ ଝରନ୍ କଡ଼େ କଡ଼େ ଫୁଟିବାର ମୁଁ ଜାଣେ ।

– ସେଟା ବହୁତ ଦୂର । କୁମାଲୋ କହିଲେ ।

– ମୁଁ ସେଠିକି ଯିବି । ଏମିତି କାମ ପାଇଁ ଯେତେଦୂର ଗଲେ ବି କିଛି କଥା ନାଇଁ । ମତେ ଗୋଟେ ଲକ୍ଷନ ଦେବ ?

– ନିଶ୍ଚୟ, ଭାଇ ।

– ଗୋଟେ ଧଳା ଫିତା ଦରକାର । ଶିକ୍ଷକ ଜଣକ କହିଲେ ।

– ଘରେ ମୋ ପାଖରେ ଖଣ୍ଡେ ଅଛି । ମୁଁ ଯାଇ ନେଇ ଆସିବି । ସ୍ତ୍ରୀଲୋକଙ୍କ ଭିତରୁ ଜଣେ କହିଲା ।

– ଆଉ ଷ୍ଟିଫେନ୍, ଆମ ଲାଗି ଦମେ ଖଣ୍ଡେ କାର୍ଡ ଲେଖି ପାରିବ ? ତମ ପାଖରେ ସେମିତି କାର୍ଡ ଅଛି ?

– ତା ଝରି କଡ଼ କଳା ରଙ୍ଗ ହେବା କଥା । ଶିକ୍ଷକ ଜଣକ କହିଲେ ।

– ହଁ ସେମିତି କାର୍ଡ ଖଣ୍ଡେ ଖୋଜିବି ଆଉ ଝରି କଡକୁ କାଳିରେ କଳା କରିଦେବି କୁମାଲୋ କହିଲେ ।

ସେ ରୁମ୍ ଭିତରକୁ ଯାଇ କଣ ହିସାବ କିତାବ ଲେଖିଲେ ଆଉ ସେମିତି ଖଣ୍ଡେ କାର୍ଡ ଖୋଜି ପାଇଲେ । ତା ଉପରେ ଲେଖାଥିଲା:

ସେଣ୍ଟ ମାର୍କସ ଚର୍ଚ୍ଚର ଜନତାର

ସମବେଦନାର ସହିତ

ଏଣ୍ଡୋସେନି

କାଲେ କାର୍ଡ ଉପରେ ଏପଟ ସେପଟ କାଲି ଲାଗିଯିବ, ସେଥିପାଇଁ ବେଶ୍ ଯତ୍ନର ସହିତ କଳା ଧାର ଟାଣୁଥାନ୍ତି । ସେତିକିବେଳେ ତାଙ୍କର ସ୍ତ୍ରୀ ତାଙ୍କୁ ଖାଇବାକୁ ଡାକିଲେ ।

ଏଣ୍ଡୋସେନିରେ ଆଖପାଖ ସବୁ ଜମିରେ ହଳ କରା ହେଉଥାଏ । କିନ୍ତୁ ଧୀରେ ସୁସ୍ତେ ହଳ କାମ ଚଳିଥାଏ । କାରଣ ଯୁବ-ନିଦର୍ଶକ ଓ ତା ପଛକୁ ସର୍ଦାର ସେମାନଙ୍କୁ ବତାଉଥାନ୍ତି ଯେ ଏମିତି ଉପର ତଳ କରି ଆଉ ସେମାନେ ତଷ୍ଟିବେ ନାହିଁ । କାରଣ ତା ଦ୍ୱାରା ମାଟିର ହିଡ଼ ଭାଙ୍ଗିଯିବ । ଜମିଟା ଆଗ ପରି ଆଉ ଦିଶିବନି । ମାଇକିନା ଓ ପିଲାମାନେ ଗୋବର ଗୋଟାନ୍ତି, ହେଲେ ଜମି ପାଇଁ ସେଟା ନିହାତି କମ୍ । ତେଣୁ ଗାଈଗୋରୁ ଏକାଠି ରହିବା ପାଇଁ କଣ୍ଢାବାଡ଼ ଘେରି ଗୁହାଲ ପରି ଘର ତିଆରି କରିବାକୁ ସର୍ଦାର କହିଲେ । ଏମିତିରେ ଏକାଠରକେ ଗୋବର ଗୋଟାଇ ହେବ । ତେବେ ଏଟା ତ କଠିଣ କାମ । କାରଣ ସେଠି ଗାଈଗୋରୁ ଖାଇବାକୁ କିଛି ପାଇବେନି । ଗୋବର ଖତ ବିଷୟରେ ଯୁବ-ନିଦର୍ଶକ ମୁଣ୍ଡ ହଲାଇଲେ । ଆର ବର୍ଷ ଆଡ଼କୁ ଏଇଟା ସୁଧୁରିଯିବ, ସେ କହିଲେ । ଝାଡ଼ି ବବୁର ମାଞ୍ଜି ସିଝ। ହେଲା । ଘାଟିରେ କେହି କେବେ ଯେ କଥା ଶୁଣି ନ ଥିଲେ । କିନ୍ତୁ ଗୋରାଙ୍କ ଜମିରେ କାମ କରୁଥିବା ଲୋକେ କହିଲେ, ସେମିତି କରିବା କଥା । ସେମାନେ ସେଇୟା କଲେ । ସେଇ ମାଞ୍ଜି ପାଇଁ ଗୋଟେ ଦୁଇଟା ନିଛାଟିଆ ଜାଗା ବଛାଗଲା । କିନ୍ତୁ ଯୁବ-ନିଦର୍ଶକ ମୁଣ୍ଡ ହଲାଇଲେ । ସେଇ ମାଟି ଦୋରସା ନୁହଁ, ସେ କହିଲେ । ଋଷୀମାନେ ବୁଣିବାକୁ ରଖିଥିବା ମକା ବିହନକୁ ସେ ଫିଙ୍ଗି ଦେବାକୁ କହିଲେ । କାରଣ ସେଇଟା ନିକୃଷ୍ଟ ଧରଣର । ଜାର୍ଭିସ୍କଠୁ ସେ ଉନ୍ନତ କିସମର ବିହନ ଆଣିଛନ୍ତି । କିନ୍ତୁ ସେମାନେ ତାକୁ ଫିଙ୍ଗିଲେ ନାହିଁ, ବରଂ ଖାଇବା ପାଇଁ ରଖିଲେ ।

ଏ ସବୁ କାମ ଯାଦୁ ବିଦ୍ୟାରେ ହେଇ ନାହିଁ । କେତେ ସଭା ସମିତି ହେଇଛି । ତା ଭିତରେ କେତେ ଚୁନ୍ସ୍ତ, ପୁଣି କେତେ ରୁଷ୍ଷା ଫୁଲା । ଖାଲି ସର୍ଦାର ଭୟରେ ମିଟିଂରୁ କିଛି ଗୋଟେ ବାହାରି ପାରିଛି । ଯାର ଜମି ଯାଇଛି, ସେ ସବୁଠୁ ବେଶୀ ଅସନ୍ତୁଷ୍ଟ । ଡେମ୍‌ରେ ତାର ଜମି ଯିବା ଜାଣି କୁଲୁସେର ଭାଇ ପାଟିରୁ ପଦେ କଥା ବାହାରୁ ନ ଥାଏ । ତା ବଦଲରେ ସେମାନେ ତାକୁ ହିନିମାନିଆ ଜମି ଖଣ୍ଡେ ଦେଇଥାନ୍ତି । ପ୍ରକୃତରେ ପାଦ୍ରୀ ଆଜ୍ଞା ଏ ନେଇ ତାକୁ ବହୁତ ବୁଝାସୁଝା କଲେ । ସେ ପାଦ୍ରୀ ଆଜ୍ଞାଙ୍କୁ ସହଜରେ ମନା କରି ପାରିଲାନି । ତାଙ୍କରି ଯୋଗୁଁ ଖୀର ଟିକେ ପାଇ ତାର ଭାଇର ଛୁଆଟାର ଜୀବନ ବଞ୍ଚିଗଲା । ଯାଉ ଆହୁରି ବହୁତ କିଛି ଦେବାକୁ ପଡ଼ିବ, ସର୍ଦାର ଇଶାରା ଦେଇ ସାରିଥାନ୍ତି । ଯାହା କହିବାର ଅଛି ତାକୁ ସଙ୍ଗେ ସଙ୍ଗେ ଥରକରେ କହିବାରୁ ଯୁବ-ନିଦର୍ଶକ ଟିକେ ଅସନ୍ତୁଷ୍ଟ ହେଲେ । କିନ୍ତୁ ସକଥା ଏକା ଥରକେ ସାରିଦେଲେ ଏମାନେ ସହଜରେ ରାଜି ପଡ଼ିବେନି । ଏପରିକି ସେ ଆଶା

ରଖିଥିଲେ ଯେ ଏଇ ବର୍ଷ ଏଇ ଲୋକମାନେ କିଛିଟା ନିଜ ଆଖିରେ ଦେଖିବେ ଯଦିଓ ସେ ନିଜେ ଦାରିଦ୍ର୍ୟ କ୍ଷୀୟାଘାତରେ ସଢୁଥିବା ଏଇ ଅଞ୍ଚଳର ଅବସ୍ଥା ଦେଖି ନାସ୍ତିସୂଚକ ମୁଣ୍ଡ ହଲାଇ ଦେଇଥିଲେ ।

ସରକାର ସର୍ଦ୍ଦାରଙ୍କୁ ଭଗୋଟେ ଷଣ୍ଢ ଦେବା କଥା ଶୁଣାଗଲା । ଯୁବ-ନିଦର୍ଶକ କୁମାଲୋଙ୍କୁ ବୁଝାଇଦେଲେ ଯେ କମ୍ ଲାଭ ଦଉଥିବା ଗାଇସବୁକୁ ସେମାନେ ଆଉ ରଖିବେନି । କିନ୍ତୁ ସେ ଏକଥା ମିଟିଂରେ କହିଲେନି । ଏଇଟା ସେମାନଙ୍କୁ ଭାରୀ ପଡ଼ିବ । କାରଣ ଗାଇଗୋରୁ ତାଙ୍କ ପାଇଁ ଅସଲ ସମ୍ପଭି । ଧଡ଼ିଆ ହାଉଆ ହେଉ ପଛେ, ସେଟା ଗୋଧନ ।

ତେବେ ସବୁଠୁ ବଡ଼ ବିସ୍ମୟ ହେଉଛି ସେଟିକି ଅଣାହେଇଥିବା ବିରାଟ ମେସିନ୍ । ମେସିନ୍‍ଟା ଲଢ଼େଇ କରୁଥିବାର ସେମାନେ କହିଲେ । ମେସିନ୍‍ଟା କୁଲୁସେର ଭାଇର ଜମିରୁ ମାଟି ଟାଣି ନେଇ ଧାଡ଼ିକି ଧାଡ଼ି ବାଡ଼ି ପୋତା ଜାଗାରେ କାହିଁ କେତେ ଉଚ୍ଚରେ ଗଦା କରୁଥାଏ । ଏପରି ମୁହଁ ହାଣ୍ଡି କରିଥିବା କୁଲୁସେର ଭାଇ ବି ଏଇୟା ଦେଖି ଅନିଚ୍ଛା ସତ୍ତ୍ୱେ ହସି ପକାଇଲା । କିନ୍ତୁ ପୁଣି ତା କଥା ମନେ ପକାଇ ମୁହଁଟା ଫୁଲାଇ ରଖିଲା । ତେବେ ତା ପାଇଁ ଗୋଟେ ଆଶ୍ୱାସନା ଏଇୟା ଡେମ୍ ପୁରିଗଲା ପରେ ଆର ବର୍ଷ ଜୁମା ଓ ଭାଇ ତାଙ୍କର ବନ୍ଦ ତଳି ଜମି ଛାଡ଼ି ଦେବେ । କାରଣ ବନ୍ଦରୁ ପାଣି ନେଇ ସେଠି ଗୋରାଙ୍କ ଘାସ ଲଗାହେବ । ସେଠୁ ଘାସ କଟାହେଇ ଗୋରୁ ଭେଡ଼ାରେ ଦିଆଯିବ । ଡେମ୍ ସକଶେ ସେ ରୁଷିଥିବାରୁ ଜୁମା ଓ ତାର ଭାଇ ତାକୁ ହସ୍ତୁଥାନ୍ତି । ତାଙ୍କର ବି ପାଲି ପଡ଼ିବ ଯେ । ଏଥିରେ ସେ ଟିକେ ଆଶ୍ୱସ୍ତ ହେଲା ।

ପ୍ରକୃତରେ ଘାଟିରେ କିଛି ଗୋଟେ ନୂଆଁ ହେଲା ପରି ଲାଗୁଥାଏ । ନୂଆଁ ଫର୍ଭି, ନୂଆ ଜୀବନ ଆଉ ଯାକୁ ନେଇ କୁଡ଼ିଆ ଘରେ ଗପର ପସରା । ସେମିତି କିଛି ହେଇ ନ ଥିଲେ ବି କିଛି ଗୋଟେ ହେଇଛି ।

*

ଆଉ ଜଣେ ଥିଲେ ନେପୋଲିଅନ୍ ଯିଏ କି ଗୁଢ଼ାଏ କାମ କରିଥିଲେ । ଏତେ କାମ ସେ କରିଥିଲେ ତାଙ୍କ ବିଷୟରେ ବହୁତ ବହି ଲେଖା ହେଇଛି ।

ଯୁବ-ନିଦର୍ଶକ ହସିଲେ । ତଳକୁ ମୁହଁ କରି ସେ ଗୋଟେ ଗୋଡ଼ର ଜୋତାକୁ ଆରଟାରେ ଘଷୁଥାନ୍ତି ।

- ତମେ ଗର୍ବିତ ହେବା କଥା । ଘାଟିକୁ ଗୋଟେ ନୂଆଁ ଜୀବନ ଆସିଛି । ମୁଁ ଏତେ ବର୍ଷ ହେଲା ଏଠି ରହିଲେ ବି ଏଡେ ଫର୍ଭିରେ ହଲ କରିବାଟା କେବେ ଦେଖି ନ ଥିଲି । କୁମାଲୋ କହିଲେ ।

- ଏଠି ଗୋଟେ ନୂଆଁ କଥା ଘଟୁଛି । ବର୍ଷା ପାଇଁ ସବୁ ଟିକେ ତାଜା ଲାଗୁଛି । ହେଲେ ଖାଲି ସେତିକି ନୁହେଁ । ଏଠି ଏବେ ଦିଶୁଥିବା ଆଶାର ଝଲକ ମୁଁ ଆଗରୁ କେବେ ଦେଖି ନ ଥିଲି । ସେ ପୁଣି କହିଲେ ।

- ବେଶୀ ଆଶା କର ନାହିଁ । ଏଇ ବର୍ଷ ମୁଁ ବେଶୀ କିଛି ଆଶା ରଖୁନି । ମକା ଟିକେ ବେଶୀ ବଢ଼ିବ ଆଉ ଅମଳ ଟିକେ ବେଶୀ ହେବ । ସେମିତି କିଛି ଉପୁଜା ମାଟି ନୁହେଁ । ଯୁବକ କହିଲେ ।

- କିନ୍ତୁ ଆର ବର୍ଷକୁ ଗୋରୁ-ଭେଡ଼ା ହେଇଯିବ ତ ।

- ହଁ । ଗୋରୁ-ଭେଡ଼ାରୁ ଆମେ ବହୁତ ଖତ ରଖି ପାରିବା ଉମ୍‌ଫୁନ୍‌ଡ଼ିସି, ସେମାନେ ମତେ କହୁଛନ୍ତି ଯେ ଶୀତରେ ବି ସେମାନେ କୁଆଡ଼େ ଆଉ ଗୋବର ଘଷି ଜାଳିବେନି ।

- ଗଛ ବଢ଼ିବାକୁ କେତେ ସମୟ ଲାଗିବ ?

- ବହୁତ ବର୍ଷ, ଯୁବକଟି ଉଦାସ ହେଇ କହିଲେ । ମତେ କହିଲ ଉମ୍‌ଫୁନ୍‌ଡ଼ିସି, ସେମାନେ କଣ ସାତ ବର୍ଷ ଯାଏଁ ଏମିତି ଶୀତ ସହି ରହିପାରିବେ ?

- ଧୈର୍ଯ୍ୟ ରଖ । ମୁଖିଆ ଓ ମୁଁ ଦୁହେଁ ତମକୁ ସହଯୋଗ କରୁଛୁ ।

- ମୁଁ ଡେମ୍ ପାଇଁ ଅଧୈର୍ଯ୍ୟ ହେଇଗଲିଣି । ଡେମ୍ ତିଆରି ହେଲେ ଚରାଭୂଇଁକୁ ପାଣି ମିଳିଯିବ । ମୁଁ କହୁଛି ଉମ୍‌ଫୁନ୍‌ଡ଼ିସି, ଏଇ ଘାଟିରେ କ୍ଷୀର ମିଳିବ । ଗୋରା ଲୋକଟାରୁ ଆଉ କ୍ଷୀର ଆଣିବାକୁ ପଡ଼ିବନି । ଯୁବକଟି ରୋମାଞ୍ଚିତ ହେଲା ପରି କହିଲେ ।

କୁମାଲୋ ତାଙ୍କୁ ଚୁହେଁଲେ । ଗୋରା ଲୋକଟାର କ୍ଷୀର ବିନା ଆମର କଣ ହେବ ? ସେ ପଚରିଲେ । ସେ ଆମ ପାଇଁ ଯାହା କରିଛନ୍ତି ତା ବିନା ଆମର କଣ ହେବ । ତମର ବି କଣ ହେବ ? ଏଠି ତମେ ତାଙ୍କ ପାଇଁ କାମ କରୁଛ ତ ?

- ଏ କଥା ସତ ଯେ ସେ ମତେ ଦରମା ଦିଅନ୍ତି । ମୁଁ ଅକୃତଜ୍ଞ ନୁହେଁ । ଯୁବକ ଜଣକ ଅଢ଼ି କହିଲେ ।

- ତା ହେଲେ ତମେ ଏମିତି କହିବା କଥା ନୁହେଁ । ନିରୁସ୍ସାହିତ ଗଲାରେ କୁମାଲୋ କହିଲେ ।

ତାଙ୍କ ଦୁହିଁଙ୍କ ମଝିରେ ଜାବଟେ ପଡ଼ିଗଲା । ତାପରେ ଯୁବ-ନିଦର୍ଶକ ମୁହଁ ଖୋଲିଲେ, ଉମ୍‌ଫୁନ୍‌ଡ଼ିସି, ମୁଁ ଏଠି ମନ ଧାନ ଦେଇ କାମ କରୁଛି । ଏକଥା ସତ କି ନୁହେଁ ?

- ସେଇଟା ପ୍ରକୃତରେ ସତ ।

— ମୋର ଦେଶ ପାଇଁ ଓ ମୋରି ଲୋକଙ୍କ ପାଇଁ ବୋଲି ମୁଁ ଏତେ କାମ କରୁଛି । ଦେଖ ଉମ୍‍ଫୁନ୍‍ଡିସି, ମୁଁ ଆଉ କୌଡ ମାଲିକ ପାଇଁ ଏତେ କାମ କରି ନ ଥାନ୍ତି ।

— ତମ ଉପରେ ଜଣେ ମାଲିକ ନ ଥିଲେ ତମେ ଏଠିକି ଆସି ନ ଥାନ୍ତ ।

— ମୁଁ ତମ କଥା ବୁଝି ପାରୁଛି । ଏଇ ଗୋରା ଜଣକ ଭଲ ଲୋକ । ମୁଁ ତାଙ୍କୁ ସମ୍ମାନ କରେ । କିନ୍ତୁ ଏଇ ହିସାବରେ କାମ କରାଯିବା କଥା ନୁହଁ । ବାସ୍, ସେତିକି ।

— ତା ହେଲେ କୌଡ ହିସାବରେ ହେବା କଥା ?

— ଏମିତି ଭାବରେ ନୁହେଁ । ଦୃଢ଼ତାର ସହିତ ଯୁବକ କହିଲେ ।

— ତା ହେଲେ କେମିତି ଭାବରେ ?

— ଉମ୍‍ଫୁନ୍‍ଡିସି, ସେଇ ଗୋରା ଲୋକ ହିଁ ଆମକୁ ଅଳ୍ପ ଜମି ଦେଲେ । ଆମଠୁ ଜମି ଛଡ଼େଇ ନେଲେ ଯେପରିକି ଆମେ ମଜୁରୀ ଖଟିବୁ । ଆମର ବି ସେତେ ଜ୍ଞାନ ନ ଥିଲା । ଏଇ ସବୁ କାରଣରୁ ଏଇ ଘାଟି ଏବେ ଉକୁଡ଼ି ଯାଇଛି । ତେଣୁ ଏବେ ଯାହାବି ଏଇ ଗୋରା ଭଦ୍ରଲୋକ ଜଣକ କରୁଛନ୍ତି ସେଇଟା କେବଳ ପରିଶୋଧ ମାତ୍ର ।

— ମତେ ଏ କଥାବାର୍ତ୍ତା ଭଲ ଲାଗୁନି ।

— ମୁଁ ତମ କଥା ବୁଝିପାରୁଛି, ପାଦ୍ରୀ ଆଜ୍ଞା, ପୁରା ବୁଝୁଛି । କିନ୍ତୁ ତମକୁ ମୋର ଗୋଟେ କଥା ପଚାରିବାର ଅଛି ।

— ତାହେଲେ ପଚର ।

— ତମେ ତ ଘାଟିର ପୁନରୁଦ୍ଧାର ପାଇଁ ନିତି ପ୍ରାର୍ଥନା କରୁଛ । ଯଦି ସେଇୟା ହୁଏ ତାହେଲେ ତମେ କଣ ଭାବୁଛ ଯେ ଏ ଜାତିର ଯେତେ ଲୋକ ଫେରି ଆସିବେ ତାଙ୍କୁ ଏ ଘାଟି ଧରି ରଖିବ ?

— ମୁଁ ପ୍ରକୃତରେ ଜାଣେନା ।

— କିନ୍ତୁ ମୁଁ ଜାଣେ, ଉମ୍‍ଫୁନ୍‍ଡିସି । ଏଠି ରହୁଥିବା ଲୋକଙ୍କ ପାଇଁ ଆମେ ଘାଟିର ପୁନରୁଦ୍ଧାର କରିବା । ହେଲେ ଛୁଆମାନେ ବଡ଼ ହେଲା ପରେ ସଂଖ୍ୟା ବଢ଼ିଯିବ । ଫେର୍ ବି କେତେ ଜଣଙ୍କୁ ଯିବାକୁ ପଡ଼ିବ ।

କୁମାଲୋ ନୀରବ ରହିଲେ । ତାଙ୍କ ପାଖରେ ଉତ୍ତର ନ ଥିଲା । ସେ ଦୀର୍ଘଶ୍ୱାସ ଛାଡ଼ିଲେ । ତମର ମୋଠୁ ବେଶୀ ବୁଦ୍ଧି, ସେ କହିଲେ ।

— ମୁଁ ଦୁଃଖିତ, ଉମ୍‍ଫୁନ୍‍ଡିସି ।

– ଏଥିରେ ଦୁଃଖିତ ହେବାର କିଛି ନାହିଁ । ସତ୍ୟ ପ୍ରତି ତମର ଆଗ୍ରହ ଜାଣୁଛି ।

– ମତେ ଏଇଟା ଶିକ୍ଷା ଦିଆଯାଇଛି, ଉମ୍‌ଫୁନ୍‌ଡିସି । ଜଣେ ଗୋରା ମତେ ଶିଖାଇଥିଲେ । ଏପରିକି ସତ୍ୟକୁ ଛାଡ଼ି ଭଲ ରକ୍ଷ ବି କରିହେବନି ।

– ଲୋକଟା ଜ୍ଞାନୀ ଥିଲେ ।

– ସେ ହିଁ ମତେ ଶିକ୍ଷା ଦେଇଥିଲେ ଯେ ଆମେ ମଣିଷ ପାଇଁ କାମ କରୁନାହୁଁ । ଦେଶ ଓ ଜାତି ପାଇଁ ଆମେ କାମ କରୁଛୁ । ଏପରିକି ଟଙ୍କା ପାଇଁ ଆମେ କାମ କରୁନାହୁଁ ।

ଯୁବକଟିର କଥା କୁମାଲୋଙ୍କ ମନକୁ ଛୁଇଁଗଲା । ତମ ପରି ଚିନ୍ତାଧାରାର କେତେ ଲୋକ ଅଛନ୍ତି ? ସେ କହିଲେ ।

– ମୁଁ ଜାଣେନି, ଉମ୍‌ଫୁନ୍‌ଡିସି । ବେଶୀ ଲୋକ ଥିବେ କି ନାଇଁ ମୁଁ ଜାଣେନି କିନ୍ତୁ କେତେ ଜଣ ଅଛନ୍ତି ।

ସେ ଆହୁରି ଉସ୍ସାହିତ ହେଇ ଉଠିଲେ । – ଆମେ ଆଫ୍ରିକା ପାଇଁ କାମ କରିବା । ଯ଼ା ପାଇଁ କି ତା ପାଇଁ ନୁହେଁ । ଗୋରା ପାଇଁ ନୁହେଁ କି କଳା ପାଇଁ ନୁହେଁ । ଆଫ୍ରିକା ପାଇଁ କାମ କରିବା । ସେ କହିଲେ ।

– ତମେ ଦକ୍ଷିଣ ଆଫ୍ରିକା କାହିଁକି କହୁନ ?

– ପାରିଲେ ଆମେ କହିବା । ଯୁବକ ଜଣକ ଶାନ୍ତ ଭାବରେ କହିଲେ ।

ସେ ଗୋଟେ କ୍ଷଣ ଚିନ୍ତା କଲେ । କହିଲେ, ଆମେ ଗୀତରେ ତ କହୁଛୁ Nkosi, Sikelel' iAfrika.

– ପ୍ରଭୁ ତମର ଇଚ୍ଛା ପୂରଣ କରନ୍ତୁ । ପୁଅ ମୋର, ଆଉ ପଦେ କଥା ।

– ହଁ, ଉମ୍‌ଫୁନ୍‌ଡିସି ।

– ମୁଁ ତମର ଭାବନାକୁ ରୋକି ପାରିବିନି । ଜଣେ ଯୁବକର ଏମିତି ଗଭୀର ଚିନ୍ତା ରହିବାଟା ଗୋଟେ ଶୁଭ ସୂଚନା । କିନ୍ତୁ କୋଉ ମଣିଷକୁ ଘୃଣା କରିବନି କି କାହା ଉପରେ କ୍ଷମତା ଜାହିର କରିବାକୁ ରହିଁବନି । କାରଣ ମୋର ଜଣେ ବନ୍ଧୁ ମତେ ଶିଖେଇଛନ୍ତି ଯେ କ୍ଷମତା ଭ୍ରଷ୍ଟ କରେ ।

– ମୁଁ କାହାକୁ ଘୃଣା କରେ ନାହିଁ, ଉମ୍‌ଫୁନ୍‌ଡିସି । କାହା ଉପରେ ମୁଁ କ୍ଷମତା ଜାହିର କରିବାକୁ ରହେଁନି ।

– ସେଟା ଖୁବ୍ ଭଲ କଥା । କାରଣ ଆମ ଦେଶରେ ଯଥେଷ୍ଟ ଘୃଣା ଚରିଗଲାଣି ।

ଯୁବକ ଜଣକ ଧୁଆଧୋଇ ପାଇଁ ଭିତରକୁ ଗଲେ । ଅନ୍ଧାରରେ କୁମାଲୋ

ଘଡ଼ିଏ ଛିଡ଼ା ହେଲେ । ପୁନରୁଦ୍ଧାର ପାଇଁ ଟାଳିଥିବା ଘାଟି ଉପରେ ତାରା ଫୁଟୁଥାନ୍ତି । ତାଙ୍କ ପାଇଁ ଯଥେଷ୍ଟ । କାରଣ ତାଙ୍କର ସମୟ ସରି ଆସିଲାଣି । ମନକୁ ଅଶାନ୍ତି କଲା ପରି ନୂଆଁ ଚିନ୍ତାଧାରା ପାଇଁ ତାଙ୍କର ଆଉ ବୟସ ନାହିଁ । ଏଥିରେ ସେ ସ୍ତବ୍ଧ ହେଇଯାନ୍ତି । କାରଣ ଏସବୁ ଗୁଢ଼ାଏ ଜିନିଷକୁ ଆଘାତ କରେ । ହଁ, ଯେମିତିକି ହାଇପ୍ଲେସର ଗମ୍ଭୀର ନୀରବ ଲୋକଟାକୁ ଯିଏ ଏତେ ଗଭୀର କ୍ଷତ ପରେ ବି ଏତେ ଗଭୀର ସହାନୁଭୂତି ଦେଖାଇ ପାରିଛନ୍ତି । ଏମିତି ନୂଆ ଓ ବିସ୍ମୟବୁଦ୍ଧ ଚିନ୍ତାଧାରା ପାଇଁ ତାଙ୍କର ଆଉ ବୟସ ନାହିଁ । ଜଣେ ଗୋରା ଲୋକର କୁକୁର, ତାଙ୍କୁ ଏମାନେ ଏଇୟା କହନ୍ତି । ଠିକ୍ ଅଛି, ତାଙ୍କର ଜୀବନଟା ଏଇ ଭାବରେ କଟିଛି, ଆଉ ସେ ଏମିତିରେ ମରିବେ ।

ସେ ବୁଲି ପଡ଼ିଲେ ଓ ଯୁବକର ପଛେପଛେ ଘର ଭିତରକୁ ଗଲେ ।


୭

ସେଦିନ ଚଉଦ ତାରିଖ । କୁମାଲୋ ତାଙ୍କ ସ୍ତ୍ରୀଙ୍କୁ କହିଲେ, ମୁଁ ପାହାଡ଼ ଉପରକୁ ଯାଉଛି । ତାଙ୍କର ସ୍ତ୍ରୀ କହିଲେ, ମୁଁ ତମ କଥା ଜାଣି ପାରୁଛି । କାରଣ ଆଗରୁ ସେ ଦୁଇ ଥର ଏମିତି କରିଥିଲେ । ଥରେ ଆବ୍‌ସାଲମ୍ ପିଲାଦିନେ ବହୁତ ବେମାର ପଡ଼ି ମୁମୁର୍ଷୁ ପ୍ରାୟ ହେଇଯାଇଥିଲା, ସେତେବେଳେ । ଆଉ ଥରେ ଚର୍ଚର ଦରମା ଅପେକ୍ଷା ଆହୁରି ବେଶୀ ଟଙ୍କା ପାଇଁ ଡୋନିବୁକ୍‌ରେ ବାକସ୍ଟର ନାମକ ଜଣେ ଗୋରା ଲୋକର ଦୋକାନ ଚଲାଇବା ପାଇଁ ଖ୍ରୀଷ୍ଟିଆନ ମନ୍ତ୍ରଣାଳୟର ରକିରୀ ଛାଡ଼ି ଦେବାକୁ ମନସ୍ଥ କରିଥିଲେ, ସେତେବେଳେ । ଆଉ ତୃତୀୟ ଥରଟା ତାଙ୍କ ସ୍ତ୍ରୀ ଜାଣି ନ ଥିଲେ । କାରଣ ସେ ଦୂରରେ ଥିଲେ । ସେତେବେଳେ ସେ ଏଣ୍ଡୋସେନିର ଜଣେ ନିଃସଙ୍ଗ ଶିକ୍ଷୟିତ୍ରୀଙ୍କ ସହିତ ବ୍ୟଭିଚରରେ ଲିପ୍ତ ହେବାକୁ ଅଦମ୍ୟ ପ୍ରଲୋଭନର ଦାହ ଅନୁଭବ କରିଥିଲେ ।

– ତମେ ମୋ ସହିତ ଯିବ କି ? କାରଣ ତମକୁ ଏକୁଟିଆ ଛାଡ଼ିକି ଯିବାକୁ ମୋର ମନ ବଳୁ ନାହିଁ ।

ସେ ଗୋଟେ ରକମ ଅଭିଭୂତ ହେଇଗଲେ । କହିଲେ, ମୁଁ ଯାଇ ପାରିବିନି । ଝିଅଟାର ସମୟ ହେଲାଣି । କେତେବେଳେ ହେଇଯିବ କିଏ ଜାଣେ ? ତେବେ ତମେ ନିଣ୍ଟେ ଯିବ ।

ସେ ତାଙ୍କ ପାଇଁ ରଢ଼ ପତି ଫୁଟାଇ ଗୋଟେ ବୋତଲ ରଢ଼ କରିଦେଲେ ଓ ମୋଟା ମକା ପିଠା କେତେ ଖଣ୍ଡ ଗୁଡ଼ାଇ ଦେଲେ । କୁମାଲୋ ତାଙ୍କର ଟୋପୀ ଓ

କୋଟ୍ ଖଣ୍ଡିକ ନେଇ ମୁଖ୍ୟାଙ୍କ ଘର ବାଟ ଧରିଲେ । ପହିଲା ଦୋ ମୁହାଁଣୀରେ ଡାହାଣ ପଟକୁ ଯାଇ ଆଉ ଗୋଟେ ମୁଣ୍ଡିଆ ପାହାଡ଼ ଚଢ଼ିବାକୁ ପଡ଼େ । ପାହାଡ଼ ତଳେ କୁଡ଼ିଆ ବସାମାନ ରହିଥାଏ । ସେଠି ବୁଲିପଡ଼ି ପଣ୍ଡିମ ପଟ ପାହାଡ଼ ତଳି ରାସ୍ତା ଧରିବାକୁ ପଡ଼େ । ସତେ ଯେମିତି ତମେ କାହିଁ ଦୂର ଇମୋୟେନି ଘାଟିକୁ ଯାଉଛ । ସେଠି ଲାଲ ଫୁଙ୍ଗୁଲା ପଡ଼ିଆ ଭୂଇଁ । ବୁଢ଼ାବୁଢ଼ୀ ଓ ମାଁ ଛୁଆମାନଙ୍କୁ ନେଇ ସେ ଘାଟି । କିନ୍ତୁ ସମତୁଲିଆ ରାସ୍ତା ମୁଣ୍ଡକୁ ଆସିଲେ ସେଠୁ ଆଉ ଗୋଟେ ଘାଟିକୁ ବାଟ ଫିଟେ । ସେଠି ପର୍ବତ ଚଢ଼ିବାକୁ ପଡ଼େ । ଏଇ ପର୍ବତର ନାଁ ଇମୋୟେନି, ତାର ଅର୍ଥ ପବନରେ । ଏଇଟା କେରିସ୍ବ୍ଡ଼କରୁ ଉପରକୁ ଆଉ ଏଣ୍ଟେସେନି ଓ ଇମୋୟେନି ଘାଟିର ଆହୁରି ଉପରକୁ ଉଠିଛି । ଏଇଟା ପ୍ରକୃତରେ ଉମ୍‌ଜିମ୍‌କୁଲୁ ପରି ବିରାଟ ଘାଟିର ଗୋଟେ ସୁରକ୍ଷା କବଚ । ଏଇଠୁ ତଳକୁ ଚୁହିଁଲେ ଆଫ୍ରିକାର ସବୁଠୁ ମନୋରମ ଦୃଶ୍ୟଟିଏ ଦେଖିବାକୁ ମିଳେ ।

ପ୍ରାୟ ଅନ୍ଧାର ହେଇ ଆସିଲାଣି । ଗୋଧୂଳି ବେଳା । ସେ ଏକୁଟିଆ ଗୋଟେ ରକମ ଭଲ । କାରଣ ଏମିତି ଯାତ୍ରାରେ କେହି ଖୋଲାଖୋଲି ଯାଏନି । ତେବେ ସେ ବଡ଼ବଡ଼ ପଥରଖଣ୍ଡ ଥିବା ରାସ୍ତାକୁ ଉଠିଲାବେଳକୁ ଘୋଡ଼ା ଉପରେ ଜଣେ ଲୋକକୁ ଦେଖିଲେ । ଉନ୍‌ଫୁନ୍‌ଡ଼ିସି କି ? ଜଣକର ସ୍ୱର ଶୁଭିଲା ।

– ହଁ ମୁଁ, ଉମ୍‌ନ୍ୟୁମ୍‌ଜାନ୍ ।

– ଯା ହେଉ ଆମର ଦେଖା ହେଇଗଲା । କାରଣ ତମ ଚର୍ଚ୍ଚର ଲୋକଙ୍କ ପାଇଁ ମୁଁ ମୋ ପକେଟରେ ଖଣ୍ଡେ ଚିଠି ରଖିଛି । ସେ ଟିକେ ରହିଯାଇ ପୁଣି କହିଲେ, ଫୁଲସବୁ ବହୁତ ସୁନ୍ଦର ହେଇଥିଲା, ଉମ୍‌ଫୁନ୍‌ଡ଼ିସି ।

– ତମକୁ ମୋର ଧନ୍ୟବାଦ, ଉମ୍‌ନ୍ୟୁମ୍‌ଜାନ୍ ।

– ଆଉ ସେଇ ଚର୍ଚ୍ଚ କଥା, ଉମ୍‌ଫୁନ୍‌ଡ଼ିସି । ତମେ ଗୋଟେ ନୂଆଁ ଚର୍ଚ୍ଚ ରଖୁଛ ତ ? ଶଢ଼ ନ ଥିଲା । ଯେମିତିକି ସେ 'ନା' କହିବା ପାଇଁ ମୁଣ୍ଡ ହଲାଇଲେ । ଜାର୍ଭିସ୍ ତାଙ୍କ କଥା ବୁଝିଲେ ।

– ଖୁବ୍ ଶୀଘ୍ର ତାର ନକ୍‌ସା ତମ ପାଖରେ ପହଞ୍ଚିବ । ସେଇଟା ତମର ମନ ମୁତାବକ ହେଇଛି କି ନାଇଁ କହିବ ।

– ମୁଁ ତାକୁ ବିଶପଙ୍କ ପାଖକୁ ପଠେଇଦେବି, ଉମ୍‌ନ୍ୟୁମ୍‌ଜାନ୍ ।

– ସେଟା ତମେ କଣ କରିବ ତମେ ଜାଣ । କିନ୍ତୁ ଚର୍ଚ୍ଚଟି ଶୀଘ୍ର ତିଆରି କରିବା ପାଇଁ ମୁଁ ବହୁତ ଚିନ୍ତିତ । କାରଣ ଅଳ୍ପ ଦିନ ଭିତରେ ମୁଁ ଏ ଜାଗା ଛାଡ଼ି ଚୁଲିଯିବି ।

ଏଇ ଭୟାନକ ମନ ଉଝୁଡ଼ା ଶଢ଼ରେ କୁମାଲୋ ସ୍ତମ୍ଭୀଭୂତ ହେଇଗଲେ ।

ଅନ୍ଧାର ହେଇଥିଲେ ହେଁ ଜାର୍ଭିସ୍ ତାଙ୍କ ଅବସ୍ଥା ଦେଖିପାରିଲେ । ସେ ତୁରନ୍ତ କହିଲେ, ମୁଁ ମଝିରେ ମଝିରେ ଏଠିକି ଆସିବି ଯେ । ତମେ ଜାଣ ଏଣ୍ଟୋସେନିରେ ମୋର ଗୋଟେ କାମ ଅଛି । ସେଇ ଯୁବକଟି କେମିତି ଅଛି କହ ?

— ସେ ଦିନରାତି ଖଟୁଛି । ଟିକେ ବି ଥୟ ଧରି ବସୁନି ।

ଗୋରା ଜଣକ ଧୀରେ ହସିଲେ । କହିଲେ, ଭଲ କଥା । ତାପରେ ଗମ୍ଭୀର ହେଇ କହିଲେ, ଘରେ ମୁଁ ଏକୁଟିଆ । ତେଣୁ ମୋ ଝିଅ ଓ ଛୁଆମାନଙ୍କ ସାଙ୍ଗରେ ରହିବା ପାଇଁ ମୁଁ ଜୋହାନ୍ସବର୍ଗ ଯାଉଛି । ଛୋଟ ପୁଅଟାକୁ ତ ତମେ ଜାଣ ?

— ସତରେ, ଉମ୍ନୁମ୍ଜାନ୍, ମୁଁ ଜାଣେ ।

— ସେ କଣ ତାରି ପରି ?

— ସେ ତାରି ପରି, ଉମ୍ନୁମ୍ଜାନ୍ ।

ତାପରେ କୁମାଲୋ କହିଲେ, ମୁଁ ତା ପରି ଛୁଆଟେ କେବେ ଦେଖି ନାହିଁ ।

ଜାର୍ଭିସ୍ ଘୋଡ଼ା ଉପରେ ବୁଲି ପଡ଼ିଲେ । ଅନ୍ଧାରରେ ସେଇ ଗମ୍ଭୀର ନୀରବ ଲୋକ ଜଣକ ବ୍ୟଗ୍ର ହେଇଗଲେ । ତା ମାନେ କଣ ? ସେ ପଚାରିଲେ ।

— ଉମ୍ନୁମ୍ଜାନ୍, ତାରି ଭିତରେ ଗୋଟେ ତେଜ ରହିଛି ।

— ହଁ, ହଁ, ସେଇଟା ସତ । ଆର ଜଣକର ବି ସେମିତି ଥିଲା ।

ଆଉ ତାପରେ ଆତୁର ହେଇ ପଚାରିଲେ, ତମର ମନେ ଅଛି ?

କୁମାଲୋଙ୍କର ସେତେଟା ମନେ ନ ଥିଲା । କିନ୍ତୁ ଲୋକଟାର ଆତୁରତା ଦେଖି ସେ କହିଲେ, ମୋର ମନେ ଅଛି ।

ଦୁଇ ଜଣ ନୀରବ ରହିଲେ । ତାପରେ ଜାର୍ଭିସ୍ କହିଲେ, ଉମ୍ଫୁନ୍ଡିସି, ମୁଁ ଏବେ ଯାଏ । କିନ୍ତୁ ସେ ଗଲେ ନାହିଁ । ଓଲଟି ପଚାରିଲେ, ଏମିତି ଅସମୟରେ ତମେ କୁଆଡ଼େ ଯାଉଛ ?

କୁମାଲୋ ଅପ୍ରସ୍ତୁତ ହେଇଗଲେ । କଥାଟି ତାଙ୍କ ଜିଭ ଅଗରେ ଥିଲା । କିନ୍ତୁ ସେ କହିଲେ, ମୁଁ ପର୍ବତ ଭିତରକୁ ଯାଉଛି ।

ଜାର୍ଭିସ୍ କିଛି ନ କହିବାରୁ ସେ କଥାଟିକୁ ବୁଝାଇବା ପାଇଁ ଶବ୍ଦ ଖୋଜିଲେ । ତେବେ ସେ କିଛି ପଦେ କହିବା ଆଗରୁ ଅନ୍ୟ ଜଣକ କହି ସାରିଥିଲେ । ମୁଁ ତମ କଥା ବୁଝୁଛି, ପୁରାପୁରି ବୁଝୁଛି, ସେ କହିଲେ ।

ତାଙ୍କ ମୁହଁରୁ ସହାନୁଭୂତିର କେଇ ପଦ କଥା ଶୁଣି ବୃଦ୍ଧ ଜଣକ କାନ୍ଦି ପକାଇଲେ । ଘୋଡ଼ା ଉପରେ ଜାର୍ଭିସ୍ ଅପ୍ରସ୍ତୁତ ହେଇଗଲେ । ପ୍ରକୃତରେ ସେ ଘୋଡ଼ା ଉପରୁ ତଳକୁ ଓହ୍ଲାଇ ଯାଇଥାନ୍ତେ । କିନ୍ତୁ ଏପରି କଥା ହାଲୁକା ଭାବରେ

କରାଯାଏନି । ତେବେ କ୍ରମଶଃ ଅନ୍ଧକାରାବୃତ ଘାଟି ଆଡକୁ ହାତ ବଢ଼ାଇ ସେ କହିଲେ, ଗୋଟିଏ କାମ ସରିବା ଉପରେ । ହେଲେ ଆଉ ଗୋଟେ ଆରମ୍ଭ ହେଇଛି ମାତ୍ର । ମୁଁ ବଞ୍ଚିଥିବା ଯାଏଁ ଏଇଟା ଝୁଲୁ ରଖିବି । ଉମ୍ଫ୍‌ନ୍‌ଡିସ୍, ଭଲେ ଭଲେ ଯାଅ ।

— ଉମ୍‌ନୁମ୍‌ଜାନ୍ !

— ହଁ ।

— ମୋର କୃତଜ୍ଞତା ଗ୍ରହଣ କରିବା ଆଗରୁ ଯାଅ ନାହିଁ । ସେଇ ଯୁବକ ଓ କ୍ଷୀର ପାଇଁ, ଆଉ ଏବେ ଚର୍ଚ୍ଚ ପାଇଁ ।

— ମୁଁ ଜଣେ ଲୋକକୁ ଦେଖିଛି ଯିଏ ତମେ ତାକୁ ପାଇବା ଯାଏଁ ଅନ୍ଧାରରେ ଥିଲା । ଯଦି ତମେ ସେଇଆ କର, ମୁଁ ସ୍ୱେଚ୍ଛାରେ ସଁପି ଦେବି ।

ବୋଧହୁଏ ସେଠି କିଛି ଗୋଟେ ଗହନ ଥିଲା ଅଥବା ସେଠାର ଅନ୍ଧାର ତାଙ୍କୁ ସାହସ ଜୁଟାଇଲା ନା କଣ କୁମାଲୋ କହିଲେ, ସତରେ ମୁଁ ଏଯାବତ୍ ଯେତେ ଗୋରା ଲୋକଙ୍କୁ ଜାଣିଛି...

— ମୁଁ ସାଧୁ ସନ୍ତ ନୁହେଁ । ଜାର୍ଭିସ୍ କଡ଼ା ଗଳାରେ କହିଲେ ।

— ସେଇଟା ମୁଁ କହି ପାରିବିନି । କିନ୍ତୁ ତମରି ଉପରେ ପ୍ରଭୁ ତାଙ୍କର ହାତ ରଖିଛନ୍ତି ।

ଜାର୍ଭିସ୍ କହିଲେ, ସେଇଆ ହେଇପାରେ, ସେଇଆ ହେଇପାରେ । ସେ ହଠାତ୍ କୁମାଲୋଙ୍କ ଆଡ଼କୁ ବୁଲି ପଡ଼ି କହିଲେ, ଭଲେ ଭଲେ ଯାଅ । ରାତିବେଳ । ଦେଖିକି ରହିବ ।

କୁମାଲୋ ତାଙ୍କ ପଛରେ ଡାକିଲେ, ଭଲେ ଭଲେ ଯାଅ, ଭଲେ...

ପ୍ରକୃତରେ ଗୁଡ଼ାଏ କଥା ଥିଲା, ଗହନ କଥା । ସେ କହି ପାରିଥାନ୍ତେ । କିନ୍ତୁ ଏତେ ସହଜରେ ସେ ସବୁ ହୁଏନା । ଘୋଡ଼ାର ଟାପୁ ଶବ୍ଦ ପୁରା ଅପସରି ଯିବା ଯାଏଁ ସେ ଅପେକ୍ଷା କଲେ । ତାପରେ ବଡ଼ ବଡ଼ ପଥର ଖଣ୍ଡ ଉପରେ ହାତ ଦେଇ ବଡ଼ କଷ୍ଟରେ ଚଢ଼ିବା ଆରମ୍ଭ କଲେ । କାରଣ ସେ ତ ଯୁବକ ନ ଥିଲେ । ଶିଖ ଉପରେ ପହଞ୍ଚିଲାବେଳକୁ ସେ ଥକି ଯାଇଥାନ୍ତି । ଦେହରୁ ଝାଲ ଫିଟୁଥାଏ । ବଡ଼ ପଥରଟା ଉପରେ ବସି ପଡ଼ି ସେ ଆକାଶ ପିଠିରେ ଅନ୍ଧାରୀ କଳା ବିରାଟ ଘାଟି, ଇଞ୍ଜେଲି ଓ ଗ୍ରୀକୁଆଲେଣ୍ଡକୁ ଚାହିଁଲେ । ଟିକେ ଥକା ମାରିଲା ପରେ ସେ ଅଢ଼ ବାଟ ଚଲିଲେ । ଏମିତି ସମୟରେ ଆଗରୁ କେତେଥର ଆସିଥିବା ସେଇ ଜାଗା ଖଣ୍ଡିକୁ ପାଇଲେ । ପଥର ଭିତରେ ସେଇଟା ଦେବଦୂତଟିଏ । ବାଆ ବତାସରୁ ସୁରକ୍ଷିତ ଆଶ୍ରୀତେ । କଡ଼କୁ ଆରାମରେ ଗୋଡ଼ ରଖି ସେଠି ଜଣେ ଲୋକ ବସିପାରିବା ଭଲି ଜାଗାଟେ ।

ପ୍ରଥମ କରି ଏଠିକି ଆସିବା ଦିନ ସେ ମନେ ପକାଇଲେ । ପ୍ରଥମ ଥର ବୋଲି ଅଥବା ଛୁଆଟା ପାଇଁ ପ୍ରାର୍ଥନା କରିବାକୁ ଆସିଥିଲେ ବୋଲି ନା କଣ ତାଙ୍କର ସ୍ପଷ୍ଟ ମନେ ପଡ଼ିଲା । ଛୁଆଟା ସେତେବେଳେ ଲେଖି ପାରୁ ନ ଥିଲା । କିନ୍ତୁ ଏବେ ତ ସେ ତିନିଟା ଚିଠି ଲେଖି ପଠାଇଛି । ତିନିଟା ଯାକ ଚିଠିରେ ସେଇ ଗୋଟିଏ କଥା ସେ ଲେଖିଛି ଯେ ଯଦି ମୁଁ ଏଣ୍ଟୋସେନିକୁ ଯାଇ ପାରିଥାନ୍ତି, ତାହେଲେ ଆଉ କେବେ ସେଠା ଛାଡ଼ି ନ ଥାନ୍ତି । ଆଉ ଦିନେ ଦୁଇ ଦିନ ଭିତରେ ସେମାନେ ତାର ଶେଷ ଲେଖା ଚିଠିଟା ପାଇଯିବେ । ଯେତେବେଳେ ସେ ଅନୁଗ୍ରହର ପାତ୍ର ହେଇ ରହିଲା ନାହିଁ ସେତେବେଳେ ପିଲାଟା କଥା ଦେଇ କହୁଛି ଯେ ମୁଁ ଆଉ ପାପ କାମ କରିବି ନାହିଁ । ନିଶ୍ଚିତ ମୃତ୍ୟୁକୁ ଅପେକ୍ଷା କରିଥିବା ପିଲାଟା ପ୍ରତି କରୁଣାରେ ତାଙ୍କର ମନ ଭରିଗଲା । ଯଦି ସେ ତାକୁ ଶୀଘ୍ର ଧରି ପାରିଥାନ୍ତେ, ବୋଧହୁଏ... । ଏମିତି ବେକାର ଓ ନିରର୍ଥକ ପ୍ରଶ୍ନ, ବେକାର ଓ ନିରର୍ଥକ ଉତ୍ତର ମନେପକାଇ ସେ ଭୁ ସଙ୍କୁଚିତ କଲେ । ତମେ ଯାହା ରୁହିଁବ ବାପା, ତମେ ଯାହା କହିବ ବାପା... ଏମିତି । ଯଦି ସେ 'ବାପା, ମୁଁ କିଛି ଜାଣେନି' କହିଥାନ୍ତା ତା ହେଲେ ଆଉ କଣ ଅଧିକା ହେଇଥାନ୍ତା ?

ଏମିତି ନିରର୍ଥକ କଥା ମନେ ପକାଇବାରୁ ସେ କ୍ଷାନ୍ତ ହେଲେ ଓ ଉଜାଗର ରହି ପ୍ରାର୍ଥନା କରିବାକୁ ନିଜକୁ ପ୍ରସ୍ତୁତ କଲେ । ଗତ ଥର ପରି ସେ କରିଥିବା ପାପ ସ୍ୱୀକାର କଲେ । ଟ୍ରେନ୍‌ରେ କହିଥିବା ମିଛ, ଭାଇକୁ କହିଥିବା ମିଛ ଯେତେବେଳେ ଜନ୍‌ ତାଙ୍କୁ ଘରୁ ତଡ଼ି ରାସ୍ତା ଉପରେ ଠିଆ କରାଇ ଦେଇଥିଲା, ଜୋହାନ୍‌ସବର୍ଗରେ ହରାଇଥିବା ବିଶ୍ୱାସ, ଝିଅଟାକୁ ଆଘାତ କରିବାର ଇଚ୍ଛା ଆଉ ଯେତେସବୁ କରିଥିବା ପାପକୁ ସେ ପାରୁପର୍ଯ୍ୟନ୍ତ ମନେ ପକାଇଲେ ଓ ସେଥିରୁ ଉଦ୍ଧାର ପାଇବା ପାଇଁ ପ୍ରାର୍ଥନା କଲେ ।

ତାପରେ ସେ ଏକ ଗଭୀର ଅବବୋଧର ସହିତ ପ୍ରତିଟି କଥା ମନେ ପକାଇ ସେସବୁ ପାଇଁ ଧନ୍ୟବାଦ ଜ୍ଞାପନ କଲେ । ଜଣକ ପରେ ଜଣକୁ ମନେ ପକାଇ ସମସ୍ତଙ୍କ ପାଇଁ ପ୍ରାର୍ଥନା କଲେ । ସର୍ବୋପରି ତାଙ୍କର ପ୍ରିୟ ମିସିମାଙ୍କୁ ଓ ତାଙ୍କର ଉଦାର ଉପହାର ପାଇଁ ପ୍ରାର୍ଥନା କଲେ । ସଂସ୍ଥାର କେନ୍ଦ୍ର ସେଇ ବଦ୍ରାଗୀ ଯୁବକ ଜଣକୁ ମନେ ପକାଇଲେ । ସିଏ ସେଦିନ କହିଥିଲେ- ଉମ୍‌ଫୁନ୍‌ଡିସ, ତମକୁ ଏପରି କଡ଼ା କଥା କହିଥିବାରୁ ମୁଁ ଦୁଃଖିତ । ତାପରେ ମିସେସ୍‌ ଲିଥେବେ ଯିଏ କି ପ୍ରାୟତଃ କହୁଥାନ୍ତି, ଆମେ କାହିଁକି ଜନ୍ମ ନେଇଛେ ? ଆଉ ଫାଦର ଭିନ୍‌ସେଣ୍ଟ ତାଙ୍କର ହାତ ଧରି କହୁଥାନ୍ତି - କିଛି ବି, କିଛି ବି, ତମ କେବଳ କହ, ମୁଁ ସବୁକିଛି କରିଦେବି । ଈଶ୍ୱରଙ୍କ ଦ୍ୱାହି ଦେଇ କେସ୍‌ଟିକୁ ହାତକୁ ନେଇଥିବା ସେଇ ଓକିଲ ଜଣକ ଯିଏ ଅତି

ସଦୟ ଓ ନମ୍ର ଭାବରେ ଲେଖି କହିଥିଲେ ଯେ ଏମିତି ମାମଲାରେ ରାଜକ୍ଷମା ମିଳେ ନାହିଁ ।

ତାପରେ ଏଣ୍ଡୋସେନିକୁ ପ୍ରତ୍ୟାବର୍ତ୍ତନ, ତାଙ୍କର ସ୍ତ୍ରୀ ଓ ତାଙ୍କୁ ଦେଖା କରିବାକୁ ଆସିଥିବା ବନ୍ଧୁ ଜଣକ । ମୁଣ୍ଡରେ ନିଜ ଏପ୍ରନ୍ ପକାଇଥିବା ମହିଳା । ଚର୍ଚ୍ଚରେ ଅପେକ୍ଷାମାଣ ସ୍ତ୍ରୀ ଲୋକମାନେ । ବ୍ୟଥାକୁ ଭୁଲାଇ ଦେଲାପରି ଫେରିବାର ଖୁସିର ମୁହୂର୍ତ୍ତ ।

ୟା ବିଷୟରେ ସେ ଅନେକ ସମୟ ଧରି ଚିନ୍ତା କଲେ । ଅନ୍ୟ ଘାଟିକୁ ଫେରିଥିବା ଅନ୍ୟ ଜଣେ କଣ ୟା ଭିତରୁ କିଛି ବି ପାଇ ନ ଥିବ ? ୟାଡାକୁ ଆନନ୍ଦରେ ପରିବର୍ତ୍ତିତ କରିବା ପାଇଁ ଏଇଟା ଜଣକୁ କାହିଁକି ଦିଆଗଲା ? ଏମିତି ଅବବୋଧ ନ ଥାଇ ସେଇ ଅସରନ୍ତି ବ୍ୟଥାରେ ଜୀବନ କାଟିବାକୁ ହେବ ବୋଲି ଆଉ କାହାକୁ ଦିଆଗଲା ନାହିଁ କି ? ଏଣ୍ଡୋସେନିର ପୁନରୁଦ୍ଧାର ପାଇଁ ପ୍ରାର୍ଥନା କରିବାକୁ ତାଙ୍କ ଉପରେ ଗୋଟେ ବାଧ୍ୟବାଧକତା ରହିଲା କାହିଁକି ? ଗୋରାଙ୍କ ଭିତରୁ ପୁଣି ସେଇ ଜଣକ କାହିଁକି ଯିଏ ତାଙ୍କ ନିଜ ପୁଅ ହାତରେ ନିହତ ହେଇଥିବା ଲୋକର ବାପା ? ଅନ୍ୟ କୌଣସି ଘାଟି ଯାହା କି ଆଉ କେବେ ପୁନରୁଦ୍ଧାର ହେଇ ପାରିବନି ତାର ପୁନରୁଦ୍ଧାର ପାଇଁ ଦିନ ରାତି ଅବିରାମ ପ୍ରାର୍ଥନା କରିବାକୁ ଆଉ କିଏ ବାଧ୍ୟବାଧକତା ଅନୁଭବ କରୁ ନାହିଁ କାହିଁକି ?

ସେ ଆଉ ଅଧିକା ଭାବି ପାରିବେନି । ଏସବୁ ମଣିଷର ବୋଧଜ୍ଞାନ ବାହାରେ । ସେ ସେଇଟିକୁ ମନରୁ କାଢ଼ି ଦେଲେ । କାରଣ ସେଇଟା ଗୋଟେ ରହସ୍ୟ ।

ଆଉ ତାପରେ ଗୋରା ଲୋକ ଜାର୍ଭିସ୍, ମୃତ ଇଙ୍କୋସିକାଜି, ସେଇ ଦିପ୍ତିମାନ ଛୋଟ ପିଲାଟା । ସେ ଆଉକିଛି ମନ ଭିତରେ ଧରି ନ ପାରୁଥିବାରୁ ୟା ଭିତରୁ ବି କୋଉଟାକୁ ଆଉ ଧରି ରଖ୍ ପାରିଲେନି । ତେବେ ଜୀବନର ଶେଷ ପର୍ଯ୍ୟନ୍ତ ଜଣେ ମଣିଷ ଅର୍ପଣ କରିପାରୁଥିବା ପରି ଧନ୍ୟବାଦ-ଅର୍ପଣ ସେଠି ରହିଥିଲା ।

ସେ ଚମକି ପଡ଼ି ଉଠିଲେ । ଥଣ୍ଡା ପଡ଼ିଥାଏ, କିନ୍ତୁ ଏତେ ବି ଥଣ୍ଡା ନୁହଁ । ଏଇ ଜାଗରଣରେ ସେ ଆଗରୁ କେବେ ଶୋଇ ନ ଥିଲେ । କିନ୍ତୁ ସେ ବୁଢ଼ା ହେଲେଣି । ତାଙ୍କ ସମୟ ପୁରା ସରି ନ ଥିଲେ ବି ସରି ଆସିବା ଉପରେ । ଯୋଉମାନେ ଦୁଃଖ କଷ୍ଟ ଭୋଗୁଛନ୍ତି ସେମାନଙ୍କ କଥା ସେ ଭାବିଲେ । ନିର୍ବୋଧ ଜାଟ୍ସ୍ପଡ଼, ସାଣ୍ଟି ଟାଉନ ଓ ଆଲେକ୍ଜାଣ୍ଡାରେ ଲୋକ ଓ ତାଙ୍କର ସ୍ତ୍ରୀ ବିଷୟରେ ଭାବିଲେ । ତେବେ ସର୍ବୋପରି ତାଙ୍କ ପୁଅ ଆବ୍‌ସାଲମର କଥା ଭାବିଲେ । ସେ କଣ

ଚେତିଥିବ, ସକାଳ ପାହିବା ଆଗରୁ ଏଇ ରାତିରେ ସେ କଣ ଶୋଇ ପାରିଥିବ ? ମୋ ପୁଅ, ମୋ ପୁଅ, ମୋ ପୁଅ, ସେ ଡାକିଲେ ।

ନିଜର ଡାକରେ ସେ ଏଥର ପୁରା ଚେଇଁଗଲେ । ସେ ଘଣ୍ଟାକୁ ରୁହିଁଲେ । ଗୋଟାଏ ବାଜିଥାଏ । ପାଞ୍ଚଟା ପରେ ପରେ ସୂର୍ଯ୍ୟ ଉଠିବ । ଆଉ ତାପରେ ସେଇଟା ହେଇଯିବ, ସେମାନେ କହିଥିଲେ । ଯଦି ପିଲାଟା ଶୋଇଥାଏ ତାହେଲେ ସେ ବରଂ ଶୋଇଥାଉ । କିନ୍ତୁ ଯଦି ସେ ଚେତିଥାଉ, ତା ହେଲେ ବିପୁଳ କରୁଣାର ଅଧିକାରୀ ହେ ଖ୍ରୀଷ୍ଟ, ତା ସହିତ ରୁହ । ଏଥିପାଇଁ ସେ ଅନେକ ସମୟ ଆନ୍ତରିକ ତତ୍ପରତାର ସହିତ ପ୍ରାର୍ଥନା କଲେ ।

ତାଙ୍କର ସ୍ତ୍ରୀ ରୁହିଁ ରହି ଏକଥା ଭାବୁଥିବେ କି ? କେବଳ ଝିଅଟା ପାଇଁ, ନହେଲେ ସେ ମୋ ସହିତ ଆସି ପାରିଥାନ୍ତେ । ଆଉ ଝିଅଟା କଥା ସେ କେମିତି ଭୁଲିଗଲେ ଯେ । ସେ ନିଶ୍ଚେ ଶୋଇ ପଡ଼ିଥିବ, ଏଥିରେ ସନ୍ଦେହ ନାହିଁ । ଝିଅଟା ସ୍ନେହୀ । କିନ୍ତୁ ତାର ଏଇ ସ୍ୱାମୀଟା ତାର ଅନ୍ୟାନ୍ୟ ଅପେକ୍ଷା ତାକୁ ବହୁତ ଅଳ୍ପ ଦେଇଛି ।

ସ୍ତ୍ରୀ ଓ ପୁତ୍ରଠୁ ବଂଚିତ ଶୋକସନ୍ତପ୍ତ ଜାର୍ଭିସ, ତାଙ୍କର ସ୍ୱାମୀହରା ଶୋକାର୍ତ ବୋହୂ ଓ ତାର ପିତୃହରା ବଂଚିତ ପିଲାମାନେ, ବିଶେଷତଃ ସେଇ ହସଖୁସିଆ ତେଜୋଦୀପ୍ତ ଛୋଟ ପିଲାଟା । ପିଲାଟା ତାଙ୍କ ଆଖି ସାମ୍ନାରେ ଠିଆ ହେଇଥାଏ ଆଉ କୁମାଲୋକୁ କହୁଥାଏ, ମୁଁ ଯେବେ ଯିବି ଏଣ୍ଟୋସେନିରୁ କିଛିଟା ତେଜ ରଖିଯିବ । ହଁ, ସେଇୟା, ସେ କହିଲେ । ପିଲାଟା ଲଜ କରୁ ନ ଥାଏ କି ସଙ୍କୁଚିତ ହେଉ ନ ଥାଏ । କହୁଥାଏ, ହଁ ସେଇୟା । ଖୁସିରେ ହସୁଥାଏ ।

ଆଉ ଏବେ ଆଫ୍ରିକା, ପ୍ରିୟ ଜନ୍ମଭୂମିର ସବୁ ଲୋକଙ୍କ ପାଇଁ । Nkosi Siksiel' iAfrika । ଈଶ୍ୱର ଆଫ୍ରିକାକୁ ରକ୍ଷା କରନ୍ତୁ । କିନ୍ତୁ ସେ ସେଇ ମୁକ୍ତି ଦେଖି ପାରିବେନି । ସେଇଟା କାହିଁ ଦୂର ଦୂରାନ୍ତରେ । କାରଣ ଲୋକେ ସେଇଟାକୁ ଡରନ୍ତି । କାରଣ ସତ କହିବାକୁ ଗଲେ ସେମାନେ ତାଙ୍କୁ ତାଙ୍କର ସ୍ୱାମୀଙ୍କୁ, ମିସିମାଙ୍କୁ ଓ ଯୁବ-ନିଦର୍ଶକଙ୍କୁ ଡରନ୍ତି । ଆଉ ସେମାନଙ୍କର କାମନାରେ, କ୍ଷୁଧାରେ କଣଟା ଖରାପ ଅଛି ? ଏଇ ଯେ ଲୋକେ ନିଜ ଜନ୍ମଭୂମିରେ ମଥା ଟେକି ରଖିବା ଉଚିତ ଓ ସେଠି ଉପୁଜା ଫଳ ଭୋଗ କରିବାକୁ ସେମାନଙ୍କର ସ୍ୱାଧୀନତା ରହିବା ଉଚିତ । ଏଥିରେ କଣଟା ଖରାପ ଅଛି ? ତଥାପି ଲୋକେ ଡରୁଥିଲେ । ତାଙ୍କ ଭିତରେ ଗୋଟେ ଗହୀରା ଭୟ । ଛାତି କୋଣର ଛପିଲା ଭୟ । ଭୟଟା ଏତେ ଗହୀର ଯେ ସେଥିରେ ତାଙ୍କର ଦୟା, କରୁଣା ସବୁ ଲୁଚି ଯାଇଛି ଅଥବା ସେଇଟୋ ତାଙ୍କର ଉଗ୍ରତା ଓ କ୍ରୋଧ ଭିତରେ

ପଦାକୁ ବାହାରୁଛି ଆଉ ପୁଣି ଭୟଙ୍କର ଭ୍ରୁକୁଞ୍ଚନ ପଛରେ ଲୁଚି ଯାଉଛି । ସେମାନେ ଡରୁଥିଲେ, କାରଣ ସେମାନଙ୍କ ସଂଖ୍ୟା ବହୁତ କମ୍ । ଏପରି ଭୟଟିକୁ ସ୍ନେହ-ଶ୍ରଦ୍ଧା ଛଡା ଆଉ କୌଠାରେ ବାହାର କରି ହେବ ନାହିଁ ।

ଏ କଥା ମିସିମାଙ୍କୁ ହିଁ କହିଥିଲେ । ତାଙ୍କର କାହା ପ୍ରତି ବିଦ୍ବେଷ ନ ଥିଲା ମୋର ମନ ଭିତରେ ଗୋଟେ ଆଶଙ୍କା ରହିଛି ଯେ ଯୋଉଦିନ ଏମାନେ ସ୍ନେହ-ଶ୍ରଦ୍ଧା କରିବା ଆରମ୍ଭ କରିବେ ସେତେବେଳକୁ ଦେଖିବେ ଯେ ଆମେ ଘୃଣା-ବିଦ୍ବେଷ କରିବା ଆରମ୍ଭ କରିସାରିଛୁ ।

୪୫, ଶଢ଼ମାନ କେତେ ଗମ୍ଭୀର ଓ ବିଷାଦିତ ।

*

ସେ ପୁଣି ଉଠିଲାବେଳକୁ ପୂର୍ବ ଦିଗଟା ଟିକେ ଫିକା ପଡ଼ିଥାଏ । ତ୍ରସ୍ତ ହେଇ ସେ ଘଣ୍ଟା ଦେଖିଲେ । ରୁରିଟା ବାଜିଥାଏ । ସେ ଆଶ୍ବସ୍ତ ହେଲେ । ଏଥର ଉଠିବା ବେଳ । ବୋଧହୁଏ ତାଙ୍କ ପୁଅକୁ ସେମାନେ ଉଠାଇ ସାରିଥିବେ ଓ ପ୍ରସ୍ତୁତ ହେବା ପାଇଁ କହି ସାରିଥିବେ । ସେ ଜାଗା ଛାଡ଼ି ଭାରି କଷ୍ଟରେ ଛିଡାହେଲେ । କାରଣ ଥଣ୍ଡାରେ ତାଙ୍କର ପାଦ କୋଲ ମାରି ଯାଇଥାଏ । ସେ ଆଉ ଖଣ୍ଡେ ଜାଗା ଠାବ କଲେ ଯୋଉଠି ସେ ପୂର୍ବକୁ ଦେଖି ପାରିବେ । ଆଉ ଯଦି ଲୋକଙ୍କ କଥା ସତ ତାହେଲେ ସୂର୍ଯ୍ୟ ଖଣ୍ଡିଧାରକୁ ଉଠିଲାବେଲେ ସେଇଟା କରାଯିବ ।

ସେ ଶୁଣିଥିଲେ ଯେ ଏମିତି ଗୋଟେ ସକାଲରେ ତାଙ୍କର ଯାହା ଇଚ୍ଛା ସେଇଟା ଖାଇବାକୁ ଦିଆଯାଏ । ଏପରି ଗୋଟେ ସମୟରେ ଜଣେ ମଣିଷକୁ ଖାଇବାଟା ପରଜରିବା କେତେ ଆଶ୍ଚର୍ଯ୍ୟ ସତରେ । ଏକ ଗଭୀର ଗୋପନ ଶକ୍ତିରେ ପରିଚାଲିତ ଶରୀରର ସ୍ବୁଧା କଣ ତାର ନିଶ୍ଚିତ ମୃତ୍ୟୁ ବିଷୟରେ ଅବଗତ ନ ଥାଏ ? ପିଲାଟା କଣ ଶାନ୍ତ ଥିବ ? ନୀରବରେ ଡ୍ରେସ୍ ପିନ୍ଧୁଥିବ ? ଏବେ ଏଣ୍ଟୋସେନି କଥା ଭାବୁଥିବ କି ? ତା ଆଖିରେ ଲୁହ ଜକେଇ ଆସୁଥିବ ଆଉ ସେ ତାକୁ ପୋଛି ଦେଇ ପୁରୁଷ ପରି ଠିଆ ଉଠିଥିବ ? ସେ କହୁଥିବ କି, ମୁଁ କିଛି ଖାଇବିନି, ମୁଁ ପ୍ରାର୍ଥନା କରିବି ? ସେ ଫାଶୀକୁ ଡରୁଥିବାରୁ ତାକୁ ସାନ୍ତ୍ବନା ଓ ସାହସ ଦେବାପାଇଁ ସେଠି ମିସିମାଙ୍କୁ ବା ଫାଦର ଭିନ୍‌ସେଣ୍ଟ ଅଥବା ସେଇ ଦାୟିତ୍ବରେ ଥିବା ଅନ୍ୟ କେହି ପୁରୋହିତ ଥିବେ କି ? ସେ ଅନୁତପ୍ତ ହେଇଥିବା ନା ତା ଭିତରେ କେବଳ ଭୟ ଭରିଥିବ ? ଏବେ କଣ ଆଉ କିଛି କରାଯାଇ ପାରିବନି ? ଏମିତି କେହି ଜଣେ ଦେବଦୂତ ନାହିଁ ଯିଏ ସେଠିକି ଯାଇ ଚିତ୍କାର କରିବ, ଏଇଟା ପ୍ରଭୁଙ୍କ ପାଇଁ, ମଣିଷ ପାଇଁ ନୁହେଁ, ଆ ଧନ ମୋର, ମୋରି ସାଙ୍ଗରେ ଆ ?

ସେ ତାଙ୍କର ଧୂଆଁଳିଆ ଆଖିରେ ପୂର୍ବର ଫିକା ଆଲୁଅକୁ ଚାହିଁଲେ । କିନ୍ତୁ ସେ ନିଜକୁ ଶାନ୍ତ କଲେ । ମକା ପିଠା ଖଣ୍ଡିକୁ ଓ ରସ ବାହାର କରି ପଥର ଉପରେ ରଖିଲେ । ଧନ୍ୟବାଦ ଅର୍ପଣ କରି ପିଠା ଖଣ୍ଡିକ ଖାଇଲେ ଓ ରସ ଟକ ପିଇଲେ । ତାପରେ ସେ ନିଜକୁ ଗଭୀର ଆତୁର ପ୍ରାର୍ଥନାରେ ନିଜକୁ ସମର୍ପି ଦେଲେ । ପ୍ରତ୍ୟେକ ଯାଚନା ପରେ ସେ ଆଖି ଉଠାଇ ପୂର୍ବକୁ ଅନାଉଥାନ୍ତି । ପୂର୍ବ ଆହୁରି ଆହୁରି ଆଲୋକିତ ହେଉଥାଏ । ସେଇଟା ଆଉ ବେଶୀ ସମୟ ନୁହେଁ, ସେ ଜାଣିଲେ । ସେଇ ପ୍ରତୀକ୍ଷାରେ ସେ ପାଦ ଉଠାଇଲେ, ଟୋପୀ କାଢ଼ି ଭୂଇଁରେ ରଖିଲେ ଓ ତାଙ୍କ ସାମ୍ନାରେ ତାଙ୍କର ଦୁଇ ହାତକୁ ଛନ୍ଦିଲେ । ଆଉ ସେଠି ସେ ଛିଡ଼ା ହେଇଥିଲା ବେଳେ ପୂର୍ବରେ ସୂର୍ଯ୍ୟ ଉଇଁଲା ।

*

ହଁ, ପାହାନ୍ତି ହେଲାଣି । ଚିଟିଭି ଚଢ଼େଇ ନିଦରୁ ଉଠି ରହି ରହିକା ନିରାଶ ଉକୁଡ଼ା କାନ୍ଦଣାରେ ଲାଗିଛି । ଆଣ୍ଡେଲି ଓ ପଶ୍ଚିମ ଗ୍ରୀକୁଆଲେଣ୍ଡର ପର୍ବତମାଳାକୁ ସୂର୍ଯ୍ୟ ଆଲୁଅ ଛୁଇଁଲାଣି । ଉମ୍‌ଜିମ୍‌କୁଲୁର ବିରାଟ ଘାଟି ତଥାପି ଅନ୍ଧାରରେ ରହିଛି । ତେବେ ସେଠିକି ଆଲୁଅ ଆସିବ । ଏଣ୍ଡୋସେନି ତଥାପି ଅନ୍ଧାରରେ ରହିଛି । ତେବେ ସେଠିକି ବି ଆଲୁଅ ଆସିବ । କାରଣ ଏଇଟା ଉଷାର ଆଗମନ । ସହସ୍ର ଶତାଦ୍ଦୀ ଧରି ଆସିଛି, କେବେ ରହିଯାଇ ନାହିଁ । ତେବେ ଆମର ସେଇ ମୁକ୍ତିର ଉଷା କେବେ ଆସିବ ଯେ – ଦାସତ୍ଵର ଭୟରୁ ଓ ଭୟର ଦାସତ୍ଵରୁ । ସେଇଟା ଗୋଟେ ରହସ୍ୟ ।

# BLACK EAGLE BOOKS

www.blackeaglebooks.org
info@blackeaglebooks.org

Black Eagle Books, an independent publisher, was founded as a nonprofit organization in April, 2019. It is our mission to connect and engage the Indian diaspora and the world at large with the best of works of world literature published on a collaborative platform, with special emphasis on foregrounding Contemporary Classics and New Writing.